**한국문학과
민주주의**

필자

김인환金仁煥, Kim Inhwan _고려대학교 명예교수
이선미李善美, Lee Sunmi _경남대학교 교수
조강석趙强石, Cho Kangsok _인하대학교 한국학연구소 HK교수
오연경吳姸鏡, Oh Younkyung _고려대학교 박사, 문학 평론가
함돈균咸燉均, Hahm Donkyoon _고려대학교 민족문화연구원 HK연구교수
최현식崔賢植, Choi Hyunsik _인하대학교 교수
문혜원文惠園, Mun Hyewon _아주대학교 교수
박수연朴秀淵, Park Sooyeon _충남대학교 교수
김수이金壽伊, Kim Suyee _경희대학교 후마니타스칼리지 교수
백지연白智延, Baik Jiyeon _경희대학교 · 단국대학교 강사, 문학평론가
소영현蘇榮炫, So Younghyun _연세대학교 국학연구원 HK연구교수
백지은白志恩, Baik Jieun _고려대학교 박사, 문학평론가
고봉준高奉準, Ko Bongjun _경희대학교 후마니타스칼리지 객원교수
신형철申亨澈, Shin Hyoungcheol _서울대학교 박사, 문학평론가

문화동역학라이브러리총서 01
한국문학과 민주주의

초판인쇄 2013년 4월 25일 **초판발행** 2013년 5월 5일
엮은이 함돈균 **펴낸이** 박성모 **펴낸곳** 소명출판 **출판등록** 제13-522호
주소 서울시 서초구 서초동 1621-18 란빌딩 1층
전화 02-585-7840 **팩스** 02-585-7848 **전자우편** somyong@korea.com **홈페이지** www.somyong.co.kr
값 33,000원 ⓒ함돈균 외, 2013

ISBN 978-89-5626-852-1 94810
ISBN 978-89-5626-851-4 (세트)

이 책은 2007년 정부(교육과학기술부)의 재원으로 한국연구재단의 지원을 받아 수행된 연구임(NRF-2007-361-AL0013)

고려대학교 민족문화연구원
문화동역학 라이브러리 01

한국문학과 민주주의

Korean Literature and the Democracy

함돈균 편

문화동역학 라이브러리 문화는 복합적이고 역동적인 구성물이다. 한국 문화는 안팎의 다양한 갈래와 요소가 상호작용하는 과정을 통해 끊임없이 변화해왔고, 변화해 갈 것이다. 고려대학교 민족문화연구원이 주관하는 이 총서는 한국과 그 주변 문화의 복합적이고 역동적인 양상을 추적하고, 이를 통해 한국 문화는 물론 인류 문화에 대한 새로운 통찰과 그 다양성의 증진에 기여하고자 한다. 문화동역학(Cultural Dynamics)이란 이러한 도정을 이끌어 가는 우리의 방법론적인 표어이다.

소명출판

책머리에

  "아직도 명령의 과잉을 용서할 수 없는 시대이지만 / 이 시대는 아직도 명령의 과잉을 요구하는 밤이다 / 나는 그러한 밤에는 부엉이의 노래를 부를 줄도 안다" 시인 김수영은 「서시」(1957)에서 자신의 시대와 시인의 존재를 이렇게 읊었다. 이 짧은 진술은 이 시가 출현한 특정한 역사적 공간을 괄호에 넣고서 읽는다 하더라도, 정치와 문학의 관계를 인상적으로 압축하고 있다는 점에서 눈여겨볼 만하다. 김수영이 자신을 "부엉이"라고 말할 때, 그것은 헤겔이 철학자를 밤이 돼서야 날아오는 부엉이라고 했던 것과는 다른 함의를 가진다. 철학자의 부엉이는 낮의 사건을 밤이 되어서야 '해석'하지만, 작가의 부엉이는 밤이라는 시간을 생생한 현재로 '살며' 그 밤을 "노래" 부른다. 김수영은 "풍자가 아니면 해탈이다"(「누이야 장하고나!—신귀거래 7」, 1961)라는 유명한 화두를 던지기도 했지만, 역사의 어둠이 개인의 삶을 목 조르는 밤에 문학의 운명이 그 어둠에 대한 증언이 될 수밖에 없다는 사실 자체를 부정한 일은 없었다.

  당연하게도 이러한 문학적 증언은 단순한 '객관적' 증언의 성격을 넘어선다. 그것은 증언의 현재성이 발생시키는 즉각적 효과 때문이기도 하지만, 문학적 증언이라는 존재 형상 자체가 구체적 역사 상황에 도입된 탁월한 정치적 실천 형식이기 때문이기도 하다. 김수영이 "명령의 과잉을 용서할 수 없는" "밤"을 얘기할 때, 이는 당대 독재 정권하에서 일어나던 표면적인 차원의 언론·표현의 자유의 억압 상황을 얘기하는 것만은 아니었다. 좀 더 근원적인 차원에서 그것은 (정치·사회적 현실과 밀접히 맞물려 있는) 일상적 말의 세계의 타락상에 대한 예민한 자각과 절박함을 담고 있다. 그는 말의 오염이 곧 삶의 오염이며, 역사와 정치의 타락이란 일상 언어의 왜곡과 타락을 필수적으로 동반한다고 보았다. 그가 "명령의 과잉"을 말할 때, 여기에는 말의 현실에 기입된 이데올로기적 차원의 문제의식이 함께 있다고 해야 한다. 그에게 역사와 정치는 일상어의 현실로 도처에 편재한 것이었으며, 심지어는 눈에 보이지도 않고 의식되지 못하는 '적敵'으로 상존하는 것이기도 했기 때문이다.

시어와 일상어 사이의 경계를 파괴함으로써 시의 영역을 비시非詩적인 것으로 확장한 데에 김수영의 시적 기여가 있다고 말할 때, 우리가 늘 잊지 말아야 할 사실도 바로 이것이다. 그가 통상적인 수준의 일상어를 자주 의심스럽고 모호한 '낯선 말'로 사용할 때, 그러한 시적 실천은 단지 시어의 확장이라는 차원을 넘어서 말을 매개로 이루어지는 목숨을 건 도약이었으며, 말에 삼투된 이데올로기와 싸우는 정치적 차원의 문제였다는 사실 말이다. 그 실천은 교과서적 정의로서의 '시'라기보다는, 종래의 언어 습관에 기입된 지배 이데올로기를 깨뜨리는 지점에서 발생하는 '시적인 것'의 차원이었다고 해야 할 것이다. 김수영의 이 '시적인 것'은, 최근 정치철학자들이 제도적 규범으로서의 '정치politics'의 영역을 넘어서 정치체에 상존한다고 말하는 '정치적인 것the political'의 출현과도 맞닿아 있다.

김수영이 행했던 시적 실천의 사례는 『한국문학과 민주주의』라는 이름으로 묶여 나온 이 책의 문제의식을 이해하는 데에도 도움이 될 수 있다. 이 책의 목적은 우리에게 이미 널리 알려진 한국문학사의 '리얼리즘'의 계보를 다시 그려보는 것도 아니고, 교과서적인 규정으로서 존재하는 정치의 정의를 문학사를 통해 재확인하는 일도 아니다. 이 책은 '민주주의democracy'라는 단어에 집중하고 있다. 그러나 현대 정치의 이상이자, 이제는 사실상 현대 정치의 유일무이한 제도적 표준이 된 듯이 여겨지는 '민주주의'라는 말은 생각보다 모호하다.

그것은 통치의 원리인가, 어떤 철학적인 이념인가. 아니면 흔히들 말하는 제도적 규범인가. 그것은 공동체를 운영하는 기술에 관한 문제인가, 가치의 차원이 결합된 에토스ethos의 문제인가. 그것은 공적인 영역에 속하는 문제인가, 사적인(사회적인) 영역에 속하는 문제인가. 의무교육 과정 속의 교과서에 기록되어 있으며, 조간신문에 거의 하루도 빠짐없이 오르내리는 '민주주의'라는 단어의 함의를 문득 의심하는 순간, 우리는 이러한 끝없는 질문의 연쇄가 불가피하다는 사실을 곤혹스럽게 확인하게 된다.

하지만 『한국문학과 민주주의』는 이에 대한 이론적 답이나 대안을 제시하려는 시도가 아니다. 이 책의 저자들은 '민주주의'를 질문의 일종으로 이해하기 때문이다. 그리고 이 질문은 어떤 의미에서든 간에 '민주주의'라는 단어를 교과서적 맥락의 '정치'라는 단어로부터 해방시키고, 이를 보다 근원적인 차원의 '정치적인 것'의 영역과 관련하여 다시 사유해 보겠다는 의지를 담고 있다. 그리고 이러한 문제의식은 김수영이 말을 둘러싼 이데올로기와의 투쟁을 통해 '시적인 것'을 확보하려고 했던 것과 크게 다르지 않다고 해야 할 것이다.

'문학의 정치성'은 한국 현대문학사를 추동시켜 온 가장 강력하고 집요한 압력 중 하나였다. 수난의 현대사를 겪으면서 한국문학은 때로는 가시적인 정치적 억압에 대한 묘사로, 때로는 일상에 산재한 사회적 폭력에 대한 저항의 표출로, 때로는 의식하지 못한 채 주체의 육체에 스며 있는 이데올로기에 대한 증상으로, 어떤 경우에는 이상적 공동체에 대한 예감의 형상으로 이 문제를 '증언'해 왔다. 넓은 의미에서 보자면 이러한 시도들 모두가 '민주주의란 무엇인가'라는 질문의 다른 형상들일 것이다. 김수영의 예가 잘 보여주듯, 상당수 한국의 작가들에게 그것은 시적인 것, 문학적인 것을 질문하는 일과 크게 다르지 않았다. 주목할 만한 사실은 이러한 질문이 공동체의 현실과 관련하여 '한계 상황'에서 출현한다는 점에서 이미 '너머'를 내포하고 있다는 사실이다. 이 '너머'는 정치·사회적 현실의 참혹함을 드러내면서도, 인류의 오랜 기도를 동시에 내포하고 있다는 점에서 '오래된 미래'에 속하는 것이기도 하다.

  『한국문학과 민주주의』의 필자들이 주목하는 것도 바로 이 지점이다. 오늘날 한국 사회에서 거론되고 있는 정치·사회의 위기는 민주주의의 위기이기도 하다. 이 위기는 우리에게 우리가 발 딛고 서 있는 지금이 일종에 한계 상황이라는 사실을 고지하고 있는 지도 모른다. 정치·사회에 대한 예민한 증상이자, 존엄한 삶에 대한 간절한 기도이며, 탁월한 예언자적 지성의 한 형상이기도 했던 한국문학은 우리 민주주의의 존재 현실과 관련하여 무엇을 보여주었고, 무엇을 증언하고 있으며, 어떤 미래를 예감하고 있는가.

  이에 대한 탐구를 위해 문학이론, 한국문학사, 현장 비평 등의 영역에서 높은 신망을 받아 온 한국문학 연구자 14명이 이 책에 필자로 참여해주셨다. '민주주의'라는 하나의 단어를 매개로 해방 직후부터 2013년 현재의 한국문학 현장까지를 아우르는 기획도 없었던 일이지만, 이러한 연구자들이 한 권의 책으로 묶이는 일 역시 드문 일이다. '민주주의'에 대해 이 책의 필자들이 품고 있는 열네 개의 문학적 시선을 따라가다 보면, '민주주의'라는 단어가 품고 있는 의미의 폭넓음과 깊이에 대해 새삼 놀라게 될 것이라고 생각한다. 바쁜 여건에서도 흔쾌히 어려운 기획에 동참해 주신 필자들께 깊이 감사드린다. 이 책이 우리 정치공동체에 새로운 정치적 사유를 촉발하는 작은 영감의 빛을 던져줄 수 있기를 기대해 본다.

필자들을 대표하여 편자 함돈균 씀

차례

총론 | 한국문학과 민주주의 |

신동엽을 기억하며

김인환

1

1960년대까지 한국 사회는 나폴레옹 3세 시절의 프랑스처럼 농민과 노동자와 자본가의 어느 한 쪽도 주도권을 잡을 수 없는 제세력의 교착 상태에 근거한 시저 식 독재체제로 통치되고 있었다. 중공업이 없던 시대에 자본가와 중간계급의 행태는 차별적 속성을 드러내지 못하였다.

이 시대를 대표하는 시인 신동엽(1930~1969)의 시에 대하여 김준오는 대화적 성격과 대조적 이미지, 직설적 어조와 비유적 문채 등의 형식적 특성이 거시적 상상력과 전경인全耕人 사상이란 내용적 특성과 상응한다는 사실을 해명하였다.

반봉건, 반외세의 참여시를 생산한 신동엽의 모습은 오 척 단구임에도 불구하고 우리의 눈에는 언제나 거인처럼 느껴진다. 이것은 그의 시세계에 나타나는 거시적 관점 때문만은 아니다. 그는 우리의 왜소해진 모습을 비춰주는 거울로 지금 여기에 서 있다. 그는 시사적 긍지에 앞서 인간적 긍지를 갖게 하는 시인으로 현존한다.[1]

나는 한국의 현대시를 소월과 이상을 중심으로 삼아 소월 좌파와 소월 우파, 이상 좌파와 이상 우파로 구분하고 신동엽을 소월 좌파의 대표시인으로 규정하였다.(『현대시란 무엇인가』, 현대문학사, 2011) 신동엽은 한국의 현대시를 역사감각파, 순수서정파, 현대감각파, 언어세공파로 구분하였다. 신동엽의 관심은 역사감각을 향하고 있었다. "공동체적 상황을 역사감각으로 감수받은 언어가 즉 시라고 할 때, 오늘처럼 조국과 민족이 그리고 인간이 굶주리고 학대받고 외침되어 울부짖고 있을 때, 어떻게 해서 찡그림 속의 살 아픈 언어가 아니 나올 수 있을 것인가."(『신동엽 전집』, 창작과비평사, 1989, 379면. 이하 이 글에서는 『전집』으로 약칭) 그는 순수서정파와 현대감각파를 향토시와 콜라시라고 부르며 경멸했지만 현대시에서 발레리, 예이츠 등의 순수서정과 엘리엇, 네루다, 엘뤼아르 등의 현대감각을 무시할 수는 없는 일이다. 구태여 구분한다면 보들레르도 현대감각파라고 할 수 있을 것이다. 신동엽 자신도 서정주와 김수영의 시에 향토시나 콜라시로만 볼 수 없는 면이 있다는 것을 인정하였다.

---

1   김준오, 「저자의 말」, 『신동엽』, 건국대 출판부, 1997, 5면.

몇몇의 비평가는 S씨에게 신라의 하늘을 노래하는 것은 현대에 대한 반역이어니 오늘의 전쟁, 오늘의 기계문명을 노래해 보라고 거의 강요하다시피 대들었지만, 그것은 마치 계룡산 산중에서 70 평생을 보낸 상투튼 할아버지에게 "당신도 현대에 살고 있으니 미국식으로 재즈 음악에 취미를 붙여 보시오"라고 요구하는 것과 별 다름 없는 무리한 강매였었던 것이다. 내 생각으론 S씨는 S씨대로의 사회적·역사적 영토색이 칠해진 사상성이 그분의 체질 속을 흐르고 있을 것이기 때문에, 이미 장년기를 넘어선 그분에게 자기 천성 이외의 어떤 음색을 요구한다는 것은 옳지 못한 일이다. 아마 세상의 모더니스트들이 총동원하여 비평의 화살이 아니라 더 가혹한 폭력을 앞장세워 본다 할지라도 그분에게 시도詩道상의 가면무도는 기대할 수 없을 것이다.[2]

　　김수영, 그의 육성이 왕성하게 울려 퍼지던 1950년대부터 1968년 6월까지 근 20년간, 아시아의 한반도는 오직 그의 목소리에 의해 쓸쓸함을 면할 수 있었다. 그는 말장난을 미워했다. 말장난은 부패한 소비성 문화 위에 가생하는 기생벌레라고 생각했다. 그는 기존 질서에 아첨하는 문화를 꾸짖었다. 창조만이 본질이라고 굳게 믿었다. 그래서 육성으로, 아랫배에서부터 울려나오는 그 거칠고 육중한 육성으로, 피와 살을 내갈겼다. 그의 육성이 묻어 떨어지는 곳에 사상의 꽃이 피었다. 예지의 칼날이 번득였다. 그리고 태백의 지맥 속에서 솟는 싱싱한 분수가 무지개를 그었다.[3]

---

2 『전집』, 374면.
3 『전집』, 389면.

신동엽은 김춘수로 대표되는 언어세공파를 싫어하였다. 서양시의 문법미학을 모방하는 맹목기능자들이라고 생각했기 때문이었다. 신동엽에게 시의 언어는 어디까지나 정신을 전달하는 수단이었다. 그가 평생토록 일관되게 추구한 시정신은 민주주의였다. 시민민주주의와 민중민주주의, 다시 말하면 자유민주주의와 사회평등주의를 구별하고 이윤율과 복지기금을 측정하기 위해서는 계급의식의 형성과정을 분석해야 하겠지만 한국 사회에서 계급의식을 말할 수 있는 것은 1970년 11월 13일의 전태일 사건 이후라고 보아야 할 것이다. 이 날의 『동아일보』 기사에 의하면 인천 미가가 한 가마(80kg)당 8,000원이었는데, 평화시장의 급여수준은 월 삼사천 원 정도이었다. 1960년대로 한정한다면 민주주의는 보편적 계몽주의로 남한 사회에 작용하였다. 민주주의의 바탕이 되는 계몽주의는 해방 후 10여 년 동안 사회 전반에 확산되어 있었다. 당시에 고등학교 1학년 교과서로 가장 많이 채택되던 『정치와 사회』(일조각, 1961)에서 유진오는 민주주의를 세 가지 원칙으로 정의하였다.

1. 의견의 차이를 용인한다.
2. 타협하고 양보한다.
3. 다수결을 따른다.

당시에 문교부 번역도서의 한 권으로 나와 대학생들에게 많이 읽히던 어니스트 바커의 『민주주의론』(김상협 역, 문교부, 1960)의 서문에는 민주주의가 "선을 추구하는 사람들의 의사소통 과정"이라고 정의되어 있었다. 선을 추구한다는 것은 멀리는 완전성을 추구한다는 것이며 가깝게는 더 좋은 생활을 추구한다는 것이다. 완전성의 추구는 좋은 삶과 나쁜 삶의 차이를 전제하는데, 좋은 삶과 나쁜 삶을 구별하려면 먼저 현실의 구조를 총체적으로 인지해야 한다. 그러므로 선에는 가능성과 생성변화의 개념이 포함되어 있다고 할 수 있다. 민주주의가 추구하는 공동선은 이성적 질서를 요구하며 이성적 질서는 법률을 강제할 수 있는 국가를 요구한다. 국가는 질서를 유지하는 권력기관이면서 동시에 공동선을 실현하는 도구장치이다(국가가 지배계급을 응집하여 자본주의를 보호하는 도구장치라는 생각은 1990년대 이후에 일반화되었다). 이러한 계몽주의가『사상계』를 통하여 전 국민의 상식이 되었고 함석헌의 전통적 도덕주의가 계몽의 불에 기름을 더했다. 이용희의『정치와 정치사상』(일조각, 1958)은 시민계급의 욕구와 노동계급의 욕구가 자유민주주의와 사회평등주의로 분화될 수밖에 없다는 사실을 알려주었다. 신동엽이 1960년대에 노래한 민주주의는 지금 읽어도 낡았다는 느낌이 들지 않는다.

스칸디나비아라든가 뭐라구 하는 고장에서는 아름다운 석양 대통령이라고 하는 직업을 가진 아저씨가 꽃 리본 단 딸 아이의 손 이끌고 백화점 거리 칫솔 사러 나오신단다. 탄광 퇴근하는 광부들의 작업복 뒷주머니마다엔 기름 묻은 책 하이데거 러셀 헤밍웨이 장자 휴가여행 떠나는 국무총리 서울역 삼등 대합실 매표구 앞을 뙤약볕 흡쓰며 줄 지어 서 있을 때 그걸 본 서울역장 기쁘시겠소라는 인사 한 마디 남길 뿐 평화스러이 자기 사무실 문 열고 들어가더란다. 남해에서 북강까지 넘실대는 물결 동해에서 서해까지 팔랑대는 꽃밭 땅에서 하늘로 치솟는 무지개빛 분수 이름은 잊었지만 뭐라군가 불리우는 그 중립국에선 하나에서 백까지가 다 대학 나온 농민들 트럭을 두 대씩이나 가지고 대리석 별장에서 산다지만 대통령 이름은 잘 몰라도 새 이름 꽃 이름 지휘자 이름 극작가 이름은 훤하더란다. 애당초 어느 쪽 패거리에도 총 쏘는 아만엔 가담치 않기로 작정한 그 지성 그래서 어린이들이 사람 죽이는 시늉을 아니하고도 아름다운 놀이 꽃동산처럼 풍요로운 나라, 억만금을 준대도 싫었다 우리네 포도밭은 사람 상처 내는 미사일 기지도 탱크 기지도 들어올 수 없소 끝끝내 사나이 나라 배짱 지킨 국민들, 반도의 달밤 무너진 성터 가의 입맞춤이며 푸짐한 타작소리 춤 사색뿐 하늘로 가는 길가엔 황토빛 노을 물든 석양 대통령이라고 하는 직함을 가진 신사가 자전거 꽁무니에 막걸리병을 싣고 삼십리 시골길 시인의 집을 놀러 가더란다.[4]

계몽주의적 이성이 선거와 투표의 규칙을 위반한 정권을 심판하였다. 도덕적인 수사를 제거하고 나면 민주주의는 대중의 수량에 의존하는 정치제도이다. 성질·관계·양상 같은 수량 이외의 범주들은 고려의 대상에서 제외된다. 이승만 시절에도 정권은 암묵적인 수량을 전제하고 대중은 명시적 수량을 전제하였다는 차이는 있으나 양쪽이 모두 대중의 수량을 근거로 내세웠다. 다음 정권에서는 아예 규칙 자체를 불공정하게 바꾸어 규칙에 대한 이의를 법으로 억압하였다. 대중의 수량이라는 범주를 인정하지 않는 정권은 예외 없이 온갖 정치적 반동과 결

---

4 「산문시 1」, 『전집』, 83면.

탁하게 된다. 관료제도는 관료주의로 경화되고 군사제도는 군사주의로 타락한다. 민주주의가 사회혼란의 원인이 되는 경우도 있을 것이다. 그러나 모든 혼란에는 창조성이 내재한다. 1960년대에서 1980년대 사이에 혼란을 두려워하여 민주주의에 반대한 정권은 사회의 창조성 자체를 말살하였다. 신동엽은 한국 근대사의 중심선을 민주주의에 두었다.

1894년 3월
우리는
우리의, 가슴 처음
만져보고, 그 힘에
놀라,
몸뚱이, 알맹이채 발라,
내던졌느니라. 많은 피 흘렸느니라.

1919년 3월
우리는
우리 가슴 성장하고 있음 증명하기 위하여
팔을 걷고, 얼굴
닦아보았느니라.
덜 많은 피 흘렸느니라.

1960년 4월
우리는

우리 넘치는 가슴덩이 흔들어

우리의 역사밭

쟁취했느니라.

적은 피 보았느니라.

왜였을까, 그리고 놓쳤느니라.

그러나 이제 오리라,

갈고 다듬은 우리들의

푸담한 슬기와 자비가

피 한 방울 흘리지 않고

우리 세상 쟁취해서

반도 하늘 높이 나부낄 평화.

— 『금강』 후화 2[5]

　　제임스 프레이저의 『황금가지』에 따르면 태초 이래 인류의 가장 큰
숙제는 신의 죽음과 부활, 다시 말하면 최고 집권자의 교체였다. 늙은
왕은 죽어야 하고, 죽어서 젊은 왕으로 소생해야 했다. 애급 사람들은
겨울마다 흙으로 만든 오시리스와 아도니스의 허수아비를 깨어서 밭
에 뿌리고 봄이 오면 그 신들의 시체에서 싹이 튼다고 믿었다. 부여에
서도 가뭄이 들면 왕을 죽여 그 시체를 잘게 나누어 밭에 묻었다. 최고
집권자의 정상적인 교체와 사람을 죽이는 대신 표를 죽이는 보통선거

5　『전집』, 301~302면.

는 우주의 질서를 보존하는 하나의 방법이었다. 선거가 제대로 치러질 수 없게 된 유신체제는 사실상 내전의 시작이었다. 표의 죽음이 왕의 죽음을 상징적으로 대체할 수 없게 되자 실제로 왕이 살해되었다. 사표의 수량으로 승부를 결정할 수 없을 때, 대중은 다른 대안이 없으므로 폭력에 의존할 수밖에 없었다. 광주 학살은 유신체제의 연장선에 놓여있는, 유신체제의 한 귀결이었다. 그러나 보통선거가 일단 일상의 관행이 되자마자 그것은 선을 추구하는 사람들의 목표가 아니라 이익을 추구하는 사람들의 의사를 결정하는 경로가 되었다. 유권자의 과반수가 투표하고 투표한 사람의 과반수가 찬성하여 대표자를 뽑은 경우에 그 선거는 유권자의 4분의 3을 사표로 만든다. 25%가 찬성한 사람이 전체를 대표할 수 있다는 것은 다른 방법이 없으므로 용인할 수밖에 없다고 하더라도 불만의 여지를 포함하고 있다고 하지 않을 수 없다. 한국에서 선거와 투표는 비용과 수익의 척도에 따라 계산되는 교환행위가 되었다. 후보 득표수와 정당 득표수, 정당 후보수와 정당 의석수는 모두 시장의 가격기구에 의해 결정된다. 총투표수와 총의석수의 관계도 수요와 공급의 관계에 대응한다. 정당이 독점적일 수도 있고 복점적일 수도 있고 과점적일 수도 있는 시장에 후보자들을 공급한다. 시장에 공급된 후보자들은 이번에는 표의 수요자들이 된다. 후보자들은 비용의 지출을 승리할 수 있는 최소한도의 득표수준으로 낮추려 하고, 유권자들은 자기들의 표가 그들에게 가져다주는 이득을 조금이라도 더 높이려 한다. 말하자면 선거란 득표를 극대화하려는 후보자들과 효용을 극대화하려는 유권자들 사이에서 거래되는 표 매매가 된 것이다. 선거란 사람을 죽이는 대신에 표를 죽이는 내전의 한 형식이므로 이익의 추구가 일반화된 현실에서 차떼기 선거를 피할 길은 아마 없을 것이다. 1960년대에서 1980년대 사이의 30년 동안에 한국의 민주주의는 선의 추구로부터 이익의 추구로 바뀌었다. 어떤 의미에서는 이러한 변화를 정상화라고 부를 수도 있을지 모른다.

2

　1950년대에 남한에서 마르크스주의는 완전히 소멸하였고 케인즈주의는 아직 일반적으로 보급되지 않았다. 당시의 경제학 개론들은 일본어 책에서 발췌하여 마르크스주의와 케인즈주의를 서투르게 취사선택한 내용으로 되어 있었다. 오역 투성이였지만 1956년에 케인즈의 『일반이론』(김두희 역, 민중서관)이 번역되면서 1960년대부터 신고전파의 한계분석 경제학이 대학의 경제학 강의를 독점하기 시작하였다. 그러나 그 무렵에도 청계천 고서점 여기저기에 띄엄띄엄 남아 있던 전석담 역, 『자본론』(마르크스, 서울출판사, 1947~1948)이나 전원배 역, 『반뒤링론』(엥겔스, 대성출판사, 1948) 등을 몰래 뒤적이면서 혼자 힘으로 남한의 현실을 주류 경제학과 다르게 분석해 보려고 하던 대학생들이 있었다. 1960년대의 남한에는 방직 공장과 고무신 공장 이외에 이렇다 할 공장이 없었다. 일본과의 국교를 정상화한 대가로 돈을 받아 사회간접자본에 대한 투자를 시작했으나 당시의 학생들이 지적했듯이 일본이 독도 영유를 주장해도 당당하게 반박하지 못하는 굴욕적인 대일관계를 만들어내고 말았다. 학생들과 교수들이 한일협정을 반대하던 1964년에 한국의 대중은 제국주의를 주제로 삼기 시작하였다.

> 순이가 빨아준 와이샤쓰를 입고
> 어제 의정부를 떠난 백인 병사는
> 오늘 밤, 사해 가의
> 이스라엘 선술집서,
> 주인집 가난한 처녀에게
> 팁을 주고
>
> 아시아와 유럽
> 이곳저곳에서
> 탱크 부대는 지금
> 밥을 짓고 있을 것이다.

– 「풍경」 부분[6]

남한은 경공업부터 건설하였고 북한은 중공업부터 건설하였다. 남한에서 중화학 공장들이 가동되어 수익을 내기 시작한 1980년대 초까지 북한의 1인당 국민소득은 늘 남한을 앞질렀다. 노동자·농민·도시빈민의 시각에서 북한의 주체사상을 수용한 학생운동 그룹이 형성된 것도 이 무렵이었다. 중공업은 막대한 투자를 필요로 하며 공장이 건설되어 가동될 때까지 긴 시간이 소요된다. 동원 가능한 저축을 모

---

6 『전집』, 13면.

두 중공업에 투자하고 그것이 가동되기를 기다리는 동안에 남한 사회는 극심한 불경기에 휩싸였다. 부마사태와 1980년의 광주를 겪고 나서도 군사정권이 유지된 것은 중공업이 그때 가서 이익을 내기 시작했기 때문이었다. 남한 사회는 어찌되었든 중공업과 경공업이 서로 기계와 돈을 주고받는 산업체계를 형성하게 되었다. 중공업은 경공업에 기계를 팔아 받은 돈으로 임금을 지급하고 경공업은 중공업에 돈을 치르고 산 기계를 돌려 제품을 만든다. 제철, 조선, 자동차, 전자 등 수출을 주도하는 산업도 어느 정도 자리를 잡았다. 반면에 북한은 중공업을 남한보다 먼저 건설하였으나 경공업에 투자를 하지 않았으므로 1980년대에 이르러서도 중공업과 경공업이 서로 주고받을 수 있는 산업체계를 형성하지 못했다. 경공업이 지체되므로 돈이 돌지 않아 30년 동안에 중공업은 고철이 되다시피 하였다. 경공업이 취약하면 자연히 암시장이 확대된다. 암시장이 공식시장을 포위하여 공식시장이 무력해지면 결국 산업체계가 붕괴될 것이다. 북한으로서는 암시장을 공식시장으로 인정하고 경공업을 일으키는 것 이외에 선택의 길이 없게 되었다. 이데올로기에 대한 비판을 자제하고 교류와 왕래도 급격하게 확대하지 않으면서 북한이 중국경제를 통하여 세계경제에 편입되어 중공업과 경공업의 재생산체계가 북한 안에 자리 잡을 수 있을 때까지 기다리는 것이 북한을 돕고 통일로 가는 방법이 될 것이다.

1970년대에 한국이 중공업 중심의 근대 사회가 되고 도시화율이 급격히 증대하자 자본-노동 비율과 생산능률지수가 사회문제의 핵심에 등장하게 되었다. 황석영의 「객지」와 조세희의 『난장이가 쏘아올린 작은 공』이 나온 것이 이 무렵이다. 이제 남한의 시민들은 추상적인 보편도덕의 문제가 아니라 구체적인 계급투쟁의 문제에 직면하게 되었다. 계급투쟁에 대하여 남한의 시민들이 보여준 태도는 상당한 정도로 관대한 것이었다고 평가할 만하다. 자본-노동 비율capital-labor ratio은 어느 일정한 시기의 기술수준을 나타내는 동시에 그 시기의 좌파-우파 비율을 나타낸다. 자본-노동 비율이란 자본과 노동력이 결합하여 상품을 생산하는 과정에서 다량의 노동력에 대하여 다량의 생산수단이 나타내는 비례관계의 지수이다. 특히 상품으로 전환되는 과정에서 노동력과 비교하여 생산수단이 증가하는 정도를 나타내는 지수를 자본의 유기적 구성이라고 한다. 노동자 1인이 사용하는 기계의 양이 증가하면 기술수준이 변화하고 그에 따라 기계를 소유한 자본가와 기계를 사용하는 노동자의 계급투쟁도 변화한다. 자본가와 노동자에게 계급투쟁은 일상생활의 한 조건이다. 노동자는 단결하여 실질임금을 높이려고 하고 경영간부들은 노동자의 요구를 제한하여 이윤율을 높이려고 한다. 사회변혁을 내세우는 지식인은 계급투쟁을 사실보다 과장하고 노사화합을 내세우는 정치가는 계급투쟁을 사실보다 축소한다. 저임금에 의존하던 시대로부터 기술혁신에 의존하는 시대로 전환하지 않으면 사회의 유지조차 곤란하게 된다는 사실을 남한 사회는 IMF를 거치면서 힘들게 학습하였다. 계급투쟁 또한 쉽게 원리로 환원할 수 없는 사실이므로 자의적인 판단을 피해야 한다는 것을 배우는 데에도 많은 시간이 걸렸다.

자본-노동 비율은 경영간부에게 기술혁신의 지표가 되고 노동자에게 계급투쟁의 지표가 된다. 자본-노동 비율은 자본가의 독단이나 노동자의 독단이 통하지 않는다는 의미에서 관계의 범주이다. 노동생산능률은 노동자 1인당 생산량의 변화이다. 마르크스는 생산능률지수를 잉여가치율rate of surplus value이라고 하였다. 생산성의 변화는 물론 통계수치로 표시할 수 있는 것이지만, 생산과 판매의 현장에서 1인당 생산량 또는 1인당 판매고의 변화는 노동환경의 작업 분위기에 좌우된다. 공장이든 사무실이든 사람들이 일에 보람을 느낄 수 있으면 그곳에서 일하는 사람들의 생산능률은 증대된다. 노동자들이 "이곳을 버리고 어디로 가랴"라고 말하게 하는 일터는 좋은 직장이라고 할 만하다. 노동생산능률의 증대는 이윤율 증가의 전제가 된다. 이윤율이 계속해서 하락하면 회사가 쓰러지고 나라가 무너진다. 중세 사회는 기술이 정체된 채 조세만 증가하여 멸망하였고 구소련은 기술혁신이 가능하였으나 노동생산능률이 계속해서 하락하여 멸망하였다. 그러므로 측정할 수 있는 자본-노동 비율보다 측정할 수 없는 작업 분위기가 더 중요하다고 할 수 있다. 1980년대에 들어서면 한국 사회도 여러 하위체계가 상대적 자율성을 발휘하게 되었다. 군부건 재벌이건 어느 한 집단이 사회 전체를 통제하기 어려울 정도로 사회 구성이 복잡하게 된 것이다.

경제의 과정이란 소득이 투자로 변형되었다가 소비를 매개로 하여 소득으로 돌아오고, 소득이 소비로 변형되었다가 투자를 매개로 하여 소득으로 돌아오는 순환과정이다. 그런데 기계와 임금과 이윤의 상호작용이 바로 생산활동이므로, 경제의 과정을 이윤의 일부가 추가 기계와 추가 임금으로 변형되어 생산의 확대를 형성하는 사건으로 기술할 수도 있다. 이렇게 보면 투자란 추가 기계와 추가 임금 이외의 다른 것이 아니며, 소비란 임금과 추가 임금 이외의 다른 것이 아니다. 노동자의 임금만이 아니라 이윤 중에서 자본가의 소비에 충당되는 부분도 소비에 속하지만 그것은 노동자의 임금만큼 중요한 역할을 담당하지 못한다. 결국 경제의 과정은 투자와 소비에 의하여 결정되고 투자와 소비는 그것들의 공통요소인 추가 임금에 의하여 결정된다. 중공업과 경공업이 기계와 화폐를 주고받는 경우에 중공업 부문은 경공업 부문에게 기계를 팔고 경공업 부문은 중공업 부문에게서 기계를 산다. 경공업이 중공업으로부터 받은 기계와 중공업이 경공업으로부터 받은 화폐(중공업 부문의 임금과 이윤)가 균형을 이루어야 산업체계의 재생산과정이 안정을 이룬다. 그러나 기술수준이 끊임없이 변화하므로 중공업 부문과 경공업 부문이 주고받는 관계가 조화로운 체계를 형성하기 어려우며 그것들의 균형 상태를 미리 예측하는 것은 불가능하다. 잉여가치가 발생하기 이전의 자본-노동 비율과 잉여가치가 발생한 이후의 자본-노동 비율이 동일한 시기에 섞여 있기 때문에 중공업 부문과 경공업 부문의 균형조건에는 항상 어긋남이 있다. 어느 개인이나 어느 집단이 아무리 노력하더라도 근대 사회의 이 어긋난 사개를 바로잡을 수는 없다. 이 어긋남은 근대 사회의 운명적 조건이다. 누구도 조정할 수 없는 경기의 상승과 하강에 직면하여 모든 사람이 부도와 실업의 불안에 시달릴 수밖에 없다. 동요와 위기를 일상생활의 한 과정으로 겪음으로써 시민들은 두려움 속에서 신중하게 행동하지 않을 수 없다. 교통으로, 보건으로, 교육으로, 여성으로 확대되는 대중운동이 국가권력과 독점자본의 균질효과에 맞서 끊임없이 차이를 생산해 냄으로써 사회의 복지기금을 증가시킬 수 있으나, 복지기금의 증가는 이윤율이 떨어지는 경향을 가속화하기 쉽다. 이익의 자유로운 추구를 허용하는 사회의 규칙이 약자들의 이익을 훼손할 때 공동선을 지키기 위하여 강자들의 거짓 합리성에 대해 투쟁해야 한다. 그러나 파이를 그대로 둔 채 이렇게 저렇게 나누는 방법만 바꾼다면 구소련처럼 강자와 약자가 공멸하게 될 것이다. 1960년대에서 1980년대에 이르는 30년 동안에 한국의 시민들은 이윤율의 상승이 사회의 기본전제라는 잔인한 운명을 인식하게 되었다. 의료문제도, 교육문제도, 주택문제도 사회운동을 통하여 어느 정도 해결할 수 있다는 사실을 경험하였으나, 다른 한편으로 파이를 크게 하지 않으면 어떠한 사회문제도 해결할 수 없다는 사실도 경험하였다.

이윤율을 중요하게 고려한다고 하여 반드시 우파가 되는 것은 아니다. 선택의 여지를 갖지 못한 사람들이 존재하는 한 좌파의 할 일은 남아 있다. 우파는 최악의 상태를 방치하기 때문이다. 좌파란 최악의 상태를 어떻게 해보려는 실험을 포기하지 않는 사람이다.

3

1960년대에서 1980년대에 이르는 사이에 국가자본주의의 이데올로기는 세계자본주의의 이데올로기로 변화하였다. 이데올로기는 모든 현상에 답을 제공할 수 있는 전체지향을 특징으로 한다. 이데올로기는 진정한 물음을 용납하지 않는다. 이데올로기는 선험적 대답의 한계를 발견하게 하는 문제제기의 가능성을 차단한다. 1960년대에서 1980년대까지 한국의 대중은 잊어버릴 수도 없고 벗어날 수도 없는 문제를 가지고 있었으나 민주화가 성취되자마자 대중은 문제를 밀어내고 문

제를 모른 체하기 시작하였다. 신동엽은 1960년대에 이미 이러한 사태
를 예견하였다.

　　불성실한 시대에 살면서

　　우리들은,

　　비지 먹은 돼지처럼

　　눈은 반쯤 감고, 오늘을

　　맹물 속에서 떠 산다.

　　도둑질

　　약탈, 정권만능

　　노동착취,

　　부정이 분수없이 자유로운

　　버려진 시대

　　반도의 등을 덮은 철조망

　　논밭 위 심어놓은 타국의 기지.

　　그걸 보고도

　　우리들은, 꿀 먹은 벙어리

　　눈은 반쯤 감고, 월급의

　　행복에 젖어

　　하루를

산다

— 『금강』 13장[7]

한국 사회는 전쟁 이후에 프티 부르주아로 시작한 사회이었다. 한국에는 부르주아가 애초에 없었다. 전통적인 예절과 교양은 붕괴되었고 시민 사회의 예절과 교양은 확립되지 않은 상태에서 시민들은 타자에 대한 불신과 두려움 때문에 모든 것을 남과 비교하고 자기의 이익이 남보다 더 나을 수도 있었다는 분노와 후회에 휩싸여 있었다. 경제적 토대가 없는 중개업이 성행하여 시민들의 삶이 중개인의 사생활처럼 변하였고 비생산적 직업들이 위확장증적으로 팽창하여 시민들의 사적 영역은 거래의 대상이 모호한 상업의 형태로 변하였다. 사회 전반에 걸쳐서 생산이 판매에 종속되는 현상이 심화된 것이다. 화폐가치가 사물의 척도가 됨에 따라 인간의 관계구조도 고객과 고객의 관계로 변화하였다. 서로 상대방을 고객으로 친절하게 대하지만 실제로는 대체 가능하고 어떻게 되어도 상관없는 객체로 취급하였다. 인간관계는 주면 반드시 되받아야 하고 되도록 받은 것보다 덜 주려고 해야 하는 거래관계가 되었다. 무력하고 고독한 개인이 차가운 익명의 시장에서 추상적 노동시간으로 환원되었다. 부를 획득한 사람은 자신을 객관정신의 체현자이고 보편원칙의 구현자라고 착각하였다. 그러나 비합리적 체계의 불안정한 변이 속에서 부는 우연의 일시적 선물에 지나지 않는다. 대자본은 연봉을 조정하기만 하면 어떤 인간이라도 다른 어떤 인

---

7 『전집』, 183면.

간과 교환할 수 있다고 생각하였다. 돈에 대한 고려는 사적이고 은밀한 영역에까지 그 흔적을 남겼다. 경영간부의 사업정신이 노동계급의 의식에까지 침투하여 보편적 모델로 작용하였다. 기술수준이 높아질수록 노동자의 주관적인 계급 소속감은 점점 더 흐려졌다. 노동자들은 자신이 프롤레타리아임을 알지 못하게 되었고 노동자들 스스로 프롤레타리아의 시민화를 당연한 현상으로 받아들이게 되었다. 투자와 투기를 구별할 수 없으므로 삶과 도박도 구별할 수 없게 되었다. 불완전경쟁 시장은 자유의 환상만 퍼뜨릴 뿐, 유통과 분배를 왜곡하는 비합리성을 포함하고 있다. 자유는 구체적인 선택의 여지로 존재하지 않고 다만 자유에 대한 말로 나타날 뿐이다. 시장에서는 대기업의 활동만이 자유로웠으나, 대기업도 강대국의 환경제약에 순응하지 않을 수 없었다. 세계화의 이데올로기는 부분적 이익을 보편적 이익으로 정당화하려는 노력조차 보여주지 않았다. 가계부채와 국가부채의 증대로 장기침체가 예상되는데도 의미 없는 투기에 헌신하는 사람들은 목적 없는 열정 자체에서 삶의 보람을 찾고 있다. 신동엽은 「시인정신론」에서 이러한 사회를 차수성次數性 세계라고 하였다. 본래 차수는 지수를 보태어 나온 수를 가리키는 수학용어이지만 신동엽은 차수성 세계를 차례와 순서가 인간의 운수를 결정하는 세계라는 의미로 사용하였다. 힘 있는 자에게 붙어서 줄을 잘 서야 성공하고 미국에 빨리 갔다 와야 출세하는 경쟁 사회가 바로 차수성 세계이다. "모든 것은 상품화해 가고 있다. 이러한 광기성은 시공의 경과와 함께 배가 득세하여 세계를 대대적으로 변혁시킬 것이다. 세계는 맹목기능자의 천지로 변하고 말았다. 눈도 코도 귀도 없이 이들 맹목기능자는 인정과 주인과 자신을 때

려눕혔고 핸들 없는 자동차와 같이 앞뒤로 쏘다니며 부수고 살라먹고 눈깔 땡감을 하고 있다. 하다 지치면 뚱딴지같이 의미 없는 물건을 만들어도 보고 울고불고 하고 있는 것이다."(『전집』, 368면) 차수성 세계를 자세히 관찰하면 차수성 세계의 모순이 극복되고 대립이 통일되어 이룩되는 원수성原數性 세계의 모습이 그려진다. 그러므로 원수성 세계는 과거이면서 미래이다. 다시 말하면 인류의 오래된 미래라고 할 수 있다. 신동엽은 이 오래된 미래를 현재 속에 실현하는 일을 시인의 사명이라고 규정하고 원수성을 살려내는 시인들의 작업공간을 귀수성 세계라고 하였다. "차수성 세계가 건축해 놓은 기성관념을 철저히 파괴하는 정신혁명을 수행해 놓지 않고서는 그의 이야기와 그의 정신이 대지 위에 깊숙이 기록될 순 없을 것이다. 지상에 얽혀 있는 모든 국경선은 그의 주위에서 걷혀져 나갈 것이다. 그는 인간의 모든 원초적 가능성과 귀수적 가능성을 한 몸에 지닌 전경인임으로 해서 고도에 외로이 흘러 떨어져 살아가는 한이 있더라도 문명기구 속의 부속품들처럼 곤경에 빠지진 않을 것이다."(『전집』, 373면)

창작은 다르게 생각하는 사람들의 자유를 지키는 일이다. 수량의 범주가 지배하는 사회에서 질적 차이를 보존하는 것은 자유의 실천이 된다. 사람들은 자신의 차이를 인정해달라고 요구하지만 다른 사람의 차이를 참지 못한다. 특정한 방향의 발전만 허용하는 사회에서 다른 방향을 지향하는 것은 자신을 자신의 바깥으로 나갈 수 있게 함으로써 자신을 변화하게 하는 것이다. 남에게 순응하던 나는 파괴되고 남들과 다른 내가 탄생한다. 차이에는 언제나 파괴의 두려움과 탄생의 기쁨이 있다. 신동엽은 차수성 세계를 껍데기라고 불렀다.

껍데기는 가라.

사월도 알맹이만 남고

껍데기는 가라.

껍데기는 가라.

동학년 곰나루의, 그 아우성만 살고

껍데기는 가라.

그리하여, 다시

껍데기는 가라.

이곳에선, 두 가슴과 그곳까지 내논

아사달과 아사녀가

중립의 초례청 앞에 서서

부끄럼 빛내며

맞절할지니

껍데기는 가라.

한라에서 백두까지

향그러운 흙가슴만 남고

그, 모오든 쇠붙이는 가라.

– 「껍데기는 가라」[8]

---

8 『전집』, 67면.

1894년의 동학농민봉기와 1960년의 4·19혁명은 다 같이 귀수성 세계에서 일어난 사건들이었다. 여기서 중립은 바로 통일이고 평화이다. 신동엽은 남과 북의 정치적 통일보다 껍데기를 버리고 속알, 알몸, 알맹이로 사는 것이 더 중요하다고 말한다. 알맹이란 무엇인가. 그것은 가난한 사람들의 아주 작은 소원들 속에 들어있는 가장 보편적인 미래이다. 세계시장을 지배하는 기술을 개발하겠다는 재벌들의 소원은 과거에 갇혀 있다. 기술혁신을 결정하는 요인이 과거의 경쟁체제이기 때문이다. 전쟁이 그치기를 바라고, 아이가 학교 가는 날을 기다리고, 다친 아이가 병원 갈 수 있는 세상을 희망하는 아프가니스탄 여자들의 소원 속에는 다른 미래에 대한 꿈이 들어 있다. 그 꿈이야말로 오래된 미래이다. 그러므로 신동엽은 차수성 세계의 부정을 노래하는 시 「아니요」에서

세계의
지붕 혼자 바람 마시며
차마, 옷 입은 도시 계집 사랑했을리야[9]

라고 단언했다. 자기가 서 있는 자리를 세계의 지붕이라고 말하는 것은 자기가 있는 곳이 거룩한 곳이라는 역사인식을 표현한 것이다. 세계의 온갖 문제들이 집약되어 있는 곳에서 알몸으로 국제적 차별과 억압을 폐지할 해방의 바람을 마시고 있는 사람들은 옷 입은 도시 여자

---

9 『전집』, 31면.

를 외면할 수밖에 없다. 옷은 본질이 아니라 장식이고 있음이 아니라 나타남이기 때문이다. 알맹이는 도시 여자들의 부화한 꾸밈을 버릴 때 비로소 실천할 수 있는 역사적 현재의 가능성이다. 알맹이는 껍데기를 몰아낸 후에야 비로소 나타난다. 나와 역사가 하나 되는 이 가능성을 한국 사람들은 오래 전부터 얼이라고 불러왔다. 것과 얼은 구별되지만 또한 분리할 수 없이 얽혀 있다. 얼은 구심운동을 하고 것은 원심운동을 한다. 얼은 총체성을 통일성으로 구성하고 것은 통일성을 총체성으로 분화한다. 한국어로 얼은 속알이 되기도 하고 길이 되기도 한다. 한국인의 사유체계에서 존재의 의미는 얼을 향할 때에만 드러난다. 신동엽이 믿은 알맹이 민주주의는 얼을 지키려는 '몸부림'(『금강』 20장, 『전집』, 258면)에 근거한다. 껍데기란 무엇인가? 그것은 알맹이를 더럽히는 무의미한 파편들의 더미이다. 그 파편 조각들은 공간 속에 존재하나 의미 있는 공간을 형성하지 못하고 시간 속에서 운동하나 의미 있는 시간을 형성하지 못한다. 말하자면 그것들은 진리와 무관하다. 알맹이는 껍데기를 제거하고 해체하여 진리를 드러낸다. 알맹이는 내면적인 존재이면서 동시에 보편적인 존재이다. 얼의 보편성 때문에 나는 누구인가라는 질문은 나는 어디에 있는가라는 질문과 통하게 되며 다시 그대들은 어디에 있는가라는 질문과 통하게 된다. 타인에 대한 관심으로 인해서 알맹이는 우리로 하여금 언제나 새롭게 보편적인 사랑을 발견하게 하는 힘이 된다. 두 존재가 사랑에 근거하여 개별성을 교환할 때 그들은 중단 없는 변화 속에서 서로 상대방에 의하여 재창조된다. 우리는 신동엽의 시에 등장하는 아사녀와 아사달을 여자와 남자로 볼 수도 있고 남한과 북한으로 볼 수도 있다. 신동엽은 단순한 민주제도가 아니라 민주주의의 철학이 필요하다고 생각했다. 우리말로는 문학과 역사와 철학이 모두 이야기이다. 내가 겪은 이야기는 수필이 되고 우리가 겪은 이야기는 역사가 되며 지어낸 이야기는 소설이 된다. 철학은 이야기의 이야기이다. 역사에 대하여 이야기하면 역사철학이 되는 것이다. 의미의 보편성에서 역사철학은 역사보다 한 단계 심화된 차원에서 움직인다. 안중근 의사는 역사적 사명을 자각하고 이토 히로부미를 죽인 후에 자신의 실천철학을 『동양평화론』으로 제시하였다. 우리는 안중근 의사를 신동엽이 말하는 알맹이 민주주의의 전형으로 삼을수 있다. 한국의 민주주의에 필요한 것은 대중으로 하여금 안중근 의사와 같은 행동의 강도를 체득하게 할 수 있는 민주주의의 철학이다. 신동엽은 민주주의의 역사와 철학을 『금강』이란 노래로 통일하였다. 한국의 민주주의가 필요로 하는 것은 지금 여기서 항상 새롭게 쇄신되는 우리 시대의 『금강』이다.

참고문헌

신동엽, 『신동엽 전집』, 창작과비평사, 1989.

김범부, 『정치철학특강』, 이문출판사, 1986.
김준오, 『신동엽』, 건국대출판부, 1997.
윤노빈, 『신생철학』, 학민사, 1989.

로자 룩셈부르크, 황선길 역, 『자본의 축적』, 지식을만드는지식, 2013.
어니스트 바커, 김상엽 역, 『민주주의론』, 문교부, 1960.
존 케인즈, 김두희 역, 『고용, 이자 및 화폐의 일반이론』, 민중서관, 1956.
프리드리히 엥겔스, 전원배 역, 『반뒤링론』, 대성출판사, 1948.

1장 | '정치 혐오'의 문화적 기원과 신문소설의 여론 민주주의

1950년대 정비석의 신문소설을 중심으로

이선미

1. 정비석 신문소설의 인기와 여론

『민주어족』(『한국일보』, 1955)[1]을 쓴 정비석은 작품의 제목으로 쓸 정도로 민주주의를 자주 언급한 작가이다. 이 작품을 쓰기 바로 전에 발표한 『자유부인』(『서울신문』, 1954)은 1950년대에 최대 관심사였던 '자유'를 다양한 일상사를 파악하는 수사적 의미로 사용함으로써 자유를 가장 열망하면서도, 오해하고 남발하는 세태를 비판하기도 했다. 특히 『자유부인』은 사회적 존경의 대상인 대학교수를 여자 타이피스트의 종아리를 탐닉하는 애욕의 주인공으로 묘사하고, 대학교수 부인이 남편의 제자와 바람나게 재현하는 등 대학교수를 모욕하는 표현이 많다

---

1 1955년 『한국일보』에 연재된 『민주어족』은 연재 직후, 정음사에서 단행본으로 출간된다. 이하 정비석의 신문연재소설들은 연재 시 신문과 발표되었던 연도를 표기한다.

고 공격받아 더 독자들을 끌어 모으고 화제가 되었다.[2]

그런데 정작 이 소설은 대학교수를 비판하기보다는 국회의원이나 자본가들을 비판하기 위한 의도가 노골적이다. 대학교수 장태연의 부인인 오선영의 친정 오빠 오병헌은 국회의원으로 등장하지만 시종일관 법과 원칙을 무시하고 사리사욕과 권위만을 앞세워 자기 자신의 안위만을 생각하는 인물로 비판받는다. 소설은 일관성있게 국회의원 오병헌을 권모술수와 협잡으로 처세하는 인물로 재현하며, 오병헌은 내면적으로 성격화되지 않고 평면적 인물로만 드러난다. 당연히『자유부인』연재 시에 국회의원과 관련해서도 공격적인 비판을 받는다.[3] 국회의원을 빗대어 현실정치를 비판하는 정도가 상당했던 것이다.[4]

고유명사의 오병헌 국회의원을 보통명사화시켜 국회의원 전체를 비판하는 방식으로 정치 영역의 민주주의를 부정하는 서술방식은 중앙일간지에 연재를 시작한『자유부인』에서부터 생겨난 정비석 소설의 특성이다.『자유부인』직전 작품이며 정비석을 대중적으로 알린 소설인『여성의 적』에서는 국회의원 등을 비롯한 정치분야에 관련된 인물은 등장하지 않는다.[5] 연애와 애욕의 달인이라 할 만큼 도시적 연애

---

2 『자유부인』은 연재되었던『서울신문』에 비판 기사와 반박 기사가 실리면서 더 논란이 되었고, 유명해진 소설이다. 손세일 편,「자유부인 시비」,『한국논쟁사 문학・어학편』, 청람문화사, 1976, 3~16면 참조.

3 정비석,「『자유부인』의 생활과 그 의견 — 정비석이 유명하냐『자유부인』이 유명하냐」,『신태양』, 신태양사, 1957.1 참조.

4 임헌영은『자유부인』논쟁을 다루면서『자유부인』이 대학교수 부인 오선영의 춤바람과 불륜 같은 성풍속보다는 국회의원이 매개하는 정치의 부패상과 윤리의식이 붕괴된 사회상을 비판하는 점을 평가해야 한다며『자유부인』을 둘러싼 비평을 문제시한다. 임헌영,「정비석의『자유부인』을 둘러싼 논쟁」,『논쟁으로 읽는 한국사』2, 역사비평사, 2009 참조.

5 정비석 신문소설의 인기는『여성전선』에서부터 시작된다고 한다. 정비석, 앞의 글; 최미진,「한국전쟁기 정비석의『여성전선』연구 — 소설 창작방법론을 중심으로」,『현대문학이론 연구』32집, 현대문학이론학회, 2007.12 참조.

서사에서 솜씨를 발휘하는 정비석이 1950년대 최고 흥행작가가 된 것
은 당대 최대의 관심사인 '민주주의'적 정치 현실, 또는 정치적 감각을
소설의 주요 축으로 재현해내기 시작하면서부터이다. 정비석 소설에
서 민주주의는 흥행의 가장 중요한 코드라고 할 수 있다.[6]

국회의원은 선거를 통해서 만들어지기 때문에 대의제 민주주의가
실현된 국가에서만 존재하는 직업이다. 선거라는 민주주의 제도의 직
접적 결과물인 셈이다. 국회의원이 존재하는 사회는 민주적인 헌정질
서를 근간으로 민주적인 제도가 형성되어 있는 사회이다. 그런 점에서
1950년대 한국은 민주주의 헌정질서가 작동하는 사회이며, 국회의원
은 선거와 정당정치와 대의제 민주주의를 상징한다고 할 수 있다. 그
런데 정비석 소설에서 국회의원은 언제나 가장 속물적이며 부도덕한
인물로 형상화된다. 즉 정비석 소설에서 민주주의 정치를 대변하는 국
회의원은 사기와 협잡을 일삼고 권위를 내세우는 가장 민주적이지 않
은 인물이다. 『자유부인』의 오병헌 국회의원을 비롯하여 국회의원 권
달수가 중심적 인물로 등장하는 『낭만열차』(『한국일보』, 1956)는 소설의
많은 에피소드들이 권달수의 사기와 권모술수, 성희롱 등의 행태를 보
여준다.

이렇듯 정비석은 국회의원이라는 민주주의의 상징적 제도를 반민
주적인 형상으로 제시함으로써 민주주의가 전혀 실현되고 있지 않은

---

6 정비석 소설 중에서 『민주어족』은 민주주의를 정의하고 대안적 삶을 제시했다는 점에서
   당시 평론가들에 의해 고평된 작품이다. 임헌영을 비롯하여 당시 평론가들은 여성들의 성
   풍속과 일탈을 다루는 저속한 소설에 비해 남성들이 구성하는 민주주의적 관계와 생산
   현장의 재현만으로 품격 있는 소설로 평가한 셈이다. 곽종원, 「신문소설의 공과」, 『동아
   일보』, 1958.5.28; 백철, 「문학. 소설의 만네리즘사―십년회고에 다시금 반성되는 5」, 『경
   향신문』, 1958.8.3 참조.

정치를 비판하듯이 신문소설을 쓴다. 한국 사회에서 국회의원이 대변하는 정치의 영역은 민주주의적이지 않은 영역이고, 정치에 대한 불신이 전사회적 현상임을 담론적으로 구성해낸다. 따라서 이제 민주주의는 정치 영역 바깥, 즉 '여론'이라고 하는 영역에서 구성되는 것이라는 것을 암시하기도 한다. 정비석 소설에서 '여론'은 민주주의를 표방하는 정치가 민주주의적이지 않다고 비판하면서 민주주의를 실험하고 만들어가는 담론장이다. 공공연하게 국회의원을 비판하기 위해 쓰인 『낭만열차』에서 정치가와 여론을 서로 경쟁관계인 듯이 표현하며,[7] 정치를 담당하고 있는 것은 정치가지만, 정치가를 중심으로 한 정치·사회적 사건을 전달하는 '신문'은 정치가를 평가하고 비판하는 여론을 형성함으로써 정치에 관여한다는 논리를 펴고 있다. 정비석은 신문에 소설을 쓰면서 신문(여론)과 정치의 관계를 대등하게 서로 상호 작용하면서 민주주의를 만들어가는 사회적 제도로서 파악하고 있는 것이다. 또한 신문소설(여론)이 정치에 개입할 수 있다고 생각한다. 정비석 소설과 민주주의의 관계는 신문소설의 사회적 기능을 수행하는 방식을 통해서 논의할 수 있을 것이다.

정비석은 스스로 민주주의를 정의하는 방식으로 소설을 쓰지만, 소설이 여론을 만들어가는 주요한 매체라는 생각으로 신·구세대, 혹은 계급적 관점의 대립을 유발하는 여러 가지 사회풍속을 사실적으로 재현한다.[8] 한 시대의 이념·지식 생산자라는 자의식이 작가의 소명의

---

7 정비석, 『낭만열차』, 동진문화사, 1958, 8면.
8 정비석은 신문소설을 "전체 독자들의 광장이요, 전체 독자들의 유일한 최대공약수"라고 정의하면서 자신의 신문소설을 이론적으로 설명한 바 있다. 정비석, 「신문소설론―작법과 감상」, 서라벌예대 출판국 편, 『소설연구』, 한국교육문화원, 1956, 97면 참조.

식을 형성하게 했겠지만, 각종의 신문을 보면서 사회상황을 탐구하고 동시대의 사회풍속을 사실적으로 재현하는 소설가로서의 역할은 이 작가의 소명의식의 또 다른 축을 형성하면서 민주주의에 대한 관심을 증폭시켰던 것이다.[9] 정비석이 민주주의와 맺고 있는 이런 복합적인 관계는, 정비석 소설의 민주주의문제를 소설에 드러난 작가의 이념으로만 평가할 수 없게 만든다.

정비석 소설의 민주주의적 성격은 소설가인 정비석의 소설이나 사회적 발언 속에서 단일하게 구성되고 있지 않다. 독자와 끊임없이 소통하는 매개물로서 소설을 인식하고 소설을 쓰고자 했던 정비석은[10] 한 사회인으로서 내면화한 민주주의인식과 수많은 (신문)독자들이 담론적으로 참여하게 유도하는 소설 방법론으로서의 민주주의인식이 일치하지 않았다. 영웅적 인물이 합리적이고 윤리적인 태도로 조직을 운영할 때 민주주의가 구현된다는 민주주의인식 안에 다양한 의견을 가진 주체가 공존하는 세계를 받아들이고 수용할 수 있는 여지가 있다고 보기는 어렵다.[11] 이 착종과 내부적 역설이 정비석 소설에서 구현된 민주주의인식의 실체에 가깝다. 이는 1950년대 한국 사회의 단면이기도 하다는 점에서 문제적이다. 1950년대가 민주주의인식의 오해와

---

9 정비석은 아침에 일어나면 간행되는 신문을 전부 다 훑어보면서 사회를 파악하는 자료로 활용하고, 그것을 신문소설의 소재로 삼는다고 말한 바 있다. 정비석, 「감정과다파ー지면에 반영되는 빠른 센스」, 『경향신문』, 1958.11.4 참조.

10 정비석은 신문소설이 독자와 함께 만들어가는 무대공연과 같은 것으로 비유한 바 있으며, 독자와의 호흡이 신문소설에서 가장 중요한 요인이라고 강조함으로써 신문소설을 독자와의 관계 속에서 정의한다. 정비석, 「신문소설 공죄론ー요는 그 무대조건을 선용할 것」, 『동아일보』, 1954.11.28 참조.

11 미국적 가치로서 수용된 민주주의를 오인하고 남용하는 문제는 이선미, 「미국적 가치의 대중적 수용과 통제의 메카니즘」, 『민족문화연구』 54호, 고려대 민족문화연구원, 2011.6을 참조.

편견 속에서 '민주주의'적 의사소통방식이 존재했던 사회라는 점은 정비석 소설의 형성과 존재방식을 통해 단적으로 드러난다. 정비석이 대중적 관심을 끌어 모을 수 있었던 원인이며, 정비석을 통해 1950년대 민주주의인식과 민주주의적 현실을 가늠할 수 있는 이유이다. '정치'를 비판하는 역할을 했던 정비석 신문소설의 '사회' 재현의 방식과 여론화 방식은 1950년대 한국 사회의 민주주의 형성을 위해 논의되어야 할 문제이다.

2. '정비석'식 민주주의의 역설

"대한민국은 민주공화국이다. 대한민국의 주권은 국민에게 있고, 모든 권력은 국민으로부터 나온다"라는 헌법 1조를 근간으로 탄생한 제1공화국은 모든 사람들에게 새로운 삶에 대한 기대와 욕망을 불러일으켰으며, 국가의 정체로서 민주주의는 모든 사람들에게 중요한 삶의 전환을 기대하게 하는 용어였다. 1950년대는 그 어느 시기에 뒤지지 않게 민주주의를 향한 관심이 넘쳐났던 시대이며, 민주주의는 개념에 대한 정확한 정의와 상관없이 사회 각계각층의 최대 관심사였다. 전후 한국 사회의 지식계를 장악했던 『사상계』를 비롯하여 정치, 사회, 경제, 문화 각 분야의 최대 이슈였다.[12] 민주주의 이념이나 정책은

---

12 한국문학과 민주주의의 관계를 파악하기 위해 1950년대를 중심으로 연구 과제를 꼽는다면, 『사상계』의 민주주의담론과 문학적 성과, 최인훈 소설의 1960년 전후 민주주의담론, 대중적 민주주의의 발원지로서 정비석, 이렇게 세 가지 정도가 가장 중요할 것이다. 이 세 가지를 하나의 인식적 지평에 놓고 '관계'로서 파악할 때 정비석 소설의 민주주의 연

정치권력의 향방을 가늠하는 경합의 준거점이었으며, 전후에 급증한 도시민이 대중적으로 가장 많이 구사하는 수사적 언어였다. 시대를 대표하는 사회 이념에서부터 문화적 기호까지 두루 관계 맺고 있는 '민주주의'는 대중적으로 가장 인기를 끌었던 담론 생산자 정비석에 의해 문화풍속으로서 기호화되기도 한다.[13] 전쟁 직후 절망과 활기, 무기력과 야망을 동시에 포괄하는 정치적 용어를 일상적 삶의 문제로 전환시킨 『자유부인』이 장안의 화제가 되자, 곧바로『민주어족』을 통해 민주주의를 소설로 담론화한다. 『자유부인』을 중앙일간지에 연재하면서 정치적인 문제를 최대 현안으로 이슈화하고 제안하는 방식의 소설을 쓰기 시작하는데, 『민주어족』은『자유부인』의 인기에 힘입어 사회문제를 좀 더 강도 높게 다루려는 의도가 드러나 있다. 그러나 정비석의 민주주의인식이 그대로 드러나 있는 까닭에 민주주의를 영웅적 가부장의 태도로 인식하는 수준에 그친다.

『민주어족』은 민족주의자 백암 선생과 정치토론을 하며 정치의식을 갖춘 박재하가 운영하는 '민생 알루미늄' 공장을 민주주의의 훈련장이나 실습장처럼 재현하여 민주주의를 구체적 생활방식이나 태도로서 제안하고자 한 소설이다. 그러나 합리주의와 전통적 도덕의식을 중시하는 박재하 사장이나 건전한 댄스를 민주주의적인 것으로 인식하며 '민주여성'을 자처하는 강영란의 성격을 통해 가부장적 가장을 민주화함

관성이 의미 있게 구성될 수 있다고 본다. 김건우, 『사상계와 1950년대 문학』, 소명출판, 2003; 이상록, 「사상계에 나타난 자유민주주의론 연구」, 한양대 박사논문, 2010; 사상계 연구팀, 『냉전과 혁명의 시대 그리고『사상계』』, 소명출판, 2012 참조.

13 정비석의 『자유부인』과 1950년대 사회풍속의 연관성은 이봉범, 「한국전쟁 후 충속과 자유민주주의의 동태」, 『한국어문학연구』 56집, 한국어문학연구학회, 2011.2. 참조.

으로써 그 산하의 조직, 구성원, 제도 모두 민주화될 수 있다는 다소 전체주의적 발상이 엿보이는 소설이다. 정비석 소설의 남성 주인공 중에서 숭고한 이상을 내면화한 인물로서 가장 안정적으로 형상화된 박재하를 민주주의적 가치관을 구현하는 인물로 설정하여, 모든 상황을 민주적으로 구축해가는 영웅적 해결사로 등장하게 했지만, 결국 민주주의와 배리되는 획일주의, 전체주의 이념을 구현하게 만들어버린다.[14]

정비석 소설에서 민주주의가 무엇인지 정의하는 방식으로는 '민주주의'를 잘 설명하지 못한다. '민주주의'를 긍정적인 방식으로 정의하고자 작정한 소설에서 민주주의는 비민주적인 가부장주의의 '사회'를 재현한다. 그리고 독자들은 이런 계몽적 서사를 반기지 않았던 듯하다. 『민주어족』은 작가나 신문사의 기대와는 달리, 별달리 호응을 받지 못했기 때문이다.[15]

정비석이 소설에서 정치적 이념이나 사회의식, 혹은 권력창출의 방

---

14 사실, 정비석 소설의 민주주의인식은 별달리 주목할 만한 것은 아니다. 최근 집중적으로 논의되기 시작한 정비석 소설 연구에서도 민주주의인식은 "박래품으로서의 민주주의에 대해서 정당한 비판을 가하는 유일한 권위"로서 장태연을 평가하는 정도로 그치고 있으며, 지도자적 인물의 민주주의적 태도와 가부장적 역할 또는 지도력에 국한된 민주주의로서 속임수에 불과하다고 평가하기도 한다.(정종현, 「자유와 민주, 식민지 윤리감각의 재맥락화」, 『아프레걸 사상계를 읽다』, 동국대 출판부, 2009 참조) 그러나 이런 식의 가부장을 통한 민주적 질서의 회복이라는 서사는 1950년대 후반 국가중심의 가족윤리와 상통하는 바가 있다. 1960년 4·19혁명 이후 민주적 가족담론과 경계 없이 섞이면서 젠더인식의 보수화 경향을 추동하는 것도 이런 가족윤리와 연관된다. 정비석의 민주주의인식은 여러 가지 면에서 쟁점을 내포하고 있으며, 한국 사회의 민주주의인식과 관련하여 중요한 지점을 형성한다. 이선미, 앞의 글 참조.
15 작가 스스로 신문소설의 독자수준을 좀 높게 잡아서 소설을 썼다고 자신했던 『민주어족』은 독자들에게 부자연스러운 것으로 받아들여졌으며, 평론가들이 일관성이 없고 산만한 구성으로 혹평했던 『낭만열차』는 독자 감상문에서 독자들이 더 선호했던 작품으로 드러난다. 정비석 소설의 민주주의와 관련된 역설적 상황을 암시하는 독자 반응이다. 「『민주어족』 독자평」, 『한국일보』, 1955.8.23; 「낭만열차에서 내리고 ─ 독자들의 독후감」, 『한국일보』, 1956.12.2 참조.

법으로서 민주주의를 제안하는 경우는 많지 않다. 오히려 민주주의로 표현된 것들을 비아냥거리고 비판하기 위한 경우가 대부분이다. 정치적 문제를 다룬 첫 소설인 『자유부인』도 전후 도시문화를 장악해가는 유한마담의 행태를 비판하려는 목적으로 쓴 소설이며, 자유를 수사적으로 활용한 것이다. 이후에 쓴 소설들에서 민주주의나 자유는 개념을 잘 모르면서 남용하는 세태를 비판하기 위해 비유적으로 동원된다. 이런 수사적 표현 속에서 통쾌한 웃음을 통해 비판적 자각을 이끌어낸다. 이때, 작가인 정비석이 민주주의를 어떻게 인식하고 있는가는 별로 중요하지 않다. 민주주의를 어떻게 오해하고, 그리하여 어떤 의식이 만들어지는가를 드러내는 것이 중요하다. 정비석 소설의 '재미'는 여기서 생겨난다. 민주주의를 정의하고자 하는 소설에서는 민주주의를 정의하기 위해 민주주의로 표현된 것들을 비아냥거리고 희화화함으로써 말장난하는 식의 소설적 재미가 사라진다. 민주주의를 비아냥거리고 부정하고자 하는 소설에서 민주주의를 사유하게 한다는 점에서 정비석 소설의 민주주의는 그 자체로 역설인 셈이다.

　정비석 소설에 관한 연구 역시 이런 민주주의인식의 역설을 반영한다. 즉 정비석 소설의 민주주의적 성격을 논하는 연구들은 두 가지 극단적 평가를 보여준다. "올바른 근대화를 둘러싼 국가권력과 남성 지식인(시민) 그룹과의 대결을 중심으로 그려진 '민주주의' 대중서사"인 듯 보이지만, "공적 대의와 국가에 대한 개인의 복속, 전통적인 동양윤리라는 본질주의적 가치로 구성되는 부덕, 인종, 직분의 윤리 등", "총동원체제의 지배 이데올로기를 내면화하며 구성하였던 윤리적 세목을 1950년대 상황에서 재구조화한 측면이 존재한다"고 평가한다.[16] 반면, "여러 관념적 가치로부터 독립하여 자신의 욕망과 이득을 위해 움직이는 속도로 질주하는 정비석의 인물과 소설들은 발전주의의 가치를 그대로 보여주고 있"다는 점에서 자유민주주의의 이념을 구현한 듯하지만, 평등과 인권을 지닌 주체들이 공존한다는 의식이 결핍된 민주주의라고 평가하기도 한다.[17] 또 독자의 인식적 흐름을 중요시하는 정비석의 신문소설론에 주목하면서, 정비석 신문소설이 "기존의 관념이나 문화와 새로이 형성되는 근대성의 세목들이 실체를 갖고서 충돌하고 갈등하는 '공론장'"[18]의 역할을 한다는 점에서 민주주의적 담론 창출 가능성을 지닌다고 평가하기도 한다. 민주주의를 둘러싸고 진행된 연구만 하더라도 이런 상반된 평가가 공존하게 하는 텍스트이다. 정비석의 신문소설은 소설이 연재되던 당시만큼이나 해석적으로도 다양한 이해관계가 충돌하게 하는 분열적 텍스트의 면모를 지닌다.[19]

정비석 신문소설의 민주주의 연관성은 오히려 민주주의가 '정치' 영역에서 이루어지고 있지 않고, 근대화의 열망이 들끓고 있는 '사회' 영역에서 담론화되는 현상임을 환기하는 여론화 과정을 두고 생각해볼 수 있다. 즉 정치와 민주주의가 서로 적대적인 한국 사회의 상황을 비

---

16 정종현, 앞의 글, 149면 참조.
17 이영미, 「정비석 장편연애·세태소설의 세계인식과 그 시대적 의미」, 『대중서사연구』 26호, 2011.12, 39면.
18 이선미, 「'공론장'과 '마이너리티 리포트'―1950년대 신문소설과 정비석」, 위의 책, 143면.
19 여러 논문에서 정비석 소설의 양가적 해석 가능성은 서사적 특성으로 논의된 바 있다. 강진호, 「전후 세태소설의 존재방식」, 『현대소설사와 근대성의 아포리아』, 소명출판, 2004; 김복순, 「빈공주의의 젠더 전유양상과 '젠더화된 읽기'―『자유부인』을 중심으로」, 『문학과 영상』 5권 1호, 문학과영상학회, 2004; 최미진, 앞의 글; 김은하, 「전후 국가근대화와 위험한 미망인의 문화정치학―정비석의 『유혹의 강』을 중심으로」, 『한국문학이론과 비평』 49집, 한국문학이론과비평학회, 2010.12; 강상희, 「계몽과 해방의 미시사」, 『한국근대문학연구』 24집, 한국근대문학학회, 2011 하반기 참조.

판하면서, 그렇다면 민주주의는 어디에서 자생하고 있는가라는 문제를 제기한다.

'정치' 영역이 민주주의를 내면화하지 못함으로써 정치를 불신하게 된 한국 정치를 향한 감정적 대응은 오랜 연원을 가지는 문제일 수 있다. 또한 정치에 대한 불신과 함께 사회 영역의 민주화를 가장 중요한 사회적 현안으로 삼는 것도 한국 근현대사를 통해 진행형인 과제로 볼 수 있다. 정비석 신문소설의 민주주의적 연관성은 '정치' 영역에서는 정착하지 못하고, '사회'를 구성하는 중심축으로 역할하는 민주주의를 의제화했다는 점일 것이다. 민주주의를 정치적 이념이나 원리로 정립하지 못하는 상황에서 이를 비판하는 사회담론의 형성과정으로서 민주주의를 논할 수 있게 한다. 즉 '신문'의 사회적 기능에 주목하면서 그 효과인 소설의 여론화 기능을 통해 '민주주의'를 실천한 사례로 평가할 수 있다. '민주주의' 실현의 장인 정치를 비판하고 정치를 불신하는 정치 혐오의 정서는 여론을 통해 담론공동체로서 '사회'를 구성하는 핵심적 매개 장치라 할 것이다.

3. '정치' 혐오의 사회적 공감대와 신문소설의 여론 민주주의

정비석 소설과 민주주의의 연관성은 인물을 통해 제시되는 민주주의의식이나 이념보다는, 인물의 사회적 상황이나 대응과정에서 빚어지는 태도, 혹은 생활 문화를 통해 적극적으로 논의할 수 있다. 정비석은 1950년대 소설가 중에서 중앙일간지에 가장 소설을 많이 쓴 작가이며, 가장 인기 있었던 작가이다. 즉 이 시기 신문소설 작가를 대표한다고 해도 과언이 아니다. 정비석과 신문소설의 인연은 신문 미디어의 사회적 역할과 존재방식을 신문소설의 창작에 가장 중요한 요인으로 파악했던 정비석의 소설관 형성에 결정적 요인이 된다.

1950년대는 국가의 제도적 기능은 별로 체계화되어 있지 않은 채, 사람들은 전쟁의 폐허를 만회하기 위해 돈의 흐름을 따라 무슨 일이든 시도하던 시기였다. 자유와 민주주의는 사회를 재편할 중요한 이념으로 받아들여지고, '욕망'은 새로운 사회의 현실로서 인정되어야 한다는 새로운 가치관이 팽배하였다. 새로운 사회의 이념으로 떠돌았던 자유와 민주주의는 새로운 사회의 윤리로 받아들여지면서 구래의 억압적 구조를 자각하게 하였지만, 동시에 폐해도 심각하여 현실의 혼란과 무질서의 원인이 되기도 하였다.[20] 신문의 사회면은 온통 새로운 가치관에 열을 올리는 문화풍경과 그로 인해 희생되는 사람들의 이야기로 '말세' 같은 예언이 난무하며 화려한 인간사의 전시장을 방불케 했다.[21] 정부(국가)에 대한 불신이 팽배했던 전후 한국 사회의 국민정서는 반정부적이고 반국가적이며 반사회적인 의식을 형성시켰다. 정부와 정치적으로 대립하는 양상이 두드러져 '야당지'라는 분류도 어색하지 않았

---

[20] 자유와 민주주의가 한국의 정치상황에서 다양한 주체들에 의해 전유되는 방식과 그 담론을 둘러싼 풍속의 문제는 권보드래, 「실존, 자유부인, 그래그마티즘」, 『아프레걸 사상계를 읽다』, 동국대 출판부, 2009; 이봉범, 「한국전쟁 후 풍속과 자유민주주의의 동태」, 『한국어문학연구』 56집, 한국어문학연구학회, 2010 참조.

[21] 정비석은 『낭만열차』를 연재하기 시작할 때, 작가의 말을 통해 아침마다 신문을 보면 살풍경한 인간생활을 파노라마처럼 보게 된다면서 현대 사회를 꿈을 잃어버린 사회로 규정한 바 있다. 『한국일보』, 1956.4.21 참조.

던 1950년대 신문은 이 같은 정치적, 사회적 상황을 기사거리로 삼으며, 여론을 대변하는 담론적 공동체의 역할을 자임한다.[22] 신문소설은 1950년대 신문의 사회적 기능과 같은 맥락에서 소통되는 미디어였으며, 여론 생산의 기능을 수행하면서 장르 규범을 만들어간다.[23]

소설이 전체적으로 여러 에피소드나 사건들의 나열로도 보이는 『한국일보』 연재소설 『낭만열차』는 동심원적 구조를 통해 '여론'으로 수렴되는 민주주의적 담론 창출의 소설적 기능을 가장 전형적으로 실현한 예이다. 소설의 인물을 긍정적 인물, 부정적 인물의 구도로만 나눈다면, 원낙영과 김창헌이라는 긍정적 인물을 놓고 권달수, 원동준, 김정숙, 권채옥 등을 반대편에 배치하여 선악의 구도를 취하는 듯이 보인다. 그러나 인물의 긍정성과 부정성은 이렇게 단순하게만 구현되지 않는다. 원동준만 하더라도 새 양복을 빌려 입고 데이트를 즐기면서 여대생을 농락할 궁리만 하는 호색한의 면모로 드러난 듯하지만, 젊은 남녀의 연애 감정을 솔직하게 전달하는 과정에서 욕망의 자연스러운 노출로 공감대를 형성하고, 국회의원 권달수에 의헤 "공산당"과 같은 위협적인 존재로 평가됨으로써 긍정적 인물로 분류되기도 한다. 1950

---

22 최장집은 한국 민주주의의 기원과 역사성을 정리하면서 한국의 민주주의는 정치 사회, 즉 정당체제와 같은 정치의 영역에서 민주주의를 논의할 수 있는 구조가 아니었다고 분석한다. 즉 정권을 견제하고 대항하는 야당의 역할을 하는 정치적 정당이 존재할 수 있는 여지가 없었다고 평가한 것이다.(최장집, 『민주화 이후의 민주주의』, 후마니타스, 2002, 101 · 112면 참조) 그나마 1950년대에는 언론이 야당의 역할을 하면서 사회민주화에 중요한 역할을 하며, 공개적인 담론장이 마련되어 민주화의 토대가 형성된다. 유신시대를 거치면서 언론은 지배 권력으로 흡수되고, 공론장의 구조는 사라진다. 1950년대 언론, 특히 신문의 사회적 역할은 한국의 민주화와 관련하여 중요하게 평가될 점이며, 신문소설의 의미도 새롭게 조명될 필요가 있을 것이다.
23 1950년대 신문소설은 신문 미디어의 사회적 역할과 위상을 그대로 실현하는 미디어 서사였다 할 것이다. 특히 이 시기 정비석 신문소설의 역할과 위상, 여론화 방식은 이선미의 「공론장과 '마이너리티 리포트'−1950년대 신문소설과 정비석」에서 논의된 바 있다.

년대적인 맥락에서는 원동준과 같은 인물은 허영기 가득한 대학생으로 비판되는 듯하지만, 이 시대 젊은이들 모두가 갖고 있는 연애의 욕망을 일반화한다는 점에서 새로운 삶의 측면을 매개하기도 한다. 정비석 소설이 여러 가지 관점에서 논란이 되면서 다양한 담론 주체가 구성되게 하는 민주주의적 의사소통방식의 형상화이다.

여느 소설에서는 영웅적이고 도덕적인 면모로만 성격화되기 쉬운 권위적인 주체로서 남성 주인공들의 형상화에서 이런 특성은 두드러진다. 논쟁까지도 벌어졌던 『자유부인』의 주인공 장태연 뿐만 아니라,[24] 『낭만열차』에서 합리적인 중년으로 등장하여 모든 인물들의 삶을 평가하고 해석하는 서술 주체인 물리학 교수 원낙영, 『유혹의 강』에서 유능하고 윤리적인 품성의 의사로 성격화된 윤만호, 농촌 계몽의 낭만적 이상을 실현하는 시대의 주인공처럼 그려진 『슬픈목가』의 강병철에 이르기까지 사회의 민주적 이상을 실현하도록 기대되는 남성 주인공들은 한결같이 사회적으로 기대되는 바를 실현하는 주체이면서, 여성의 육체 앞에서는 무력하게 자기를 내맡기는 욕망의 존재로 성격화된다. 이런 다면적인 성격화는 한 인물의 성격이나 행위를 놓고도 갑론을박하는 의견들이 모여들 수 있게 함으로써 당대를 입체적으로 재현하는 효과를 지닌다고 평가할 만한 것이다.[25]

정의감과 윤리의식을 바탕으로 부정과 부패를 질타하고 교정하는 인물만큼이나 비속한 욕망을 억압하지 않고 노출하는 '통속적' 면모를 소설이라는 신문의 담론장으로 끌어들이는 방식은 삶의 다면성을 재

---

24 『자유부인』 논쟁은 서울대 교수와의 논쟁에서부터 시작된 것이다. 손세일, 앞의 책 참조.
25 이선미, 앞의 글, 2011.12, 138면 참조.

현하는 소설적 과제 외에도, 새로운 삶의 변화를 추동하는 근대적 주체를 담론적으로 재현한다는 점에서 여론화 과정으로 볼 수 있다. 즉 근대성의 핵심 이데올로기인 자유주의는 다양한 주체의 공존을 전제하지 않고서는 성립하지 않는다. 민주주의는 자유주의의 토대 없이 성립하기 어려운 것이다.[26] 민주주의의 정치적 실천 과정에서 자유주의는 기초공사와 같은 역할을 할 수밖에 없다.[27] 이런 관점에서 본다면, 정비석 신문소설이 다양한 이해관계에 처한 인물들이 서로 공존하고 갈등하는 방식으로 전환기의 사회적 사실들을 서사화시켰다면, 사회 풍속의 사실적 재현만으로도 민주주의적 태도와 삶의 방식을 구성했다고 보는 것도 무리는 아닐 것이다.[28] 다양한 사회문제의 주인공들로 하여금 신문 기사와 같은 사실적 이야기의 주인공이 되게 하고, 그들의 실제 생활 세계를 통해 다양한 삶의 양상이 공존하게 하는 신문소설의 방법은 소설적 재미와 신문 기사를 향한 지적 욕구를 모두 충족시키는 정비석 신문소설의 주요한 여론화 방식이다.[29]

더불어 한 인물을 형상화하는 방식에서도 여러 이해관계가 충돌하

---

[26] 자유주의와 민주주의의 관계는 평등주의가 가로놓여 있기 때문에 쉽게 연관 짓기 어려운 측면이 있는 듯하다. 이 둘의 관계는 경제적 영역에서는 서로 배리되지만, 절차적 민주주의와 관련하여서는 필수적으로 의존적이라는 견해가 일반적인 듯하다. 노베르트 보비오, 황주홍 역, 『자유주의와 민주주의』, 문학과지성사, 1992, 43~50면 참조.

[27] 최근 한국에서 논의되는 자유주의는 특히 민주주의와 상생의 관계로 평가되는 경향이 있다. 최태욱 편, 『자유주의는 진보적일 수 있는가』, 폴리테이아, 2011 참조.

[28] 19세기 서구 소설론은 리얼리즘과 통속성(시사성)이 근대적인 도시화와 산업화된 사회에서 살아가는 사람들의 민주주의적인 삶의 방식이나 의식 형성에 중요한 역할을 한다는 점을 들어 소설의 사회성을 논한다. 줄리아 프레윗 브라운, 박오복 역, 『19세기 영국 소설과 사회』, 열음사, 1990 참조.

[29] 정비석 신문소설이 미디어로서 여론을 이끌어내고 민주주의적 소통방식으로서 역할 한다는 점은 이선미의 논문에서 신문소설의 '공론장' 개념을 통해 해명된 바 있다. 이 논문은 그 연장선에서 구성된 것이다. 이선미, 앞의 글, 2011.12 참조.

여 논란거리가 되게 함으로써 화제를 불러일으킨다. 개별적 인물의 특성을 직업이나 사회적 지위의 일반적 성격인 듯이 보편화함으로써 불러일으키는 효과이다. 가장 논란이 되었던 대학교수 장태연의 인물 형상화를 예로 들 수 있을 것이다. 근엄한 사회적 이미지를 갖고 있는 국어학자 장태연이 타이피스트의 종아리에 가슴이 설레게 하여 근엄함을 일거에 깨뜨려버린다.[30] 특히 장태연은 1950년대 국가와 사회의 혼란상을 헤쳐갈 책임 있는 인물로서 미적 권위를 획득하고 있기에, 그 속물적 취미는 가히 센세이셔널한 화젯거리를 몰고 올 정도였다. 소설은 장태연의 속물 취미를 개인화하는 방식이 아니라, 대학교수라는 근엄한 직업군의 숨겨진 이면으로 캐릭터화함으로써 여론을 들끓게 하는 효과까지도 만들어낸다. 직업과 캐릭터를 동일시하는 서술은 희극적 형상화와 같은 전형적인 대중소설적 서술방식이라고 할 수 있을 텐데, 정비석 소설에서는 사회적으로 이슈가 되는 직업이나 사회상황을 소재로 하여, 여론을 형성하는데 적극적으로 활용된다. 일종의 정치풍자로도 기능하는 세태풍자의 기법이다. 『자유부인』이 사회적 논란거리가 되면서 인기를 얻게 된 것은 장태연 개인의 성격을 대학교수 전체의 문제로 일반화하는 형상화방식이 주요인이었다.[31] 그리고 이는 가장 신뢰받는 사회 지도층에 해당하는 지식인조차 속물적 욕망의 이

---

30 정비석 신문소설의 성격과 관련하여 영웅적 남성 주인공은 대부분 이런 에로티시즘의 주체이기도 하다. 그러나 이로 인해 인물이 다면적 성격이 됨으로써 서사적으로 어떤 결과를 만들 수 있다는 점은 전혀 보여주지 않는다. 이 점은 정비석 소설의 민주주의적 담론화 과정과 관련하여 더 논의될 부분이다. 강상희는 이 점에 주목하여 정비석 소설의 해방적 기능을 논한 바 있다. 강상희, 앞의 글 참조.

31 소설 연재 시 논쟁에 휘말린 것뿐만 아니라, 여성단체, 치안국 등에 불려갔다고 한다. 정비석, 앞의 글, 1957 참조.

면을 지닌 근대적 인간임을 알 수 있게 하는 리얼리즘의 세목이기도 하다. 세속적 인간으로서 근대인의 면모는 이 엄숙주의를 거둬내고 속물성의 속살을 헤집어내는 '소설'의 통속적 면모이다. 정비석 소설이 1950년대 사회를 새롭게 구성했다면, 바로 이 속물성의 공론화와 통속으로서의 '소설'의 성립을 통해 삶의 비루한 측면을 인정하는 '구조'를 만들어낸 점이라 할 것이다.

사회적 현상의 주체가 되는 인물을 개별적으로 성격화하지 않고, 전체를 대표하는 듯이 만들어버림으로써 사회비판의 효과를 높이는 형상화방식은 1950년대 '정치'를 문제시하고 비판하는데 가장 효력을 발휘한다. 국회의원 오병헌(『자유부인』)이나 권달수(『낭만열차』)는 이렇게 만들어진 대표적인 부정적 인물이다. 고유명사 권달수는 보통명사 국회의원으로 전환되어 수용되며, 이런 일반화는 많은 개별적 국회의원들의 저항에 부딪혀 논란거리를 만들어내는 빌미를 제공하지만, 국회의원의 반민주적 행태를 고발하고 비판하면서 독자 대중의 적극적 지지를 얻는다. 국회의원 선거 과정에서부터 '막걸리 선거, 고무신 선거' 등, 직접민주주의의 정치적 제도를 야유하고 비아냥거리는 사회풍토를 소설로 구체화하여 현실을 문제시하는 방식이다. 신문 기사나 정치적인 뒷담화로 떠도는 이야기들을 사실적으로 재현하는 다양한 디테일들은 권달수 개인을 향한 비난으로 개별화되지 않고, 다수 정치인을 향한 비난과 야유로 일반화됨으로써 전사회적 공감을 불러일으킨다. 정비석의 신문소설이 장안의 화제가 되는 것은 새로운 성풍속도를 희화화시켜 묘사하는 점과 더불어, 이렇듯 부정부패와 사리사욕을 일삼는 권위적인 정치인을 희화화해 혐오의 감정을 고조시키기 때문이다.

가장 큰 권력 집단인 정치인을 조롱하고 희화화함으로써 쾌감을 공유하는 과정은 일종의 의례처럼 많은 사람들을 감성적으로 연대하게 하는 효과를 만들어낸다.

1950년대 정치상황에서 신문은 정치를 비판하고, 민주주의를 촉구하는 민주주의적 실현의 공간이었으며, 정비석의 신문소설은 정치를 상징하는 국회의원을 야유하는 방식으로 정치 혐오의 정서를 전사회적으로 자연스러운 감성으로 확산시켰던 것이다. 민주주의를 실천해야하는 정치인들이 민주주의를 오해하고 전도시키는 상황으로 정치를 희화화함으로써 정치를 비판하고 다양한 담론이 정치비판에 끼어들게 한다. 그리고 정치혐오는 곧 '여론' 형성으로 이어짐으로써 민주주의를 행위적으로 실천할 수 있게 한다. 정비석식의 상투적인 방법이 여론 형성을 통해 사회적 담론 형성에 기여했던 최정점의 상황이었던 것이다. 정치혐오가 한국 사회의 감성구조로서 문화적으로 구성되었다면 정비석 소설은 초기의 핵심적 매개 장치였다 할 것이다.

그런데 이러한 일반화를 통한 여론화는 정비석 신문소설의 일반적 특성이기에, 다소 무리한 문제를 낳기도 했다. 정비석 소설을 둘러싼 무수한 논쟁과 논란은 이런 서사적 특성과 무관하지 않다. 그렇지만 1950년대에는 이런 방식의 비유와 수사가 현실과 섞여서 수용되어도 별 무리가 없을 정도로 사회 고위층이나 엘리트 그룹의 공인의식과 권위가 몰락한 상태라는 진단이 대세를 이루었다. 게다가 신문 미디어를 비롯한 다양한 언론에서 사회 지도층과 정부에 대한 비판담론이 공공연하게 이루어지고 있었다. 민주주의는 헌법을 비롯해서 공적으로 제도화되었지만, 민주주의가 실천되었다고 말하기는 어려운 사회상이[32]

이런 대중인식과 여론 속에 그대로 드러나던 때이다. 국회의원이나 정치관료가 사회적인 공무를 담당한다는 자의식도 없고, 그런 자의식을 인정하는 사회구조도 붕괴되었다는 인식이 일반적인 상식처럼 통용되었다. 국회의원을 이런 방식으로 부정적으로 묘사함으로써 정치의 영역에서 민주주의는 전혀 어불성설인 듯이 서술하는 '소설'이 논란을 일으키기는 했지만, 적어도 1950년대에는 독자의 열렬한 지지 속에서 연재를 이어가는 상황에 위협이 된 적은 없었다.[33]

정비석은 이런 방식으로 사회적인 문제를 형상적으로 제시함으로써 그 사회적 사건을 환기시키는 것은 물론이고, 사회적인 문제를 전체적으로 공론화할 '여론'을 조성했던 것이다. 신문소설이 장르적으로

32　박명림, 「1950년대 한국의 민주주의와 권위주의─민주주의 '제도'와 권위주의 '실천'의 역사적 조건」, 『1950년대 남북한의 선택과 굴절』, 역사비평사, 1998 참조.

33　이런 방식은 개인의 문제를 일반적인 것으로 치환할 수 있을 정도로 여론의 지지를 받을 때에만 가능하다. 1950년대 국회의원이나 사회 지도층의 부정부패와 이기주의적 무책임성은 전사회적인 공감 속에서 인정되었다. 따라서 몇몇 예외적 인물의 항의나 반발이 소설적 담론화를 저해할 만한 힘을 지니지는 못했다. 그저 소문으로 떠돌거나 매체상에서 논쟁하는 정도에 그칠 뿐이었다. 그러나 1960년 5월 19일부터 『한국일보』에 연재한 정비석의 4·19혁명 소설 『혁명전야』는 혁명의 주체로 표상되던 대학생을 "항간에는 돈 오십환을 가지고 그녀들이 다니는 세 학교의 특징을 단적으로 표현한 재미나는 말이 떠돌고 있다. 돈 오십환이 생기면 고려대 학생은 막걸리를 마시고, 연세대 학생은 구두를 닦고, 서울대 학생은 노트를 산다"는 식으로 대학별로 유형화하는 방식을 취하다가 대학생들이 강력히 항의해서 연재를 중단당한다. 이 사건은 "해방과 분단에 이르는 동안 검열에 익숙해져" "정당하지 못한 것은 검열되어야 한다는 생각"이 당연한 듯이 통용되는 사회를 단적으로 보여준 사례로서, "정당하지 못한 것의 범위와 대상이 사회적으로 숙고되고 합의되지 못할 때 매우 위험한 결과를 가져올 수 있"는 사례로 평가된 바 있다. (임경순, 「1960년대 검열과 문학, 문학제도의 재구조화」, 『대동문화연구』 47집, 2011.6, 111~114 참조) 이 논문은 검열에 익숙해져 있는 사회가 문제인 것은, 그 사회적 인식이 계기가 되어 4·19혁명 이후에 더 심각한 문제를 낳게 된다는 검열의 사회적 인식지형을 해명하기 위해 정비석을 논하고 있다. 그러나 정비석이 논란을 몰고 다닌 작가라는 점을 생각해볼 때, 정비석의 소설 창작방법이 어떤 사회적 상황 속에서만 효과를 발휘할 수 있다는 점을 생각하게 하는 사례인 듯하다. 정비석 소설은 텍스트로서는 별 의미가 없고, 소설이 읽히는 과정이 전제될 때만 의미가 완성되는 방식의 소설임을 확인하게 하는 사건이다.

정의된다면 아마도 이런 특성이 중점적으로 고려되어야 할 것이다. 즉, 개인들의 내밀한 속내를 드러냄으로써 사적인 세계를 '사회'로서 공론화하고, 정치적으로 사유하게 하는 역할을 했다고 할 수 있다.[34] 정비석이 민주주의를 어떻게 인식했는가와 상관없이 정비석의 무리수를 두는 형상화방식은 과도한 일반화를 통해 1950년대 정치를 비판하고 여론을 형성하는 역할을 했던 것이다.

4. 1950년대 사회와 통속소설

1950년대의 정비석은 지금 우리 시대의 미디어 상황과 서사의 대중적 존재방식과 대비시켜 생각해보면, 팟 캐스트라는 인터넷 방송을 통해 정치를 야유하고 비판하는 김어준의 방식과 가장 비슷한 것일지도 모른다.[35] 야유와 비아냥으로 권위적인 주체를 풍자하고 희화화하면서 세태를 비판하고 민주주의를 사유하게 하는 비판적 여론화 방식과

---

34 신문소설이 여론을 형성하는 사회적 계기를 제공하는 경우는 이후에도 신문소설의 상업적 의미를 실현하는 방식으로 지속되었다. 1970년대 최인호의 『별들의 고향』과 조해일의 『겨울여자』는 선정적인 성담론이 대중적 인기의 주요인이기도 했지만, 그 못지않게 당대 사회변화를 반영하는 연애의 문제와 여성의 정조관념을 둘러싼 생각들이 소설을 통해 공론화되면서 여론을 환기한 측면도 상당하다. 신문소설이 매회 청년세대의 관심사로 부상했던 것은 이런 사회적 문제를 이슈화하는 측면이 강하게 작용했던 것이다. 신문소설의 민주주의적 연관성은 사회적 문제를 이슈화함으로써 여론을 주도하는 측면을 통해 논의해야 할 것이라 생각되며, 1950~1970년대 장편소설의 부흥과 관련해서도 따져봐야 할 문제인 듯하다. 이선미, 「청년 연애학 개론의 정치성과 최인호 소설」, 『대중서사연구』 24호, 대중서사학회, 2010.12 참조.

35 김어준, 정봉주, 김용민, 주진우 4명이 참여하는 토크쇼에 해당하는 팟 캐스트 방송으로 출발하였으며, 시사소설로 출판되어 정치 풍자의 한 장르를 형성하기 시작한 『나는 꼼수다』를 말한다.

비슷한 점이 있다. 그 자체로 정치적인 대안, 혹은 민주주의의 구체적 매뉴얼을 제시할 수는 없지만, 비민주적이고 권위적인 통치방식이나 사회적 주체, 지배적인 사회담론을 비판하는 '여론'의 분출구, 즉 공론장을 만들어내는 데는 엄청난 힘을 발휘한다. 야당의 역할을 담당했던 '1950년대 신문'의 서사로서 정비석의 소설은 바로 이런 '여론'민주주의를 담당했다고 할 수 있다. 신문이라는 미디어의 사회적 위상이나 역할의 관점에서 본다면, 정비석은 신문 미디어에 적합한 소설을 고민하고 의도한 작가로 평가할 수 있다. 그래서 연재했던 모든 작품들이 독자들의 과열된 관심을 받았던 것이다. 그리고 이때의 독자는 공중public으로서의 대중masses에 더 가깝다고 할 것이다.

그러나 이 소설들은 당대 장편소설의 개념에 들어맞는 것은 아니었다. 그리고 이후에도 장편소설의 개념에 들어맞지 않는다. 그래서 당대 최고의 인기를 구가하는 소설가이며 저널리스트였던 정비석은 전집 창간이 유행처럼 문학시장을 장악하던 시절에 거의 모든 전집 출간에 참여했으면서도, 자신의 장편소설 중 어떤 작품도 정전 대열에 진입시키지 못한다.[36] 장편소설이라는 개념에 적합한 '품격'을 지니기는 어려웠던 것이다.

그러나 문학사의 정전을 만들어내는 문학전집에는 적합하지 않을지 몰라도 소설의 사회적 관계라는 문제를 놓고 생각할 때, 신문이라는 미디어에 소설이 놓여진다면, 정비석 소설이 가장 적당한 것은 아닐까도 질문해야 할 것이다. 즉 소설이 사람들이 살아가는 이야기로서 사

---

36 최애순, 「정비석과 전집의 정전화 논리」, 『대중서사연구』 26호, 대중서사학회, 2011.12 참조.

회적 소통, 즉 당대를 공감하고 인식하기 위한 소통(커뮤니케이션)의 수단으로서 역할 한다고 할 때, 정비석 소설처럼 사회적 현안이 되는 문제들을 둘러싸고 이루어지는 권력관계와 갈등의 국면을 공공성을 염두에 두고 담아내는 것이 가장 중요하지 않을까 질문해보자는 것이다.

정비석 신문소설은 다양한 사회 구성원, 사회적 주체가 공적으로 인정되는 구조가 민주주의라고 파악하면서, 욕망에 충실한 인간들을 공적인 주체로 인정하는 사회를 추구한다. 사회적 논란거리를 제공하면서 욕망에 충실한 인물을 창조해낼 때 정비석은 스스로 그것이 무슨 의미인지 몰랐을지라도 그 소설의 사회적 관계는 민주주의적 실천의 하나일 수 있다.[37] 『낭만열차』, 『슬픈목가』(『동아일보』, 1957), 『유혹의 강』(『서울신문』, 1958), 『비정의 곡』(『경향신문』, 1959)에서 긍정적 인물은 숭고하지 않고 비속한 욕망에 시달리면서 세속적 인간이라는 공감을 불러일으켰으며, 부정적 인물은 악랄하고 파렴치하게 욕망만을 추구하면서도 비겁하고 소심한 평범성을 지니고 있다.[38] 비속한 측면을 가감 없이 폭로하고, 낄낄거리며 동참하게 유도하기에 상스럽게 보이기도 하지만, 소위 'B급 정서'라는 코드로 권위적 주체의 부당성이나 지배욕망을 비웃고 부정하는 가운데 전복적 상상력을 자극한다. 정비석 신문소설은 그 이

---

37 이선미는 공론장으로서 정비석 소설의 사회적 효과를 정비석이 의도하지는 않았을 것이며, 이후 신문 매체의 성격이 바뀌자 정비석의 신문소설이 더 이상 공론장의 기능을 수행하지 못하는 것도, 정비석의 의도와 상관없는 정비석 신문소설의 사회적 성격으로 평가한다. 이선미, 앞의 글, 2011.12 참조.

38 최초로 대중적 인기를 얻었던 신문소설의 작가인 이광수의 소설들과 비교할 점이다. 정비석은 이광수를 가장 의식했던 작가라 할 수 있지만, 남성 인물의 다면적 성격화는 이광수 소설과 비교되는 점이며, 인기의 요인이기도 했다는 점에서 흥미롭다. 신문소설의 대중성과 관련하여 이광수와 정비석의 비교는 대중성의 문제를 논의하는데 중요한 시사점을 제공할 것이다.

전까지 존재했던 소설의 어떤 형식으로도 계보화 할 수 없는 새로운 유형의 이야기 형식이며, 대중적 문학예술의 한 유형이 되는 소설일 수 있다고 조심스럽게 제안한다. 특히 이 B급 정서는 정치를 혐오하고 정치를 무시할 수밖에 없는 냉소주의적 정서를 형성하는 데 기여한 바 있다. 정치를 중시할수록 무력감과 혐오감 같은 감정이 확산되는 한국 사회의 정치적 감성 구조의 기원이 생겨난 셈이다.

'정치'를 민주주의와 분리시키고 '사회' 영역에서 민주적이거나 반민주적인 요소들이 갈등하는 양상을 그려내는 정비석의 신문소설은 낡은 것과 새로운 것의 대립, 혹은 새로운 것이 낡은 것을 재구축하는 과정을 보여준다. 정치가 개인들의 삶을 세세히 관여하는 민주주의적 사회에서 다양한 담론 주체들이 이전투구식으로 갈등하는 양상을 재현함으로써 전사회적으로 공감하고 있는 정치 혐오의 감성을 주조하면서 여론을 형성한다. 소설은 산업화와 도시화의 과정에서 도시 정착민들의 새로운 삶의 상황과 갈등적 양상을 세속화의 문제로 인식한다고 알려져 있다.[39] 근대적 사회를 내밀한 사적 생활 영역에서부터 공론화한 통속의 '소설(노블)'은 이런 서사적 관계망 속에서 형성되는 것은 아닌가? 그렇다면 정비석의 신문소설은 통속소설의 전형이면서, 소설(노블)의 길을 보여준다는 평가도 가능할 것이다.

자본이나 권력, 또는 성의 논리에 따라 움직이는 보통 사람들의 세계, 시장바닥에서 일상적인 관계로 얽혀 살아가는 사람들의 욕망과 비루함을 전면적으로 드러내는 가운데 선하고 고상한 것으로 치장한 권

---

[39] 이안 와트, 강유나·고경하 역, 『소설의 발생』, 강, 2009 참조.

위적 주체의 욕망의 구조를 까발리는 방식은 '통속적'이다.[40] 숭고와 센티멘탈리즘에서 연원하는 통속성과는[41] 정반대의 통속성으로서, 서술의 주체 스스로 속되고 비루한 욕망을 자기 것으로 인정하고 드러내지만, 자기를 정당화하고 권위적 주체를 더 속화시키고 희화화하기 때문에 공격적이며 비열하기까지 하다. 그러나 진흙탕 속에서 한판 싸운 끝에 비록 진흙 범벅이 되었어도 통쾌한 것처럼, 상스러울망정 낄낄거리며 공격의 대상인 타자를 적나라하게 비속하게 만들었다는 사실은 비극적 정서 같은 철학적 사유의 여지는 없지만, 공격 대상을 확실히 부정한다는 점에서 전복적 힘을 발휘한다.[42] 소위 'B급 정서'의 통속성이 민주주의적 여론화와 민주주의적 실천에서 힘을 발휘할 수 있는 이유일 것이다.[43] 또한 속물적 욕망이 공공연하게 활개쳤던 '정치'에 대한 부정과 비판의 논리는 이 B급 정서를 배경으로 한 '혐오'의 감성을 통해 여지없이 폭로되었다고 해도 과언은 아닐 것이다.

---

[40] 이 논문에서 제안하고 싶은 여러 가지 문학사적 문제의식이 있지만, 이 통속성의 문학사적 인식도 중요한 과제 중 하나이다. 대중문학을 폄하하는 의도를 담아내기 위해 사용하는 '통속성'이라는 말은 소설의 기원을 논하는 서구 소설론과 별 상관없이 한국적 맥락에서 생겨난 말인 듯하다. 소설의 사회적 존재방식을 생각할 때, 통속은 소설의 기본 성격으로 꼽을 수 있는 면모가 아닐까? 통속성과 시사성을 어떻게 구분하는가도 중요하다고 생각된다. 정비석의 통속성을 분석하면서 자세히 논의할 만한 문제이다.

[41] 서영채, 「1930년대 통속소설의 존재방식 – 김말봉의 『찔레꽃』 읽기」, 『소설의 운명』, 문학동네, 1995; 리타 펠스키, 김영찬·심진경 역, 『근대성의 젠더』, 자음과모음, 2010 참조.

[42] '위악'과는 다른 정서이다. 위악은 객관 세계의 정의롭지 못함을 부정하기 위해 스스로 악으로 위장하는 방식으로서 다분히 자기 파괴적이기 때문에 자기성찰적인 주체의식으로 연결된다. 그러나 정비석 소설의 인물형상화의 통속성은 악을 타자화하는 방식의 하나이다. 교양소설로 분류될 수 있는 성장소설의 위악이나 냉소주의의 위악과는 다른 서술특성이다.

[43] 『나는 꼼수다』의 정치 혐오의 정서를 배경으로 한 정치 비판담론의 효과는 대표적 사례로 평가할 수 있다.

참고문헌

『경향신문』
『국제신보』
『동아일보』
『서울신문』
『신태양』
『한국일보』

서라벌예술대학출판국 편,『소설연구』, 한국교육문화원, 1956.
정비석,『소설작법』, 신대한도서주식회사, 1946.
_____,『자유부인』, 정음사, 1954(『서울신문』 1954 연재).
_____,『민주어족』, 정음사, 1955a(『한국일보』 1955 연재).
_____,『여성의 적』, 정음사, 1955b(『국제신보』 1955 연재).
_____,『낭만열차』, 동진문화사, 1958(『한국일보』 1956 연재).
_____,『슬픈목가』, 춘조사, 1957(『동아일보』 1957 연재).
_____,『유혹의 강』, 신흥출판사, 1958(『서울신문』 1958 연재).
_____,『비정의 곡』, 삼중당, 1960(『경향신문』 1959 연재).

강상희,「계몽과 해방의 미시사」,『한국근대문학연구』 24집, 한국근대문학회, 2011
    하반기.
강진호,「전후 세태소설의 존재방식」,『현대소설사와 근대성의 아포리아』, 소명출판,
    2004.
권보드래,「실존, 자유부인, 그래그마티즘」,『아프레걸 사상계를 읽다』, 동국대 출판
    부, 2009.
김복순,「빈공주의의 젠더 전유양상과 '젠더화된 읽기'-『자유부인』을 중심으로」,
    『문학과 영상』 5권1호, 문학과영상학회, 2004.
김은하,「전후 국가근대화와 위험한 미망인의 문화정치학-정비석의『유혹의 강』을
    중심으로」,『한국문학이론과 비평』 49집, 한국문학이론과비평학회, 2010.12.
박명림,「1950년대 한국의 민주주의와 권위주의-민주주의 '제도'와 권위주의 '실천'

의 역사적 조건」, 『1950년대 남북한의 선택과 굴절』, 역사비평사, 1998.

서영채, 「1930년대 통속소설의 존재방식 - 김말봉의 『찔레꽃』 읽기」, 『소설의 운명』, 문학동네, 1995.

손세일, 「자유부인 시비」, 손세일 편, 『한국논쟁사 문학 · 어학편』, 청람문화사, 1976.

여건종, 「공공영역의 수사학」, 『안과 밖』 2호, 영미문학연구회, 1997.

윤상길, 「'식민지 공공영역'으로서의 1910년대 『매일신보』」, 『한국언론학보』 55권 2호, 한국언론학회, 2011.4.

이봉범, 「1950년대 신문저널리즘과 문학」, 『반교어문연구』 29집, 반교어문학회, 2010.

_____, 「한국전쟁 후 풍속과 자유민주주의의 동태」, 『한국어문학연구』 56집, 한국어문학연구학회, 2011.

이상록, 「사상계에 나타난 자유민주주의론 연구」, 한양대 박사논문, 2010.

_____, 「경제제일주의의 사회적 구성과 '생산적 주체' 만들기」, 『역사문제연구』 25호, 역사문제연구소, 2011.4.

이선미, 「청년 연애학 개론의 정치성과 최인호 소설」, 『대중서사연구』 24호, 대중서사학회, 2010.12.

_____, 「공론장과 '마이너리티 리포트' - 1950년대 신문소설과 정비석」, 『대중서사연구』 26호, 대중서사학회, 2011.12.

_____, 「미국적 가치의 대중적 수용과 통제의 메카니즘」, 『민족문화연구』 54호, 고려대 민족문화연구원, 2011.6.

이영미, 「정비석 장편연애 · 세태소설의 세계인식과 그 시대적 의미」, 『대중서사연구』 26호, 대중서사학회, 2011.12.

임경순, 「1960년대 검열과 문학, 문학제도의 재구조화」, 『대동문화연구』 47집, 성균관대 대동문화연구원, 2011.6.

임헌영, 「정비석의 『자유부인』을 둘러싼 논쟁」, 『논쟁으로 읽는 한국사』 2, 역사비평사, 2009.

정종현, 「자유와 민주, 식민지 윤리감각의 재맥락화」, 『아프레걸 사상계를 읽다』, 동국대 출판부, 2009.

최미진, 「한국전쟁기 정비석의 『여성전선』 연구 - 소설창작방법론을 중심으로」, 『현대문학이론연구』 32집, 현대문학이론학회, 2007.12.

최애순, 「정비석과 전집의 정전화 논리」, 『대중서사연구』 26호, 대중서사학회, 2011.12.

황산덕, 「『자유부인』 작가에게 드리는 말」, 『대학신문』, 1954.3.1.

김건우, 『사상계와 1950년대 문학』, 소명출판, 2003.
김어준 외, 『나는 꼼수다』 1, 시사IN북, 2012.
사상계연구팀, 『냉전과 혁명의 시대 그리고 『사상계』』, 소명출판, 2012.
서광운, 『한국신문소설사』, 해돋이, 1993.
이임하, 『전쟁 미망인, 한국현대사의 침묵을 깨다』, 책과함께, 2010.
최장집, 『민주화 이후의 민주주의』, 후마니타스, 2002.
최태욱 편, 『자유주의는 진보적일 수 있는가』, 폴리테이아, 2011.

가브리엘 타르드, 이상률 역, 『여론과 군중』, 지도리, 2012.
노베르트 보비오, 황주홍 역, 『자유주의와 민주주의』, 문학과지성사, 1992.
리타 펠스키, 김영찬·심진경 역, 『근대성의 젠더』, 자음과모음, 2010.
이안 와트, 강유나·고경하 역, 『소설의 발생』, 강, 2009.
줄리아 프레윗 브라운, 박오복 역, 『19세기 영국 소설과 사회』, 열음사, 1990.

2장 │ 신동엽 시의 민주주의 미학 연구 │

무엇을 희망해도 좋은가?

조강석

1. '민주주의라는 부유하는 기표'[1]

　모든 민주주의에서 인민people은 그들의 수준에 맞는 정부를 가진다는 토크빌의 말은 재음미될 필요가 있다. 본의와 상관없이 이 말은 종종 선거를 통한 정치혁신이 좌절된 것에 대한 정신승리법의 일환으로 종종 언급된다. 그런데, 대의representation를 정치적 희망의 재현representation과 동일시하는 것에 대해서는 재고의 여지가 있다. 민주주의를 그런 방식으로 이해할 때, 토크빌의 저 유명한 언명은 기실 정치적 동어반복tautology에 지나지 않기 때문이다. 즉, 민주주의가 다수결의 원리와 대의

1 　다니엘 벤사이드의 표현이다. 「영원한 스캔들」, 알랭 바디우・슬라보예 지젝 외, 김상운・양창렬・홍철기 역, 『민주주의는 죽었는가』(이하 이 글에서는 『민주주의』), 난장, 2010, 46면.

제라는 절차에 기반한 것이라면, 토크빌의 명제는 논리구조 그 자체 안에 참값을 보유한 분석명제에 지나지 않는다고 말할 수 있다. 그런데, 문제는 그리 간단치 않다.

많은 논자들이 지적하듯 기실 민주주의라는 개념은 대단히 모호한 개념이다. 단적인 예로 1869년 프랑스의 정치 지형 속에는 '사회주의적 민주주의자', '혁명적 민주주의자', '부르주아적 민주주의자', '제국주의적 민주주의자', '진보적 민주주의자', '권위주의적 민주주의자'라는 표현들이 모두 공존하고 있었다고 하니[2] 이쯤 되면 민주주의라는 기표에 어떤 공유 가능한 실정성을 부여할 수 있을지도 의문이다. 물론, 역시 여러 논자들에 의해 언급되었듯이 이는 민주주의라는 말의 어원자체가 모호성과 모순을 지니고 있기 때문이라고 할 수 있다. 민주주의democracy, demokratia, démocratie라는 말은 '인민'을 뜻하는 데모스demos와 '힘', '강제'라는 의미를 지닌 크라토스kratos, cratie가 결합되어 만들어진 말로 글자 그대로 해석하면 '데모스의 힘'이라는 의미를 지닌다.[3] 그런데, 이는 직무나 지위 통치자의 숫자와 관계되는 정체政體를 의미하는 '아르케arche'를 접미사로 지니는 군주주monarchia, 과두제oligarchia 등과는 확연히 다른 맥락에 놓이는 것이라고 할 수 있다. 민주주의가 하나의 의미로 확정되지 않고 계속해서 문제적 개념이 되는 까닭은 바로 여기에 있다. 예컨대, 랑시에르는 바로 이 점에 착안해서 민주주의의 의미를 재해석한다.

---

2 크리스틴 로스, 「민주주의를 팝니다」, 『민주주의』, 152면 참조.
3 이에 대해서는 고병권, 『민주주의란 무엇인가』, 그린비, 2011, 참조. 고병권은 민주주의라는 용어의 어원상의 이런 특징으로부터 '민주주의의 아르케 없음'과 '데모스의 형상없음'이라는 특징을 도출해낸다.

테제 4

민주주의는 하나의 정치 체제가 아니다. 그것은 아르케 논리와의 단절, 곧 아르케의 자질로 지배를 예견하는 것과 단절하는 것이며, 특정한 주체를 정의하는 관계 형태로서의 정치체제 자체이다.[4]

랑시에르는 정치적 참여를 가능하게 하는 것은 "아르케 행사에 대한 몫들을 분배하는 모든 논리와 단절하는 것"[5]이라고 설명한다. 왜냐하면 민주주의는 본래 적대자들이 나이, 출생, 부, 덕, 지식 같은 통치할 '자격'을 지니지 못한 자들에 대한 지배를 정당화하기 위해 생겨난 개념이기 때문이다. 이에 따르면 데모스는 아르케의 힘을 행사할 자격이 없는 자들인데[6] 랑시에르는 오히려 이를 뒤집어 "데모스는 사회적으로 열등한 범주를 가리키지 않는다. 말하지 않아야 하는데 말하는 자, 몫이 없는 것에 참여하는·몫을 갖는 자가 데모스 출신인 것이다"라고 적극적으로 해석한다. 즉, 말할 자격이 없는 것으로 간주된 이들, 말하지 않아야 하는 이들이 오히려 말을 하고 몫을 갖게 되는 것이 민주주의의 핵심이라고 랑시에르는 보고 있다. 또한, 민주주의가 신정神政의 타자라는 장-뤽 낭시의 규정 역시 민주주의가 어원상 아르케를 지니지 않고 있다는 사실로부터 비롯된다.

---

4 자크 랑시에르, 양창렬 역, 『정치적인 것의 가장자리에서』, 길, 2008, 240면.
5 위의 책.
6 플라톤은 『국가』 8권에서 "민중démos"이란 "손수 일을 하고 정치에는 관여하지 않으며 재산도 그다지 많이 갖지 못한 모든 사람"으로 규정한 바 있다. 플라톤, 박종현 역, 『국가·정체』(증보판), 서광사, 2012, 551면.

무엇보다 민주주의는 신정의 타자이다. 이는 민주주의가 '주어진 권리' 의 타자라는 말이기도 하다. 민주주의는 권리를 발명해야 한다. 민주주의 는 스스로를 발명해야만 한다. (…중략…) 아테네 민주주의의 역사는 애초 부터 늘 민주주의 자체가 스스로를 걱정해야 했고, 스스로를 재발명해야 했음을 보여준다.[7]

장-뤽 낭시는 민주주의가 그 탄생에서부터 애초 확고한 토대를 지 니지 못했다는 사실이 민주주의의 기회이자 약점이라고 설명하며 이 때문에 민주주의는 스스로를 영구히 재발명해야한다고 주장한다. 바 로 그런 의미에서 민주주의는 "텅 빈 기표"[8]나 "부유하는 기표"[9]에 비 유된다.

또한 웬디 브라운은 "이 용어는 단순하고 순전히 정치적인 주장, 즉 인민이 자기 자신을 통치하며, 일부나 어떤 대타자가 아니라 전부가 정치적으로 주권자라는 주장만을 담고 있다. 이와 관련해 민주주의는 끝이 없는 원리이다. 그것은 인민의 통치가 실행되기 위해서 어떤 권 력을 나눠야 하는지, 이 통치가 어떻게 조직되어야 하는지, 어떤 제도 나 보충조건에 의해 그것이 수립되고 확보되어야 하는지 상술하지 않 는다"[10]고 설명한다. 장-뤽 낭시가 민주주의를 두고 영구한 재발명을 요청했던 것처럼 웬디 브라운 역시 민주주의가 텅 빈 기표이기 때문에 오히려 영구적으로 지속되는 정치적 기획임을 강조한다.[11]

---

7 장-뤽 낭시, 「유한하고 무한한 민주주의」, 『민주주의』, 110면.
8 웬디 브라운, 「"오늘날 우리는 모두 민주주의자이다……"」, 위의 책, 85면.
9 다니엘 벤사이드, 앞의 글, 46면.
10 웬디 브라운, 앞의 글, 87면.

이런 논의들을 참조해볼 때 민주주의와 관련하여 중요한 것은 이 부유하는 기표의 지시대상을 성급히 규정하는 것이 아니라 계속해서 그 실정성을 채워나가도록 기표를 운동시키는 것이다. 민주주의가 영구적 기획인 까닭은 그것이 아르케에 기반한 정체형태가 아니라 발언권이 없는 데모스로 하여금 말하고 희망하게 하는 작인이면서 동시에 목표이기 때문이다. 그렇기에, 다수결과 대의제로 환원되지 않는 민주주의는 데모스로 하여금 무엇을 희망해도 좋은가를 발설도록 끊임없이 종용한다. 민주주의가 아르케가 아니라 본래 데모스의 힘으로부터 즉, 실체가 아니라 운동과 작용으로부터 태동한 까닭이다.

2. 대의와 재현의 여백

아르케를 갖지 않기에 태동에서부터 민주주의는 기성의 보편에 대한 저항의 계기를 내포한다. 다시 말해 민주주의는 그 발생에 있어 이미 여하한 상징과도 거리가 먼 개념이라고 할 수 있다. 그럼에도 불구하고 종종 민주주의는 상징의 지위에 등극한다.

우리의 경험에 따르면, 상징 아래에서 배부르고 등 따시게 지내고 있는 민주주의자들은 솔직히 당신들을 원하지도 않고 좋아하지도 않는다. 사실

---

11 "민주주의는 결코 완수될 수 없다. 민주주의는 (도달할 수 없는) 목표, 지속적인 정치적 기획인 것이다. 통치하는 권력을 공유하게끔 하지만, 그것은 언제고 끝나지 않는 과정이다." 위의 글, 98면.

상 정치적인 족내혼이 있다. 민주주의자는 민주주의자만 좋아한다. 굶주리거나 죽음의 위협을 받는 지대에서 온 타자들에게 사람들은 신분증, 국경, 유치 수용소, 경찰감시, 가족재결합 거부 등을 말한다. ……'통합'되어야 한단다. 무엇에? 물론 민주주의에.[12]

국민 혹은 인민을 민주주의에 '통합'하려는 시도가 사실상 정치적인 족내혼에 불과한 것은 두 가지 이유 때문이다. 우선 그것은 인민people이라는 개념 자체가 내부에 균열을 가지는 이중적 개념임에도 불구하고 서구의 근대 이후 제도로서의 민주주의가 정착되어 가면서 오히려 그것이 표상의 결여 없이 인민을 완전하게 대의하고 있다는 도착증적 인식을 낳았기 때문이다. 그리고 두 번째로 그러한 인식의 결과 민주주의가 재현물의 총체적 대표자로서의 상징이라는 지위에 등극하게 되었기 때문이다. 첫 번째 문제와 관련하여 우리는 아감벤의 다음과 같은 발언들을 참조할 수 있겠다.

인민popolo이라는 용어의 정치적 의미에 관한 모든 해석은 이 말이 근대 유럽의 여러 언어에서 언제나 가난한 자, (사회적) 혜택을 받지 못하는 자, 배제된 자를 가리켜왔다는 특이한 사실에서 출발해야만 한다. 즉, 동일한 하나의 용어가 구성적인 정치적 주체를 가리키는 동시에, 권리상은 아니더라도 사실상 정치로부터 배제된 계급도 가리키는 것이다.[13]

---

12 알랭 바디우, 「민주주의라는 상징」, 『민주주의』, 30면.
13 조르조 아감벤, 김상운·양창렬 역, 『목적 없는 수단』, 난장, 2009, 38면.

우리가 인민이라고 부르는 것은 사실 단일한 주체가 아니라 오히려 대립하는 양극 사이를 오고가는 변증법적 진동이라고 할 수 있다. 한편에는 총체적이자 일체화된 정치체로서의 (대문자) 인민Popolo이 있고, 다른 한편에는 가난하고 배제된 자들의 부분적이자 파편화된 다수로서의(소문자) 인민popolo이 있다.[14]

이런 인식에 기반하여 아감벤은 인민이라는 개념이 이미 자신의 내부에 "생명정치적 균열"을 반드시 포함하고 있기 때문에 매순간 모순과 아포리아를 발생시키는 개념이며 따라서 민주주의와 마찬가지로 인민 역시 한 편으로는 모든 동일성의 순수한 원천이고 또 다른 한편으로는 "계속 스스로를 재규정하고 정화시켜야만"[15] 하는 것이라고 설명한다. 계속해서 아감벤은 기성의 민주주의는 분할되지 않는 하나의 총체적 인민이라는 인식의 유포를 통해 인민을 지워나가는 기능을 수행해왔다고 비판한다.

바로 이것이 정확히 대의와 표상의 국면에서 상징이 작동하는 방식이다. 바디우가 "민주주의는 소수의 사람만이 누리며, 살고 있다고 믿는 성벽들의 성벽지기이자 상징이다"[16]라고 말할 때, 랑시에르가 "'민주주의 사회'는 바람직한 통치의 그러그러한 원리를 지지할 것을 예정하고 있는 환상적인 그림에 지나지 않는 것이다"[17]라고 말할 때 공히 의미하는 바는 민주주의가 대의의 공백과 표상의 결여를 환상적으로

---

14 위의 책, 40면.
15 위의 책, 42면.
16 알랭 바디우, 앞의 글, 『민주주의』, 31면.
17 자크 랑시에르, 허경 역, 『민주주의는 왜 증오의 대상인가』, 인간사랑, 2011, 116면.

무마하는 상징으로 작용한다는 것이다. 그리고 바로 이 국면에서 우리는 대의와 재현의 문제를 경유하여 민주주의의 문제를 문학의 문제와 겹쳐 읽을 여지를 얻게 된다.

3. 희망의 입법기관

괴테에 의해 '특수한 것에서 보편적인 것을 찾는 것'이라는 규정을 얻은 후 상징은 문학과 예술에서 표상과 재현의 왕좌에 군림해왔다. 예컨대, 코울리지에 와서 상징은 외부 세계와 시인의 영혼을 융화시키는 '마술적 힘'으로 재차 격상되면서 낭만주의 시대 문학에서 지위의 정점에 오른다. 다시 말해 상징은 특수를 무마시키는 예술적 보편자로, 외부 세계를 결여 없이 표상하고 재현하는 마술적 베일로 작용해왔다는 것이다. 주지하듯, 이런 상징의 치세가 일단락되는 것은 벤야민의 작업 이후이다. 벤야민은 『독일 바로크 비극의 기원』에서 상징 우위 미학에 담긴 역사적 낙관론과 총체성이라는 거짓된 가상에 대한 의존을 동시적으로 비판한다. 상징에 맞서는 알레고리를 강조하며 그는 상징에서 특수자는 보편적인 것의 매개가 되지만 알레고리에서 특수자들은 보편적인 것의 범례로만 나타난다고 설명한다.[18] 세부적인 강조점은 다르지만 폴 드 만이 상징을 비판하는 이유도 그것이 오랜 세월 예술의 영역에서 표상과 재현의 유일군주로 군림해 왔기 때문이

---

18 이에 대해서는 Walter Benjamin, "Allegory and Trauerspiel", translated by John osborne, *The Origin of German Tragic Drama*, Verso, 2003, p.161 참조.

다. 비유적으로 말하자면, 벤야민과 폴 드 만이 보기에 상징은 표상과 재현의 절대군주제 혹은 참주제로서 문학적 정체를 구성해왔다고 할 수 있다.[19]

바로 이런 맥락에서 재래의 민주주의와 상징은 유비될 수 있다. 민주주의가 인민을 호명하며 인민을 배제시키고 순수한 동일성의 성벽으로 기능하는 한 그것은 "총체성이라는 거짓된 가상"에의 '통합행보'를 멈출 수 없다. 왜냐하면 그것은 대의하는 만큼 움츠러든 우주가 정치의 모든 장이라고 스스로 확신하는 재귀적 정체이기 때문이다. 반면, 민주주의가 배제된 타자들, 목소리를 지니지 못한 자들에게 목소리를 돌려주고, 그들의 발언에 의해 스스로를 매번 재발명하는 것, 목표달성이 불가능한 영원한 기획으로서 항시 '도래하는 것'이라면, 다시 말해 그것이 "틈새(간격, 실패, 불일치, 이접, 들어맞지 않음, '이음매가 어긋나 out of joint' 있음)에서만 출현할 수 있는 약속의 개념"[20]으로서 "미래의 현재라는, 생생한 현재의 미래양상"[21]이라고 한다면 예술은 특히 서정시는 바로 그러한 민주주의의 학교가 될 수 있다. 어떤 의미에서 그런가 하면 현대의 서정시는 기성의 보편이나 상징에 개별자들을 통합시키는 것과 정반대되는 형식으로 존재하기 때문이다.

「서정시와 사회에 관하여」에서 아도르노는 서정시가 선험적인 보편성을 추인하는 것에 정확히 반대되는 형식으로 존재한다고 설명한다. 그는 서정시가 개체성, 구체성들의 발현이라는 것을 강조한다. "개

---

19 벤야민과 폴 드 만의 알레고리에 대한 논의는 졸저, 『비화해적 가상의 두 양태』, 소명출판, 2011, 46~53면. 참조.
20 자크 데리다, 진태원 역, 『마르크스의 유령들』, 이제이북스, 2007, 139면.
21 위의 책, 140면.

별적 형태로의 침잠이, 왜곡되지 않은 것, 파악되지 않은 것, 아직 논리적으로 포섭되지 않은 것들을 세세히 드러냄으로써"[22] 서정시는 상징이 되기를 거부하면서도 계속해서 보편을 추구할 수 있다. 아도르노는 서정시가 '불순하고', '불구이고', '파편적이고', '단절적인' 자신의 형식 속에서, 그 형식을 통해서만 독자에게 '고통과 꿈이 혼융되는 소리를 더듬을 양도할 수 없는 권리'[23]를 부여하는 것이라고 강조했다. 그리고 바로 그런 의미에서 서정시는 꿈을 주는 것이 아니라 꿈을 꾸게 하는 것이다. 서정시는 정치적 현실의 대의나 재현이 아니라 꿈의 생성을 주관하는 공장이다. 칸트적 의미로 말해보자면 그것은 모든 규제적 bestimmende 기성의 보편을 거부하면서 산발적인 개별자들로 하여금 자신들의 하늘을 직접 어림잡아 보게 하는 반성적reflektierende 역능을 지닌다. 다시 말해, 그것은 무엇을 희망하고 있는가를 대의하는 것이 아니라 무엇을 희망해도 좋은가를 입법하(게 하)는 기관이다.

4. 영원한 부정으로서의 민주주의와 시

2000년대 이전까지, 신동엽을 민족시인으로 부르는 데에 큰 이견은 없었던 듯하다. 그 대표적인 예로, 2000년대 이전까지 신동엽에 대한 연구사를 정리한 책의 제목 자체가 『민족시인 신동엽』[24]이었다. 편자

---

22 Theodor W. Adorno, "On Lyric Poetry and Society", translated by Shierry Weber Nicholsen, *Notes to Literature* I, New York : Columbia UP, 1991, p.38.
23 *Ibid.*, p.45.
24 구중서·강형철 편, 『민족시인 신동엽』, 소명출판, 1999.

들이 서문에 밝히고 있듯이 이 책은 주로 "민족 자주의 의식이나 참다운 공동체의 실현"[25]에 초점을 맞추어 신동엽의 시세계를 설명하는 논의들을 담고 있다. 그런가 하면 신동엽의 시세계를 특정한 지향점이나 사상적 측면에 맞추어 해석하는 논의들 역시 상당수에 달한다. 그리고 이때 신동엽의 시세계가 지시하는 이념형은 민족주의,[26] 농본주의,[27] 인민주의,[28] 아나키즘[29] 등으로 설명된다. 물론, 신동엽의 시에는 여러 논자들이 규정적 틀로 제시한 다양한 이념형의 단초들이 들어 있다. 신동엽 스스로도 여러 산문에서 자신이 지향하고 있는 세계에 대해 직접 밝힌 바 있다.

민주주의의 본뜻은 무정부주의다. 인민에 의한, 인민을 위한, 인민의 정부, 이것은 사실상 정부가 따로 존재하지 않는다는 것을 뜻한다. 인민만이 있는 것이다. 인민만이 세계의 주인인 것이다.

그래서 인민은, 아니 인간은 세계 이곳저곳에서 머리 위에 덮쳐 있는 정상頂上을 제거하는 데모들을 하고 있는 것이다.

소련 국민들은 우상, 스탈린을 제지하는 데 성공했고 프랑스 국민들은

---

25 위의 책, 3면.
26 대표적으로 최두석, 「신동엽의 시세계와 민족주의」, 『한국시학연구』 제4호, 한국시학회, 2001.5.
27 대표적으로 이동하, 「신동엽론 – 역사관과 여성관」, 『한국현대시인연구』, 민음사, 1989; 유종호, 「뒤돌아 보는 예언자 – 다시 읽는 신동엽」, 『서정적 진실을 찾아서』, 민음사, 2001.
28 예컨대, 신형기, 「신동엽과 도덕화의 문제」, 『당대비평』 16호, 2001 가을.
29 신동엽의 비체제적 상상력을 다룬 것으로 오창은, 「시적 상상력, 근대 체제를 겨누다」, 『창작과 비평』, 2009 봄. 신동엽의 아나키즘을 적극적으로 해석한 논의는 강계숙, 「1960년대 한국시에 나타난 윤리적 주체의 형상과 시적 이념 – 김수영・김춘수・신동엽의 시를 중심으로」, 연세대 박사논문, 2008.

드골의 코를 쥐고 네 권위도 별개 아니라고 협박해 본다. 그리고 한국에서는 1960년 4월 그 높고 높은 탑을 제지하는데 성공했다.[30]

인용문에서 무정부주의와 인민주권 사상을 읽어내는 것은 자연스러우며 충분히 가능한 추론이다. 다만, 신동엽이 사용하고 있는 무정부주의와 인민주권이라는 기표를 읽어내는 데 있어 중요한 것은 무정부주의와 인민주권이라는 개념의 외재적 참조틀을 세우고 그것과 신동엽의 사상을 비교해서 순분증명을 해 보이는 것이어서는 안 된다는 것이다. 중요한 것은 신동엽에게 이 기표들이 의미하는 바가 무엇이었는지를 규제적인 방식이 아니라 반성적인 방식으로 파악해보는 것이다. 다시 말하자면, 관건은 사상의 내용과 함량이 아니라 그가 표상했던 희망의 내용이 무엇이었는지를 살펴보는 것이다. 민주주의가 인민의 정부를 의미하되 동시에 무정부주의를 의미한다는 신동엽의 발언이 아포리아를 지니는 이유는 이 때문이다. 민주주의를 아르케와 정체로서 사유하는 대신 거듭 재발명되어야 하는 대상으로 두고 문학적 실천 속에서 이를 계량해야 이 발언의 진의가 보다 선명히 드러난다. 중요한 것은 신동엽이 시를 통해 보여주고자 한 것이 구체적인 정체나 사상의 지향이라기보다는 '무엇을 희망해도 좋은가'하는 질문에 담긴 가능성과 지향성 그 자체이기 때문이다. 다시 말해 신동엽에게 중요한 것은 무정부주의나 인민주권이라는 상징적 지시대상이 아니라 무엇이 가능한가 하는 질문과 그에 대한 탐색이었으며 이때 무정부주의는

---

30 송기원 편,『젊은 시인의 사랑—신동엽 미발표 산문집』, 실천문학사, 1988.

아르케가 없는 정치, 인민주권은 총체적이고 일체화된 정치체로서의 (대문자) 인민Popolo이 아니라 가난하고 배제된 자들의 부분적이자 파편화된 다수로서의 (소문자) 인민popolo의 정치적 상상력과 관계 깊다고 할 수 있다.

그런 맥락에서, 선우휘와의 논쟁을 두고 종종 인용되지만 신동엽의 높은 목소리에 가려져 비교적 주목받지 못했던 다음과 같은 대목이 정치적 희망의 영구적 재발명이라는 사태와 얼마나 관계 깊은 것인지를 생각해볼 필요가 있겠다.

> 문학은 괴로움이다. 인류란 영원한 평화, 영원한 사랑, 그 보리수나무 언덕 밑의 찬란한 열반의 꽃밭을 향하여 다리 절름걸이며 묵묵히 걸어가는 수도자의 아픈 괴로움이다.
>
> (…중략…)
>
> 시인은, 아니 창조자는 영원한 자유주의자이다. 그는 영원한 불만자요 영원한 부정주의자이다.
>
> (…중략…)
>
> 다시 한 번 말하거니와 문학은 수도하는 사람들의 것이다. 그것은 영원한 괴로움이요, 영원한 부정이요, 영원한 모색이다.
>
> 안이하게, 세계를 두 가지 색깔의 정체 싸움으로밖에 인식하지 못하는 군사학적·맹목기능학적 고장난 기계하곤 전혀 인연이 먼 연민과 애정의 세계인 것이다.[31]

---

31 「선우휘 씨의 홍두깨」, 『신동엽전집』(증보판), 창작과비평사, 1999, 394~395면. 이하, 별다른 언급이 없는 한 이 글에서 신동엽의 시와 산문은 여기서 인용.

문학이 상징을 축조하는 작업이 아니라 거듭 갱신되는 부정을 통한 모색이라는 이 발언이 앞서 인용한 민주주의에 대한 발언과 함께 검토되어야 우리는 신동엽의 작품세계에 조금 더 육박해갈 수 있다. 민주주의가 "머리 위에 덮쳐 있는 정상"을 제거하려는 운동으로서 기성의 규제적 보편자에 대한 부단한 투쟁이듯, 문학은 이분법적 형이상학이나 맹목적 상징과는 거리가 먼 구체적 개별자들이 감성적 영역에서 전개하는 부단한 자기갱신과 관계 깊기 때문이다. 그리고 바로 그렇기 때문에 그것은 전략의 문제가 아니라 희망의 문제가 된다.

5. 세 개의 하늘

누가 하늘을 보았다 하는가
누가 구름 한 송이 없이 맑은
하늘을 보았다 하는가.

네가 본 건, 먹구름
그걸 하늘로 알고
一生을 살아갔다.

네가 본 건, 지붕 덮은
쇠 항아리,
그걸 하늘로 알고

일생을 살아갔다.

닦아라, 사람들아
네 마음속 구름
찢어라, 사람들아,
네 머리 덮은 쇠 항아리.

아침 저녁
네 마음속 구름을 닦고
티 없이 맑은 永遠의 하늘
볼 수 있는 사람은
畏敬을 알리라

아침 저녁
내 머리 위 쇠항이릴 찢고
티 없이 맑은 久遠의 하늘
마실 수 있는 사람은

憐憫을 알리라
차마 삼가서
발걸음도 조심
마음 아모리며.

서럽게 아 엄숙한 세상을
서럽게 눈물 흘려

살아 가리라
누가 하늘을 보았다 하는가,
누가 구름 한 자락 없이 맑은
하늘을 보았다 하는가

－「누가 하늘을 보았다 하는가」

신동엽의 전통의식에 대해서는 그간 상당한 양의 논문이 발표되었다. 또한, 신동엽의 전통의식이 단지 복고적인 취향이 아니라 미래로 나아가기 위한 토대가 된다는 분석도 적은 편이 아니다.[32] 원시 공동체 사회에 대한 향수와 동학정신의 계승 등은 모두 시간적으로는 과거를 향한 것이지만 이때 시간은 단지 계기적 속성만을 지닌 것이 아니라 종국에는 다시 하나의 파국을 향해 응축되었다가 새로운 하늘을 여는 신축적 속성을 지닌 것으로 그의 시에 현상하고 있다는 논의는 흥미로우며 또 상당한 설득력을 지닌다.[33]

그러나, 신동엽의 시에서 계기적 시간이나 파국의 순간을 읽는 것보다 우선적으로 고려해보아야 할 것은 그의 시에 제시된 시간이 공시적

---

32 신동엽의 전통의식에 대해 "미래에 다시 부활하고 회복되어 현실이 될 것을 바랄 수 있을 때에만 전통의 자격이 주어지는 것"이라고 설명한 오문석의 논의를 단적인 예로 꼽을 수 있겠다. 오문석, 「전통이 된 혁명, 혁명이 된 전통」, 『상허학보』 30집, 상허학회, 2010. 10, 69면 참조.
33 강계숙, 앞의 글 참조.

으로 구조화된 것이라는 사실이다. 그러기 위해서는 무엇보다도 인용된 시에 과거의 하늘과 현재의 하늘이라는 두 개의 하늘이 아니라 세 개의 하늘이 있음을 읽는 것이 중요하다. 과거와 현재를 대비시키고 과거에 비추어 현재를 비판하는 태도에서 과거는 미래로의 전진을 위한 계기로서만 기능한다. 그러나, 이 시에 세 개의 하늘이 있다는 것을 전제하면 양상은 달라진다. 오염되지 않은 과거의 하늘과 금속성 폭력으로 뒤덮인 현재의 하늘이 대비되는 것으로 파악될 경우 전통은 회복되어야 할 미래적 가치라는 의미를 지닌다. 즉, 그것은 비록 현재를 미래로 건네주는 가치로서 기능하지만 현재의 배후에서 현재를 미래로 건네주기 위해 불어오는 바람처럼 현재와 계기적 관계를 맺을 뿐이다. 그러나, 이 시에서 가장 중요한 것은 시간의 계기성과는 상관없는 순수과거로서의 하늘 이미지가 시의 기저에 놓여 있다는 것이다. 즉, 과거의 하늘과 현재의 하늘의 차이를 드러내 보여주는 바탕으로서의 순수과거가 신동엽의 의식 속에 자리하고 있다는 것을 주목할 필요가 있나. 다시 말해, 이 시의 중심에는 계기적 하늘과 통시적 하늘이 아니라 기저 구조로서의 공시적 하늘이 놓여 있다는 것이 중요하다.[34]

바로 그런 방식으로, 향수 현상에는 세 개의 고향이 결부된다. '고향

---

34 차이를 배태하는 기저 구조로서의 공시적 하늘이라는 중심 이미지를 포착하기 위해 들뢰즈가 프루스트의 『잃어버린 시간을 찾아서』를 읽는 방식을 잠시 살펴볼 필요가 있겠다. 들뢰즈는 『차이와 반복』에서 주인공이 마들렌이라는 기호를 통해 콩브레를 상기하는 과정에 대해 이렇게 설명한 바 있다.
"콩브레는 과거에 현전했던 모습 그대로, 혹은 앞으로 현전할 모습 그대로 다시 나타나지 않는다. 다만, 결코 체험된 적이 없었던 어떤 광채 안에서, 결국 이중의 환원 불가능성을 드러내는 어떤 순수 과거로 다시 나타날 뿐이다. 이 순수 과거는 자신이 언젠가 구가했던 현재로도, 언젠가 구가할 수도 있을 현행적 현재로도 환원되지 않으며, 이런 이중의 환원 불가능성은 그 두 현재의 상호 충돌에 힘입고 있다." 질 들뢰즈, 김상환 역, 『차이와 반복』, 민음사, 2004, 200면.

에 고향에 돌아와도 그리던 고향이 아닌' 까닭은 과거의 고향과 현재의 고향이 사뭇 다르기 때문이기도 하지만 보다 근본적으로는 과거의 고향과 현재의 고향의 차이를 통해 배태되는 아니, 오히려 그 차이를 정초하는 순수 과거에 속하는 고향이 양자의 근저에 공시적 구조로 자리 잡게 되기 때문이다. 마찬가지로 인용된 신동엽의 시에서도 쇠 항아리로 덮인 현재의 하늘과 구름 한 자락 없이 맑은 하늘은 과거와 현재의 대비를 보여주는 데 그치는 것이 아니라 그것들의 차이를 인지하게 하는 순수 과거에 속한 기저 구조로서의 하늘이 근저에 놓여 있음을 사후적으로 발견하게 한다. 예컨대, 같은 맥락에서 서사시 『금강』의 서두에 놓인 다음과 같은 구절의 의미 역시 재고될 필요가 있다.

> 우리들은 하늘을 봤다
> 1960년 4월
> 歷史를 짓눌던, 검은 구름장을 찢고
> 永遠의 얼굴을 보았다.
>
> 잠깐 빛났던,
> 당신의 얼굴은
> 우리들의 깊은
> 가슴이었다.
>
> ─『금강』 서시 2 부분

구름 한 자락 없는 하늘에 비치는 '영원의 얼굴'은 계기적 시간성의 차원에서 과거에 속한 것이 아니고 따라서 현재나 미래에 다시 재현represent되어야 하는 것이 아니다. 그것은 "우리들의 깊은 / 가슴"에 이미 공시적으로 존재한다. 즉, '우리의 과업'은 과거에 비추어 미래를 현재화하는 것이 아니라 기저의 공시적 하늘과 표면에 발화되고 분절된 하늘의 차이를 매순간 확인하는 것이다. 이것은 신동엽의 시세계를 해석하는 데 있어서 결정적이다. 왜냐하면, 설령 미래를 겨냥한 것이라고 하더라도 저 맑은 하늘이 후진과 전진의 계기를 내포한 것이라면 그것은 시 속에서, 이미 한 번 나타난 것을 다시 제시해야 하는 재현represent의 대상이 된다. 그러나, 만약, 그것이 '우리들의 깊은 가슴'에 공시적으로 묻혀있는 것이라면 '구름 한 점 없이 맑은 하늘'은 재현되어야 하는 것이 아니라 시간의 모든 국면에 걸쳐 출현하는 하늘들을 갱신과 재발명을 통해 거듭 분절되는 빠롤parole의 일환으로 간주하게 만드는 (음운론적) 기저로서 자리매김 된다. 신동엽에게 역사보다 시가 더 결정적이되는 까닭이 바로 여기에 있다. '구름 한 자락 없이 맑은 하늘'에 비친 '영원한 얼굴'은 계기로서의 역사에 속한 것이 아니라 기저로서의 시의 영역에 속하기 때문이다. 신동엽의 사유에서 중심적 위치를 차지하는 차수성, 원수성, 귀수성의 문제를 다루고 있는 「시인정신론」을 통해 이 문제를 다시 살펴보자.

(1)
　　땅에 누워 있는 씨앗의 마음은 원수성原數性 세계이다. 무성한 가지 끝마다 열린 잎의 세계는 차수성次數性 세계이고 열매 여물어 땅에 쏟아져 돌아오는 씨앗의 마음은 귀수성歸數性 세계이다.

(2)

그 차수성 세계 속의 문명수 위에서 귀수성 세계의 대지에로 쏟아져 돌아가야 할 씨앗이란 그러면 어떤 것이어야 할 것인가

(3)

시란 바로 생명의 발현인 것이다. 시란 우리 인식의 전부이며 세계 인식의 통일적 표현이며 생명의 침투며 생명의 파괴며 생명의 조직인 것이다. 하여 그것은 항시 보다 광범위한 정신의 집단과 호혜적 통로를 가지고 있어야 했다.

인용된 부분에 나타나 있듯이 결국 시인의 과업은 "차수성 세계의 톱니 쓸린 광풍 속"(「시인정신론」)에서 귀수성 세계로 "쏟아져 돌아오"기 위한 씨앗의 마음을 뿌리는 것이다. 이때 원수성은 과거에 차수성은 현재에 그리고 귀수성은 과거로 복귀하는 미래에 속하는 것으로 이해한다면 시인이 하는 일이란, 그것이 직선적이든 순환적이든, 그저 시간을 진행시키는 일이 될 뿐이다. 그러나, 차수성을 빠롤의 세계의 특성으로 이해한다면 귀수성은 차수성의 교정이 아니라 차수성들의 차이 속에서 오히려 사후적으로 언뜻 언뜻 얼굴을 비치는 원수성을 상기하고 지향하는 운동의 성격을 지니는 것이라고 할 수 있다. "땅에 쏟아져 돌아오는 씨앗의 마음"은 일거에 회수되는 것이 아니라 항상 차수성의 세계들 사이의 차이 속에서만 얼굴을 드러낸다. 인용(3)에서 보듯, 신동엽은 시란 우리 신식의 전부이며 세계인식의 통일적 표현이라고 시의 위의를 격상시키는데 이는 시가 근원으로의 복귀를 추동하기

때문이라기보다는 차수성 속에서 희망하는 법을 알려주기 때문이다.
예컨대, 다음과 같은 시에서 이런 사정은 더욱 명료해진다.

하늘에
흰 구름을 보고서
이 세상에 나온 것들의
고향을 생각했다.

즐겁고저
입술을 나누고
아름다웁고저
화장칠해 보이고,

우리,
돌아가아 할 고향은
딴 데 있었기 때문……

그렇지 않고서
이 세상이 이렇게
수선스럴
까닭이 없다.

─「고향」

다시 한 번, 세 개의 세계가 있음을 상기하자. "돌아가야 할 고향"이 존재함을 인지하게 되는 것은 현재의 '수선스러운' 차수성의 세계를 통해 그것의 근저에 원수성의 세계가 있음을 사후적으로 발견할 수 있기 때문이다. 귀수 행위는 저 원수성의 세계를 지향하는 운동이지만 시가 영원한 부정이라는 신동엽의 언명을 상기할 때 귀수적 운동에 의해 도달되는 고향은 차수성의 그것도 원수성의 그것도 아닐 것이다. 그것은 구체적인 시적 실천을 통해 매번 갱신되는 좌표를 지니는 고향으로 매번 차수성의 고향과의 차이를 통해 우리로 하여금 원수성의 순수 고향을 어림잡게 하는 또 다른 수행적 발화를 통해 상기되는 것이다. 일각의 논자들이 언급했듯이 견결한 정신주의적 특징을 지니고 있음에도 불구하고 신동엽에게 시가 종국에는 영원한 부정이며 시작이 "찬란한 열반의 꽃밭을 향하여 다리 절름걸이며 묵묵히 걸어가는 수도자의 아픈 괴로움"(「선우휘씨의 홍두깨」)에 비견되는 까닭이 바로 여기에 있다. 시는 차수성의 세계로부터 원수성의 세계로 쏟아지는 씨앗들이지만 우리를 순수 고향에 가닿게 하지 못한다. 다만, 그 거리와 차이를 포착하게 하는 운동을 통해 시는 차수성의 세계 속에서 간간이 내비치는 영원의 얼굴을 바라볼 수 있게 한다.

6. 눈동자와 희망의 형상

그렇기 때문에 하늘 이미지와 더불어 신동엽의 시세계에서 가장 중요한 것은 눈동자 이미지이다.

죽지 않고 살아 있었구나

우리들의 피는 대지와 함께 숨쉬고

우리들의 눈동자는 강물과 함께 빛나 있었구나

— 「아사녀」 부분

세상에 항거함이 없이,

오히려 세상이

너의 위엄 앞에 항거하려 하도록

빛나는 눈동자.

너의 세상을 밟아 디디며

포도알 씹듯 세상을 씹으며

뚜벅뚜벅 혼자서

걸어가고 있었다.

그 아름다운 눈,

너의 그 눈을 볼 수 있은 건

세상에 나온 나의, 오직 하나

지상의 보람이었다

— 「빛나는 눈동자」 부분

비 오는 오후

뻐스속서 마주쳤던

서러운 눈동자여, 우리들의 가슴 깊은 자리 흐르고 있는

맑은 강물, 조국이여
돌 속의 하늘이여.
우리는 역사의 그늘
소리없이 뜨개질하며 그날을 기다리고 있나니.

—「조국」 부분

기계적 검색의 힘을 빌리지 않아도 우리는 신동엽의 전집 곳곳에서 수
많은 눈동자들이 출몰하고 있음을 쉽게 알 수 있다. 인용된 것은 전집 이
곳저곳에서 직접 눈동자라는 어휘가 사용된 경우를 임의로 추려본 것에
불과하다. 신동엽의 시집은 민족과 전통과 아나키즘의 시집이기에 앞서
무엇보다도 눈동자들의 시집이라고 할 수 있다. 그리고 그중에서 가장
감동적이고 형형한 눈동자는 다음과 같은 시 속에서 마주할 수 있다.

이슬비 오는 날.
종로 5가 서시오판 옆에서
낯선 소년이 나를 붙들고 동대문을 물었다.

밤 열한시 반.
통금에 쫓기는 군상 속에서 죄 없이
크고 맑기만 한 그 소년의 눈동자와
내 도시락 보자기가 비에 젖고 있었다.

국민학교를 갓 나왔을까.

새로 사 신은 운동환 벗어 품고

그 소년의 등허리에선 먼 길 떠나온 고구마가

흙묻은 얼굴들을 맞부비며 저희끼리 비에 젖고 있었다.

충청북도 보은 속리산, 아니면

전라남도 해남땅 어촌 말씨였을까.

나는 가로수 하나를 걷다 되돌아섰다.

그러나 노동자의 홍수 속에 묻혀 그 소년은 보이지 않았다.

그렇지.

눈녹이 바람이 부는 질척질척한 겨울날,

종묘 담을 끼고 돌다가 나는 보았어.

그의 누나였을까.

부은 한쪽 눈의 창녀가 양지쪽 기대앉아

속내의 바람으로, 때묻은 긴 편지를 읽고 있었지.

그리고 언젠가 보았어.

세종로 고층건물 공사장,

자갈지게 등짐하던 노동자 하나이

허리를 다쳐 쓰러져 있었지.

그 소년의 아버지였을까.

반도의 하늘 높이서 태양이 쏟아지고,

싸늘한 땀방울 뿜어낸 이마엔 세 줄기 강물,

대륙의 섬나라의
그리고 또 오늘 저 새로운 은행국의
물결이 뒹굴고 있었다.

남은 것은 없었다.
나날이 허물어져가는 그나마 토방 한 칸.
봄이면 쑥, 여름이면 나무뿌리, 가을이면 타작마당을 휩쓰는 빈 바람.
변한 것은 없었다.
이조 오백년은 끝나지 않았다.

옛날 같으면 북간도라도 갔지
기껏해야 뻐스길 삼백리 서울로 왔지.
고층건물 침대 속 누워 비료광고만 뿌리는 그머리 마을,
또 무슨 넉살 꾸미기 위해 짓는지도 모를 빌딩 공사장,
도시락 차고 왔지.

이슬비 오는 날,
낯선 소년이 나를 붙들고 동대문을 물었다.

그 소년의 죄없이 크고 맑기만 한 눈동자엔 밤이 내리고
노동으로 지친 나의 가슴에선 도시락 보자기가
비에 젖고 있었다.

— 「종로오가」

자크 랑시에르는 말할 자격이 없는 것으로 간주된 이들, 말하지 않아야 하는 이들이 오히려 말을 하고 몫을 갖게 되는 것을 민주주의의 핵심으로 간주하고 있음을 이 글의 서두에서 보았다. 이를 이제 고쳐 말해보자면, 민주주의의 핵심은 '구름 한 자락 없이 맑은 하늘'을 볼 수 없는 이들로 하여금 그것을 보게 하는 것이다. 다시 이를 달리 말하자면, 그들의 눈동자를 통해 '세 개의 하늘'을 읽고 그들로 하여금 '맑은 하늘'을 희망하게 하는 것이다.

인용된 시에서 가장 확연하게 눈에 띄는 것은 비참한 사회적 현실을 고지하는 입도 인습의 잔해와 제국주의적 폭력성의 편재를 사유하는 두뇌도 아니라 소년의 눈동자를 들여다보는 시선이다. 그 시선은 소년의 눈동자 속에서 '말할 자격이 없는 것으로 간주된 이들'의 삶을 읽는다.[35] 그리고 계속해서 그 시선은 그것이 삶의 한 가지 저본에 지나지 않는 것임을 간파하며 이들의 삶을 원수성의 "먼 시간"[36]과 접속시킨다.

주지하듯 신동엽은 삶의 한 가지 저본에서는 말할 자격이 없는 것으로 간주되던 눈동자를 서사시 『금강』의 결말부분에서 되살려 놓았다.[37] 그렇게 함으로써 신동엽은 「종로오가」에서 차수성의 저본에 속

---

35 이와 관련하여 신동엽은 "사람과 사람 사이의 표현 중에 가장 진실된 것은 눈감고 이루어지는 육신의 교접이다. 그다음으로 진실된 것은 눈동자끼리의 열기이다. 여기까지는 진국끼리의 왕래다. 그러나 다음 단계부터는 조작이다"(「단상록」)라고 말한 바 있다.

36 "창가에 서면 두부 한 모 사가지 / 고 종종걸음치는 아낙의 치마자 / 락이 나의 먼 시간 속으로 묻힌다." 「창가에서」.

37 『금강』의 결말부분에서 신동엽은 「종로오가」의 이미지를 일부 변용하여 고스란히 다시 살려놓고 있다. "밤 열한시 반 / 종로 오가 네거리 / 부슬비가 내리고 있었다, // 통금에 / 쫓기면서 대폿전에 / 하루의 노동을 위로한 잡담 속 / 가시오 판 옆 / 화사한 네온 아래 / 무거운 멜빵 새끼줄로 얽어맨 / 소년이, 나를 붙들고 / 길을 물었다, // 충청남도 공주 동혈산, 아니면 / 전라남도 해남땅 어촌 말씨였을까, // 죄 없이 크고 맑기만 한 / 소년의 눈동자가 / 내 콧등 아래서 비에 / 젖고 있었다 // (…중략…) // 노동으로 지친 / 내 가슴엔 도시락 보자기가 / 비에 젖고 있었다, // 나는 가로수 하나를 걷다 / 되돌아섰다, // 그

한 삶의 단편과 결부된 눈동자를 1894년 3월, 1919년 3월, 1960년 4월의 시간과 접속시켰다. 물론, 이는 차수성의 세계 속에서 잠시 드러난 "영원의 얼굴"들임이 틀림없으니 「종로오가」의 소년의 눈동자를 이런 "영원의 얼굴"들을 향하게 하는 것은, 말하지 않아야 하는 이들로 하여금 말하게 하고 응분의 제 몫을 갖게 하는 일이 아닐 수 없다. 예컨대, 다음과 같은 시에서 이런 사정은 더욱 명확해진다.

그날이 오기까지는 끝이 없을 것이다.
숭례문 대신에 김포의 공항
화창한 반도의 가을 하늘
월남으로 떠나는 북소리
아랫도리서 목구멍까지 열어놓고
섬나라에 굽실거리는 은행소리

조국아 그것은 우리가 아니었다.
우리는 여기 천연히 밭갈고 있지 아니한가.

서울아, 너는 조국이 아니었다.
오백년전부터도,
떼내버리고 싶었던 맹장

러나 노동자의 홍수 속에 묻혀 / 그 소년은 보이지 않았다." 『금강』 후화後話 2.

그러나 나는 서울을 사랑한다
지금쯤 어디에선가, 고향을 잃은
누군가의 누나가, 19세기적인 사랑을 생각하면서

그 포도송이 같은 눈동자로, 고무신 공장에
다니고 있을 것이기 때문에.

그리고 관수동 뒷거리
휴지 줍는 똘만이들의 부은 눈길이
빛나오면, 서울을 사랑하고 싶어진다.

그러나, 그날이 오기까지는.

- 「서울」 부분

　신동엽의 시세계에서 구름 한 자락 없는 하늘이나 영원의 얼굴이 현
재와 대립되는 역사적 과거를 의미하거나 미래로의 추진체로서의 전
통을 의미하는 것이 아니라 차이를 생산하는 공시적 구조라는 것이 눈
동자 이미지를 매개로 이 시에 단적으로 드러나 있다.

'서울아, 너는 조국이 아니었다'
'조국아, 그것은 우리가 아니었다'
'그날이 오기까지는 끝이 없을 것이다'

이 세 개의 명제가 바로 신동엽 고유의 명제이다. '쇠 항아리'로 뒤덮인 하늘을 더욱 흐리는 물리적 폭력에 일조하는 파병, 자본주의의 무제한적 몰염치가 수교원리가 되는 외교, 생산물과 생산과정으로부터 소외되는 노동 등이 있기에 서울의 하늘은 영원의 얼굴을 내비치지 못한다. "포도송이 같은 눈동자"들에게 자신들의 희망을 발화할 자격이 주어지지 않기에 아직 '우리는' 정치와 꿈의 주체인 데모스가 되지 못한다. 그럼에도 불구하고 "그날이 오기까지는" 서울을 사랑할 수밖에 없는 것은 "휴지 줍는 똘만이들의 부은 눈길"이 자꾸만 말을 건네기 때문이다. '그날이 오기까지 이곳은 아직 ~아니다, 우리는 아직 ~아니다'라는 신동엽의 정식은 현재로부터 과거로 향하거나 과거를 거쳐 미래로 향하는 운동이 아니라 표면에 발화된 차수성의 세계로부터 기저의 원수성 세계의 존재를 확신하게 된 이의 테제이다. 그리고 '그날'까지 무한 부정과 삶의 재발명을 가능하게 하는 것은 연대의 눈빛과 시의 언어이다.

때는 와요.
우리들이 조용히 눈으로만
이야기할 때

허지만
그때까진
좋은 언어로 이 세상을
채워야 해요.

― 「좋은 언어」 부분

그러니, 차이를 생산하는 공시적 구조가 시를 통해 가능하게 하는 것은 규정적 판단 없이 무제약적 희망을 품게 하는 것, 그 희망의 내용을 발화하게 하는 것, 입 없는 자에겐 입을, 눈 없는 자에겐 눈동자를 돌려주는 것이다. 자크 랑시에르의 말마따나 그것이야말로 민주주의의 핵심이 아니고 무엇이겠는가.

스칸디나비아라든가 뭐라구 하는 고장에서는 아름다운 석양 대통령이라고 하는 직업을 가진 아저씨가 꽃리본 단 딸아이의 손 이끌고 백화점 거리 칫솔 사러 나오신단다. 탄광 퇴근하는 광부들의 작업복 뒷주머니마다엔 기름묻은 책 하이덱거 럿셀 헤밍웨이 장자 휴가여행 떠나는 국무총리 서울역 삼등대합실 매표구 앞을 뙤약볕 흠쓰며 줄지어 서 있을 때 그걸 본 서울역장 기쁘시겠오라는 인사 한마디 남길 뿐 평화스러이 자기 사무실문 열고 들어가더란다. 남해에서 북강가지 넘실대는 물결 동해에서 서해까지 팔랑대는 꽃밭 땅에서 하늘로 치솟는 무지개빛 분수 이름은 잊었지만 뭐라군가 불리우는 그 중립국에선 하나에서 백까지가 다 대화 나온 농민들 추럭을 두대씩나 가지고 대리석 별장에서 산다지만 대통령 이름은 잘 몰라도 새이름 꽃이름 지휘자 이름 극작가이름은 휜하더란다 애당초 어느쪽 패거리에도 총쏘는 야만엔 가담치 않기로 작정한 그 지성知性 그래서 어린이들은 사람 죽이는 시늉을 아니하고도 아름다운 놀이 꽃동산처럼 풍요로운 나라, 억만금을 준대도 싫었다 자기네 포도밭은 사람 상처내는 미사일기지도 땡크기지도 들어올 수 없소 끝끝내 사나이나라 배짱 지킨 국민들, 반도의 달밤 무너진 성터가의 입맞춤이며 푸짐한 타작소리 춤 사색뿐 하늘로 가는 길가엔 황토빛 노을 물든 석양 대통령이라고 하는 직함을 가진 신사가 자전거 꿈무니에 막걸리병을 싣고 삼십리 시골길 시인의 집을 놀러 가더란다.

— 「산문시 1」

그러니, 따로 주해가 필요치 않을 이 시는 농본주의, 민족주의, 무정
부주의라는 상징적 범주에 의해 규정적으로 판단될 것이 아니라 '무엇
을 희망해도 좋은가'에 대한 무제약적 상상의 구체적 예가 될 것이다.
이 시는 행갈이 없이 파노라마 형식으로 희망의 소재지들을 훑는 상상
적 다큐멘터리에 비견된다. 시와 민주주의가 공히 영원한 부정과 영구
적인 재발명을 작용인으로 삼는다면, 이 시는 언어적 질료를 통해 희
망의 형상에 가닿고자 하는 눈동자에 비친 생생한 풍경인바, 바로 그
런 의미에서 민주주의의 미학을 품고 있다고 하겠다. 신동엽에게 시와
민주주의는 공히 무제약적 희망의 작용인이면서 동시에 형상이었다.

참고문헌

『신동엽전집』(증보판), 창작과비평사, 1999.
송기원 편, 『젊은 시인의 사랑─신동엽 미발표 산문집』, 실천문학사, 1988.

강계숙, 「1960년대 한국시에 나타난 윤리적 주체의 형상과 시적 이념─김수영・김춘
　　　수・신동엽의 시를 중심으로」, 연세대 박사논문, 2008.
신형기, 「신동엽과 도덕화의 문제」, 『당대비평』 16호, 2001 가을.
오문석, 「전통이 된 혁명, 혁명이 된 전통」, 『상허학보』 30집, 2010. 10.
오창은, 「시적 상상력, 근대 체제를 겨누다」, 『창작과 비평』, 2009 봄.
유종호, 「뒤돌아 보는 예언자─다시 읽는 신동엽」, 『서정적 진실을 찾아서』, 민음사,
　　　2001.
이동하, 「신동엽론─역사관과 여성관」, 『한국현대시인연구』, 민음사, 1989.
최두석, 「신동엽의 시세계와 민족주의」, 『한국시학연구』 제4호, 2001. 5.

고병권, 『민주주의란 무엇인가』, 그린비, 2011.
구중서・강형철 편, 『민족시인 신동엽』, 소명출판, 1999.

다니엘 벤사이드, 「영원한 스캔들」, 김상운・양창렬・홍철기 역, 『민주주의는 죽었
　　　는가?』, 난장, 2010.
장-뤽 낭시, 「유한하고 무한한 민주주의」, 알랭 바디우・슬라보예 지젝 외, 김상운・
　　　양창렬・홍철기 역, 『민주주의는 죽었는가?』, 난장, 2010.
알랭 바디우, 「민주주의라는 상징」, 알랭 바디우・슬라보예 지젝 외, 김상운・양창
　　　렬・홍철기 역, 『민주주의는 죽었는가?』, 난장, 2010.
크리스틴 로스, 「민주주의를 팝니다」, 알랭 바디우・슬라보예 지젝 외, 김상운・양
　　　창렬・홍철기 역, 『민주주의는 죽었는가?』, 난장, 2010.

질 들뢰즈, 김상환 역, 『차이와 반복』, 민음사, 2004.
자크 데리다, 진태원 역, 『마르크스의 유령들』, 이제이북스, 2007.
자크 랑시에르, 양창렬 역, 『정치적인 것의 가장자리에서』, 길, 2008.

조르조 아감벤, 김상운·양창렬 역, 『목적 없는 수단』, 난장, 2009.

Theodor W. Adorno, "On Lyric Poetry and Society", translated by Shierry Weber Nicholsen, *Notes to Literature* Ⅰ, New York : Columbia UP, 1991.

Walter Benjamin, "Allegory and Trauerspiel", translated by John osborne, *The Origin of German Tragic Drama*, Verso, 2003.

3장 | 김수영의 사랑과 도래할 민주주의 |

오연경

1. 4·19혁명과 도래할 민주주의

2000년대 광화문 광장을 촛불의 열기로 물들였던 '항의의 정치protest politics' 현장에서,[1] 중고생들부터 장년층에 이르기까지 시민의 입으로 합창되었던 노래는 "대한민국은 민주공화국이다. 대한민국의 주권은 국민에게 있고, 모든 권력은 국민으로부터 나온다"라는 대한민국 헌법 제1조 1항과 2항이었다. 이것은 '민주주의'라는 모호한 개념이 대한민국이라는 한 국민국가체제에서 어떤 양상으로 구현되어 있는지를 알려주며, 국민의 요구가 민주주의 이념 자체에 대한 합의 속에서 그것의 왜곡에 대한 교정 의지로부터 발현하고 있음을 보여준다. 이 땅에

---

1 고경민·송효진, 「인터넷 항의와 정치참여, 그리고 민주적 함의—2008년 촛불시위 사례」, 『민주주의와 인권』 제10권 3호, 전남대 5·18연구소, 2010, 235면.

근대 국민국가 형태가 출현한 이래, 소위 민주주의 질서의 회복이라는 국민의 요구는 구조적인 양상으로 반복되었고, 그것은 헌정 이래 대한민국 현대사에 '민주화 운동'이라는 또 하나의 역사를 기입해 왔다.

4·19혁명은 이러한 역사의 첫 자리에 위치해 있다.[2] "못 살겠다 갈아보자"라는 당시의 구호는 자신들에게 주어진 삶의 방식을 거부하고 나섰던 대중들의 무매개적 외침이었고, '민주주의'와 '민족주의'는 그러한 저항의 몸짓에 새로운 형식을 제시해준 언어였다. 4·19혁명에는 서구식 의회 민주주의의 후진적 이식과 그로 인한 부정 선거라는 정치적 상황에 대한 항거(민주주의적 틀)와 민족 분단 및 대미 종속 경제로 인한 빈곤과 불평등이라는 경제적 상황에 대한 항거(민족주의적 틀)가 내재해 있었고, 이는 경제의 우선적 해결을 명목으로 민주주의를 유보시킨 박정희식 '민족적 민주주의'로 일단락되었다.[3] 이로써 4·19혁명은 민주주의의 회복을 통한 정치적 자유와 민족 경제의 자립을 통한 경제적 평등이라는 국민의 숙원을 해결하지 못한 채 미완의 혁명에 그치고 말았다.

그러나 4·19혁명을 결과가 아니라 시작으로 바라보는 관점은 사건 '이후'에 주목한다.[4] 4·19혁명이 그것의 출현 순간 열어 보였던 다른

---

2 1960년 이래 1987에 이르기까지 4·19혁명을 헌법 전문에 도입할 것인지, 또 어떤 의미로 이해할 것인지에 대한 논의가 지속되었으며, 그를 통해 이루어진 최종적 합의는 "4·19가 한국 민주주의의 원형적 사건"이라는 것이었다. 서희경, 「한국 헌법의 정신사─헌법전문의 "4·19 민주이념 도입"에 관한 논의를 중심으로」, 『정치사상연구』 제17집 1호, 한국정치사상학회, 2011, 52면.

3 1960년 봄에 일어났던 정치변동을 하루로 요약하는 '4·19혁명'은 1960년 2·28대구학생시위부터 8월 장면 정부 수립에 이르는 1기와 1960년 8월부터 1961년 5·16에 이르는 2기로 나누어 살펴볼 수 있다. 한국 정치외교사학회 이재석·전상숙 편, 『4·19혁명과 민주주의』, 선인, 2012.

4 "4·19를 사건의 층위에서 의미화하는 것은 알랭 바디우가 말한 진리를 생산하는 사건

시간, 기존의 법칙으로는 명명할 수도 없고 규정할 수도 없는 다른 세계의 경험은, 그것의 역사적 성공 여부와 상관없이 이후의 시간을 새롭게 분배하기 시작했다. "못 살겠다 갈아보자"라고 외치며 거리로 뛰쳐나왔던 경험은 인민 주권의 회복, 기존에 주어진 시민, 민중, 민족이라는 자리를 되찾기 위한 '정체 교정 활동'의 실패로 마감된 것이 아니라, 몫 없는 자들이 자신의 몫을 셈하는 주체화 과정, 즉 '탈정체화 활동'으로서 혼돈의 거리 체험을 통해 예외의 시간을 열어보았다.[5] 4·19 혁명이 미완의 혁명이라는 명제의 진실은 여기서 찾을 수 있다. 혁명은 특정 이데올로기나 역사적 텔로스로의 방향성을 지닌 진보주의적 개념이 아니라 특정한 시기에 형성된 역사적인 미완의 형식, 즉 사건의 현실적인 종결 지점이 곧 불가능한 미래의 시작점이 되는, 과거의 현재와 미래의 현재가 순간적으로 마주치는 시간 형식에 대한 개념이라 할 수 있다. 그러므로 혁명은 언제나 미완의 혁명이다. 이때의 '미완'은 역사의 총체적 완결성과 그것을 향한 진보를 전제한 미완이 아니라, 예측 불가능한 무언가를 도래하게 하는 실패와 간격과 불일치와 불화의 순간으로서의 미완이다.

이라는 맥락에서이다. 사건은 기존 사회를 지배하는 셈의 법칙이 누락시킨 공백 혹은 잉여가 존재하는 것으로 드러나는 과정이다. 사건들에 의해 명명할 수 없는 진리들이 생산되며, 주체들의 실천은 진리에 충실한 사건 이후의 실천이다. 사건은 새로운 존재 방식을 결정하도록 한다." 이광호, 「4·19의 '미래'와 또 다른 현대성」, 『4·19와 모더니즘』, 문학과지성사, 2010, 46면.

5 '정체 교정 활동'과 '탈정체화 활동'이라는 구분은 랑시에르의 '정치le politique'와 '치안la police'의 구분에 따른 것이다. 랑시에르에 따르면 정치는 합의 또는 일치를 통해 형성되었다고 간주되는 공동체에 매순간 불일치를 가져오는 일종의 탈정체화disidentification의 과정이며, 치안은 그러한 불일치의 활동을 소거하며 비가시화하는 형식으로 공동체의 유지에 기여하는 교정 활동이다. 자크 랑시에르, 양창렬 역, 『정치적인 것의 가장자리에서』, 길, 2008.

'미완의 혁명'이라는 이러한 개념은 민주주의가 왜 항상 '민주화 이후의 민주주의'[6]로 미끄러질 수밖에 없는지를 알려준다. 민주주의의 확립에서 겪는 실패는 신권정치나 군사독재 같은 원시적인 통치 형태에서만이 아니라 서양의 민주주의 국가들, 그중에서도 가장 오래되고 안정된 민주주의 국가에서도 나타나는, 그야말로 모든 민주주의를 특징짓는 것이다. 오히려 민주주의는 현재의 정체가 실패한 곳, 무능을 드러낸 곳에서 끊임없이 새롭게 정의되는 어떤 것이다. 하나의 민주주의 정체는 예견 불가능한 타자의 도래와 함께 종언을 고하고, 민주주의는 다시 새롭게 정의된다. 그러므로 민주주의는 "결코 충만한 현재의 형태로 자신을 현존화하지 않을 바로 그것을 도래하게 만들라고 명령하는" 사건으로서 언제나 '도래할 민주주의democracy-to-come'다.[7] 그것은 도달할 목표 혹은 도달하기 어려운 목표라는 의미에서가 아니라 '무한한 약속'이라는 의미에서 도래할 민주주의다.[8] 미완의 혁명으로서의 4·19혁명이 우리에게 가르쳐준 것은 바로 저 '도래할 민주주의'

---

6 최장집, 『민주화 이후의 민주주의』, 후마니타스, 2002. 최장집은 민주주의가 구체제를 해체하는 변화 내지는 변혁적 과정으로서의 민주화와 이후 민주주의를 새롭게 건설하는 제도화 및 실천의 과정을 포괄한다고 본다. 이러한 관점에서 그는 2000년대 민주화를 요구하는 대중의 재등장을 한국 민주주의가 아직 안착되지 못했다는 증거로 간주한다. 이에 대해 고병권은 "'민주화 이후 민주주의'를 민주주의의 저발전 내지 미완성의 증거가 아니라 '민주주의의 완성'이라는 관념에 도전하는 시도로 바라볼 수 없을까"라고 문제를 제기한다. 고병권, 『민주주의란 무엇인가』, 그린비, 2011, 93면.

7 자크 데리다, 진태원 역, 『마르크스의 유령들』, 이제이북스, 2007, 140면.

8 『민주주의는 죽었는가』(알랭 바디우·슬라보예 지젝 외, 김상운·양창렬·홍철기 역, 난장, 2010)라는 도발적인 제목의 책에서 다양한 현대 사상가들이 민주주의에 대해 이와 비슷한 생각들을 표출하고 있다. "민주주의란 국가를 고사시키는 열린 과정, 인민에 내재적인 정치이다."(알랭 바디우, 「민주주의라는 상징」, 위의 책, 41면), "민주주의는 (도달할 수 없는) 목표, 지속적인 정치적 기획인 것이다."(웬디 브라운, 「"오늘날 우리는 모두 민주주의자이다……」, 위의 책, 85면), "민주주의는 스스로를 발명해야만 한다"(장-뤽 낭시, 「유한하고 무한한 민주주의」, 위의 책, 110면) 등이 그 예라 할 수 있다.

라는 민주주의의 본질이다.

2. 김수영이 4·19혁명에서 배운 것

어떤 문학 작품이 특정 역사적 사실의 필연적 결과물일 수는 없으나, 하나의 역사적 사실이 기존의 법칙이나 규범과는 다른 시간을 도래시키는 사건으로 출현할 때 그것에 충실한 미적 실천의 주체가 탄생한다. 김수영에게 4·19혁명은 시 의식과 형식에 급격한 변화를 가져온 하나의 사건이었다. 그러나 4·19혁명이라는 사건이 내재화되어 새로운 미학적 형식으로 실현되기까지는 얼마간의 시간이 필요했다. 이 과정은 4·19혁명 이후 혁명의 변질과 퇴색의 곡선을 따라가는 일방적 추이가 아니라, 혁명과 혁명 이후의 어긋남을 사유하면서 극단들의 긴장과 대결을 모험한 이행의 과정이었다. 김수영 자신의 말을 빌려 표현한다면, '작열을 느끼다'와 '사랑을 배우다' 사이에 4·19혁명 이후의 주체화 과정이 있었다.

〈4월〉의 재산은 이러한 것이었소. 이남은 〈4월〉을 계기로 해서 다시 태어났고 그는 아직까지도 작열灼熱하고 있소. 맹렬히 치열하게 작열하고 있소. 이북은 이 작열을 느껴야 하오. 〈작열〉의 사실만을 알아가지고는 부족하오. 반드시 이 〈작열〉을 느껴야 하오. 그렇지 않고서는 통일은 안 되오. [9]

---

[9] 김수영, 「저 하늘이 열릴 때」, 『김수영 전집』 2, 민음사, 2008b. 이하 본문 내 직접 인용된 김수영의 산문은 모두 이 책을 출처로 함을 미리 밝혀둔다.

이 '작열'이 단순히 혁명의 뜨거운 열기만을 가리키는 것은 아니다. 그것은 기존의 규범과 경계가 해체되고 뒤섞여 들끓는 상태, 그럼으로써 기성체제의 어긋난 이음매가 폭로된 혼돈의 상태를 표현하고 있다. "〈남〉도 〈북〉도 없고 〈미국〉도 〈소련〉도 아무 두려울 것이 없"다는 말은 당시 대한민국의 체제 유지를 위해 가장 견고한 아귀로 맞물려 있던 이분법과 경계가 무화되어버린 순간의 해방감을 고백한 것이다. 그러므로 하늘과 땅 사이에서 느낀 '통일'은 두 체제의 정치적 통일만이 아니라 모든 구분과 규범과 법칙이 뒤엉켜버린 혼돈으로의 통일, 다시 말해 자유 그 자체의 느낌이다. 이 해방과 혼돈의 감각은 결코 지식이나 의미로 규정될 수 없는 것이다. 그것은 규정되고 의미화되는 순간 더 이상 해방도 아니고 혼돈도 아닌 것이 되어버린다. 그렇기 때문에 김수영은 이 작열을 '아는' 것으로는 부족하고 반드시 그것을 '느껴야' 한다고 강조한다.

그러나 무엇으로부터의 자유라는 부정적 방식은 '무엇'을 규정함과 동시에 그것의 반대항으로서 '자기' 규정을 동반하게 되면서, 결국 자유가 아닌 것으로 변질되고 만다. 김수영이 4·19혁명 직후 보여준 무매개적이고 단일한 목소리, 집단적 주체와 하나가 되어버린 목소리는 형식과 내용 모두에서 '타락한 자유'의 산물이었다. 예컨대 "민주주의를 찾은 나라"에서 "민중의 벗인 파출소"를 꿈꾸고 "민주주의는 인제는 상식으로 되었다"고 선언한다든가(「우선 그놈의 사진을 떼어서 밑씻개로 하자」),[10] "우리가 찾은 혁명을 마지막까지 이룩하자"라고 혁명의 완수를

---

10 김수영, 『김수영 전집』1, 민음사, 2008a. 이하 본문 내 직접 인용된 김수영의 시는 모두 이 책을 출처로 함을 미리 밝혀둔다.

기약한다든가(「기도」), "기성 육법전서를 기준으로 하고 / 혁명을 바라는" 과도 정부를 조롱한다든가(「육법전서와 혁명」), "너희들 미국인과 소련인은 하루바삐 나가다오"라고 신식민주의의 타파를 외친다든가(「가다오 나가다오」), "민중은 영원히 앞서 있소이다"라는 인식으로 저항시인 대 민중이라는 이분법을 세운다든가(「눈」) 하는 것이 그렇다. 이는 시의 직접적 산문화라는 형식의 타락일 뿐 아니라 '혁명적 민주 정부'라는 체제의 전제하에 교정 활동을 표면화한 내용의 타락이기도 하다.

김수영은 자유의 주장과 자유의 서술에 몰입했던 짧은 시기를 거쳐, 자유의 이행을 모험하기 시작한다. 작열의 느낌은 강렬한 만큼 지속적일 수 없는 것이다. 그것은 주장과 서술을 통해 규정됨으로써 유지되는 것이 아니라 규정할 수 없는 것, 예측할 수 없는 것의 도래를 향해 이행함으로써 미리 환대받는 것이다. 김수영이 작열의 느낌, "무한대의 혼돈에의 접근"(산문 「시여, 침을 뱉어라」)을 위한 유일한 도구가 '모호성'이라고 말한 이유가 바로 여기에 있다. 모호성은 어떤 것도 규정하지 않는 긍정의 상태이며, 그것은 곧 자유의 이행이자 사랑이다.

> 어둠 속에서도 불빛 속에서도 변치 않는
> 사랑을 배웠다 너로 해서
>
> 그러나 너의 얼굴은
> 어둠에서 불빛으로 넘어가는
> 그 찰나에 꺼졌다 살아났다
> 너의 얼굴은 그만큼 불안하다

번개처럼

번개처럼

금이 간 너의 얼굴은

– 「사랑」[11]

이 시에서 사랑의 속성은 '불변함'이고 너의 속성은 '불안함'이다. 사랑은 "어둠 속에서도 불빛 속에서도" 변치 않지만, 너는 "어둠에서 불빛으로 넘어가는" 찰나에 꺼졌다 살아난다. 그러므로 너로 인해 사랑을 배웠다는 진술에는, 불안함을 통해 불변함을 알았다는 역설이 들어 있다. "너의 얼굴"의 불안함은 "어둠에서 불빛으로 넘어가는 / 그 찰나"라는 순간성에서 비롯된다. 그런데 "꺼졌다 살아났다"라는 순서로 보아, 순간적으로 존재하는 사태는 살아남이 아니라 꺼짐이다. 너의 얼굴이 어둠에서 불빛으로 넘어가기 위해서는, 찰나의 꺼짐이 있어야 한다는 말이다. 찰나의 꺼짐은 그 이후의 지속적인 살아남을 위한 조건이자 전제가 된다. 그런데 찰나의 꺼짐 후에 살아난 너의 얼굴은 "금이 간" 얼굴이다. 너의 얼굴은 꺼짐이라는 찰나의 정지, 그 정지가 "번개처럼" 순간적으로 열어 놓은 간격을 통해서만 불안하게 드러난다. "금이 간 너의 얼굴"은 기존의 규범과 판단이 정지된 틈으로, 규정할 수 없고 예측할 수 없는 것이 순간적으로 틈입되는 '일그러진 사태'라 할 수 있다. 바로 이 불안한 얼굴과 마주하는 것이야말로 자유의 이행, "자기를 죽이고 타자가 되는 사랑의 작업"(산문 「로터리의 꽃의 노이로제」)이다.

---

11 김수영, 앞의 책, 2008a, 211면.

너의 얼굴을 통해 사랑을 배우는 과정은 미완의 혁명을 통해 '도래할 민주주의'의 본질을 깨닫는 과정이며, 동시에 미완의 형식을 통해 '도래할 시'의 본질을 깨닫는 과정이다. 여기서 중요한 것은 '도래할'이다. 이때의 '도래'는 특정 시점에 도달될 종언으로서의 도래가 아니라 무한한 타자성을 향한 무한한 개방으로서의 도래다. 규정 가능하고 계산 가능한 체제는 타자의 도래를 막아 놓은 막힌 체제, 그것의 완성이 곧 자멸인 막힌 형식들이다. 도래할 민주주의, 도래할 시는 완전히 이질적인 것의 도래, 타자의 도래를 위한 공간으로만 존재하며, 그 자체로 '미완의 혁명'이자 '영구 혁명'[12]이다. 그것은 어떤 자유의 서술, 어떤 자유의 주장으로 규정될 수 있는 실체가 아니라 영원한 자유의 이행을 강제하는 사랑의 형식, 사랑의 원리 그 자체다. 김수영이 4·19혁명에서 배운 것은 바로 이것이었다.

3. '데모스demos'와 사랑의 주체

사랑의 주체는 결코 미리 전제된 어떤 동일자적 정체성을 갖고 있지 않다. 사랑의 주체는 이전에는 존재하지 않았던, 한 번도 주체로 드러나지 않았던 비-주체의 도래와 함께 비로소 주체가 되는 부재의 자리다. 사랑의 주체의 이러한 속성은 민주주의의 통치자이자 피치자로 알

---

12 다니엘 벤사이드는 "민주주의적인 영구혁명"에 대해 "민주주의는 살아남으려면 항상 더 멀리 가고, 그것의 제도화된 형태들을 영구하게 위반하며, 보편적인 것의 지평을 뒤흔들고, 평등을 자유의 시험대 위에 놓아야 하기 때문"이라고 말한다. 다니엘 벤사이드, 「영원한 스캔들」, 알랭 바디우·슬라보예 지젝 외, 앞의 책, 81면.

려진 '데모스'의 그것과 통한다. 흔히 '민중' 혹은 '인민'으로 풀이되며 근대 국가 성립 이후 '국민'이나 '시민'으로 호명되는 데모스는, 그러나 본래 특정 형상을 갖지 않는 표상불가능한 존재, 한마디로 '비존재의 존재'다.[13] '비존재의 존재'라는 개념은 권리가 주어진 자들의 타자, 즉 '셈 되지 않는 자', '몫 없는 자', '아무개'(자크 랑시에르), '(소문자)인민'(조르조 아감벤), '유령'(자크 데리다) 같은 사이 존재를 사유하게 한다. 그들은 총체화되고 동일화된 하나의 정체에 편입되지 못한 자들, 그러나 비-주체의 주체화를 시도함으로써 기성체제에 불화와 불일치를 제기하는 자들이다. 한마디로 데모스는 타자들이 도래할 수 있도록 개방된 어떤 위치, 실체가 아닌 부재의 자리다. 그것은 위치이자 자리로서만 존재한다는 점에서 형식이 곧 내용인 '내용-형식'의 주체라 할 수 있다.

김수영의 온몸의 시론은 "온몸에 의한 온몸의 이행"이 사랑의 주체이며, 그것이 다름 아닌 '내용-형식' 주체임을 보여준다. 여태까지의 시에 대한 사변을 모조리 파산시키고서야 도래하는 '형식'과 모험의 발견으로서 자유를 이행하는 '내용'은, 유서 깊은 이항대립의 구조에서 벗어나 자유의 과잉 그 자체인 '내용-형식'[14]으로 수렴된다. 그런데 김수영은 하나의 작품이 성립하기 위해서는, 자유에 대해서 내용과 형식이 각자 다른 말을 해야 한다고 본다.

---

13 고병권, 앞의 책, 32면.
14 일찍이 앙리 메쇼닉은 '내용'과 '형식'이라는 낡은 이분법에서 벗어나, 글쓰기로서의 작품을 하나의 '의미-형식 / 형식-의미forme-sens'로 바라볼 것을 제안했다.(앙리 메쇼닉, 조재룡 역, 『시학을 위하여』 1, 새물결, 2004, 28면) 여기서 '의미-형식 / 형식-의미'는 의미와 형식이 유기적으로 결합되거나 변증법적으로 종합된 상태를 가리키는 것이 아니라, 의미와 형식이라는 이분법적 구분 자체가 없는 것, 의미가 곧 형식이고 형식이 곧 의미인 상태를 가리킨다.

〈내용의 면에서 완전한 자유를 누리고 있다〉는 말은 사실은 〈내용〉이 하는 말이 아니라 〈형식〉이 하는 혼잣말이다. 이 말은 밖에 대고 해서는 아니 될 말이다. 〈내용〉은 언제나 밖에다 대고 〈너무 많은 자유가 없다〉는 말을 해야 한다. 그래야지만 〈너무 많은 자유가 있다〉는 〈형식〉을 정복할 수 있고, 그때에 비로소 하나의 작품이 간신히 성립된다.[15]

"너무 많은 자유가 없다"는 '내용'의 말은 밖에다 대고 하는 말, 즉 존재와 비존재, 주체와 비-주체, 몫을 가진 자와 몫 없는 자를 끊임없이 분별하고 배치하고 구성하는 체제의 현실적 부자유에 저항하는 것이다. 이때의 저항은 체제에 대해 어떤 자유를 주장하고 요구하는 것이 아니라, 기성 체제의 분할 방식과 불화하는 감성의 자유를 이행하는 것이다. 한편 "너무 많은 자유가 있다"는 '형식'의 말은 밖에 대고 해서는 안 되는 혼잣말, 즉 비존재의 존재, 비-주체, 몫 없는 자가 도래하도록 열려 있는 예술적 자유의 과잉을 사랑하는 것이다. 이때의 사랑은 진정한 형식의 운동, 즉 "종래의 부르주아 사회의 미美 ― 즉, 쾌락 ― 의 관념에 대한 부단한 부인과 전복"(산문 「변한 것과 변하지 않은 것」)을 이루어내는 사상의 운동이다. 이처럼 자유를 놓고 벌이는 내용과 형식의 협력 / 긴장은 내용이 형식을 정복하고 형식이 내용을 정복함으로써 자유의 과잉에 도달하는 양상을 보여준다.

김수영의 사랑의 주체는 미적 주체화가 곧 정치적 주체화인 '내용-형식'을 통해 주체화된다. 대의 불가능한 존재, 표상 불가능한 존재, 언

---

15 김수영, 「시여, 침을 뱉어라」, 앞의 책, 2008b, 400면.

어화 불가능한 존재를 주체화하는 시적 실천은 정치적이면서 동시에 미학적인 실천이다. 김수영의 「거대한 뿌리」는 이러한 '내용-형식' 주체의 구성과 정치-미학적 실천의 양상을 잘 보여주고 있다.

> 나는 아직도 앉는 법을 모른다
> 어쩌다 셋이서 술을 마신다 둘은 한 발을 무릎 위에 얹고
> 도사리지 않는다 나는 어느새 남쪽식으로
> 도사리고 앉았다 그럴 때는 이 둘은 반드시
> 이북 친구들이기 때문에 나는 나의 앉음새를 고친다
> 8 · 15 후에 김병욱이란 시인은 두 발을 뒤로 꼬고
> 언제나 일본 여자처럼 앉아서 변론을 일삼았지만
> 그는 일본 대학에 다니면서 4년 동안을 제철회사에서
> 노동을 한 강자強者다
>
> — 「거대한 뿌리」 1연[16]

앉음새는 실생활의 밑바닥에서 자연스럽게 만들어진 생활양식이다. 남쪽식 앉음새와 북쪽식 앉음새는 남한 / 북한이라는 정치적 이분법과는 다른 것이다. 앉음새가 문제 되는 것은 술자리라는 실생활이다. 내가 남쪽식으로 도사리고 앉은 것("어느새")은 생활습관의 문제고, 다시 앉음새를 고친 것("반드시")은 민족적 동질감이 발동해서가 아니라 이북 친구들에 대한 배려 차원에서다. 이북 친구들이 월남 후에도 북

---

16 김수영, 앞의 책, 2008a, 285~287면.

쪽식으로 앉는 것은 이데올로기의 문제가 아니라 생활의 문제이며, 김병욱 시인이 해방 후에도 여전히 일본식으로 앉았던 것 또한 '민족적 / 식민주의적'이라는 이분법과 무관한 것이다. 특히 시에 제시된 김병욱[17]에 관한 정보를 종합해 보면 그는 '조선인 / 일본인', '지식인 / 노동자', '여자 / 강자'의 이분법으로는 설명될 수 없는 혼란스런 존재다. 그의 혼종성은 시대와 역사를 뚫고 온 삶의 충실성에서 비롯된 것이며, 그것은 지배적 이념의 분할 방식으로 규정되거나 설명될 수 없는 것이다. 김수영은 이 작품에 대해 언급한 글에서 요즘의 정치풍조나 저널리즘에서 강조하는 민족주의를 시대착오적인 것이라 비판하면서, 그러한 민족주의를 문화에 적용하는 것은 주객이 전도된 처사라고 보았다.(산문 「가장 아름다운 우리말 열 개」) "나는 아직도 앉는 법을 모른다"[18]라는 말은 생활의 바닥으로부터 형성된 삶과 문화를 규범이나 이념으로 추상화하는 것에 대한 반감을 드러낸 것이다.

알려져 있다시피 이 작품의 직접적 창작 계기가 된 것은 이자벨 버

---

17 김수영에게 김병욱이 특별한 존재라는 사실은 여러 논자들에 의해 지적되어 왔다. 4·19 혁명의 작열의 느낌을 토로한 김수영의 글이 김병욱에게 보내는 편지 형식을 취하고 있다는 사실에서도 그 관계를 짐작할 만하다. 김수영에게 그가 함께 시를 논할 만한 대상이었다는 점과 분단과 함께 월북한 그와 교류가 불가능해졌다는 점을 미루어 보아, 이 시의 맥락에서 김병욱은 정신의 교류나 예술적 동지애조차도 분단이나 이념에 의해 재단되고 금제되는 현실의 부자유한 상황을 드러내는 상징적인 인물이라고 볼 수 있다.

18 "앉는 법"과 관련한 에피소드를 제시한 김수영의 의도에 대해서는 다음과 같은 여러 가지 해석이 제시되었다. 남한에 대한 비판적 인식과 김병욱으로 상징되는 북한에 대한 동경(노용무, 「김수영의 「거대한 뿌리」 연구」, 『한국언어문학』 제53집, 한국언어문학회, 2004), 남북문제 및 분단에 대한 비판적 의식(김재용, 「김수영 문학과 분단극복의 현재성」, 김명인·임홍배 편, 『살아있는 김수영』, 창비, 2005), 민족의 독자성과 주체성을 강조하기 위한 주체의 자기 확립(남진우, 『미적 근대성과 순간의 시학』, 소명출판, 2001), 민족 정체성의 혼란 및 민족주의로 포섭될 전통 표상에 대한 풍자(박연희, 「김수영의 전통 인식과 자유주의 재론―「거대한 뿌리」(1964)를 중심으로」, 『상허학보』 제33집, 상허학회, 2011) 등의 의견이 대표적이다.

드 비숍의 『한국과 그 이웃나라들』(1897)이다.[19] 그 책의 일부 내용을 서술하고 있는 2연에서, 1893년 조선의 풍경은 서구 제국주의자의 오리엔탈리즘적 시선에 의해 타자화되어 있다. 그것은 과거를 전통주의나 민족주의의 비전으로 윤색해온 현재의 관념화된 시선, 국외자 비숍의 것과 정반대에 위치해 있으나 본질적으로는 동일한 시선을 알려준다. 특히 1893년 조선의 장안을 부지런한 발걸음으로 누볐던 필부필녀의 생생한 모습은 장안 외출을 한 번도 못했던 민비와 대조적으로 제시되어 있다. 여기서 김수영은 역사의 승자에 의해 기술된 공적 과거, 특정 이념의 틀로 의미화된 죽은 과거가 아닌, 과거부터 현재까지 이어져 오고 있는, 이 땅의 바닥을 몸소 겪었던 이름 없는 사람들의 생생한 과거를 생각하고 있다.

전통은 아무리 더러운 전통이라도 좋다 나는 광화문
네거리에서 시구문의 진창을 연상하고 인환寅煥네
처갓집 옆의 지금은 매립한 개울에서 아낙네들이
양잿물 솥에 불을 지피며 빨래하던 시절을 생각하고
이 우울한 시대를 파라다이스처럼 생각한다
버드 비숍 여사를 안 뒤부터는 썩어빠진 대한민국이
괴롭지 않다 오히려 황송하다 역사는 아무리
더러운 역사라도 좋다

---

19 최동호는 비숍의 책이 번역된 것은 1990년대에 들어와서이지만 김수영은 이미 영문판으로 이것을 읽었을 것이라고 추정하고, 특히 비숍이 두 번째 여행 이후 한국 민족 특유의 독자성을 긍정한 변화가 김수영의 전통인식에 전달되었을 것으로 본다. 최동호, 「김수영의 시적 변증법과 전통의 뿌리」, 김승희 편, 『김수영 다시 읽기』, 프레스21, 2000, 78면.

진창은 아무리 더러운 진창이라도 좋다

나에게 놋주발보다도 더 쨍쨍 울리는 추억이

있는 한 인간은 영원하고 사랑도 그렇다

─「거대한 뿌리」 3연

이러한 시선을 '지금-여기'로 옮겨올 때, 5·16을 기념하는 호국선열상이 전시된 광화문 네거리에서[20] 미천한 종들의 시신을 사대문 밖으로 몰래 빼내던 과거의 시구문을 연상하게 되고, 도시 개발 명목으로 매립된 개울터에서 아낙네들이 빨래하던 시절을 생각하게 된다. 그리하여 전통과 역사는 특정 이념에 의해 추상화된 과거의 불변하는 어떤 것이 아니라, "놋주발보다도 더 쨍쨍 울리는 추억" 속에서 더러운 그대로, 진창 그대로 끊임없이 현재의 것으로 변화하고 움직이는 것임을 알게 된다.

"전통은 아무리 더러운 전통이라도 좋다"라는 진술은 이러한 맥락에서 나온 것이다. 그것은 단순히 자신의 전통이기 때문에 아무리 미개하고 전근대적인 것일지라도 긍정하겠다는 무조건적 애정이 아니라 "낡은 것과 새로운 것이 철저하게 상호침투하고 있는 형상들"을 "정지의 변증법"[21]으로 포착한 것이다. "이 우울한 시대를 파라다이스처

---

20 이 시가 쓰인 1964년, 광화문에서 남대문에 이르는 거리에는 민족사에 이름을 남긴 영웅들의 초상이 진열되어 세인의 관심을 끌었다. 이는 한일회담 과정에서 친일적이라는 비난을 받고 있던 박정희 정권이 '민족 영웅 표상'을 통해 이러한 비난을 상쇄시키고 국민들에게 민족적 자존감을 심어줌으로써 경제개발의욕을 고취시키려는 의도에서였다. 홍석률, 「1960년대 한국 민족주의의 분화」, 정용욱 외, 『1960년대 한국의 근대화와 지식인』, 선인, 2004.

21 발터 벤야민, 조형준 역, 『아케이드 프로젝트』, 새물결, 2005, 1054면.

럼 생각한다"는 것은 "자신에게 주어진 삶과 시대를 낙원과 같은 역사의 종착점telos과의 관계 속에서 생각하는 여태까지의 역사적 진보에 대한 사변을 파산"[22]시키는 것이다. "이 우울한 시대", "썩어빠진 대한민국"을 아무리 더러워도 좋다고 긍정하는 것은 민족주의 이념으로도, 진보주의적 관점으로도 덮어 씌워지지 않는 현재의 시간을 순간의 정지 속에서 사유하는 것이다. 그러한 순간의 정지는 모든 사물과 현상을 고정된 사실로 보지 않고 흘러가는 순간에서 포착하는 것이다. 순간의 정지 속에서만 "인간은 영원하고 사랑도 그렇다." 이것이 "우리들의 문화를 불모케 하는 모든 냉전"(산문 「생활의 극복」)을 해소하는 사랑의 연습이다.

비숍 여사와 연애를 하고 있는 동안에는 진보주의자와
사회주의자는 네에미 씹이다 통일도 중립도 개좆이다
은밀도 심오도 학구도 체면도 인습도 치안국
으로 가라 동양척식회사, 일본영사관, 대한민국 관리,
아이스크림은 미국놈 좆대강이나 빨아라 그러나
요강, 망건, 장죽, 종묘상, 장전, 구리개 약방, 신전,
피혁점, 곰보, 애꾸, 애 못 낳는 여자, 무식쟁이,
이 모든 무수한 반동이 좋다

---

22 김수림, 「4·19혁명의 유산과 궁핍한 시대의 리얼리즘」, 『상허학보』 제35집, 상허학회, 2012, 30면. 김수림은 여기서 궁핍하고 우울한 시대를 살아가는 삶의 방식을 "파라다이스"라는 목적지에 도달하기 위한 역사적 진보의 실현에 종속시키는 것을 단호하게 거절하는 태도, 궁핍한 시대의 삶을 진보하는 역사가 만들어낸 미래에 도달하기 위하여 초극해야 할 계기로 전락시키는 것을 뿌리치는 태도를 읽어내고 있다.

이 땅에 발을 붙이기 위해서는

──제3인도교의 물속에 박은 철근 기둥도 내가 내 땅에

박는 거대한 뿌리에 비하면 좀벌레의 솜털

내가 내 땅에 박는 거대한 뿌리에 비하면

— 「거대한 뿌리」 4연

진보주의, 사회주의, 통일, 중립, 은밀, 심오, 학구, 체면, 인습, 동양
척식회사, 일본영사관, 대한민국 관리, 아이스크림 등의 낱말은 역사
와 전통, 생활과 문화에 개입된 '너무나 많은 부자유', 한마디로 "치안
국"의 검열을 받고 있는 사어死語들이다. 이와 달리 요강, 망건, 장죽,
종묘상, 장전, 구리개 약방, 신전, 피혁점, 곰보, 애꾸, 애 못 낳는 무식
쟁이 등의 낱말은 더러운 전통에 가까운, 소위 현대성에 대한 "반동"이
지만, 현재의 언어의 로테이션을 겪으면서 생활의 바닥으로부터 검열
을 받고 있는 활어活語들이다. 김수영이 진정한 아름다운 우리말로 생
각하는 것은 전통이라는 관념으로 선택된 고유의 낱말이 아니라 "진정
한 시의 테두리 속에서 살아 있는 낱말들"(산문 「가장 아름다운 우리말 열
개」)이다. 시인은 의식적으로 어떤 낱말을 순간의 정지 속에서 포착하
여 "진공眞空의 언어"[23]로 실험한다. 아직 착공도 안 된 미래의 "제3인
도교"가 과오의 옷을 입고 미리 도래한 것처럼, 지금의 과오로 도입되

---

[23] 김수영은 실감이 안 나는 생경한 낱말들을 의식적으로 써보는 경우, 즉 아직 착공도 안
된 "제3인도교"를 시에 쓰는 것과 같은 과오를 저지르는 억지를 "진공眞空의 언어"라고 말
했다. 이는 불교에서 말하는 '진공묘유眞空妙有', 즉 참으로 비우면 오묘함이 있다는 진리
를 언어에 적용한 것이다. 언어의 로테이션을 겪고 있는 낱말에 대해 전통주의의 관념을
비롯한 일체의 고정관념을 비운 채 시의 언어로 모험할 때, 그 모험의 성공이 순수한 현
대성에 부합할 수 있다는 것이다.

는 진공의 언어가 치안의 검열과 생활의 검열을 통과하여 "순수한 현대성"과 부합할 때 살아 있는 시의 언어가 된다. 이것이 민중의 언어생활을 규제하는 '현실의 너무나 많은 부자유'로부터 언어의 주권을 회수해 주는 '시의 너무나 많은 자유'다.[24]

오늘의 앉음새에서, 오늘의 광화문 네거리에서, 오늘의 언어에서, 전통은 끊임없이 현대성과 대결하면서 '지금-여기'의 것으로 도래한다. 전통은 확정된 기원의 뿌리로부터 끌어올리는 것이 아니라 현재의 땅으로부터 뿌리 내려가는 것이다. "내가 내 땅에 박는 거대한 뿌리"는 지금 이 땅에서 대의 불가능한 것, 표상 불가능한 것, 언어화 불가능한 것으로 규정된 것들의 뿌리를 주체화하는 정치-미학적 실천이다. 그것은 '지금-여기'와의 접속 및 대결 양상에 따라 어디까지 어떻게 뻗어 나갈지 예측할 수 없다는 점에서[25] "나도 감히 상상을 못하는" 것이다. 뿌리가 거대한 이유는, 그것이 깊고 유구해서가 아니라 미리 규정할 수도, 상상할 수도 없기 때문이다. 냉전의 이분법이 작동하는 현실(내용)에서는 거대한 뿌리를 뻗어 내려가는 예술(형식)이 불가능하다. "너무나 많은 자유가 없다"와 "너무나 많은 자유가 있다"의 긴장을 보여주

---

24 "언어의 변화는 생활의 변화요, 그 생활은 민중의 생활을 말하는 것이다. 민중의 생활이 바뀌면 자연히 언어가 바뀐다. 전자가 主主요, 후자가 從從이다. 민족주의를 문화에 독단적으로 적용하려고 드는 것은 종을 가지고 주를 바꾸어보려는 우둔한 소행이다. 주를 바꾸려면 더 큰 주로 발동해야 한다. 언어에 있어서 더 큰 주는 시다. 언어는 원래가 최고의 상상력이지만 언어가 이 주권을 잃을 때는 시가 나서서 그 시대의 언어의 주권을 회수해주어야 한다." 김수영, 「가장 아름다운 우리말 열 개」, 앞의 책, 2008b, 378면.

25 김홍중은 이러한 거대한 뿌리의 특성을 '리좀-전통'이라 명명했다. 김수영이 말하는 뿌리는 "오직 선들로 이어지는 다질적인 요소들의 경합 공간", "망상網狀 조직으로 구성된 다양체", "변이, 행창, 정복, 포획, 꺾꽂이와 같은 접속의 절차들"에 의해 형성되는 것이라는 점에서 들뢰즈와 가타리가 말하고 있는 리좀rhizome과 유사하다고 본다. 김홍중, 「유령, 리좀 그리고 교량橋梁」, 『마음의 사회학』, 문학동네, 2009, 380면.

고 있는 이 시의 '내용-형식' 주체는 생활의 바닥을 규제하는 치안의 질서로부터 감성의 주권을 회수해 주는 사랑의 주체라 할 수 있다.

4. '크라토스kratos'와 사랑의 기술

김수영이 4·19혁명에서 배운 기술은 사랑의 기술이다. 그것은 우선 "그와 나 사이에 가로놓여 있는 무서운 장해물"(산문 「생활의 극복」)을 없애는 것에서 시작된다. 그는 이 장해물을 '욕심'이라고 말한다. 그것은 "눈으로는 볼 수 없는, 자각조차 할 수 없는 숨어 있는 것"(산문 「실험적인 문학과 정치적 자유」), 바로 우리의 무의식까지 침투해 있는 "질서"라는 것이다. 질서는 개인에게는 사물과 현상을 하나의 의미로 고정시키려는 욕심으로 작동하고, 사회 전체적으로는 주위의 모든 사물을 얼어붙게 하는 모든 형태의 냉전으로 작동한다. 문화와 삶을 "단 하나의 이데올로기와 동일시하는 것"은 세계의 혼돈을 하나의 체제로 질서화하기 위해 합의와 일치를 강제해내는 것이다. 사랑이 "자유의 과잉을, 혼돈을 시작하는 것"(산문 「시여, 침을 뱉어라」)이라고 할 때, 그것은 합의된 질서에 불일치를 제기하는 활동에 다름 아니다. 혼돈의 시작인 사랑은 특정 이데올로기를 '부정'하거나 '공격'하는 것이 아니라, 그 이데올로기를 작동하게 하는 체계 자체를 '해체'하고 '파열'시키는 것이다.[26]

---

[26] "랑씨에르가 말하는 정치성이란 기존의 지배담론체계에서 특정한 이데올로기를 옹호하거나 공격하는 데 있는 것이 아니라, 실제로 그 지배적 담론체계를 파열시켜 새로운 종류의 감성적 분배를 가져올 삶의 형식을 만들어내는 데 있다." 진은영, 「감각적인 것의 분배」, 『창작과비평』 통권 142호, 창비, 2008, 78면.

해체와 파열, 이것이 바로 민주주의에서 데모스가 갖는 힘이다. 민주주의는 인민을 뜻하는 '데모스demos'와 힘이나 역량을 뜻하는 '크라토스kratos'가 결합된 말로, 풀이하면 '데모스의 힘'이라는 의미가 된다. 이러한 민주주의의 개념 자체는 정체에 대한 어떤 완성 모델도 갖고 있지 않다. 민주주의는 다만 '아르케 없음'이 '아르케'인 정체, 다시 말해 '근거가 없는 정체'라 할 수 있다.[27] 앞에서 살펴보았듯이 '데모스'가 총체화된 하나의 정체에 편입되지 못한 자들, 그러나 비-주체의 주체화를 시도함으로써 기성체제에 불일치를 제기하는 자들이라면, '크라토스'는 통치수단을 장악하는 지배자의 힘이 아니라 현 통치체제를 가능하게 하는 '근거들의 근거 없음'을 드러내는 역량일 것이다. 다시 말해 데모스의 힘이란 합의된 질서들이 한계를 드러내는 영역, 어떤 근거, 어떤 척도, 어떤 지배도 더 이상 작동하기 어려운 영역을 드러내는 힘, 즉 혼돈을 시작하는 힘이다. 이것이야말로 자기 몰락을 각오하고 타자를 내 안에 거주하게 하는 작업, 김수영이 4·19혁명에서 배운 사랑의 기술이다.

그러나 부정의 힘으로는 혼돈을 야기할 수가 없다. 부정은 부정하려는 대상의 의미를 고정시키는 욕심과 그러한 고정된 의미에 대한 거부로만 추동되는 타율성을 전제하기 때문이다. 김수영은 혼돈을 시작하기 위해서는 "긍정의 연습"이 필요하다고 본다.[28]

---

27 고병권, 앞의 책, 28면.
28 최근에는 4·19혁명 이후 1966년을 전후한 시점에서 나타나는 부정에서 긍정으로의 변화에 주목하여, 김수영의 제3의 시적 모색을 규명하고 밝히려는 연구들이 제출되고 있다. 강웅식, 「김수영 문학의 현대성과 부정성-김수영의 시론을 중심으로」, 『김수영 신화의 이면』, 웅동, 2004; 조강석, 「김수영 시의식 변모 과정 연구-'시적 연극성'과 '자코메티적 전환'을 중심으로」, 『한국시학연구』 제28호, 한국시학회, 2010; 오연경, 「'꽃잎'의

욕심을 제거하려는 연습은 긍정의 연습이다. …… 이만한 여유를 부끄럽게 여기는 부정否定의 잔재가 남아 있는 것은 나의 경우에는 너무나 당연한 일이다. 그러나 이 모순의 고민을 시간에 대한 해석으로 해결해 보는 것도 순간적이나마 재미있는 일이라고 생각된다. 이런 여유가 고민으로 생각되는 것은 우리들이 이것을 〈고정된〉 사실로 보기 때문이다. 이것을 흘러가는 순간에서 포착할 때 이것은 고민이 아니다. 모든 사물을 외부에서 보지 말고 내부로부터 볼 때, 모든 사태는 행동이 되고, 내가 되고, 기쁨이 된다. 모든 사물과 현상을 씨(동기)로부터 본다.[29]

긍정은 합의된 질서가 해체된 상태, 아무것도 미리 전제하지 않는 여유를 지향하는 것이다. 그러기 위해서는 "모든 사물과 현상을 씨(동기)로부터" 보는 연습, 온갖 욕심과 냉전("고정된 사실", "외부")을 정지시키고 사물과 현상의 자율성("흘러가는 순간", "내부")을 운동하게 하는 연습이 필요하다. 여기서 중요한 것은 부정이 아닌 '정지', 고정이 아닌 '운동'이다. 혼돈은 혼돈인 채로 지속되지 않는다. 혼돈은 다시 질서에 의해 고정되고, 새로운 질서는 또 다른 혼돈을 시작함으로써만 파열된다. 혼돈과 질서의 번갈아듦은 일종의 도래할 역사라 할 수 있다. 무엇이 도래할 것인지, 어떤 혼돈이 시작될 것인지는 결코 미리 알 수 없다. 그러므로 "긍정의 연습"은 숙련되거나 전수되지 않는다. 정지는 매순간의 정지여야 하고, 운동은 매번 도래할 운동이어야 한다. 정지와 운

자기운동과 갱생更生의 시학—김수영 「꽃잎」 연작을 중심으로」, 『상허학보』 제32집, 상허학회, 2011.

29 김수영, 「생활의 극복」, 앞의 책, 2008b, 96면.

동을 반복하는 사랑의 기술은 역사의 리듬을 만들어낸다. 「사랑의 변주곡」은 그러한 사랑의 리듬을 변주한 하나의 '내용-형식'이다.[30]

> 욕망이여 입을 열어라 그 속에서
>
> 사랑을 발견하겠다 도시의 끝에
>
> 사그러져 가는 라디오의 재갈거리는 소리가
>
> 사랑처럼 들리고 그 소리가 지워지는
>
> 강이 흐르고 그 강 건너에 사랑하는
>
> 암흑이 있고 3월을 바라보는 마른 나무들이
>
> 사랑의 봉오리를 준비하고 그 봉오리의
>
> 속삭임이 안개처럼 이는 저쪽에 쪽빛
>
> 산이
>
> 사랑의 기차가 지나갈 때마다 우리들의
>
> 슬픔처럼 자라나고 도야지우리의 밥찌끼
>
> 같은 서울의 등불을 무시한다
>
> 이제 가시밭, 덩쿨장미의 기나긴 가시가지
>
> 까지도 사랑이다

---

30 여러 연구자들이 '사랑의 변주곡'이라는 제목에 천착하여 작품의 내용과 형식이 유기적으로 결합하여 변주의 리듬을 따라 진행된다는 논의를 펼쳤다. 유중하, 「김수영과 4·19 —사랑을 만드는 기술」, 『당대비평』 통권 제10호, 생각의나무, 2000; 오태환, 「한 정직한 퓨리턴의 좌절—김수영의 「사랑의 변주곡」 따져 읽기」, 『시안』 통권 제6호, 시안사, 2003; 홍기돈, 「현대의 순교와 부활하는 사랑」, 『작가세계』 통권 제16호, 세계사, 2004; 신형철, 「이 사랑을 계속 변주해나갈 수 있을까—김수영의 '사랑'에 대한 단상」, 『몰락의 에티카』, 문학동네, 2008; 장석원, 「프로조디, 템포, 억양을 통한 새로운 리듬 논의의 확대—김수영의 「사랑의 변주곡」을 중심으로」, 『국제어문』 제52집, 국제어문학회, 2011.

왜 이렇게 벅차게 사랑의 숲은 밀려닥치느냐

사랑의 음식이 사랑이라는 것을 알 때까지

― 「사랑의 변주곡」 1, 2, 3연[31]

"욕망이여 입을 열어라 그 속에서 / 사랑을 발견하겠다"[32]는 선언으로 시작된 사랑의 발견은 3연에 이르기까지 "벅차게" 밀어닥친다. 욕망은 사물과 현상을 고정된 사실로 바라보려는 욕심, 내 안에 자리 잡은 질서라 할 수 있다. 눈으로는 볼 수 없는, 자각조차 할 수 없는, 숨어 있는 저 욕망의 입을 열고 바로 그 안에서 사랑을 발견하겠다는 것은, 욕심과 질서로 고정된 익숙한 세상으로 들어가 모호함과 혼돈의 낯선 세계를 구해 오겠다는 것이다. 1연에서 주격조사로 표식된 사물들을 '그'라는 지시대명사로 받으면서 연쇄된 사랑의 파도는 라디오 소리 → 강 → 암흑 → 마른 나무들 → 봉오리의 속삭임 → 산으로 이어지면서 도시의 끝으로부터 저쪽의 산까지 밀려간다. 1연을 끝맺은 "산이"라는 주어가 2연의 두 개의 서술어와 연결될 때, 사랑의 연쇄의 가장 바깥이면서 가장 큰 동심원인 산은 "우리들의 슬픔"이라는 혼돈을 키우고("자라나고") "도야지우리의 밥찌끼 / 같은 서울의 등불"이라는 욕망의 질서는 삭제한다("무시한다"). 이제 사랑에 흠뻑 젖은 세계는 "가시밭", "가시

---

31 김수영, 앞의 책, 2008a, 343~345면.

32 이 구절에 대해서는 다양한 해석이 제기되었는데, 주로 '사랑'과 '욕망'의 관계에 초점을 맞추고 있다. 대표적으로 황동규는 사랑이 욕망보다 우위였던 당시의 구조적 관계를 둘 사이에 높낮이가 없는 것으로 뒤집은 것으로 본다.(황동규, 「유아론의 극복」, 『젖은 손으로 돌아보라』, 문학동네, 2001, 285면) 이에 대해 신형철은 사랑이 "혁명과 전통의 층위에서 욕망의 층위로, 그러니까 일상의 층위로 내려오고 있다"는 데 주목한다.(신형철, 앞의 글, 522면)

가지"까지도, 첨단尖端까지도 놓치지 않는 "까지도 사랑"이다. 그런데 3
연에서 "왜 이렇게 벅차게 사랑의 숲은 밀려닥치느냐"라는 감탄이 터져
나옴과 동시에, 바로 다음 행에서 사랑의 밀어닥침의 한계가 정해진다.
사랑의 밀어닥침은 "사랑의 음식이 사랑이라는 것을 알 때까지"다. 여
기서 중요한 것은 "까지도"가 "때까지"로 바뀌는 사랑의 전환이다.

> 난로 위에 끓어오르는 주전자의 물이 아슬
> 아슬하게 넘지 않는 것처럼 사랑의 절도節度는
> 열렬하다
> 간단間斷도 사랑
> 이 방에서 저 방으로 할머니가 계신 방에서
> 심부름하는 놈이 있는 방까지 죽음 같은
> 암흑 속을 고양이의 반짝거리는 푸른 눈망울처럼
> 사랑이 이어져가는 밤을 안다
> 그리고 이 사랑을 만드는 기술을 안다
> 눈을 떴다 감는 기술──불란서혁명의 기술
> 최근 우리들이 4·19에서 배운 기술
> 그러나 이제 우리들은 소리 내어 외치지 않는다
>
> ─「사랑의 변주곡」 4연

사랑은 자유의 과잉이고 혼돈의 시작이지만, 사랑에도 "절도節度"가
필요하다. 1행과 2행에서 '아슬'과 '아슬'이 분행으로 끊어질 때의 긴장
감처럼 "끓어오르는"과 "넘지 않는" 사이에는 아슬아슬한 긴장이 존재

한다. 난로 위 주전자의 물이 넘지 않으면서 끓어오를 수 있는 것은, 계속해서 제공되는 열과 끊임없이 증발하는 수증기가 서로 균형을 맞추고 있기 때문이다. 그런데 '끓고 있다'라는 변함없는 균형 상태를 유지하게 하는 것은, 다름 아닌 물 분자들의 격렬한 운동과 변화이다. "사랑의 절도는 / 열렬하다"라는 진술은 이러한 맥락에서 이해해 볼 수 있다. 사랑에는 한계를 아는 것, 절도가 필요하지만, 그 한계를 알 때까지 '안다'라는 활동 자체는 열렬하게 지속되어야 한다. 왜냐하면 한계는 미리 정해져 있거나 주어진 것이 아니라, 열렬한 사랑의 한가운데에서 가장 열렬한 순간에 알게 되는 것이기 때문이다. 4연에서 "안다"라는 동사와 "기술"이라는 용어가 반복되는 이유가 여기에 있다.

"이 사랑을 만드는 기술", "눈을 떴다 감는 기술――불란서혁명의 기술", "최근 우리들이 4·19에서 배운 기술"은 "사랑의 절도節度"와 "간단間斷"을 아는 일이다. "이 방"과 "저 방", "할머니가 계신 방"과 "심부름하는 놈이 있는 방", "죽음 같은 암흑"과 "고양이의 반짝거리는 푸른 눈망울"은 간격間을 두고 멀리 떨어져 있는 마디節들이다. 사랑이 마디에서 마디로 음악처럼 이어져가기 위해서는 역설적으로 '잠시 그침間斷' 또는 '규칙적인 한도節度'가 있어야 한다. 끊어짐과 이어짐-이어짐과 끊어짐의 변주는 열렬과 절도-절도와 열렬, 혁명과 질서-질서와 혁명이 번갈아드는 사랑의 리듬이자 역사의 리듬이다. 그것은 "불란서혁명"이나 "4·19"처럼 거대한 역사를 움직이는 리듬이기도 하고 "눈을 떴다 감는 기술"처럼 매일의 일상에서 매순간 되풀이되는 리듬이기도 하다. 우리는 눈을 깜짝거릴 때마다 "세계는 그러한 무수한 간단間斷"(「피곤한 하루의 나머지 시간」)임을 알게 된다. 이제 우리들은 소리 내어 외치지 않고 눈을 깜짝거리기만 해도 "이 사랑을 만드는 기술"을 안다.

복사씨와 살구씨와 곶감씨의 아름다운 단단함이여
고요함과 사랑이 이루어놓은 폭풍의 간악한
신념이여
봄베이도 뉴욕도 서울도 마찬가지다
신념보다도 더 큰
내가 묻혀 사는 사랑의 위대한 도시에 비하면
너는 개미이냐

아들아 너에게 광신狂信을 가르치기 위한 것이 아니다
사랑을 알 때까지 자라라
인류의 종언의 날에
너의 술을 다 마시고 난 날에
미대륙에서 석유가 고갈되는 날에
그렇게 먼 날까지 가기 전에 너의 가슴에
새겨둘 말을 너는 도시의 피로에서
배울 거다
이 단단한 고요함을 배울 거다
복사씨가 사랑으로 만들어진 것이 아닌가 하고
의심할 거다!
복사씨와 살구씨가
한번은 이렇게

사랑에 미쳐 날뛸 날이 올 거다!

그리고 그것은 아버지 같은 잘못된 시간의

그릇된 명상이 아닐 거다

— 「사랑의 변주곡」 5, 6연

"이 사랑을 만드는 기술을 안다"라는 우리들의 현재완료는, 이제 "이 단단한 고요함을 배울 거다"라는 아들의 전미래로 변주된다. 사랑의 기술은 결코 가르치거나 전수할 수 있는 것이 아니다. 그것은 아버지 세대의 완료이되 미완의 완료이고, 아들 세대의 미래이되 도래할 미래이기 때문이다. 씨앗은 미완의 종착점과 도래할 것의 도착점이 만나는 점, 과거의 현재와 미래의 현재가 순간적으로 마주친 점이다. "복사씨와 살구씨와 곶감씨"가 단단한 이유는, 그 작은 점에 어마어마한 시간이 응축되어 있기 때문이다. 그것이 품고 있을 '도래할 것'을 도래하게 하기 위해서 아들에게 필요한 것은 시간의 펼침, 성장의 일이다. "사랑을 알 때까지 자라라"라는 당부는 바로 그 시간에 대한 것이다. "인류의 종언의 날에", "너의 술을 다 마시고 난 날에", "미대륙에서 석유가 고갈되는 날에"라고 한껏 멀리 잡힌 시간은 역사의 종결을 향해 빠져나가는 것이 아니라 "그렇게 먼 날까지 가기 전에 너의 가슴에" 배움의 시간으로 새겨진다. 겪어야 할 시간을 다 겪는다면, 그때는 이미 배움이 도래해 있을 것이다.

이 전미래적 '배움'의 반대편에 '신념'이 있다. 우리들이 소리 내어 외치지 않은 "고요함과 사랑"은 시간을 건너뛰려는 욕심에 의해 "폭풍의 간악한/ 신념"으로 변질된다. 신념은 굳고 단단한 것이지만, 그 단단함에는 고요함이 없다. 고요함은 응축된 시간이 사랑으로 폭발하기 전에 축적해야 할 기다림, 바로 일상의 시간이다. 그러나 폭풍처럼 몰아치는 신념, 하나의 질서 또는 텔로스를 향해 질주하는 "광신狂信"은 시간을 단축하고 공간을 획일화한다. 그런 점에서 "봄베이도 뉴욕도 서울도 마찬가지다." 이 욕망의 세속 도시들을 "사랑의 위대한 도시"로 만드는 것은 "도시의 피로"다. 피로는 도시의 일상을 지배하는 매순간의 적이자, 일상이 되어버린 적을 적으로 알아보는 예민함이다.[33] 멈춤도 없고 빈틈도 없이 밀려오는 도시의 피로는 사랑의 폭발을 기다리는 고요한 일상이다. 그리하여 '~에'의 반복으로 축적된 시간이 "도시의 피로"로 충만해질 때 '~거다'로 반복된 전미래적 예언은 사랑의 폭발을 향해 고조된다. 그 극점에서 "한번은 이렇게 / 사랑에 미쳐 날뛸 날이 올 거다!"라는 환희의 확신이 터져 나온다. 이것은 어떤 주술적 예언이 아니라 "아버지 같은 잘못된 시간"에 대한 "명상"이 도달한 지점이다. 미쳐 날뛸 사랑이 이미 도래해 있는 곳이 바로 "이 단단한 고요함"이라는 것, 그것이 아버지의 명상의 내용일 것이다. 아직 오지 않은 날을 "이렇게"라고 지시한 이유가 여기에 있다.

「사랑의 변주곡」은 혼돈을 시작하는 사랑의 기술이 절도와 열렬, 간단과 지속, 눈뜸과 눈감음, 단단함과 고요함, 혁명과 일상으로 변주되는 리듬임을, 그리고 그것이 '지금-여기'에서 발아되어, 도래할 미래로 끊임없이 변주되는 것임을 보여주는 한 편의 아름다운 '내용-형식'이다. 이 사랑의 변주는 원곡의 교정이 아니라 원곡으로부터의 이행, 기

---

33 오연경, 「시시포스의 운명, 사랑의 공동체」, 『시와 시』 통권 제9호, 푸른사상, 2011, 21면.

존 선율을 어떤 척도에 맞추어 변형하는 것이 아니라 척도 자체를 바꾸어버리는 파격이다. 이것을 도래할 시와 도래할 민주주의의 '척도 없는 리듬'이라 부를 수 있을 것이다.

5. '찰나刹那'와 '간단間斷'의 시학

김수영은 2000년대 문단에서 또 다시 열렬한 호출을 받고 있다. "문학과 윤리 또는 미학과 정치의 관계에 대해 영원 회귀하는 질문들"[34] 이 한국문단에 출현할 때마다 김수영의 시와 시론은 현재화한다. 그의 문학은 "현재형의 질문과 함께 조금 더 밀고 나가야 하는 오늘의 텍스트[35]로 살아 있다. 한때 그는 리얼리즘 진영과 모더니즘 진영에 의해 '두 명의 김수영'으로 찢겨져 분배된 적도 있었으나, '지금-여기'로 호출된 '한 명의 김수영'은 한국문단을 지배해 온 모든 이분법과 차별화의 논리를 무화시키는 참조점으로 돌아왔다.[36] '시적인 것'과 '정치적인 것'의 간극 혹은 매개, 불일치 혹은 일치라는 오늘의 질문에 대해 김수영이 답안을 제출한다면, 거기서 핵심어는 '사랑'이 될 것이다. 김수

---

34 진은영, 앞의 글, 69면.
35 김행숙, 「'시적인 것'과 '정치적인 것'─김수영의 시론 「시여, 침을 뱉어라」를 중심으로」, 『국제어문』 제47집, 국제어문학회, 2009, 31면.
36 모더니즘과 리얼리즘이라는 경직된 이분법이 '시적인 것'과 '정치적인 것'(시의 정치)에 대한 고민으로 전환된 2000년대 후반 문단에서 뜨거운 호명을 받았던 두 사람은 프랑스의 철학자 자크 랑시에르와 시인 김수영이었다. "언어를 통해 기성세계의 합의된 질서에 불일치를 제기하는 미학적 정치성"(진은영, 「김수영 문학의 미학적 정치성에 대하여─불화의 미학과 탈경계적 정치학」, 『현대문학의연구』 제40집, 한국문학연구학회, 2010) 은 랑시에르의 담론과 김수영 문학이 겹쳐지는 매력적인 지점이었다.

영의 사랑의 시학은 미완의 혁명을 변주하는 도래할 민주주의, 미완의 형식을 변주하는 도래할 시를 '찰나의 정지'와 '간단間斷의 리듬'을 통해 보여주었다. '찰나의 정지'는 역사와 생활을 고정된 것으로 붙박지 않고 순간의 '지금-여기'와 충돌시키기 위해 모든 고정관념을 정지시키는 정치-미학적 실천이며, '간단의 리듬'은 그러한 섬광과 같은 정지의 순간으로 미지의 타자, 다른 삶이 틈입될 때 생겨나는 단속적인 끊김들이 만들어내는 삶과 시의 리듬이다.[37] 이 '찰나의 정지'와 '간단의 리듬'이 시적인 것과 정치적인 것의 구분을 무화시키는 필연성이다.

"여태껏 없었던 세계가 펼쳐지는 충격"(산문「시여, 침을 뱉어라」)은 그가 시를 통해 도달하고자 했던 최고의 지점이었다. 그러나 충격은 언제나 순간적인 것이다. "여태껏 없었던 세계"는 한 번 알려지면 이미 존재하는 세계가 되어버린다. 그것은 다시, 그리고 끊임없이 또 다른 "여태껏 없었던 세계"로 이행되어야 한다. 이 끊임없는 혁명과 이행을 가능하게 하는 것이 바로 '불가능'에 대한 사랑이다. 그러므로 "진정한

---

37 김수영 문학에서 추출해낸 '찰나의 정지'와 '간단의 리듬'은 벤야민의 알레고리 개념에 맞닿아 있다. 이에 대한 연구는 또 다른 지면을 필요로 하는 방대한 작업일 텐데, 그 든든한 연결 고리가 이미 제시되어 있어 인용하는 것으로 다음 연구를 기약한다. "알레고리는 저 목적론적 세계관이 장치한 본원성이나 본질성의 심연에 함몰되지 않으며, 논리적 설명이 무기로 삼는 필연성의 고리에 붙잡히지 않는다. 길들여진 언어의 정서적 후원도, 명쾌한 이론의 안전한 권력도 바라지 않았던 김수영은 현실의 언어로 현실을 진술하면서도 절박하게 그리는 가운데 다른 삶을 전망하고 끌어당기는 알레고리를 바로 이 삶에서 발견했다."(황현산,「김수영의 현대성 또는 현재성」,『창작과비평』통권 140호, 창비, 2008, 187면) "아직 문밖에서 서성이고 있는 것, 앞으로 다가올 것, 과거에 존재했던 것, 이 모든 것을 '지금-여기'에 끌어다가 잠시 펼쳐놓는 것, 바로 그 단정치 못하고 형상을 갖추기 어려운 일을 수행하는 것이 바로 알레고리이다. 김수영은 전통과 근대, 한국과 서구, 한국어와 영어, 산문과 시, 일상과 역사, 창작과 번역 등의 이항대립의 구조에서 벗어나, 한 시대의 알레고리적 몽타주를 가지고서 새로운 실험을 해 나갔다."(조재룡,「알레고리, 지금-여기를 궁리하는 현대시의 조건」,『시와 시』통권 제11호, 푸른사상, 2012, 37면)

시인이란 선천적인 혁명가"(산문 「시의 〈뉴 프런티어〉」)인 것이다. 시인-혁명가는 무엇보다도 자신의 언어와 싸워야 한다.

> 모든 언어는 과오다. 나는 시 속의 모든 과오인 언어를 사랑한다. 언어는 최고의 상상이다. 그리고 시간의 언어는 언어가 아니다. 그것은 잠정적인 과오다. 수정될 과오. 그래서 최고의 상상인 언어가 일시적인 언어가 되어도 만족할 줄 안다. …… 지금의 언어도 좋고 앞으로의 언어도 좋다. 지금 나도 모르게 쓰는 앞으로의 언어.[38]

시의 언어는 언제나 "잠정적 과오"를 저질러야 한다. 그럴 때에만 시의 언어는 "최고의 상상인 언어"가 될 수 있다. "잠정적 과오"는 어떤 시기 동안만 잠시 과오라고 정해진 과오다. 그것은 미래의 어떤 시기에는 과오가 아닌 것으로 수정될 과오다. "최고의 상상인 언어"는 지금은 '과오'라는 자리밖에 주어지지 않는, 그러나 미래에는 과오가 아닌 것으로 증명될 언어다. 그것은 미래에 쓰일 것이 미리 '지금-여기'에 도래한 것이라는 점에서 불가능을 모험하는 최고의 상상의 언어다. "지금 나도 모르게 쓰는 앞으로의 언어"는 바로 도래할 시의 본질을 이루는 도래할 언어다. 김수영에게 언어는 민중의 생활 속에서 변화하는 것이지만, 생활의 언어가 최고의 상상력이라는 주권을 잃었을 때 그것을 회수해주는 것은 바로 시다. 시가 주권을 회수해준 언어는 다시 생활의 언어로 편입될 것이다. 그리하여 민중이 삶 속에서 쓰는 언어가

---

38 김수영, 「가장 아름다운 우리말 열 개」, 앞의 책, 2008b, 374면.

언제나 최고의 상상인 언어일 때, 즉 시의 언어와 구분되지 않을 때, 시는 더 이상 필요 없어질 것이다. 그것은 시가 곧 삶이 되는 경지라 할 수 있다. '시 무용론無用論'이 시인의 최고 목표(산문 「시의 〈뉴 프런티어〉」)라는 김수영의 말은 바로 이 지점을 겨냥하고 있다.

불가능에 대한 시의 사랑, 모호성의 탐색이 손을 뻗칠 수 있는 영역과 경계는 그 시대의 언어의 상황에 따라 다를 것이다. 김수영이 살았던 시대는 모호성의 탐색이 참여시의 옹호에까지 이르는 언어 상황이었다. 우리 시대는 그보다 과히 멀리 온 것 같지는 않다. 그러므로 시의 언어가 곧 삶의 언어가 될 때까지 "여태껏 없었던 세계가 펼쳐지는 충격"을 모험하는 것은 여전히 시인의 몫이다.

참고문헌

김수영, 『김수영 전집』 1, 민음사, 2008a.

_____, 『김수영 전집』 2, 민음사, 2008b.

강웅식, 「김수영 문학의 현대성과 부정성-김수영의 시론을 중심으로」, 『김수영 신화의 이면』, 웅동, 2004.

고경민・송효진, 「인터넷 항의와 정치참여, 그리고 민주적 함의-2008년 촛불시위 사례」, 『민주주의와 인권』 제10권 3호, 전남대 5・18연구소, 2010.

김수림, 「4・19혁명의 유산과 궁핍한 시대의 리얼리즘」, 『상허학보』 제35집, 상허학회, 2012.

김재용, 「김수영 문학과 분단극복의 현재성」, 김명인・임홍배 편, 『살아있는 김수영』, 창비, 2005.

김행숙, 「'시적인 것'과 '정치적인 것'-김수영의 시론 「시여, 침을 뱉어라」를 중심으로」, 『국제어문』 제47집, 국제어문학회, 2009.

김홍중, 「유령, 리좀 그리고 교량(橋梁)」, 『마음의 사회학』, 문학동네, 2009.

노용무, 「김수영의 「거대한 뿌리」 연구」, 『한국언어문학』 제53집, 한국언어문학회, 2004.

박연희, 「김수영의 전통 인식과 자유주의 재론-「거대한 뿌리」(1964)를 중심으로」, 『상허학보』 제33집, 상허학회, 2011.

서희경, 「한국 헌법의 정신사-헌법전문의 "4・19 민주이념 도입"에 관한 논의를 중심으로」, 『정치사상연구』 제17집 1호, 한국정치사상학회, 2011.

신형철, 「이 사랑을 계속 변주해나갈 수 있을까-김수영의 '사랑'에 대한 단상」, 『몰락의 에티카』, 문학동네, 2008.

오연경, 「'꽃잎'의 자기운동과 갱생(更生)의 시학-김수영 「꽃잎」 연작을 중심으로」, 『상허학보』 제32집, 상허학회, 2011.

_____, 「시시포스의 운명, 사랑의 공동체」, 『시와 시』 통권 제9호, 푸른사상, 2011.

오태환, 「한 정직한 퓨리턴의 좌절-김수영의 「사랑의 변주곡」 따져 읽기」, 『시안』 통권 제6호, 시안사, 2003.

유중하, 「김수영과 4・19-사랑을 만드는 기술」, 『당대비평』 통권 제10호, 생각의나

무, 2000.

이광호, 「4·19의 '미래'와 또 다른 현대성」, 『4·19와 모더니즘』, 문학과지성사,
　　2010.

장석원, 「프로조디, 템포, 억양을 통한 새로운 리듬 논의의 확대—김수영의 「사랑의
　　변주곡」을 중심으로」, 『국제어문』 제52집, 국제어문학회, 2011.

조강석, 「김수영 시의식 변모 과정 연구—'시적 연극성'과 '자코메티적 전환'을 중심으
　　로」, 『한국시학연구』 제28호, 한국시학회, 2010.

조재룡, 「알레고리, 지금-여기를 궁리하는 현대시의 조건」, 『시와 시』 통권 제11호,
　　푸른사상, 2012.

진은영, 「감각적인 것의 분배」, 『창작과비평』 통권 142호, 창비, 2008.

＿＿＿, 「김수영 문학의 미학적 정치성에 대하여—불화의 미학과 탈경계적 정치학」,
　　『현대문학의연구』 제40집, 한국문학연구학회, 2010.

최동호, 「김수영의 시적 변증법과 전통의 뿌리」, 김승희 편, 『김수영 다시 읽기』, 프
　　레스21, 2000.

홍기돈, 「현대의 순교와 부활하는 사랑」, 『작가세계』 통권 제16호, 세계사, 2004.

홍석률, 「1960년대 한국 민족주의의 분화」 정용욱 외, 『1960년대 한국의 근대화와 지
　　식인』, 선인, 2004.

황동규, 「유아론의 극복」, 『젖은 손으로 돌아보라』, 문학동네, 2001.

황현산, 「김수영의 현대성 또는 현재성」, 『창작과비평』 통권 140호, 창비, 2008.

고병권, 『민주주의란 무엇인가』, 그린비, 2011.

남진우, 『미적 근대성과 순간의 시학』, 소명출판, 2001.

이재석·전상숙 편, 『4·19혁명과 민주주의』, 선인, 2012.

최장집, 『민주화 이후의 민주주의』, 후마니타스, 2002.

발터 벤야민, 조형준 역, 『아케이드 프로젝트』, 새물결, 2005.

알랭 바디우·슬라보예 지젝 외, 김상운·양창렬·홍철기 역, 『민주주의는 죽었는
　　가?』, 난장, 2010.

앙리 메쇼닉, 조재룡 역, 『시학을 위하여』 1, 새물결, 2004.

자크 데리다, 진태원 역, 『마르크스의 유령들』, 이제이북스, 2007.

자크 랑시에르, 양창렬 역, 『정치적인 것의 가장자리에서』, 길, 2008.

4장 │ 인민의 원한과 정치적인 것, 그리고 민주주의 │

식민지 정치소설들과의 연대의식하에서 본 유신기의 두 소설

함돈균

1. 인민의 원한과 정치적인 것

'원한'의 감정을 '노예의 도덕'이라고 극렬하게 비난한 사람은 니체였나. 니체에게 원한은 그의 윤리학의 핵심 테제를 구성한다. 그에 따르면 어떠한 상황에서도 자신의 삶을 긍정할 수 있는 힘을 가지고 있지 않은 약자들은, 그들 앞에 놓인 삶의 조건이나 남을 탓하며 신의 주사위놀이를 원망하면서, 생의 에너지를 부정적인 것으로 가득 채운다. 니체에게 원한의 감정은 도덕에 대한 탐구를 위해 포괄적으로 사색된 것이기 때문에, 그가 이 감정의 주체를 전적으로 특정한 사회계급의 것이라고 여겼다고 말하기는 어렵다. 하지만 그의 철학 전체의 견지에서 볼 때, 그가 끔찍하게 싫어했던 인간 유형이 평등주의적 지향을 가진 인간들이라는 점은 분명하며, 실제로 그는 여러 곳에서 노예 감정

의 주체로 분노에 쌓여 있는 '천민적' 혁명분자들, 예컨대 "사회주의 노동자"를 지목하고 있다.[1] 프랑스혁명이 인민의 원한 감정에 의해 유럽의 역사가 쇠퇴하는 결정적인 계기라고 해석되는 것도 같은 맥락에서다.[2] 니체에게 원한은 노예적인 것, 그러므로 '자유'의 의미와 전적으로 상치되는 것이었으며, 도덕의 기원을 역사적이고 심리적인 기원(계보학)에서 찾는 그에게 이 감정은 가난한 자들의 '평등'에 대한 사회적 요구와 구분되기 어려운 것이었다.

원한-평등과 자유의 상치 문제는 한나 아렌트에게서도 정치적인 차원에서 매우 중요했다. 특히 가난한 자들의 원한 감정과 평등의 문제와 관련하여 아렌트는 니체와는 다른 정치철학적 사색의 과정을 거쳤지만 결론적으로는 유사한 입장을 취하는 듯이 보인다. 니체에게 그러했던 것처럼 루소와 프랑스혁명, 다수의 가난한 자들이 주체가 되는 마르크스적 평등주의는 아렌트에게는 '자유'의 문제와 직접적인 관련이 없는 것이었다(물론 니체와 아렌트에게서 자유의 함의는 전혀 다르다). 그가 보기에 인민의 행복·해방을 내세운 프랑스혁명과 마르크스주의 혁명 운동은 이중의 '필연성'에 구속되어 있다. 그것은 생존의 절박성에 결박되었다는 점에서 자연적 필연성에 예속되어 있으며, 혁명의 관찰자들(예컨대 헤겔이나 마르크스)에 의해 덧씌워진 역사법칙이라는 '역사적 필연성'의 이념에 구속되어 있다. 이러한 혁명들에서 '인민le peuple'이라는 용어는 핵심적인 키워드가 되었는데, 이 용어는 가난한 자들의 분노·원한·연민이라는 감정을 삭제하고서는 이해될 수 없는 용어

---

1 프리드리히 니체, 백승영 역, 「우상의 황혼」, 『니체 전집』 15, 책세상, 2002a, 169면.
2 프리드리히 니체, 김정현 역, 「도덕의 계보」, 『니체 전집』 14, 책세상, 2002b, 388면.

다. 이 감정들은 공공적인 영역, 즉 정치에서 발휘되어야 할 이성과 일반성(보편성)과는 무관한 '자연적(사적)'인 것이다. 더욱이 인민의 해방·혁명은 이 감정이 야기하는 불가항력적인 폭력과 불가분의 관계라는 점에서도 다시 한 번 필연성의 영역에 예속된다. 아렌트는 '(사회적) 평등'을 이러한 필연성의 결과 또는 목표로 이해했다.[3]

이 논문의 논의와 관련하여 주목되는 것은 아렌트가 평등의 문제를 '민주주의'에 대한 이해와 결부지어 이해한다는 사실이다. 결론적으로 말하면 아렌트에게 인민의 혁명, 평등주의적 요구들은 생존의 필연성이 작용하는 사회, 즉 경제의 영역이지 정치의 영역이 아니다. 아렌트에게서 '자유'는 '정치'의 전제 조건일 뿐만 아니라 정치 자체의 목표이기도 하다. 그러므로 그녀에게 정치와 자유는 동의어에 가깝다. 고대 그리스의 폴리스polis 모델에서 자유의 기원을 사색하는 아렌트에게 가난과 공포로부터의 자유는 해방의 결과이기는 하지만, 자유의 실제적인 내용이라고 할 수는 없다. 고대 아테네에서 평등은 인간의 평등이 아니라 정지체가 부여하는 평등으로서 정치체의 속성이었으며, 이는 폴리스라는 정치공동체를 통해 획득해야 할 '시민권'의 문제였다. 평등은 인간의 본성이라기보다는 공동체적이고 인위적인νομω 것으로서 자연적 필연성의 영역으로부터 탈출한 인간적 노력의 산물이다. 그것은 프랑스혁명과 마르크스주의 이후에 출현한 근대적 평등의 이념인 '사회적(경제적) 평등'과는 무관하다. 폴리스에서 평등은 법νομως의 영역 내에서의 평등을 뜻하며, 시민권을 가진 자의 권리로서의 정치적

---

3 한나 아렌트, 홍원표 역, 『혁명론』, 한길사, 2004, 120~140면.

자유와 다른 게 아니었다. 한나 아렌트가 '비지배isonomy'라는 이름으로 정의하는 폴리스의 이러한 속성은, 다수의 지배, 특히 민중의 지배라는 용어로 쓰인 고대적 민주정democracy과도 구별된다.[4] 궁극적으로 아렌트에게 '민주주의'는 공적인 영역에서 의미 있는 실천 행위를 통해서 구성되는 것으로서, 구체적으로는 "(자연적 존재로서의) 인간의 제국이 아닌 (인위적인 정치 공간으로서의) 법의 제국이라는 의미에서의 공화국의 확립"이란 의미를 지닌다.[5]

한나 아렌트의 관점은 '정치-민주주의'를 적극적인 차원에서의 자유 즉 '시민권'의 문제로 이해하게 하는 데에 새로운 길을 열어준 면이 있지만, 그 관점은 소박하게 이해할 때 '법에 의한 지배'가 곧 민주주의라는 말로 요약될 수도 있는 것이었다. 이그나시오 산체스-쿠엔카에 따르면 아렌트의 이러한 입장은 정치이론의 가장 오래된 숙원 가운데 하나인 무한히 존속할 수 있는 안정적인 제도체계의 고안과도 연결되는 측면이 있다. 그것은 원한과 동정심 같은 사적 감정을 배제한 법의 지배, 즉 비인격적인 도구로서의 제도화된 권력의 행사를 민주주의의 핵심으로 이해한다는 뜻이다.

그런데 문제는 이러한 논리가 성립되기 위해서는 우선 충족되어야만 하는 중요한 전제가 있다는 사실이다. 법의 지배가 곧 민주주의가 되기 위해서는 한 정치체에서의 제도화된 권력이 실제로 제도화된 권력들의 분포를 반영하는 결과여야 한다는 사실이 그것이다. 나아가 제

---

4 위의 책, 97~100면.
5 위의 책, 239~338면. 주지하듯이 한나 아렌트는 이런 공화주의적 모델의 현대적 이상으로서 미국혁명과 그것의 결과로서의 미국헌법 과정을 예로 든다.

도화된 실체를 갖는 권력이라는 뜻은 제도화되지 않은 실체에 대한 사회적 통제권을 갖는다는 뜻이기도 하다.[6] 그러므로 민주주의와 법의 상관성에서 핵심은 '법의 지배'가 어떻게 정치체 내의 다양한 사회세력들의 힘의 분포를 정당하게 반영하며, 제도화될 수 없으나 엄존하는 사회적 실체(에르네스트 라클라우나 슬라보예 지젝이라면 이 실체를 '사회적 적대'라고 표현했을지도 모른다)를 정확히 이해하고 인정하느냐에 달려 있다.

니체에게서 '노예 도덕'의 괴수이자, 한나 아렌트에게 사회적인 것을 정치적인 것으로 오해했거나 정치 영역을 사회 영역으로 격하시킨 인물이라고 비난받은 마르크스적 사색으로 우리가 되돌아갈 수밖에 없는 까닭도 바로 이 때문이다. 마르크스에게서 인간은 자신의 생활을 사회적으로 생산하는 가운데, 자신의 의지로부터 독립되어 있는 일정한 필연적 · 물질적 관계들을 생산하는 존재다. 여기에서 생산관계는 사회의 토대로서 법률 및 정치적 · 정신적 생활과정 일반을 조건 짓는다.[7] 이러한 관점에 따르면 제도화된 권력으로서의 법은 사회세력들과 제도화된 권력들의 분포를 공평하게 반영하지 않으며, 지배적 생산관계-계급관계를 반영하는 물질적 현시체다. 이 시점에서 우리가 고전적 마르크스의 계급환원론과 경제결정론으로 돌아가는 우를 경계한다고 하더라도, 이 사색에서 여전히 유효한 것은 어떠한 형태의 사회적 객관성이나 물리적 제도도 권력행위를 통해 만들어지는 것이며, 그것의 구성을 지배하는 계급투쟁과 배제행위의 흔적을 지울 수는 없

6 이그나시오 산체스-쿠엔카, 안규남 · 송호창 외역, 「권력, 규칙, 그리고 준법」, 『민주주의와 법의 지배』, 후마니타스, 2008, 138~141면.
7 칼 마르크스, 최인호 역, 「정치경제학 비판을 위하여」, 『칼 맑스 프리드리히 엥겔스 저작선집』 2, 박종철출판사, 1997, 477면.

다는 사실이다.[8] 벤야민이 하나의 폭력 형태로 법이 객관적으로 현시되는 순간을, 자주 노동자 파업에 맞서는 국가폭력의 적대적 대립이라는 관점에서 기술하고 있는 것도 이런 이유에서다.[9]

한나 아렌트는 '정치'와 '사회'를 구분하고, 인민의 분노와 원한의 감정이 이성적 보편성을 지니고 있지 않으므로 정치의 영역에 속하는 것이 아니라고 했지만, 인간 본성에 관한 합리주의적 관점에 기초한 이러한 정치이론은 때때로 민주주의의 기초가 되기보다는 사회성에 내재적인 부정적 측면을 부인함으로써 민주주의에 관한 가장 취약한 관점을 노출하는 것일 수도 있다. 이러한 관점은 사회체에 결코 폭력이 제거될 수 없다는 사실을 배제함으로써, 민주주의에 관한 이론이 적의와 적대의 차원에서 '정치적인 것'의 성격을 파악할 수 없게 만든다.[10]

무페 식 구분을 참조한다면 인민의 원한 감정은 '정치'에 영향을 주는 '정치적인 것'의 영역에 속하는 것으로 봐야 한다. 샹탈 무페에 따르면 '정치적인 것'은 사회관계에 내재한 적대의 차원과 관련되며, 정치는 '정치적인 것'을 준거삼아 정치체에 항존하는 적대와 갈등의 조건을 순치시키면서 인간의 공존을 조직하고 질서화 하는 일이다. 그러나 이것은 정치가 '정치적인 것' 즉 사회적 적대를 해소하는 것을 목표로 한다는 뜻이 아니다. '민주적 정치'의 목표는 '정치적인 것'은 제거될 수 없는 것이며, '우리 / 그들' 사이의 대립은 절대 극복될 수 없다는 사실을 인정하는 것에서부터 출발해야 한다.[11] 민주적 정치는 정치체에서

---

8 샹탈 무페, 이행 역, 『민주주의의 역설』, 인간사랑, 2006, 41면.
9 발터 벤야민, 최성만 역, 「폭력비판을 위하여」, 『발터 벤야민 선집』5, 길, 2009, 89~96면.
10 샹탈 무페, 앞의 책, 198면.
11 위의 책, 157~158면.

대립의 진영을 파괴해야 할 적enemy이 아니라 그 존재의 정당성을 용인해야 할 반대자adversary로 여기는 일이다. 여기에서 '우리'는 반대자의 생각과 이익에 맞서 싸우겠지만, '그들' 자신을 방어할 권리 자체를 문제삼아서는 안 된다. 그럼에도 불구하고 이러한 경우에도 사회적 적대는 결코 사라지지 않는다.[12]

2. 역사와 계급의식, 나라 잃은 시대의 소설들

100여 년의 한국 현대소설사를 추동시켜 온 가장 강력한 문학사적 압력은 '역사와 계급의식'이었다. 이 압력하에서 한국소설은 역사의 매 국면을 전체적이고 구조적으로 조망해 보려는 노력을 포기하지 않았는데, 식민지와 내전상황, 분단체제와 군사독재체제를 살아오면서 누적되고 표출된 민중의 분노·원한·연민 등과 같은 '자연적' 정념들은 역사와 사회의 맨얼굴을 포착하는 중요한 문학적 증후였다. 니체에게 노예의 도덕이었고, 아렌트에게 자유의 본질과는 무관한 것으로 받아들여진 이 '사적' 정념들은, 문학의 관점에서는 부분적 개인의 진실을 통해 역사와 사회의 전면적인 진실에 이르는 통로였으며, 굴곡 많은 한국 현대사와 정치체에 내재한 사회적 적대를 드러내는 예민한 기미였다. 아렌트가 기각했으나 무페가 다시 전유한 용어를 빌자면, 억압받는 민중의 분노와 원한의 감정은 '정치'라기보다는 '정치적인 것'

---

12 샹탈 무페, 이보경 역, 『정치적인 것의 귀환』, 후마니타스, 2007, 15면.

에 속한다. 궁극적인 차원에서 문학은 고통의 현재와는 다른 미래를 그리는 사람들의 간절한 기도라는 점에서, '정치적인 것'은 문학이 추구하는 본질적인 자유와 다르지 않다고 해야 할 것이다. 그리고 이 자유는 현존하는 정치체에 온전한 자리를 가지고 있지 않는 자들의 정치를 지시한다는 점에서 민주주의의 어떤 핵심적 테제[13]와 연관된다.

한국소설사에서 계급투쟁과 제국주의, 사회에 내재한 적대의 문제가 억압받는 민중의 완벽한 승리로 귀결되는 최초의, 그리고 유일무이한 작품은 신채호의 「용과 용의 대격전」(1908)이었다. 그런 면에서 이 소설은 '역사와 계급의식'에 의해 추동된 한국문학사의 욕망이 궁극적으로 무엇을 향하고 있는가 하는 점을 극단적인 차원에서 압축하고 있는 소설이다. 이 소설에서 천국의 '천제天帝'는 "몇 만 년 동안이나 아무 노동도 않고 지상에서 올리는 공물과 제물을 받아먹고 살"아온 민중의 착취자로, '미리'는 '천제'가 가장 신임하는 하수인으로서 '동양 총독'의 중임을 맡고 있는 존재로 그려진다. 자본가와 대지주, 황제와 대원수, 순사가 모두 하나로 결탁하여 민중의 고혈을 빨아먹는 세계를 지옥으로 그리면서, 신채호는 지배계급과 제국주의가 한 몸이라는 사실을 폭로하였다. 또 사회의 정치·법률·예술·도덕·종교 등 이른바 '상부구조'는 사회적 생산관계와 지배체제를 은폐하고 유지하는 데에 이용되는 허위의식의 기제라는 마르크스의 관점을 수용함으로써, 지배계급과 법률로 구성된 정치체가 동형일체라는 문학적 인식을 분명히 보여주었다.

---

13 자크 랑시에르, 양창렬 역, 『정치적인 것의 가장자리에서』, 길, 2008, 241면.

일체의 사회제도를 민중으로 하여금 지배계급의 이해관계를 자진해서 수용하게끔 하는 오인誤認장치(이데올로기적 국가장치)라고 본 신채호에게 국가는 '상제'의 지배 기제였으며, 따라서 애국심이란 "지배 계급의 세력을 확장 증진케 하는" "위애국심僞愛國心"에 불과한 것이었다. 신채호는 이 소설에서 강대국의 민중에게 주어지는 보통선거의 권리와 노동임금의 증가가 민중을 길들이려는 국가의 개량주의적 획책임을 폭로하였고, 완전한 독립과 혁명을 망각한 채 식민지 민중 사이에서 운운되는 문화정치와 자치참정권 따위의 논의를 철저한 환상으로 배격했다. 계급투쟁보다 시민권이 중요하다고 본 아렌트와는 달리, 신채호는 계급해방을 괄호에 넣은 '참정권(시민권)'은 허위라고 생각했다.[14] 계급투쟁과 제국주의가 착종되어 있던 나라 잃은 시대에 국가 자체를 민중의 적으로 간주한 신채호에게, '해방'은 단지 외부 세력과의 투쟁이 아니라 자기 사회체계 전체를 향한 총체적인 투쟁이어야만 했고, 그 투쟁의 주체는 인류 일반이 아니라 이 체계 아래서 신음하고 있었던 "민중(가난한 자)"일 수밖에 없었다. "민중들이 야소를 죽인 뒤 미구未久에 공자·석가·마호메트 …… 등 종교·도덕가 등을 때려죽이고, 정치·법률·학교·교과서 등 모든 지배자의 권리를 옹호한 서적을 불 지르고, 교당·정부 관청·공해·은행·회사 등 건물을 파괴하고, 과거의 사회제도를 일체 부인하고, 지상의 만물은 만중萬衆의 공유임을 선언"[15]하는 대목이 그의 평소 지론인 '민중직접혁명'(「조선 혁명 선언」)의 소설화라는 점은 두말할 나위가 없다. 그리고 이때 '민중·만

---

14 신채호, 「용과 용의 대격전」, 『20세기 한국소설』 1, 창비, 2010, 18~19면.
15 위의 글, 26면.

중'은 인류 일반이 아니라 계급지배가 정치지배이며 계급투쟁이 곧 제
국주의와 얽혀 있는 식민지 현실에서 원한과 분노에 사로잡혀 있었던
'인민'이었다. 이 투쟁을 주도하는 존재가 '미리'와 '일태쌍생―胎雙生'의
존재인 '드래곤'인 것은, 해방의 가능성은 극악한 절망의 현실 그 자체
에서 싹트며, 역사는 사회체에 내재한 적대적 모순을 통해 스스로의
가능성을 갱신한다는 변증법적 세계관의 소설적 표현이었다.[16]

그러나 혁명의 극단을 보여준 신채호의 소설이 알레고리적 방법론
으로 씌어졌다는 점은 의미심장한 일이다. 인물과 인물 간의 갈등을 통
해 사회세력들 간의 힘과 거리를 객관적으로 측정하고 묘사하는 일이
리얼리즘 소설의 본질이라고 할 때, 구체적 인물 간의 갈등이 존재하지
않는 알레고리적 묘사는 실제 현실이 삭제된 관념의 승리를 의미하는
것이기 때문이다. 다시 말해, 신채호가 열망했던 민중직접혁명과 역사
의 완벽한 승리는 그 절박한 필요성과 간절한 열망에도 불구하고, 소설
속에서 구체적 형상을 얻을 수 없을 만큼 명백히 비현실적인 것이었다
고 해야 할 것이다. 신채호 이후의 우리 소설이 유토피아적 열망과 현
실적 패배의 변증법적 고투로 점철된 루카치적 소설론을 가장 낙관적
으로 구현하는 경우에서조차 냉혹한 현실에 대해 역사의 완벽한 승리
를 구가하는 모습을 단 한 번도 보여줄 수 없었음은 이 때문이다.[17]

---

16 김인환에 따르면, 신채호는 이 소설을 통해 "근대를 대중의 수량이 움직이는 사회로 이
해함으로써 대중의 개념을 정치의 범주로 포착한 한국 최초의 사상가"임을 보여주었으
며, 이 소설 속에 나타난 "그의 민중 직접 혁명론은 민중에 대한 과대평가의 위험이 내재
되어 있음에도 불구하고 대중의 수량에 대한 한국 최초의 정치적 인식"을 보여준 것으로
평가된다. 「한국 현대소설의 계보」, 『문학동네』, 1998 겨울, 209면.
17 신채호의 「용과 용의 대격전」, 나아가 한국 정치소설이 지닌 알레고리적 서사의 정치적
함의에 대한 좀 더 자세한 논의는 함돈균의 「이 시대의 혁명, 이 시대의 니힐리즘―2000
년대 중후반의 한국문학과 혁명」(『문학과사회』, 2007 가을) 참조.

그럼에도 불구하고 신채호 이후 식민지 시기의 한국소설사는 계급투쟁을 괄호에 넣고서는 정치체를 구성하고 움직이는 권력의 실상과 (비)제도화된 사회적 실체를 정확하게 포착하는 일이 불가능하고 생각하였다. 여기에서도 역시 빈궁한 현실에서 고통 받는 인민의 원한과 연민은 사회적 적대가 직접적으로 현시되는 증후였으며, 삶과 역사적 진실에 예민한 실감을 부여하는 소설적 기제였다. 예컨대 프로문학계의 다양한 리얼리즘 논쟁에서 '낭만성'과 '비과학성' 때문에 혹독하게 비판되기도 했던 김기진, 박영희, 최서해로 대표되는 1920년대의 빈궁문학은, 조직화된 이념을 통해 사회의 구조적 실체와 역사적 국면의 전체를 읽어내지는 못했지만, 그러한 작품에서 출현한 빈궁한 개인의 정념 자체가 이미 제거될 수 없는 모종의 사회적 얼룩을 현시하는 면이 있다. 라클라우와 무페 식으로 바꿔 말한다면, 문학적 언표로 출현한 이러한 정념 자체가 '하나의(통일된) 사회란 불가능하다'는 사실을 암시하는 적대의 현시이며 '정치적인 것'의 출현이다.

조명희의 「낙동강」(1927)은 전근대의 역사를 왕조 교체가 아닌 계급투쟁의 과정으로, 갑오동학과 을미운동과 사회주의를 연속선상에 있는 인민의 저항운동으로, 농민운동과 형평운동과 노동운동과 여성운동을 역사의 궁극적 해방을 향한 인민 투쟁으로 이해하였다. 「낙동강」은 나라 잃은 시대의 소설임에도 불구하고, 해방의 주체를 민족이 아니라 가난하고 억압받는 인민이라고 보았으며, 해방의 궁극적 목표도 따라서 민족해방이 아니라 인민의 해방이라고 보았다. 이 소설에서 인민의 해방은 인민의 사회적 평등과 다른 것이 아니었다. 계급적 단위에서뿐만 아니라 민족적 단위에서도 법률적 억압과 차별을 받는 식민지 사회에서, 이 소설은 인민의 정치적 자유가 단지 참정권의 문제가 아니라 계급투쟁을 중심으로 사회 자체를 균열시키는 인민의 전면적 봉기의 문제여야 한다고 여겼다.

일본의 대륙 진출 야심이 노골화 되면서 한국이 중간 병참기지 역할을 떠맡는 동시에 내지의 상품시장으로 급격히 편입되던 1920년대 후반부터 1930년대 말까지의 한국소설은, 이 시기에 급격히 늘어난 공장 노동자들의 계급투쟁을 좀 더 구체적인 소설적 형상으로 드러내기 시작했다. 송영의 「석공조합 대표」(1927)나 「군중 정류」(1927), 특히 이북명의 「암모니아 탱크」(1932)와 「출근 정지」(1932) 등에서 나타난 노동자들의 집단 투쟁은 단지 격렬한 것이 아니라, 이 투쟁에 어떤 역사적 '필연성'을 느끼게 하는 비장한 결의를 깃들이고 있다. 여기에서 노동자들의 분노는 '자연적인' 감정이되 '사적'이라고 말하기 어려운 어떤 지점을 노출한다. 이 분노는 억압된 현실을 넘어서 다른 현실로 나아가려는 어떤 역사성에 대한 자각과 맞물려 있으며, 이 순간 분노는 '정치'를 강제하는 '정치적인 것'의 영역으로 진입하기 때문이다. 일제에 의한 자본주의 산업화가 진행되던 농촌마을을 배경으로 자본독점과 토지독점을 통해 소작농이 몰락하고, 몰락한 농민들이 도시로 유입되어 현실 모순에 대한 자각된 집단성을 지닌 노동계급으로 성장하는 모습을 생생하게 보여주었던 이기영의 『고향』(1933)에서도 이는 마찬가지였다. 그리고 1970년대에 가서나 출현한 황석영의 「객지」와 조세희의 『난장이가 쏘아올린 작은 공』이 결코 잊지 않고 기억하고 있었던 것도 바로 이 '정치적인 것'의 존재였다.

3. 분단체제하의 노동운동

—1970년대 노동소설의 사회적 배경

식민지 시대 노동자계급투쟁의 성격과 비교하여 해방 이후부터 1960년대 말까지 한국 노동운동의 성격을 압축적으로 규정짓는 극적인 현상은 변혁적 노동운동의 완전한 궤멸이라는 현상이었다. 미군정의 남한 통치와 한국전쟁의 발발, 이승만 정권을 거치면서 한국 노동계급의 투쟁은 식민지 시기 노동자계급투쟁의 성격과는 전혀 다른 방향으로 변질되었고, 이러한 성격은 박정희 군사정권이 통치했던 1960년대 말 즈음에는 한국 사회의 구조적인 특징으로 고착되었다.

해방 직후 사실상 유일한 전국적 노동조직이었으며 노동계급에게 실질적인 영향력을 행사했던 좌파 계열의 조선노동조합전국평의회(전평)가 미군정과 한국전쟁을 거치며 붕괴된 직후, 한국의 노동운동은 이 자리를 탈취한 대한노총 중심으로 재편되었다. 이후 남한의 노동운동은 나라 잃은 시대에 존재했던 변혁적 계급투쟁이나 인민봉기의 성격을 완전히 상실한 채, 우익반공주의의 성격을 띤 어용노조체제로 바뀌었다. 대한노총은 노동조합의 기본기능인 노동조건의 개선과 같은 최소한의 경제적·공제적 기능도 수행하지 않았으며, 노동계급의 일상적인 대중 투쟁을 이끌고 해결해 줄 의도도 능력도 가지고 있지 않았다. 해방 직후 1960년대 말까지 전국적인 규모의 유일한 합법적 노동조직이었던 대한노총의 본질은, 미군정과 우익정치인과 자본계급의 지원을 받아 기존 노동조합대중운동을 분쇄하는 정치적 기능만을 지닌 노동조합의 외피를 쓴 사실상의 반공단체였다. 이 상황에서 그나마 표출된 노동쟁의의 대부분은 임금관계였고, 그것마저도 근로기준법을 어기면서 자행된 체불임금의 지급을 요구하는 수준이었다. 열악한 노동조건으로 인해 1950년대 이후 노동쟁의의 빈도수는 점차로 증가했으나, 노동자들이 요구를 제시하고 관철시키는 방식은 대부분 자연발생적이고 분산적인 것이었으며, 최소한의 경제적인 것에 머무는 방어적인 것이었다. 한국전쟁과 미국의 지원을 받는 이승만 정권, 박정희 군사정권의 등장으로 인해 사회의 혁명적 인자들이 완전히 제거된 상황에서 법률적 실체를 가진 사회제도들은 계급지배의 수단으로 전락했고, 노동계급에게까지 깊숙이 침투한 반공 이념은 마침내 노동계급을 계급적 인식을 지니지 못한 '개인'들로 파편화시키기에 이름으로써, 한국의 노동계급은 이데올로기적인 차원에서도 체제에 실질적으로 지배받는 존재 상황이 되었다.[18] 노동계급의 분노가 사적 감정에 머물지 않으며, 노동계급의 이익을 지키기 위한 싸움이 단지 생존의 필연성에 구속된 것이 아니라 '정치적인 것'에 관계되던 식민지 시대 노동자계급투쟁은, 이런 현대사의 국면에서 그 정치적 비전을 상실해버리고 말았다.

그러나 노동계급에 대한 법률적·이데올로기적 지배가 사회적 적대 자체를 제거할 수는 없는 일이었다. 미국의 원조경제, 일본의 차관에 의존하며 성장하던 1950~1960년대의 한국 경제는 국제적인 분업망에 급격히 편입되는 과정에서 종속경제의 구조를 띠게 되었으며, 1970년대에 이르러 중공업 중심으로의 변화를 꾀하게 되었다. 중공업 중심

---

18 정영태, 『한국사』 18, 한길사, 1995, 191~207면.

의 산업 재편은 생산력의 급속한 발전과 대자본 중심의 고도 축적 사회로의 양적·질적 변화를 의미하는 것이었다. 재벌 대기업에 의한 중소기업의 하청 계열화와 독점자본의 형성은 자본 내부의 분화와 더불어 계급투쟁의 문제가 이제 자본가 내부에서도 벌어질 수 있으며, 노동계급 내부의 지위 분화를 양산할 수 있다는 사실을 암시하는 구조적 변화였다.[19] 이 과정에서 1960년에 고작 60여만 명에 불과했던 산업노동자수는 1975년에는 265만 5천 명으로 폭발적으로 급증했고 전체 노동인구 중 산업노동자의 비율은 20%가 넘었으며 비농업 노동력 인구의 42%에 육박하였다. 특기할 만한 사실은 1970년대부터 대폭 확대된 해외 자본의 직접 투자와 노동 집약적인 수출지향 공업화를 통한 종속적 독점자본의 축적 과정에서 저임금 숙련노동자로서 여성노동자의 증가가 비약적으로 이루어졌다는 사실이다. 이러한 산업 재편의 자연스러운 결과로 1970년대 내내 농민계층이 급격히 경제적으로 몰락하고 노동계급으로 전환·분해되는 동시에 농민계급의 뚜렷한 이촌향도 추세가 도시빈민을 대량 양산했다. 한편 1970년대의 자본축적 과정은 이른바 중간계급(사무직 노동·관리자)의 성장을 대폭 촉진시키기도 했다. 주목할 점은 한국 민주주의 과정과 관련하여 이 시기 중간계급의 성장이 중요한 의미를 지녔다는 사실이다. 고도의 자본축적으로 인해 이제 확실히 농업 사회에서 자본주의 사회로 진입한 1970년대의 한국 사회에서, 이들 중간계급의 성장은 민중의 사회·경제적 지위 하락에 반항하며 사회민주화를 위한 목소리를 내는 새로운 계층(계급)의 잠

---

19 박현채, 『청년을 위한 한국 현대사』, 소나무, 1993, 255~261면 .

재능력이 커지고 있다는 것을 뜻했다.[20]

이러한 산업 재편과 고도 자본축적, 노동계급의 양적 확대와 질적 분화, 도농 갈등의 확산과 도시빈민의 확대는 자본의 성장만을 뜻하는 것만이 아니라, 한국전쟁과 분단체제 속의 군사정권하에서 거의 제거된 것처럼 보이던 계급투쟁의 새로운 촉발 가능성을 보여주는 변화였다. 무엇보다도 이는 한국 자본주의의 생산 주체였던 노동계급의 역할이 비약적으로 커짐에 따라 불가피하게 나타나는 구조적인 변화였다. 그러나 1970년대의 박정희 군사정권은 초반부터 국가비상 사태를 선포했고, 노동3권을 사실상 원천적으로 부정하였다. 제도적 차원에서 유일한 합법조직이었던 한국노총이 어용화되던 이 시기에 노동조합이 할 수 있었던 유일한 합법적 활동은 체제 순응적인 노동통제였으며, 법(공권력)은 최소한의 노동조합 활동을 공산주의 활동과 동일시하였다. 1970년 11월 13일 청계천 평화시장 노동자 전태일의 분신자살과 1977년 청계피복노조의 투쟁은 분단체제에서 우리 사회에 내재한 사회적 적대가 계급투쟁의 형태로 본격적으로 출현한 최초의 상징적인 사건이었다. 식민지 시대 이후 분단체제하의 한국소설사가 오랫동안 잊고 있었던 인민의 원한과 분노에서 '정치적인 것'을 다시 일깨운 기념비적인 작품인 황석영의 「객지」(1974)와 조세희의 『난장이가 쏘아올린 작은 공』(1975~1978)은 바로 이 시점에 출현했다.

---

20 위의 책, 280~284면.

4. 황석영 「객지」 – 자본-법에 포위된 노동

황석영의 「객지」에서 우선 인상적인 것은 관청에서 사업을 수주 받은 한 대규모 건설사업장이 하청 계열화를 통해 피라미드처럼 나뉘고, 여기에서 차별적인 이익분배와 착취 과정을 통해 노동자 간의 계급 분화가 이루어지는 실상에 대한 생생한 묘사다.

> 회사측에서는 하급 노무자와의 직접적인 접촉을 최대한으로 피하기 위해 합숙소의 운영을 십장들에게 넘겨 버린 거요. 회사는 인부들의 상급 계급인 감독과 그 밑의 십장들만 상대하면 되니까. 십장은 회사측과의 중개역인 서기들을 통해 작업량과 노임 문제를 결정합니다. 애매한 계급 구조요. 운지 간척 공사장의 열 채의 함바 모두가 감독이나 십장들이 경영하는 형편인데 중간 착취가 심해요. 서기들은 매점을 경영하고 전표 장사나 돈놀이를 해서 수지를 맞춥니다 (…중략…) 함바는 묵는 모든 사람이 객지 인부들인데 갚아야 할 작업량에 묶여 버린 실정이요.[21]

이 소설의 묘사에 따르면, 간척공사를 도청으로부터 수주 받은 대기업은 공사의 실제 과정에 개입하지 않고, 공사의 실질적 운영권을 권리금까지 받아서 감독과 십장들에게 팔아넘긴다. 감독과 십장들은 중개역을 하는 서기들을 통해 회사와 협상해서 작업량과 임금을 결정한다. 감독과 십장들은 그 과정에서 상당한 중간이익을 취하지만, 노동

---

21 황석영, 『객지』, 창작과비평사, 1993, 15면.

자들에게 초과작업량을 인정받을 수 있는 도급('웃개') 일을 주면서 노동자들의 노동량 중 적지 않은 양을 다시 자기 몫으로 빼돌린다. 간척 공사장에서 노동자들의 노동에 의해 다섯 척의 배에 돌이 실리면 그중 최소한 한 배의 몫은 감독이나 십장들의 것이 된다. 감독조는 배에 실린 돌을 셀 때에 열 층의 돌이 실려 있으면 장부에 여덟 층으로 적는다. 두 층은 다시 감독조의 몫이 된다. 감독조는 공사장의 노동자들을 감시하고 통제하는 대가로 십장들이 임의로 배당해 준 작업조의 유령번호를 배당받아 다른 노동자들의 몫으로 산다. 그들의 임금은 타인의 노동에 무임승차한 대가다. 십장들은 공사장의 실제 운영권을 가지면서 노동자들에게 숙식을 제공하는 대가로 노동자 하루 임금의 대부분을 숙식비로 가져간다.

노동자들은 현금으로 임금을 받지 않고 일종의 어음인 전표로 임금을 받으며, 숙식비를 해결하기 위해 "꼭 하루를 살 권리가 찍힌 전표 한 장"을 서기들에게 할인받아 현금으로 바꾸고, 다시 할인받은 현금을 함바에 숙식비로 제공한다. 서기들은 전표 할인을 통해 노동자의 임금 중 십분의 일에 해당하는 몫을 떼어 자기 몫을 취한다. 초과 노동량을 제몫으로 인정받을 수 있는 도급을 받을 수 있는 노동자가 있는가 하면, 아예 그것마저 인정받지 못하는 날품노동자가 있다. 날품노동자들은 도급이라도 받는 처지의 노동자가 되기 위해 마지못해 감독에게 자기 노동의 일부를 떼어 주는 거래를 하게 된다. 날품노동자가 대부분인 운지 간척장에서 노동자들은 거의 다 자기 노동을 파는 대신 빚을 떠안는다. 전표를 공식적으로 현금으로 바꾸는 날인 '간조오 날'은 노동자들의 월급날이 아니라 "서기와 십장들이 외상값 수금하는 날"이다.

대기업은 사실상의 하청 계열화를 통해 노동 없는 이윤을 획득하며, 중간간부 역할을 떠맡은 관리노동자를 통해 간접적인 통제 방식으로 노동자 전체를 구조적이고 실질적으로 지배한다. 자본에 의한 노동자의 분리 관리를 통해 노사갈등은 노노갈등의 형태로 확장·변형되고 계급갈등의 실체는 표면적으로는 모호해지거나 은폐된다. 노동계급은 중간관리자층과 하층노동계급으로 분화되어, 관리자 역할을 맡은 중간간부들은 자본의 노동지배에 봉사하는 한편 여러 가지 방식으로 노동계급의 잉여노동을 자기 몫으로 취한다. 자본계급이 노동계급을 착취하고, (의사) 노동계급이 다시 더 약한 노동계급을 착취하며, 동일노동에 대해 동일임금을 받지 못하는 노동계급 내부의 분화 속에서 구조적 착취가 이중삼중으로 심화된다. 노동자의 정당한 잉여노동은 합법적으로 비합법적으로 약탈된다. 황석영이 이 소설에서 그린 '운지 간척장'은 합법과 제도의 얼굴을 한 채, 인간과 인간이 서로를 뜯어먹고 착취하며 약탈하면서 만인전쟁터가 되어가는 1970년대 한국 자본주의 사회의 축소판이었으며, 정도의 차이는 있을망정 자본에 의한 이런 방식의 구조적 노동지배는 이후 한국 자본주의의 일반구조로 고착되었다.

운지 간척장에서의 자본의 노동지배는 단지 노동자의 노동량만을 합법적·비합법적으로 수탈하는 것에 그치지 않으며, 그들의 신체를 빚으로 묶고 최소한의 독립적이고 자유로운 개인 생활을 영위할 수 없는 '함바' 속에 가둬놓고 통제함으로써, 자본의 노동지배가 자본주의 사회에서는 전통적 공권력을 대신하는 신종 정치권력의 일종이라는 사실을 적나라하게 보여주었다.

이 공사장에서 법(공권력)은 언뜻 보이기에는 매우 애매한 존재 위상을 보여준다. 합법적으로 이루어지는 잉여노동의 원천적인 착취와 편법적인 임금의 중간 착취와 불법으로 자행되는 겹겹의 노동 착취로 인해 건드리기만 하면 폭발할 듯한 이 공사장의 물리적 질서는, "치안 유지"라는 명목으로 회사에 의해 공사 착공 때부터 고용된 "유능한 주먹들"에 의해 유지된다. "쟁의가 일어났을 때, 솜씨 좋게 진압한다거나 타협을 붙여먹는 등으로 그들의 실적에 따라 관록이 붙"는 '감독조'는 노동 현장을 감시하고 통제하는 자본의 사병이다. 그러나 노동 현장에서 그들은 실제로는 공권력의 물리력을 대행하는 법의 하수인으로 행세한다. 그들은 회사의 의중에 맞추어 노동자의 일거수일투족을 감시한다. 이 소설에서 노동쟁의가 일어나는 결정적인 도화선도 이들이 임의로 저지른 노동자 폭행에서 시작된다. 운지 간척장에서 자본은 임의로 폭력을 자행하며, 노동자들은 수시로 이 폭력에 불가항력적으로 노출된다. 법의 '예외상태'는 자본이 노동을 지배하는 현장에서는 항상적인 것이 된다. 노동쟁의가 발생했을 때, 회사소장이 한 첫 번째 조치는 경찰서에 전화를 거는 일이었으며, 두 번째 조치는 다른 공사장에 있는 "유능한 주먹들"인 감독조를 부르는 일이었다. 이때 소장은 경찰서에 당당하고 분명하게 "경관들 이십 명만 보내라"고 '지시'한다. 여기서 자본의 사병이 되어 있는 것은 깡패건달인 감독조만이 아니다. 쟁의 현장에 출동한 경찰 경위는 '절대 중립'을 지킬 것이며 "법은 누구에게나 공정"하다고 말하지만, "경찰들 때문에 용기를 되찾은 감독조들과 사무실 직원들이 밖으로 몰려" 나와서 철근과 몽둥이를 들고 노동자들을 향해 달려드는 상황을 관망하는 경찰은 법의 예외상태를 묵인·방조함으로써, 이러한 법의 예외상태 자체를 정상적인 것으로 지지하는 존재가 된다.

이 소설에서 법(공권력)의 존재 위상이 애매하다고 말하는 것은, 공권력이 가혹하거나 뚜렷한 폭력의 형상으로 제 자신을 드러내기 때문이 아니다. 오히려 반대다. 공권력은 이 공사장에 존재하지 않는다. 공권력은 긴급한 상황에서도 움직이지 않는다. 하지만 이는 법의 무력함을 보여주는 것이 아니다. 다만 법은 이제 자본의 얼굴로 현시된다. 이 쟁의를 "불순 분자가 선동한 폭동"이라고 호명하는 것은 경찰(법)이 아니라 소장이다. '불순 분자의 폭동'이란 호명은 '사법司法'적 규정이 아닌가. 고도의 자본축적이 진행되던 1970년대의 한 사업장은 다름 아닌 민중의 생존권이 박탈당하고 있는 장소였으며, 이 시대-장소에서 자본은 법을 총체적으로 대체하고 있다.

민주주의란 무엇인가에 대한 가장 고전적인 대답 중 하나인 '법에 의한 지배'란 이 상황에서 어떤 의미를 지니는가. "인부들은 이제 경찰도 믿을 수 없고, 회사에 조정된 적이 바로 눈앞에 있"기에 "독산으로 쫓겨 올라"갈 수밖에 없었다. 오늘날의 민주주의적 관점에서 황석영의 「객지」가 지닌 진정한 문제성은 단지 노동 현장의 부당성을 신랄하게 고발했다는 데에 있지 않다. 이 소설은 분단 사회의 오래된 금기를 깨고 계급지배가 법의 지배이고 사회(경제) 지배가 정치적 지배이며, 이 경우 공권력은 자본-폭력 앞에서 법의 예외상태를 스스로 욕망하는 존재라는 사실을 '객지'를 떠도는 "인부들", 그러므로 정치체에 자리가 없는 자들이란 뜻에서의 인민의 원한 감정의 시각에서 분명히 보여주었다. 그리고 이러한 시각은 국가란 "지배 계급의 개인들이 그들의 공동 이해를 관철하는 형태"[22]라는 마르크스의 관점을 문학적으로 수용했던 나라 잃은 시대 신채호적 인식의 부활이었다.

그러나 「객지」의 "인부들"이 지닌 "원수 갚는 심정"이 어떤 역사적 비전과 맞물리는 것이었는가 하는 점에 대해서는 유보적인 점이 적지 않다고 해야 할 것이다.

> "우리들 가운데 아무나 본보기로 피를 본다면 …… 더욱 쉽죠. 여기처럼 조직이 없는 공사판에선 개인적인 감정이 중요할 거 같아요" 하고 나서 동혁은 약간 흥분한 어조로 덧붙였다.
> "모두 밟히고 있다는 걸, 당하는 사람이 직접 보여주는 겁니다"
> "좌우간 한판 벌일 수 있다면 나는 개 피를 봐도 좋소"
> 대위가 들뜬 음성으로 말했다. 묵묵히 듣기만 하던 3함바 고참 인부 중의 하나가 입을 열었다.
> "기간은?"
> "요구 조건만 들어 준다면야 …… 닷새를 못 넘길 거요. 감독조 새끼들을 사그리 쓸어 버려야겠어"
> "폭동으로 변해선 안됩니다" 동혁이 말했다.
> "개선을 위한 쟁의를 해야지, 원수 갚는 심정으로 벌이다간 끝이 없어요"[23]

파업 직전에 파업의 주동자인 동혁과 대위와 함바 고참 간부가 모여

---

22 칼 마르크스, 최인호 역, 「독일 이데올로기」, 『칼 맑스 프리드리히 엥겔스 저작 선집』 1, 박종철출판사, 1997a, 260면.
23 황석영, 앞의 책, 29~30면.

서 나눈 대화 중 일부이다. 이 대화에서 "개인적인 감정"은 파업을 직접적으로 촉발시키기 위한 '인위적인' 조작물이다. 그것이 공사장 인부들의 원망을 반영하는 것은 분명하지만, 이 쟁의에서 그것은 자연스럽게 촉발되기보다는 인위적으로 유발시켜야 하는 '조작적' 성격을 띠고 있다. 아무리 조직을 가지고 있지 않은 날품팔이 노동 현장이라는 사실을 감안하더라도 이 감정은 '개인'의 것이지 '노동계급'의 집단적 분노 양상으로 느껴지지 않는다. 이 파업이 어떤 역사적 필연성의 궤도 위에서 움직인다기보다는 우발적이고 단발적인 성격의 것이라는 인상을 받게 되는 이유도 이 때문이다. 이 파업을 겨우 군대를 두 달 전에 제대한 지식인 풍모의 동혁이 주도하고 있다는 사실도 시사하는 바가 크다. 파업 과정에서 정작 객지에서 일생을 날품노동으로 살았던 노동자들은 전혀 주동적인 역할을 하지 못한다. 파업이 일어나기도 전에 "폭동"을 우려하며 "개선을 위해 쟁의"를 해야 한다면서 파업의 에너지 준위를 미리 조정·제한하는 동혁의 의견도 마찬가지다. 이것은 「객지」의 파업이 명백히 사업장 단위의 노동조건의 '개선'을 목표에 두고 있으며, 그 이상의 '해방적' 가치를 염두에 둔 '변혁적' 성격의 것이 아님을 암시한다.

이 파업에서 소장에게 전달된 노동자들의 건의사항은 네 가지로 요약된다. 노임을 현재의 도급 임금과 같은 액수로 올려줄 것. 정확한 시간 노동제를 확립할 것. 감독조를 해산시키고 인부들이 교대로 현장을 자치 담당하게 할 것. 함바를 개선하고 식당을 통합하여 회사가 운영할 것.[24] 이러한 요구는 기본적인 수준의 생존권과 생존권에 결박된 자유조차 확보하기 힘들었던 폭압적 사회상황에 대한 폭로요, 빈곤계급의 자발적 싸움을 통해 그들의 목소리를 세상에 각인시켰다는 점만으로도 의미 있는 일이라고 할 수 있을 것이다. 그러나 다른 시각에서 볼 때, 이러한 요구가 담고 있는 내용은 이윤율의 제고를 위해 운동하는 자본의 운용 방식이 일정한 수준의 합리성을 확보하지 못하고 있다는 사실을 지적하며 그것의 수정을 요구하는 것이기도 하다는 점에서, 이 파업이 사회체의 모순에 대한 총체적인 자각과 조망에 기반한 계급투쟁과는 다소 거리가 있음을 시사한다.

파업을 주도한 동혁이 "우리가 못 받으면, 뒤에 오는 사람 중 누군가 개선된 노동 조건의 혜택을 받게 될 거요"[25]라고 말할 때, 이는 이 파업이 공동체의 다른 시간을 여는 싸움이라는 점을 얼핏 드러내는 것이지만, "뒤에 오는" 시간이 온전히 노동계급의 힘으로 쟁취해야 하는 다른 미래여야 한다는 의지나 역사적 비전 속에 깃들인 시간처럼 보이지 않는 것도 이 때문이다. 이 파업의 성패가 공사장을 방문하기로 되어 있는 국회의원들의 방문 시점 여부에 전적으로 달려 있다는 점은 이 소설이 가지고 있는 분명한 한계를 드러내는 대목이다. 국회의원은 정치체에 분명하고 안락한 자리를 가지고 있는 존재이며, 더욱이 당대에는 김지하의 '오적五賊' 중 하나로 지목될 정도로 지탄을 받던 특권계급이었다는 점에서, 그들은 자리가 없는 자들의 정치라는 '민주주의적' 본질의 주체가 결코 될 수 없는 계급이다. 황석영의 「객지」는 자본의 지배가 법의 지배를 확실히 대체하는 시대가 한국 사회에 도래했음을 알고 있었지만, 공동체에 다른 시간을 열 수 있는 결정적인 역사의 비전

---

24 위의 책, 81면.
25 위의 책, 67면.

을 사회에 내재한 계급적 적대, 그러므로 억압받는 인민의 '정치적인 것'에서 찾지는 못했다. 「객지」가 지닌 이 한계 지점에서 뒤이어 출현한 작품이 바로 조세희의 『난장이가 쏘아올린 작은 공』이었다.

5. 조세희『난장이가 쏘아올린 작은 공』
─ 법의 정지와 메시아적인 것으로서의 계급투쟁

난장이의 아들딸이 일하는 공장이 소속된 은강 그룹은 국내시장 매출액의 4.2% 수출의 5.3%를 기록하는 대기업이다. 난장이 아들의 칼을 맞고 죽은 은강 기업의 회장은 늘상 "지금은 분배할 때가 아니고 축적할 때"라고 말했다. 한국 사회가 중공업중심의 산업자본주의 시대로 진입했음을 상징하는 은강의 '기계도시'는 부단한 자본축적을 위해 쉬지 않고 돌아가고, 은강 공장의 기계 곁에서 난장이의 아들딸은 그들의 신체가 기계의 일부가 될 뿐만 아니라, 기계보다 빨리 마모되어 감을 느낀다. 기계에 대한 그들의 최초의 매혹은 기계에 대한 공포와 전율로 바뀐다.

일을 하면서 처음으로 기계에 의한 속박을 받았다. 난장이의 아들에게 이것은 아주 놀라운 체험이었다. 콘베어를 이용한 연속 작업이 나를 몰아붙였다. 기계가 작업 속도를 결정했다. 나는 트렁크 안에 상체를 밀어넣고 두 가지 작업을 동시에 해야 했다. 트렁크의 철판에 드릴을 대면, 나의 작은 공구는 팡팡 소리를 내며 튀었다. 구멍을 하나 뚫을 때마다 나의 상체가 바르르 떨었다. 나는 나사못과 고무 바킹을 한입 가득 물고 일했다. 구멍을 뚫기가 무섭게 입에 문 부품을 꺼내 박았다. 날마다 점심 시간을 알리는 버저 소리가 나를 구해주고는 했다. 오전 작업이 조금만 더 계속되었다면 나는 쓰러졌을 것이다. '쌍권총의 사나이'는 점심 식사를 제대로 할 수 없었다. 혓바늘이 빨갛게 돋고, 입에서는 고무 냄새와 쇠 냄새가 났다. 물로 양치질을 해도 냄새가 났다. 큰 공원 식당에 가 차례를 기다려 밥을 타지만 수저를 드는 나의 손은 언제나 떨리기만 했다.[26]

영희에게 주어지는 점심 시간은 십오 분밖에 되지 안 되었다. 직포과의 직공들은 차례를 정해 한 사람씩 달려가 식사를 하고 왔다. 그동안 조장이 틀을 보아주었다. 영희도 차례가 되면 조장에게 틀을 맡기고 중앙 복도를 지나 식당으로 달려갔다. 내가 한 점심과 하나도 다를 것이 없는 점심을 영희도 했다. 영희는 시간에 쫓겨 허겁지겁 먹었다. 허겁지겁 먹고 다시 현장으로 달려 들어가 직기 사이를 뛰듯 걸었다. 영희는 한 시간에 칠천이백 걸음을 걸었다. 작업장의 실내온도는 섭씨 삼십구 도였다. 직기가 뿜어내는 열기가 영희의 몸 온도를 항상 웃돌았다. 무더운 여름의 은강 최고 기온은 섭씨 삼십오 도이다. 직기의 소음은 무섭기 짝이 없다. 소음의 측정 단위는 데시벨이다. 정상적인 상태는 0데시벨, 50데시벨이면 대화를 할 수 없다. 영희의 작업장 소음은 90데시벨이 넘었다. 직기의 집단 가동으로 생기는 소음이 땀에 절어 있는 작은 영희를 몰아붙였다. 영희는 잠을 자다 일어나 울었다.[27]

---

26 조세희, 『난장이가 쏘아올린 작은 공』, 문학과지성사, 1997, 175면.
27 위의 책, 176면.

난장이의 아들딸은 밤늦게까지 일했으나 연장근로수당을 받지 못했고, 부단한 자본축적을 위해 일상적으로 실시되던 야근 중에 졸면 조장에게 바늘로 몸을 찔렸다. 그들은 기계의 공포와 저주 속에서 "값싼 기계"의 일부로 일했으나, "생활비가 아니라 살아남기 위한 생존비"를 받았다. 그들은 "생산 공헌도에 못 미치는 돈을 받았다." 1977년 4인 가족 도시근로자의 최저이론생계비는 "팔만삼천사백팔십 원"이었으나, 삼남매가 모두 노동하여 모은 임금 합산 총액은 "팔만이백삼십일 원"이었다. 일상적인 제세공과금을 제외하면 실제로 "육만이천삼백오십일 원"밖에 되지 않았다. "은강 노동자들이 똑같은 생활을 했다. 좋지 못한 음식을 먹고, 좋지 못한 옷을 입고, 건강하지 못한 몸으로 오염된 환경, 더러운 동네, 더러운 집에서 살았다."[28] "신분에 맞게" 그들은 "빈민굴에서 살았다." 그들이 살고 있는 동네의 "공기 속에는 유독 가스와 매연, 그리고 분진이 섞여 있다. 모든 공장이 제품 생산량에 비례하는 흑갈색·황갈색의 폐유를 하천으로 토해낸다. 상류에서 나온 공장 폐수는 나른 공장 용수로 다시 쓰이고, 다시 토해져 흘러 내려가다 바다로 들어간다. 은강 내항은 썩은 바다로 괴어 있다. 공장 주변의 생물체는 서서히 죽어가고 있다."[29] "어른들은 아이들이 갑자기 호흡 장애를 일으키는 것을 보았다."[30]

조세희의 『난장이가 쏘아올린 작은 공』은 한국문학사상 가장 간결하고 명료한 문장으로 한국 산업자본주의의 고도 자본축적 과정과 거

---

28 위의 책, 189면.
29 위의 책, 160면.
30 위의 책, 161면.

기에서 기계가 되어 가는 인간 신체의 마모상을 인상적으로 묘사했다. 이 소설의 중요한 성과 중 하나는 고도 자본주의 사회의 성장이란 인간이 인간을 지배하는 과정일 뿐만 아니라 기계가 인간을 지배하는 과정이며, 인간의 신체가 기계의 일부가 되어 가는 과정이라는 사실을 분명하게 보여주었다는 사실에 있다. 『난장이가 쏘아올린 작은 공』은 수사적 문체를 거의 사용하지 않음으로써 최소한의 인간화된 주관성도 배제하려는 객관묘사의 방식과 의도로 쓰였다. '기계적인' 객관묘사를 통해 드러난 소설의 내용은 비인간적인 자본의 노동 지배와 기계의 인간 지배다. 즉 이러한 문체를 통해 이 소설은 자본의 노동지배는 기계의 인간지배와 다른 것이 아니며 자본의 속성은 기계의 속성과 같다는 '자본-기계'라는 '탈인간화'의 공식을 뚜렷하게 부각시켰다. 이는 "모두 잘못을 저지르고 있"는 세계에서 비정상적인 인간화의 속성을 갖게 되는 것은 '난장이' 편만이 아니라 자본이기도 하다는 사실을 이 소설이 보여주려 한다는 뜻이기도 하다.

이러한 비인간적 생존 조건 속에서 난장이의 아들은 자신의 노동조합지부에 가서 회사의 부당노동행위와 비인간적 작업조건을 지적하고 이에 대한 시정을 요구하지만, 그에게 돌아온 것은 노동조합 지부장의 비난과 나쁜 작업환경, 사실상의 해고뿐이었다. 식민지 시대 노동운동이 지녔던 변혁적 성격과 계급투쟁의 기억을 망실한 분단체제 하의 1970년대의 일반적 노동조합은 회사와 공권력의 대리인들에 불과했기 때문이다. "분배할 때가 아니라 축적"하기 위해 은강 공장은 모든 수단을 동원해서 노동자들을 "값싼 기계"로 이용했고, 임금을 착취했으며, 노동을 통제했다. 그들은 수시로 법을 자본의 도구로 이용했으며, 임의로 법을 무시했다. 은강 그룹 회장손녀의 남자친구 윤호의 말에 따르면 자본축적을 위해 회장은 "모든 법조항을 무시"했으며, 그 위법 항목은 "강제근로, 정신신체 자유의 구속, 상여금과 급여, 해고, 퇴직금, 최저임금, 근로시간, 야간 및 휴일근로, 유급휴가, 연소자 사용 등, 이들 조항을 어긴 부당 노동행위 외에도 노조활동 억압, 직장폐쇄 협박 등 위법사례를 다 말 수 없을 정도"[31]였다.

그러나 위법을 말하기 이전에 법 자체가 자본의 것이었다. 근로기준법이 때로는 회사의 것이었으며, 경찰이 그들의 편이었고, 변호사가 그들에게 속해 있을 뿐만 아니라, 그들은 '법을 움직일 수' 있는 서울 사람들을 '소유'하기까지 하였다. 난장이의 아들이 회장을 살해했을 때 법정의 판사가 난장이의 아들에게 사형을 선고하는 마지막 장면은, 이 소설이 작금 도래한 한국 사회를 자본에 의한 노동 지배뿐만 아니라 자본에 의한 법의 지배가 완성된 시대로 이해한다는 사실을 단적으로 보여주고 있다. 난장이 아버지와 난장이의 아들은 '행정-입법-사법' 그러므로 국가권력 전체가 회사의 깃임을 알고 있었고, 점점 더 그 사실을 분명히 알게 되었다. 그러므로 "열심히 일하고도 인간다운 생활을 할 권리를 잃"은 "말년의 아버지는 자기 시대에 앙심을 품고 있었다. 아버지 시대의 여러 특성 중 하나가 권리는 인정하지 않고 의무만 강요하는 것이었다. 아버지는 경제·사회적 생존권을 찾아 상처를 아물리지 못하고 벽돌 공장에서 떨어졌다."[32]

하지만 이 소설의 의미심장함은 난장이 아버지의 '자살'을 단순한 개

---

31 위의 책, 152~153면.
32 위의 책, 183면.

인적 불행의 결말이 아니라 이를 일종에 계급투쟁적 성격을 함의하고 있는 비극적 비전으로 전환하는 모습을 보여주었다는 사실에 있다. 이 비극적 비전에서 핵심이 되는 것은 난장이 아버지가 품은 "앙심"이었다. 이 '앙심'은 "아버지를 난장이라고 부르는 사람은 죽여버려 / 그래. 죽여버릴게 / 꼭 죽여"[33]라는 대화에서도 알 수 있듯이, 난장이의 아들딸도 품고 있는 '원한'이었다. 이 소설은 경제적 생존권이 박탈된 자들에게는 법률적 권리, 그러므로 정치체에 거주할 '시민권'도 주어지지 않는다는 자본주의 사회의 냉혹한 현실을 직시하면서, 정치체에 자리를 가지고 있지 못하여 생존과 법률의 보호 바깥으로 내몰린 이들의 '앙심', 즉 '인민'의 원한 감정이야말로 새로운 정치공동체의 수립에 있어 결정적으로 중요한 에너지를 담지한 것이라는 생각을 보여주었다. 사회권(경제권)과 정치적 권리를 분리시켜 이해했던 아렌트와는 달리, 작가 조세희는 사회적 권리와 정치적 권리를 동일한 것이라고 이해했다.

하지만 「객지」가 이를 "원수 갚는 심정"으로서의 "개인적인 감정"으로 이해했던 것과는 달리, 이 소설은 '앙심'을 평생 "절단기 · 멍키 · 스패너 · 플러그 · 렌치드라이버 · 해머 · 수도꼭지 · 펌프"를 들고 다니던 난장이 아버지와 그의 아들딸, 즉 생산적 노동에 종사하는 노동계급 전체의 계급투쟁이라는 '이념적' 차원에서 사색했다. 난장이 아버지는 '앙심'을 품었지만 이 앙심을 개인적 차원의 복수심으로 돌리기보다는, 이 감정이 근원적으로 가 닿은 에너지를 다른 사회체 · 정치체를 개방하는 공존적 감성으로서의 "사랑"이라는 '이념적' 차원에서 사색

---

33 위의 책, 123면.

하려고 하였다. "억압·공포·불공평·폭력"은 난장이 아버지가 제일
싫어하는 것이었고, 사랑의 이념만이 그러한 것들을 하나의 사회체·
정치체에서 제거할 수 있기 때문이었다.

　난장이 아버지가 꿈꾸는 세상에서 강요되는 유일한 것은 "사랑"이
었다. 거기서는 "지나친 부의 축적을 사랑의 상실로 공인하고 사랑을
갖지 않은 사람네 집에 내리는 햇빛을 가려버"린다. 난장이 아버지는
"사랑을 갖지 않은 사람을 벌하기 위해 법을 제정해야 한다"고 했는데,
난장이의 아들은 "법을 가져야 한다면 이 세계와 다를 것이 없다"고 생
각하고 그마저 "아버지가 꿈꾼 세상에서 법률 제정이라는 공식을 빼"
버린다.[34] 난장이의 딸인 영희가 말하는 이상적인 난장이마을에는 큰
기업도 없고, 공장도 없고, 경영자도 없지만, 거기에도 역시 "권력을 추
종자에게 조금씩 나누어주고 무서운 법을 만드는 사람"은 없다. "아버
지가 그린 세상"에 유일한 정치체의 원리는 '사랑'이었고, 여기에서 오
히려 궁극적으로 사라져야 하는 것은 '자본-법'이었다.

　「객지」에서 인부들의 피업이 노동조건의 개선이나 임금 착취의 금
지와 같은 경제적이고 국지적인 차원에 상대적 초점이 맞추어진 것이
었다면, 난장이의 아들의 파업 투쟁은 이런 차원의 문제를 넘어서서
한 사회에서 가장 억압받는 존재로서의 노동계급 전체의 자유를 획득
해야 한다는 정치적 각성과 비전, 그러므로 정치체의 "변혁"적 전망 속
에서 이루어진 것으로 볼 수 있는 면이 적지 않다.

---

34 위의 책, 185면.

나는 은강에서 일하는 사람들을 머릿속부터 변혁시키고 싶은 욕망을 가졌다. 나는 그들이 살아가는 사람이 갖는 기쁨·평화·공평·행복에 대한 욕망들을 갖기를 바랐다.[35]

난장이의 아들은 노동자들이 사업장의 임금인상 전투에서 승리한다 하더라도, 정치체에서 억압받는 인민인 그들에게 사랑과 공존에 대한 욕망과 용기를 일깨우지 못한다면 법과 제도와 동형일체가 되어 있는 자본의 노동지배, 기계의 인간지배 앞에서 승리할 수 없다는 사실을 자각했다. 국지적인 개인의 전투가 아니라 궁극적인 계급전쟁에서 승리해야만 아버지가 꿈꾸는 사랑의 세상이 가능하다고 생각한 난장이의 아들은 "노동수첩"을 들고 밤낮으로 공부했으며, 그의 동생과 공장 동료들에게 "노동수첩"을 나누어주고 그들을 공부시켰다. 이데올로기 자체가 자본권력의 물리적 현시체가 되어버린 기계도시에서, 난장이의 아들은 자본-이데올로기 자체를 넘어서고 분쇄하기 위해 싸운다. 그러나 "사랑이 없는 세계에서 살"면서 "아버지에게 물려받은 사랑 때문에 괴로워"하던 난장이의 아들은, 아버지의 죽음과 파업과 해고의 과정을 겪고 나서 결국 "아버지가 옳았다"는 사실을 깨닫는다. 사랑으로 이루어진 세상에도 '법'은 필요했다. 아버지가 말한 대로 "사랑을 갖지 않은 사람을 벌하기 위해 법을 제정해야 한다고" 그는 생각한다.

"모두 잘못을 저지르고 있"으며, "신도 예외가 아"닌 세상에서 난장이의 아들이 택한 방법은 자본의 수장을 직접 자기 손으로 제거하는

---

35 위의 책, 190면.

일이었다. 온갖 형태의 폭력적 국가기구와 이데올로기적 국가장치에 포위된 은강의 기계도시-자본국가에서는 신마저도 잘못을 저지르고 있었다. 신마저 잘못을 저지르는 세계에서 신의 버림을 받은 이들이 구원을 위해 할 수 있는 유일한 기도는 '다른 신'의 임재를 기다리는 일일 수밖에 없다. 벤야민 식으로 말한다면 메시아의 임재는 적그리스도를 극복하는 방식으로 밖에 가능하지 않다. 법의 폭력이 세계를 뒤엎을 때, 진정한 폭력으로서의 '메시아적인 폭력'은 현존하는 법의 폭력 상황, 적그리스도적 상황 자체를 '중지'시키는 것일 수밖에 없다. 메시아적 폭력은 파괴적이지만, 이것은 현행 세계시간 속의 재화와 법률적 제도를 파괴하는 것이지 '살아있는 자'의 영혼에 대한 폭력과는 상관이 없다.[36] 메시아는 약한 것을 구원하기 위해 강한 것을 무너뜨리는 존재 양식을 택한다. 자본-법이 지배하는 사회에서 법원은 은강 그룹 회장에 대한 난장이의 아들의 살인을 '개인적인 복수심'으로 이해하고 법률의 이름으로 사형을 선고한다. 하지만 조세희는 이 '앙심-사랑'을 품은 자본계급에 대한 노동계급의 살인을 현행 법률적 질서의 '중지', 그러므로 역사의 차원에서 메시아적인 것이 깃든 기도라고 보았다.

조세희는 한국 사회가 고도 자본축적을 통해 돌이킬 수 없는 자본-국가 동형체로 진입하는 1970년대의 이 어둡고 비극적인 난장이의 기도, 즉 '인민의 기도'가 어떤 계급적 각성 속에서 새로운 공동체를 임재하게 하는 기도이기를 간절히 바랐다. 그것은 사회적 생존권을 갖지 못하므로 정치체에서도 아무런 권리를 가지지 못한 '인민의 원한'에 기

---

36 발터 벤야민, 앞의 글, 111~112면.

초한 나라 잃은 시대 소설들을 기억하는 기도이기도 했다. 사회적 적대의 한 표출 형식이라고도 할 수 있는 이 기도로 인해 난장이의 아들은 법률적 질서의 '타자-적敵'으로 규정되었지만, 엔리케 두셀에 따르면 이 '적'은 그 스스로는 자신의 타자를 갖지 않으려 한다는 점에서 '타자 없는 타자'다. 따라서 이 현행 정치체, 법률적 질서의 '적'은 새로운 연대와 공존의 정치체를 구성할 수 있는 주체로서 참다운 '친구'로의 전화 가능성을 보유하는 '적'이다.[37] 다시 라클라우나 무페 식으로 말해, 이 '적'은 배제된 인민의 관점에서 현행 정치체에 내재한 사회적 적대를 폭로하면서, 공존과 평등의 새로운 정치체를 구성하려 하는 억압할 수 없는 정치적 에너지를 현시한다는 점에서 '정치적인 것'의 출현이다. 현행 법질서의 억압적 '정치'를 중지시키려는 '정치적인 것'으로서의 이 '적-기도'는, '아버지가 꿈꾸던 세상'을 향해 열려 있다. 이 난장이아버지와 아들의 기도가 원하는 세상을 어떤 의미에서든 '민주주의적' 공동체라고 말하지 못할 이유가 무엇인가.

6. 나오며

도덕의 계보학을 발명한 니체나 정치 철학자 한나 아렌트에 따르면, 억압받는 인민의 원한 감정은 역사가 쇠퇴하는 계기였으며 정치체의 유지·발전과는 무관한 덕목으로 받아들여진다. 여기에서 인민의 원

---

37 Enrique Dussel, "From Fraternity to Solidarity-Towards a Politics of Liberation", www. Enriquedussel.com(UAM-Iz, Mexico), 2005, p17.

한 감정은 공히 평등주의적 지향과 관련된다. 특히 한나 아렌트에게 근대적 혁명의 원천적 원인이었던 '평등'은 정치적 자유(시민권)를 기반으로 하며 자유 자체를 목표로 하는 '민주주의'와 아무런 관련이 없는 것으로 이해된다. 고대 그리스로부터 민주주의의 원리를 사색하는 그의 관점에서 정치적 자유란 법의 영역 내에서의 평등, 즉 권리를 가질 수 있는 권리로서의 시민권을 뜻하는 것이며, 그것은 정치체 내 구성원들에 대해 법이 지닌 평등한 지배력과 다른 뜻이 아니다. 그에 따르면 민주주의는 사적(자연적) 감정으로 벗어난 인위적 법에 의한 인민 지배와 동등한 시민권의 확보를 뜻한다. 이에 따르면 자연적 필연성에 예속되어 있고 보편적 이성으로부터 벗어난 인민의 사적 원한 감정과 이 감정이 발원하는 이유인 경제적 평등에 대한 요구는, '사회'적인 것일 뿐 '정치'의 영역이 아니라는 점에서 민주주의라는 정치 행위와 아무런 관련이 없다.

그러나 합리적이고 보편적인 이성에 기초하여 정치와 민주주의를 이해하는 이러한 관점은 정치체에 내재한 적대적 갈등과 정치적 폭력의 실체를 부인함으로써 정치와 민주주의를 이해하는 가장 취약한 관점을 노출하는 이론이 될 수도 있다. 더욱이 '법에 의한 지배'가 민주주의이며, 사회(경제)와 정치를 분리하는 이러한 관점이 타당하기 위해서는 현행 법률이 사회세력들의 이해관계와 힘을 정당하게 반영한다는 이상적 전제가 충족되어야만 한다. 마르크스의 관점에 따르면 법은 사회세력 간의 이해관계를 정당하게 반영하지 않으며, 법-국가는 지배계급의 이해관계를 관철하는 '지배기계'일 뿐이다. 사회(경제)는 정치와 분리되지 않는다. 샹탈 무페는 정치와 사회를 분리하는 아렌트 식 구분에 반대하여 사회체에 내재한 인민의 원한, 즉 계급 간의 적대적 갈등이야말로 정치에 영향을 주는 '정치적인 것'으로 이해해야 한다고 말한다. 그에 따르면 민주주의는 이 '정치적인 것'을 준거삼아 현행 정치체에 존재하는 갈등의 조건을 순치시키는 일이다.

20세기 100여 년의 한국문학사를 추동시켜온 가장 강력한 문학사적 문제의식 중 하나는 계급투쟁의 문제였다. 특히 20세기 한국소설사는 현행 법률적 질서하의 국가체제를 자본계급의 이해관계를 관철하는 자본기계로 이해하고, 억압받는 인민의 원한·분노와 같은 감정을 기저에 깔고서 진행되는 계급투쟁을 생생히 묘사하고 소설적으로 분석하려는 노력을 보여주었다. 식민지 시기 계급적 성격을 띤 한국 소설들은 계급투쟁을 괄호에 넣고서는 정치체를 움직이는 권력과 억압의 실상을 정확하게 묘사하거나 파악할 수 없다는 사실을 분명히 자각하였다. 이 시기 일련의 한국 소설들은 제국주의와 국가폭력, 사회적 억압의 문제를 하나로 인식하고 사회 투쟁과 정치 투쟁을 연관성 속에서 사유함으로써 '변혁적' 이상을 지닌 정치 소설의 가능성을 보여주었다.

그러나 식민지 해방과 더불어 시작된 분단체제하의 한국 상황은 변혁적 노동운동·계급운동이 완전히 궤멸되기에 이르렀고, 역사적 상황과 연동되는 문학 역시 식민지 시기 문학이 지니고 있었던 변혁적 성격을 상실하였다. 그러나 자본의 고도 축적 과정에서 비롯되는 노동 현장의 비인간화와 자본과 결탁한 법의 노동 지배, 그리고 거기에서 비롯되는 노동계급의 불만과 사회적 갈등은 더 이상 숨기거나 억압할 수 없는 상황이 되었다. 황석영의 「객지」와 조세희의 『난장이가 쏘아 올린 작은 공』은 자본에 의한 노동지배와 자본과 결탁한 법의 지배, 그리하여 국가폭력이 자본의 이해관계를 대변·관철하는 자본기계의 한 사용 방식이 되는 시대가 도래했다는 사실을 본격적으로 폭로한 사실상 분단체제하 최초의 기념비적인 작품이다. 「객지」는 자본과 노동 내에서의 계급분화, 자본의 노동지배·착취, 자본-법의 노동지배, 노동의 비인간화 현상을 적나라하게 고발함으로써, 정치와 사회(경제)를 분리해서 이해할 수 없음을 문학적으로 분명히 보여주었다. 하지만 착취당하는 노동자의 분노, 즉 억압받는 인민의 원한을 중요한 모티프로 포착한 소설임에도 불구하고, 황석영의 「객지」는 이 인민의 원한을 국지적인 '사적(자연적) 감정'의 차원에서 이해함으로써 정치체를 변혁시킬 수 있는 '정치적인 것'의 차원에서 충분히 사색하는 데에까지 나아가지는 못했다.

같은 유신시대에 뒤이어 나온 조세희의 『난장이가 쏘아올린 작은 공』은 「객지」의 문제의식이 지닌 한계로부터 출현했다. 이 소설에서 자본의 노동지배는 황석영의 소설에서보다 더 냉혹하고 '객관적인' 서술을 통해 '기계지배'의 모습을 보여줌으로써 1970년대에 이르러 '자본-기계-노동' 모두가 탈인간화된 시대에 진입했음을 보여주었다. 또 이 소설에서 자본의 노동지배는 더욱더 철저하게 법의 지배 형식을 띰으로써, 법의 지배가 곧 자본의 지배라는 사실을 냉정한 문체로 환기시켰다. 법-자본의 노동지배가 사회의 지배이며 정치체의 지배라는 사실을 보여주면서, 이 소설은 억압받고 지배받는 인민으로서의 노동계급의 해방이란 곧 사회적 해방인 동시에 정치체의 해방이란 사실을 암시하였다. 사회적(경제적) 평등에 대한 요구, 인민의 원한이 사적 감정이 아니라 정치체를 변혁시키는 '정치적인 것'이라는 점을 분명히 각성하였다는 점에서, 이 소설의 주인공인 노동자가 실행한 자본계급에 대한 테러는 계급적 각성을 지닌 이념적 성격을 띤 것이라고 보아야한다. 그것은 현행 법률적 질서의 '중지'를 통해 새로운 정치체에 대한비전을 드러낸 것으로서, 벤야민 식으로 말한다면 메시아적인 폭력의출현이며, 급진민주주의 이론가인 무페에 따르면 해소할 수 없는 사회적 적대로서 '정치적인 것'이 출현하는 순간이다. 이런 점에서 식민지시기 변혁적 계급소설들의 기억을 떠올리게 하는 황석영과 조세희의소설은, 1970년대의 정치적 상황에 대한 단순한 묘사가 아니라 오늘날새롭게 사색되는 '민주주의'의 이론적 차원과 관련하여서도 의미심장한 문제의식을 던져주는 소설이라고 할 수 있을 것이다.

참고문헌

신채호, 「용과 용의 대격전」, 『20세기 한국소설』 1, 창비, 2010.

조세희, 『난장이가 쏘아올린 작은 공』, 문학과지성사, 1997.

황석영, 「객지」, 『객지』, 창작과비평사, 1993.

김인환, 「한국 현대소설의 계보」, 『문학동네』, 1998 겨울.

함돈균, 「이 시대의 혁명, 이 시대의 니힐리즘-2000년대 중후반의 한국문학과 혁명」, 『문학과사회』, 2007 가을.

박현채, 『청년을 위한 한국 현대사』, 소나무, 1993.

정영태, 『한국사』 18, 한길사, 1995.

발터 벤야민, 최성만 역, 「폭력비판을 위하여」, 『발터 벤야민 선집』 5, 길, 2009.

이그나시오 산체스-쿠엔카, 안규남·송호창 외역, 「권력, 규칙, 그리고 준법」, 『민주주의와 법의 지배』, 후마니타스, 2008.

칼 마르크스, 최인호 역, 「독일 이데올로기」, 『칼 맑스 프리드리히 엥겔스 저작 선집』 1, 박종철출판사, 1997a.

_____, 최인호 역, 「정치경제학 비판을 위하여」, 『칼 맑스 프리드리히 엥겔스 저작 선집』 2, 박종철출판사, 1997b.

프리드리히 니체, 김정현 역, 「도덕의 계보」, 『니체 전집』 14, 책세상, 2002a.

_____, 백승영 역, 「우상의 황혼」, 『니체 전집』 15, 책세상, 2002b.

샹탈 무페, 이행 역, 『민주주의의 역설』, 인간사랑, 2006.

_____, 이보경 역, 『정치적인 것의 귀환』, 후마니타스, 2007.

자크 랑시에르, 양창렬 역, 『정치적인 것의 가장자리에서』, 길, 2008.

한나 아렌트, 홍원표 역, 『혁명론』, 한길사, 2004.

Enrique Dussel, "From Fraternity to Solidarity-Towards a Politics of Liberation", www.Enriquedussel.com(UAM-Iz, Mexico), 2005.

5장 | 다중적 평등의 자유 혹은 개성적 차이의 자유 |

유신기 시 비평의 두 경향

최현식

1. '유신'과 민주주의, 그리고 문학의 정치성

이 글은 '한국문학과 민주주의'를 큰 울타리로 하여 '유신기 시 비평의 두 경향'을 새롭게 살펴보기 위해 작성된다.[1] 대개가 동의하듯이, 유신과 민주주의, 시와 비평이 구성하는 삼각뿔은 『창작과비평』 및 『문학과지성』의 활동을 첨예한 문학현실의 극점으로 밀어올린다.[2]

---

1 심포지엄 주최 측에서 제시한 '유신기'는 '1970년대'에 비해 훨씬 정치적이며 첨예한 시공간에 대한 논의를 제안한다. 나에게 '유신기'라는 용어는 사후적 구성물이다. 그러나 기초 '국민교육'에 진입 중이던 한 소년의 일상과 언어가 그 전체주의적 계몽운동의 하위구조로 편입되어 있었다는 역사적 사실을 새삼 확인시킨다는 점에서 현재의 사건이기도 하다.

2 1960년대 두 그룹의 형성과정에 대한 최근의 고찰로는 하상일, 「김현의 비평과 『문학과지성』의 형성과정」, 작가와비평 편, 『김현 신화 다시 읽기』, 이룸, 2008; 이현석, 「4·19 혁명과 60년대 말 문학담론에 나타난 비─정치의 감각과 논리」, 『한국현대문학연구』 35호, 한국현대문학회, 2011; 김현주, 「1960년대 후반 '자유'의 인식론적, 정치적 전망─『창작과비평』을 중심으로」, 『현대문학의연구』 48호, 한국문학연구학회, 2012 참조.

이런 판단은 그들의 빼어난 실천과 영향의 산물이라는 점에서 문단의 관례를 넘어서는 문학사적 평가의 결과물이다. 과연 저들은 지식인의 대 사회적 책무와 문학의 자율성에 대한 신뢰 아래 창작과 비평의 공동정신을 어느 시대보다 세련되게 구축하고 또 강렬하게 실천하였다.

김현의 저 유명한 "실천적 이론에 있어서 중요한 것은 현실 개조 의욕의 명백한 노출('창비')", "이론적 실천에 있어서 중요한 것은 어떠한 이데올로기에도 속지 않는 것('문지')"[3]이란 규정은 이들 문학행위의 끝 간 데가 어딘지를 충실히 보여준다.[4] 당대 '창비파'와 '문지파'의 글쓰기에 대한 역사화이자 동시에 지도비평의 성격을 띠는 이 발언은 각 진영의 접두사로 평등-민족·민중과 자유-개인-(소)시민을 널리 각인했다. 1970년대 문학 장場에 대한 이항대립적 구성은 '문학의 정치성'[5]에 대한 그들의 실제적 권위와 영향력을 강력히 호소하는 동시에 객관화하는 효과를 자아낸다.

하지만 김현의 평가를 "자신 안에 이질적인 요소를 껴안고 타자를 향해서 열린 동적인 개방계"[6]로서의 비평담론이란 관점에서 본다면 어떨까? '창비파'와 '문지파'의 돌올한 대립은 그들 문학행위의 진정성

---

3 김현, 「비평의 방법」(1980), 『문학과 유토피아』, 문학과지성사, 1992, 345면. 시의 경우, "시는 현실 개조의 도구이거나, 현실의 고통스러움의 드러냄이었다"(위의 글, 위의 면)로 더욱 축약된 표현을 얻는다.

4 이 글에서는 '창비'와 '문지', '창비파'와 '문지파'를 필요에 따라 구분한다. 각 진영의 핵심을 강조하고자 할 때는 전자를, 그것들의 포괄적 범주를 지칭할 때는 후자를 사용한다.

5 이것은 랑시에르가 말한 '문학의 정치성'만을 의미하지 않는다. 그의 논리에 빗댄다면, 치안-정치에의 참여와 정치-정치적인 것에의 동시적 참여를 포괄하는 개념이다. 백낙청의 지적대로, 우리는 여전히 "특공대의 용맹은 존중하되 대중과 함께하는 좀 더 다양한 공부와 사업을 게을리하지 말아야 할"(백낙청, 「현대시와 근대성, 그리고 대중의 삶」, 『창작과비평』, 창작과비평사, 2009 가을) 시대를 살고 있기 때문이다.

6 미우라 노부타카三浦信孝, 「프롤로그─식민지 시대와 포스트 식민지 시대의 언어 지배」, 미우라 노부타카 외, 이연숙 외역, 『언어 제국주의란 무엇인가』, 돌베개, 2005, 31면.

과 권위성만을 폭넓게 톺아낼 듯하다. 이들의 활동은 그러나 시간이 흐를수록 자기의 동질성과 권력성을 더욱 강화하는 폐쇄적 구조로 암암리에 경착륙되어 갔다는 게 현재의 일반적인 평가이다. 이 글의 제목 "다중적 평등의 자유 혹은 개성적 차이의 자유"에는 독자의 짐작대로 그런 사정이 반영되어 있다. '평등'과 '차이'의 '자유'는 집단과 공동체, 개인과 자아의 실현에 대한 열망을 반영한 구성이므로, 오히려 '다중적'과 '개성적'이란 관형어가 보다 문제적일 수 있다.

'민중'과 '개인' 대신 '다중'과 '개성'이란 말을 사용한 까닭은 다음과 같다. 네그리에 따르면, '다중multitude'은 첫째, 다양성의 자기조직화의 원리이고, 둘째, 다양성과 복수성을 하나로 환원하는 단일화의 거부이며, 셋째, 다의적이며 대화적인 목소리들의 발화 지점이다. 그럼으로써 '다중' 개념은 "필연적으로 복수의 새로운 해방의 주체를 지시하고 또 이것을 사유 가능하게 해준다."[7] '작은 이야기'들의 세상에서 여전히 변혁과 유토피아 운운하는 것은 시대착오적인 발상일지도 모른다. 그러나 '문학과 정치' 또는 '문학과 (도래할) 민주주의'의 관점에서 본다면, '다중'은 특정 이념과 계급의 이익에 복무하는 개념으로 벌써 협소화된 '민중'과 '개인'의 의미지평을 반성하고 갱신하는 참조점으로 너끈히 작동할 수 있다.[8] '다중' 개념은 그런 점에서 우리가 무작정 추구할 가치이기 전에 문학현실의 과거와 현재, 미래를 바라보는 하나의

---

7 심세광, 「역자 서문」, 안또니오 네그리, 심세광 역, 『예술과 다중』, 갈무리, 2010, 20면.
8 이 때문에 랑시에르는 '올바른 민주주의'를 "민주적 삶의 고유한 특성인 집단적 행동의 지나침이나 참여 부재로 대표되는 과도한 정치적 무관심이라는 이중적 과잉을 제어할 수 있는 정치형태인 동시에 사회형태"로 이해한다. 자크 랑시에르, 허경 역, 『민주주의는 왜 증오의 대상인가』, 인간사랑, 2011, 37면.

시각으로 자리한다.

'민주주의'의 본질과 가치를 어떻게 이해하며, 또 문학과 어떻게 접목시킬 것인가를 이야기할 차례이다. 오랜 전제정치와 식민통치, 독재체제와 함량미달의 민주제 경험 속에서 우리의 '민주주의'는 무엇보다 양질의 삶과 자아실현을 가능케 하는 대의정치 — 사회주의 역시 노동자계급의 당파성 실현을 목적하는 대의정치의 일종이다 — 로 희구되었다. 이때의 '민주주의' 핵심은 선거를 통해 국민적 합의와 정당성을 이끌어낼 수 있는 통치형태의 구축構築에 주어진다. 그러나 대의정치는 부여된 권력의 성격과 계급 지향에 따라 '평등'과 '자유'의 열없는 시소게임을 주관하는 악무한에 빠져들 수도 있다. 그런 상황이라면 두 가치의 공통적 실현은 언제나 유예되는 희망으로 남겨질 것이며 '보다 나은 삶'에의 의지 역시 허구성을 면치 못하게 될 것이다.

이런 제약을 생각할 때, '민주주의'를 "어떤 형태라기보다는 일종의 계기, 최상의 경우에는 일종의 계획"으로 간주하는 한편, '공통적인 것' 혹은 '공통-됨'에 대한 다양한 감각과 접근, 무한한 개입과 확장을 동시에 허락하는 실존적 기획으로 이해하는 태도는 여러 모로 시사적이다.[9] 이런 민주주의의 지평은 공동체의 가치에 대한 범속한 통찰 속에서도 세계／존재의 이질성과 다의성, 불연속적 변이를 자유롭게 운산運算시킬 것이다.[10] 그 추상성과 이상성을 감안하고라도 매혹적인 연

---

[9] 앞과 뒤의 인용은 크리스틴 로스, 「민주주의를 팝니다」, 알랭 바디우・슬라보예 지젝 외, 김상운・양창렬・홍철기 역, 『민주주의는 죽었는가』, 난장, 2010, 164면; 장-뤽 낭시, 「유한하고 무한한 민주주의」, 위의 책, 122~123면.

[10] 장-뤽 낭시의 이런 명제는 어떤가? "한 마디로 '민주주의'는 정치, 윤리, 법／권리, 문명 모든 것을 뜻하지만, 또 아무것도 뜻하지 않는다." 완성이 곧 폐기이며 도달점이 출발점인 아이러니로서의 민주주의.

유이다. 폭력적 국가에 대항하는 문학행위의 비전이 점차 불투명해질수록 그 이념성이 더욱 두터워지는 유신기 시 비평을 횡단하다 보면, 이런 방식의 민주주의에 대한 새로운 관점과 이해는 보다 절박하고 유효한 사유의 대상으로 떠오른다.

유신기 시 비평에 대한 논의와 성찰의 경제성을 위해 그 대상과 순서를 먼저 밝혀둔다. '문지파'의 경우, 김현과 김주연의 시 비평으로도 에꼴의 이념과 언어의 지향점이 비교적 선명하게 드러난다. 이들에 한정된 논의는 이런 사정을 고려한 것이다. 이에 반해 '창비파'의 경우, 백낙청과 염무웅이 리얼리즘론 및 소설 비평에서 맹활약한 탓인지 시 비평의 약세를 어쩌지 못한다. 신경림, 조태일, 최하림 등의 서평에 주목하는 것은 '창비파'의 유신기 시에 대한 감각과 이해를 약간의 타방적 위치를 통해서라도 확인, 보충하기 위한 조치이다.

다음으로 양 그룹은 애초부터의 이념적·미학적 동지였던 신경림, 김지하, 조태일, 정현종, 황동규, 오규원 등에 대한 관심을 능가할 정도로 선배시인들에 대한 비평을 부지런히 수행하는 특이성을 보여준다.[11] 자기 그룹에 합당한 공동의 이념성과 미학적 자질을 획득하기 위한 선행학습, 곧 '영향에 대한 불안'의 긍정적 수렴과 초극 행위의 일종으로 판단된다. 그런 탓에 통상적으로 인정되는 '창비파'와 '문지파'의 뚜렷한 대립 구도는 1970년대 말엽에 이르러서야 거의 확정된다. 선배

---

[11] 단독 작가론 / 작품론의 대상이 된 선배시인은 한용운, 이상화, 유치환, 서정주, 조지훈, 이육사, 윤동주, 김수영, 김춘수, 신동엽, 김현승, 김광섭, 김관식, 김구용, 박재삼, 김종삼, 전봉건, 박성룡, 송욱 등이다. 함께 다룬 김수영, 김춘수, 신동엽을 제외하면, 어느 그룹에서 다룬 시인일지가 어렵지 않게 짐작된다. 『창작과비평』은 '창비파'의 젊은 시인들을 예외 없이 서평의 대상으로 처리했다. 반면에 『문학과지성』은 에꼴 내의 동료시인들을 빼놓지 않고 단독 작가론 / 작품론의 대상으로 삼았다.

세대에 대한 공통분모는 단연 김수영이었다. 양 그룹은 김수영 시의 언어와 방법, 이념에 대한 차이적 독해와 가치화를 통해 자기동일성을 확충해 갔다. 고은은 허무의 토로에서 참여의 열정으로 전환해가는 과정에서 그 관심이 '문지파'에서 '창비파'로 이월되었다. 유신기 시 비평에서 고은의 자리가 뚜렷하지 않은 이유의 하나이다. 이 글이 유신기 시 작품 대신 그것과 관련된 비평을 대상으로 삼은 것은 기존의 연구를 존중하는 한편[12] 이상의 복잡다단한 문학현실을 고려한 까닭이다.

마지막으로 이 때문에 양 그룹의 미학적 정치성을 그들의 비평이 수행한 고유한 이념 성취나 그것의 긍·부정성에 대한 판단에서 구하지 않는다. 그보다는 어떤 '사건'도 "말하기 전에는 사건이 아니며, 사건이 될 수도 없다. 사건은 실재하는 것이 아니라 말하는 방식 안에서 구성되고 해체되는 무엇"[13]이라는 자세로 비평적 대화를 시도할 것이다. 따라서 장-뤽 낭시의 말을 다시 빌리자면, "자신이 권리를 행사하기에는 낯선 영역, 즉 진리나 의미의 영역이 열리도록 하는 것(이것은 '올바른 민주주의'가 외화되는 한 형식이다 - 인용자)을 어떻게 자신의 과제로 삼는지"[14]를 밝히는 작업이 중요하다. 비평의 권위와 가능성은 타자의 의도적 방기와 배제가 아니라 그들의 충분한 수용과 정당한 평가 속에서 더욱 커지기 때문이다. 양 그룹의 '언어'인식과 거기에 착종된 이념의 표지를 먼저 주목하는 것도 그래서이다.

---

12 1970년대 문학 연구로는 문학사와비평연구회 편, 『1970년대 문학연구』, 예하, 1994; 민족문학사연구소 편, 『1970년대 문학연구』, 소명출판, 2000; 한신대 인문학연구소, 『1960~70년대 한국문학과 지배-저항 이념의 헤게모니』, 역락, 2007가 대표적이다.
13 조재룡, 「정치적 사유와 그 행위로서의 시」, 『번역의 유령들』, 문학과지성사, 2011, 458면.
14 장-뤽 낭시, 앞의 글, 114면.

2. '민중언어 : 사랑'과 '언어 : 사회적 활동'의 점묘법

1)

'창비파' 대 '문지파'의 이항대립은 각자의 이념과 언어에 대한 자발적 합의(동의) 아래 성립된 자가적 구성물이다. 물론 이 구조는 외부(타자)에 공인됨으로써 하나의 체계로 완성된 것이다. 그러나 승인의 토대는 내부(주체)의 주장과 실천에서 처음으로 그리고 꾸준히 마련된 것이다. 내부성에 대한 강한 신뢰는 '자발적 합의'를 빌미로 어딘가에 산견되어 있을 불평등이나 지배관계를 도외시하는 오류[15]를 낳을 수 있다. '창비'와 '문지'라는 네임밸류를 향한 동일성의 구성법보다는 "'자발적 동의'를 조직하는 권력"의 파괴법에 집중해야 하는 까닭이 보다 선명해지는 지점이다.

이들의 외부 못지않은 내부로의 민주주의 기획을 성찰하기 위해서는 랑시에르의 '감각적인 것의 분배'에 대한 논의가 꽤나 유용하다. 이것은 그가 제안한 '문학의 정치'를 구성하는 핵심담론이다. 가령 보통의 경우 노동(자)시는 그들의 남루한 삶을 극복하는 계급적 이해, 곧 당파성을 충실히 반영했을 때 그 가치가 인정된다. 그러나 랑시에르는 여기에 머물지 않는다. 은폐되고 억압된 "인민의 감성적 능력"에 대한 재발견과 재분배에서 노동시의 진정성과 혁명성을 읽는다. 이를테면 노동자가 야간의 휴식시간을 "잠자는 대신 쓰고 읽고 생각하고 토론하

---

15 가스야 가스케精谷啓介, 「언어 헤게모니―'자발적 동의'를 조직하는 권력」, 미우라 노부타카 외, 앞의 책, 372면.

기"에 사용하는 장면을 잡아낸 시가 그렇다. 노동자는 "권리상 접근 불가능한 것으로 여겨지던" (힘센) 타자들의 자리에 투기投企됨으로써 "자신의 실존을 다시 구성"하게 된다. 물론 거기서 체제의 혁명적 전복과 노동자 권력의 쟁취가 실현될 리 없다. 배제되거나 은폐된 삶의 형식과 내용을 새롭게 간취하는 실존적 기획의 가능성이 커지는 정도의 변화가 일어날 뿐이다. 이것은 그러나 노동계급 전체의 생활 감각과 일상의 패턴 변화를 유인하는 혁신의 계기를 어느 순간 제공한다. 기존의 낡은 감각과 담론을 파열시키는 문학사적 사건으로 명명할 수 있는 이유이다.[16] 이를 두고 랑시에르는 "미학 혁명은 무엇보다 평범한 것의 영예"[17]라고 상찬함으로써 노동계급의 창조성과 혁신성을 높이 기렸다.

'창비파'와 '문지파'는 민중과 소시민으로 대표되는 '평범한 것의 영예'를 창조하고 분배하기 위해 어떠한 종류의 언어의식을 날카롭게 벼렸는가. 그 과정에서 "'자발적 동의'를 조직하는 권력"은 어떻게 성찰되었으며, 민중 / 소시민의 '감성적 능력'에 대한 배려는 어떻게 이뤄졌는가. 〈창비파 : '민중언어는 사랑이다'〉 〈문지파 : '(문학)언어는 사회적 활동이다'〉라는 명제를 우선 기억하며, 그들의 언어의식 및 언어전략과 차갑게 대면토록 하자.

---

16 이상의 인용과 설명은 자크 랑시에르, 양창렬 역, 『정치적인 것의 가장자리에서』, 길, 2008, 118~119면; 진은영, 「감각적인 것의 분배」, 『창작과비평』, 창작과비평사, 2008 겨울, 75~80면 참조.

17 자크 랑시에르, 오윤성 역, 『감성의 분할—미학과 정치』, b, 2008, 44면.

2)

　　시인이 〈사람들이 쓰는 말 그대로〉를 사용하라는 워즈워스의 주장은 안이한 소재주의와는 전적으로 차원을 달리하는 것이다. 민중의 일상언어를 사용함에 있어 시인으로서 누구나 해야 하는 취사선택과 일정한 순화작업을 생략하자는 몰상식한 주장은 더구나 아니다. 그것은 〈문화〉와 〈교양〉이 소수층에 의해 독점되어 있고 〈시〉라는 것도 그들만이 알아보는 특정한 기교로 되어 있는 엄격한 계급사회에서 인간이 아무런 계급적 특전 없이 평범한 하나의 인간으로서 떳떳하고 정직하게 사는 것보다 더 〈시적〉인 소재가 없으며 이러한 인간의 자연스러운 발언을 떠나 따로 〈시적〉인 언어가 있을 수 없다는 신념을 밝힌 것이다.[18]

　『서정담시집』의 저자 워즈워스가 주장한 '민중언어' 사용의 정당성과 현대성을 밝히는 대목의 일부이다. 모더니티의 폐해가 자심해지는 현실에서 "반복적인 경험과 정규적인 감정에서 우러나오는 평민들의 언어"를 유달리 가치화하는 워즈워스의 태도는 순진해서 위험하다. 소박한 감성에 따라 현실의 모방에만 자신을 국한하는 '소박문학'(실러)의 이상주의에 긴박되어 있다는 느낌 때문이다. 그러나 '민중의 일상언어'에 점묘된 '시적'인 것의 가치를 생각하면, '민중언어'는 재현에 소용되는 도구적 언어로 그칠 수 없다. 오히려 '평범한 것'의 창조성과 혁신성을 유연하게 표상하는 가치론적 언어일 가능성이 크다. 과연 백낙청은

18　백낙청, 「시와 민중언어」(1973), 『민족문학과 세계문학』, 창작과비평사, 1978, 206면.

김수영 시의 진정한 가치를 '온몸의 시학'을 통한 창조적 행동에서 구하고, 신경림 시의 성과를 암담한 삶조차 발전하는 역사의 한 현장임을 신뢰하는 태도에서 찾는다. 이 예의바른 눈썰미는 스스로 경계해 마지않는 '소박한 민중주의'에 대한 거리를 더욱 넓힌다.[19]

백낙청의 감각 속에서 '평범한 것의 영예'를 실현하는 제일의 항목은 단연 '사랑'이다. '사랑'은 애초에 부재하는 '시민의식'의 동의어('사랑'은 따라서 자유와 평등, 박애를 포괄하고 초월하는 절대가치이다)였다. 민중 주체의 민족문학으로의 전환은 '사랑'의 성격에도 계급적 변화를 초래했을 듯하지만, 사랑의 가치에는 전혀 변함이 없었다. 왜냐하면 '사랑'은 '인간회복'을 넘어 '인간창조'를 실현하고 궁극에는 '일체중생'의 완성을 이끄는 무한한 포용과 창조의 능력 자체이기 때문이다.[20] '사랑'은 그래서 '시적 인간'과 '역사적 인간'에 대한 통합 원리로, 나아가 "종래 예술의 반대중성·반민주성을 냉철히 비판하"며 "예술 본연의 인간옹호·진리구현 능력"을 신장시키는 예술 민주화의 동력으로 강력히 요청된다.[21]

이른바 '사랑'의 실천으로 통합되는 가치론적 '민중언어'는 그러나

---

19 설명은 앞뒤로 각각 백낙청, 「역사적 인간과 시적 인간」(1977), 위의 책, 190면; 「시집 『농무』의 발간에 붙여」(1973), 위의 책, 250면 참조.

20 본문의 '사랑' 논의는 「시민문학론」(1969); 「예술의 민주화와 인간회복의 길」(1976); 「역사적 인간과 시적 인간」(1977)에서 가져왔다. 백낙청의 '사랑'은 비평적 고비마다 그를 갱신하는 동력의 원천이었다. 1980년대 후반 '지공무사'의 정신도 '사랑'의 영역에 충분히 귀속될 수 있다. 김수영 시선집 『사랑의 변주곡』(창작과비평사, 1990)의 엮은이가 그였다는 사실도 '사랑'담론의 연면한 지속성을 새삼 확인시킨다.

21 '예술의 민주화' 관점에 서면, 창작과 향유 모든 면에서 '민중언어'의 가치와 직능은 더욱 절실해진다. 염무웅이 인용한 A. 하우저의 "소수에 의한 항구적 예술독점을 방지하는 방법은 폭력적인 예술의 단순화가 아니라 예술적 판단능력을 기르고 훈련하는 데 있다"(염무웅, 「시 이해의 기초 문제」(1973), 『민중시대의 문학』, 창작과비평사, 1979, 133면)는 명제의 실현도 '민중언어'의 몫일 것이다.

"패턴화된 저항은 패턴화된 언어를, 상투적인 독한(!) 언어를 부른"[22]
다는 비판에 끊임없이 노출되었다. 시인의 개성이 실종되는 비극적 사
태를 겨냥하는 비판처럼 읽힌다. 하지만 이 말의 본질은 문학이란 "혼
돈의 영역을 (개인의 - 인용자) 언어로써 조금씩조금씩 인간적 질서의
영역 속에 편입시키는 작업"[23] 이상도 이하도 아니라는 사실에 있다.
'문지파'의 개인 언어에 대한 신뢰는 '민중언어'가 개성의식의 발아와
확립의 자유를 제한하는 집단적 결속의 기호체계라는 회의와 반성 속
에서 더욱 강화되어 간다.[24] 요컨대 '민중언어'는 '평범한 것'들의 집단
적 이해와 이상에는 민감하지만, 그들 자체의 변형을 다각도로 실현함
으로써 삶의 새로운 형태들을 발명하는 상상력의 발현에는 대체로 둔
감하다는 평가인 것이다.

이 비판을 수용한다면, '민중언어'는 "자신이 권리를 행사하기에는
낯선 영역"의 개척에 나서기보다는 '사랑'이란 자발적 합의 아래 '익숙
한 감동'[25]의 반복적 재생산에 머무른 꼴이 되고 만다. 바른대로 말해,
1970~1980년대 집단적 일체성에 기반한 사회변혁 운동은 그것만큼이

22　김현, 「글은 왜 쓰는가-문화의 고고학」(1970), 『상상력과 인간 / 시인을 찾아서』, 문학
　　과지성사, 1991, 31면.
23　김현, 「자유와 꿈-김수영의 시세계」(1974), 앞의 책, 1992, 21면.
24　김주연의 「민족문학의 당위와 한계」(1979), 『변동사회와 작가』, 문학과지성사, 1979는
　　민족문학의 그런 혐의에 대한 공식적 비판이다. 그에 따르면, "상호 충돌하는 가치관과
　　풍속의 접합으로 이루어진 현실 변동 속에서 단순성이란 이런 허위"(「현대시의 '현대' 착
　　오」(1974), 위의 책, 165면)이다. 이런 논리라면 '민중언어'는 모더니티 내 아이러니의 정
　　교화보다 '민중해방'이란 절대가치 아래 모든 것을 질서화하는 작업에 집중한다는 점에
　　서 '단순성'의 혐의를 벗어날 수 없다.
25　백낙청의 '난해한 언어'에 대한 혐오와 '민중언어' 특유의 '익숙한 감동'에 대한 애정은 여
　　전히 현재진행형이다. 그는 '감각적인 것의 분배'의 모범적 실례를 실험의 언어보다는 리
　　얼리즘 특유의 역사인식·세계인식의 전환에서 찾고 있다. 물론 랑시에르 본인도 승인
　　한 '재현적 예술체제'와 '미학적 - 감성적 예술체제' 사이에 엄격한 단절은 없다는 연속성
　　의 논리를 전제한 주장이다. 보다 자세한 내용은 백낙청, 앞의 글, 2009 가을 참조.

나 중요한 근대적 개인문화를 누락하거나 그 토대가 되는 자유주의의 심화를 억압할 위험에 노출되어 있었다. 따라서 '민중언어'와 '사랑'의 공동체는 가치론적 '민중'이 "그 개념적 종지가 원천적으로 불가능한, 언제나 한 정의를 불확정적이게 하고 다른 정의에 대해 열려 있는 공백의 기표"[26]일 수도 있다는 사실에 보다 예민하고 개방적이어야 했다. 그런데 이에 대한 자각은 '거대서사'의 가능성이 폐쇄회로에 갇히는 즈음에야 찾아왔다는 점에서 너무 늦었다.

하지만 공동체의 혁명적 이상을 짓밟는 거대권력에 맞서 싸운 핵심 주체들은 '민중언어'의 사용자이거나 신뢰자들이었다. '민중언어'의 재현성은 보다 익숙한 미적 체험과 표현을 요구한다는 점에서 '새로움'의 논리와 종종 불화한다. 시인의 대 사회적 윤리는 그러나 '새로움'의 요구보다 '평범한 것'에의 진솔한 참여 속에서 보다 진취적인 것이 된다. 이 또한 끔찍한 모더니티에 맞서 역동적인 미래를 추구하는 데 없어서는 안 될 유의미한 요소인 것이다. '민중언어'의 이념적·시대적 한계에 대한 신중한 성찰과 별도로, 그것이 확장시켜온 공동성의 감각과 현장성의 심화를 새롭게 전유할 방법에 대한 고민이 절실해지는 대목이다.

3)

언어는 한 사회의 세계전망이 질서화된 것에 지나지 않는다. 그러나 그것은 주어지는 것이 아니라 얻어지는 것이다. 언어는 사회적 산물이 아니

---

26 황종연, 「민주화 이후의 정치와 문학」, 『탕아를 위한 비평』, 문학동네, 2012, 85면.

라 사회적 활동이며, 그 활동은 그 사회의 세계전망과 밀접한 관련을 맺고 있다. 아니 그 활동이 곧 그 사회의 세계 전망이다. 언어의 이러한 성격 때문에, 문학은 시대의 분위기에서 벗어날 수가 없다. 문학은 시대 속에 갇혀 있는 것이다. 그러나 문학도 예술인 이상 그 시대의 분위기를 질서화하고 체계화하는 의무를 지고 있다. 시대를 질서화하고 체계화한다는 것은 언어를 양식화한다는 것을 뜻한다. 문학자 개인의 개인어를 통해 문학은 시대를 양식화하는 것이다.[27]

핵심 문장을 뽑는다면, "언어는 사회적 산물이 아니라 사회적 활동이며, 그 활동은 그 사회의 세계전망과 밀접한 관련을 맺고 있다" "문학자 개인의 개인어를 통해 문학은 시대를 양식화하는 것이다" 정도겠다. '언어'가 '활동'이고 '세계전망'이며 또 이것은 '개인어'를 통해 실현된다는 논리는 '민중언어' 같은 가치론적 언어의 상정과 구조화를 아예 차단한다. 이런 상황에서 문학의 역능은 주어진 가치의 재현으로 그칠 수 없다. 개성적 차이를 통해 바람직한 가치를 창조하는 '새로움'의 발견에 최후의 과녁이 설정된다. '문지파'에서 집단적 결속의 욕망보다 개인의 소외와 비인간화를 성찰하는 차가운 언어의 상상력이[28] 옹호된 사정은 이와 관련 깊다.

---

27 김현, 「한국문학의 가능성」, 김병익 외, 『현대한국문학의 이론』, 민음사, 1972, 69면. 이 글의 첫 발표 지면은 『창작과비평』 1970년 봄호였다. '순수문학'과 '참여문학'에 대한 맹렬한 비판이 이뤄지고 있는바, 이 비평문은 단기필마의 형세를 띤다. 이즈음은 『문학과 지성』의 창간(1970.8)이 한창 진행되던 와중이었다는 점에서 출사표에 방불한 김현의 발화는 한층 복잡한 성격을 띠게 된다.

28 일례로 김주연은 세계 / 존재의 부조리와 모순, 분열상을 다면적으로 드러내는 '소피스티케이션sophistication(궤변)' '아이러니' '유머'를 진정한 정직성의 언어로 간주한다. 자세한 내용은 김주연, 앞의 글(1974), 165면 참조.

이런 자유주의적 관점은 현대 사회는 다원적이며 불확정적이다, 그것들의 관계 속에서 개인의 성취와 한계는 결정된다는 논리에서 출발한다. 하지만 유신기의 파시즘은 불확정성에 대한 승인은커녕 다원성과 자율성을 폭력적으로 훼손하는 반민주적 작태를 멈추지 않았다. 이에 따른 현실모순의 강화는 개인의 성장과 내면적 자유의 확장에도 큰 걸림돌이 되었다. 문학의 긴급한 책무가 민중의 당파성 성취와 더불어 개성적 자아–서사self-narratives의 기획, 즉 "개인이 그 자신을 정의하고 발전시킬 권리"**29**에 대한 요구로 분화된 것은 그런 점에서 필연적이었다. 이 과제는 김현 비평에서 '무용한 문학의 유용성'과 '상상력의 자유'라는 이중논리의 지원을 받으며 점차 '행복의 시학'을 실현하는 쪽으로 진화해 갔다.

이중논리 가운데 전자는 문학, 곧 언어의 기능과 역할에 초점을 맞춘 것이다. 따라서 그것은 문학적 실천의 가부 판정보다 역사현실과 문학의 분리를 정당화하는 작업에 가담되었다. 거기서 문학의 자율성은 독립적인 공간을 뚜렷이 확보하게 된다. '언어'를 '활동'과 '세계전망', 그리고 개성의 발현으로 간주한다면, '상상력의 자유'야말로 김현 비평의 핵심적 지위이자 목표에 해당한다. 그는 이미 1967년에 "상상력이라는 것이 한 상태가 아니며 인간 존재 바로 그것이다"**30**라는 명제를 제출했다. 그것의 근거는 단 하나, '상상력'은 결코 '상태(=산물)'로 머물지 않고 "인간 존재 자체의 한 변형(=활동)"을 실현하는 운동이란 믿음이다.**31** 사실 상상력은 가장 자유로운 내면 활동의 하나이며, 타

---

29 황종연, 앞의 글, 87면.
30 김현, 「상상력의 두 경향」(1967), 앞의 책, 1991, 91면.

자로의 변형이나 타자의 수렴을 무한히 확장하는 어떤 흐름이다. "현실로부터 자율적이지만 현실을 변형하는 허구를 만들어"[32]내는 내면장치로서의 '상상력'. 여기서 개인적 자유와 해방의 지평은 '상상력'을 '평범한 것의 영예'를 구현하는 실존적 기획의 핵심원리로 밀어올리는 필요충분조건이란 가치증여가 가능해진다.

그러나 김현의 '상상력' 개념을 '감각적인 것의 분배'를 실천하는 '미학적-감성적 예술체제'에 온전히 내삽, 참여시키기 위해서는 별도의 전제가 필요하다. '평범한 것'들의 실존적 변형을 유인하고 보장하는 "새로운 사회적 형식과 삶의 새로운 역동성의 발명"(랑시에르)에까지 이르고 있는가. 이를 김현의 언어에 개입시킨다면 안타깝게도 부분적으로 타당하다는 결론에 이른다.

가장 조심해야 할 전제지만 부인하기 어려운 사실 하나 : 랑시에르는 노동계급을 '문학의 정치성' 논의의 중심에 계속 위치시킨다. 그러나 김현은 '민중'과 '당파성'의 실현을 민족문학의 과제로 돌린 채, 개성적 차이를 보장하는 자유주의의 실현에 집중했다.[33] 요컨대 '민중언어'의 '익숙한 감동'에 대한 배려와 긍정적 수렴에 꽤 냉담했다는 것이다.[34] 개인의 변형을 공동체의 그것으로 감염, 폭발시킬 수 없는 '상상

---

31 김현은 앞서의 인용문 바로 앞에 "언어는 산물ergon이 아니라, 활동energia이다"라는 훔볼트의 명제를 걸어놓았다. 상상력을 논하는 자리의 '상태'와 '변형'은 '산물'과 '활동'에 정확히 대응된다.
32 진은영, 앞의 글, 76면.
33 인식과 표현의 '개성적 차이'를 확보하는 김현의 문체 전략, 즉 "'A는 B이다' 구문의 다양한 변형과 대안적 의미"의 부과 방법에 대한 고찰로는 이경수, 「'나'로부터 출발한 운명적 이중성」, 작가와비평 편, 앞의 책 참조.
34 김현은 「글은 왜 쓰는가」(1970)와 「한국문학의 가능성」(1970)에서 순수문학-순수시파와 참여문학-참여시파를 격렬히 비판한다. '순수문학 : 언어의 세련도=정치배제의 문학'과 '참여문학 : 언어의 활동성=정치참여의 문학'은 각각 '외부와 절연한 결과로 내적 긴장

력'은 '이론적 실천'의 자유만을 자기의 영토와 방법으로 거느릴 수밖에 없다는 한계와 비판이 출현하는 지점이다.

다음으로 '이론적 실천'의 문제 : '문학의 자율성'과 깊이 연동된 이 과제는 다른 한편으로 '새로움'의 문제, 바꿔 말해 '새것 콤플렉스'와 종종 착종된다. '새로움의 시학'을 향한 김현의 욕망은 거의 강박적인 데가 있다. 가령 "새로움의 시학의 요체는 낡은 것이 상투적인 것이라는 데 있다. 상투적인 것은 반성을 하지 못하게 만들고 나태와 타성으로 시인을 몰고 간다. 그 상투적인 것은 어휘에서부터 생활 태도, 제도와 기구, 그리고 도덕에까지 이른다"는 말을 보라.[35] 이것은 시인만이 아니라 스스로에게도 적용한 문학적 윤리이자 의무기도 했다. 그는 과연 말라르메와 발레리, 카를 융과 롤랑 바르트, 바슐라르를 거쳐 푸코로 나아가며 비평의 방법적 전회를 거듭 수행했다.[36] 이들과의 행복하고도 고통스런 대화는 '새것 콤플렉스'의 초극과 아울러, "감동하는 의식만이 대상을 깊게 그리고 넓게 느낄 수 있다"[37]는 최상의 명제를 산출하기에 이른다. 그가 제안하고 실천한 '공감의 시학'은 그런 면에서 순

의 경직화'에, '내부와의 긴장이 느슨해진 결과로 저항의 제스처의 패턴화'에 직면한다는 것이 요점이다. 이 주장의 핵심적 문제점은 비판 내용의 도식성에 있지 않다. 타자의 부정성 비판에 집중함으로써 주체의 정당성과 동일성을 획득하는 담화의 기술에 있다. 주체를 말하지 않고도 주체의 위상이 획기적으로 높아지는 장면이다.

35 '새로움'의 실천을 「김수영을 찾아서」(1974)(김현, 앞의 책, 1991, 394~396면)에서 고백하는 장면은 의미심장하다. 그가 김수영 시에 부여한 최대의 가치는 '시의 새로움'과 '시인의 정직성'이었다. 여기에 김현이 추구한 '자유'의 핵심이 들어있음은 물론이다.

36 백낙청은 「역사적 인간과 시적 인간」(1977)의 상당 부분에서 레비스트로스와 바르트 등의 구조주의, 엘리아데의 신화론, 바슐라르의 역동적 상상력을 "비역사적 · 정태적 접근법"으로 매섭게 비판한다. 이들의 대다수가 김현이 사숙한 이론적 거장들임을 생각하면, 그 우회적 비판의 대상과 지점이 누구이고 어딘지가 분명해진다.

37 김현, 「감동하는 의식의 관용적 역사주의」(1985), 『분석과 해석 / 보이는 심연과 안 보이는 역사적 전망』, 문학과지성사, 1992, 255면.

도 높은 에로티시즘, 정현종의 시구를 빌리면, "눈물겨운 욕정의 친화" (「교감」)이다. 물론 저 명제는 '주체적 독자'의 탄생이 비롯되는 지점이 기도 하다.

물론 그의 이론적 전회는 단순히 '상상력의 자유'와 그것에 안정성을 부여할 '세계전망'의 획득에 바쳐진 것은 아니었다. 그것들은 인간의 사물화와 세계의 폭력성을 성찰함과 동시에 '자아의 서사'에 합당한 사유의 틀을 찾아가는 도정에서 조우된 것이다. 하지만 최후에는 '분석적 해체주의'에 도달될 김현의 지적 방랑이 "마르크스와의 난처한 관계를 우회적으로 해결하는 방법의 하나"였다는 어떤 명민한 지적은[38] 그의 미학적 사유의 본질과 제약성을 가감 없이 보여준다. 김현의 비평은 "상이한 집단들 내의 이타성의 인정과 그 이타성들 간의 상호 관련을 맺는 방향을, 아주 조용히, 환기하고 암시할 수 있"[39]기를 희망했을 것이다.

그러나 그는 이후에도 순수문학·참여문학 비판에서 불거진 문제점, 그러니까 "개개의 사물에 대한 정확한 의미 파악보다는 자신의 관념적 사고체계에 의해 의미를 부여"하는 독단론에[40] 종종 나포되었다. 이에 따른 타자성의 굴절과 주관성의 절대화는 김현 비평의 대화성과 공감성을 제약하는 주요 요인으로 작용했다. 그는 일찍이 시와 소설을 말하면서 판소리 춘향전에 감동하는 현장을 두고 '착란된 문화 풍토'[41]라 일렀다. 허나 주관성의 치밀한 그물을 늘 초과하거나 미달하는 것

---

38 김인환, 「글쓰기의 지형학」, 『상상력과 원근법』, 문학과지성사, 1993, 384면.
39 정과리, 「민중문학론의 인식 구조」, 『문학과사회』 창간호, 문학과지성사, 1988, 128면.
40 이숭원, 「김현 시 비평에 대한 고찰」, 『선청어문』 23호, 서울대 국어교육과, 1995, 840면.
41 김현, 「한 외국 문학도의 고백」, 앞의 책, 1991, 21면.

이 타자성이다. '민중언어'도 위장된 '순수어'도 그런 타자성의 영토에 거주하는 신민들이었다. '착란된 타자성'에의 감각적 '활동'이 활발히 수행되었더라면, 보다 개방적인 '세계전망'의 성취가 가능했을 것이다. 이후 김현 연구의 한 방향을 암시하는 대목이다.

3. '시적 인간'의 방법 – '전망'과 '내파'의 언어들

1)

이렇게 말해보자. 김수영은 착란 - 모순된 문화(현대성)를 초극하거나 내파하는 방법이라고. 따라서 그는 한 개인을 초과하는 시대의 상징이고 정신의 아이콘이라고. 또 역사적 평가 대상으로 퇴조되지 않는, 현재하는 참조의 언어라고. 여기엔 현재의 내 관점이 그다지 투사돼 있지 않다. '창비'와 '문지'가 점묘해간 1970년을 전후한 김수영론의 인상이라는 게 사실에 부합한다. 그러면 이들이 함께 다룬 신동엽이나 김춘수는 어떤가. 둘은 단발적 관심사였으며 따라서 양자에게 공통적이기보다는 단의적인 언어로 자연스레 계열화되었다. '문지'에서 신동엽은 '전례적 시대화'의 화가여도 '역사적 개성'의 시인은 아니다.[42] '창비'에서 김춘수는 "'얼마간 정리된 난해시'"[43]로 가는 와중을 벗어나지

---

42 김주연, 「시에서의 참여 문제」, 『상황과 인간』, 박우사, 1969, 61면. 이후 김병익 외, 앞의 책에 재수록. 신동엽에 대한 백낙청과 염무웅의 단독 비평은 없다. 그러나 곳곳의 비평에서 민족문학의 성취로 상찬된다. 역사와 민중, 생명의 관점에서 신동엽을 다룬 조태일의 「신동엽론」, 『창작과비평』, 창작과비평사, 1973 가을도 주목된다.

못한다. 이에 비해 김수영은 사후에도 그들의 논리 구성과 목표 설정을 위해서 한 번에 "셀 수 없고 완수될 수 없는 형태"의 언어로 왕왕 환대받고 또 참여되었다.**44** 이런 판단이 가능한 이유는 무엇인가.

먼저 동의를 구할 것은 '창비파'의 '민중언어'가 '사랑'을, '문지파'의 '(문학)언어'가 '활동'을 목적한다는 사실이다. 하지만 동시에 그것은 '방법'이기도 하다는 사실도 승인되길 바란다. 그들은 민주주의의 보편적 가치를 존중하는 한편, 민족／민중의 해방 및 자율적 개인의 실현에 '사랑'과 '활동'을 대응시켰다. 이때의 '민중'과 '개인(≒소시민)'은 '평범한 것의 영예'의 실천과 획득이 기대되는 존재들이다. 물론 그들은 계급적·문화적 환경의 차이에서 발생하는 사상과 이념, 감각과 취향의 편차들을 구성한다. 헌데 그들의 영예는 자율적이되 공적인 삶의 토대가 되는 '각자의 존엄에 대한 권리'**45** 없이는 성취 불가능한 이상이다. 따라서 그들은 "공적 삶의 끊임없는 사유화에 맞서는 투쟁"**46**, 바꿔 말해 민주주의 달성의 이상에서만큼은 협력과 연대의 존재들이다. 김수영은 '민중'과 '개인' 지향 어느 쪽에서든 이런 견지에서 경합되고 가치

---

43 염무웅, 「50년대 시의 비판적 개관」(1976), 앞의 책, 207면. 이즈음 황동규가 「감상의 제어와 방임─김춘수론」(『창작과비평』, 1977 가을)을 게재했다. 그는 '무의미시'의 당혹감을 토로하는 한편 의미의 세계로 귀환할 것을 정중히 요청한다. 한편 김현은 「김춘수와 시적 변용」(1970); 「김춘수를 찾아서」(1974); 「김춘수의 유년 시절 시」(1980)를 5년여의 간격으로 작성했다. 김주연은 「김춘수와 고은의 변모」(1978)를 발표했다.

44 '창비'의 경우, 백낙청의 「김수영의 시세계」(1968); 「시민문학론」(1969); 「역사적 인간과 시적 인간」(1977)과 염무웅의 「김수영론」(1976)을, '문지'의 경우, 김현의 「김수영을 찾아서」(1974); 「자유와 꿈」(1974)을 참조하라. 다른 이들의 김수영론은 제외한 현황이다.

45 황종연, 「민주화 이후의 정치와 문학」, 앞의 책, 90면. 그에 따르면, "현대 민주주의는 개인 각자의 명예에 대한 존중으로부터 나오는 것이 아니라 각자의 존엄에 대한 승인으로부터 나오는 것"이다. 후자는 개인과 집단, 성과 계급을 초월하는 보편적 가치에 해당할 것이다.

46 크리스틴 로스, 앞의 글, 164면.

화될 만한 존재였다. 왜냐하면 자신들의 '사랑'과 '활동'을 견인하고 승화시킬만한 언어의 방법과 실천의 지표로, 적어도 한국문학에서는 김수영의 '온몸의 시학'과 '시적 혁명'을 감당할만한 담론이 따로 없었기 때문이다.

유신기의 '창비'가 김수영을 통해 '사랑'을 목적과 방법의 동시적 개념으로 전유하는 장면은 백낙청의 '난해성'에 대한 견해에서 뚜렷하다. 그는 김수영의 '풍자'가 민중의 자기긍정으로 도약하지 못하고 소시민으로 돌려졌음을 한계로 지적한다. 하지만 '난해성' 자체를 김수영의 미학적 결여와 잠재성의 한계로 비판하지 않는다. 오히려 '시적 인간'과 '역사적 인간'의 근원적 동일성에 대한 신념이 '반문학적 행동의 가능성' 즉 '난해성'의 실천 자체를 배제하지 않는다는 사실을 근거로 김수영의 현재성을 옹호한다. 이 장면은 "진정한 시의 새로움은 곧 역사의 새로움"이란 신념을 토대로 김수영의 시와 대화한 백낙청의 '사랑'이 파생시킨 미학적 정치성의 일 국면으로 이해되어 무방하다.[47]

유신기 '창비파'의 거멀못은 '시민 사회'를 넘어선 '민중시대'의 정치적·미학적 창출에의 의지였다. 그에 따른 '민중'과 '민중언어'의 절대화는 그것들의 단의성과 폐쇄성을 초래함으로써 오히려 '다중'적 지평의 개척을 제약하는 한계에 직면한다. 이런 현실을 감안하면, '온몸의 시학'은 제한적이나마 '창비파'에 다원성과 대화성을 요청하고 불어넣는 미학적 민주주의의 일 기획으로 스며들었던 것으로 이해된다. 물론 김수영 고유의 '불화'와 '불일치' 정신은 '창비파'의 유용한 방법일 수는

---

47 이상의 김수영에 대한 백낙청의 이해와 인용은, 「역사적 인간과 시적 인간」(1977), 189~194면.

있었지만 정치적·미학적 태도로 대폭 수용될 수는 없었다. 파시즘의 파고가 더욱 높아지는 만큼 그들에게는 "역사를 만들어가는 군중성의 체험, 민중적 실천의 체험"[48]이 더욱 필요했고 신뢰되었기 때문이다. 이것이 '방법'으로 수용된 '창비파'에서의 김수영의 한계였다. 이를 두고 문학사에서 '민중'의 절대성이 '다중'의 잠재성[49]을 제한한 인상적 국면의 하나로 파악한다면 지나칠까.

이제 김현의 차례이다. '언어'는 '상태'가 아니라 '활동'이라는 그의 명제는 '방법'의 선언이었다. '상태', 곧 결정 / 정지는 작금의 현존이나 기대되는 부재와 상관없이 벌써 기성의 것이다. 따라서 '방법'은 '활동', 곧 흐름 / 운동에 개입될 성질의 것이다. '활동'은 정해진 가치를 수정·보완하거나 미래의 가치를 향해 다가서는 운동이지, 가치 자체를 이룰 수 없다. '방법'이 그것의 주어인 이유이다. 그러니 가치론에 입각한 '순수시'나 '참여시'는 '방법'의 대상이기 전에 격렬한 비판의 대상으로 간주될 수밖에 없다. '가치'보다 '방법'의 우위는 김수영에 대한 양가성의 출발점을 이룬다는 점에서 주목할 만한 현상이다.

김현 비평의 추가 김수영보다는 김춘수로 기울었다는 사실은, 굳이 내용이 아니더라도 그 관심의 열정과 지속에서 확연하다. 앞서의 주석에 제시했듯이, 단독 비평만 하더라도 김수영은 1974년(2편)의 현상이

---

48 염무웅, 「김수영론」(1976), 앞의 책, 240면. 이런 지적에서 보듯이, 염무웅의 「김수영론」이 민중 주체의 민족문학론에 보다 부합한다. 그는 "'진정한 아웃사이더'로서의 김수영은 한국 모더니즘의 위대한 비판자였으나" 소시민과 도시적 소시민의 한계를 채 극복하지 못함으로써 '민중시학'의 수립에 미달되었다고 평가한다.

49 '다중'의 정치학과 정확히 일치한다고 할 수는 없으나 랑시에르의 '문학의 정치성'을 통해 김수영 문학의 현재성과 미래성을 높이 평가하는 글로는 진은영, 「시와 정치―미학적 아방가르드의 모럴」, 『비평문학』 39호, 한국비평문학회, 2011 참조.

지만, 김춘수는 1970년대 전체(3편)를 관통한다. 이는 김춘수가 그 특유의 실존적 정신분석과 공감의 비평에 보다 적합했다는 사실을 암암리에 지시한다.[50]

실제로 김수영론 두 편은 그 자신의 세련된 분석과 치밀한 공감의 형태화에 집중되지 않았다. 일례로『거대한 뿌리』(민음사)의 해설「자유와 꿈」은 예의 '민중주의자' - 참여시와 '기교주의자' - 순수시의 비판에 그 결말이 바쳐진다.[51] 서정주의 '편내용파'와 '기교파'에 대한 동시적 비판을 연상시키는 이 구도는 '영향의 불안'을 초극함과 동시에 자신의 위상을 보다 강화하는 자의적 방법으로 경사될 소지가 다분하다. 예컨대 김수영의 '새로움의 시학'에 깊은 인상을 받지만, 그것의 미학적 실체와 성취 방법은 융과 바르트, 바슐라르 등의 이론가와 김현승, 고은,[52] 황동규, 이성부, 정현종에서 확인했다는 고백을 보라.

김수영과 김현 사이의 어떤 불일치와 불화는 그들의 언어, 곧 '활동'

---

50 김현의 김수영과 김춘수 사이에서의 진동에 대해서는 이찬,「김현, 한국문학의 구체성과 프랑스문학의 보편성, 그 절망과 열망의 변주곡」, 작가와비평 편, 앞의 책, 184~191면 참조.
51 인상적인 것은 이를 논하는 그의 어법이다. 김현은 그들에 대한 김수영의 비판이 아니라 김수영에 대한 그들의 비판을 먼저 말한다. 그 뒤로 "예술은 그러나 폭로도 아니며 기교도 아니다. 그것은 그 두 가지를 초월한 어떤 것이다"로 시작되는 탁월한 명제들이 연속된다. 이 주장은 김수영의 어법을 닮았지만 김현이 발화한 것이다. 그러나 내게는 비판의 대상이 김수영으로 지목된 탓에 김수영의 말처럼 먼저 읽힌다. 그렇기에 주체를 명확히 드러내지 않고도 김현 자신의 정당성 및 김수영과의 연대성을 동시에 획득하는 명민한 언술의 또 다른 사례로 이해된다.
52 김현은『달나라의 장난』에서 김수영의 존재를 각인하지만, 1968년『조선일보』월평 자리에서 비로소 대면한다. 이 자리를 통해 시집에서 느낀 양가성, 곧 시민정신과 새로움에 대한 동의 및 시 읽기의 불편함이 더욱 첨예화된다. "그는 고씨의 새로움에서 시적 사기의 징후를 보고 있었고 나는 그에게서 선적禪的인 직관을 찾아내고 있었다"(「김수영을 찾아서」, 앞의 책, 1991, 396면)는 발언은 '새로움'의 지향과 상관없이 둘 사이의 '방법'이 이미 결별에 이르렀음을 암시한다. 1974년 두 편의 글은 그러므로 김수영 사후 지속되던 내면에서의 '애도'가 종결되었음을 알리는 글쓰기였다.

의 성격상 예정된 수순이었는지도 모른다. 김수영의 '활동'은 개인과 전체, 형식과 내용, 시와 정치 모든 부면에 걸친 영구혁명의 형식이었다. 따라서 그 '활동'은 내외부의 구별이 불가능한 "공통-됨"의 운동, 다시 말해 "경험가능성들끼리의 상호회부, 순환, 교환, 공유"[53]를 향한 개방적 움직임을 본질로 한다. 물론 김현의 언어, 곧 '활동'도 개성의 차이를 목적하는 텍스트의 자율성과 복합성, 다원성에 헌신되었다. 그는 그러나 '세계전망'이 개인적 감각의 질서화를 통해 양식화되는 세계상에서 발견되는 것임을 결코 잊지 않았다. 그 결과 모든 언어는 개성과 내면을 파고들면서 텍스트의 애매한 결texture과 아이러니, 복합성 따위를 산출한 존재의 심리와 상상력을 휘돌게 된다.[54]

'익숙한 감동'을 소거한 자리, 그 '개성적 차이'의 현장은 따라서 집단적 '사랑'보다는 "높은 정신의 자기 학대"의 정도에 따라 그 진정성과 고유성이 결정될 수밖에 없다. '학대'는 내면성의 형식이라는 점에서 '내파'와 친화한다. 김현은 김수영에게서 자기 학대와 내파의 새로움과 정직성을 배웠음을 기꺼워했다. 그러나 그는 내부뿐만 아니라 외부로도 소용돌이 친 김수영의 '사랑의 변증법'을 어쩐 일인지 별다른 대화도 없이 외면했다.[55] 그럼으로써 서로의 불화와 불일치가 현대시사

---

53 장-뤽 낭시, 앞의 글, 122면.
54 염무웅은 이즈음 김현 비평의 한계로 지적 조작의 과잉과 그에 따른 작품해석의 난해성을 들었다. 그에 따르면 이것은 시인의 자기확인 차원에서 실행되는 난해성과 등가관계를 이룬다. 또한 독자와 비평의 격리를 심화시키는 주요인이기도 하다. 보다 자세한 내용은 염무웅, 앞의 글(1973), 129~130면 참조.
55 김현은 자신이 편한 『거대한 뿌리』(민음사, 1974)에서 죽음 직전의 「풀」을 "초기의 「폭포」를 뛰어넘는 진실한 한편의 시"라고 평가했지만, 「사랑의 변주곡」에 대해서는 침묵을 지켰다. 김수영의 말로 언급된 "예술은 그것이 정치적 이데올로기와 결부될 때, 그 생명을 잃는 것이 아니라, 하나의 이데올로기에게 봉사를 강요당할 때 질식한다"는 말의 기미를 거기서 느낀 탓일까?

에 기여했을 법한 '시적 혁명'의 '소음', 그러니까 다성적 대화의 가능성을 문득 내파했다. 김현의 김수영론은 '예의바른 애도'였으되 '친절한 환대'는 아니었다는 아이러니가 성립되는 지점이다.

다소 길어진 감이 없잖다. '창비'와 '문지'의 김수영론에 대한 비교는 그들의 사상·이념의 차이보다 대상 이해와 그 표현 방법의 차이를 드러내기 위함이었다. 모든 글쓰기가 그렇지만 특히 비평은 텍스트의 이해와 해석, 가치판단의 정확성과 신뢰성을 위해 선택과 배제의 수월한 방법과 기술이 요청된다. 그들의 김수영론은 협의적 접근, 이를테면 작가의 성취와 작품의 의미, 텍스트의 미와 사회성 따위에 국한되기를 거부한 채 시작되었다. 다시 강조하거니와, 김수영의 글쓰기와 정신은 자신들의 미학적 동일성과 이념적 지향을 강화하는 일종의 '방법'으로 호출되었다. 물론 이 말은 김수영이 도구적 방법의 희생양이 되었음을 강조하려는 불순한 의도 따위와 전혀 무관하다. 당대의 문단을 재편해가던 '창비'와 '문지'의 호출이 김수영의 정신과 미학적 성취를 역사화하는 동시에 현재화하는 원동력이 되었음은 주지의 사실이다. 김수영에 대한 방법적 접근은 그러나 다음과 같은 이유로 그 의미와 가치가 기억되어야 한다. 양 진영의 김수영론 속에 그들의 언어와 스타일, 동일자 및 타자의 선택과 배제 원리 등에 관한 기초적 문법이 숨어있다는 사실 말이다. 그러므로 우리는 뒤이어 '창비'와 '문지'의 기원과 성장, 그리고 현재를 함께 경험해온 동료 시인들에 대한 비평의 자리를 부지런히 그러나 주의 깊게 탐문해야 한다.

2)

이 자리는 이른바 '창비파'·'문지파' 시인들에 대한 비평이 논의되는 곳이다. 그러나 사정이 간단치 않다. 대상은 개인이 아니라 진영 개념으로 묶어도 되겠다. 하지만 비평가는 특히 '창비'의 경우 백낙청, 염무웅으로 한정짓기 어렵다. 신경림과 조태일의 비평을 적극 활용하는 연유이다.[56] 통합된 이념 속에서 비평의 개별성이 얼마간 엿보일 것이다. 일단 관례대로 고은, 신경림, 김지하, 조태일을 '창비파'로, 황동규, 정현종, 오규원을 '문지파'로 묶어둔다.[57] 이를 전제하면서도, 논의의 집중을 위해 양 진영의 이념과 미학의 정착 과정을 핵심적으로 파악할 수 있는 몇몇 대상에 먼저 주목한다.

여기서(『문의마을에 가서』 – 인용자) 중요한 것은 우리 인간의 삶이 서로 부대끼며 모여 있음으로써 이루어진다는 것, 모여서 흘러가는 삶들의 강물에 마치 우연처럼 나의 삶도 동참되어 있다는 것, 그러나 그것은 결코 허무한 우연이 아니라 건강한 필연이며 이렇게 삶들이 서로 필연적으로 얽혀 있음으로 해서 삶이 정말 삶다와진다는 것의 체험이다. 순간성에 대한 연속성, 개별체에 대한 공동체의 경험이라고 할 것이다.[58]

---

56 『창작과비평』 시 비평의 주요 담당자는 신경림, 조태일, 최하림, 이성부였다. 이들은 시, 단독 평론, 서평에서 두루 활약했다. 특히 신경림과 조태일은 『창작과비평』의 성격상 '창비파' '민중시학'의 실질적 입안자이자 실천자였던 것으로 파악된다. 또한 『창작과비평』은 그 지면에서 활약했던 정희성, 이시영, 정호승 시인 등을 서평자로 선택, 1970년대 주요 시에 대한 평가를 맡겼다.

57 이들의 뒤를 잇는 정희성, 이시영, 김명인, 정호승 등에 대한 유의미한 비평도 존재한다. 이 논의들은 지면의 경제를 위해 상대편의 문제제기를 주석에서 살펴보는 정도로 처리한다.

'4 · 19정신'을 공유했던 '창비'와 '문지'의 유신 시기 분할선의 구체적 증례로는 고은을 들어야 한다. 고은 시 자체가 '허무'에서 '참여'로의 질적 변화를 일으키는 와중이었고, 그를 향한 양 그룹의 적절한 수용과 거리화 역시 고은 시 비평에서 서서히 감지된다. 1960년대 고은은 무엇보다 김현의 '방법'인 동시에 '활동'의 대상이었다. 그 유명한 '누이의 죽음'에 대한 분석을 통해 김현이 고은 시에서 본 것은 '멸망과 소멸의 허무주의'였다. 그는 이 결과로의 진입을 "하나의 이미지가, 혹은 되풀이되어 나오는 이미지의 일군이 어떻게 의식의 둔중한 벽을 뚫고 밖으로 나와, 언어로서 정착하게 되는 것이냐"[59] 하는 이미지의 활동, 곧 역동적 상상력의 규명을 통해 성취했다. 김현이 김수영과 달리 이즈음 고은 시에서 '선적 직관'을 읽었다는 판단의 근거는 '죽음'을 향한 고은의 상상력에 대한 충격과 인상에서 찾아질 것이다.

그렇다면 '민중언어'로의 변화 와중에 있던 유신기 중반 고은 시에 대한 김현의 평가는 어땠을까. 그는 『문의마을에 가서』(1974)의 핵심적 전언을 '민중 전망'에서 찾지 않는다. "민족 이데아에게 자기의 온몸을 내던져 호소하"[60]는 고은을 목도하면서도, 김현은 저 주장을 세상에 대한 민중들의 게으름과 유장함, 무집착을 계도하는 소멸의 허무주의로 읽는다. 언어, 곧 '활동'의 '세계전망'이 집단적 창조와 변혁, 곧 '사랑'의 실천이 아니라 개인의 감각과 표현에 귀속되어야 한다는 김현 비평의 전형적 문법이 드러나는 지점이다. 이런 관점은 이후 '문지'에서

---

58 염무웅, '해설' 「고은의 시세계」, 고은, 『부활』, 민음사, 1974, 17면.
59 김현, 「시인의 상상적 세계 – 고은론」(1968), 김병익 외, 앞의 책, 360면.
60 김현, 「고은을 찾아서」, 앞의 책, 1991, 443면.

도 지속되었다는 느낌이다. 가령 김주연은 '민중언어'에 더욱 접근한 고은 시(『입산』, 민음사, 1977)의 가치와 가능성을 여전히 '허무 의식' 내지 '절망'의 미학에서 찾는다. 고은의 현실참여와 절망의 심화는 세계인식의 구체화와 변혁의 전망에 대한 강화 이전에, "허무 의식에 현실감을 부여하면서 시적 대상화의 가능성을 제시해 주"었다는 평가가 그렇다.[61] 고은과 '문지'의 이념적·미학적 단절의 주요인으로 보아 문제될 것 없는 평가이다.

이에 비해 위에서 인용한 염무웅의 고은론은 '창비'에서 고은이 수용되는 과정의 핵심을 또렷하게 보여주는 듯하다. 고은 시에서의 '연속성'과 '공동체'의 발견[62]은 건강한 민중현실에 근거해 있다는 점에서 '익숙한 감동'과 '민중 전망'의 기대를 더욱 강화하는 요인이다. 사실 염무웅의 해설이 담긴 『부활』(1974)은 일종의 엔솔로지의 성격을 띤다. 이를 감안하면, '문지'의 기대와 달리, 고은은 이즈음 허무의 초극, 그것도 역사현실에의 참여와 민중전망의 내면화를 통한 자아와 역사의 혁신에 언어활동의 역량을 집중했던 것으로 판명된다.

그러나 1970년대 후반까지는 고은이 '창비파'의 미학적 핵심으로 무사히 안착하지는 못했다는 느낌이다. 작품의 구체성과 언어의 내밀성을 기준으로 냉철한 평가를 내린 신경림의 비평이 구체적 실례다. 신

---

61 김주연, 「김춘수와 고은의 시적 변모」(1978), 앞의 책, 1979, 208면.
62 두 기준은 김지하 시의 평가에서도 거의 동일하게 적용된다. "옛가락의 재현이나 민요정신의 계승은 복고주의의 소산이 아니라, 그것의 참다운 개발로 무엇을 버리고 무엇을 취할 것인가를 다시 점검, 참다운 시가 참다운 군중의 가슴과 만나는 길을 터보자는 실험의식의 구체적인 행동인 것이다."(조태일, 「민중언어의 발견—다섯 분의 시를 중심으로」, 『창작과비평』, 창작과비평사, 1972 봄, 87면) 판소리와 민요의 정신과 방법 계승, 다시 말해 '민중언어'를 가치뿐만 아니라 방법, 곧 '실험'으로 파악하는 관점이 인상 깊다.

경림은 "개인적 고뇌와 아픔의 흔적이 전혀 보이지 않는다"는 판단을 근거로, "『새벽길』속에는 역사적 위기에 처한 이 민족의 선구자로서 고은은 있으나, 어려운 시대를 사는 인간 고은은 없다"[63]고 단언한다. 이것은 혁명적 이념과 전망의 추상성보다는 그것을 실현할 기초로서 민중현실에 대한 '사랑'의 열없음을 주의 깊게 지적한 말일 터이다. 신경림 자신 전국을 떠돌며 민요의 채집 속에서 민중의 역사와 현실에 대한 고통과 그 극복의 지혜를 읽는 와중이었음을 감안하면,[64] 그 비판은 꽤나 적확하고 진정성 있는 조언이었을 것이다. 요컨대 '평범한 것의 영예'는 '민중언어'의 급진성이 아니라 그 구체적 '사랑'에의 폭넓은 참여와 실천에서 찾아진다는 안내였던 것이다.

사실 신경림의 비판은 고은이 '민중적 시각'에서 '민족문학의 행방'을 적극 사유하고 내면화하던 와중에 감행된 것인지라 그 의도와 가치가 더욱 의미심장하다. 고은에 따르면, "민족이란 우리에게 있어서 철저하게 저항·투쟁의 경험적 개념이다." 따라서 '민족문학', 다시 말해

---

63 신경림, 「다섯 권의 시집」, 『창작과비평』, 창작과비평사, 1979 봄, 314면. 반면에 정희성의 『저문 강에 삽을 씻고』(창작과비평사, 1978)에 대해서는 "마침내 그는 '이곳에 살기 위하여' 시인의 자리, 지식인의 위치에서 떠나, 이 시대의 고난받는 모든 사람들의 삶 속으로 그의 삶을 확대시킨다"(316면)는 긍정적 평가를 내린다.

64 신경림은 자신의 '민중시학'에 필요한 '민중의식'(에 대한 탐구 : 「문학과 민중」, 『창작과비평』, 창작과비평사, 1973 봄)을 1970년대 초반에 거의 확립했다는 느낌이다. 『농무』 (1973) 시편에서 조태일은 "생명력이 넘치는 농촌의 깊숙한 현장"(앞의 글, 1972)을 발견했다면, 백낙청(「시집 『농무』의 발간에 붙여」)은 '민중생활'의 재현과 창조에 부합하는 '민중언어'의 가능성을 읽는다. 이것은 염무웅의 『새재』(창작과비평사, 1979) 평가(「시에 있어서의 정직성」, 『창작과비평』, 창작과비평사, 1979 여름)에서도 거의 비슷한데, "더 강력한 시적 장비에 대한 요청"과 "민중적 현실과 역사의 앞날에 대한 더 굳건한 실천적 인식에의 요청"(254면)이 추가되고 있다. 염무웅의 발언은 고은의 「민족문학의 행방」에 더 가깝다는 인상을 주는 것도 사실이다. 하지만 유신기 전반을 관통하는 신경림의 '민중시학'과 '민중의식'의 상호연관은 큰 요동 없이 비슷한 수준을 유지한다는 점에서 본문에서 따로 검토하지 않는다.

"민족으로서의 문학, 그러한 민중의 해방에 헌납하는 문학"은 기교주의와 예술의 허상을 걷어내는 동시에 거기서 일어난 "힘찬 역사적 실천"[65]에서 성취되는 가치론으로 설정될 수밖에 없다. 집단적 감염을 목적하는 이 계몽의 언어는 '창비파'에서 민중에의 친밀성 강화를 요청받았다면, '문지파'에서는 폐쇄적 민족주의가 빠져들 수 있는 독단성에서 비판되었다. 이를테면 "전통적 삶이 그 속에 왜곡을 내포하고 있는 것처럼, 어떤 민족주의적 관점 특히 그것이 정서적으로 강하게 채색된 것일 때에 그것은 자기 자신 속에 반드시 바른 역사만이 아니라 왜곡된 역사를 향한 경향을 품을 수 있다"[66]는 김종철의 견해를 보라.

그가 말한 '왜곡된 역사'의 구성 가능성은 단순한 잠재태로 주장된 것이 아니라 세계사적 모더니티의 경험 속에서 사유된 것이다. 아마도 영문학을 전공한 그에게 제국주의 영국과 식민지 아일랜드 사이에서 벌어진 '우월한 민족서사'를 둘러싼 민족어의 쟁투는 여러모로 시사적이었을 것이다. 식민지의 저항서사는, 제국주의가 자민족의 수월성을 위해 그랬듯이, 자신의 이상적인 역사 모델을 창조하기 위해 자국사에 대한 윤색과 미화, 은폐와 배제 등의 편집 과정을 필연적으로 동반하기 마련이다. 그렇게 상상된 민족의 영광 뒤에는 수많은 과거가 파괴, 침묵, 말소되는 역사의 황폐화와 단선화가 똬리를 틀게 된다. 과거의

---

65 고은, 「민족문학의 행방—그 민중적 시각」, 『창작과비평』, 1978 겨울, 84면.
66 김종철, 「시와 역사적 상상력」, 『창작과비평』, 1978 봄, 228면. 고은의 『입산』에 대한 서평이다. '문지파'의 저항서사로서 민족문학에 대한 핵심 비판은 '언어'와 '고유문학', '가치 개념'의 절대화에 따라 쇼비니즘적 이데올로기로 빠져들지도 모른다는 점이었다. 물론 이것은 서구 제국주의의 경험에 대한 비판적 학습, 특히 프랑크푸르트학파의 '비판이론'에서 얻어진 통찰이었다. 이에 대해서는 김주연, 앞의 글(1979) 참조. 이 글 뒤로 비평집의 마지막 꼭지인 「아도르노의 문학사회학」이 이어진다.

궁핍화와 허구화가 현재 / 미래의 단순화와 왜곡 역시 부추기기 마련 이라는 사실은 최근 동양 3국의 과거사 논쟁과 영토분쟁에서도 분명 히 확인된다. 누구나 동의할만한 독자적인 민족성과 문학적 전통의 확 립은 따라서 민족·민중의 특유한 정체성 해방과 "인간 특유의 정체성 을 향한 해방"[67]의 기우뚱한 균형 속에서 수행되어 마땅하다. 「민족문 학의 행방」에 벌써 1980년대 이후 고은 시의 가능성과 한계가 병행되 고 있다는 평가가 가능한 연유다.

> 그(황동규 - 인용자)의 시는 그의 현실 인식이 비극적이면 비극적일수 록 더욱 폭넓게 인간과 자연을 껴안은 방법론적 변모를 보여주고 있다. 자 신을 새와 눈이라고 생각하고, 자신의 내부만을 들여다보던 시인의 개인적 각성은 같이 깨어 있어야 하는 이웃들에 대한 사랑으로 차원을 높인다. 나 / 세계의 대립은 우리-세계로 차원 높게 지양된다.[68]

김현의 언어는 '활동'이며 '세계전망'이라는 명제는 단연 "방법론적 면모"에 의해 뒷받침되고 실현된다. 한국어 사전에 따르면, '방법론'은 "과학적 인식과 실천적 행동의 방법에 대한 연구를 과제로 삼는 이론" 이란 뜻을 가진다. 그것은 인식과 실천 자체가 아니라 그것들에 관한 '방법'을 탐문한다는 점에서 성찰과 대화를 핵심으로 한다. 문학사 혹

---

67 이상의 설명과 인용은 셰이머스 딘, 「서론」, 테리 이글턴 외, 김준환 역, 『민족주의, 식민 주의, 문학』, 인간사랑, 2011, 이곳저곳 참조.
68 김현, 「시와 방법론적 긴장 - 황동규론」(1978), 『문학과 유토피아』, 55면. 연전의 「황동 규를 찾아서」(1974)에서 그는 "황동규에게 있어서의 감동이란 삶과 싸우고 그것에 대해 고뇌한 자의 육성이 주는 전율"이라고 평가한바 있다. 김현, 앞의 책, 1991, 446면.

은 비평에서 그것은 김주연의 말을 빌리면 "진실을 어떤 언어로 어떤 방법으로 말해 주는가 하는 문학의 의무"[69]에 대한 질문과 실천으로 현상한다. 김현은 이 과제를 "시대를 질서화하고 체계화한다는 것은 언어를 양식화한다는 것을 뜻한다. 문학자 개인의 개인어를 통해 문학은 시대를 양식화하는 것이다"[70]라는 명제로 일찌감치 요약했다. 이 작업은 시대와 소통하되 결국 개인성으로 귀속된다는 점에서, 특히 "현실로부터 자유롭되(개인적 차원의 — 인용자) 현실을 변형하는 허구들을 만들어"내는 것에 집중한다는 얘기는 앞서 지적한 대로이다.

물론 김현의 말처럼 언어적 양식화는 고정화를 뜻하지 않는다. "양식화란 결국 질서화와 대립화의 총화이다"에서 보듯이, "우수한 양식화는 반드시 예전의 양식화에 대한 비판을 전제한다."[71] 이런 사실을 강조해두는 이유는 김현의 '방법론적 면모'의 성격을 미리 확인해두기 위해서이다. 질서화와 대립화의 총화라는 말은 그의 언어가 변증법적 상상력의 형식이며, 아이러니와 유머 등 차이성의 언어를 본질로 한다는 사실을 잘 드러낸다. 하지만 이지적 비판과 유희의 언어들은 이질성과 분열성의 폭로에서 멈추는 대신 끝내는 그것조차 껴안는 세계 수렴의 의지로 귀결된다.[72]

---

69 김주연, 「문학사와 문학비평」, 김병익 외, 앞의 책, 23면.
70 김현, 앞의 글, 1972, 69면. 이 작업이 실천과 행동보다 이론과 언어의 문제임은 김주연의 "문체와 양식의 변이를 발견해 내고 그 집합에서 한국문학의 숙명을 규정할 이념과 그 이념의 개선을 가능케 하는 이론"의 발견에 있다는 주장에 잘 드러난다. 김주연, 앞의 글, 김병익 외, 앞의 책, 23면.
71 김현, 「한국문학의 양식화에 대한 고찰」, 김병익 외, 앞의 책, 35면.
72 이런 스밈과 짜임의 관점에서 볼 때, 『저문 강에 삽을 씻고』의 정희성은 『답청』 이후의 민중적 삶에 대한 상투성과 자기모방성에서 자유롭지 못하다. 진정한 창조성은 어려운 삶의 체험에 새로운 힘을 부여하여 그 어려운 삶을 살만한 것으로 만드는 상상력을 토대로 어려운 삶의 핵심적 모순을 드러내고 새로운 비전을 제시하는 것이기 때문이다. (김현,

이를테면 그는 '문지파' 시인을 논하되 그들의 개성적 상상력과 예민한 언어를 부각시키기 위해 서로 다른 방법적 면모를 부여한다. 황동규 : '방법론적 긴장', 정현종 : '방법론적 사랑', 오규원 : '방법론적 부정'이 그것이다. 황동규의 '긴장'은 "삶의 뜨겁게 껴안는 체험의 중요성" 강조와 "상투적 상상력의 빈곤성"에 대한 비판 사이에서 발생한다. 정현종의 '사랑'은 대상의 양가성 혹은 복합성에 대한 풍요로운 상상에서 비롯한다. 이에 반해 오규원의 '부정'은 말의 일상적 용법에 대한 거부에서 말의 새로운 깊이를 획득하는 기교주의적 사랑의 일종이다.[73] 이 '활동'들은 "나 / 세계의 대립"이 "우리-세계로 차원 높게 지양"된다는 점에서 '사랑'과 '도약'의 다른 이름이다. 더군다나 그것은 존재 / 세계의 비극성을 폭넓게 껴안는 '세계전망'이라는 점에서 타자들의 내부성으로 귀환하는 자발적 운동이기도 하다.

그렇다면 김현의 방법적 '사랑'은 '민중 전망'에 투기되는 백낙청의 '사랑'에 비해 얼마나 다중적이며 유동적인 관계를 지향, 창조하는가? '평범한 것의 영예', 다시 말해 소시민이나 하위계급의 실존적 재구성에 어떻게 기여하는가? 이를테면 김현은 1970년대 후반 어떤 기지촌들의 혼혈아를 다룬 시들의 내면성을 주밀하게 독해한다. 장영수와 김명인의 시는 '뿌리 뽑힌 자'로서 혼혈아의 비극을 말함으로써 거꾸로 이 땅에 뿌리박은 우리야말로 '뿌리 뽑힌 고아'임을 알려준다는 점에서 새롭고 윤리적이다. 이에 반해 정호승은 개인의 실존적 체험에 바탕하여

「숨김과 드러남의 변증법－정희성의 두 편의 시에 대하여」(1978), 『문학과 유토피아』, 39~40면) 신경림은 이와는 대조적으로 민중적 삶으로의 실천적 하방에서 민중시대의 전망을 보았음은 이미 지적한대로다.

73 김현, 「산업화 시대의 시」(1978), 『문학과 유토피아』, 문학과지성사, 113~114면.

혼혈아의 비극을 전경화하기보다 특정 이념 속에서 상상된 한국의 평화로운 미래 속에 그들을 방기한다는 점에서 상투적이며 관념적이다.[74] 실존적 고통에의 참여와 내면화 없는 '더 나은 삶'의 주장은 다의적이며 복수적인 미래의 상상을 크게 제약할 것이다. 개인의 진실성에 대한 탐구 없는 집단적 희망의 조급한 표출은 오히려 자율적이며 성숙한 개인의 삶을 후경화할 가능성이 높기 때문이다.

그러나 타자에의 참여는 그의 고통과 희열, 절망과 희망 같은 사적 영역과의 직접적인 대면 없이는 아주 불가능한 것인가? '활동'과 '세계전망'을 개인어로 귀속시키는 태도는 '정치적인 것'을 '텍스트적인 것'으로 치환함으로써 해방과 자유의 영역을 협소화할 가능성이 농후하다. 이럴 경우의 문제점은 주체들의 고통과 감동이 "다양한 문화적 근원과 역사적 상황에 상관없이"[75] 실존적 정신분석의 차원으로 제한된다는 것이다. 그렇게 수행된 실존 분석은 '개성적 차이'의 확장과 심화에 기여할 듯하다. 그러나 "나와 남이 동시에 투족하고 있는 사회현실을 바탕으로 사고하고 선택하는 개인"[76]들에의 자유와 그에 대한 배려가 없다면 어떤 사태가 벌어질까. 아마도 텍스트 내의 '개성적 차이'는 '낡은 감성적 장'을 교란하고 혁신하는 계기보다는 자기에의 위안과 배

---

74 이와 반대로 염무웅은 정호승의 시에서 "투명한 감성과 맑은 마음, 정직한 자기인식과 치열한 현실인식, 예민한 언어감각과 리듬에 대한 적절한 배려 등"을 읽는다. 염무웅, 「시에 있어서의 정직성」(1979), 앞의 책, 253면.

75 바트 무어-길버트, 이경원 역, 『탈식민주의! 저항에서 유희로』, 한길사, 2001, 344면. 호미 바바가 주변화된 구성원들의 저항 양식을 설명할 때 취하는 태도를 지시하기 위해 사용된 말이다.

76 최하림, 「문법주의자들의 성채」, 『창작과비평』, 1979 봄, 338면. 이 글은 황동규, 정현종, 오규원의 문지판 시집을 대상으로 행해진 서평이다. 최하림은 정현종의 불가능을 꿈꾸는 언어와 황동규의 어떤 의미로 규정되지 않으려는 싸움이 개인의 지식인적 우월감과 비민주적 태도를 종종 낳는다고 비판한다.

려로 사인화될 가능성이 크다. 그럴 경우 '개성적 차이'는 복수성과 다원성의 활성화, 그에 따른 개인 문화 및 취향의 독립성 강화, 이를 통한 폐쇄적 사회현실의 비판적 접근과 갱신의 유력한 계기로 작동하지 못한다. 오히려 문학이 사회의 다차원과 맺는 경계선을 관찰하는 한편 거기에 자유로운 방식으로 끊임없이 개입하는 '정치적 몸짓'[77]을 하릴없이 소진하는 형국으로 떠밀리게 된다. 이후 '문지'에 붙여진 '자유주의 문학'이란 레떼르에는 이런 관점에서 포착된 보수주의적 성향에 대한 비판이 은밀히 작동하고 있는 것으로 보인다.

'유신' 파시즘의 전면화는 그 폭력성에 저항하는 대응 주체의 성장과 억압을 동시에 강화시켰다. 민중 지향의 가치론적 '사랑'과 자유로운 개인 지향의 '방법적 사랑'은 '더 나은 삶'을 위한 윤리적 강령이자 실천이었다는 공통점을 갖는다. 그들은 때로는 연대하고 때로는 대립하는 상호개입을 통해 자칫 독단론으로 흐를 수 있는 '자발적 동의'에 대한 권력화를 성찰하고 차단하는 작업에 성실했다. 그러나 자기 미학의 구성과 조직이 어느 정도 완료된 후 그들은 각각 집단적 이념과 개별적 실존의 지평에 마련된 단일한 기의를 향해 그 '사랑'들을 자랑스럽게 발진시켰다. '민중'과 '개인'으로의 깊은 진입은 그들 고유의 자유상像을 구체화하는 계기가 되었다는 점에서 긍정적이다. 하지만 서로 등을 돌린 상태의 자유상은 "자기 자신의 삶, 자기 자신의 경험에서 출발해 어떤 시간성을 구축하는 사람들이 짜는"[78] '역사'의 가능성에 미처 개

---

77 장-뤽 낭시, 앞의 글, 126면.
78 자크 랑시에르, 「민주주의에 맞서는 민주주의'들」, 알랭 바디우 · 슬라보예 지젝 외, 앞의 책, 135면.

방적이지 못했다. 이에 따라 더욱 심화된 '자발적 동의의 권력화' 현상은 그들의 '사랑'과 '활동'에 내삽되어 마땅했던 다중성과 다성성의 가능성을 지연시켰다. 이때의 '지연'이란 말은 1980년을 전후해 '창비' '문지'의 이항대립 구조에 모종의 균열과 확장이 동시에 발생했음을 지시한다. 그 외적 조건의 결정판은 새로운 군사권력과 (미국발) 독점자본의 이해가 맞아떨어진 결과의 유신정권의 몰락과 5 · 18민중항쟁의 폭력 진압, 그리고 신군부의 등장이다. 이런 내외적 모순의 격화는 급기야 1980년 후반 『창작과비평』 · 『문학과지성』의 동시 폐간을 불러왔다.

그러나 문득 차단된 삼촌들의 지평은 조카들의 '시적인 것'에 대한 '사랑'과 '활동'의 더욱 전략적이며 세련된 실천을 불러들였다. 이념과 방법의 편차가 만만찮은 각종 무크지와 동인지 발간의 활성화,[79] 민중문화운동의 성장, 그리고 '시적인 것'의 영토 확장으로서 해사체解辭體 시의 실천과 시와 대중문화의 비평적 접속, 여기에 '평범한 것'의 실존적 구성이란 가치부여도 가능한 노동(자)시의 출현이 그것이다.[80] 물론 1980년대의 이런 문학 장의 파생은 '창비파'와 '문지파'가 넓혀놓은 미학 지평에 젖줄을 댄 것인 동시에 그들의 강화된 '자발적 동의'를 향한 반성과 일탈의 산물이다. 이 미학적 집중과 산개는 혁명적 이념과 자유주의 사상의 착종과 분리를 더욱 강화함으로써, 1980년대를 혁명의 시대인 동시에 '다중'과 '개성'을 향한 최초의 기획시대로 분할해 갔던 것이다.

---

79 1980년대 전반 무크지와 동인지, 문화운동지에 대한 전반적 지형과 그 의미에 대한 고찰은 황지우, 「무크 바람의 풍향계」(1983), 『사람과 사람 사이의 신호』, 한마당, 1986 참조.
80 황지우의 '시적인 것'에 대한 사유를 토대로 최근 시현장에서 진행된 '감각적인 것의 분배'담론의 향방을 살핀 글로는 최현식, 「'감각'과 '감각적인 것'의 사이」, 『신생』, 신생, 2011 가을 참조.

4. 교양과 심미적 이성을 향한 비평적 통찰

─ 결론을 대신하여

1)

유신기 하사된(?) 지적 체험과 그에 반하는 삶의 풍경에 대한 기묘한 회상으로 시작해보자. 1970년대 중반 국민학교 2학년 때 자유교양협의회라는 관변단체가 주관한 독서감상문 작성과 발표에 동원된 적이 있다. 대상 도서는 유익한 전통의 일례로 세시풍속을 제시하는 한편 그와 관련된 다양한 제의와 놀이들을 소개한 책이었다. 산업화의 진행, 곧 경제의 성장에 맞추어, 그에 걸맞은 국민의 교양과 취미를 계발, 고양시킴으로써 문화국가의 초석을 다지겠다는 의도로 시행된 행사였지 싶다. 그러나 이즈음은 유신 정권이 '새마을 운동'의 기치 아래 세시풍속의 실질적 현장 '향토'를 일률적인 개발의 논리 아래 몰아넣던 때였다. '한국적'인 공동체의 체험과 본원적 정서를 심미화하는 민족주의적 정서와 거기서 '한국적인 것'의 후진성과 문화적 낙후성을 페시미스틱하게 읽어내는 근대주의적 이성은 그렇게 배리背理／背離적으로 결속되었다.

세시풍속의 양가화, 곧 전통으로의 가치화와 폐쇄화는 세시풍속 고유의 '어우러짐의 정신'을 당대 현실에서 시공간적으로 격리하는 사태를 불러왔다는 점에서 불행했다. 전근대적 삶에 보다 부합하는 세시풍속 내부의 공통감각과 대화성은 민중들의 통합이나 지배계급과 피지배계급 사이의 갈등 조절에 적잖은 기여를 한 것으로 평가된다. 그것의 전통화 또는 교양화 추진은 그 긍정적 가치를 현실적 모순이 격증되던 산업 사회에 수렴하기 위한 계몽적·제도적 조치였을 것이다.

하지만 그런 기대와 달리 세시풍속을 삶의 현장에서 추방하는 위로부터의 산업화와 그에 따른 경제적 불평등의 심화는 그것 고유의 인간화·평등화의 속성을 결정적으로 화석화하였다. 이른바 '신식민지적 문명화'는 폭력적 방식으로 삶의 물질화와 통속화를 전면화함으로써 세시풍속 내부의 대화성과 연대성을 시민 사회로 새롭게 이월, 습합하는 작업에 오히려 걸림돌로 작용하고 말았던 것이다. 과감히 말해 세시풍속 고유의 '어우러짐의 정신'은 시민 사회에서는 자아실현의 자유와 보편적 평등을 보족하는 문화적 충동과 힘으로 전유되어도 좋을 만한 가치를 지닌다. 유신기 '어우러짐의 정신'의 화석화가 민주주의의 억압과 제약으로, 또한 민주주의 불능성의 일 표지로 얼마든지 재해석될 수 있는 까닭이 여기 있다.

다시 강조하건대, '창비파'의 '민중언어'와 '문지파'의 '방법적 언어'는 쇼비니즘적 민족주의와 불질석 근대주의가 협업하여 파괴하는 공동체와 개성 존중의 삶을 보지하는 동시에 그것의 현대화를 위한 미학적 실천이었다. 거기 붙여진 '이론적 실천'과 '실천적 이론'이라는 어떤 집단성의 레떼르는 그들의 평등과 자유를 향한 존재 투기의 열정과 윤리성을 충분히 표상하고도 남음이 있다. 하지만 1970년대 문학을 창비 대 문지라는 이항대립적 구도로 설정하는 단순화의 태도는 그에 대한 반대급부로 거기서 비껴난 목소리와 입장들에 대한 필연적 호명을 요청한다. 이런 대립적 구도의 거부와 해체는 문학적 민주화를 측량하는 일 조건일 수 있다는 점에서 1970년대 시 비평의 다원성에 대한 검토와 복원은 문학사 성좌의 새로운 구성과 가치화에서 빠질 수 없는 과제인 것이다.

당대 유력한 목소리로는 전통적 서정에 여전히 충실했던 '문협정통파'와 현대성의 균열과 모순을 형식실험 속에서 내면화한 '현대시' 동인, 그리고 『세계의문학』을 주관했던 유종호와 김우창이 먼저 떠오른다. 앞의 두 부류는 유신정권에 맞선 자유와 평등의 옹호 및 그것의 미학화라는 관점에서는 폭넓은 지지와 동의를 얻기 어려운 게 사실이다. '문협정통파'는 보수주의적 역사관과 추상적 민족주의의 표현에 집중한다는 점에서 지배 권력의 언어와 동행했다는 것이 대체적인 평가이다. '현대시' 동인은 세계의 파편화와 부조리에는 민감했으되 그것을 현실적 삶의 진실과 억압을 동시에 드러내는 방법론적 긴장의 언어로 구조화하는 작업에 대체로 나이브했다. 요컨대 이들을 향한 비평적 동의와 지지의 빈곤은 현실모순을 향한 성찰적 인식과 언어적 실천의 결여 혹은 제한적 관심에서 말미암은 것이다.

유종호와 김우창은 『세계의문학』에서 당대 한국문학 전반에 대한 비평적 통찰을 부지런히 수행했으되, '창비파'나 '문지파' 같은 동질의 이념적·세대론적 집단의 구성에는 비교적 무관심했다. 물론 이것은 타락한 현실에 대한 비판과 더 나은 삶에의 열망이 몇 년 뒤늦은 후배 세대들에 비해 불철저했다거나 이른바 문학주의에 편향되어 있었기 때문이 아니었다. 앞서 '자유교양협의회' 운운한 것은 무엇보다 그런 통속적·도구적 교양주의와 구별되는 이들의 진정성[81] 어린 교양주의

---

81 여기서의 '진정성authenticity'은 C. 테일러가 제안한 "내면의 목소리에 대한 헌신성·자율적 자유·자아실현을 강조하는 주관적 차원과, 이런 주관적 진실성과 자율성이 건강하

와 그에 기반한 심미적 통찰의 종요로움을 스스로에게 환기하기 위한 장치였다. 그러니 단도직입적으로 물어도 나쁠 것 없다, 민주주의적 가치에 값하는 '교양'은 무엇인가 라고.

2)

우리는 '교양' 하면 매슈 아놀드의 다음과 같은 주장을 자연스레 떠올린다. "교양이란 우리가 가장 관심을 가진 모든 문제에 있어 세상에서 생각되고 말해진 최상의 것을 알게 됨을 통해 우리의 총체적 완성을 추구함이며, 이 지식을 통해 우리의 고정관념과 습관에 신선하고 자유로운 생각의 줄기를 갖다 댐"[82]이다. 그가 교양의 제1원리이자 목적을 '우리의 총체적인 완성의 추구'에 둔 것은 빅토리아 시대 영국의 자본주의 현실과 깊이 연관된다. 자본주의의 확장에 따른 정치적·경제적 불평등의 심화는 계급갈등의 예각화, 통속적 대중문화의 출현, 퇴폐적인 물질문화의 확산 같은 부정적 국면의 일상화를 불러왔다. 아놀드는 이런 물질주의적 현실을 '기계적 장치'라고 부르는 한편, 살아있는 교양의 활동을 통한 본원적 인간성의 팽창을 통해서야 부정적 현실이 초극될 수 있다고 판단했다. "교양의 일반화는 바로 민주주의 진전이며,

---

게 발현되기 위해 반드시 필요한 대화성·역사적 의미지평에의 동참이라는 상호 주관적 차원 사이의 역동적 접합(타자 혹은 공동체와의 연대 - 인용자)이라는 형태로 창출"되는 정신 정도로 이해되길 바란다. 자세한 내용은 윤평중, 『급진자유주의 정치철학』, 아카넷, 2009, 137면 참조.

82 매슈 아놀드, 『교양과 무질서』. 여기서는 윤지관, 『근대사회의 교양과 비평 – 매슈 아놀드 연구』, 창작과비평사, 1995, 112~113면에서 재인용.

진정한 교양인이야말로 다름아닌 민주시민이라는"[83] 아놀드 이념의 핵심은 여기서 결과한 것이다. 왜냐하면 이 과정은 자율적 개성을 존중하며 서로의 연대를 재구축하는 '어우러짐'의 실현에 다름 아니기 때문이다.

물론 그의 이런 주장은 당시는 물론 현재에 이르기까지, 계급갈등을 희석시키고 국가적인 조화를 긍정함으로써 오히려 보수적이며 체제안정적인 정치적 역할을 수행하는 것으로 비판받아 왔다. 그러나 이를 빙계 삼아, 윤지관이 높이 산 "개인의 자기완성이 결국 사회적 완성의 실현과 이어진다는 문제의식"마저 도외시할 필요는 전혀 없다. 오히려 이런 긍정적 국면이 1970년대 시 비평과 어떻게 접속될 수 있을지, 또 한국적 특수성과 그 형상을 어떻게 입고 있는지를 신중하게 검토하는 편이 보다 유익할 것이다. 사회적 진화와 환금가치의 절대화에 영혼을 사로잡힌 비인간화의 시대에 자아와 사회의 동시적 완성을 목적하는 신실한 교양주의는 그 자체로 저항과 변혁의 일 기획으로 자리했다면 과연 지나친 판단일까.

우리는 이제 교양의 본질에 대한 수준 높은 이해와 비평적 통찰, 그리고 그것의 한국적 적용에 근접하는 글쓰기를 유종호와 김우창의 어떤 비평들에서 읽어보고자 한다. 거기서 민주주의를 향한 비평적 접근과 태도의 차이성 내지 독창성을 읽을 수 있다면, 1970년대 시비평의 윤리성과 변혁성의 또 다른 이형異形을 확인하게 될 것이다.

---

83 윤지관, 위의 책, 116면.

시는 원통함과 부끄러움과 주먹을 쥐게 하는 것을 마땅히 포용해야 할 것이다. 그러나 가령 삶의 덧없음과 사랑의 지속적인 치유력과 사람의 위엄을 노래하는 시도 흐트러지기 쉬운 우리의 감정에 어떤 질서를 부여하는 균형의 원리로 작용하면서 그치지 않는 선율로 남아 있게 마련이다. (…중략…) 깊은 내면성의 시조차 못 생긴 현실에 대한 의지할 만한 척도이자 역상逆像으로서 그 추악함을 몰아내는 부정否定의 계기로 작용할 수 있다. 지금이 어느 때인데 하는 모든 비상시의 이론에는 비상시임에도 불구하고 이루어놓은 인류의 값진 유산에 대한 당치 않은 불경이 깔려 있다. 인간의 가능성은 엄청난 것이고 인간해방에의 길은 결코 외줄기로 나 있는 것은 아닐 터이다.[84]

『농무』(1973)에서 『남한강』(1987)의 초기작에 걸친 신경림 시의 성과와 한계, 이후의 방향을 논한 글이다. 신경림의 시는 민중의 고통을 직시함과 동시에 그들의 해방을 갈구하는 민중언어의 실천적 모델이다. 유종호는 이를 두고 "풍진세계와 가난한 삶의 구체와 그 정한을 결곡하고 정갈하게 노래하여 새 경지를 뚫었다"(141면)고 평가한바 있다. 물론 이것은 신경림의 시에서 민중언어의 현실개조 가능성은 그것대로 인정하는 한편 자신이 주장한바 '토착어'의 구체성과 감응력의 적실성을 읽은 결과였다. 토착어는 말 자체가 환기하듯이 민족의 운명적 삶과 그를 둘러싼 특수한 정서의 발견과 표현에 적합하다. 요컨대 민족의 "생활감정에 밀착된 친밀한 언어이고 정서적 감화력에 놀라운 효과

---

[84] 유종호, 「슬픔의 사회적 차원─신경림의 시」(1982), 『동시대의 시와 진실』, 민음사, 1995, 142면. 이 글에서 인용하는 구절은 본문에 직접 면수를 표시한다.

를 발휘"[85]하는, 일종의 대체 불가능한 언어인 것이다. 1970년대 시단에서 토착어의 풍부성과 가능성을 가장 밀도 있게 실현한 시인들을 꼽으라면, 『질마재 신화』의 서정주를 제외하면, 신경림이 맨 앞에 놓일 것이다.

그러나 우리는 유종호가 토착어의 전근대적 한계 역시 깊이 고민했다는 것, 다시 말해 토착어가 나날이 변모하는 근대적 현실을 감각하고 표현하는 일에 어려움을 겪는다는 사실을 냉철하게 인식했음 역시 기억해야 한다. 그는 일찍이 토착어를 초극할 미학적 대안으로 "생생한 언어 군의 예술적 형상"의 구조화를 제안한바 있다.[86] 지금·여기의 구체적 현실에 대한 관심과 완미한 삶 / 예술을 향한 보편적 충동의 고양이 그것을 실현하는 양대 방법이었음은 주지의 사실이다. 인용문의 후반은 특히 심미성을 향한 보편적 충동, 예컨대 "시의 진실 계시 능력이나 역동적 상상력을 통한 행복기약 능력"(142면)에 대한 신뢰와 가능성을 표방한 것으로 보아 무방하다. 신경림 시를 향한 "민요적인 과도한 단순성으로의 회귀"(142면)라는 발언은 따라서 형식의 고착화에 대한 비판만이 아닌 것이다. 민중언어의 과도한 이념지향이 초래하는 바의 삶의 형식과 내용의 제한, 그에 따른 인간 존재의 개방성과 가능성의 협애화에 대한 우려 역시 포함되어 있다.

---

85 강경화, 「자족의 비평과 지적 교양주의」, 정과리 편, 『유종호 깊이 읽기』, 민음사, 2006, 187면. 이 논문은 유종호의 '토착어' 지향과 그것의 초극을 향한 새로운 언어군에 대한 욕망의 비평적 드라마를 날카롭게 끄집어내고 있다.

86 이것은 토착어와의 단절적 극복과 외래어 / 외래한자어의 의식적 수용이라는 이항대립에 의해 성취될 사안이 아니었다. 1980년대 초 유종호는 토착어의 세련된 조직과 외래어 / 외래한자어로 대표되는 근대어의 충실한 구조화가 문체의 유연성과 밀도, 자아의 성숙에 괄목할만한 역할을 한 것으로 평가한 바 있다. 자세한 내용은 유종호, 「시와 토착어 지향」(1981), 앞의 책, 44~45면.

이런 사실을 감안하면, 유종호의 토착어 지향은 단순히 한국적인 것의 특수성을 표현하기 위한 민족주의적 언어수행이 아니다. 오히려 토착어의 한계를 냉철하게 끄집어냄으로써 한국어에 "자아의 내면과 내면, 느낌과 생각, 사람과 사람, 개인과 집단의 근원적 연결과 유대"[87]와 같은 보편적 인간주의를 매개하기 위한 실천 행위이다. 유종호의 이런 지향은, 인용문에 시사되어 있듯이, 시인을 "조화로운 감정교육, 균형 잡힌 전인교육"의 담당자이자 "야만과 폭력의 논리를 거부하면서 인간에의 길을 꾸준히 모색하는 존재"[88]로 규정하는 토대가 된다. 이런 국면은 유종호의 미학사상이 매슈 아놀드의 '교양' 이념과 상당히 근친적임을 또렷이 환기한다. 이는 영문학 전공에 따른 제도적 친연성으로 해석될 성질의 것이 아니다. 아놀드가 영국 사회에 대해 그랬듯이, 그 역시 교양의 부재와 은폐에 오히려 열중하는 한국의 식민지적 근대성에 대한 냉철한 이해를 추진했다. 또한 그런 불모성에 반하는 지금·여기의 조화로움과 풍요로움을 추구함으로써 한국적 근대의 후진성과 문화적 낙후성을 극복하기를 열망했던 것이다.

시의 형상화에 필요한 지적 태도 또는 객관적 태도가 반드시 현실 질서를 분석하는 비판적 지성과 일치한다는 것은 아니다. 아마 후자보다도 더 그것은 실천적 정열과 그 불가피한 단순화로부터 관조적 거리를 요구하는 일일 것이다. 거기에도 실천적 관심이 서려 있을 수 있으나, 그것보다도 시

---

87 김우창, 「쉰 목소리 속에서 – 유종호 씨의 비평과 리얼리즘」(1991), 『법 없는 길』, 민음사, 1993, 256면. 인용 부분은 유종호의 「시와 토착어 지향」(1981)을 대상으로 한 진술이다.
88 유종호, 「시인과 모국어」(1984), 『사회역사적 상상력』, 민음사, 1995, 158면.

의 지성은 사물이나 상황과 우리 내면의 깊은 욕망 사이에 대한 어떤 종합적 직관과 같은 성질을 띠는 것으로서, 실천적 관심이 발생하는 근원이 되는 것일 것이다. 이런 까닭에 시적 인식보다는 분석적인 도식성보다는 우리 삶 그 자체에 대한 직접적인 자기지각 비슷한 것으로 나타난다. 그리하여 그것은 율동과 감각과 서정을 아울러 가진 언어로써 가장 적절하게 파악된다.[89]

평론의 제목 '괴로운 양심'이 암시하듯이 김우창은 '창비파'와 '문지파'의 언어적 이념과 방법에 대한 구별적 평가에 있지 않다. 오히려 그들의 공통분모인 "인텔리겐차의 보편의식"(209면)과 그에 근거한 세계와 삶의 문제적 표현 여부를 종합적으로 판정한다. 그에 따르면 "사회나 세계 또 삶에 대하여 우리가 갖는 보편적 인식은 추상적이고 일반적 관념으로 표현되기 쉽고 이러한 관념은 시를 생경하고 획일적인 것이 되게 하는 수가 많"다. '창비파'나 '문지파'가 이런 취약점에 빠져드는 결정적 이유는 당대 현실을 우화적 수법으로 형상화함으로써 그 불모성과 위기감을 드러낸다는 것, 다시 말해 "현실인식이나 주장을 일반화된 상황으로 집약하여 말"(212면)하는 표현-기술법 때문이다. 이들이 종종 취하는 "우화와 상징의 따분한 사용"은 "근본적인 현실인식의 추상화나 단순화에 연결되어 있다"(217면)는 점에서 우려할 만한 상황인 것이다.

---

89 김우창, 「괴로운 양심의 시대의 시」(1979), 『시인의 보석』, 민음사, 1993, 234~235면. 이 글의 대상은 1979년 즈음 출간된 고은, 정현종, 황동규, 오규원, 정희성, 김창완의 시집들이다. 본문에서도 확인되는 바이지만, '문지파'와 '창비파'의 시집을 의도적인 비평 대상으로 삼았음을 알 수 있다. 이후 이 글에서의 인용 역시 본문에 직접 표시한다.

김우창은 이런 단순화나 상투성의 출현 이유를 당대 현실이 유일하게 허용하는 유일한 행동방식인 "도덕적 충동 또는 정열"(224면)에서 찾고 있어 매우 흥미롭다. 당위성의 요청은 "사물과 경험의 구체에 대한 충실성"(225면)보다는 그것 너머의 '더 나은 삶'에 대한 계몽 혹은 공감과 같은 윤리적 감각에 더 호소하기 마련이다. 이럴 경우 발생하는 최대의 곤란은 시인이 고유한 관점을 독창적으로 재구성하며, 존재와 삶의 변두리로 자신의 위치를 부단히 옮기는 차이적 표현의 실천이 어려워진다는 사실이다.[90] 이에 따른 자아의 궁핍화와 단순화는, 유종호에 대한 평가에서 보았듯이, 사회와 타자의 자기형성 및 확장과 결합되는 삶의 전체성, 다시 말해 '어우러짐'의 성취 역시 유야무야한다는 점에서 매우 문제적이다.

따라서 시인의 핵심적 과제와 요청은 "세상의 경이에 대한 감각적 인식"을 통해 존재의 확대를 기도하는 것, 나아가 "세상의 다양성을 즐기는 인간과 세계의 공존관계"를 형성하는 심미적 이성을 시적 충동의 핵심 원리로 삼는 것이다. 그러나 특기해둘 사실은 심미적 이성은 "세계를 풍요한 것으로 향수하"는 데 그치지 않고 "보다 큰 세계, 세계의 멀리 있는 로고스에로 초월"함을 궁극적 목적으로 삼는다는 것이다.[91] '창비파'와 '문지파' 시가 공히 "실천적 의지에 동기지어지는 것이면서 냉정한 객관성에 이를 수 있는 지성의 통찰을 감각적, 서정적 언어로 구상화할 수 있"(235면)어야 한다는 비판은 여기에 근거한다. 민중언어

90 문광훈, 「심미적 이성의 구조―아도르노와 김우창」, 『현대사상』 8호, 대구대 현대사상 연구소, 2011, 239면.
91 이상의 인용은 김우창, 「시와 정치」(1979), 『시인의 보석』, 45·47면.

와 방법적 지성은 궁극적으로 현실모순의 부정과 극복을 목적한다는 점에서 사물과 상황, 욕망 사이에 대한 종합적 직관보다는 현실적 목표를 향한 '분석적 도식성'의 제출과 표현으로 미끄러질 가능성이 크다.

이를테면 산업 사회에서 '감각 생활의 다양화'는 본원적 세계와의 참다운 교섭을 충족시키지 못할 경우 오히려 허구적 이미지의 양산과 소비로 흘러들어갈 공산이 크다.[92] 민중언어와 방법적 지성은 이런 소외와 퇴폐성의 비판적 성찰과 극복을 일차적으로 목적한다. 그러나 심미적 충동이 보다 넓은 세계로 나아가고 삶을 창조적으로 확장하는 초월의 계기로 도약되지 못하면, 그들의 시는 '우화적 세계'를 향한 알레고리적 인식과 표현에 멈추게 된다. 이를 극복하기 위한 기본 조건이 "율동과 감각과 서정을 아울러 가진 언어"일 것이다. 물론 그것은 단지 현실지평에만 소용되지 않고 본원적 세계의 아름다움과 행복에의 충동에 투기되는 그런 언어일 것이다. 심미적 창조 능력을 통한 온전한 전체성의 실현에 대한 욕망과 의지가 시인의 윤리가 되어야 하는 까닭이 여기 있다.

유종호는 전인적 삶과 조화로운 감정교육 등을 강조하는 한편, 리얼리즘의 방법으로 거기 내재된 인간의 위대한 종합 능력과 성숙한 사회의 전체성을 보려 했다. 이런 한국적 교양주의는 현실에 대한 문학의 어떤 즉자적 대응, 이를테면 일의적 저항과 증언에 부가되는 공식성과 의도성, 시위성 따위에 대한 냉정한 거절을 구조화했다. 김우창은 심

---

92 김우창이 제안하는 산업화 사회에 대응하는 심미적 이성의 가치와 역할을 세밀하게 검토한 글로는 권오룡, 「문학의 위엄─김우창 교수 비평의 방법과 주제」, 『문학과사회』, 문학과지성사, 1993 가을, 983~986면 참조.

미적 이성을 통한 미의 창조와 초월의 가능성을 한국시의 궁극적 과제로 입안했다. 이것은 산업 사회 고유의 폭력성과 불모성, 그러니까 삶의 파편화와 사물화를 넘어, 삶의 새로운 조직과 사회적 향유를 일치시키는 예술적 화해를 한국시의 핵심적 의제로 밀어 올렸음을 뜻한다.

물론 이들의 방법은 현실모순을 간접화시켜 이해하고 성찰하며, 그것을 초극하는 방법으로 예술적 전인성과 초월성을 내세웠다는 점에서 유신기 현실에 요구되는 저항과 변혁의 의제와 일정 정도 거리화되어 있었다. 리얼리즘의 핵심으로서 민족어와 문학적 진실에의 천착(유종호), 윤리적 위기를 초극하기 위한 내재적 초월론과 그 실현체 심미적 이성(김우창)은 공적이며 개인적인 삶을 끊임없이 도구화하는 폭력적 유신 정권에 대한 투쟁에서 대체로 간접적인 개입이었다.

그러나 그렇다고 해서 이들의 교양주의와 심미적 충동을 '창비파'와 '문지파'의 평등과 자유를 향한 '공통-됨'의 실천에 비해 결여되고 유약한 것으로 평가할 필요는 없다. 이들 역시 '창비파'나 '문지파'와 마찬가지로 그들의 심미적 공동체를 모든 다양한 것을 일괄적으로 묶는 단의적 세계보다는 존재와 세계의 다수성과 다원성을 구조화하며 펼쳐놓는 민주주의 고유의 '의미의 순환체계'[93]로 끊임없이 상상하고 요구했다. 유종호의 교양주의와 김우창의 심미적 이성은 무엇보다 패배 이후의 자리와 거기서 솟아나는 문학의 마지막 가능성을 냉철하게 환기하고 따뜻하게 전달했다. 김우창의 다음 말에 그것의 핵심이 표현되어 있다. "달리 말하여 예술은 우리 삶을 표현하되 그것의 가능성을 표현

---

93 장-뤽 낭시, 앞의 글, 123면.

한다. 이 가능성은 삶에 있을 수 있는 것이면서 아직 어디에도 실현되어 있지 아니한 순수한 가능성을 뜻할 수도 있다."[94]

이미 우리는 K. 로스의 말을 빌려 민주주의가 일종의 형태거나 제도라기보다 "일종의 계기, 최상의 경우에는 일종의 계획"임을 함께 확인하지 않았던가. 1970년대 문학에서 민주주의의 이념과 투쟁이 의미 있었다면, 그에 따른 생활의 소소한 개선과 풍요로워짐이 첫 자리에 설 수 없다. 오히려 패배와 좌절을, 그에 따른 현실의 궁핍함을 어떤 가능성의 지표와 의지로 치환할 줄 아는 지혜의 예각화와 욕망의 부풀림을 첫 자리에 세워야 할 것이다. 이것이 이 자리에서 검토한 1970년대 시와 시 비평들의 독자적 개성과 자율적 연대를 동시에 함축하고 생산하는 명제였음은 이미 보아온 대로이다. 그 결과 유신기 한국시와 비평은 그 궁핍한 시대를 오히려 가장 다채롭고 정밀한 현실분석과 냉철하고 열정적인 미래의지가 흘러넘치는 미학적 신기원으로 전유했던 것이다.

---

94 김우창, 「예술과 삶」(1987), 『법 없는 길』, 90면.

참고문헌

고 은, 「민족문학의 행방」, 『창작과비평』, 창작과비평사, 1978 가을.

김종철, 「시와 역사적 상상력」, 『창작과비평』, 창작과비평사, 1978 봄.

신경림, 「다섯 권의 시집」, 『창작과비평』, 창작과비평사, 1979 봄.

염무웅, 「고은의 시세계」, 고은, 『부활』, 민음사, 1974.

_____, 「시에 있어서의 정직성」, 『창작과비평』, 창작과비평사, 1979 여름.

염무웅 외, '좌담' 「한국 시의 반성과 문제점」, 『창작과비평』, 창작과비평사, 1977 봄.

조태일, 「민중언어의 발견」, 『창작과비평』, 창작과비평사, 1972 봄.

최하림, 「문법주의자들의 성채」, 『창작과비평』, 창작과비평사, 1979 봄.

김병익 외, 『현대한국문학의 이론』, 민음사, 1972.

김우창, 『시인의 보석』(김우창전집 3), 민음사, 1993.

김주연, 『변동사회와 작가』, 문학과지성사, 1979.

김 현, 『상상력과 인간 / 시인을 찾아서』(김현문학전집 3), 문학과지성사, 1991.

_____, 『문학과 유토피아』(김현문학전집 4), 문학과지성사, 1992.

백낙청, 『민족문학과 세계문학』, 창작과비평사, 1978.

염무웅, 『한국문학의 반성』, 민음사, 1976.

_____, 『민중시대의 문학』, 창삭과비평시, 1979.

유종호, 『동시대의 시와 진실』(유종호전집 2), 민음사, 1995.

권성우, 「60년대 비평문학의 세대론적 전략과 새로운 목소리」, 『1960년대 문학연구』,
        예하, 1993.

권오룡, 「문학의 위엄 – 김우창 교수 비평의 방법과 주제」, 『문학과사회』, 문학과지
        성사, 1993 가을.

김인환, 「글쓰기의 지형학」, 『상상력과 원근법』, 문학과지성사, 1993.

김재오, 「아놀드의 사상 – 민주주의, 비평, 그리고 교양」, 『19세기영어권문학』 제10권
        2호, 19세기영어권문학회, 2006.

김현주, 「1960년대 후반 '자유'의 인식론적, 정치적 전망 – 『창작과비평』을 중심으로」,
        『현대문학의연구』 48호, 한국문학연구학회, 2012.

문광훈, 「심미적 이성의 구조-아도르노와 김우창」, 『현대사상』 8호, 대구대 현대사상연구소, 2011.

백낙청, 「현대시와 근대성, 그리고 대중의 삶」, 『창작과비평』, 창비, 2009 가을.

이숭원, 「김현 시 비평에 대한 고찰」, 『선청어문』 23호, 서울대 국어교육과, 1995.

정과리, 「민중문학론의 인식 구조」, 『문학과사회』, 문학과지성사, 1988 창간호.

조재룡, 「정치적 사유와 그 행위로서의 시」, 『번역의 유령들』, 문학과지성사, 2011.

진은영, 「감각적인 것의 분배-2000년대 시에 대하여」, 『창작과비평』, 창비, 2008 겨울.

_____, 「시와 정치-미학적 아방가르드의 모럴」, 『비평문학』 39호, 한국비평문학회, 2011.

최현식, 「'감각'과 '감각적인 것'의 사이」, 『신생』, 신생, 2011 가을.

문학사와비평연구회 편, 『1970년대 문학연구』, 예하, 1994.

민족문학사연구소 편, 『1970년대 문학연구』, 소명출판, 2000.

윤지관, 『근대사회의 교양과 비평-매슈 아놀드 연구』, 창작과비평사, 1995.

작가와비평 편, 『김현 신화 다시 읽기』, 이룸, 2008.

정과리 편, 『유종호 깊이 읽기』, 민음사, 2006.

최원식 · 임규찬 편, 『4월 혁명과 한국문학』, 창작과비평사, 2002.

황종연, 『탕아를 위한 비평』, 문학동네, 2012.

황지우, 『사람과 사람 사이의 신호』, 한마당, 1986.

미우라 노부타카三浦信孝 외, 이연숙 외역, 『언어 제국주의란 무엇인가』, 돌베개, 2005.

안또니오 네그리, 심세광 역, 『예술과 다중』, 갈무리, 2010.

알랭 바디우 · 슬라보예 지젝 외, 김상운 · 양창렬 · 홍철기 역, 『민주주의는 죽었는가?』, 난장, 2010.

자크 랑시에르, 오윤성 역, 『감성의 분할』, b, 2008a.

_____, 양창렬 역, 『정치적인 것의 가장자리에서』, 길, 2008b.

_____, 허경 역, 『민주주의는 왜 증오의 대상인가』, 인간사랑, 2011.

테리 이글턴 외, 김준환 역, 『민족주의, 식민주의, 문학』, 인간사랑, 2011.

6장 │ 1980년대 박노해 시의 특징과 의의

문혜원

1. 민주주의와 1980년대 노동시

'민주주의democracy'는 인민을 의미하는 demos와 강제 혹은 힘을 의미하는 단어 kratos가 결합된 형태로, 용어 그대로를 해석하면 '인민의 힘 혹은 인민에 의한 강제'라는 의미가 된다. '인민'이나 '강제 혹은 힘'의 개념을 각각 어떻게 규정할 것인가 혹은 '인민'과 '강제 혹은 힘' 사이의 관계를 어떻게 규정할 것인가에 따라 '민주주의'의 정의 또한 매우 다양하다.[1] 그러나 어떤 정의를 택하든지 공통적인 것은 이것이 "어

---

[1] '민주주의'라는 개념의 모호성은 민주주의를 말하는 대부분의 학자가 전제하고 있는 것이다. 원래 단어의 어원을 밝혀 '인민의 지배'라고 해석하는 경우(강정인, 『민주주의의 이해』, 문학과지성사, 1993)도 있으나 '크라토스'와 '아르케'를 구별하여 민주주의가 사실상 비어있는 개념임을 강조하는 경우(고병권, 『민주주의란 무엇인가』, 그린비, 2011)도 있다. 전자가 보다 학술적으로 객관적인 입장에서 개념을 정리하고 있다면, 후자는 개념을 재해석하고 그것을 현실에 대한 비판적인 사유로 연결하는데 초점을 맞춘다.

느 누구도 정치적 의사 결정 과정으로부터 배제되어서는 안 될 것을 요구한다는 점에서 기초적인 정치적 평등의 관념을 내포하고 있다"[2]는 것이다. 즉 '민주주의'는 우선적으로 집단적 의사 결정에 누구나 동등하게 참여할 수 있다는 참여 기회의 균등을 의미하는 것이다.

'민주주의' 개념의 발전의 역사를 보면 처음부터 사회 경제적 평등이 필수적인 것은 아니었다. 그러나 오늘날 '민주주의'라는 개념에는 정치적 평등과 더불어 경제적 평등이 중요한 요건으로 자리하고 있다. '민주주의'가 특정한 정치체제를 기술하는 객관적인 용어가 아니라 다수가 원하는, 다수를 위한, 다수의 정치체제라고 할 때, 거기에는 '바람직한' 혹은 '진정한' 등의 가치 평가적인 수사가 붙는다. 대체로 일정한 생활 수준의 확보와 부의 커다란 불평등의 부재는 민주주의가 제대로 작동하기 위한 필요조건으로 인정되고 있다.

민주주의의 개념에 비추어볼 때, 1980년대는 노동자들이 자신들의 특정한 계급적 요구를 관철시킬 수 있는 정치적인 기반이 성립되기 이전이었다. 노조가 결성되지 않은 노동 현장에서 노동자들은 고립되고 분산된 개인으로서 노동에 대한 정당한 보상, 근로 조건의 개선, 수익의 재분배 등에 대한 의사 결정 과정에서 철저하게 소외되어 있었다. 민주주의의 기본 조건인 정치적 평등의 원리는 경제 성장과 부강한 조국 건설의 모토에 밀려서 무시되었고, 노동자들은 더 많은 생산을 통한 수익 창출에 동원되었다. 당시 쓰인 노동시가 노동자의 정당한 권리를 주장한 것은 일차적으로 민주주의의 기본 원리인 정치적 평등을 요구한 것이었다.

---

2 강정인, 위의책, 64~65면.

한국문학에서 '노동시'가 독립된 장르로 자리 잡는 것은 1980년대의 일이다. 1970년대의 노동시는 지식인들이 창작 주체로서 노동자의 비인간적 삶을 고발하고 인간으로서의 기본권을 되찾을 것을 촉구하는 것이었다. 1980년대 노동시가 1970년대의 그것과 구별되는 가장 큰 특징은 노동자가 창작 주체로서 직접 자신들의 억압된 삶과 사회적 모순을 고발한다는 것이다. 이들의 시는 직접적인 경험에 바탕한 구체적 현장성을 지니고 있어서 1970년대의 시혜적 노동시와는 다른 리얼리티를 확보하고 있다. 1970년대 노동시가 노동 현실의 열악함을 반영하고 알리는 것에 주안점을 두었다면, 1980년대 노동시는 현실을 반영하는 데서 한 단계 더 나아가 노동계급의 당파성과 전망을 드러내는 목적적인 성격을 띠었다. 1980년대에 이르러서 비로소 노동시는 주체적이고 계급적으로 특성화된 시로 거듭나게 되는 것이다.

이는 '노동문학'의 주체가 누구인가 혹은 누구여야 하는가에 대한 논쟁과 연결되어 노동문학의 개념을 정립하는 계기를 제공한다. 노동문학이 "민중문학의 한 구체적 형태로서 노동 현장을 그렸거나 노동자의 어두운 감정 세계, 이를테면 소외감 열등감 박탈감을 표출하는데 초점을 두었거나 아니면 노동문제를 제기한 작품"[3] 이라고 보는 광의의 기준에 창작 주체의 측면이 좀 더 강조되는 것이다. 신승엽은 노동자가 직접 썼다고 해서 모두 노동문학이 되는 것은 아니고 "제재를 다루는 기반으로서 노동자의 생활 체험을 바탕으로 해야만 한다"[4]는 점을 강조하고 있다. 조정환 역시 노동현실이 담겨 있다든지 노동자가 썼다든

---

3 조남현, 「노동문학, 어떻게 볼 것인가」, 『신동아』, 동아일보사, 1985.7, 528면.
4 신승엽, 「노동문학의 현단계」, 『전환기의 민족문학』, 풀빛, 1987, 158면.

지 하는 것도 중요하지만 그것만이 노동문학의 전부라고 볼 수는 없으며, 노동자의 입장에서 세계를 바라보아야 한다고 주장했다. 이에 비해 현준만은 노동문학의 개념을 "노동하는 사람들 스스로가 자신들의 처지를 개선하고 보다 더 나은 삶의 조건을 주체적으로 이루려는 노동자들의 싸움의 기록"이라고 정의해서 창작 주체가 노동자여야 함을 강조하고 있다. 논쟁은 창작 주체가 누구인가 하는 단순한 문제를 넘어서 노동자계급의 당파성을 지닌 노동자 문예의 독자성을 주장하는 데까지 나아가게 된다.[5]

노동문학의 개념과 발전 방향을 둘러싼 이러한 논쟁은 노동자가 창작 주체가 되어 산출한 작품들이 문단 안팎으로 호응을 얻으면서 본격화된 것이다. 이것을 가능하게 한 것이 박노해의 시집 『노동의 새벽』(풀빛, 1984)으로서, 이는 지식인 중심의 1970년대 민족 민중문학이라는 커다란 틀에서 1980년대 노동문학이 분화되는 중요한 분수령이 되기도 한다. 노동자가 창작 주체가 되어 자신들의 계급적 이해를 드러내게 되면서 지식인을 창작 주체로 하는 시혜적 노동시는 존재 의의를 상실하게 되기 때문이다.

『노동의 새벽』에는 1980년대 초반 한국 사회의 노동 현실과 노동자 의식의 발전 정도가 그대로 반영되어 있다. 대표적인 공단 지역과 방직 공장, 버스 운수회사, 시다와 버스 안내양 등은 당시의 노동 현실을

---

5 조정환, 「'민족문학주체논쟁'의 종식과 노동해방문학 운동의 출발점」, 『노동해방문학』, 노동문학사, 1989 6・7월 합본호; 조정환, 「문학적 현실주의의 전망」, 『창작과비평』, 창작과비평사, 1988 가을; 조정환, 「노동자문학의 현단계와 전망」, 『민주주의 민족문학론과 자기 비판』, 연구사, 1989; 조정환, 「『노동의 새벽』과 박노해 시의 '변모'를 둘러싼 문학적 쟁점 비판」, 『노동해방문학』, 노동문학사, 1989.9 참고.

반영하고 있는 소재들이다. 노조 활동이 체계화되기 전의 힘없는 개인인 노동자의 좌절과 울분이 직접적으로 표출되는 한편, 노동조합 결성이 가장 중요한 모토가 되고 그를 위해 노동자의 대동단결이 촉구된다. 시의 목표와 방향성은 사실상 정해져 있다. 노조의 결성과 조직 활동을 통한 노동자의 삶의 질 개선, 나아가서는 노동자계급 연대를 통한 자본주의 사회의 전복이다. 노동하는 모든 민중은 '노동자'라는 이유만으로 하나로 단결될 수 있으며, 제반 사회적 모순의 가장 큰 원인은 자본가의 착취와 억압이라고 생각되었다. 선과 악, 동지와 적, 정의와 불의가 뚜렷하게 나뉘어 있어서 투쟁의 명분은 선명했고, 그 투쟁에 얼마만큼 동참할 것인가 하는 것만이 문제였다.

또한 노동시는 민주주의의 기본적인 요건인 정치적 평등 이상으로 경제적 평등을 중시했다. 이는 설령 법률상으로 정치적 권리가 평등하게 보장된다고 하더라도 현실의 경제적 불평등으로 인해 그것은 왜곡될 수밖에 없다는 인식을 바탕으로 한다. 법적인 평등보다도 경제적인 평등을 민주주의의 최우선 조건으로 생각하는 것이다. 이는 부르주아 민주주의를 비판하고 경제민주주의의 성취를 목표로 하는 사회주의적 민주주의 혹은 인민민주주의적인 시각과 일치한다. 사회주의적 민주주의는 경제민주주의를 최대의 목표로 상정하지만 그것을 달성하는 과정이 민주적인가 하는 것에 대해서는 긍정적인 답을 주지 못한다. 레닌이 혁명을 위해 소수 전위의 프롤레타리아 독재를 주장한 것이 단적인 예이다.

노동자에서 직업혁명가로 변모한 박노해의 1980년대 후반 시는 사회주의적 민주주의의 이념적 노선을 그대로 반복하고 있다. 이것은 노동자가 혁명의 주체로서 한국 사회의 모순과 부조리를 해결하고 새로운 이상 사회를 건설할 수 있다는 낭만적인 믿음을 바탕으로 한다. 실제로 1980년대 민주화운동이 일정 정도 성공할 수 있었던 것은 노동자계급과 중산층 지식인, 학생 등 다양한 계층 간의 연대가 가능했기 때문이었다. 그러나 박노해가 계층 간 연대의 긍정성을 부정하고 사회주의적 민주주의에 동조하면서 그의 시는 현실과 괴리되고 이데올로기를 전파하는 도구가 되어버린다. 『노동의 새벽』에 나타났던 시적인 특징들은 감소되거나 부정되고 선전 선동을 목적으로 한 시들이 그것을 대신하고 있다. 이것은 '시'의 역할 혹은 의미 규정이 변화한 탓이다. 『노동의 새벽』은 개인의 생각과 감정을 표출하는 것이 우선이지만, 이후의 '시사시'와 같은 형식에서 시는 노동해방과 사회주의 건설이라는 목표를 실현하기 위한 수단으로 인식된다.

그러나 '사노맹' 사건으로 수감된 후 쓰인 박노해의 시는 혁명이 실패하고 소련 사회주의가 몰락하면서 겪은 충격과 절망, 반성을 솔직하게 기록하고 있다. 고백체와 성찰의 어조, 개인적인 깨달음이 결합되면서 그의 시는 『노동의 새벽』보다도 개인적이고 서정적인 경향을 나타낸다. 이 같은 박노해 시의 변화는 단순히 한 개인의 변모로 그치는 것이 아니라 한국 노동시의 성쇠의 과정을 함축한다는 데서 역사적인 의미를 갖는다.

박노해 시의 이념의 변화와 계급 당파성 등을 리얼리즘적인 측면에서 검토하는 작업은 이미 선행 연구들에 의해 이루어진 바 있다.[6] 본고

---

6 박노해 시에 대한 대표적 연구로는 각주 2, 3의 신승엽, 조정환의 글 외에 박노해에 대한 글을 묶어놓은 편집부 편, 『박노해 현상』, 등에, 1989 ; 정남영, 「박노해의 시세계」, 『사상문예운동』, 풀빛, 1991 여름; 임철규, 「평등한 푸른 대지」, 『왜 유토피아인가』, 민음사, 1994; 오성호, 「『노동의 새벽』의 비극적 성격」, 『기전어문학』 10~11, 수원대 국어국문학

는 시인의 이념의 변모 과정과 시의 변화를 비교 검토하는 것은 충분한 선행 연구가 이루어졌다고 전제하고, 박노해의 시가 노동시임에도 불구하고 1980년대에 전사회적으로 지지와 관심을 획득할 수 있었던 요인은 무엇인지를 살펴보고자 한다.

2. 구체적 현장성을 바탕으로 한 리얼리즘

『노동의 새벽』이 1980년대 문단을 충격할 수 있었던 가장 큰 요인은 노동 현장에서 확보된 체험의 진실성이다. 노동자를 위한 시가 아니라 노동자의 시가 탄생한 것이다. 노동자가 창작 주체가 되어 스스로의 삶에 대해 말하게 되면서 시의 리얼리티는 자연스럽게 확보된다.

이때 '리얼리티'는 일차적으로는 노동자의 불평등하고 착취당하는 삶을 제대로 반영하고 있음을 말한다. 당시 노동 현실과 노동운동의 발전 정도를 알 수 있는 것 또한 작품이 가지고 있는 리얼리티 덕분이다. 이 시집에는 노조가 결성되기 이전 무력한 개인으로 분산되어 있는 노동자의 모습들이 나타나 있다. 10년 동안 일한 퇴직금을 브로커에게 떼이고 자살한 염색공(「얼마짜리지」), 일당 4,000원을 받으면서도 갈 곳이 없는 실업자(「바겐세일」) 등으로 살아야 하는 현실은 노동자로 하여금 스스로를 "때리면 돌아가는 팽이", "돌릴수록 쥐어짜지는 빨래"(「멈출 수 없지」), 라인에 일렬로 앉아 일하는 "양계장 닭"(「어쩌면」)과 같은 존재라고

회, 1996; 도정일, 「박노해−그'길 찾기'의 의미와 중요성, 『작가세계』 35권, 세계사, 1997 등이 있다.

생각하도록 한다. 인간으로서 최소한의 대우도 받지 못하는 삶이 자신의 정체성을 부정적인 것으로 인식하게 하는 것이다.

기계 사이에 끼어 아직 팔딱거리는 손을
기름먹은 장갑 속에서 꺼내어
36년 한많은 노동자의 손을 보며 말을 잊는다
비닐봉지에 싼 손을 품에 넣고
봉천동 산동네 그의 아내와 초롱한 아들놈을 보며
차마 손만은 꺼내 주질 못하였다

훤한 대낮에 산동네 구멍가게 주저앉아 쇠주병을 비우고
정형이 부탁한 산재관계 책을 찾아
종로의 크다는 책방을 둘러봐도
엠병할, 산데미 같은 책들 중에
노동자가 읽을 책은 두 눈 까뒤집어도 없고

화창한 봄날 오후의 종로거리엔
세련돈 남녀들이 화사한 봄빛으로 흘러가고
영화에서 본 미국상가처럼
외국상표 찍힌 왼갖 좋은 것들이 휘황하여
작업화를 신은 내가
마치 탈출한 죄수처럼 쫄드만

— 「손 무덤」 부분[7]

이 시는 작업 중에 손을 다친 노동자가 봉합수술을 받지 못한 채 결국 손을 잃고 마는 상황을 사실적으로 묘사하고 있다. 동료의 사고를 자신의 일인 것처럼 가슴 아파하며 백방으로 뛰는 노동자들의 모습은 선량함과 순수함을 보여주지만 그것은 현실 앞에서 아무런 도움이 되지 않는다. 그들은 사고에 대한 정당한 보상을 요구할 수도 없고 연장노동을 거부할 수도 없는 '일당 4,800원짜리 노동자'일 뿐이다. 대형 서점에 꽂힌 책을 이해할 수도 없고 화창한 봄날 오후 도심의 화려함에도 섞일 수 없는 '나'는 마치 '탈출한 죄수'처럼 주눅이 들어 다시 일터로 복귀한다. 이는 노동 환경의 열악함을 고발함과 동시에 노동자 스스로가 자신의 무력함을 깨닫게 되는 계기를 잘 표현하고 있다. 자신들의 정당한 권리를 주장할 만큼 훈련되어 있지도 않고 조직화되지도 못한 무력한 노동자의 현실이 직접 표출되고 있다.

그런데 이 시집의 리얼리티는 이처럼 생활의 모습을 직접 반영한 데서 나타나는 것만이 아니다. 진정한 리얼리티는 가장 성공적인 작품 중의 하나인 「시다의 꿈」에서 찾아볼 수 있다.

긴 공장의 밤 / 시린 어깨 위로 / 피로가 한파처럼 몰려온다

드르륵 득득 / 미싱을 타고, 꿈결같은 미싱을 타고
두 알의 타이밍으로 철야를 버티는 / 시다의 언 손으로
장밋빛 꿈을 잘라 / 이룰 수 없는 헛된 꿈을 싹둑 잘라

---

7   박노해, 『노동의 새벽』, 풀빛, 1984, 85~86면.

피 흘리는 가죽본을 미싱대에 올린다 / 끝도 없이 올린다

아직은 시다 / 미싱대에 오르고 싶다

미싱을 타고 / 장군처럼 당당한 얼굴로 미싱을 타고

언 몸뚱아리 감싸 줄 / 따스한 옷을 만들고 싶다

찢겨진 살림을 깁고 싶다

— 「시다의 꿈」 부분[8]

이 시는 비유와 상징이라는 전통적인 방법을 사용하여 시다 일을 하고 있는 노동자의 꿈을 표현하고 있다. 이 시가 성공적인 이유는 "시다 개인의 '장밋빛 꿈'의 차원에 머무는 것이 아니라 이 땅의 도처에서 우리 민족 · 민중의 삶의 전면을 억누르는 분단 · 대립 · 찢김 · 갈라섬의 비극적 현실을 극복하려는 통일의 의지로 확대되어 보편적인 공감을 획득하기 때문"[9]이 아니라 시다의 꿈을 과장 없이 적확하게 짚어내고 있기 때문이다. 미싱과 미싱 사이를 누비며 옷본을 옮기고 실밥을 마무리하는 시다에게 가장 부러운 것은 미싱 하나를 차지하고 있는 미싱사이다. 어린 시다의 눈에 미싱사가 "장군처럼 당당한 얼굴"로 보이는 것을 포착한 것이야말로 이 시가 가지고 있는 구체적인 현장성이며 진정한 리얼리티이다.[10]

시다의 꿈은 강철 같은 노동자가 되어 자본주의 사회를 전복시키거

---

8 위의 책, 75~76면.

9 현준만, 「구속과 해방의 변증법」, 편집부 편, 앞의 책, 221면.

10 「시다의 꿈」이 "상투적인 지적 조작에 의하여 쓰여지지 않았"다는 최동호의 지적(최동호, 「황폐한 시대와 시의 친화력」, 위의 책, 239면) 역시 비슷한 맥락이다.

나 혁명으로 세상을 바꾸는 것이 아니라 미싱사가 되어 돈을 더 많이 벌어서 가난한 생활에 보탬이 되는 것이다. 연이어 나오는 "언 몸뚱아리 감싸줄 따스한 옷을 만들고 싶다"나 "찢겨진 살림을 깁고 싶다" 또한 상징이 아니라 표면적인 진술 그대로 읽을 수 있는 소박한 꿈이다. 이 지점에서 박노해의 시는 이전의 시혜적 노동시와 질을 달리한다.[11]

한편 시다의 상황은 조직화되기 이전 노동자의 절망감을 표현하고 있기도 하다. '장밋빛 꿈', '이룰 수 없는 헛된 꿈'은 시다의 꿈이 결국 이루어지지 않을 것임을 암시한다. 이 때 '꿈'은 미싱사가 되는 현실적인 희망이 아니라 뒷부분에 나오는 "갈라진 세상 모오든 것들을 하나로 연결하고 싶은" 꿈이다.[12] 그러나 그것이 현실적으로 불가능한 '장밋빛 꿈'일 뿐이라는 것이 시의 비극성을 만들어낸다. 공단 거리를 허청이며 내달리는 "왜소한 시다의 몸짓"과 "파리한 이마" 위에 비치는 새벽별의 이미지는 이러한 비극성을 더욱 배가시키는 역할을 한다.

『노동의 새벽』에 나타나는 비극성은 자본주의가 발전할수록 빈부 차이는 더 커지고 착취 구조는 공고해질 것이라는 인식과 그것을 극복할 수 없다는 좌절감에서 비롯된다. "아 그러나 / 어쩔 수 없지 어쩔 수 없

---

11 이 부분의 구체적 현장성은 임화의 「우리 오빠와 거북무늬 화로」와 비교하면 더욱 확연하게 드러난다. 임화의 시에서 화자인 누이동생과 여덟 살짜리 남동생 영남이는 사회주의 혁명에 대한 굳건한 신념을 가지고 있는 혁명의 기수들이다. 그들은 힘든 노동에 시달리고 실질적인 가장인 오빠가 끌려가는 상황에서도 좌절하지 않는다. 덕분에 이 시의 메시지는 뚜렷해지지만 독자의 공감을 이끌어내지는 못한다. 구체적 현장성이 결여된 상태에서 이상화된 노동자상을 관념적으로 그려내고 있기 때문이다.

12 이 부분에서 시다의 꿈은 개인적인 차원을 넘어 사회적인 것으로 확산되는데, 시적인 전환이나 비약을 이룰 만한 근거가 제시되지 않음으로 인해 시적 리얼리티는 오히려 떨어지고 있다. 미싱사를 장군처럼 생각하는 아이가 느닷없이 '갈라진 세상 모든 것을 하나로 연결하고 싶은' 꿈을 가진다는 것은 타당성을 가지지 못하기 때문이다. 이 부분은 시인의 관념이 개입하여 시의 진정성을 떨어뜨린다고 설명될 수 있다.

지 / 죽음이 아니라면 어쩔 수 없지 / 이 질긴 목숨을, / 가난의 멍에를, / 이 운명을 어쩔 수 없지"(「노동의 새벽」)라는 구절은 자신들의 삶을 숙명적으로 받아들이는 노동자의 체념 어린 목소리를 반영하고 있다. 노동을 하면 할수록 이윤에서 멀어지는 아이러니한 상황[13]은 인지되고 있지만 그것을 타개할 방안은 아직 제시되지 않고 있다.

그러나 『노동의 새벽』이 노동시로서 중요한 위치를 점하는 것은 노동 운동의 현실을 사실적으로 형상화한 것뿐만 아니라, 이를 타개할 수 있는 방안으로서 노동자의 단결을 통해 정치적 평등을 이룰 수 있는 가능성을 스스로 발견해내고 있기 때문이다. 「시다의 꿈」, 「노동의 새벽」, 「떠나가는 노래」 등의 후반부는 현실의 비극성을 껴안은 채 모두 미래를 향해 열려 있다. '시다'는 이룰 수 없는 장밋빛 꿈을 안은 채 새벽별 빛나는 공단 거리를 내달리고(「시다의 꿈」), 죽음이 아니면 운명을 벗어날 수 없다는 자포자기 상태에서 노동자들은 소주잔을 돌리며 '햇새벽'을 기다린다(「노동의 새벽」). 또 선진노동자인 '나'는 정든 작업장을 떠나 "죽음의 연기 뿜어내는 저 거대한 굴뚝 속을 폭탄 품고 추락하는 새"가 되기로 작정하고 싸움의 길을 떠나간다(「떠나가는 노래」). 이 시들이 비극적인 현실 속에서도 미래를 향해 열려 있는 것은 궁극적으로는 현실의 억압과 희생 속에서도 역사는 발전한다는 것을 믿기 때문이다.

「손 무덤」은 무기력한 노동자의 현실에 대한 뼈저린 인식과 분노가

---

13 오성호는 이를 "인간답게 살기 위해서 노동을 하지만 노동을 하면 할수록 점점 자신의 인간성이 부정되어가는 참혹한 경험을 하지 않으면 안 되는 아이러니컬한 상황"이라고 보며 이를 노동자의 '존재론적 아이러니의 세계'라고 표현하고 있다. 오성호, 앞의 글, 615~619면 참고.

현실에 대한 투쟁으로 이어지는 과정을 설득력 있게 형상화함으로써 리얼리즘적인 전망을 획득하는 데 성공하고 있다.

> 내 품속의 정형 손은 / 싸늘히 식어 푸르뎅뎅하고
>
> 우리는 손을 소주에 씻어 들고 / 양지바른 공장 담벼락 밑에 묻는다
>
> 노동자의 피땀 위에서 / 번영의 조국을 향락하는 누런 착취의 손들을
>
> 일 안하고 놀고먹는 하얀 손들을 / 묻는다
>
> 프레스로 싹둑싹둑 짓짤라 / 원한의 눈물로 묻는다
>
> 일하는 손들이 / 기쁨의 손짓으로 살아날 때까지 / 묻고 또 묻는다
>
> — 「손 무덤」 부분

화사한 도심의 거리에서 자신의 존재가 한없이 위축되는 것을 경험한 '나'는 공장으로 돌아와 연장노동 도장을 찍는다. 현실의 벽 앞에 어쩔 수 없이 굴복하는 장면이지만, 중요한 것은 그다음의 일이다. 결국 '우리'는 정형의 잘린 손을 공장 담벼락에 묻는다. 그러나 '우리'의 모습은 다친 정형을 구하기 위해 사장과 공장장에게 차를 애원하던 때와 달리 냉철하고 단단하게 가라앉아 있다. 노동자의 피땀 덕분에 놀고먹는 손들이 있고 일하는 손들이 착취당하고 있음을 알게 되었기 때문이다. 공장 담벼락에 손을 묻는 장면은 '우리'의 분노가 개인적인 감상과 절망으로 끝나지 않고 저항과 투쟁으로 이어질 것을 암시한다. '손'의 죽음은 새로운 미래를 기약하는 희생 제의와도 같다. 지금은 잘린 손을 묻지만 그것이 투쟁의 도화선이 되어 노동자가 주인인 새로운 시대의 도래를 앞당길 것이기 때문이다.[14] 사고를 당한 동료를 구하기 위

해 애쓰는 어질고 순수한 노동자들이 현실 앞에서 스스로의 무기력함을 깨닫게 되고, 그럼에도 불구하고 다시 공장으로 돌아올 수밖에 없는 현실을 그리며, 그 과정에서 서서히 싹트는 분노와 저항의 몸짓이 자연스럽게 녹아들어 있다. 그것은 노동자들이 빼앗긴 자신들의 권리를 되찾기 위해 투쟁에 나설 것이며, 조직화를 통해 정당한 권리를 요구할 수 있는 정치적 기반을 만들어나갈 것임을 예고한다. 「손 무덤」은 구체적인 현장성을 확보하고 그 안에서 전망을 이끌어낸다는 점에서 성공한 노동시의 대표적인 예라고 할 수 있다.

3. 서술자를 이용한 정보 전달과 전통적인 형식의 차용

『노동의 새벽』의 가장 큰 장점인 구체적 현장성은 시인이 노동자로서 노동 현장의 이야기를 전달하고 있기 때문이다. 이것이 소재적인 측면이라면 소재를 어떻게 시적으로 형상화하는가가 또한 중요한 관건이 된다. 이 시집에 실린 시들은 대부분 시적 상황을 따로 가지고 있는데, 시인은 시적인 상황과 거리를 유지하며 서술자의 입장을 견지하고 있다. 즉 시적 화자가 자신의 감정이나 생각을 표현하기보다 상황을 서술하거나 나열하는 역할을 하는 것이다. 전통적인 서정시처럼 개인의 감정이나 정서가 중요한 것이 아니라 시의 내용인 이야기와 거기

---

14 이 부분은 황석영의 「객지」의 마지막 부분을 연상시킨다. 「객지」에서 동혁이 입에 문 다이너마이트가 동혁의 희생과 투쟁의 불꽃이 타오를 것을 암시하듯이, 「손 무덤」에서 손의 매장은 노동의 가장 중요한 수단인 '손'이 희생됨으로써 투쟁하는 손들이 일어날 것임을 예고한다. 리얼리즘적 전망을 형상화한 전형적인 예들이다.

에 담긴 정보가 중요한 요소이다. 실제로 『노동의 새벽』에는 분노, 절망, 서글픔 등 몇 가지 특정한 정서가 반복적으로 나타난다. 시적 상황이나 대상에 대한 반응은 이미 정해져 있고 그것을 바라보는 독자의 반응 또한 다르지 않다. 시적 상황에 대한 시인의 반응이 독자의 반응을 지정하게 되는 것이다.

이는 감정의 공유와 소통보다 정보와 사실 전달을 우선적인 목적으로 하는 리얼리즘 시의 특징이다. 정보의 양의 차이는 시인과 독자 사이에 우열을 만들어낸다. 노동 현장에 대해서 보다 많은 정보를 가지고 있는 시인은 그렇지 못한 독자에 비해 우월한 지위를 점하게 되어 계몽하는 주체가 되고, 시에서 정보를 얻는 독자는 계몽의 대상이 된다. 억압되고 폐쇄된 1980년대 초반의 사회상황에서 노동시는 은폐된 노동 현실에 대한 정보를 제공하는 것만으로도 중요한 의의를 가질 수 있었다.

『노동의 새벽』은 특정 인물이 아니라 시다와 미싱사, 정비공 등 역할에 따라 구별되는 노동자들의 삶을 보여주는 데 집중하고 있다. 따라서 시의 소재가 엇비슷하고 시적인 상황 또한 유사한 경우가 많다. 「시다의 꿈」의 시다는 「졸음」, 「남성편력기」의 화자와 겹치는 인물이고, 「휴일특근」, 「포장마차」, 「어디로 갈거나」 등은 특근이 없는 날 노동자들의 일상이라는 동일한 소재를 가지고 있으며, 「노동의 새벽」과 「어쩔 수 없지」는 현실에서 벗어날 수 없다는 자학과 탄식에서 갑자기 전망에 대한 확신으로 전환된다는 점에서 시적 상황과 발상이 동일하다.

모래에 싹이 텄나 / 사장님이 애를 뱄나 / 이 좋은 토요일 잔업이 없단다

이태리타올로 기름낀 손을 닦고서 / 작업복 갈아입고 담배 한 대 붙여 물면 / 두둥실 풍선처럼 마음이 들떠 / 누구라 할 것 없이 한잔 꺾자며 / 공장 뒷담 포장마차 커튼을 연다 / 쇠주파 막걸리파 편을 가르다 / 다수결 두꺼비로 통일을 보고 / 첫딸 본 김형 추켜 꼼장어 굽고 / 새신랑 정형 얼러대어 / 정력에 좋다고 해삼 한 접시 / 자격증 시험 붙어 호봉 올라간 / 문형이 기분 조오타고 족발 두 개 사고 / 길게 놓인 안주발에 절로 술이 익는다

— 「포장마차」 부분15

하루 14시간 / 손발이 퉁퉁 붓도록 / 유명브랜드 비싼 옷을 만들어도 / 고급오디오 조립을 해도 / 우리 몫은 없어, / 우리 손으로 만들고도 엄두도 못 내 / 가리봉 시장으로 몰려와 / 하청공장에서 막 뽑아낸 싸구려 상품을 / 눈부시게 구경하며 / 이번 달엔 큰맘 먹고 물색 원피스나 / 한 벌 사야겠다고 다짐을 한다

앞판 시다 명지는 이번 월급 타면 / 켄터키치킨 한 접시 먹으면 소원이 없겠다 하고 / 마무리 때리는 정이는 2, 800원짜리 / 이쁜 샌달 하나 보아둔 게 있다며 / 잔업 없는 날 시장가자고 손을 꼽는다

— 「가리봉 시장」 부분16

두 시는 공통적으로 근무가 없는 시간의 노동자들의 일상을 그리고 있다. 「포장마차」는 잔업이 없는 토요일 오후 노동자들의 일상을 세세

---

15 박노해, 앞의 책, 38면.
16 위의 책, 43~44면.

하게 그리고 있다. 공장 뒤 포장마차에 가서 술과 안주를 시키고 농담이 오가다가 취기가 오르자 노사협의회나 구내식당에 대한 불만 등 가슴 속에 묻어둔 이야기들이 하나 둘 나오기 시작한다. 「가리봉 시장」에서 노동자들은 근무가 끝난 후 가리봉시장으로 나와 떡볶이와 김밥을 사먹고 싸구려 신발과 옷을 살 희망에 부풀어 있다.

「포장마차」의 정형, 문형, 송형, 박형 등은 각각 서로 다른 사연을 가지고 다른 상황에 놓여있지만 개별적으로 특화된 인물이 아니라 장삼이사의 노동자들일 뿐이다. 「가리봉 시장」에서 시장을 돌아다니는 명지, 정이 또한 특정 개인이 아니라 공장 노동자인 '공돌이 공순이'의 전형적인 모습을 담고 있다. 또한 포장마차나 가리봉 시장이라는 공간은 노동자들의 일상을 가장 잘 보여줄 수 있는 전형적인 장소로 선택된 것으로서 소재인 노동자의 삶의 현실을 반복하여 보여주고 있다.

『노동의 새벽』이 노동자뿐만 아니라 전사회적으로 지지를 받을 수 있었던 것은, 노동 현장의 비참한 현실을 고발하는 내용이 안정된 시적 형식에 의해 뒷받침되었기 때문이다.[17] 시인과 독자 사이에 매개 역할을 하는 시가 창작 주체와 수용 주체 모두에게 친숙한 안정된 형식을 갖추었다는 점이 내용의 이질성에서 오는 충격을 상당 부분 완화시키고 있다. 그 예로 "두견이 피토하는 울음"(「영어회화」), "피로가 한파처럼 몰려온다", "장밋빛 꿈"과 같은 관용적인 표현이 자주 사용되고,

---

17 1980년대 말에 쓰인 '시사시'들로 인해 박노해의 시는 아지프로적인 성격과 형태파괴적인 성격을 가지는 것으로 비판받아왔다. 그러나 박노해의 시 중에서 형식상의 특이성을 보이는 시는 '시사시'라고 지칭되는 「씨받이 타령」, 「인신매매범의 화끈한 신상 타령」, 「나도 '야한' 여자가 좋다」, 「히로뽕 당 결성하여 민중에게 기쁨을」, 네 편뿐이다. 이것들을 제외한다면 박노해의 시는 오히려 가장 전통적인 시적 요소들을 사용하고 있고 그로 인하여 대중성을 확보한다.

「한강」, 「그리움」처럼 자연적 대상물을 빌어 자신의 감정을 노래하는 전통적인 서정시 형태도 나타난다.[18] 시라는 양식에 대한 시인과 독자의 선이해가 크게 다르지 않음으로 해서 공감의 일차적인 바탕이 마련되는 것이다.

그중에서도 『노동의 새벽』에서 가장 흔하게 발견되는 형식은 전통적인 기승전결식 구성이다. 「하늘」, 「신혼일기」, 「당신을 버릴 때」, 「노동의 새벽」 등 많은 시들이 이 형식을 채택하고 있다. 예를 들어 「하늘」은 1연에서 5연까지 "~ 는(사장님은, 의사 선생님은, 판검사님은, 관리들은) 하늘이다" 형식이 반복되다가 6연에서 "높은 사람, 힘있는 사람, 돈많은 사람은 / 모두 하늘처럼 뵌다"라고 하여 반복되는 내용을 요약한 후 여기에 의미를 첨가하여 확장한다("아니, 우리의 생을 관장하는 검은 하늘이시다"). 1~5연은 기에 해당하고 6연은 승에 해당한다. 이어 7연은 "나는 어디에서 / 누구에게 하늘이 되나 / 代代로 바닥으로만 살아온 힘없는 내가"로 시작되며 전환을 이루고 8연에서 "아 우리도 하늘이 되고 싶다 / 짓누르는 먹구름이 하늘이 아닌 / 서로를 받쳐주는 / 우리 모두 서로가 서로에게 푸른 하늘이 되는 / 그런 세상이고 싶다"라고 하여 결론을 내고 있다. 「지문을 부른다」, 「손 무덤」 또한 전형적인 기승전결 구조로 노동자의 인식의 전환과 투쟁의 미래를 예고하고 있다. 이 같은 구성은 시의 내용을 효과적으로 전달하는 한편 현재의 비극적 상황을 드러내면서도 그것을 극복할 수 있는 가능성을 열어놓을 수 있다는 장점이 있다.

---

18 최원식 역시 「한강」이 기성의 문학적인 법칙들과의 교섭을 통해 쓰였다고 지적하고 있다. 최원식, 「노동자와 농민」, 편집부 편, 앞의 책, 261~263면 참고.

전통 양식을 차용하려는 시도 또한 빈번하게 나타난다.[19] "모래에 싹이 텄나 / 사장님이 애를 뱄나"(「포상마차」)는 고려속요 「정석가」의 "삭삭기 셰몰애 별혜 나난 / 삭삭기 셰몰애 별혜 나난 / 구은 밤 닷 되를 심고이다 / 그 바미 우미 도다 삭나거시아 / 그 바미 우미 도다 삭나거시아 / 有德(유덕)하신 님믈 여해아와지이다"를 연상시킨다. 불가능한 상황(모래에 싹이 튼다, 사장님이 애를 밴다 / 모래 벼랑에 구운밤을 심고 그 밤에서 싹이 난다)을 가정법의 조건절로 제시함으로써 주절의 상황(토요일에 잔업이 없다 / 유덕한 임과 헤어진다)이 절대로 일어날 수 없음을 말하는 방법이다. 이처럼 불가능한 상황을 전제로 걸어놓음으로써 토요일에 잔업이 없는 경우가 거의 없음을 강조하는 것이다. 또 "두만강을 노저어 오륙도 돌아 개나리 처녀 미워미워"는 술자리에서 자주 불리는 대중가요를 '두만강'과 '오륙도', '개나리처녀'라는 단어로 치환시키는 비유법을 사용하고 있고, "어깨 우쭐, 방뎅이 들썩," 부분은 마치 판소리의 구절을 보는 듯 역동적인 리듬을 집어넣고 있다. 또 「떠나가는 노래」는 '어야디야'라는 상여 소리를 중산 중간 집어넣어서 투쟁의 길을 떠나는 장면에 비극성을 더하고 있다. '시사시'인 「씨받이 타령」 또한 '타령'이라는 양식을 의식하고 있고, 「인신매매범의 화끈한 신상 발언」은 후반부에 시극 형태를 집어넣어 시의 입체성을 꾀하고 있다. 따라서 박노해의 시는 전통적인 시 형식을 계승함으로써 대중적인 호소력을 확보한다고 설명할 수 있다.

---

19 정남영 또한 『노동의 새벽』 이후의 박노해의 시들에서 김수영과 김지하의 영향이 나타난다고 지적한 바 있다. 정남영, 앞의 글.

4. 재현의 포기와 혁명적 낭만성

그러나 시인이 서술자의 입장을 벗어나서 시적 상황에 대해 자신의 입장을 표명하거나 방향을 제시할 때, 박노해의 시는 표면적 상황 인식과 관념적 해결이라는 상투성을 면하지 못한다. 「영어회화」에 나타나는 사대주의 비판("미국전자회사 세컨라인 리더 누나는 / 컨베이어 벨트에 밀려드는 부품에 / QC 활동에 칼처럼 곤두설수록 / 조선어 말살 / 생각이 난다")은 표피적인 유사성을 지적하는 것 이상이 되지 못하고, 「썩으러 가는 길」은 군대 생활을 노동 현장보다 나은 상대적인 평등의 세상으로 그리는 ("차라리 저임금에 노동을 팔며 / 갈수록 늘어나는 잔업에 바둥치는 이놈의 사회보단 / 평등하게 돌고도는 군대생활이 / 오히려 공평하고 깨끗하지 않으냐 / 그 속에서 비굴을 넘어선 인종을 배우고 / 공동을 위해 다 함께 땀흘리는 참된 노동을 배워라") 사고의 단순성을 보인다.

계몽과 선동이 주가 되면서 체험에 바탕한 현장성은 희석되고 생경한 구호와 당위가 시의 내용을 이루게 된다. 이때 시의 화자는 사회주의적 민주주의를 향해 나아가는 과정에서 요구되는 소수의 혁명적 전위이다. 이 단계에 이르러서 박노해의 시는 자본가에 대한 증오와 극단적인 투쟁을 선동하는 도구로 전락한다.

지난 40년 치욕의 긴 세월을 / 휴먼테크 삼성의 신화를 위해

정주영 현대공화국을 떠받치기 위해 / 수십만 노동자가 쓰러져갔다

오늘 하루도 수십명의 노동자가 아 어머니 / 비명조차 못 지르고 처참히 죽어가고 있다

네 무식한 신념을 위하여 / 네 끝없는 자본증식을 위하여

아 결국 그렇다면 너와 나 / 둘 중 하나의 눈에 먼저 흙이 들어가야 한다
결단코 한 하늘 아래에 함께 살 수는 없다 / 너를 위해, 한줌도 안 되는 부
르조와지를 위해
우리가, 천만 프롤레타리아트가 / 날마다 피땀 흘리며 쓰러져갈 수는 없
지 않은가

이제 우리 노동자의 성스러운 손을 들어 / 그대 두 눈구멍에 흙을 집어넣
어야겠다
뜨거운 연대로 거대한 삽날로 / 쿵 쿵 싯누런 네 공화국을 까부수며
거대한 네 무덤을 세차게 파헤쳐 / 깨끗이 그대를 잠재우고 말겠다
― 「내 눈에 흙이 들어가기 전에는」 부분[20]

이 시는 노동자의 실제 삶을 그리는 대신 시인의 일방적인 진술만으
로 이루어져 있다. 시 전반에 걸쳐 나타나는 자본가에 대한 증오는 선
험적인 것이고, 자본가와 노동자는 결코 양립할 수 없으므로 자본가를
타도해야 한다는 주장이 반복된다. 이 같은 발언은 노동해방이 시대
적·역사적 요청이며 이를 위하여 노동자계급이 단결하여 자본가를
몰아내는 것을 당연하다는 믿음에 근거한다.
이러한 시적 변화는 박노해가 노동 현장을 떠나서 직업적 혁명가로

---

20 박노해, 『참된 시작』, 창작과비평사, 1993, 111~112면.

변신하는 것과 직접 연관되어 있다. 그는 1985년에 결성된 서노련 창립과 신문 제작에 관여했는데, 서노련은 급진적 선도적 정치 투쟁을 앞세우며 대중성을 상실해서 1년 만에 와해된다. 그 후 박노해는 1989년 노동자계급의 당파성을 주장하며 선진적인 이데올로기 구축에 앞장섰던 『노동해방문학』 발간에 관여하면서 강경한 선동가로 변모하게 된다. 두 번째 시집 『참된 시작』 3부에 실려 있는 「머리띠를 묶으며」, 「손을 내어뻗는다」, 「소를 찌른다」 등은 사실상 『노동해방문학』의 이데올로기적 지향을 그대로 시로 옮겨놓은 것이다.

아 아 저 손들이 / 혼자서는 두렵고 힘없던 손들이

공장 안에서는 한무리 작던 손들이 / 뜨거운 연대로 함께 뭉치니

찬란하구나 장대하구나 / 하나의 기치 아래 하나의 표적을 향해

거대하게 조직된 하나의 손이 되어 / 모두 함께 일치단결 손을 내어뻗으니

찬란하고 눈부신 성난 파도가 되는구나

타도하자! 타도하자! 타도하자! / 보이지 않는 쇠사슬 감긴 노동자의 손을 들어

거절당하고 배신당한 분노의 손을 들어 / 전진하며 전진하며 내어뻗는다

질서정연하게 조직된 거대한 손이 되어 / 일사불란하게 진격하는 거대한 무기가 되어

— 「손을 내어뻗는다」 부분[21]

---

21 위의 책, 133~134면.

이 시에서 강조되는 것은 노동자들의 단결과 그 힘에 대한 확신이다. 노동계급 연대는 노동 해방의 세상을 위해 필수적인 것으로서 현재 부과된 신성한 임무와도 같다. 따라서 노동계급끼리의 갈등이나 의심은 전혀 없다. 그 예로 「마지막 부부싸움」은 '노동자'라는 동지의식으로 가난한 삶에서 오는 갈등을 극복하는 부부를 보여주고 있다. 그러나 이 시에서 아내와 '나'의 관계는 부부라기보다 계몽의 주체인 선진노동자와 그에 의해 단련되는 계몽 중인 노동자의 관계에 가깝다. 투쟁 앞에서 먹고 사는 것은 중요하지 않고 인간다운 삶을 살기 위해서는 지금의 시련들은 당연히 견디고 극복해야 한다는 공소한 주장만이 반복 된다("이제 먹고 사는 걱정에만 허우적거리며 / 서로의 가슴에 상처만 주는 / 이 한심한 부부싸움도 오늘로 마지막으로 끝나게 하자 / (…중략…) / 나도 당신도 다가올 아픈 시련을 각오해야 해").

「시다의 꿈」이나 「노동의 새벽」이 혁명의 성공을 확신할 수 없는 데서 오는 비극적인 세계인식을 보여주었다면, 「손을 내어뻗는다」, 「무너진 탑」, 「공상의 북」, 「임투전진 족구대회」 등 1980년대 후반에 쓰인 박노해의 시들은 혁명의 성공에 대한 기대에서 오는 낭만성을 특징으로 한다. 자신이 선택한 길이 역사적·사회적 대의라는 확신이 이를 뒷받침한다. 시가 투쟁의 도구로서 선전 선동의 가장 강력한 감정적 무기가 되면서 박노해의 시가 가지고 있던 체험에 바탕한 리얼리티는 소멸된다. 자각적인 깨달음이[22] 실천으로 연결되기 전에 시인이 프롤레타

---

22 『노동의 새벽』에는 노동계급이 자각적으로 발전해가는 모습이 부분적으로 드러나 있다. 「지문을 부른다」, 「손 무덤」에는 노동자들이 자신들의 현실을 직접 깨닫게 되면서 투쟁을 결의하게 되는 과정이 성공적으로 그려져 있고, 「이불을 꿰매면서」는 노동자 남편과 아내, 남성과 여성 사이에서도 계급관계가 재현되고 있음을 깨닫고 반성하는 모습

리아계급의 해방을 부르짖는 혁명의 전위로 변모함으로써, 정작 시는 노동자의 실제적인 삶과 오히려 괴리되는 아이러니를 낳는 것이다.

투옥과 사형 선고, 석방의 과정을 거치면서 박노해는 1980년대 후반에 쓴 과격한 선전 선동시를 부정하고 개인적이고 서정적인 시로 회귀한다. 2010년에 발간된 『그러니 그대 사라지지 말아라』에는 혁명의 실패에 대한 반성과 내면적인 성찰이 두드러진다. 이 시집은 비극적인 세계인식을 보여준다는 점에서는 『노동의 새벽』과 동일하지만 비극성의 성격은 서로 다르다. 『노동의 새벽』의 비극성이 개인의 희생과 파국을 감지하는 데서 오는 것이라면, 수감 생활 중에 쓴 시에서 느껴지는 비극성은 파국 후의 엄격한 자기반성과 내면 성찰에서 오는 것이다. 1980년대 노동시를 기준으로 한다면 이러한 변화는 후퇴라고 볼 수도 있겠지만 그것을 성공이나 실패로 단순하게 평가하기는 어렵다. 1980년대와 그 후의 사회적 환경과 노동 현실은 다르고 그에 대한 대응 방식 또한 다르기 때문이다. 분명한 것은 1980년대 박노해의 노동시가 한국시의 중요한 한 분야를 개척했고 한국 노동시 발전의 초석을 이루었다는 사실이다.

이 그려져 있다. 이것은 실생활 속에서 스스로 얻어낸 자각적인 인식이다. 그러나 이러한 깨달음은 박노해가 노동 현장을 떠나 직업적 혁명가로 변모하면서 더 이상 발전되지 못한다.

참고문헌

박노해, 『노동의 새벽』, 풀빛, 1984.

_____, 『참된 시작』, 창작과비평사, 1993.

도정일, 「박노해―그 '길 찾기'의 의미와 중요성」, 『작가세계』 35권, 1997.

신승엽, 「노동문학의 현단계」, 『전환기의 민족문학』, 풀빛, 1987.

오성호, 「『노동의 새벽』의 비극적 성격」, 『기전어문학』 10~11, 수원대 국어국문학회, 1996.

임철규, 「평등한 푸른 대지」, 『왜 유토피아인가』, 민음사, 1994.

정남영, 「박노해의 시세계」, 『사상문예운동』, 풀빛, 1991 여름.

조남현, 「노동문학, 어떻게 볼 것인가」, 『신동아』, 동아일보사, 1985.7.

조정환, 「문학적 현실주의의 전망」, 『창작과비평』, 창작과비평사, 1988. 가을.

_____, 「『노동의 새벽』과 박노해 시의 '변모'를 둘러싼 문학적 쟁점 비판」, 『노동해방문학』, 노동문학사, 1989.9.

_____, 「노동자문학의 현단계와 전망」, 『민주주의 민족문학론과 자기 비판』, 연구사, 1989a.

_____, 「'민족문학주체논쟁'의 종식과 노동해방문학 운동의 출발점」, 『노동해방문학』 6·7월 합본호, 노동문학사, 1989b.

강정인, 『민주주의의 이해』, 문학과지성사, 1993.

고병권, 『민주주의란 무엇인가』, 그린비, 2011.

맹문재, 『한국 민중시문학사』, 박이정, 2001.

편집부 편, 『박노해 현상』, 등에, 1989.

7장 │ 시가 무엇인가를 넘어서는 법 │

1990년대 이후의 시

박수연

1.기표에서 개념으로

'1990년대 이후 한국시가 보여준 몇 개의 개념들의 변모'를 정리해볼 필요가 있다. 자유, 평등, 민주주의 등이 그 개념이다. 미리 말하면, 이 글은 그 필요에 답하면서 초월하려는 시도이다. 가령, 사람들은 '기표' 라고 쓰지만, 이 글은 그것을 '개념'이라고 바꾼다. 기표는 놀이지만, 개념은, 이미 잘 알려진 헤겔의 말을 빌리면, 학문이다.[1] 그것이 기표

---

[1] 헤겔은 그의 「서설」, 『정신현상학』을 '학문적 인식에 관하여'로 명명했다. 그에 따르면 학문이란 '주어진 사태의 내면적 진리에 접할 수 있는 통로'이다. 게오르크 빌헬름 프리 드리히헤겔, 임석진 역, 『정신현상학』 1, 한길사, 2009, 110면 참조. 또 그 내면적 진리는 "우연의 형식을 띠고 나타나는 자유로운 정신의 측면에서 보면 '역사'이고 이를 개념적으 로 파악된 체계의 측면에서 보면 '현상하는 지의 학문'이다. 이 양자를 합쳐 놓은 것이 개 념화된 역사'이다. 게오르크 빌헬름 프리드리히헤겔, 임석진 역, 『정신현상학』 2, 한길 사, 2009, 361면 참조.

일 때 의미는 부족하고, 개념일 때 의미가 흘러넘칠 것이다. 이렇게, 자유, 평등, 민주주의는 언제나 결여와 과잉이라는 모순적 규정을 버텨야 한다. 현실 속에서도 그렇다. 사람들은 자유, 평등, 민주주의라는 언어 앞에서 때로는 매몰찼고 때로는 희생적이었다. 동일한 언어이되 다른 반응을 가져왔던 이 사태들의 흐름 속에서도 그것들은 여전히 자유, 평등, 민주주의라고 쓰여야 하는 것일까? 그 개념들은 시간이 흘러가도 낡아버리지 않는 본질적 국면을 항상 지니고 있는 것일까?

헤겔이 '정신의 자기실현'이라고 말했던 바가 이로부터 멀지 않다면, '의식으로 이행해가는 개념'을 살펴보려는 노력이야말로 바로 자기의식의 현상형식이라고 말할 수 있을 것이다. 지금 우리는 형상적 사유로서의 시의 역사를 현실 속에서 구체화하기 위한 개념을 규정하고 있는 것이다. 요컨대 우리의 작업은 '자기실현'이라는 말이 부과하는 '모종의 속성이 지속되는 사태'를 고려해야 한다. 지젝이 어느 책에서 '저 위대한 과거가 지금 우리에게 무슨 의미를 가지고 있는가'를 따지지 말고, 오히려 그 반대 방향의 질문을 던져야 한다고 했을 때, 그가 요청하는 것은 '그 위대한 과거의 시선에 우리가 어떻게 비춰질 것인가'를 생각하는 일이었다. 이것은 계속 살아남는 어떤 핵심이 현재를 어떻게 규정하는가의 문제가 고려되어야 한다는 말과 같다. 하나의 개념 혹은 행위는 그것의 현재적 맥락 이외에도 그것이 지속시키고 있는 핵심의 규정성에 의해서도 자리매김 된다는 것이다.

자유, 평등, 민주주의를 단지 기표가 아니라 개념으로 처리해야 한다고 생각했던 이유가 여기에 있다. 여러 복수의 시간대를 관통해서 비로소 바로 그때에 도달했던 그것. 그리고 그 이후에도 여전히 결여되거나 과잉된 개념으로 살아가고 있는 그것이 있는 것이다. 한국의 민주주의가 여전히 논의되고 있다는 사실이 그 증거이다. 그것은 언제나 자신의 근거가 되고 있는 현실의 일부를 삭제하거나 부가하면서 되돌아오고 있는 중이다. 이와 함께 현실의 의미도 그 결여와 과잉의 운동으로 스스로의 핵심을 반복한다.

문학 또한 마찬가지다. 자유, 평등, 민주주의라는 개념을 통해 들여다볼 때 문학은 미숙하고 무정형한 사물이 될 것이다. 온전한 이념이 전제되는 한 문학은 항상 턱없이 부족하여 언제나 최종적인 도달점을 욕망하면서 움직이는 존재일 수밖에 없다. 그런데 바로 그 무정형의 사물로부터 세상이 반추될 때 불현 듯 저 정치적 개념들의 불꽃이 터져 나오는 것이다. 시의 역사를 개념들의 세계와 함께 살펴보려는 이 글은 그러므로 그 시계추 운동의 어느 한 지점을 차지하고 있을 것이기 때문에 제각각의 작품들은 그 개념을 폭발시키는 불꽃 자체이다. 모든 시대는 무수히 많은 작품들이 저 아득한 개념의 성좌 아래에 정지직으로 과잉 탄생하고 소멸하는 과정을 포함한다. 지난 시대에 그것은 어떤 내용으로 그러했을까?

2.역사의 종말 이후

1990년대는 경계의 시대이다. '경계'라는 말의 의미 바로 그 차원에서 그렇다. 한 시대가 끝나고 다른 시대가 시작되었다는 의미에서 그렇게 말할 수 있을까? 경계의 영역에 속한다는 점에서 그 시대는 단절과 접속의 시대이기도 했다. 시인들은 끊긴 길과 단절을 노래했다. 백무산은 "옛길 버리고 왔건만 / 새길 끊겼네"(「경계」) 라고 썼고, 박노해는 "무너졌다, 패배했다, 이렇게 / 흐르는 눈물 흐르는 대로 흘러 / 그래 지금 침묵의 무덤을 파고 / 나를 묻는다 나를 암장한다"라고 썼다. 김정환을 사로잡은 것은 죽음의 한가운데 있는 존재(『텅 빈 극장』)였고, 황지우를 사로잡은 것은 현실감각을 상실한 채 분열증으로서만 버틸 수 있는 존재(『어느날 나는 흐린 주점에 앉아 있을 거다』)였다. 사례를 들자면 끝이 없을 것이다. 역사의 본질이 들어 있다고 믿었던 삶의 연속성이, 그 연속성의 형식이라고 생각했던 변증법적 투쟁이, 한꺼번에 휩쓸려 사라져버린 때가 1990년대였다. 삶에 대한 믿음과 삶의 방법만이 아니라 그 삶의 '주체'가 송두리째 그때 사라졌다.

그런데 왜 그 시대는 접속과 재생의 시대이기도 했을까? 왜 백무산은 "나 이제 경계에 서려네 / 칼날 같은 경계에 서려네"(「경계」)라고 쓰고, 박노해는 "그해 겨울, / 나의 패배는 참된 시작이었다(「그해 겨울」)라고 썼을까?

어떤 방식으로든 인간은 살아갈 수밖에 없는 존재이기 때문일 것이다. 집단이 무너졌을 때 그들은 개체로서 살아남아야 했다. 개체의 다수성만큼, 지난 시대로부터의 단절을 묘사하는 방식과 그 묘사의 대상은 다양했다. 다양성의 내용과 형식이 끈질기게 출몰했다는 점에서 1990년대는 혼란스러운 시대였지만, 또 그 다양성은 하나의 삶이 다른 삶과 결합되고 그 삶을 인정해야 한다는 윤리의 출현을 의미하는 것이라는 점에서 신생의 시대였다. 결합을 통해서는 무엇이든 나오기 마련이었다. 따라서 이 경우, 정말로 단절을 노래했다는 말이 맞을 것이다.

단절에 대한 인식이 단절 자체로 끝난 것이 아니라, 단절된 개체들의 결합에서 비롯되는 의미를 새롭게 등장시키는 출발점이라는 점에서 그렇다.

그 재생은 그러나 아직은 잠재적인 것이었을 뿐이다. 시적 발언이 고통의 신음이 아니라 노래이기 위해서는 고통스러운 시간으로부터 일정한 거리가 필요했다. 그리고, 대상으로부터의 거리는 사람들을 내면의 자신으로 돌아가도록 만든다. 그 사실의 사례는, 식민지 조선과 일본의 1930년대를 통해 드러나는데, 이것은 1990년대에도 유사하게 적용될 수 있을 것이다. 외적 현실에 대한 강렬한 외침이 끝나고 외침의 주체들이 내면의 얼굴을 스스로 마주해야 했던 특이성singularity의 시대. 이런 의미에서 1990년대의 시적 변화는 그 변화의 반대편 근원이기도 했던 1980년대 시인들에게서 탐색되어야 한다. 내면으로부터의 출발이 아니라 내면으로의 전환이 논의되어야 하기 때문이다. 위의 시인들이 그 대표 사례이다. 1980년대의 막바지에, 전체를 위한 개인의 희생을 표현하면서, "마지막 남은 어둠 속에서 / 명멸하는 것은 모두 의로운 죽음이나니"(『기차에 대하여』)라고 썼던 김정환은 그의 시적 동료 황지우가 '저 행복한 고통'(「시적인 것으로서의 착란적인 것」, 『문학과사회』, 1999 봄)이라고 표현한 것이 종막을 고했을 때의 심정을 이렇게 기록했다.

아, 그때 왜 우리는 쓸데없이 …… 그냥 기억의 덩어리로
남지 않고, 그것마저 육체 속으로 파묻는
동물이 되지 않고, 우리를 뛰쳐나오듯이, 시간 속으로?
내팽개쳐졌는가, 쓸데없이, 고통의 아름다움 속으로?

나였던 것을 볼 수 있을 뿐 지금의 나를 내가 볼 수 없는

이 잔인한 지혜 속으로? 시간의 끝이여 검은

아가리를 벌려다오 그 속으로 파묻히고 싶다

내가 나였던 시간의 총체를 그때는 볼 수 있을까?

아, 또, 쓸데없이 …… 시간 스스로 기념비를 세울 뿐.

— 「생각하는 사람」[2]

　개체적 삶의 양상을 형식화하는 것은 더듬거리는 쉼표로 이어지는 문장들이다. 삶은 주어에서 서술어로 결합되어나가지 못한다. 몸은 시간 속에 있는데, 삶이 지향하는 의미는 시간의 끝 너머에 있다. 그래서, 매순간의 삶이 도달할 수 있을 것 같았던 의미는 저 종말의 영역으로 유보된다. 지금은 다만 "나를 내가 볼 수 없는" 불투명성의 조각난 시간일 뿐이다. 조각난 시간을 살아가는 존재도 개체일 수밖에 없다. 이 말은 모든 존재를 개체로 만드는 역사가 끝나야 삶이 총체화 될 수 있다는 사실을 함축한다. 따라서, 김정환이 경험했던 시대와 삶의 운동을 고려한 독자라면,[3] 그가 투명하게 주장했던 노동자계급 당파성의 민주주의가 무너져 버렸으며, 그 결과 역사적 종말의 "검은 아가리"로 몸을 던질 수밖에 없는 존재가 필연적으로 있게 된다는 사실을 떠올려

2　김정환, 『순금의 기억』, 창작과비평사, 1996.
3　이 시는 단지 시간과 개체적 실존의 관계를 표현한 것에서 그치지 않는다. 그 이유는 김정환의 삶이 그랬기 때문이다. 시와 시 외부의 의미화는 시인이 살아온 삶의 총체와 결합될 수밖에 없는데, 이 결합의 의미에 대해서는 일종의 소재론적 관점이 필요하다고 나는 생각한다. 시와 정치, 혹은 이 글에 요구된 자유 평등, 민주주의의 문제설정에서도 이 생각은 유효하다. 시 속에 혹은 그 주변에 소재적 차원의 정치적 요구나 표현이 있을 때 우리는 그 시가 속한 정황 전체를 정치적 징후로 읽을 수 있다는 것이다. 당연히, 1990년대의 자유, 평등 민주주의도 그렇다.

야 한다. 시인이 "시간의 총체를 그때는 볼 수 있을까?"라고 묻는 것, 이와 함께 "시간 속으로?" "고통의 아름다움 속으로?" "지혜 속으로?" 흘러가는 역사를 묻는 것은 물론 그 총체화의 가능성에 대한 또 다른 회의이기도 하다. 질문은 모든 의문을 동반하기 마련이다. 이때 세계의 절망에 대한 모든 징후가 드러난다. 그것은 "총체"를 불가능의 다른 이름으로 바꿔버리는 징후이다. 시간의 총체에 대해 "아, 또, 쓸데없이"라고 시인 스스로 말하고 있는 것이다. 이것은 그러므로 지난 시절 내내 시인이 바친 삶의 의미와 그 동시대의 "의로운 죽음"(『기차에 대하여』)에 대한 회의로 이어질 수밖에 없다. 다시 말해 집단적 자유와 민주주의에 대한 전망 상실이 습격한 시간을 시인은 통과하는 중이다. 역사의 주체는 소멸되고, "시간 스스로 기념비를 세울 뿐"이다.

이 주체가 집단적 주체였음을 아는 것도 중요하다. 모든 것이 개체로 용납되는 때가 왔기 때문인데, 역사의 종말이 주체의 종말로 이어진다는 사실이야말로 오래 논의된 화두였다. 알렉상드르 꼬제브에게 그것은 '동물화'되는 것, 나아가 일본식의 스노비즘으로 개체화되는 것이었다. 그가 『헤겔 독해 입문』에서 "역사적"이라는 의미에서 '인간적'인 내용을 모두 상실한 가치'로서의 그 '동물화'와 '스놉화'를 강조했던 것처럼 김정환의 후회는 "아, 그때 왜 우리는 쓸데없이…… // 동물이 되지 않고"이다. 그뿐만이 아니다. 김정환이 '동물'을 말한다면 황지우는 그에 덧붙여, 스노비즘의 한 형태인 '쓸데없는 죽음'을 말한다.[4] 이

---

4 『자본론』이 쓰러져 뒹구는 공간 속에서 "눈이 흉하게 감기는 동물원 짐승처럼" 그는 "내가 안방 문을 열면 무대, 불이 꺼진다 / 어둠 속에서 한 사나이가 외친다; 지금, 옥수수밭에 바람 지나가는 / 소리, 들리지? 자 15층 아래 강으로 나는 가고 있어 / 밤에는 강이 긴 비닐띠처럼 스스로 광채를 낸다는 걸 이제야 알았어! / 가련한 공기족空氣族들이여, 안녕,

런 절망적 소모주의와도 같은 것은 1980년대를 거쳐 1990년대를 지나온 시인들에게서 아주 쉽게 찾을 수 있다. 그런데 묘한 일이 그 절망과 죽음의 시편들에서 발생하고 있었던 것이다. 우선, 1980년대의 집단적 주체가 개체들에게 부가했던 역사적 의무를 전체주의적 억압이라고 비판하는 일이 가장 널리 진행되었다. 조직은 비판되고 개인은 복권되었다. 시는 애초에 서정적 개인의 노래였으므로, 시가 노래한 역사로부터 풀려난 시인들에게 다시 새로운 서정의 시대가 도래하고 있었다.[5] 기형도가 그려놓은 비현실적 공간에 대한 현실적 대응 혹은 현실적 공간에 대한 비현실적 대응은 오히려 나은 경우였는데,[6] 이 개인적 서정의 힘에 고무되어 언어 내부로 탐닉해 들어가는 미학화의 경향이 시를 지배했던 것이다. 최근에 한 사회학자가 '모나디즘의 고립주의'라고 지칭하는[7] 대상이야말로 1990년대 한국시의 한 모습이었다고 할 수 있을 것이다. 그럼에도 불구하고, 한국문학의 한 경향이 끈질기게 살아남고 그 결과 '한국문학과 정치'라는 개념이 지금 우리에게 다시 돌아오고 있는 중이다. 정치라는 말로 돌아오고 있기 때문에 그것은 단지 기표들의 반복이 아니라 개념들의 회귀일 것이다.

빠이빠이!"(「살찐 소파에 대한 일기」)라고 쓰는 장면이 그렇다. 15층 아래의 강물을 바라보는 시선은 바로 그 스놉화된 주체의 죽음 욕망을 징후적으로 보여준다.

5 이때의 중요한 詩作과 비평 코드는 '신서정'이라는 것이었다.

6 기형도는 1980년대에 시를 썼지만, 그의 시가 폭발적으로 읽힌 시대는 1990년대였다.

7 강수택, 『연대주의 - 모나디즘 넘어서기』, 한길사, 2012.

3.개체와 개체

역사 속에서 볼 때, 개체들이 다른 개체들과 충돌하고 접속하면서 일어나는 사건이야말로 가장 역동적인 것임이 분명하다. 이와 함께, '개체는 통일체'이지만, 동시에 "개체들의 구성과 활동은 원초적으로 다른 개체들과의 관계를 함축한다"[8]는 사실이 충분히 강조되어야 한다. 개체와 개체가 충돌하고 접속하여 새로운 존재 운동을 산출하게 되는 사태는 정확히 이 경우를 가리킬 것이다.

그런데, 집단에서 개인을 향해 분해된 1990년대라는 사실은[9] 한국 시를 개체화로부터 개인화로 나아가도록 했다.[10] 그것은 '나누어질 수 없는 상태'의 유일한 독자성을 상정한다는 점에서 독창적인 것이지만, 또한 개체들의 관계를 삭제한다는 점에서 위험한 것이기도 했다. 관계가 삭제된다는 것은 곧 정치가 삭제된다는 사실을 의미하는 것이다. 또 그것은 현실에서 경험 불가능한 '개인'을 전제함으로써만 가능하기 때문에 현실의 구체성으로는 어쩔 수 없는 규제적 이념과도 같은 개인성을 만드는 것이라고 할 수 있다. 박노해가 "개인 있는 우리"(『사람만이 희망이다』)를 말하는 순간이 그렇다. "삶의 본연을 긍정하지 않는 사회주의가 진보할 리 있겠습니까 / 삶의 당연을 품에 안지 못한 자본주

---

8 에티엔 발리바르, 진태원 역, 『스피노자와 정치』, 이제이북스, 2005, 212~213면.

9 이런 사태는 왜 발생했을까? 이것은 아마도, '문화전쟁은 전치된 양식의 계급전쟁'이라고 지젝이 이야기하듯이, 네트워크 문화 사회에 대한 노동자계급의 패배일지도 모른다. 그렇다면 이것은 그러한 사회적 자본을 갖지 못한 존재들의 영원한 패배를 이야기하는 것은 아닐까? 따라서 이 상태를 극복하기 위해서는 주체의 선택이 필요한데, 이에 대한 논의는 이 글의 주제가 아니다.

10 개체화와 개인화에 대해서는 에티엔 발리바르, 앞의 책, 213면 참조. '개인화'는 위의 책에서는 '개성화'로 번역되어 있다.

가 진보할 수 있겠습니까"(「세 발 까마귀」)라고 말하는 그의 시적 변모는 충분히 의미 있는 것이고, 단절된 존재들의 재결합에 대한 희망을 환기하는 힘을 긍정적으로 갖는 것이지만, 동시에 그것이 개인에 대한 강조를 그것 자체로 부각시키는 순간 그 이면의 그림자를 수반하기도 한다. 1990년대 이후 사회의 '주인 기표로서의 포스트모더니즘'이라고 지젝이 비판하는 어떤 경향이 있었음을 고려해야 하는 것이다. 이는 서구의 68혁명을 체제복고의 가장 든든한 동맹자로 만들어버린 자본주의적 현실의 강력한 힘[11]을 보여주는 것이기도 할 것이다.

그런데, 1990년대 이후의 한국문학에 대한 적극적 평가 항목에서 대체적으로 앞서는 것이 바로 이 개체화를 지향하는 서정들의 부각이라고 할 수 있다면, 그것이 제대로 의미화 되기 위해서는 그것은 어떤 개체관계에 도달했는가라는 질문을 통과해야만 한다. 1990년대로부터 현재에 이르기까지 문학을 관통한 그 개체관계에 대한 사유는 몇 개의 단계를 거치는 것 같다. 우선, 관계 맺음의 불가능성에 대해서 시인들은 고민한다. 이것이 집단으로부터 벗어난 개인들의 필연성인가에 대해서는 더 많은 확인이 필요할 것이다. 다음, 그 불가능성이 개인의 불가피성과 불가역성으로 나아가는 매개가 된다는 사실이다. 1990년대 이후의 문학과 관련하여 중요한 것은 이것이다. 관계 맺는 일의 불가능성이야 주어진 삶의 조건 속에서 얼마든지 있을 수 있는 것이지만, 그 개인이 개인을 둘러싼 터전으로 돌아가는 일 자체를 가능하지 않은 것으로 생각하는 것은 심각하게 논의해보아야 할 부분이다. 기형도가

---

11 슬라보예 지젝, 김성호 역, 『처음에는 비극으로 다음에는 희극으로』, 창비, 2010, 123면.

그 고립적 정서의 소름 돋는 비명을 지르고 갔다면, 황지우는 특유의 과장된 제스처를 통해 관계의 폐허를 노래한 경우였다. 잘 알려진 시 하나를 보기로 하자.

> 아무도 사랑해본 적이 없다는 거;
> 언제 다시 올지 모를 이 세상을 지나가면서
> 내 뼈아픈 후회는 바로 그거다
> 그 누구를 위해 그 누구를
> 한 번도 사랑하지 않았다는 거
>
> 젊은 시절, 내가 자청한 고난도
> 그 누구를 위한 헌신은 아녔다
> 나를 위한 헌신, 한낱 도덕이 시킨 경쟁심;
> 그것도 파워랄까, 그것마저 없는 자들에겐
> 희생은 또 얼마나 화려한 것이었겠는가
>
> — 「뼈아픈 후회」 부분

저 집단적 자유와 평등으로부터의 탈주가 언제나 개인적 삶의 행복을 보장하는 것은 아니었다. 황지우에게 그것은 더 큰 비참으로 나아가는 문이었는데, '뼈아픈 후회'란 그러므로 이중적 의미를 갖는 후회이다. 첫째 그것은 문면 그대로의 후회다. 그 누구도 사랑하지 않은 존재란 철저하게 이기적이거나 철저하게 패배한 존재이다. 그런데, 이 이기심과 패배는 또한 다른 개체가 개입하는 삶을 용납할 수 없는 장애물이기도 하다. 다음은 타자 경멸이라는 또 다른 요인이다. 이것이 숨어 있는 두 번째 후회이다. 타자 경멸이란 모든 오만한 존재들의 우월성이라는 자기 착각이 야기하는 심리적 경향일 것이다. 이 경향을 있는 그대로 보여주는 것은 역사의 종말 이후에 오는 '동물화 되기'에 대한 자기고백인가 아니면 타자의 삶을 송두리째 무화시키는 폭력인가?[12]

이에 대비되는 노동자 시인들의 자기 부정과 극복은, 속속들이 자기 비하적 주관화의 렌즈를 통해 세상을 뒤집어보는 지식인들의 자기중심성과는 다른 면모를 갖는다. 아마, 서두에 썼던 박노해와 백무산의 자기 극복이 그럴 것이다. 이것을 노동하는 힘의 낙관주의와 지식인들의 언어중심주의가 보여주는 차이라고 할 수 있을까? 이것은 자칫하면 1980년대식 노동자중심주의를 재생시키는 위험한 발상이기는 하다. 그러나 1990년대의 저 자기중심적 청산주의의 비극과 관련해서는 좀 더 고려해볼 문제이기도 하다.

그렇다면 위의 황지우 시는 자기 집착적 개인화의 경향을 보여주는 1990년대 시의 한 절창인가?[13] 이와 관련하여 우리는 "기술적 대상은 아무데서나 어떤 경우에서든 아름다운 것이 아니다. 그것은 세계의 독특하고 특이한 장소를 만날 때 아름답다"[14]고 개체론의 철학자 시몽동이 쓴말을 참고해볼 수 있다. 이 말을 이렇게 바꿔 볼 수도 있을 것이다. "개체화된 서정의 언어 미학이 아무데서나 어떤 경우에서든 아름다운

---

12 나의 생각으로는 황지우는 포즈의 시인이다. 그 포즈 때문에 그는 한국예술종합학교 사태를 겪기 이전에는 자기중심적 폭력에 사로잡혀 있다가 그 이후 어떤 포즈와 함께 현실로 나온다. 그러나 그는 다시 사라진다.
13 이 시는 소월시문학상을 받았다.
14 질베르 시몽동, 김재희 역, 『기술적 대상들의 존재 양식에 대하여』, 그린비, 2011, 266면.

것이 아니다. 그것은 세계의 독특하고 특이한 장소를 만날 때 아름답다." 황지우의 시가 '관계 맺는 존재'가 아니라 '관계 파괴의 존재'를 형상화한다는 사실을 고려하면, 그의 시를 한편의 절창이라고 부르기 위해서는 더 많은 유보사항이 따라야 한다는 것이다. 오히려 한 편의 시를 절창으로 수용하도록 하는 관개체화의 경우를 잘 보여준 시인들이 박노해나 백무산과 같은 경우라는 사실을 우리는 기억해야 할 것이다.[15] 박노해는 더 넓은 세계와 형상화방법으로 나아갔고 백무산은 이데아를 거쳐 현실적 구체로 귀환했다. 그들처럼, 한 개인적 존재가 경계와 절망 앞에 서서 끝내 재생의 시공간을 상상할 수 있는 이유가 무엇인지 고민하는 일이야말로 이제 시인들이 치러야 할 할 시적 삶의 몫일 것이다.

그 재생의 시공간을 상상하기 위해 시인들은 민주주의라는 보편으로까지 나아가야 할지 모른다. 실제로 1990년대 시편들에서 그것은 개체적 내면을 지향하는 언어들이 뿜어내는 어떤 징후이다. 앞에서 우리는 개체들의 관계맺음이 새로운 삶의 산출로 나아가는 통로가 되어야 한다는 말을 했는데, 이미 1990년대 어떤 시인들은 자기 내부로 돌아가면서 바로 그 삶의 재산출을 희망하는 상상력을 보여준다. 이때 그 희망을 지원하는 유력한 능력이 타자를 바라보는 태도이자 그들과 맺는 관계이다. 타자의 개입이라는 문제는 곧 외부의 개입이라는 문제이기도 하다. 이것은 또한 자기중심적 내재화의 길속에 있는 모든 것이 의심되어야 한다는 것을 뜻한다. 개인적 서정의 길에서 물론 시가 핵

---

15 용산참사 및 이 이후의 일련의 사태와 관련된 젊은 문인들의 행동도 가장 최근에 나타난 사례일 것이다.

심이지만, 그것은 외부의 개입을 통해 비로소 시가 핵심임을 보여주어야 하는 것이다. 그것은 경계를 설정하고 경계를 넘기에 해당할 것이다. 모든 경계는 '나'와 '너'를 가르는 것이면서 또한 결합하는 것이기 때문이다.

경계를 넘는다는 것은 모든 내적 동일성을 문제 삼는다는 것이다. 그것은 1990년대가 1980년대를 문제 삼았듯이 2000년대가 1990년대를 문제 삼아야 한다는 것이며, 동시에 후대가 전대를 문제 삼았듯이 전대가 후대를 문제 삼아야 한다는 것을 뜻한다. 이것은 개별이 보편을 문제 삼았듯이 보편이 개별을 문제 삼아야 한다는 것이기도 하다. 내적 동일성에 갇히지 않고 현실을 향해 시선을 풀어놓는 것. 그것은 시를 살아나가는 시인의 몸을 비우는 것이다. 어떻게 몸을 비울 것인가?

우리는 타자 중심주의로부터 더 나아가야 할 것이다. 그것은 지금 다시 주체를 살리는 길인데, 그것이란, 세상을 구성하는 존재들에게서 하나의 측면을 버리고 다른 하나를 택하는 방법으로 이루어질 일이 아니다. 그것은 오히려 그 두 면을 모두 취함으로써 가능한 일일 것이다. 1990년대의 시인들이 타자를 주목하고 타자를 향해 삶의 방향을 둠으로써 이루려 한 것이 있다면, 그것은 민주주의적 평등이라는 말의 광휘에 압도되어 지난 시대의 자기중심적 주체성이 부려놓은 배타성을 넘어서려는 노력일 것이다. 그것은 그런데 개인적 내면 일변도의 행위가 동반하는 불모성을 되살리는 길이기도 했다. 불가능을 추구함으로써 불가능 자체가 되려는 욕망의 세계와 같은 것이 그것인데, 극단적으로 말하면 불가능은 모든 것을 허락하는 요인이기 때문에 그것은 개별자로서의 타자를 중심에 두면서 또한 개인의 보호라는 합의에 의문을 제기할 수 있는 자유를 필요로 하는 것이기도 하다. 역설적인 의미에서 시인은 모두 자기를 희생하여 보호받지 못하는 존재임을 기꺼이 감수함으로써 그것을 보여주는 사람이기도 하다. 그것이야말로 개인적 서정의 지독한 운명이다. 한국시의 많은 절창들은 바로 그 희생의 한 정점에 서 있는 것들이었다. 실로 문학적 성공이 아니라 문학적 실패가 이 끔찍한 자본주의에서 성공하는 유일한 길이라는 역설이기도 한 것이다. 그때 비로소 타자들이 주체의 몸으로 스며들 준비를 하기 마련이니 더욱 그렇다. 개인의 희생을 당연시 한다는 것은 시인들이 이런 세상에서, '저 집단 때문에 나 이렇게 고통받고 있어'라고 외칠 것이 아니라 그 집단의 거대한 고통 앞에서 시인의 고통을 조용히 살아내는 태도가 필요하다는 의미이기도 하다. 시인들은 언어 앞에서 다만 침묵할 수 있을 뿐이다. 우리 시대가 그것을 요구하고 있는 것이다. 이것은 지독한 역설이지만, 또한 반드시 겪어야 할 역설이기도 하다. 이 침묵이야말로 실은 저 아득한 내면의 자유를 거쳐 더 큰 정치적 폭발의 관계 형성을 가능하게 하는 힘이기도 할 테니까 더욱 그렇다. 그리고 그 자유의 자기실현이 문학의 정치라는 개념으로 반복되는 과정을 지금 한국문학은 경험하고 있는 것이다.

4. 문학의 위기의 시대에

그런데 시인만이 희생자는 아니다. 1980년대의 정치적 격랑을 넘어서 문학이 개체들의 관계와 내면으로 돌아가기 시작했을 때, 1990년대 이후 결정적으로 문학의 위기가 찾아오기 시작한다. 문학이 정치로부터 떠나자 문학의 복수가 시작되었던 것일까? 사람들은 문학과 관계 맺던 시선을 거둬들여 다른 매체들로 관계를 확장하기 시작했다. 그것은 문학이 정치를 떠나버렸기 때문일까 아니면 문학 이외의 것이 더 정치적이었기 때문일까?

문학의 위기라는 말은 문학이 사람들에게 영향을 미칠 수 있는 능력의 위기를 가리키는 말이기도 하다. 그 영향이 직접적이든 간접적이든 이제 더 이상 사람들은 제 삶의 앞길을 문학에서 찾지 않는 듯하다. 때로는 직접 문제 해결의 통로를 찾기도 하고 때로는 지혜의 간접적인 환기를 받음으로써 문학 작품과 관계 맺어왔던 사람들은 이제 다른 문화 매체나 인문학 서적을 선택하고 있는 것이다. 이러한 변화양상의 원인을 찾아보라면 우선 최근 문학의 내성화 경향을 짚어볼 수 있다. 문학 언어 자체의 자율적 능력과 역할에 주목하는 논의는 어느 샌가 감성적인 것의 재배치와 그에 따른 정치적 역량 확대, 그리고 그에 수반되는 문학 언어의 독자적 생존을 언급하는 쪽으로 이어졌다. 이 논의는 그런데 갑작스러운 것이 아니다. 그것은 1990년대 이후 한국문학이 보여준 내성화 경향의 현재적 도달점이기도 한 것이다.

한국 사회에서 문학적 내성화 경향은 특이한 모습으로 실현된다. 문학 언어의 자율적 능력을 탐구하는 일과 문학적 주체의 내면을 탐닉하는 일을 내성화의 언어적 면모라고 할 수 있을 것이다. 이 경향이 한국 문학에서 뚜렷하게 등장하기 시작한 것은 1930년대이다. 일제 파시즘의 진군에 억압된 한국문학은 서구의 반자본주의적 모더니즘조차 의사-순수의 언어적 실험으로 변형시켰다. 문학은 정치적 역할에서 그 영역을 제한받았고, 그 결과 문학적 순수라는 한국판 이데올로기의 근거가 주어지기 시작했던 것이다. 문학의 정치적 역할은 이로부터 일정한 정세를 맞아 회귀하는, 데리다가 표현한 바의 유령과 같은 것이 되었다. 현실에 의해, 역사에 의해 제 몫을 다하거나 실현되었거나 할 수 없었던 존재들의 회귀가 문학에서도 이루어지고 있었던 것이다.

한국문학의 이 특이성은 그러므로 역설적이게도 문학과 정치적인 것 혹은 사회적인 것의 끈질긴 상호 탐색을 동반하는 것이다. 근대문학의 종언론이 등장한 이후에도 우리 문학이 그 근대문학의 핵심이라는 정치적 역할을 지속적으로 물고 늘어진 것도 바로 그 때문일 것이다. 이렇게 된 데에는 또한 역사적 연유가 있는데, 근대로 이행하던 시기의 가장 유력한 저항적 지원군이 바로 조선의 문학이었다. 따라서 한국문학의 정치적 지향성에는 왜곡된 근대사를 그 원인으로 삼고 문학을 매개로 삼아 해방된 역사를 상상했던 사람들의 원망이 묻어있을 수밖에 없는 것이다. 그러므로 1930년대의 문학적 내성화 경향이란 그 정치적 지향성을 강제로 묻어두어야 했던 존재들의 내적 반탄력을 더 강하게 예비해두는 일이기도 했을 것이다. 한국문학이 1990년대 이전까지 강렬한 정치적 계몽적 문학담론을 가지고 있었던 데에는 이런 연유가 있다. 계몽주의의 여러 폐해에도 불구하고, 이것은 한국문학의 가장 소중한 자산임에 틀림없다.

이런 한국문학의 역사적 특이성 속에서 정치적 문학의 탄생과 소멸을 논의하는 일이 부각되는 것은 무엇보다도 그것이 우리 현실의 권력과 맺는 관계 때문이다. 그리고 문학의 현실적 연관성은 한국문학이 도대체 언제부터 정치적 내용을 작품에 담기 시작했는가 하는 문제, 즉 정치적 문학의 출발 시기라는 역사적 면모 때문에 중요한 것이라기보다는 왜 그 시기에 정치적 저항을 주요 목표로 하는 작품이 나타났는가 하는 사회적 이유 때문에 중요한 것이다. 그것은 무엇보다도 개체적 서정시인들의 운명 때문이라고 해야 한다. 이와 관련해서는 1990년대 한국시를 지배했던 하나의 간접적인 사례를 들어보는 일이 필요하다.

한국문학의 정치적 면모가 내성화로 방향을 틀 즈음에 그 이전과 이후의 모습을 동시에 지니고 있었던 시인이 있다. 기이한 죽음으로 사람들을 놀라게 한 기형도는 언어와 현실 사이의 그 막막한 구멍에 그의 온 기억을 던지고 그의 시를 던졌으며, 시의 자장에 이끌려 그의 시의 육체적 기억이라고 할 수 있는 몸을 던진 시인이다. 1990년대 이후 특이하게 전개된 이 한국 시단의 개인적 흐름을 이해하기 위해서는, 다음과 같이 시인을 두 부류로 나누는 일이 필요하다.

우선 수사적 시인들이 있다. 이들은 언어와 현실 사이의 구멍 앞에서 한 무더기의 언어를 던져 넣고 그 울림을 기다려 시를 쓰는 사람들이다. 그들은 그들이 던진 언어가 막막한 공간의 텅 빈 그 무엇과 스치며 내는 소리에 귀 기울이고, 그 맨 밑바닥에서 폭발음이 아련하게 들릴 때, 그러나 빈 구멍을 메아리치는 파열음 때문에 그 언어의 소리가 귀를 먹먹하게 할 때, 시를 쓴다. 그들의 시는 따라서 이 현실에 대해 설득적이고 변호적이며 논쟁적이기까지 하다. 그 소리는 현실의 소리이며, 그들이 서 있는 장소에서 그들은 해석하기 때문이다. 이 부류에서 생산되는 시들이 그 무엇보다도 현실적인 것도 그 때문이다. 그들은 언어와 현실 사이의 빈 구멍, 혹은 비현실이라고도 할 수 있는 검은 공백 속으로 들어가지 않는데, 그들이 떠날 수 없는 현실, 그들을 잡아매고 있는 현실이 그들로 하여금 그 폭발음을 해석하고 설명하게 하기 때문이다. 그들은 현실에 남아 있어야 하는 것이다. 이로부터 레토릭은 시작된다. 수사적 시인들은 언어와 현실 사이의 구멍 앞에서, 그 구멍에 문학적 현실을 메꾸어 넣으면서, 종잡을 수 없이 거칠고 캄캄한 세상에 옷을 입히는 것이다. 이로써 그들은 시를 통해서 불행을 넘어선다.

이제와 생각하면 우리의 1980년대 문학은 그러한 시작 태도의 아름다운 절정이었다. 시인들이 서있는 자리는 한 치의 곁눈질도 허용되지 않는 빙벽과 같았고, 그 위에 선 시인들은 그것을 부지런히, 그리고 분명히 견뎌냈다. 그때는 이 현실에 대해서 뿐만이 아니라 이 현실의 캄캄함을 넘어서 있는 저 앞의 현실에 대해서도 시인의 언어가 '행복하게' 그 실체를 그려내고 있는 중이라고 믿어졌기 때문이다. 그 믿음은 당연한 것이었는데, 왜냐하면 시인들과 함께 1980년대 초입의 죽음과 그 죽음의 빛이 뜨겁게 살아있기 때문이었다. 시인들이 역사의 와중에 희생자의 모습으로 스스럼없이 뛰어들었던 데에는 그런 이유가 있었던 셈이다.

그런데 역사 속의 현실이 시인들의 믿음과는 다른 방향으로 흘러가는 시대가 바로 1990년대이다. 이때 시인들은 불행한 현실의 저 너머를 향해 운동하는 역사를 얘기해야 하는 사람이 아니다. 시인들은 지금 이곳에서 뒤틀리고 있는 불행한 현실 자체를 인정해야 했지만 그렇게 쓰인 시 속에서도 불행은 여전히 살아남아 시인을 괴롭히고 있었다. 어떤 희망이 결여되어 있었기 때문이라고 할 수 있는데, 행복을 위해 시를 쓰고 있는 시인에게 계속 불행이 출몰하고 있다면 과연 그 시로 무엇을 할 수 있는가라는 질문이 나올 수밖에 없다. 가령, 언어와 현실의 행복한 일치가 혹시 깨져버린 것은 아닐까라는 질문과 같은 것 말이다. 이 질문은 물론 누구보다도 수사적 시인들의 몫일 것이다.

또 한 부류의 시인들이 있다. 이미 말했지만 이들은 언어와 현실 사이의 구멍('앞'이 아니라) 속에서 시를 쓴다. 이들은 기형도가 말한 것과 같은 "보이지 않는 거대한 숨구멍"(「어느 푸른 저녁」)이나 "둥글고 빈 통로"(위의 시)를 예민하게 감지하고 그 속으로 들어가 시의 언어를 깁는 사람들이다. 이들은 언어의 불행이 싹트는 막막한 현실과 대면하지만, 그 현실을 사람들에게 설득하지도 변호하지도 않는다. 이들은 그 현실을 그저 보여주기만 하는 시인들이다. 이들이 보여주는 현실은 대개 이중적 구조의 불행으로 겹쳐진다. 하나는 이 시인들이 지니고 있는 정신적 상처가 바로 그 현실에서 비롯된다는 점에서, 불행한 현실 그 자체이다. 이 부류의 시인들이 불행한 현실을 미래의 행복으로 감싸지 않고 그대로 보여준다는 사실은 이들이 넓은 의미에서의 현실주의자라는 사실을 알려준다. 하나의 예로, 김현은 기형도의 시적 성취를 일컬어, 주로 그의 죽음 이미지와 관련하여, '그로테스크 리얼리즘'이라고 했지만, 우리는 우선 이 부류의 시가 현실의 표면을 절개해서 현실 밑바닥에 가라앉아 있는 현실의 불행을, 말하자면 그 현실의 흉측하고 기괴한 모습을 남김없이 보여주려 한다는 사실에 주목해야 할 것이다. 이러한 시는, '본질을 포함하는 현상'에 대한 직접적인 기술이라기보다는, 그 현상의 밑바닥에 꿈틀대고 있는, 그 현상을 존재하게 만들었던 근원에 대한 진술인데, 그 근원이 바로 '불행한 현실'인 것이다. 그런데 정신적 상처를, '불행한 현실'로 인해서, 입지 않은 시인이 있을까? 현실의 흉측하고 기괴한 모습에 압도되어 본 적이 없는 시인, 자아와 세계와의 완전한 일치만을 경험하는 시인이 과연 존재할 수나 있는 것일까? 아마도 모든 시인이 이 물음에 대해 회의적으로 대답해야 할 것이다. 그렇다면 앞서 말한 수사적 시인들과 후자의 시인들은 어디에서 갈라지는 것일까?

이중적 구조로 겹쳐진 현실의 불행으로 다시 돌아가자. 시인들이 갖는 정신적 상처의 근원으로서의 불행한 현실 자체가 불행의 한 겹을 이루는 것이라면, 이제는 그 불행한 현실과 언어 사이에 어둡게 패이는 구멍이 문제이다. 시인이 언어를 통해서 현실에 다가서자마자 현실은 그 언어의 완강한 자성에 튕겨나가 버린다. 시인은 애초에 현실이 있던 자리, 그곳에서 삶의 전쟁터에 떨어진 포탄자국과도 같은 구멍만을 보게 될 것이다. 일생을 통해 겪었을 검은 구멍의 체험. 또 한 겹의 불행은 이렇게, 끝없이 물러나 앉는 현실과 그 현실을 포착하지 못하는 언어와의 운명적인 불일치로부터 비롯된다. 이를테면 시인들은 현실에 대해 끊임없이 말하려 하지만, 그들이 정작 발설하는 것은 단지 현실의 흔적일 뿐인 구멍, 그 속에 "긷혀 있음을 느끼고 경악할"(「안개」) 뿐인 "안개의 빈 구멍"(위의 시)이며 구멍의 깊은 어둠 속에서 잡히지 않는 현실을 찾아 헤매는, 검은 영혼의 언어이다.

그런데 그 언어가 현실의 흔적으로 남겨진 구멍 안에서 건져진 것이라면, 그것은 당연히 현실의 어떤 기억을 지니고 있게 될 것이다. 언어의 불행이 이렇게 생겨나고 그 언어를 사용하는 시인들을 절망시킨다. 불행은 불행하지 않았던 기억 때문에 불행인 것이다. 저곳으로 가버린 현실을 끝내 따라잡을 수 없으리라는 생각 때문에 시인의 언어는 불행한 것이다. 그러나 무엇보다도 시인은 현실에 대한 기억뿐인 언어로만 그 현실에 대한 그리움을 얘기해야 하기 때문에 불행한 것이다.

그러므로 현실의 불행을 통해서 존재의 비밀을 접하고 끝내는 그 불행의 심연 속에서 더 이상 불행해지지 않을 때 우리는 다시 새로운 길을 준비할 수 있는 것 아닐까. 한국문학의 현재가 어떤 뼈저린 성찰에 열려있어야 한다면, 그것은 그동안 무수히 논의되어 왔던 1980년대 문학의 이념적이고 집단주의적인 편향에 대해서가 아니라 그로부터 떠나 내성화된 1990년대 문학의 바로 그 개인적 편향을 짚어보면서 아무런 주체적 준비 없이 그 내성화로부터 떠나버린 세대의 문학에 대해 논의해야 하는 것 아닐까?

5. 지금 서있는 곳

현재 우리 눈앞에 있는 현실의 양상과 관련하여 우선, 시적 동일성의 문제를 얘기해볼 수 있겠다. 현실적 맥락에서 동일성과 차이의 개념도 살펴져야한다. 시에서 차이의 윤리학이 제기되었을 때 그 차이의 의미론을 형성하는데 크게 기여했던 것은 포스트모던담론이다. 한편으로 그것은 근대적 형이상학의 논리적 곤경을 넘어서도록 했다. 그러나 지젝이 말하듯이 68담론 등으로 표현되는 신사회운동은 궁극적으로는 자본의 포로가 될 수밖에 없다. 예컨대 차이 또한 그 긍정적 측면에도 불구하고 '개성'이나 '나만의 라이프 스타일'이란 명칭으로 상품화되고 있는 것이다. 또 하나의 예를 들면, 들뢰즈와 함께 대두된 '노마드'라는 개념은 삼성이라는 거대자본의 가장 유력한 경영 이념이기도 하다. 이른바 글로벌 자본주의의 시대에 노마드적 정신에 대한 고찰이 없으면 한국 자본주의는 멸망하고 만다는 것, 세계를 향한 유목적 삶이 필요한 때라는 것. 이를테면 노마드라는 개념은 이제 자본에 의해 영토화된 국면을 보여준다. 물론 거대자본의 노마드 이해가 올바른 것인가에 대해서는 다시 한 번 따져봐야 하겠지만, 또 한편으로는 그 개념의 현실적 좌표도 무시할 수 없는 것이다. 따라서 그 개념이 어떤 맥락에 놓여 있는가 하는 점이 중요해진다. 이런 정황이라면, 동일성이라는 개념의 용례도 지금에 와서는 다시 한 번 되짚어봐야 할 필요가 있는 셈이다. 동일성 담론은 포스트담론의 등장 이후 오랫동안 형이상학적 사유와 태도라고 비판되어 왔다. 그렇지만, 포스트담론의 현실적 한계가 점차 뚜렷해지고 있는 때에 시적 동일성의 문제를 그런 비판을 넘어서는 행위들의 연장선에서 생각해 볼 수는 없을까? 차이를 인정하는 동일성의 세계를 고려하는 일은 동일성의 또 다른 위장에 지나지 않는 것일까?

개성문제뿐만 아니라 자본주의적 속도를 넘어서려는 행위로서의 가난, 청빈, 게으름 또한 상품화된다. 실제로 자본주의 사회에서 게으름을 재산으로 해서는 살아가기가 불가능하다. 소수의 유력자들, 욕망의 무궁한 소비재를 소유한 사람들을 제외하고 나면 가능한 것은 그것을 향해 끝없이 움직여가는 과정만 있을 것이다. 청빈의 윤리학도 마찬가지이다. 그렇다면 문제는 그것을 불가능하게 하는 것과 얼마나 비판적 거리를 확보하느냐 하는 점일 것이다. 그 비판적 거리를 확보하지 못할 때, 이를테면, 자연이나 가난에 맹목이 되거나 그것을 상품화하는 구조를 제대로 파악하지 못할 때 거짓 초월이 나타나는 것이다.

시가 시적일 뿐만 아니라 현실적인 긴장을 가져야 하는 이유는 바로 거기에 있다. 가령, 생태시에서 자연의 아름다운 모습을 이야기하는 것들은, 유비해서 말하자면, 자본의 근대를 넘어선 미래적인 유토피아를 전망하는 것과 마찬가지라고 할 수 있다. 그런데, 생태시에서 세계의 주체와 타자가 결합되고 조화된 삶의 이상으로서 제시되는 것이 만일 도덕적인 차원이라면 그건 또 다른 결정론에 지나지 않는다. 지금 우리에게 필요한 것은 그런 도덕이 아니라 삶의 결정되지 않은 도덕을 만들기 위한 윤리이다. 그리고 이것은 현실 속의 주체가 없으면 불가능한 윤리이다.

따라서 여전히 문학은 현실 속에서 불특정의 적과 싸워나가야만 한다. 현실적으로도 그렇고 미적으로도 그렇다. 그런 의미에서 우리 시에는 아방가르드가 더욱 더 필요할 것이다. 단지 언어 실험의 아방가르드가 아니라 현실을 전복하는 언어구성체로서의 아방가르드가 이때 제기된다. 그리고 이 아방가르드는 1930년대 한국문학의 실험형식들이 일제 파시즘 아래에서 억압시킬 수밖에 없었던 요인들의 회귀이기도 할 것이다. 정치적인 목소리로서의 유령, 정치적인 것의 귀환으로서의 한국문학의 유령이 출몰해야 하는 것이다. 랑시에르적인 자율적 언어구성체의 감성적 확장을 통해 정치적인 것을 환기하는 아방가르드가 아니라 직접적인 소재로서의 정치적 목소리가 필요한 것도 이때이다. 이런 점에서 최근의 한국문학에 르포르타주 형식의 글쓰기가 대두하고 있는 것은 주목할 만한 사태이다. 그 정치적 직접성이야말로, 너무도 많은 매개물들의 홍수에 둘려 있는 현대인들의 정치성을 환기할 수 있는 가장 유력한 요인인 것이다.

이 정치적 직접성을 통해 미적 자율성과 특이성이 강조되는 시대에 사람들이 함께 겪고 꿈꾸는 일의 동일성의 문제가 적극적으로 제기되어야 할 것이다. 이와 함께 보편성의 문제도 논의될 수 있다. 앞에서 기표가 아니라 개념에 대해 말해야 한다고 쓴 것이 바로 이 때문이다. 기표라는 말에 가려 누구도 쉽게 이야기하지 않고 유보시켰던 구체적 미래의 전망과도 같은 것이 이제는 사람들에게 필요하다는 것인데, 현실의 특이성이란 이미 보편을 전제하고 있는 것, 보편이 자기에게 귀환하는 것으로서의 특이성이다. 우리 모두의 공통된 삶의 지반이 틀림없이 있는데, 구체적인 형태로 그게 결정되지 않았을 뿐이다. 사실은 1980년대의 거대담론을 통해서 사람들은 그것의 편린을 얼핏 보고 있었다. 실재the real가 신이 준 우연한 기회나 백일몽과도 같은 순간에만 나타나는 것이라면, 실은 1980년대가 그런 순간이었을 것이다. 사람들은 꿈을 꾸고 있었다. 그 꿈이, 이데올로기의 효과에 의한 것이었을 뿐이라고만 말할 수 없다면, 그 꿈을 시적 차원에서 얼마나 추구할 수 있느냐 하는 것이 다시 시인들에게 제기되는 과제인 것이다.

1990년대 이후 문학은 전략들이 부딪치는 장소였다. 어떤 전략인가 하면, 지배하려는 전략과 그 지배로부터 해방되려는 전략이다. 그것은 1990년대 이후 문학의 특징이라는 말로서 언제나 의미하게 되는 '문학의 새로운 방식'과 같은 걸 지칭하기도 하지만, 한편으로는 '문학적 전략의 새로움'이라고 보아야 한다는 것이다. 거기에는, 부르디외의 말을 빌면, 권력의 장에서 펼쳐지는 게임의 규칙들이 삼투되어 있기 때문이다. 게임의 행위자들이 새로운 방식으로 펼쳐 보이는 싸움의 장소가 문학의 장소인 것이다. 따라서 우리가 이야기해 보아야 할 것은 그

게임이 어떤 게임이냐 하는 문제이다. 그것을 논의해보기 위해서 '거대 서사의 붕괴'와 '사이버 공간의 문학적 의미'를 하나로, 그리고 '몸담론의 시대적 의미'와 '환타지, 엽기적 상상력'을 또 하나로 묶어볼 수 있다. 첫째 문제에 대해서는 문학적 생산과 소통에 있어서의 단성적 강요의 목소리가 사라지게 되었다는 점이 우선 주목될 수 있다. 개체들의 다성적 목소리와 사회적 위치들이 그 단성적 목소리의 자리를 대신하게 되었는데, 이를테면, 거대 서사의 지배 대신 작은 서사의 각축이 있고 일방적 쓰기와 읽기에서 쌍방적 쓰기와 읽기로의 전환이 나타나는 것이다. 눈여겨보아야 할 것은 그 전환 과정에서, 마치 그래야 하는 것이 필연적이라도 했다는 듯이 탈정치적인 목소리들이 대세를 장악하기 시작했다는 사실이다. 애초에 거대 서사가 문제된 것은 그것의 억압적 성격 때문이었지 그것의 정치적 성격 때문이었던 것은 아니다. 그런데 그 억압적 성격에 대한 공격이 탈정치적 목소리의 정당화를 가져온 것이다. 그래서 지금 우리에게 필요한 것은 거대 서사의 억압을 비판하는 작은 서사의 중요성을 강조하는 것에서 더 나아가서 그 작은 서사의 전략을 다시 근본적으로 점검하는 일일지도 모른다. 작은 서사를 통해서 현실의 지배구조를 어떻게 전복시킬 수 있는가 하는 문제 설정이 다시 이루어져야 한다는 말이다. 다음으로 제기되는 것이 몸담론과 엽기적 상상력의 문제이다. 이 두 번째 문제는 첫 번째 문제에 대한 구체적 대응의 장소라고 할 수 있다. 몸이라는 화두가 본격적으로 제기되기 시작했던 시기는 1980년대 말이다. 이 시기는 사회적 자본의 힘이 인간의 육체를 장악하기 시작한 시기이기도 하다. 애초에 시인들에게서 몸이라는 화두가 대두된 이유는 근대의 자기중심적 주체의 폭력을 넘어서려는 문제의식과 관련된다. 그런데 거기에도 자본의 힘이 뻗치기 시작한 것이다. 그래서 몸은 더욱더 문제적이 된다. 잡느냐 잡히느냐 하는 싸움이 치열하게 벌어지고 있는 장소가 바로 몸인 것이다. 엽기적 상상력이 2000년대에 크게 증가했다면, 그것은 바로 자본의 외부로 나갈 출구가 보이지 않는 세대의 자기 폭발과 그를 통한 극단적 미래 환기의 한 양상이라고 해야 할 것이다. 그런데, 그 엽기적 상상력이 트리비얼리즘으로 나아가는 것일 때 한국문학의 정치성은 가능하지 않을 것이다. 그것이 트리비얼리즘이라면, 그것은 그 시인들이 몸을 통해서 다시 생성의 차원으로 나아가지 못하고 다만 몸 안에 사로잡혀 있기 때문이다. 1990년대 이후에 몸의 문제가 왜 본격적으로 대두되기 시작했는지를 좀 더 진지하게 고려해보아야 할 필요성을 제기하는 대목이다. 요컨대 도래할 시대에 대한 전망의 필요성, 그리고 그것의 동일성에 대한 긍정, 그를 위한 정치적 직접성이 지금 한국문학에는 무엇보다 중요하다.

6. 패배를 통해 도달하는 곳

따지고 보면, 1990년대의 세계사적 몰락은 모든 개인을 내면으로 향하도록 한 후 그 내면을 뒤집어 고백하도록 한 종교적 사건이기도 하다. 집단의식에서 빠져나온 존재이든 쫓겨난 존재이든 개인들은 그 자체로 또 다른 세계의 출발선에 서 있어야 했다. 관념적으로 그것은 개인화의 출발이었으며, 유물론적으로 그것은 개체화의 출발이었다. 역사의 역구부리기 효과였을까? 유물론적 현실관이 비판되자마자 관념적 개인화의 경향이 전부인 것처럼 생각하는 시인들의 시대가 화려하게 열렸다. 실제로는 있을 수 없는 일이되, 집단의 유령에 놀란 사람들은 그 개인화를 또 다른 자유와 민주주의라고 바꿔 부르는 일을 서슴지 않았다. 마르크스는 죽은 개였다. 지젝이 말하듯이 68혁명은 '굿바이 사회주의'의 효과만을 가져온 것에 지나지 않았다. 그것은 문학을 정치로부터 분리시키는 결과를 야기하는 것이기도 했다. 그래서, 특이하게 시의 정치가 무엇인가를 논의하는 사태가 벌어지기도 한다. 따지고 보면, 문학의 정치란, 그것이 현실에 어떻게 개입하느냐의 문제 이외의 것이 아니다. 그것은 당연히 문학으로만 이루어질 일도 아니고, 또 비문학적인 수단과 매재에 의해서만 가능한 것도 아니다. 문제는 어떻게 그 문학의 정치가 아름답게 현실 속에 스며드는가 이리라. 실로 1990년대 이후의 민주주의는 개인의 삶에 주력하였다. 문학이 그 과정의 유력한 능력이었음은 널리 알려진 것이고 경험된 것이다. 이제 문학으로 상상하지 못할 것은 어디에도 없게 되었다. 이 상상은 때로는 민주주의를 가늠케 했으며 때로는 개인성의 삶을 민주주의의 형식으로 치장하기도 했다. 그 포스트post적 사유의 결과 첫째, 정치로부터 분리된 언어를 정치로 바꿔 인지하도록 하는 효과, 둘째, 정치적 행위의 집단적 능력을 개인적 삶의 억압으로 이해하도록 하는 효과, 셋째, 개체성으로 보편성을 억압하는 효과, 넷째, 사유되는 자유와 정신 속의 민주주의가 체험된 것으로서의 자유와 민주주의를 대체하는 효과[16] 등등이 나타났다. 이것은 때로 효과 있는 형식적 민주주의를 산출했으나 때로는 뿔뿔이 흩어진 삶에 대한 자본 지배를 더 공고히 하는 것이기도 했다. 문학은 당연히 그 이상을 꿈꾸는 존재이다.

이상이 전부는 아닐 것이다. 인간의 지혜는 간교한 것이어서 많은 경우, 부정적 현상들 속에서 긍정적 효과를 가져오기도 한다. 그 부정성을 긍정성이라고 바꿔보는 타자 사랑을 넘어서서 부정성 자체로 보는 것도 문학의 민주주의가 해야 할 또 다른 일일 것이다. 왜냐하면, 민주주의는 보다 더 많은 사람들에게 상식을 알려주는 삶의 통로이기도 하기 때문이다. 문학은 바로 그 상식을, 세계의 어두운 그늘에 묻혀 있는 기이한 상식을 끄집어내는 일이기도 하기 때문이다.[17] 그리고 그 패배로 점철된 싸움을 통해서 끝내 도달할 곳이 있다는 사실을 사람들에게 보편적으로 알려주려는 개념이기 때문이다.

---

[16] 질베르 시몽동, 앞의 책, 168면.

[17] 비평은 그 상식을 개념화해서 바라보는 행위일까? 많은 시인들이 개념 이전에 작업한 것을 비평은 개념으로 파악해 들이는 작업이다. 이것은 자유 평등 민주주의라는 개념이 일종의 보편적 이념이라는 사실을 전제하지 않고는 불가능한 일이다. 이글은 비평의 의미까지 나아가야 했으나 그렇지 못했다. 개념의 작업으로서의 비평의 의미는 차후의 작업이 될 수밖에 없다.

참고문헌

강수택, 『연대주의 – 모나디즘 넘어서기』, 한길사, 2012.

게오르크 빌헬름 프리드리히 헤겔, 임석진 역, 『정신현상학』 1, 한길사, 2009.
슬라보예 지젝, 김성호 역, 『처음에는 비극으로 다음에는 희극으로』, 창비, 2010.
에티엔 발리바르, 진태원 역, 『스피노자와 정치』, 이제이북스, 2005.
질베르 시몽동, 김재희 역, 『기술적 대상들의 존재 양식에 대하여』, 그린비, 2011.

8장 | '민주화'의 역설과 노동시의 새로운 양상 |

민주화 이후 시대의 노동시와 한국 민주주의

김수이

1. 들어가며

민주화와 동행한 1990년대 이후 한국문학에서 해방, 자유, 평등, 민주 등의 이념과 프롤레타리아 계급성에 기초한 종래의 노동시는 빠르게 퇴조했다. 노동시는 시대·사회·문학적 보편성과 장르적 독자성을 상당 부분 상실하고 야만의 시대의 특수한 시 형태로 간주되면서 위상의 급격한 변화를 맞는다. 노동시를 독재정권의 종말과 함께 시효 만료된 '지나간 역사'의 문학적 대응물로 정리하고, 이념을 위해 미학의 희생이 용인되기도 했던 예외적 시대의 산물로 과거화하는 새로운 시대가 열린 것이다. '민주화'의 이름으로 도착한 이 시대는 민주의 가시적 현상과 사건이 증가할수록 그에 반하는 현상과 사건 또한 증가하며, 민주의 본질이 정치·사회적으로 언표되고 제도화될수록 본질 자체가 허구화하는 기묘한 이중성을 내장하고 있다. 민주와 비민주·반민주가 동시에 확산되는, 양립 불가능한 흐름이 공존하는 시대가 열린 것이다. 정의와 불의, 지배와 피지배, 착취와 피착취, 적과 동지, 혁명의 주체와 대상 등의 분할선이 분명했던 시대에는 불가능했거나 상상하기 어려웠던 일이다. 이로부터 하나의 가설이 추출된다. '민주'의 긍정성과 부정성이 함께 증폭하면서 수반된 사회 전반의 민주화 수준의 통계적 상승 혹은 그 상승에 대한 사실상 근거 없는 믿음이야말로 민주화 시대의 실질적인 내용물이라는 것이다. 구체적인 목표와 방안을 결여한 완결 없는 진행형의 '민주화 시대'는 이러한 텅 빈 자기 지시의 함의를 처음부터 내포하고 있었는지도 모른다. 자본의 무한증식과 지배를 목표로 하는 시장전체주의체제가 양극화를 가속하는 가운데 개인의 삶과 사회 전체가 발전하며 민주화하는 동시성의 역설은 제도, 일상, 노동, 문화, 복지 등 실생활의 표층 차원에서는 '믿음'과 '체감'의 형태로, 현실과 세계를 구조화하고 제어하는 패러다임의 심층 차원에서는 '은폐'와 '조작'의 형태로 달성되고 있는 것이다.

불온한 이중성의 민주화 시대는 '민주'가 현현하는 동시에 휘발하는, '민주'가 정착하는 구현의 표지들이 실은 몰락의 증상에 불과한 역설을 낳는다. 비합리적·비민주적 경계와 위계들을 해체하고 다양성과 복수성을 장려하는 움직임의 배후에는 세계를 하나의 체제로 통합하려는 자본주의의 치밀한 기획이 깔려 있다. 자본의 침투와 굴절로부터 자유로운 존재와 사물이 거의 남아 있지 않은 '자본의 제국'에서 표면과 이면, 현상과 본질, 기표와 기의의 균열은 점점 벌어지는 중에 있다. 이 균열을 조장하며 자본주의가 목표로 하는 것은 통제 가능한 범위의 다양성과 복수성이 공존하는 민주의 환상이지, 다양한 타자와 이질성이 억압 없이 쟁투하고 상생하며 구현해나가는 민주의 실재라고는 보기 어렵다. ""깨뜨리고 분산시킨 다음 통합하고, 통합한 다음 차이의 환상을 유지시키는" 자본주의의 이 오래된 전략은 '한 체제 속의 다양성'이라는 자유주의 이데올로기와 결합하여 지금 단일세계 체제의 강력한 질서를 구축하고 있"는바, "이 다양성이란 끝까지 '한 체제 속의' 다양성이지 '다른 체제'를 생각하거나 실현할 수 있는 다양성이 아니다."[1] 우리의 두 번째 가설은 이 지점을 겨냥한다. 민주화 이후 한국 사회는 '민주의 실질적인 작동'이 아닌, '민주의 매트릭스체제 구축'에 몰두하고 있다는 것이다. '민주화'라는 미완의 열린 명명법은 민주의 실재와 가상이 뚜렷이 구별되지 않는 현실의 측면에서 볼 때도 적절한 바가 있다. 요약하면, 민주화 시대란 실현되면서 실종되는 '민주'의 이중성이 '민주화'의 통계치의 상승으로 상쇄되는 시대이며, 가상의 민주가 실제 경험과 감각의 민주로 현실화하는 시대이다. 한국 사회의 민주화가 진전됨에 따라 위축되며 변모해 온 노동시는 이 두 가설을 검증할 수 있는 현장으로서 지금-여기에 현존한다.

2. 민주화 시대에 노동시가 처한 역설

현실의 변화는 문학의 변화를 요구하며, 문학은 변화하는 현실에 개

---

1 도정일, 「문화 영역의 세계화 또는 아큐 현상」, 『시장전체주의와 문명의 야만』, 생각의
   나무, 2008, 72면.

입하고 질문하면서 다른-새로운 언어와 형식, 정체성을 상상하고 창출한다. 민주화를 전후해 노동시가 보여준 파노라마적 변모는 이를 예증하는 하나의 문학적 사건이다. 1980년대 후반 6월항쟁을 통해 5공화국이 소멸하고 부르주아 민주변혁이 일정하게 수행되기 시작하자, 1980년대 민중·민족문학의 초역사적인 급진적 낭만성과 경직성은 갑자기 낯설고 이질적인 것이 되고 말았다.[2] 전 시대의 노동시의 초역사적인 급진적 낭만성과 경직성은, 노동자가 민중의 주체, 역사의 주체, 혁명의 주체로서 경제, 독재, 분단, 외세 등 한국 사회의 제반 모순을 타파하고 전 인류 차원에서 자유와 정의, 평등의 민주 세상을 건설해야 한다는 당위와 열망을 직접화법으로 피력한 데서 잘 드러났다. "아아! 민중이 주인되어 / 마침내 민중이 집권하여 / 억압과 착취가 있는 구석구석마다 / 투쟁의 불길이 타오르고 소요와 분규가 끊임없이 일고 / 가난과 압제의 연료가 다하도록 투쟁의 불길이 타오르고 / 그리하여 마침내 / 자유로운 노동과 사랑이 봄날 진달래처럼 / 흐드러지게 피어나고 / 빛나는 개성과 정열이 생동치는 세상 / 온세계가 원대한 인류공동체로 하나되는 해방된 신세계"(박노해, 「민중의 나라」)는 폭압의 시대에 노동시가 설계한 이상형이자, 미래형의 현실태였다. 의도치 않게 노동시는 미학적 폐쇄성과 경직성을 불사하며 한국 사회와 인류 역사, 인간 존재의 거의 모든 영역과 과제를 아우르는 비전을 지닌 보편적인 '세계문학'을 지향한 셈이 되었다. "오늘날 우리나라의 노동운동은 목전의 노동조건을 유지·개선하는 데서 그치는 것이 아니라 민주주의

---

2 김명인·박지영, 「민중·민족문학의 양상-1970, 80년대의 문학」, 민족문학사연구소 편, 『새 민족문학사강좌』 2, 창비, 2009, 353면.

와 민족통일 더 나아가서는 인간해방운동의 가장 굳건한 터전"[3]이라는 믿음[4]은 노동시의 위상을 초역사적이며 범인류적인 위치에 올려놓는 발판이 되었다. 그러나 이 믿음은 민주화 시대의 개막과 함께 좌초되면서 노동시를 진퇴양난에 처하게 한다. 노동시를 돌연 과격하고 불편한 타자로 만든 주인공은 아이러니하게도 현실적인 노동조건의 개선과 함께 도래한 민주화 시대 자체였다.[5] 1970~1980년대 문학의 공통

---

3 최원식은 이 사실을 박노해의 시에 대한 분석을 통해 재확인한다. 최원식, 「노동자와 농민-박노해와 김용택」, 편집부 편, 『박노해 현상』, 등에, 1989, 265면에서 재인용.

4 이 믿음은 1980년대 노동시의 절정을 성취한 노동자-시인 박노해가 시만이 아니라 산문과 육성으로도 매우 자각적이고 의지적으로 천명한 것이기도 하다. 한 예로, 민주화운동이 일어난 다음해인 1988년 1월, 노동문학이 정점이자 내리막길 앞에 선 절묘한 시점에 제정된 '노동문학상'(실천문학사) 제1회 수상수감에서 박노해는 노동자가 노동 해방을 넘어 한국의 민주주의와 민족통일, 민중해방을 이끄는 정치·사회·역사의 '주체'임을 선언한다. "이제 우리 노동자는 과거의 우리가 아닙니다. 임금인상과 작업조건 개선을 애원하며 경제적 권익투쟁에만 매달리는 나약한 근로자가 아닙니다. 암울한 침묵과 기나긴 굴종의 사슬을 끊고 역사의 지평 위에 찬란히 떠오르는 샛별처럼 이 나라 정치권력의 주체로서 당당하게 일어서고 있습니다. (…중략…) 우리 노동자의 양어깨 위에 이 나라의 민주주의가, 이 민족의 통일이, 전민중의 운명이 걸려 있습니다."(위의 책, 19면에서 재인용)

5 노동시의 급격한 위상 변화는 문학 내적 요인보다는 외적 요인, 즉 경제 상황과 노동시장의 구조 변환에 따른 노동운동의 쇠퇴, 노동운동과 노동정치의 분리, 노동자 정치주체의 실종 등에 의해 촉발되었다. 경제 발전과 민주화의 함수관계가 복잡해지면서 나타난 결과는 '주체성'을 중심으로 할 때 노동자 주체성 및 계급정체성의 거절(정규직, 생활수준 향상)과 박탈(비정규직, 이주 노동자 등, 생존/생계 위험)의 극단적 이원화라고 할 수 있다. "1990년대 이후 글로벌화한 경제 조건, 노동시장 유연화 경향, 노동의 양극화 및 파편화, 안정된 고용조건을 누리지 못하는 각종 비정규직 노동자의 확대, 서비스 노동자의 비중 증대, 청년층의 개인화 및 실업률 증가 등은 노동조합 조직률을 10% 이하로 떨어뜨렸으며, 계급정치의 기반을 침식하고 확대 가능성을 제약했다. 1990년대 이후 세계 각 나라의 노동정치가 크게 약화되었기 때문에 이 현상이 특별히 한국에서만 나타난 것은 아니긴 하다. 노동자 정치운동은 일차적으로 조직노조가 주도할 수밖에 없는데, 1990년대 이후 생산적 대기업 정규직 노조들과 사무직 정규직 노조들은 상당한 수준의 임금과 복지를 누리게 되었기 때문에, 이제 정치 일반이나 복지문제에 관심을 가지지 않게 되었다. 한편, 비정규직 노동자들은 자신들의 파편화된 조건, 동원과 참여를 할 수 있는 물적 기반의 부재로 더욱 탈정치화되었다. 그래서 결국 한국에서 '노동자 정치의 주체'가 실종되었다." 김동춘, 「노동자 정치세력화가 지금 돌아보아야 할 것들」, 『노동사회』, 한국노동사회연구소, 2012, 3~4·10면.

지향성이 '피지배민중의 문학적 자기표현', 즉 문학 경향과 진영을 초월한 '민주주의에 대한 요구'[6]임을 생각하면, 민주의 현실화가 이를 강력히 요청한 문학 특히 노동시의 위축을 가져온 것은 당연한 결과로 보인다. 그러나 노동운동의 입장에서 "노동자계급이 노동3권 보장을 요구, 관철시킴으로써 비로소 부르주아 민주주의 단계의 시민권을 획득한" 고무적 시대인 1980년대 후반은, 바로 그 이유로 인해 문학 쪽에서는 "작가, 독자, 비평가들에게 작은 씨앗을 큰 나무로 인지하게 하는 착시현상을 일으"킨 "과잉의 시대"[7]가 된다. 한국의 민주 현실에 대한 예외적인 과잉 진단과 전망은 노동시를 빗나간 지점에 경착륙하게 하고, 이후 자본주의체제의 더욱 파행적인 절대 권력화 속에서 한국문학이 경험한 형질 변화가[8] 노동시를 한 번 더 충격함으로써 민주화 이전과 이후의 노동시의 확연한 시차時差 / 視差가 산출되기에 이른다. 다르

---

6 "이 시기 한국문학은 자유주의문학과 민중·민족문학으로 대별되고 그것이 진영개념으로까지 받아들여졌지만, 본질적으로 이 둘은 사실 피지배민중의 문학적 자기표현에 해당하는 것이었다. 다만 자유주의문학은 보편적 부르주아 민주주의적 요구의 문학적 표현이고, 민중·민족문학은 그러한 일반 민주주의적 요구를 일정하게 담아내는 동시에 분단과 예속성을 비롯한 신식민주의적 특수성을 극복하기 위한 민중·민족적 요구를 문학적으로 표현했다는 차이가 있을 뿐이다." 김명인·박지영, 앞의 글, 350~351면.

7 위의 글, 368면.

8 시민민주주의의 출현에 따른 정치·사회적 대전환, 자본주의의 전일적 지배를 관철하는 세계화의 격랑, 첨단 디지털 문명에 의한 인간과 삶의 획기적 변화에 휩쓸리면서 한국문학은 전 시대의 '자명한 것들과의 결별'(김명인)을 감행한다. '문학의 위기' 논쟁으로 출발해 문학의 지향성과 사회적 역할, 시와 소설의 전통문법, 서정적 주체의 신화, 비평의 역할 등에 대한 이의 제기로 이어진, 주로 문학 외적 동기에 의한 결별 작업은 문학 자체의 위상과 정체성의 변화로 집약된다. 문학의 묵시록 이후(황종연), 무중력 공간의 탄생(이광호), 신자유주의적 '스노비즘'과 '동물성'으로 압축되는 포스트-진정성의 에토스(김홍중), 몰락의 에티카(신형철), 변장한 유토피아(김형중), 미래파(권혁웅), 분열하는 감각들(소영현) 등의 새로운 명명과 수사를 낳은 시대는 문학이 수행해 온 인간에 대한 성찰, 사회·역사적 선도의 역할, 비판과 저항의 윤리적 책무, 미래의 삶에 대한 전망의 능력 등을 파열하고 재구성한다.

게 말하면, 노동시는 자유와 평등의 민주 세상이 펼쳐질수록 생존이 삶의 목표가 되는 역설의 시대에 대항하기 위해 스스로의 쇠락과 변신을 감수하여야 했다. 이런 측면에서 노동시의 퇴장과 다른 형태의 (재) 등장은 1990년대 이후 한국 사회의 중요한 현상이자 증상으로 해석할 수 있다.

1980년대 후반의 민주화를 기점으로 한국 사회는 근대적 규율 사회에서 후기 근대적 성과 사회로[9] 진입한 것으로 볼 수 있다. 자본주의와 민주주의가 맺고 있는 이중적 관계, 즉 자본주의의 발전이 민주주의를 가속하는 동시에 제어하는 역설이 분리 불가능한 양상으로 나타난 것 또한 이 시기로, 자본과 민주의 절묘한 착종은 전대의 노동시의 확고한 신념과 위상을 해체하는 결정적 요인으로 작용한다. 민주화 이전의 노동시가 자본주의와 민주주의를 상호적대관계로 파악한 것은, 살인적인 노동시간, 저임금, 비인간적 대우 등 자본 증식을 위한 폭력적인

---

9 한병철은 21세기 사회를 프로이트적 무의식을 만들어내는 금지와 억압의 부정성에 기초한 규율 사회의 다음 난세인, 부정성을 철폐하면서 자유로운 사회를 자처하지만 긍정의 과잉 폭력에 지배되는 자기 착취의 성과 사회로 규정한다. 성과 사회에서는 금지, 명령, 법률의 자리를 프로젝트, 이니셔티브, 모티베이션이 대신하며, 사회적 무의식이 '당위'에서 '능력'으로 전환된다. 성과 사회를 규정하는 조동사는 프로이트의 "해야 한다"가 아니라 "할 수 있다"로, 긍정의 주체인 성과주체는 완결된 형식이 사라진 열린 생산관계 속에서 자유의 느낌을 동반한 자기 착취에 무한 투신한다. 이 새로운 인간형, 성과주체로서 우울한 인간은 노동하는 동물animal laborans이 되어 자유로운 강제 혹은 강제하는 자유에 의해 자신을 착취하는 가해−피해자이다. 긍정의 변증법은 주체의 영혼의 구조에도 변화를 가져온다. 성과주체는 복종적 주체보다 더 빠르고 생산적인 대신, 긍정성의 과잉 상태에 무력하게 내던져져 어떤 주권도 지니지 못한다. 규율 사회의 복종적 주체가 부인과 억압의 부정성과 결부된 무의식을 지닌 프로이트적 자아라면, 부인할 일이 거의 없는 후기 근대적 성과주체는 더 이상 무의식이 없는 포스트프로이트적 자아다. 규율 사회의 부정성이 광인과 범죄자를 낳는 데 비해, 성과 사회의 긍정성은 우울증 환자와 낙오자를 만든다. 개인과 사회 모두 자폐적 성과기계로 화한 성과 사회의 다른 이름은 '활동 사회'로, 성과 사회/활동 사회는 성과 없는 성과를 가능하게 하는 '도핑 사회'로 발전한다. 한병철, 김태환 역, 『피로사회』, 문학과지성사, 2012, 23~52 · 84~86면 참조.

지배논리가 관철되는 규율 사회에 대한 반발과 맞물려 있었다. 비단 노동시뿐 아니라 1970~1980년대 문학은 명령하고 금지하고 억압하는 "'자본주의적 규율에 순응하는 신체'를 절대적으로 강요하는 시대"[10]에 대한 분노와 부정[11], 멜랑콜리와 트라우마를[12] 형상화함으로써 저항의사를 직간접적으로 표출했다. 부정성에 대한 부정 즉 '부정의 변증법(정-반-합)'이 규율 사회에 대응하는 문학의 사유체계와 내적 논리를 구성했던 것이다. 이에 비해, 민주화 이후의 문학은 금지와 억압의 지속적인 철폐, 다원화와 다원주의, 무한 긍정과 발전의 신화, 자기 개발과 '자기 주도'의 주체성 등을 골자로 한 '긍정의 변증법 혹은 폭력(정-정-합)'[13]을 강권하는 성과 사회에서 '부정의 변증법'을 철회함과 함께, 문학 본연의 사회적 역할 및 윤리적·통합적 성찰의 능력을 적잖이 상실한다. 문학과 사회, 문학과 정치의 약화된 연결선들은 민주화의 역설적인 현상·증상으로서, 1990년대 이후 문학이 이에 응답한 방식의 하나는 복수의 정체성 혹은 정체성에 대한 복수적 사유를 통해 문학의 본질과 역할에 대해 다시금 질문하는 것이었다. 두드러진 예

---

10 류보선·이기성, 「1970, 80년대 자유주의문학」, 민족문학사연구소 편, 앞의 책, 373면.

11 이는 주로 민중·민족주의 문학의 몫이었다. 그중에서도 노동시는 지배층의 억압과 착취에 대한 분노와 저항을 계급적 자각과 노동해방운동의 핵심기제로 삼았다.

12 이는 주로 자유주의 문학의 몫이었다. 자유주의 문학은 "당시의 정치적 상황을 계급모순, 분단모순 등으로 파악하지 않으며, 사소한 것이라도 자족적인 통일성이나 고유성을 취하고 있으면 반드시 단일하게 만들어버리는 근대성 특유의 동일화 의지를 현대인들의 멜랑꼴리와 트라우마의 발생론적 기원으로 지목"한다. 당대 문학이 성취한 이 같은 사유의 정점을 형상화한 대표적인 작가는 이청준과 박완서이다. 류보선·이기성, 앞의 글, 390~391면 참조.

13 "긍정성의 폭력이 깃드는 곳은 부정이 없는 동질적인 것의 공간, 적과 동지, 내부와 외부, 자아와 타자의 양극화가 일어나지 않는 공간이다. (…중략…) 긍정성의 폭력은 박탈하기보다 포화시키며, 배제하는 것이 아니라 고갈시키는 것이다. 따라서 그것은 직접적으로 지각되지 않는다." 한병철, 앞의 책, 22면.

로, 확고한 이념과 가치, 정체성과 미래가 사라진 "현대사회의 타당한 통합논리는 민주주의뿐"이며, 민주화 이후 시대의 과제는 "더욱 철저한 민주화"[14]와 "시민사회의 다원화 추세에 걸맞는 이념, 제도, 법률, 도덕"을 갖춘 "다원적 민주주의의 모색"[15]이라는 것, 이를 위해 문학이 할일은 "자아정체성의 다중적이고 유동적인 연관을 헤아리고, 집합적 정체성들이 교차하는 자리에서 새로운 윤리와 정치의 가능성을 발견하는 일"[16]이라는 견해는 민주주의와 문학의 또 다른 이상적인 연대를 전망하는 통찰력의 소산이었다. 그러나 이 주장이 실효성을 갖기 위해서는 '민주'의 현상과 본질에 대한 심층적인 질문과 대답이 계속 이어져야 하며, 이에 상응하는 문학 작품의 실제 생산이 뒤따라야 한다는 전제가 붙는다. 민주의 환상과 역설이 넘쳐나는 민주화 시대는, "보다 철저한 민주화가 다원주의와 개인의 자유주의 실현으로 이루어질 수 있는가", "'정체성들의 충돌과 연대의 회로에 따라 확보되는 자기 인식적이고 해석적인 개인'이 과연 자유로운 개인일 수 있는가"라는 "근대 이후의 세계에 대한 평가"와 중첩된 중요한 실문을[17] 계속 촉발하기 때문이다.

이 문제들은 목하 진행 중인 오늘의 시대에 관한 것이기에 확답이 유보될 수밖에 없지만, 노동시의 문제로 좁혀보면 사태는 좀 더 분명해지는 측면이 있다. 당위적 이념과 미래의 실종이란 유탄에 결정적

---

14 황종연, 「민주화 이후의 정치와 문학—고은 『만인보』의 민중—민족주의 비판」, 『문학동네』, 2004 겨울, 387면.

15 위의 글, 388면.

16 위의 글, 410면.

17 소영현, 「비평의 미래—성찰적 비평의 가능성에 대한 일고찰」, 『현대문학의 연구』 제44호, 한국문학연구학회, 2011.6, 475면.

상처를 입은 1990년대 이후 노동시는 불행하게도 내면 성찰의 진정성과 유효성마저 의심받을 만큼 자기 파산의 내홍에 시달렸는데,[18] 자본의 전체 파이가 커지고 전략이 더욱 고도화하면서 부정성이 지배하는 규율 사회에서 긍정성이 지배하는 성과 사회로 진입하는 문턱을 노동시가 성공적으로 넘지 못한 데 그 원인이 있었다. 기존의 노동시가 고수한 프롤레타리아 노동자의 단일한 정체성과 계급의식, 지배층과 투쟁해 획득하는 노동 해방, 인간 해방, 자유, 민주, 평등 등의 이념에 대한 단일하거나 협소한 상상, 노동자의 가치관과 내면이 자본주의 시스템과 분리된 자율성을 갖고 있다는 믿음, 미학의 협소함과 단순성 등은, 노동이 노동을 배반하고 투쟁이 투쟁을 배반하며 노동자가 곧 자신의 착취자가 된 시대에 대응하기에는 기실 소박한 것이었다. 단적으로 말해, 민주화 시대 이전의 노동시는 '노동하는 인간'의 당위적인 정체성을 구축하고 강조하는 과정에서 인간 존재에 대한 편향적이고 평면적인 인식에 함몰되었으며, 인간과 사회·현실, 인간과 윤리 등에 대한 낙관적이며 미래지향적인 전망을 역설力說하는 과정에서 현실의 구조적인 변화에 기민하게 대응하지 못하는 한계를 드러냈다. '인간'과 '사회'에 대한 신념과 가치 판단(당위)이 실제(현실)를 선험적으로 압도하면서, 노동시의 현실인식과 미학이 결과적으로 인간과 사회에 대한 '작은 상상' 혹은 '일차원적인 상상'으로 귀결되는 상황에 봉착한 것이다.

---

18 최현식은 이러한 평가에 이어, "이른바 '박노해 현상'은 '사람만이 희망'이라는 내면성의 추상적 고백 속에서 급격히 과거화되었고, 백무산의 '만국의 노동자'와의 연대 정신 역시 '인간의 시간과 길'을 묻는 낭만화의 유곡에 서서히 갇혀갔다"고 진단한다. 최현식, 「노동의 시, 시의 노동」, 『시는 매일매일』, 문학과지성사, 2011, 90면.

3. '민주화'의 증상으로서 노동시의 새로운 양상

1) '노동하는 인간'의 복수적 본질에 대한 성찰 — 백무산

백무산은 민주화 이후 진행된 노동시의 진퇴양난과 쇠락의 정황에 치열하게 맞선 대표적 시인이다. 이 시기에 백무산은 현실의 변화에 적극적으로 대처하면서 기존의 노동시가 형상화해온 노동자의 정체성을 복수적으로 재구성하고, '노동하는 인간'과 노동을 둘러싼 현실의 제반 문제를 근본적으로 성찰한다. 노동자를 자본가와 변별되는 특수한 인간 유형으로 상정해 온 것을 중단하고, 자본가와 더불어 자본주의적 현실이라는 특수한 삶의 조건에 처한 보편적 인간 존재로 사유하고자 한 것이다. 구체적으로 백무산은 그가 1980년대에 추구했던 노동자 권력, 즉 역권력counter-power의 환상과 결별하고 반권력anti-power으로서 삶(생명)의 힘에 주목하면서, 아我와 비아非我의 경계가 사라진 '무한한 다수성으로서의 아'를 자본주의의 근간인 자아(개체) 개념을 허무는 원리로 삼는다.[19] 그런데 백무산은 노동하는 인간 '나'의 진면목을 주체와 타자의 경계가 무화된 '무한한 다수성'의 집합으로 파악함에 있어 이중적인 시선을 견지한다. 하나는 노동하는 인간 '나'가 자신의 의지와 무관하게 이미 복수적 정체성을 지니고 있다는 사실 판단이며, 다른 하나는 노동하는 인간 '나'의 지속적인 성장을 위해 더욱 풍부한 복수적 정체성을 계속 추구해야 한다는 가치 판단이다.

---

19 정남영, '해설' 「건너는 일과 다시 살아나는 일」, 백무산, 『초심』, 실천문학사, 2003, 157~167면 참조.

너와 나의 관계에도

아침에 먹은 밥상 위에도

국가의 질서가 고스란히 박혀 있다

지배와 착취의 질서가 고스란히 박혀 있다

부분이라고 전체보다 작은 것이 아니다

우리가 온몸으로 살아야 하는

이유 또한 여기에 있다

우리가 온몸으로 거부해야 할 것은

내 안에도 있다 항시 있다

더 이상 밖으로 책임을 떠넘기지 마라

이 손바닥 위에도 있다

뿌리와 가지를 먹고 자랐으나

그들과 단절한 꽃을 보아라

우리의 경계는 그곳에서도 시작된다

— 「모든 것이 전부인 이유」 부분[20]

그러나 나 역시 그 치욕 때문에 낡은 시간에 포섭되었다

치욕을 쓸개처럼 씹다 더러운 시간에 갇혔다

우리의 분노와 투쟁도 자주 노예노동의 연장이 되었다

---

20 『인간의 시간』, 창작과비평사, 1996, 22~23면.

아, 그렇게 만든 것은 우리들이다
더 이상 노동은 신성한 것이 아니다
우리의 노동이 자주 그렇게 만들었다
만들어가고 있다, 또 다른 치욕도

저 치욕과의 대면이 이제 일상이 되리
그것이 우리의 즐거움도 되리
역사도 정치도 세계도 저항도 허공도 그 무엇도
일상 아닌 것 없는, 거대한 일상이

— 「치욕」 부분[21]

그리고 1년 전, 2003년 10월 17일
중공업 노동자 김주익 형이
129일 간의 고공 크레인 파업 끝에
불길로 걸어 들어갔다
그의 주검 앞에서 한 여성 노동자의
피맺힌 통곡의 절규가 있었다
"이럴 줄 알았으면 민주노조 하지 말 걸 그랬다."
"이럴 줄 알았으면 민주주의 하지 말 걸 그랬다."

(…중략…)

---

21 『거대한 일상』, 창비, 2008, 157~158면.

불길로 걸어 들어간 수많은 사람들
그들은 마지막에 이렇게 가슴을 쳤을 것이다
이럴 줄 알았으면 노동자 하지 말 걸 그랬다, 고
버릴 수 없는 것을 어찌 버렸으랴

이 싸움이 네 욕망이냐 내 욕망이냐가 될 수 없다
네 권력이냐 내 권력이냐가 될 수 없다
네 것 내 것 차별이 될 수 없다 그 자체다
강도라면 강도 자체를
총칼이라면 총칼 자체를 무너뜨리는 일
이것이 얼마나 먼 길이냐
얼마나 가까운 내 안의 길이냐
그래서 삶은 언제나 길 위에 있다
살아서 언제까지나 가슴을 치며 울기를
두려워 말자

― 「이럴 줄 알았으면」 부분[22]

전자의 경우, '노동하는 나'에게 내재되어 있는 다수성multiplicity은 이전의 노동시가 형상화해 온 노동자의 평면적인 전형, 즉 '착취당하는, 인간적인 삶을 꿈꾸는, 부패한 자본가에 맞서 싸우는 프롤레타리아 노동자'의 윤리적 특권과 삶의 방식이 민주화의 돌연한 도래와 자본의 총

---

22 『길 밖의 길』, 갈무리, 2004, 29~31면.

공세에 의해 부정당하는 자리에서 발견된다. 백무산이 목격한 것은 '노동하는 나'가 바로 자본의 착취와 지배 질서를 유지하는 동력이며, '너'와 '나' 자신의 착취자라는 참담한 사실이다. 노동자들의 파업과 분신이 여전히 속출하고, "이럴 줄 알았으면 민주노조 하지 말 걸 그랬다 / 이럴 줄 알았으면 민주주의 하지 말 걸 그랬다"는 오열과 후회가 적체되는 현실에서 노동자는 변함없이 자본(가)의 대타적 자리에 위치하면서도, 동시에 복합적인 속성을 지닌 존재로서 모습을 드러낸다. "너와 나의 관계에도 / 아침에 먹은 밥상 위에도 / 국가의 질서가 고스란히 박혀 있"고 "지배와 착취의 질서가 고스란히 박혀 있"(「모든 것이 전부인 이유」)는 준엄한 현실 앞에 노동하는 인간 '나'도 결코 예외일 수 없는 것이다. 이런 맥락에서, "돌아보느니, 우리는 / 세상의 반만 가지고 살고 싸웠느냐"(「달」, 『인간의 시간』, 1996)는 백무산의 통렬한 자기비판과 반성은 자본과 분리될 수 없는 인간의 내부, '노동하는 나'의 내면과 실존에 집중된다. 사상 초유의 경제적 세계화를 통해 '평평해진 세계'(토마스 L. 프리드먼)는 "역사도 정치도 세계도 저항도 허공도 그 무엇도 / 일상 아닌 것 없는, 거대한 일상"(「치욕」)으로 화했고, 인간의 모든 가치와 행위를 자본화하는 '거대한 일상'은 노동자의 정체성을 다중적인 것으로 변질시켰다. 이러한 사태를 직시하면서 백무산은 현실 세계와 노동, 노동자에 대한 인식을 근본적으로 재정비한다. "더 이상 노동은 신성한 것이 아니"도록 만든 당사자가 바로 "우리의 노동"과 "우리들"이라는 사실, "치욕과의 대면"이 일상이자 즐거움이 되어버린 시대는 분리될 수 없는 안과 밖, 겉과 속, 나와 남을 동시에 꿰뚫는 여러 갈래의 입체적인 무정형의 시선을 요구한다. "분노와 투쟁도 자주 노예노동의 연장이 되"는 시대, 그리하여 노동도, 노동자도, 노동 해방을 위한 투쟁도 간교한 자본가와 현실에 대해 윤리적으로 우월한 지위를 상실한 세계 ― 이 윤리적 우위야말로 지난 시대 노동자의 정체성의 근간이자 노동시의 근간이었다. ― 에서는 노동시의 함의와 역할 또한 변화해야 한다. 백무산이 피력하는 '단절'과 '경계'의 상상력, 한 예로 "뿌리와 가지를 먹고 자랐으나 / 그들과 단절한 꽃"은 '노동하는 인간'의 새로운 지향성이자 노동시의 새로운 지향성으로 해석할 수 있다. 이제 노동시는 자본의 제국에 보내는 시선과 동일하게, 노동(자) 자체에 대한 불신과 검열의 시선을 바탕으로 성장해야 하는 아이러니컬한 운명에 처한 것이다.[23] 백무산은 노동하는 인간 '나'와 자본주의 현실에 대한 가차 없는 반성을 계속 이행함으로써 노동시의 더 넓은 영토를 마련하고자 한다. "우리가 온몸으로 거부해야 할 것은 / 내 안에도 있다 항시 있다"는 자기모순에 대한 자각, 하루하루의 일상이 곧 신성한 노동이며 투쟁이어야 한다는 신념, 스스로와 단절함으로써 만들어내는 윤리적이며 미래지향적인 '경계'의 상상력 등은 전대의 노동시를 발전적으로 극복하려는 노력의 소산이자, 백무산이 다시금 써나가고자 하는 더 광의의 차원의 노동시의 덕목들이다.

후자의 경우, '다수성으로서의 나'는 노동하는 인간 '나'가 자본주의 현실이 강제하는 부정적인 복수의 정체성을 지양하며 추구해야 할 이상적인 존재 양태를 의미한다. 계속 더 풍부해져야 할 노동하는 인간 '나'의 복수적 정체성은, "알고 보면 모두 폐쇄회로"인 "저 아래 세상길" (「길 밖의 길」, 『길 밖의 길』)과, 세상길의 폐쇄성과 맞물린 또 하나의 "무명

---

23 김수이, '해설' 「푸르른 절연絶緣의 시학」, 백무산, 『거대한 일상』, 창비, 2008, 166면.

의 폐쇄회로였'던 "내가 오래 걸어온 길"(「폐쇄회로」,『초심』, 출간처, 2003)을 극복하기 위한 현실적이며 존재론적인 방법론이기도 하다. 전자의 '다수성으로서의 나'에서 백무산이 '노동하는 나'에게 침투된 자본의 욕망과 명령을 읽어냈다면, 후자의 '다수성으로서의 나'에서 백무산은 '노동하는 나'가 갖추어야 할 더 치밀한 사유와 전략을 기획한다. "혁명이 스러진 반동의 황야에서 다른 혁명적 가치들을 재구축하고 그것들을 전진시키려는 구성의 노동"[24]은 아我와 비아非我, 주체와 타자, 자본가와 노동자를 대립적으로 구별하고 대치시키는 이분법으로는 성취될 수 없다. 양자의 욕망과 삶의 방식은 이미 많은 부분에서 뚜렷하게 변별되지 않는 상황에 있기 때문이다. 노동하는 인간 '나'의 내부에서 알게 모르게 작동하는 비아非我와 타자들을 직시하고 섭렵하지 않는다면, 견고한 모든 것을 녹여버리는 '거대한 일상' 및 그 안에서 살아가는 '나' 자신과 계속 단절함으로써 자본주의의 '폐쇄회로'를 '경계'의 '꽃'들로 바꾸고 그로부터 다시 삶의 '길'을 내는 일은 불가능하다. "강도라면 강도 자체를 / 총칼이라면 총칼 자체를 무너뜨리는 일"이 노동자와 노동시의 새로운 과업인 것이다. 백무산은 "이것이 얼마나 먼 길이냐 / 얼마나 가까운 내 안의 길이냐"라고 역설力說한다. 이 멀고도 가까운 길의 역설逆說은 백무산이 자본가, 노동조건, 법, 제도 등 현실의 가시적이며 현상적인 것들과의 싸움에서 노동 자체, 노동자 자신, 정체성, 내면, 욕망 등 보이지 않는 것들과의 싸움으로 투쟁의 대상을 확대하였음을 의미한다. 백무산의 진단처럼 인간의 모든 가치와 행위가 '노예

---

24 조정환, '해설' 「바람의 시간, 존재의 노래」, 백무산,『길 밖의 길』, 갈무리, 2004, 141면.

노동'과 '거대한 일상'에 포섭된 것이 사실이라면, 이제 '신성한' 노동과 투쟁은 현실의 특정 시공간에서 수행되는 예외적 행위가 아니라, 보편적인 인간의 삶 속에서 매순간 쟁취해야 할 나날의 인간적이며 윤리적인 행위가 된다. "이럴 줄 알았으면 민주노조 하지 말 걸 그랬다 / 이럴 줄 알았으면 민주주의 하지 말 걸 그랬다"는 오열과 후회가, "그래서 삶은 언제나 길 위에 있다 / 살아서 언제까지나 가슴을 치며 울기를 / 두려워 말자"라는 오래고도 새로운 결의로 전환되는 비밀은, 자본주의 현실의 집적물로서 '노동하는 인간'의 복수적 면모에 대한 성찰이 바로 '노동하는 인간'의 새로운 정체성들을 구성하는 발판이 된다는 점에 있다. '민주'가 실현되는 동시에 실종되는 민주화 시대의 이중성 속에서 백무산은 노동자와 노동시가 전 시대에 누린 윤리적 특권을 철회하는 대신, 반성의 힘을 통해 노동하는 인간 '나'의 안에 도사리고 있는 부정성들을 긍정성으로 전환, 활성화하고자 한다. 백무산에게 노동은 삶과 현실의 모든 문제를 포괄하는 구심점이며, 그가 추구하는 노동하는 인간 '나'가 걸어가야 할 길은 보편적인 인간의 윤리적인 길이라는 점에서 그의 노동시는 '시' 자체와 동의어가 되었다고 할 수 있다.

2) 자발적인 자기 착취의 노동-고행, '노동하는 사물'로 퇴화-진화하는 사무원-김기택

계급 정체성과 노동 해방의 이념에 복무하는 종래의 노동시 개념이 무력해진 자리에서 백무산이 '노동시 이상의 노동시'를 지향했다면, 또

다른 자리에서 새로운 형태의 노동시는 '노동시 아닌 노동시'로서 외연
을 확장하며 출현한다. 노동시의 분명한 자의식 없이 쓰였으며 시인
역시 노동시인으로 분류되지 않는 경우가 그것이다. 대표적으로, 김기
택의 시는 무한 긍정과 생산의 성과주체로 화해가는 노동자의 삶을 생
생히 그려낸 문제적 사례에 속한다. 자본주의가 일정한 생산수준에 이
르면 자유의 감정을 동반하기에 타자에 의한 착취보다 훨씬 더 효율적
인 '자기 착취'의 성과 사회로 진화하는데, 성과주체는 프로젝트로 화
해 완전히 타버릴Burnout 때까지 자기를 착취하며 프로젝트Projekt는 결
국 성과주체가 자기 자신에게 날리는 탄환Projektil이 된다.[25] 김기택의
시는 규율 사회에서 타자의 착취에 분노하던 복종(/ 저항)적 주체-노동
자가, 성과 사회에서 자유-강제 혹은 강제-자유에 의해 자신을 착취
하는 성과주체-노동자로 변모하는 현장을 기발한 알레고리와 아이러
니를 통해 묘사한다.

> 이른 아침 6시부터 밤 10시까지 히루도 빠진없이
> 그는 의자 고행을 했다고 한다.
> 제일 먼저 출근하여 제일 늦게 퇴근할 때까지
> 그는 자기 책상 자기 의자에만 앉아 있었으므로
> 사람들은 그가 서 있는 모습을 여간해서는 볼 수 없었다고 한다.
> 점심시간에도 의자에 단단히 붙박여
> 보리밥과 김치가 든 도시락으로 공양을 마쳤다고 한다.

---

25 한병철, 앞의 책, 103면 참조.

그가 화장실 가는 것을 처음으로 목격했다는 사람에 의하면

놀랍게도 그의 다리는 의자가 직립한 것처럼 보였다고 한다.

그는 하루종일 損益管理大藏經과 資金收支心經 속의 숫자를 읊으며

철저히 고행업무 속에만 은둔하였다고 한다.

종소리 북소리 목탁소리로 전화벨이 울리면

수화기에다 자금현황 매출원가 영업이익 재고자산 부실채권 등등을

청아하고 구성지게 염불했다고 한다.

끝없는 수행정진으로 머리는 점점 빠지고 배는 부풀고

커다란 머리와 몸집에 비해 팔다리는 턱없이 가늘어졌으며

오랜 음지의 수행으로 얼굴은 창백해졌지만

그는 매일 상사에게 굽실굽실 108배를 올렸다고 한다.

수행에 너무 지극하게 정진한 나머지

전화를 걸다가 전화기 버튼 대신 계산기를 누르기도 했으며

귀가하다가 지하철 개찰구에 승차권 대신 열쇠를 밀어 넣었다고도 한다.

이미 습관이 모든 행동과 사고를 대신할 만큼

깊은 경지에 들어갔으므로

사람들은 그를 '30년간의 長座不立'이라고 불렀다 한다.

그리 부르든 말든 그는 전혀 상관치 않고 묵언으로 일관했으며

다만 혹독하다면 혹독할 이 수행을

외부압력에 의해 끝까지 마치지 못할까 두려워했다고 한다.

그나마 지금껏 매달릴 수 있다는 것을 큰 행운으로 여겼다고 한다.

그의 통장으로는 매달 적은 시주가 들어왔고

시주는 채워지기 무섭게 속가의 살림에 흔적 없이 스며들었으나

혹시 남는지 역시 모자라는지 한 번도 거들떠보지 않았다고 한다.

오로지 의자 고행에만 더욱 용맹정진했다고 한다.

그의 책상 아래에는 여전히 다리가 여섯이었고

둘은 그의 다리 넷은 의자다리였지만

어느 둘이 그의 다리였는지는 알 수 없었다고 한다

— 「사무원」[26]

겨울이 지나고 창 안 가득 햇살이 들이치는 봄날,

한 젊은이가 사무실에 나타난다. 구둣소리 힘차다.

그의 옆으로 와 멈추더니 자리를 내놓으라고 한다.

그는 기척이 없다. 그 자리에 꼼짝 않고 붙어 있다.

젊은이가 더 크게 소리치며 굽은 등을 툭툭 친다.

먼지가 일어나고 등이 조금 부서진다.

젊은이는 세게 그의 몸을 흔들어댄다.

조그만 목이 흔들리다가 먼저 바닥에 굴러 떨어진다.

이어 어깨 한쪽이 온통 부서져 내린다. 사람들이 몰려온다.

거북등처럼 쩍쩍 갈라져버린 그의 몸을 들어낸다.

재빠르게 바닥을 쓸고 걸레질을 하고 새 의자를 갖다놓는다.

— 「화석」 마지막 연[27]

1997년에 발발한 IMF 경제위기 때 쓰인 이 시들은 노동(자)의 새로운

---

26 김기택, 『사무원』, 창작과비평사, 1999, 19~21면.
27 위의 책.

양상을 다양한 각도에서 포착해 노동시의 외연을 넓힌다. 첫째, 화이트칼라 노동자인 '사무원'이 시의 주인공으로 등장하면서 블루칼라 노동자가 곧 노동자 일반을 의미했던 한국의 노동시에 노동자 유형의 복수성이 확보된다. 매일 "아침 6시부터 밤 10시까지" "의자에 단단히 붙박여" 용맹정진하는 사무원의 "의자 고행"은 쉴 새 없이 움직이며 땀흘리는 생산직의 육체노동과 상반되는 풍경을 연출한다. 깡마른 몸, 단단한 근육, 검게 탄 피부, 상처자국, 잘린 손 등으로 표상되던 노동자의 신체는, "머리는 점점 빠지고 배는 부풀고 / 커다란 머리와 몸집에 비해 팔다리는 턱없이 가늘어졌으며 / 오랜 음지의 수행으로 얼굴은 창백해진" 전혀 이질적인 형상을 새로 획득한다. 비만, 비정상, 노화, 병증에 시달리는 사무원의 육체는 '노동하는 동물animal laborans'의 차원을 넘어, "30년간 장좌불립"의 "혹독한 수행" 끝에 '의자'와 구별되지 않는 '노동하는 사물thing laborans'로 퇴화–진화해 있다. 프롤레타리아 계급의식에 충실한 1980년대의 박노해, 백무산, 김해화 등의 시, 이를 계승한 2000년대 송경동, 표성배 등의 시에서 노동력과 저항의 상징으로 '손('빈 손', '잘린 손(가락)' 등)'[28]이 주로 채택된 반면, 김기택의 시에서 사무원의 육체가 '의자'와 등가화된 '다리'로 제유된 점은 매우 시사적이다. 사무원에게 '의자'는 일자리, 지위(직책), 소속, 정체성의 근거 등을 의미한다. 종교 수행에 필적하는 사무 고행에 충실한 인간(사무원)

---

28 공장 기계에 '절단된 손'은 노동하는 인간에 대한 지배층의 폭력적 착취를, '빈손'은 병과 죽음을 불사하는 노동으로도 유지하기 어려운 생계를 의미한다. '손'은 서로 맞잡거나 '주먹'으로 변주되어 불의와 불합리가 팽배한 비민주적 사회 현실에 대한 저항과 혁명의 단초, 노동자–민중을 결집하는 동력을 상징하기도 했다. "공격의 무기가 된 강철주먹으로 / 세차게 내뻗치는 강철 피스톤으로 / 좌악 좌악 타도의 손을 내어 뻗는다"(박노해, 「손을 내어 뻗는다」)가 단적인 예다.

이 '의자'로 화하는 '변신' 모티브는, 인간(판매원)이 '벌레'로 변하는 근대적 알레고리보다 더 그로테스크한 후기근대적 알레고리라고 할 만하다. 규율에 복종하는 근대적 노동자의 은폐된 본질이 벌레(동물)라면, 완결 없는 자기 착취에 매진하는 후기근대적 노동자의 은폐된 본질은 의자(사물)다. 벌레-노동자가 일하지 않을 때 가족에게 버림받고 죽음에 이르는 데 반해, 의자-노동자는 열심히 일하던 어느 날 갑자기 그를 대체할 "새 의자 / 젊은이"에 의해 "들어내"져 폐기된다. 규율 사회의 노동자가 '노동하는 인간homo laborans'으로부터 인간성과 주체성, 내면을 박탈하고 '노동하는 동물animal laborans'이나 '노동하는 기계 machine laborans'가 되기를 강요하는 사회에 맞서 투쟁한 것과 달리, 성과 사회의 노동자는 스스로 '노동하는 인간'의 품격을 포기하고 '노동하는 사물thing laborans'이 되어 더 많은 성과를 내기 위해 고군분투한다. '노동하는 사물'로서 사무원은 아무런 비판도 불만도 없이 노동의 최대치를 스스로 달성하고 갱신하지만, 존재적으로는 기계만큼의 활력도 지니지 못한 채 완전히 무력한 상태에 있다. 사무원에게 노동은 몸에 완전히 육화된 "습관"과 "고행"의 "깊은 경지"에서 행하는 "철저"한 수동성의 무비판적이며 비주체적인 행위다. 그의 내면에 남아 있는 마지막 개인적 감정은 "외부압력"에 의한 해고의 두려움과, "그나마 지금껏 매달릴 수 있"는 "행운"에 대한 안도감이다. 은둔, 묵언, 불립不立의 자세로 노동-고행에 정진하는 사무원은 '상사'의 명령에 전적으로 복종하는 데 머물지 않고, 그 명령 이상으로 자발적으로 자신을 관리하고 착취한다. 스스로는 아무런 제어장치를 갖고 있지 않은 그의 맹목적인 노동의 진정한 목적은 '노동의 지속' 그 자체다. 오직 노동을 계속하기 위해 자신을 폭력적으로 소진하는 사무원은 자신의 가해자이자 희생자이며, 주인이자 노예다. 사무원은 지배와 피지배, 착취와 피착취, 자의와 타의, "자유와 폭력이 하나가 된" 민주주의의 역설과 함께, "자기 자신의 주권자, 호모 리베르를 자처하는 성과주체"가 실은 "자기 자신의 호모 사케르"[29]라는 사실을 목도하게 한다. 자신의 호모 사케르인 성과주체는 "완전히 죽지 않는 자들Untote과 비슷"한데, 그는 "죽을 수 있기에는 너무 생생하고 살 수 있기에는 너무 죽어 있"[30]기 때문이다. 20세기의 마지막 해에 출간된 시집에서 김기택은 노동-고행에 투신하는 반인반물半人半物의 존재로서 후기근대 사회의 사무원의 삶의 실상을 불교와 고대시가의 알레고리를 통해 형상화한다. 인격의 완성, 초월, 관용 등과는 무관한, 이 알레고리가 유발하는 아이러니는 비약적으로 발전하는 자본주의-민주주의 시대에 노동자·노동·노동시와 현실 사이에 발생한 균열로도 읽을 수 있다.

둘째, 이 시에 그려진 '사무원'은 비민주·반민주 시대의 비인간적인 노동에 분노하고 저항하고 투쟁하는 주체가 아닌, 민주화 시대의 자기 착취의 노동에 골몰하는 고독하고 무력하며 우울한 주체(?)다. 사무원은 분노하지 않으며, 분노하지 않기에 저항하거나 투쟁하지도 않는다. 사무원은 분노하는 능력과 방법을 상실했거나 포기한 상태에 있다. 정당한 분노의 능력과 방법을 상실한 인간은 주체성과 창조성을 상실한 존재다. 분노는 현재에 대해 총체적인 의문을 제기하고 새로운 상황을 만들 수 있는 능력이자, 인간의 존엄성과 행복을 지키는 선천적인 방

---

29 한병철, 앞의 책, 111면.
30 위의 책, 114면.

어기제로서 인간의 핵심 성품의 하나다.[31] 전 시대의 노동시에서 '분
노'가 지배정서이자 저항과 투쟁의 원동력이 되었음을 상기하면, 노동
시의 정서와 미학이 '분노'에서 '우울'로 바뀌었다는 사실은 중요한 함
의를 갖는다. '우울'은 1990년대 이후 노동시에 반영된 현실과 노동자
의식의 변화의 핵심이자, '민주화'의 역설을 반증하는 문제적 증상이
다. 민주주의가 자신의 발생학적 조건으로서 필연적으로 우울증을 동
반한다는 견지에서[32] 볼 때도, 민주화 이후 노동시에 기입된 '우울'은
'완결의 불가능'이라는 민주주의의 본질에서 파생된 현상임을 알 수 있
다. 자신을 착취하는 성과주체 노동자가 겪는 우울증은 '갈등'과는 관
련 없는, "완결된 형식"과 "객관적인 결정의 심급"이 부재하는 민주주
의의 "종결시키는 결단력의 부재"에 기인한다. 목표와 노동량이 완전
히 열려 있는 체제 속에서, 완결도 중단도 없는 무한 노동이 노동자를
탈진과 무감각 상태의 우울증으로 몰아넣는 것이다.

---

31 "분노는 현재에 대해 총체적인 의문을 제기한다. 분노의 전제는 현재 속에서 중단하며 잠
    시 멈춰 선다는 것이다. 그 전에서 분노는 짜증과 구별된다. 오늘의 사회를 특징짓는 전
    반적인 산만함은 강렬하고 정력적인 분노가 일어날 여지를 없애버렸다. 분노는 어떤 상
    황을 중단시키고 새로운 상황이 시작되도록 만들 수 있는 능력이다."(위의 책, 50면), "인
    간의 핵심을 이루는 성품 중 하나가 '분노'입니다. 분노할 일에 분노하기를 결코 단념하지
    않는 사람이라야 자신의 존엄성을 지킬 수 있고, 자신이 서 있는 곳을 지킬 수 있으며, 자
    신의 행복을 지킬 수 있습니다." 스테판 에셀, 임희근 역, 『분노하라』, 돌베개, 2012, 55면.
32 우울증은 민주주의 사회의 구성원인 등가적 주체가 감당해야 할, 희생된 '주인'과 '주체
    자신(의 특수성)'에 대한 애도로서 민주주의의 발생학적 조건이다. "민주주의의 탄생은
    환산 가능한 주체, 등가적 주체의 탄생을 전제한다. 공화국의 원칙은 제왕(주인)의 자리
    를 비워놓는 대신, 주체들(노예들) 간의 등가관계를 성립시키는 데 있다. (…중략…) 주
    체들의 등가관계가 형식적 법률에 대한 맹목적 복종을 위한 조건이라면, 그것은 또한 주
    체의 특수성의 희생을 전제하는 것이다. 따라서 등가적 주체에게는 언어적 주체의 소외
    에 버금가는 본원적 상실감, 1차적 우울증이 있다고 할 수도 있다. (…중략…) 따라서 '애
    도'의 고통은 공화국의 탄생을 위해 필수적인, 공화국의 시민들이 갖추어야 할 필수적 덕
    목이라 할 수 있다." 맹정현, 『리비돌로지─라캉 정신분석의 쟁점들』, 문학과지성사,
    2009, 119~120면.

카를 슈미트에 따르면 우울증은 종결시키는 결단력의 부재라는 점에서 민주주의에 특징적인 현상이다. 결단의 일도양단적인 폭력은 질질 끄는 갈등이 생겨날 가능성 자체를 막아버린다. 그렇게 본다면, 우울증은 '갈등이라는 준거가 상실'되었기 때문이 아니라 완결된 형식을 만들어내고 보상기관으로 기능하는 객관적인 결정의 심급이 사라졌기 때문에 나타나는 현상이라고 할 수 있을 것이다.[33]

김기택이 사물적인 시선으로 묘사하는 '사무실'에는 노동의 신성함이 부재하며, 노동자들 간의 소통도 단절되어 있다. 현실의 변혁이나 더 나은 삶과 사회에 대한 열망도 더 이상 존재하지 않는다. 오직 "묵언으로 일관하"며 "철저히 고행업무 속에만 은둔하"는 사무원에게 싸워야 할 적이 있다면, 그것은 '상사(지배계급)'가 아니라 자신을 대체할 '젊은이(다른 노동자)'이다. 사무원은 스스로 아무것도 바꿀 수 없고, 노동을 지속하는 것 외에 아무것도 결정하거나 종료할 수 없다. 무한 노동에 자발적으로 투신하는 것처럼 보이는 사무원에게는 감각, 감정, 욕망, 사고, 자의식, 비판정신, 주체성, 개(별)성, 타인과의 연대 등 '인간성'과 '사회관계'를 구성하는 덕목들이 상당부분 삭제되어 있다. 사무원은, "사람들을 개별화하고 고립시키는 고독한 피로"인 성과 사회의 "분열적인 피로",[34] 즉 "인간을 '볼 수 없고 말할 수 없는 상태'로 몰아넣"어 "오직 자아만이 시야를 가득 채우"는, "모든 공동체, 모든 공동의 삶, 모든 친밀함을, 심지어 언어 자체마저 파괴하"[35]는 폭력적인 피로

---

33 한병철, 앞의 책, 98면.
34 위의 책, 66면.

에 중독되어 있다. 사무원에게 계속 누적되는 이 분열적인 피로는 "모든 관계와 유대에서 잘려나간 상태"인, "대상이 없고 따라서 지향점도 없"으며 "아무런 중력도 없"는 우울증을[36] 의미한다. 후기근대 사회의 성과주체 노동자, '노동하는 사물'의 경지에 이르러 있는 사무원은 "극심한 우울증 환자와 마찬가지로 완전한 무감각 상태에 빠져 심지어 육체적인 추위와 감독관의 명령조차 분간할 수 없는 지경에 이른" 나치 강제수용소의 "무젤만"[37]과 닮아 있다.

3) 타율적인 자기 유린의 노동-피학, 저항 없는 노동자의 '미성숙하고 무력한 여성성'을 표상하는 소녀직공 - 이기인

이기인의 『알쏭달쏭 소녀백과사전』은 노동시의 또 다른 가능성을 보여주는 독특한 텍스트이다. 이 시집의 주인공인 '소녀직공'은 '미성숙하고 무력한 여성-프롤레타리아'의 정체성을 통해 민주화 이후 노동시에 노동자 유형의 복수성을 하나 더 추가한다. 소녀직공은 낱낱의 "개인으로 해체되어 자본에 종속된",[38] 실제와 상징의 차원 모두에서 자본과 피학적 성관계로 맺어진 노동자로서 신자유주의의 한 현상 및 증상으로 볼 수 있다.[39] 창작동기로 살펴보자면, 이기인의 '소녀'들은

---

35 위의 책, 67면.
36 위의 책, 96면.
37 위의 책, 44면.
38 최하림, '해설' 「알쏭달쏭하게, 전략적으로 시쓰기」, 이기인, 『알쏭달쏭 소녀백과사전』, 창비, 2005, 102면. 최하림은 이 시집을 "조세희의 『난장이가 쏘아올린 작은 공』의 재판"(103면)에 해당한다고 본다.

성장기의 시인이 인천 학익동의 공장지대에서 본 기억 속의 존재들이다. 이기인에 의해 과거로부터 소환된 이 소녀들은 현재의 노동 현실과 노동자의 정체성의 문제에 있어 중요한 상징적 의미를 획득한다. 소녀직공이 상징하는 '미성숙하고 무력한 여성성'은 갈수록 강력해지는 자본주의가 모든 노동자에게 강요하는 보편적인 정체성으로 해석할 수 있기 때문이다. 이기인은 '미성숙하고 무력한 여성-프롤레타리아'인 소녀직공이 막강한 힘을 지닌 자본주의 현실과 맺는 관계를 섹슈얼리티sexuality의 문제로 치환해 시화한다. '기계'와 '공장의 굴뚝'으로 제유된 자본주의가 소녀직공과 맺는 수직적 권력관계를 가학-피학, 지배-복종, 강요-순응의 성관계로 형상화하는 것이다. 이 장면들은 소녀직공들이 비윤리적인 남성 상사들에게 경험한 실제 현실에 상응하는 것이자, 모든 노동자가 강제된 자유나 자유로운 강제의 형태로 자본주의 현실과 맺는 보편적인 관계의 상징이 된다.

위험한 기계를 움직이는 몸에서는 주기적으로 뭉친 피가 흘러나왔을 것이다
가려운 벽을 긁었던 소녀의 머리핀은 은밀한 필기구

잔업이 끝나고 처음 만난 기계와 잠을 잤다
기계의 몸은 수천개의 부품들로 이뤄진 성감대를 갖고 있었다

---

39 "이기인의 소녀는 자본의 성기인 기계와 막대기와 빨대와 시뻘건 자지를 만지고 빨면서 자본을 받아들인다. 조세희의 노동자들과 달리 이기인의 소녀들의 길들여지고 순응하는 모습에서 우리는 신자유주의의 발흥을 본다." 위의 글, 98면.

기계가 나를 핥아주었다, 나도 기계를 핥아먹었다, 쇳가루가 혀에 묻어
서 참지 못하고 뱉어냈다

기계가 나에게 야만스럽게 사정을 한다고, 볼트와 너트를 조여달라고 했다

공장 후문에 모인 소녀들
붉은 떡볶이를 자주 사먹는 것은 뜨거운 눈물이 흐를까 싶어서이다
아니다, 새로 들어온 기계와 사귀면서부터이다
                              ─ 「알쏭달쏭 소녀백과사전 ─ 흰 벽」 부분[40]

오늘은 피가 나서

하루 쉰다

자빠진 삽에게 일 안 하냐고 묻지 마라
                              ─ 「알쏭달쏭 소녀백과사전 ─ 오래된 삽」[41]

ㅎ방직공장의 피곤한 소녀들에게

영원한 메뉴는 사랑이 아닐까,

라면 혹은 김밥을 주문한 분식집에서

생산라인의 한 소녀는 봉숭아 물든 손을 싹싹 비벼대며

오늘도 나무젓가락을 쪼개어 소년에 대한

소녀의 사랑을 점치고 싶어하네

---

40 이기인, 앞의 책, 16~17면.
41 위의 책, 8면.

뜨거운 국물에 나무젓가락이 둥둥

떠서, 흘러가고 소녀의 …… 시간이 그렇게 흘러갔다고 분식집 뻐꾸기가

울었네

입김을 불고 있는 ㅎ방직공장의 굴뚝이,

건강한 남자의 그것처럼 보였네

소녀들이 마지막 전선으로 총총 걸어가면서 휘파람을 불었네

— 「ㅎ방직공장의 소녀들」 부분[42]

'노동시 아닌 노동시'로서 이기인의 시가 보여주는 노동시의 새로운 면모는 이 부분에 있다. 이기인의 '소녀' 연작의 핵심 작업은 가난한 소녀직공들이 중간 관리자나 자본가에게 당하는 수난으로서 섹슈얼리티의 문제를 부각시키는 데서 나아가, "건장한 남자의 그것처럼 보이"는 자본주의체제가 노동자에게 강요하는 보편적인 정체성이 '미성숙하고 무력한 여성성'임을 증언하는 데 있다. '알쏭달쏭 소녀백과사전'이라는 만화적이면서 코믹한 제목은 이 이중적인 시적 작업을 독창적인 수사로 압축한다. 따라서 이기인의 '소녀' 연작은 이 두 가지 의미망을 겹쳐 읽거나 후자로 수렴해 읽을 때 그 의미가 적실하게 드러나게 된다.

위에 인용한 첫 번째 시에서 "수천개의 부품들로 이뤄진 성감대를 갸"진 "기계의 몸(자본주의체제)"과 그 "위험한 기계를 움직이는 몸(소녀직공)" 사이에 이루어지는 "핥"고 "조이"고 "사정을 하"고 "잠을 자"는 행

---

42 위의 책, 34~35면.

위들은 기계를 조작하는 수공업적 노동을 알레고리화한 것이다. 소녀가 "새로 들어온 기계와 사귀면서부터" 홀리(지 못하)게 된 "뜨거운 눈물"은 노동의 고통과 피로를 상징하며, "위험한 기계를 움직이는 몸에서는 주기적으로 뭉친 피가 흘러나왔을 것"이라는 진술은 소녀의 생리현상을 "위험한 기계"와 비약적으로 결부시킴으로써 소녀직공들의 과중한 노동의 실상을 고발한다. 두 번째 시는 소녀직공의 섹슈얼리티가 노동자가 처한 열악한 조건과 가혹한 노동의 알레고리임을 보다 명확히 보여준다. 소녀의 몸에서 주기적으로 생성되는 생리현상인 '피'는 전 시대의 노동시에 그려진 고통과 희생, 저항과 투쟁의 징표인 '피'와 다르면서도 다르지 않다. 소녀의 '피'는 "일 안 하"고 "하루 쉬"어야 하는 이유로서 일차적으로 여성 노동자의 육체적 특성을 반영하는 것이지만, 노동자가 자신의 노동 여부를 스스로 결정하는 근거가 되는 점에서 저항의 표지로도 읽을 수 있다. 바로 뒤에 이어지는 시행의, "자빠진 삽에게 일 안 하냐고 묻지 마라"는 도발적인 선언은 이 저항의 맥락을 뒷받침한다. 세 번째 시에서 자본주의체제와 노동자 사이의 남성-여성, 가학-피학, 지배-복종의 수직적 권력관계는 소녀직공의 '사랑'의 환상을 통해 재연된다. "ㅎ방직공장의 피곤한 소녀들에게 영원한 메뉴"인 '사랑'은 소녀들이 꿈꾸는 '소년'과의 사랑이 허락되지 않는 고달픈 노동의 현실을 일깨우는 절망과 우울의 기표로 기능한다. "건강한 남자의 그것처럼 보이"는 "방직공장의 굴뚝"을 향해 "마지막 전선으로 총총 걸어가"는 소녀들의 행진은 '사랑'의 불가능성을 강제하는 자본주의 노동 현실에 대한 비극적인 순응으로 읽힌다.

이기인의 소녀직공들은 한결같이 피로와 무기력, 순응과 우울을 깊숙이 내면화하고 있다. 똑같은 일상과 사건을 경험하고, 똑같은 욕망과 표정을 지닌 소녀직공들은 개인의 위상을 확보하지 못한 채 마치 복수가 아닌 하나의 단수처럼 행동하고 일하고 살아간다. '미성숙하고 무력한 여성성'과 더불어 이 획일적이며 파편화된 '단수單數의 존재방식'은 자본주의체제가 노동자에게 요구하고 끝까지 관철시키고자 하는 보편적인 정체성의 실질적인 내용물이라고 할 수 있다. 이기인의 '알쏭달쏭'하고 이상야릇한 노동시들은 이 전략을 치밀하게 폭로함으로써 노동시가 각성하고 투쟁해야 할 대상이 바로 노동자에게 각인되는 중에 있는 정체성의 문제임을 피력한다.

4. 나오며

'민주'가 실현되면서 실종되고, 구현되면서 휘발되는 민주화 시대의 기묘한 역설은 노동시의 지향성과 현실인식, 미학 등에 큰 변화를 가져왔다. 노동시가 독재정권하에서 자생적으로 성장하면서 추구해 온 노동 해방, 자유, 평등, 민주 등의 이념, 프롤레타리아 계급성, 노동자의 주체성과 윤리성, 자본주의에 대한 저항과 투쟁 등은 변화된 현실의 복잡성 속에서 한계를 드러냈다. 지배와 피지배, 착취와 피착취, 자본가와 노동자의 욕망 등이 더 이상 구별되지 않는 현실은 노동과 노동자, 노동시의 위상과 정체성을 수정하도록 종용했기 때문이다.

종래의 노동시가 빠르게 퇴조한 자리에는 '노동시 이상의 노동시'(백무산)와 '노동시 아닌 노동시'(김기택, 이기인)가 출현했다. 백무산은 자본주의 현실과 '노동하는 인간'에 대한 전면적인 재성찰을 통해 '노동하는 인간'의 정체성을 복수적이며 존재론적으로 재구성한다. 백무산은 노동과 노동하는 인간 '나'의 복수적 정체성을 두 가지 차원에서 성찰한다. 하나는 자본주의가 강제하는 부정적인 복수적 정체성이며, 또 하나는 이를 지양하면서 노동하는 인간 '나'가 확보해야 할 긍정적이며 생산적인 복수적 정체성이다. 결국 노동자의 길과 인간의 길을 일치시키고자 하는 백무산의 시 작업은 작은 장르 개념의 노동시를 '노동시 이상의 노동시', 즉 보편적인 '시'로 확장하는 결과를 낳는다. '노동시 아닌 노동시'의 범주로 묶을 수 있는 김기택과 이기인은 기존의 노동시에 없던 노동자 유형을 등록함으로써 노동시의 새로운 지평을 연다. 김기택이 묘사하는 노동-고행의 '사무원'은 완결 없는 자기 착취의 성과주체로 화한 화이트칼라 노동자의 삶을 대변한다. '노동하는 사물'로 화한 후기근대 사회의 우울한 성과주체 노동자는 기존의 노동시가 미처 살피지 못한, 우리 시대 노동자의 또 하나의 전형에 해당한다. 이기인이 그리는 노동-피학의 '소녀직공'은 과거의 실존인물이자, 현재의 노동자 전체의 상징이다. 소녀직공들이 표상하는 '미성숙하고 무력한 여성성', 획일적이며 파편화된 '단수單數의 존재방식'은 자본주의체제가 모든 노동자에게 관철하고자 하는 보편적인 정체성을 의미한다. 소녀직공들은 이 강요된 정체성을 비극적인 순응과 우울로 내면화한다.

민주화 이후 시대에 노동시의 새로운 양상은 '민주화'의 이중적인 역설을 직시하고 증언하는 작업을 통해 배태된다. 이 작업은 한국 사회의 민주화를 촉발했으며 (불)가능하게 하고 있는 자본의 이중성과 다중성을 간파하는 일과 맥락을 같이한다. 그 이중성과 다중성이 노동의 본질과 노동자의 정체성에 각인되는 과정과 결과를 정확히 인식하는 것, '노동하는 인간 나'와 '자본'의 유착관계를 분명히 직시하는 것, 그로부터 다시 싸움을 시작하는 것. 노동시 이상의 노동시 혹은 노동시 아닌 노동시의 형태로 출현한 새로운 노동시들이 제시하는 전망과 전략은 이렇게 요약될 수 있다.

참고문헌

김기택, 『사무원』, 창작과비평사, 1999.
백무산, 『인간의 시간』, 창작과비평사, 1996.
_____, 『초심(初心)』, 실천문학사, 2003.
_____, 『길 밖의 길』, 갈무리, 2004.
_____, 『거대한 일상』, 창비, 2008.
이기인, 『알쏭달쏭 소녀백과사전』, 창비, 2005.

김동춘, 「노동자 정치세력화가 지금 돌아보아야 할 것들」, 『노동사회』, 한국노동사
　　　회연구소, 2012.3.4.
김수이, '해설' 「푸르른 절연(絶緣)의 시학」, 백무산, 『거대한 일상』, 창비, 2008.
소영현, 「비평의 미래─성찰적 비평의 가능성에 대한 일고찰」, 『현대문학의 연구』
　　　제44호, 한국문학연구학회, 2011.6.
손철성, 「노동의 종말과 호모 라보란스의 위기」, 『시대와 철학』 제21권 2호, 한국철
　　　학사상연구회, 2010.
조정환, '해설' 「바람의 시간, 존재의 노래」, 백무산, 『길 밖의 길』, 갈무리, 2004.
한길석, 「복수적 관점을 내포한 정치와 노동에 관하여」, 『시대와 철학』 제23권 1호,
　　　한국철학사상연구회, 2012.
황종연, 「민주화 이후의 정치와 문학─고은 『만인보』의 민중─민족주의 비판」, 『문학
　　　동네』, 2004 겨울.

도정일, 『시장전체주의와 문명의 야만』, 생각의나무, 2008.
맹정현, 『리비돌로지─라캉 정신분석의 쟁점들』, 문학과지성사, 2009.
민족문학사연구소 편, 『새 민족문학사강좌』 2, 창비, 2009.
최현식, 『시는 매일매일』, 문학과지성사, 2011.
편집부 편, 『박노해 현상』, 등에, 1989.

스테판 에셀, 임희근 역, 『분노하라』, 돌베개, 2012.
한병철, 김태환 역, 『피로사회』, 문학과지성사, 2012.

9장 | 한국문학과 민주주의,
평등의 의미를 돌아보다 |

백지연

1. 민주주의의 상상력과 평등의 의미

문학과 정치, 문학과 윤리, 공동체와 연대의 상상력은 최근의 한국 문학을 바라보는데 빼놓을 수 없는 중요한 비평적 키워드다. 그동안 문학 현장에서는 문학의 자율성이 어떠한 방식으로 현실 세계와 접속하여 자신의 존재의미를 구축할 수 있는가에 대한 다양한 방식의 문제제기를 해 왔다. 개인과 공동체의 관계 및 타자와 이루는 연대의 상상력 역시 문학의 영역에서 비평적 주제로 꾸준히 검토되어 왔다. 문학과 현실의 관계에 대한 원칙적인 문제제기가 이처럼 부각되는 데는 한국 사회가 겪고 있는 사회정치적 변동 양상에 대한 위기의식이 자리하고 있다. 고용 없는 성장, 일상 깊숙이 작동하는 자본주의적 경쟁체제의 잔혹함, 양극화의 심화와 공권적 삶의 폭력구조, 실업률과 자살률의 가파른 증가, 무차별적인 폭력과 흉악범죄의 발생, 재난과 재해 등등의 불안한 현실은 기본적으로 누리고 살아야 할 인간다운 삶의 양식이 총체적인 위기의 국면에 놓여 있음을 실감하게 한다.

그동안 정치적인 영역에서 집중적으로 논의되어왔던 민주주의의 문제는 근래 복지와 공공성을 둘러싼 경제 민주화의 논의로, 그리고 심각한 인권유린과 범죄 문제를 둘러싼 사회 민주화의 논의들로 층위를 다양화하며 논쟁들을 유발해왔다. 민주주의의 위기에 대한 현상적 진단은 세계 자본주의체제의 흐름을 주도하는 글로벌 신자유주의의 압박과 긴밀하게 연관되어 해석되어왔다. '80 대 20'의 사회라는 표어를 '99% 대 1%'의 사회로 바꾼 신자유주의의 물결은 "법 앞의 평등이나 정치적, 시민적 자유나 정치적 자율성과 보편주의적 포함 같은 자유민주주의의 기본 원리를 비용·수익 비율, 능률, 수익성, 효율성 같은 시장의 기준으로 대체하면서 자유민주주의의 근간을 공격하"[1]고 있다.

자유민주주의의 기본원리를 손쉽게 대체하는 시장주의의 압박은 성과주체, 경쟁주체로서의 생존방식을 끊임없이 요구해왔고 이러한 한국 사회의 변동 양상 역시 신자유주의 경쟁체제로부터 자유롭지 않았던 것이 사실이다. 그러나 한편으로 민주화와 경제적 자유화라는 이중적 프로젝트의 수행 과정 속에서 신자유주의적 지구화에 대한 시민적 저항의 잠재력 또한 존재했음을 상기할 필요가 있다. "국민국가가 더욱 민주적이고 국민적일 것을 요구하는 투쟁"과 "자본의 지구화에 대응하는 시민사회의 지구화 노력"[2]에 대한 정밀한 해석 없이는 대중

---

1 웬디 브라운, 「"오늘날 우리는 모두 민주주의자이다 ······"」, 알랭 바디우·슬라보예 지젝 외, 김상운·양창렬·홍철기 역, 『민주주의는 죽었는가』, 난장, 2010, 89면.

안에 존재하는 민주주의의 호소력을 충분히 파악하지 못한 채 대의적 민주주의의 한계와 신자유주의 구도의 영향력만 강조하게 되는 문제를 노출하게 된다. 이 지점에서 "위기들은 사람들을 흔들어 자족성에서 벗어나게 하고 그들로 하여금 자기 삶의 근본원리에 의문을 제기하도록 강제하는 게 사실이나 가장 자발적인 최초의 반응은 패닉이며 이는 '기본으로 돌아가기'로 이어진다. 지배 이데올로기의 기본적 전제들은 의문에 붙여지기는커녕 훨씬 더 극렬하게 재언명된다"[3]라는 지적도 새삼 떠오른다.

한국문학과 민주주의라는 **주제와 관련하여** 현재 한국문학에 스며들어있는 공동체의 가능성을 가늠하려는 이 글은 사회적 소수자로 불리는 이들의 삶이 근본적으로 제기하는 불평등과 소외의 조건을 탐색하는 **지점에서** 출발하고자 한다. 그것은 각자의 존재 조건이 공공적인 장 속에서 설명될 수 있는 '평등'의 의미를 새롭게 사유하게끔 요청한다. 모든 개인들이 똑같은 조건의 예외 없는 상황을 보장받아야 한다는 형식적인 평등의 의미는 근대 민주주의의 한계로 여러 차례 지적되어 왔다. 샌드라 프레드먼 역시 기존의 불이익이나 차별 구조를 적극적으로 개선하지 않은 상태에서 모든 사람들을 똑같이 대우하는 것은 "불평등을 영속화"하는 것에 지나지 않는다고 강조한다.[4] 개인의 자율성이 최우선이라는 원칙은 모든 사람이 함께 자율성을 누릴 수 있다는 전제에서 운위될 수 있으며, 자아 충족감 역시 사회에 기여하는 적극적인 자

---

2 김종엽, 「촛불항쟁과 87년체제」, 『87년 체제론』, 창비, 2009, 156면.
3 슬라보예 지젝, 김성호 역, 『처음에는 비극으로, 다음에는 희극으로』, 창비, 2010, 40면.
4 샌드라 프레드먼, 조효제 역, 『인권의 대전환』, 교양인, 2009, 397면.

유를 증진하는 방식으로 이루어질 수 있다. 그런 맥락에서 평등을 실현하기 위해 개인 및 사회 체제가 '적극적인 의무'를 어떻게 구현할 것인가는 매우 중요한 문제가 되는 것이다.[5]

개인 차원의 차별적 행위를 넘어서서 사회적인 차별이 별개의 현실로 존재한다는 프레드먼의 지적을 환기한다면, 민주주의를 불가능하게 하는 현실적인 정치체제와 통치의 규범 자체를 근원적으로 뒤흔드는 급진적인 시도들 역시 그 가능성과 한계를 세심하게 들여다볼 필요가 있다. 백낙청은 로런스와 랑시에르의 민주주의론을 비교하면서, 두 논자가 "모든 개인들의 예외 없는 평등"을 기계적으로 적용하는 근대 민주주의의 문제점을 인식했음을 강조한다.[6] 이 글에서 로런스의 민주주의 논의를 통해 급진적인 민주주의 논의들이 놓치고 있는 정치적 가능성의 영역을 비판적으로 환기하는 대목은 주목을 요한다. 랑시에르는 '정치'와 '치안'을 구별하면서 '치안'의 경계와 영역에 작동하는 대중적의 일상적인 삶-정치의 가능성을 제한하고 있다. 랑시에르의 논의에서 민주주의는 "기존의 질서를 끊임없이 흔드는 힘일 뿐 대안적인 질서는 '치안'의 영역으로 간주"되는 한계를 안고 있다. 이와 견준다면 로런스가 의미하는 평등의 개념은 어느 정도 국가의 개입을 염두에 둔다는 비판을 받을 수 있지만 "각자의 삶의 성향에 따라" 작동되는 공평한 체제, 나아가서는 "민중이 스스로 다스리는 대안적 질서 내재 체계"

---

5 프레드먼은 평등의 네 가지 잠재적인 목표, 모든 사람의 동등한 존엄성과 가치를 증진하기 / 사회 내 특정 집단의 고유한 정체성을 수용하고 적극적으로 인정하며 북돋워주기 / 소외 집단과 관련된 불이익의 사슬을 끊기 / 모든 집단이 사회에 온전하게 참여할 수 있도록 장려하기를 주장하면서 이와 연관시켜 국가가 행할 수 있는 적극적 의무의 내용을 설명하고 있다.(위의 책, 399~402면)
6 백낙청, 「D.H 로런스의 민주주의론」, 『창작과비평』, 창비, 2011 겨울, 405~407면.

에 대한 가능성을 시사하고 있다.

민주주의가 특정 체제나 제도의 달성이라는 목표에 머무르는 것이 아니라 개별 존재들이 스스로를 다스릴 수 있는 '민중 자치'의 구현에 근본적 뜻을 둔다면, 현재 가동되고 있는 사회 체제의 모순은 현실을 살아가는 복합적인 맥락에서 성찰되어야 한다. 개별 존재들의 존엄성이 인정받는 평등한 삶을 살기 위한 노력은 제도 바깥에서 상상적으로 이루어지는 것이 아니라 현실의 압력을 견뎌내는 제도의 안팎에서 이중적으로 수행된다. 한 예로, 국경을 떠도는 난민이 환기하는 생명권과 주거권의 문제는 일반적인 시민이 영위하는 일상적인 삶의 공간에도 상징적으로 연결되어 있다. 이때 소외를 겪는 사람들이 호소하는 평등의 문제는 단순한 인권 침해의 문제에서 나아가서 자기의 공간에서 사람답게 살 수 있는 기본적인 권리를 추구할 수 있도록 돕는 적극적인 실천의 방식을 요구한다. 난민과 추방, 철거와 노숙의 삶은 자신의 존엄을 추구할 수 있는 실질적인 생계 수단의 마련과 그것을 이끄는 공동체의 기본적 의무를 강력하게 환기하는 것이다.

모든 사람들의 존엄과 평등을 실현하기 위해 국가와 사회가 가져야 하는 적극적 의무의 개념은 개인의 자율성 문제도 폭넓게 사고할 수 있게 도와준다. 개인의 정체성이 사람들 사이의 인정과 인간관계에 기반을 두고 있는 것이라는 점을 상기한다면 개인의 잠재력 역시 사회적 관계 속에서 최대치를 발휘할 수 있다.[7] 물론 이 지점에서 급진적인 방식으로 제기되는 평등의 개념도 다시 돌아볼 필요가 있다. 가령 랑시

---

7 샌드라 프레드먼, 앞의 책, 94면.

에르는 "타인을 향한 요구나 타인에 대한 압력 행사일 수 없으며, 동시에 언제나 자기 자신에게 제시하는 증거"로서 평등의 의미를 해석한 바 있다.[8] 그의 주장처럼 개인의 자율성을 전제로 한 평등은 인간성이나 이성의 본질에 각인된 이상적인 가치가 아니며 "각각의 사례 속에서 전제되고 입증되며, 증명해야 하는 하나의 보편"으로서 끊임없는 검증과 변화를 겪는 개념이다.[9] 개인을 규정짓는 모든 종류의 사회적인 정체성들에 의문을 던지고 기존의 모순적인 질서 체제의 경계를 새롭게 사유하자는 랑시에르의 제안은 가시적인 집단의 정체성으로 손쉽게 회귀하는 "자기-명증성의 기만"[10]을 날카롭게 비판하는 효과를 갖는다. 그럼에도 불구하고 이 논의는 현실적인 체제에 묶일 수밖에 없는 개인들의 삶이나 그 속에서 이루어지는 공동체의 운동성에 대한 가능성을 일정하게 제한하고 있는 것도 사실이다. 그의 논의에서 참된 평등의 개념은 '치안'이 아닌 '정치'의 영역에서 가능하며, '치안'의 영역으로 분류된 기성의 사회 체제가 작동시킬 수 있는 적극적인 의무의 실행 가능성은 그 자체가 부정된다. 자율성이 공동체와 관계하는 가능성을 입체적으로 열어놓지 않는 한, 이러한 급진적 맥락에서 사유되는 '보편'이라는 맥락 역시 현실과 동떨어질 수밖에 없다. 그런 의미에서 사회적 소수자의 존재 조건을 통해 짚어보는 '평등'이라는 가치는 개인적인 삶의 자율성을 전제 조건으로 하되 그 자율성을 공동체와 적극적으로 관계하는 의무이자 권리로 폭넓게 해석할 필요를 갖게 한다.

---

8 자크 랑시에르, 양창렬 역, 『정치적인 것의 가장자리에서』, 길, 2008, 113면.
9 위의 책, 138면.
10 위의 책, 148면.

지금까지 평등의 의미를 통하여 민주주의의 한 맥락을 살펴보았지만, 결국 중요한 것은 그러한 문제의식이 어떤 방식으로 작품에 형상화되었는가의 주제로 되돌아온다. 문학작품이 담아내는 현실은 부당한 체제가 가동시키는 삶의 조건을 비판적으로 들여다보면서도 그것에 실질적으로 묶여 있을 수밖에 없는 삶의 구체화된 형태들 역시 드러내게 된다. 한 예로, 르포르타주 서사의 형식은 경제적이고 사회적인 차별과 소외의 조건들을 직시하는 급박한 요구를 드러낸다. 이와 비교하여 픽션의 서사들은 불평등한 삶에 대한 개별 존재들의 고통스러운 인지와 그것을 벗어나려는 시도들을 각기 다른 은유와 스타일로 보여준다. 개인의 일상 심층에 가라앉아 있는 폭력과 소외의 상징을 섬세하게 드러내는 작품들과 더불어 월경과 이주 문제를 직접적인 소재로 삼아 진지한 성찰을 보여주는 작품도 주목할 필요가 있다. 평등의 중요한 조건으로서 공감과 연대를 논의하는 이 작품들은 자율성의 가치가 사회 공동체의 적극적인 역할과 연계되는 지점들을 들여다보게 하는 흥미로운 징표들이다.

2. '뿌리 뽑힌 사람들'의 증언과 기록
― 르포르타주 서사의 가능성

삶의 터전을 빼앗긴 '뿌리 뽑힌 자'들의 이주와 박탈의 체험은 도시 철거민의 삶 속에서 구체적으로 현시된다. 근대 도시의 구축 과정에서 지속적으로 전개되어온 '철거의 역사'는 자본주의 도시계획이 만들어내는 외곽지대의 슬럼화 현상을 동반해왔다. 철거민들을 둘러싼 공권력의 폭력과 그것이 빚어낸 비극적인 참사를 선명하게 드러낸 '용산참사'는 이러한 이주와 박탈의 고통을 전면화하고 있는 사건이었다. '용산참사'를 둘러싼 즉각적인 문학의 반응은 예술인들의 비판과 저항을 담은 시, 산문, 사진 등의 자유로운 형식의 기록물로 생산되었다. 작가 선언 6 · 9가 엮어낸 『지금 내리실 역은 용산참사역입니다—용산 참사 헌정문집』(실천문학사, 2009) 과 『이것은 사람의 말』(이매진, 2009)이 그 결과물이다.

자본주의적 이윤추구와 공권력이 결합하여 삶의 터전을 파괴하는 현실은 '용산'의 공간 에서만 작동하는 것이 아니다. '용산참사'는 강정마을의 주민들, 한진중공업과 쌍용자동차의 노동자, 4대강 개발 지역 주민들 등 각기 다른 방식으로 장소를 침탈당한 사람들에 걸쳐지는 '끝나지 않은 이야기'이기도 하다. '뿌리 뽑힘'의 체험은 한순간에 법적 권력 바깥으로 밀려나면서 소외되고 배제되는 '난민'의 삶이라 할 수 있다.

물리적인 공권력의 폭력이 뒤따르는 고통스러운 박탈의 역사는 증언과 기록의 욕구를 생성한다. 최근 문학, 만화나 다큐멘터리 및 수기의 영역에서 이러한 '르포르타주' 양식은 적극적인 표현 형식으로 도입되고 있다.[11] 영화나 방송 등 시각성이 강한 프로그램에서는 다큐멘터

---

11 최근 활발하게 진행되고 있는 르포르타주 글쓰기와 논픽션 문학의 성과에 대한 논의로는 김원, '특집' 「'99%의 목소리들'—서발턴의 재림—2000년대 르포에 나타난 99%의 현실」, 『실천문학』, 2012 봄; 서영인, '특집' 「판타지와 르포르타주—망루와 크레인, 그리고 요령부득의 자본주의」, 『실천문학』, 2012 겨울; 복도훈, 「르뽀, 죽음의 증언 그리고 삶을 위한 슬로건」, 『창작과비평』, 2012 겨울을 주목할 수 있다. 이 외 강우성, 「일상의 정치성과 기록—최근 르포문학에 대한 보고」, 『문학수첩』, 2006 가을; 손남훈, 「리얼을 향한 르포르타주의 글쓰기」, 『오늘의 문예비평』, 2010 가을; '특집' 「비허구문학을 어떻게 볼 것인가—이명원 김원 김종길 송경동」, 『내일을 여는 작가』, 작가회의 출판부, 2009 봄의 글 역시

리 기법이, 문자성을 호소하는 각종 에세이와 소설, 문학, 만화 서사의 경우에는 르포르타주 기법이 각각 활발한 형식으로 접속되고 있다. 이처럼 공권력의 폭력과 민주주의의 위기 양상이 심화된 현실에서 르포르타주 장르의 글쓰기가 활황을 띠고 있는 것은 자연스러워 보인다.

현실에 대한 생생한 증언과 보고를 핵심으로 삼는 르포르타주는 한편으로는 현실 자체를 그대로 옮겨놓는데 목적을 두지 않는다. 르포르타주는 재현의 원리와 가장 밀접하게 결합된 장르처럼 보이지만, 그 재현은 선택적 방식에 의해 이루어진다. 무엇보다도 르포르타주는 필자의 목소리가 하나의 윤리적 정당성을 지니고 복무할 수 있는 가장 강력한 이데올로기적 특성을 지닌 장르이다. 보고의 정신, 고발의 정신, 그리고 그것을 알리고 함께 나눔으로써 공론장의 영역으로 주제를 확산하려는 강력한 의지가 르포르타주 장르에 잠재해 있다. 르포르타주 장르는 '논쟁을 통해서', '싸움을 통해서' 이룰 수 있는 공통 감각과 공론적 주제를 가장 직접적으로 호소할 수 있는 양식인 셈이다.[12]

'용산참사'를 포함한 일련의 사회적 이슈들을 소재로 다룬 르포르타주들이 호소하는 것 역시 이러한 이주와 박탈의 체험이 당사자들을 '뿌리 뽑힌 자'로 만드는 동시에 그 너머에 함께 살고 있는 나 자신의 문제

참조 대상이다.

12 복도훈은 랑시에르의 논의를 참조하여 르뽀가 "문학적 글쓰기 / 비문학적 글쓰기"라는 '감성의 분할'을 문제 삼는 글쓰기가 될 수 있다고 본다. 필자의 절실한 고민대로 르뽀가 지닌 직접적인 정치성의 문제는 필자가 고민했듯이 랑시에르가 주장했던 정치 / 치안의 이분적 작동과 쉽게 연결되는 것은 아니다. "문학의 정치"에 대한 암시적 해석을 확장시킨다면 르뽀의 존재의미와 연결될 수 있지만, 논의를 정교하게 끌고 가려면 랑시에르의 이론이 주장하는 재현의 문제와 르뽀양식의 관련성을 근본적인 의미에서 다시 돌아보아야 한다. 한 예로 랑시에르가 언급했던 노동자의 수기 기록들은 현재 우리가 논의하는 르뽀로 곧장 연결되는 것이라고 말하기 어렵다. 최근 등장하는 전문적인 르뽀작가군의 문제도 이와 관련된다. 복도훈, 앞의 글, 63~64면.

로 와 닿을 수 있다는 공감의 확장이다. 최근 르포르타주는 억압과 소외의 당사자들의 입장을 대변하고 이들의 목소리를 다양한 증언의 형태로 담아낸다. 용산 철거민의 목소리를 직접적으로 담은 르포르타주『여기 사람이 있다』를 포함하여 박영희의『보이지 않는 사람들』(우리교육, 2009),『만주의 아이들』(문학동네, 2011), 송기역·이상엽의『흐르는 강물처럼—4대강 르포르타주: 우리 곁을 떠난 강, 마을, 사람들의 이야기』(레디앙 미디어, 2011), 삼성반도체 백혈병 문제를 취재하여 다룬 희정의『삼성이 버린 또 하나의 가족』(아카이브, 2011) 그리고 가장 최근에 쌍용 자동차 노동자 문제를 치유와 애도의 심리학으로 포착한 공지영의『의자놀이』(휴머니스트, 2012) 등이 그 사례라고 할 수 있다. 그 외에도 작가의 진솔한 고백을 동반한 성찰 기록들도 있는데, 이라크 팔레스타인을 돌아보고 생생한 기록을 담아낸 오수연의『아부 알리, 죽지마』(향연, 2004), 전기 형식을 취한 오도엽의『지겹도록 고마운 사람들아—이소선 여든의 기억』(후마니타스, 2008), 고병권의『점거, 새로운 거번먼트—월스트리트 점거운동 르포르타주』(그린비, 2012), 김곰치의『지하철을 탄 개미』(산지니, 2011) 를 들 수 있다.

  필자 자신의 체험적 에세이와 혼합된 르포르타주의 양식도 시도되고 있지만 현재 르포르타주 글쓰기의 상당 부분을 차지하고 있는 것은 역시 인물들을 중심으로 한 구술 인터뷰다.『여기, 사람이 있다』[13]의 경우가 대표적인데 이 책은 용산참사 희생자 가족과 다른 주거 세입자들의 구술을 그대로 옮기는 형식을 취하였다. 각 서술자의 분산된 입

---

13 조혜원 외,『여기 사람이 있다』, 삶이보이는창, 2009.

장을 통하여 사건이 갖는 중요성의 의미를 독자에게 최대한 확장하고 있는 것이다.[14] 르포르타주 글쓰기가 직접적으로 호소하는 것은 이러한 배제되는 주체들, 사회적인 공동체 속에서 자신의 권리와 주장을 실현하기를 금지당한 자들의 '목소리'를 되살리는 것이다. 철거의 압력은 난민을 추방하는 것과 유사한 방식으로 이루어진다. 철거민은 물리적 압력과 더불어 법적 질서로부터도 배제되고 버림받는 것이다.[15] 용산참사에 대한 보고적 기록들이 보여주는 것은 이러한 공권력의 배제 논리에 의해 언제든 밀어낼 수 있는 '철거민', '범법자'가 되어버린 피해자들의 고통스러운 삶이라 할 것이다.

'아무도 기억하지 않는' 개인들의 삶에 대한 기록은 공감과 감동을 유도하지만, 한편으로는 그 개인들을 움직이는 깊숙한 사회구조의 문제로 시선을 옮겨가는 작업 역시 필요하다. 최근 르포르타주 글쓰기에서 절실하게 환기되는 문제 역시 분노의 공감을 넘어서는 '성찰적 환기'를 어떤 방식으로 이루어낼 것인가라는 문제이다. "관찰자나 지배적 질서의 공범자로부터 벗어나기와 성찰성"[16]을 담은 기록, "일상과

---

14 책의 구성에서도 알 수 있듯이 이 기록들은 '땅도 쳐다보고 하늘도 바라보며 내 집에서 살고 싶다', '집 평수 넓히려는 사람들 마음속에 폭력이 있어요', '도망가는 것밖에 없더라고요 그래서 망루로 올라왔어요', '중요한 건 침묵하지 않는 거죠', '없는 사람은 아예 없고 있는 사람은 아주 많고', '재개발은 누구한테나 다 올 수 있는 일이에요' 등의 제목을 통하여 공감을 호소하고 있다. 이 르포르타주 역시 '뉴타운·재개발 사업 바로알기' 등 법과 지식체계에 관련된 정보 제공을 함께 담고 있다.

15 추방령을 받은 자는 단순히 법의 바깥으로 내쳐지거나 법과는 무관해지는 것이 아니다. 그는 "법으로부터 버림받은 것이며, 생명과 법, 외부와 내부의 구분이 불가능한 비식별역에 노출되어 위험에 처해진" 것이다. 조르조 아감벤, 박진우 역, 『호모 사케르』, 새물결, 2008, 79면.

16 김원은 2000년대 르포의 공통된 화두로서 '차별' '트라우마와 고통, 그리고 비가시화', '현실에 대한 폭로 혹은 신화의 붕괴'를 들면서 르포가 지녀야 할 '성찰성'의 의미를 "유령과 같은 서발턴들의 언어를 이해하고 들어줌으로써 르포 작가 스스로에 대한 성찰을 해나가는 것"으로 규정한다. 김원, 앞의 글, 202면.

현장이 따로 없어진 세상에서 일상의 정치성을 기록하려는 고통스러운 작가의식"[17]의 분투는 르포르타주 글쓰기가 확보해야 할 중요한 덕목이다. 피해자의 절박한 상황에 대한 고발에 머무르지 않는 거리 감각의 확보 역시 절실하다. 그 거리 감각은 "관점perspective의 목소리"[18]라고도 할 수 있을 것이다. 이는 기록문학, 논픽션문학의 가장 큰 고민거리, "전형화하거나 일종의 볼모 혹은 희생자의 위치로 떨어뜨리지 않고 타인을 재현하고 이야기하는 방법은 무엇일까?"[19]와 직접적으로 관련되는 중요한 고민일 것이다.

르포르타주가 시도할 수 있는 관점의 목소리, 성찰의 목소리를 보여주는 사례로서 언급할 수 있는 작품은 희정의 『삼성이 버린 또 하나의 가족』이다. 이 작품은 인물 구술 인터뷰를 중심으로 삼성 반도체 노동자의 산재 문제를 고발하고 윤리적 각성을 촉구하는 르포르타주의 특성을 고스란히 지니고 있다. 이 책이 성찰성의 측면에서 돋보이는 대목은 단순히 가해자로서의 삼성이라는 대기업의 비리나 희생자의 사연을 털어놓는 데 그치지 않고 기업의 자본주의적 생존 논리가 '가족'이라는 신화를 활용하는 방식에 대한 구조적 인식을 보여준다는 점에 있다. '삼성 가족'이라는 신화 속에는 한국 근대화 과정에 지속적으로 작동해온 성장논리, 개발논리의 합리화 과정이 깃들어 있다. 작가는 희생자에 대한 공감과 울분에서 나아가 이들의 고통과 죽음이 한 대기업의 엄청난 조직논리에서만 기인한 것이 아니라 이 모순의 구조가 그

---

17 강우성, 「일상의 정치성과 기록—최근 르포문학에 대한 보고」, 『문학수첩』, 문학수첩, 2006 가을, 88면.
18 빌 니콜스, 이선화 역, 『다큐멘터리 입문』, 한울, 2005, 95면.
19 위의 책, 221면.

것을 정당화하는 국가권력, 법질서, 그리고 묵인하고 방조하는 공동체 구성원의 합작품임을 차분히 밝혀나간다.

삼성반도체 노동자들의 사례를 중심으로 지배권력이 어떠한 '명명의 정치학'을 사용하여 자신들의 행위를 정당화하는가를 파헤치고 있는 점도 르포르타주 서사의 전략적 차원에서 주목할 만하다. 그중의 하나는 '클린 룸'으로 대변되는 '청정신화' '최첨단 공학 분야'라는 이미지 속에 반도체 공정 과정의 위험성을 은폐하는 지점이다. 산업 현장의 '복잡한 공정'과 '생소한 용어'의 사용은 노동자들로부터 자신의 일터를 소외시키고 도구화시키는 역할을 한다. "첨단산업이 가진 복잡함, 최대 수출품 효자산업에 대한 국가의 홍보, 노동자들의 가족애"(33면)로 구축된 반도체 산업의 신화는 노동자들의 '알 권리'를 오랫동안 은폐해왔다. '알 권리'의 은폐 과정은 노동자를 자신의 육체로부터도 소외시켰다. 노동자들은 역한 냄새를 맡고 코피를 흘리고 피곤해하면서도 한번도 반도체 공정 과정의 위험 물질 노출을 의심해보지 않았다. 작가는 노동자를 자신의 일터로부터 소외시킨 '생소한 용어'들의 지식을 각주와 기록으로 재현함으로써 역설적인 저항의 시도를 한다. 생경함과 불편함을 무릅쓰고라도 읽어야 하고 알아야 하는 이 전문 용어와 지식의 세계는 '알 권리'를 은폐하려는 흐름에 정면으로 맞서는 르포르타주 방식의 대응이다.[20]

백혈병에 걸린 노동자들의 삶과 사연을 추적해가는 작가의 시선은

---

20 한 예로 『삼성이 버린 또 하나의 가족』의 부록으로 실려 있는 「반도체 공정에 대한 이해」는 반도체 공장에서 이루어지는 웨이퍼를 제조하는 공정을 상세히 설명하면서 '알 권리'의 영역을 강하게 주장한다.

피해자의 억울함을 호소하는데 머물지 않고, 글 쓰는 자가 개입하고 해석하는 성찰의 지점까지 나아가고 있다. 특히 책의 결론 부분에서 삼성 반도체 노동자들의 산재 문제를 특정 국가와 지역의 경계를 넘어서 전 지구적 자본주의 질서 속에서 투시하는 대목은 의미 있는 지점이다.

> 유해물질은 사라지지 않았다. 다만 이전되었다. 노후한 설비, 유독한 물질을 사용하는 공정은 이전된다. 외부 하청업체 직원, 임시계약직, 이주노동자의 몫으로 전가된다. 원청과 하청의 위계화된 서열 속에서 위험은 밑바닥 노동자들에게 흘러간다. 밖으로는 개발도상국에 반도체산업의 그늘을 넓혀간다. 사용 화학물질 정보를 공개하지 않아도 되는 허술한 안전규제, 저렴한 노동력이 있는 곳으로 이동한다. 몇 십 년 전, 첨단산업을 주도한 국제기업들이 취했던 모습 그대로다. 우리가 겪은 일은 10년 전 미국 IBM 노동자들이 겪은 일이며, 중국이나 제 3세계 노동자들이 10년 후에 겪게 될 일이다.[21]

필자의 지적대로 이것은 특정 국가나 특정 지역에서만 발생하는 사건은 아니다. "유해산업의 수출Export of Hazard"은 세계 도처에서 일어나고 있으며, 노동자들의 고통과 박탈의 체험은 다른 방식으로 이전되어 퍼져나간다. 자본주의적 이윤 추구의 냉혹한 원리와 공권력의 은밀한 공모 속에서 진행되는 압박과 침탈은 '몫 없는 자들'이 어떠한 방식으로 희생자의 위치에서 벗어날 수 있는가에 대한 고민을 제기한다.

---

21 희정, 『삼성이 버린 또 하나의 가족』, 아카이브, 2011, 242~243면.

르포르타주의 기록이 지향하는 것은 그러한 성찰적 지평의 확장과 해석의 공동체의 구성일 것이다.

3. '보이지 않는' 사람들의 그림자와 환상

르포르타주와 논픽션의 영역이 현실에 대한 창작자의 특정한 형태의 개입을 의도한다면 소설의 세계는 그것을 상상 가능한 허구의 진실로 포착한다. 기이 고티에의 말을 빌자면, 르포르타주와 다큐멘터리는 "설명을 하고, 보고를 해야 하며, '픽션'이 은폐하려고 애쓰는 것, 즉 지시대상을 다루어야" 한다.[22] 르포르타주와 다큐멘터리가 최후까지 포기할 수 없는 것은 현실을 '특정한 관점'에 입각해서 재현하는 목소리의 윤리성일 것이다.[23] 이에 비하면 상상적 허구의 영역을 기입하는 픽션 서사의 경우 여러 가지 관점과 층위를 통해 서술 공간이 만들어진다.

이주노동자의 삶을 다루고 있는 공선옥의 소설 중에서 「도넛과 토마토」를 보면 소설 속 인물이 지향하는 윤리적인 가치는 다양한 서사의 축조 속에서 중층적으로 드러난다.[24] 소설 주인공이 공감과 연민을 표하기 이전에 보여주는 것은 많은 망설임과 감상들이다. 이혼하고 여

---

22 기이 고티에, 김원중·이호은 역, 『다큐멘터리, 또 하나의 영화』, 커뮤니케이션북스, 2006, 17면.

23 개인 혹은 공동체의 집단적 삶에 관한 특정 가치를 나타내는 것으로 윤리ethics를 정의한다면 르포르타주 서사 전략이 드러내는 목소리의 윤리성은 "역사 세계에 대한 특정 형태의 개입"을 지닌다. 빌 니콜스, 앞의 책, 89~90면.

24 공선옥, 「도넛과 토마토」, 『명랑한 밤길』, 창비, 2007.

성가장으로 고단한 삶을 이어가고 있는 주인공 문희에게 한 외국인 여성이 전남편의 죽음을 알려온다. 그녀는 전남편이 재혼한 외국인 신부이며, 한국에는 아는 사람이 없는 외로운 신세다. 남편이 사망하고 나서 다급해진 그녀는 문희에게 매달려 인정을 호소한다. 자의식의 갈등에 시달리던 문희는 그녀의 등에 업혀 있는 아이를 보며 마음이 약해짐을 느낀다. 자신의 삶을 꾸려나가기도 쉽지 않은 문희가 피부색도 다르고 살아온 과정도 다른 외국인 여성에게 결정적으로 마음이 흔들린 것은 그녀가 되풀이해서 내뱉는 '사랑한다'라는 말 때문이다. 한국어에 서투른 그녀가 남편에게 유일하게 배웠을 사랑이라는 단어는 어색하게도 남편의 전처와 소통하는 징검다리가 된다. 자신의 일상에서 걸어 나와 고단하고 성가신 존재만 될 외국인 여성과 손을 잡게 되는 문희의 모습은 환대와 평등의 의미가 무엇인지 생각하게 한다.

불안하고 고단한 현실 속에서 간신히 숨 쉬고 살아가는 여린 존재들이 꿈꾸는 만남과 소통의 문제를 그 누구보다도 간절하게 그려내고 있는 작가는 황정은이다. 전자상가 철거민들의 현실을 배경으로 순수한 연인들의 애틋한 소통을 그려낸 「백의 그림자」에서도 폭력적인 현실의 문제는 작가의 중요한 화두로 등장한다. 황정은 소설에서 불평등과 소외의 문제는 지속적인 관심사가 되어왔다. 흥미로운 것은 그 폭력적인 소외의 현실 속에서도 자기만의 호흡을 간직하는 개인들의 존재 방식이라고 할 수 있다. 이들은 대체적으로 사회적으로 선명한 자기 위치를 갖지 못한 일상인들이다. 황정은 소설에서 개인들은 소외와 물화의 과정 속에서 사회적으로 배제되지만, 독특한 개별자로서의 존재감을 추구한다. 그들은 숨죽이고 있다가 어느 순간 자기만의 방식으로

소통의 장을 만들어간다. 「대니 드 비토」의 원령은 산 것도, 죽은 것도 아닌 상태로 연인의 주위를 맴돈다. 사랑하는 이가 자기를 보지 못하더라도 그의 옆에서 그의 숨결을 느끼며 그가 다른 사람과 결혼하고 아이를 낳고 늙고 병들어가는 것을 바라본다. 이 원령은 죽음이라는 공포와 단절을 넘어서 사랑하는 존재 옆에서 독특한 유대의 관계를 만든다. 환상 속에서 성취되는 이러한 존재의 손 내밀기는 역설적으로 소통이라는 것이 얼마나 어려운 과정을 거쳐서 이루어지는가를 증명한다. 이 유대감각은 선명한 실체로 가시화되지 않는 '점착성의 그 무엇'으로 드러난다. 환상의 형식을 차용한 원령의 존재는 인간과 비인간, 삶과 죽음의 경계를 넘어서며 그 누구보다도 간절하고 슬프게 자신의 욕망을 발설한다. '묽고 무심한 상태의, 일부가' 되는 과정 속에서도 스스로를 추슬러 존재하고자 하는 원령의 모습은 소통을 향한 강렬한 열망을 보여준다.

　나는 기다리고 있었다. 한 쌍의 원령으로 우리가 다시 만나게 될 날을 기다리고 있었다. 기다렸지만, 이처럼 묽고 무심한 상태가 되어가는 입장에서 언제까지 유도씨를 기다릴 수 있을지, 기다리는 데 성공한다 해도, 한 쌍의 원령으로서, 유도 씨와 더불어 얼마나 함께할 수 있을지, 유도 씨를 내버려두고 내가 먼저 흩어져버리는 것은 아닌지, 그러면 혼자 남은 유도 씨는 어떻게 되는 건지, 확고하다고 할 수 있을 만한 것은, 아무것도 없었다.[25]

---

25 황정은, 「대니 드 비토」, 『파씨의 입문』, 창비, 2012, 57면.

평생을 지키며 옆에서 함께 하기를 소망해온 원령이지만 사라짐 앞에서는 어떤 확신도 할 수 없다. 불안한 환상의 영역은 황정은 소설이 말해주는 미처 실현되지 못한, 그러나 잠재해 있는 소통의 가능성이기도 하다. 소설의 마지막에서, 보지도 못하고 듣지도 못하지만 감각적으로 유라의 존재를 느낀 유도씨는 그녀에게 "유라"라는 소통의 신호-혹은 중얼거림을 건넨다. '유라-미라-에라-유라'로 맴돌던 언어의 유희는 이러한 단절과 비약의 순간들을 기묘하게 결합시킨다. 존재가 자신의 지평에서 도약하여 접속의 장을 변화시키는 사건들은 삶 속에 잠복해 있다가 어느 순간 솟아오른다.

개인들의 간절한 소통 양상을 그리지만, 기본적으로 황정은 소설이 배경으로 다루고 있는 것은 인간답게 살기 어려운 차갑고 폭력적인 현실이다. 「디디의 우산」에서 공항 화물 센터에서 일하는 디디와 창고형 매장 식자재 센터에서 일하는 도도는 가난과 불안에 시달리는 직장인들이다. 유해물질을 다루는 도도는 알러지에 시달리며 직장을 다니고 디디는 수시로 해고의 압박에 시달린다. 소설에서 디디가 도도에게 갖는 호감과 유대는 유년 시절에 도도가 디디에게 건넨 '우산'으로 상징화된다. 도도의 우산을 돌려주지 못해 마음이 불편했던 디디는 도도에게 다른 우산을 건네주면서 만남을 이어나간다. 디디가 느꼈던 '빚'은 그 낱말 본래의 뜻에서 이탈하여 서로에게 연결되는 매개물이 된다. '빚'과 '우산'이 하나의 화음으로 연결되면서 따뜻한 위무를 안겨주는 소설의 마지막 대목을 보자. "어쨌든 모두가 돌아갈 무렵엔 우산이 필요하다. / 디디는 도도가 잠에서 깨지 않도록 자리에서 일어났다. 모두의 팔이나 다리나 머리를 밟지 않도록 조심하며 비좁은 거실을 가로질

렀다. / 달각, 하고 신발장을 열어보았다."(179면) 친구들과 오랜만에 모여 저녁을 먹고 위안을 나눈 시간이 지나고 디디는 홀로 일어나 신발장을 열어본다. 어린 시절 자기의 우산을 가져 본 적이 없는 디디가 역설적으로 누군가에게 우산을 빌려주는 이 소박한 전환의 과정은 고단하고 가난한 일상을 새로운 시선으로 직조하는 따뜻한 환상으로도 읽힌다.

개인이 속한 삶의 지평을 전환하려는 존재의 절박한 고투는 사랑하는 존재의 옆에서 머무르고자 하는 묽은 형태로(「대니 드 비토」), 힘겨운 일상에 드리워지는 그림자로(「백의 그림자」), 떨어지고 구르고 다시 솟아오르는 환상으로(「낙하하다」), 연인의 뼛조각을 가지기 위해 눈길을 헤치고 목숨을 걸고 나아가는 발걸음으로 나타난다. "떨어지든 떠오르든 마지막엔 어딘가에 닿지 않을까 올바르게 떨어지다 보면 마지막엔 무언가에 닿지 않을까?(「낙하하다」, 73면)라는 상징적인 서술에 드러나듯이 삶의 방식을 바꾸어나가려는 존재의 고투는 어딘가에 충돌하는 게 차라리 나은, 그리고 부딪쳐서라도 자신의 지평을 바꾸려는 행위인 것이다. 「뼈도둑」에서 주인공은 동성 간의 사랑을 질시하는 관습 속에서 살던 집마저 뺏기고 "개수구멍 없는 개수대가 설치된 외양간이 딸린 낯선 집"으로 이주한다. 그는 주거를 박탈당하고 무엇보다도 자신의 사랑을 인정받지 못한 채 외롭게 남겨진다. 남겨진 주인공은 연인의 '뼈 한 조각'이라도 가지기 위해 눈 속을 헤치며, 먼 길을 떠난다. 무모하게 보이는 그의 여정은 온 힘을 다해 자신의 지평으로부터 도약하려는 초월의 몸짓인 동시에 불가능성을 향해서 가는 절실한 발걸음에 다름 아니다.

4. '떠도는 사람들'의 이야기 - 공감과 연대

국가와 지역의 경계를 넘나들며 유동적이고 불안한 정체성을 보이는 이방인, 혹은 난민의 상상력은 2000년대 문학의 중요한 소재가 되어 왔다. 강영숙의 『리나』(랜덤하우스, 2006), 전성태의 『늑대』(창비, 2009), 배수아의 『올빼미의 없음』(창비, 2010) 등 성, 인종, 계급 등의 다양한 차이들 속에서 스스로의 사회적 위치와 소속 집단의 정체성을 탐색하는 수작들이다. 이후로도 이주노동자와 탈북자, 망명자의 상상력은 꾸준한 소재로 등장하고 있다. 근래 발표된 작품들 중에서 이러한 월경과 난민의 상상력을 보여주는 주목할 만한 작품으로는 조해진의 『로기완을 만났다』(창비, 2011)를 꼽을 수 있을 것이다. 그동안 많은 소설들이 탈북자나 이주자의 월경을 다루어왔지만 이 소설에서 '로기완의 생애'는 내레이터 역할의 확대를 통해 독특한 방식의 서술을 시도하고 있다.

"나는 로기완이라 불리며 1987년 5월 18일 조선민주주의인민공화국 함경북도 온성군 세선리 제 7작업반에서 태어났습니다"라는 문장으로 시작되어 "그리하여 나는 2007년 12월 4일 화요일에 버스로 브뤼셀에 도착하게 되었습니다"로 마무리되는 그 다섯장의 자술서"(147면)에서 출발하는 '로기완 찾기'는 탈북자인 로기완이 감당해야 하는 고된 월경의 여정들을 추적하는 서사로 이루어져 있다.

작가가 집중적으로 규명하려는 중요한 주제는 '타자의 삶'과 공명하는 '연대'와 '연민'의 상상력이다. 타인과의 관계 맺기는 각자의 삶이 갖는 '상처'에서 출발한다. '나'는 호의로 시작했던 일이 결국 타인에게 돌이킬 수 없는 상처를 준 데 대한 죄책감을 갖고 있으며 '박'은 아내의 죽음 이후로 고독한 삶 속에 스스로를 유폐해온 상처를 지니고 있다. "연민이란 감정은 어떻게 만들어지는 것일까. 어떻게 만들어져서 어떻게 진보하다가 어떤 방식으로 소멸되는 것인가. 태생적으로 타인과의 관계에서 생성되는 그 감정이 거짓 없는 진심이 되려면 무엇이 필요하고 무엇이 포기되어야 하는 것일까"[26]라고 직접적으로 묻고 있는 주인공은 소수자에 대한 관용과 혜택이 진정성을 갖기 위한 조건이 무엇인지를 절실하게 고민한다.

그렇다면 주인공이 그토록 간절하게 찾고 있는 '로기완'은 어떤 인물인가. 그는 어떤 법적 보호나 권리도 보장받지 못하고 떠도는 유령같은 존재이다. 벨기에에 처음 도착해서 '난민'으로도 분류될 수 없는 그 경계선에서 어른거리며 각종 학대와 고통에 시달리는 로기완은 '정착'과 '추방'의 경계에 걸쳐져서 어떤 보호도 받지 못하는 사람이다. "존재 자체가 불법"인 로기완에게 미래는 "선택할 수 있는 패가 아니"(166면)다. 그에게는 '평등'의 권리가 애초부터 주어지지 않았다. 그는 스스로 '난민'임을 인정하고 '난민지위'를 신청할 때만 그 배제의 원리를 승낙한 상태로 법 안에 포함될 수 있었다. 배제와 소외의 위치를 수락해야만 언어를 배울 수 있고, 최저생계비 지원과 직업을 소개받을 수 있는 것이다.

로기완의 여정에서 의미 있는 것은 그 자신이 사랑하는 여성과 함께하기 위하여 어렵게 얻은 난민의 지위를 포기하는 과정이다. 벨기에 정부의 난민 지위를 포기하고, 불법 이민자의 삶을 껴안음으로써 그는

---

26 조해진, 『로기완을 만났다』, 창비, 2011, 48면.

'난민'의 위치에서 새롭게 이탈한다. "사랑하는 사람과 마음껏 체온을 나누는 그 순간의 충만함을 갖고 싶어 그 외의 모든 것들을 포기"(176면)한 로기완은 비로소 자신이 원하는 사랑을 추구할 수 있었다. 그는 불안하고 고달픈 삶이지만 사랑하는 이와 함께 하는 '공통의 공간'을 얻었다. 난민의 법적 위치에서 벗어난 로기완의 선택은 "무엇이지 않을 수도 있는 역량 그 자체를 통해 현실성과의 관계를 유지하는" 잠재성의 진정한 본질을 보여주는 것이기도 하다.[27]

로기완의 서사를 바라보는 주인공은 로기완과 달리 생계의 최전선에서 박탈과 고통을 겪는 인물은 아니다. 그녀는 자기 내부의 허위의식과 대면하기 위해 길을 떠났다. "배가 고파서 헛것을 보거나 구걸을 한 적이 없고 쓰레기통을 뒤지거나 비참하게 쓰러지는 경험도 해본 적이 없으며 내 주변에도 그런 사람들은 없"(132면)는 그녀는 비교적 안전한 삶을 살아왔다. 주인공이 괴로워하는 것은 "자신의 만족을 위해 경계 밖에 서 있는 타인을 함부로 대한 것, 존엄하게 대하지 않은 것, 그 사람이 아프다는 것을 눈치 채지도 못한 것"(107면)이다. 그녀는 텍스트 외부가 아닌 내부로 들어가서 스스로에 대한 고통과 섞인 진짜 연민이라는 감정을 체험하고자 한다. 주인공의 이러한 여정은 월경과 이동이 선택이 아니라 삶을 압박하는 실제적 조건으로 놓여 있는 절박한 로기완의 여정과 대비를 이룬다. 주인공이 월경과 이동을 스스로 선택했다면 로기완은 살기 위해서 월경할 수밖에 없다.

로기완의 여정을 뒤쫓는다고 해서 로기완의 삶을 모두 이해하거나

---

27 조르조 아감벤, 박진우 역, 『호모 사케르』, 새물결, 2008, 113면.

연민할 수 있는 것은 아니다. 이들이 각자의 삶의 영역을 벗어나 서로를 평등하게 마주할 수 있는 지점은 각자가 충실한 '사랑'의 체험에서 가능하다. 불법난민의 불안한 삶을 고수하면서 라이카를 따라 영국으로 향하는 로기완, 죽은 부인과의 가슴 아픈 사랑을 잊지 못하는 박, 그리고 로기완의 삶을 통해 재이의 존재를 다시금 떠올리는 나는 '사랑'의 공통 영역에서 서로의 무게를 실감한다. 각자의 지평에서 열리는 사랑의 방식은 그들을 정체성의 울타리에서 풀어내 서로를 소통하고 이해하게 한다.

우리는 그렇게, 한동안 서로를 물끄러미 바라본다.
어느 순간 로기완은 조금 전처럼 또 한번 환하게 웃는다. 그러고는 커다란 앞치마에 반죽이 묻은 손을 탁탁 털며 출입문 쪽으로 걸어가 활짝 문을 열어준다. 그가 무슨 말인가를 한다. 나는 너무 긴장한 탓인지 그가 하는 말을 단박에 이해하지는 못하지만 언뜻 박의 이름을 듣고는 반사적으로 고개를 끄덕여 보인다.
로기완이 빠른 걸음으로 다가와 덥석 내 손을 잡아준다.
체온이 있는, 진짜 두 손으로.[28]

"살아 있고, 살아야 하며, 결국엔 살아남게 될 하나의 고유한 인생, 절대적인 존재, 숨쉬는 사람"(194면)인 로기완은 이 순간, 더 이상 난민도 아니고 탈북자도 아닌, 보편적인 존재로서의 인간으로 '평등하게'

---

28 조해진, 앞의 책, 194면.

주인공과 마주하고 있다. 소설에서 로기완의 삶은 탈북자의 고통스러운 현실을 누설하는데 머물지 않고 자신을 새롭게 규정하고 비약시키는 존재의 고투를 보여준다. 그러한 의미에서 진정한 월경은 존재의 내부에서 벌어지고 있는지도 모른다.

'잠재적인 난민'의 상상력은 월경과 이주, 박탈과 뿌리 뽑힘의 체험이 철거민, 이주노동자, 난민, 탈북자 등의 선명한 분류 속에만 작동하는 것이 아님을 알려준다. 그것은 직접적인 삶의 고유한 개별성에 근거를 두는 동시에 그것이 매개하고 공통적으로 호소하는 보편성의 체험으로 읽힐 수 있는 것이다. 자신의 관습적 정체성에 의문을 지니고 사회적 합의의 약속의 구조가 무엇인지를 성찰하게 하는 데서 민주주의적 가치의 참된 발현이 있다면 그것은 생각처럼 쉽게 이루어질 수 있는 과정은 아니다. 민주주의의 가치와 약속을 추구하는 과정은 자신의 정체성에 대한 끊임없는 물음과 함께 하는 동시에 제도의 안과 밖을 넘나드는 실천적인 삶 속에서 가능하다. 그런 점에서 자신의 삶을 현실적으로 돌아보는 성찰의 행위는 권리인 동시에 의무라는 한 작가의 발언은 소중한 울림으로 남는다. "사람들은 자기가 무슨 일을 하는 건지, 일을 하다가 어떤 위험이 있을 수 있는 건지, 그럼에도 위험에 처하게 되면 그 위험으로부터 자신을 지켜 줄 사회보험, 사회보장법들이 무엇이 있는지 알고 그 일을 해야 한다. 이는 자연스러운 권리처럼 들리지만, 얻어 내고자 요구하는 노력을 쏟지 않고는 가질 수 없으니 '의무'라고 불러야겠다."[29]

---

29 김성희, 『먼지없는 방』, 보리, 2012, 147면.

참고문헌

강우성, 「일상의 정치성과 기록―최근 르포문학에 대한 보고」, 『문학수첩』, 문학수
    첩, 2006 가을.
김 원, 「서발턴의 재림―2000년대 르포에 나타난 99%의 현실」, 『실천문학』, 실천문
    학사, 2012 봄.
김종엽, 「촛불항쟁과 87년체제」, 『87년 체제론』, 창비, 2009.
복도훈, 「르뽀, 죽음의 증언 그리고 삶을 위한 슬로건」, 『창작과비평』, 창비, 2012 겨울.
백낙청, 「D.H 로런스의 민주주의론」, 『창작과비평』, 창비, 2011 겨울.
손남훈, 「리얼을 향한 르포르타주의 글쓰기」, 『오늘의 문예비평』, 오늘의문예비평,
    2010 가을.
서영인, 「망루와 크레인, 그리고 요령부득의 자본주의」, 『실천문학』, 실천문학사,
    2012 겨울.

김성희, 『먼지없는 방』, 보리, 2012.
조해진, 『로기완을 만났다』, 창비, 2011.
조혜원 외, 『여기 사람이 있다』, 삶이보이는창, 2009.
황정은, 『파씨의 입문』, 창비, 2012.
희 정, 『삼성이 버린 또 하나의 가족』, 아카이브, 2011.

기이 고티에, 김원중·이호은 역, 『다큐멘터리, 또 하나의 영화』, 커뮤니케이션북스,
    2006.
빌 니콜스, 이선화 역, 『다큐멘터리 입문』, 한울, 2005.
샌드라 프레드먼, 조효제 역, 『인권의 대전환』, 교양인, 2009.
슬라보예 지젝, 김성호 역, 『처음에는 비극으로, 다음에는 희극으로』, 창비, 2010.
알랭 바디우·슬라보예 지젝 외, 김상운·양창렬·홍철기 역, 『민주주의는 죽었는
    가?』, 난장, 2010.
자크 랑시에르, 양창렬 역, 『정치적인 것의 가장자리에서』, 길, 2008.
조르조 아감벤, 박진우 역, 『호모 사케르』, 새물결, 2008.

10장 │ 데모스를 구하라 │

한국소설의 종말론적 상상력 재고[1]

소영현

적이 없다면, 동지도 없다면, 인간은 어디에서 자기로서 그 자신을 찾을까

— Jacques Derrida

민주주의는 공공영역에 대해 하나의 원칙을 구현하려는 정부의 의도를
거부한다. 동시에 그것은 이 영역에 대한 호의와 확대를 꾀하려는 정부의
의사도 거부한다. 만일 민주주의에 고유한 "무한성"이라는 것이 존재한다
면, 민주주의는 이 무한성 안에서 살고 있는 것이라고 말할 수 있다. 여기
서 무한성이란 개개인에게서 발생하는 욕망이나 필요성의 기하급수적인

---

1 이 글에서 다룬 주요 작품은 다음과 같다. 박민규, 『핑퐁』, 창비, 2006; 윤고은, 『무중력 증후
군』, 한겨레출판, 2008; 편혜영, 『재와 빨강』, 창비, 2010; 윤고은, 「로드킬」, 『1인용 식탁』,
문학과지성사, 2010; 박민규, 「끝까지 이럴래?」, 『더블』 side A, 창비, 2010; 김성중, 「허공의
아이들」, 『개그맨』, 문학과지성사, 2011; 배지영, 「그들과 함께 걷다」, 『창작과비평』 155
호, 창비, 2012 봄; 편혜영, 「블랙아웃」, 『자음과모음』, 자음과모음, 2012 여름.

증식이 아니라 공적인 영역과 사적인 영역, 그리고 정치적인 것과 사회적 것 양자 간의 위치를 끊임없이 바꾸게 하는 운동이다.

— Jacques Rancière

1. 들어가며 – '현실-지옥'에 직면한 문학

2000년대 중반 이후로 한국소설에서 미래와 희망에 관한 이야기를 만나기는 쉽지 않다. 한국소설에는 (세계의) 소멸의 상상력과 (자아의) 퇴행의 이미지 그리고 (사회의) 희망 없음에 대한 절망감과 허무의식이 넘쳐난다. 개별자에게 가해지는 고통에 압도된 채 타인의 고통을 외면하는 고립된 개인들이 한국소설의 주류가 되었다. 모두가 고립된 개별자라는 사정보다 참혹한 것은 생계의 벼랑 끝에 내몰려도 자살 외에 출구를 찾지 못해도 고립된 개별자들의 관심이 소규모 커뮤니티의 경계를 넘지 못한다는 사실이다. 역사의 간지에 "실망한 사람들은 새로운 시대, 거대한 변혁의 시대에 대해서는 아무것도 모르는 척 살아갈 뿐이다."[2] 소통과 구원의 가능성은 그만큼 희박해졌고, 대다수가 사회적 합의의 가능성을 믿지 않게 되었다. '미네르바 사건을 포함해서 강정마을, 쌍용자동차, 한진중공업, 용산참사' 등, 21세기를 살고 있다는 우리의 현실감각을 마비시키는 사건들이 이미 빠져나왔다고 확신했던 바로 그곳을 맴도는 시간여행의 악몽 속으로 우리를 떠밀고 있다.

---

2 김연수, 『네가 누구든 얼마나 외롭든』, 문학동네, 2007, 374면.

우리는 어떻게 이 지옥을 살게 되었는가. 제도와 일상 층위에서의 삶의 질적 저하는 일차적으로 저항할 수 없는 자본의 전지구적 영향력의 결과물이다.[3] 그러나 우리가 지옥을 살게 된 이유의 전부가 우리 바깥의 저 '신자유주의'에 있지는 않다. (2007년 대선과 2008년 총선 그리고 2012년 대선의 결과로 야기된) 현실 정치의 국면 변화는 '정치적인 것'의 의미에 대한 근본적인 재고를 요청하고 있으며, 무엇보다 이 '현실-지옥'을 불러온 장본인이 우리이기도 하다는 점을 새삼 일깨우고 있다. 말하자면 이 '현실-지옥'의 시간은 1987년 이후로 서열과 위계로 구현되는 권위주의적 사회의 체질개선이 정치적 민주화에 의해 가능하리라고, 정치적 민주화가 곧바로 경제적·사회문화적 민주화의 동의어라고 우리가 너무 쉽게 믿어버렸던 것은 아닐까를 되짚어보게 한다.[4] '정치적인 것'이 제도로서의 정치 권역의 문제로 축소되어서도 안 되며 일상-문화 정치로만 한정되어서도 안 된다는 반성이 전방위적으로 일어난 것이다.[5] '민주주의는 자신들의 사적인 행복을 추구하며 그것에만 매달리는 개인들의 생활방식과는 거리가 먼 것이며, 바로 이러한 상황에 반대하는 투쟁이자 공공 영역의 확대과정'이다.[6] 그런 의미에서 지

---

3 김동춘, 「'민주화 이후' 한국사회」, 『1997년 이후 한국사회의 성찰』, 길, 2006, 32면. 김동춘은 '1987년 이후의 정치 민주화 현상은 권위적 정권이 구축한 사회질서의 흐름과 전지구적으로 통합되어 버린 정치경제적 환경 변화 위에 떠 있던 작은 물결에 불과했는지 모른다'고 언급한 바 있다.
4 김기현, 「2012 민주주의 대공황을 넘자─한국 민주주의, 죽어야 산다」, 『동아일보』, 2011.12.1; 김규원, 「언론·지역문제가 한국 민주주의 후퇴 초래」, 『한겨레』, 2012.8.12 등.
5 민주화 이후 민주주의의 퇴행을 둘러싼 비판도 '정당정치의 실패와 낮은 투표율로 표출된 참여의 위기를 반복적으로 강조하거나 정치 권역의 발전적 지체로 치부해버리는 것'(최장집, 「한국 민주주의는 지금 어디에 서 있나」, 『민주주의의 민주화』, 후마니타스, 2006; 임혁백, 『신유목적 민주주의』, 나남, 2009; 강원택, 『통일 이후의 한국 민주주의』, 나남, 2011 참조)만으로는 충분하지 않다.
6 자크 랑시에르, 허경 역, 『민주주의는 왜 증오의 대상인가』, 인간사랑, 2011, 123면.

금이야말로 그 어느 때보다 고립된 개인들 '사이'를 매개하는 공공 영역(사회, 공동체)에 대한 논의가 절실한 때이다.

문학 영역으로 한정해보면, 1990년대를 거치면서 소홀히 취급되었던, '문학과 사회', '문학과 정치', '소설과 공동체'의 상관성에 대한 관심이 폐기나 소거의 대상이 아니라 현실 변화 속에서 매번 변형되고 재구되어야 할 것임이 새삼 일깨워지고 있다. 사회 전반에서 일고 있는 비판정신에의 열망을 염두에 두면서, 이 글에서는 소멸과 퇴행, 종말과 재앙을 상상하는 문학이 '현실-지옥'과 어떻게 관계 맺고 있는가를 고찰하고, 이로부터 현실-지옥의 일면을 현실 자체에 알레고리로서 되돌려주는 일 외에 문학이 무엇을 할 수 있는가를 묻고자 한다.

2. 민주화의 역설과 탈-적대 시대의 정치와 문학

1997년 외환위기를 겪으면서 한국 사회는 한국전쟁 이후 최대 전변을 맞이해야 했다. 국가와 은행의 파산을 실재하는 현실로서 경험해야했고, 공동체의 붕괴로 야기된 사회적 위기를 개별화된 위험으로 실감해야 했다. 개인을 위한 사회의 '안전지대'는 어디에도 없으며 그 '안전지대'가 지금껏 단 한 번도 안전하지 않았음을 깨달아야 했다. 그러나 따지자면 파국은 예견된 미래였으며, 외환위기는 파국을 가속화하는 계기였을 뿐인지 모른다. 자본의 전 지구적 위력에 이처럼 속수무책으로 압도되어야 했던 것은 민주화 이후 한국 사회가 급작스럽게 대면한 탈권위적, 탈이념적, 탈적대적 시대 상황에 적절하게 대응하지 못했던 사정과 무관하지 않다.

물론 1990년대로부터 지금껏 사회에 전방위적으로 유포된 다원주의적 경향이 보다 나은 사회에 대한 희구라는 문맥에서 갖는 의미는 결코 적지 않다. 국가가 억압했던 '사회'나 국민이 억압했던 '시민' 영역의 부상으로 대표되는 탈권위적, 탈이념적 시대 경향이 인간(/ 인권)에 대한 관심을 새롭게 부각시켰다. 계급 · 민족 해방이 온전히 구원하지 못한 빈 공간에 대한 학문적, 제도적 관심도 폭발했다. 이른바 거대 서사로 환수되지 않는 주체의 영역, 개인, 내면, 욕망 등에 대한 관심이 증폭되었으며, 여성, 성소수자, 이방인, 지방인 등으로 대변되는 젠더, 인종, 지역을 가르는 타자와 경계에 대한 사유가 전면화 되었다. 현실 사회주의권의 붕괴와 함께 이러한 변화는 적과 동지의 적대 구도가 한국 사회에서 더 이상 사회 재편을 위한 힘으로 작동할 수 없게 되었음을 말해준다.

그런데 이러한 사정은 우리가 민주화의 역설 혹은 탈권위, 탈이념, 탈적대적 경향의 반동석 국면과 대면해야 했음을 뜻하기도 한다. 우리는 이른바 전 사회에 확산되었던 권위주의적 경향이 복권되고 나쁜 의미의 다원주의적 경향이 강화되는 반동적 상황을 사회적 난제로서 맞이해야 했다. 세계를 통합적으로 조망할 수 있는 시선의 획득이 불가능해진 시대를 맞이하여 국가 · 권위의 억압에 맞선 개인의 자유의 승리가 무엇을 의미하는가에 대한 뚜렷한 답변을 마련해야 할 시점에 이르게 된 것이다. 실제로 정치적 민주화가 매개적 실천 없이 일상적 민주화를 실현해줄 수 있는가에 대한 의구심이 지펴지기 시작했다. 사실상 국가, 가족, 시장 등의 공적 · 사적 영역과 구별되는 '시민사회'의 활성화도 기대만큼의 효과를 거두지 못하고 있었다. 오히려 민주화와 자유화의 물결 속에 정치의 혼미와 무능을 틈타, 공공적 마인드는 취약한 반면 재력, 조력, 전문성, 여론 조작력 등을 가진 관료(검찰이나 모피아 등), 재벌, 토건족, 언론집단 등의 정치사회적 힘이 급성장한 측면이 있다.[7]

말하자면, 탈권위적, 탈이념적 시대 경향은 실질적으로 다양한 주체들의 충돌의 장인 '시민사회'를 경쟁적이고 자율적인 방식으로 구성하는 힘으로 작동하지도, 국가와 시민 사회의 새로운 관계 정립을 추동하는 압력으로 작용하지도 못한 채로,[8] 가짜-권위라는 유령만을 복권시켰다고 해야 한다.[9] '데모스'를 새롭게 규정하는 움직임과 '일상'과 '정치'의 관계를 재조정하고자 하는 보다 격렬한 열망까지를 포함해서[10] 현재 우리는 대대적인 민주화의 역설에 직면해 있는 것이다.[11]

7　김대호, 「2013체제는 새로운 코리아 만들기」, 『창작과비평』 153호, 창비, 2011 가을, 104면.
8　최장집, 『민중에서 시민으로』, 돌베개, 2009, 69~115면.
9　달리 말할 수도 있다. '이제 세상에는 더 이상 권위적이고 폭압적인 '아버지'는 없다(고 여겨진다). 그러나 예상과는 달리 자유를 획득한 '해방된' 개인들은 어떤 고정된 것도 '믿지 않는 자'가 되었다. '믿지 않는 자'들이 스스로의 정체성을 확정지을 수 없는 유동적 세계에 몸을 맡기고 타자들에 대한 관심을 회수하는 동안, 슬그머니 '가짜-아버지'가 '아버지'의 빈 공간을 차지하게 되었다고 할 수 있는 것이다.
10　그간 사실상 '시민'이라는 말이 다 담지 못한 개별자 혹은 집단 주체의 열망이 벌어질 대로 벌어진 '일상과 정치의 간극'을 메우기 위해 새로운 의사소통 방식을 요청해왔다. '촛불집회', '희망버스', '나는 꼼수다', '안철수 현상' 등 기존의 운동방식과는 다른 새로운 대의 표출방식이 다양하게 실험되는 현상은 의회 내 절차적 민주주의의 위기 혹은 일상적 주체의 정치개입의 조건과 경로가 봉쇄되었음을 보여주는 실제적 반증이라고 해야 한다. 가령, 촛불집회를 두고 말해보더라도, '촛불집회'를 계기로 한국 민주주의를 둘러싼 격렬한 토론회가 열리게 되었는데, 2008년 6월 16일 『경향신문』과 참여사회연구소 등이 공동 주최한 '촛불집회와 한국 민주주의' 토론회의 주요 쟁점이 바로 참여민주주의(거리의 정치)와 대의민주주의(제도로서의 정치)의 상관성에 관한 것이었다. 민주주의에 대한 다각도의 성찰과 함께 민주주의에 대한 새로운 논의가 전면화되고 있는 것이다. 달리 말하자면, 민주주 문화의 성숙 없이는 민주주의가 언제든 퇴행과 반전의 위험 속에 내몰릴 수 있음을 1990년대 이후 현재까지의 한국 사회가 산 역사로서 증거하고 있으며, 이

점차 예전의 지위를 상실하고는 있으나 여전히 문화를 구성하는 중심요소 가운데 하나였던 문학 역시 탈권위, 탈이념, 탈적대 시대의 경향 변화를 기민하게 포착해왔다. 삶의 최종심급에 대한 강제가 더 이상 힘을 행사하지 못하게 된 상황에 대한 문학적 포착이 폭넓게 이루어졌다. 대문자 역사가 기록하지 않는 존재들에 대한 복원(『리진』, 『리심』 등)을 포함해서 국가와 민족의 이름으로 포착되지 않는 존재들에 대한 관심(『검은 꽃』, 『빛의 제국』, 『퀴즈쇼』 등)이 증가했고, 탈북자, 조선족에 대한 관심(『리나』, 『바리데기』 등)과 함께 이데올로기 대결 구도의 유용성이 비판적으로 검토되고 생존을 위한 삶의 숭고함이 고평되기도 했다.

　　흔들림 없는 삶의 기반이었던 정체성에 대한 질문이 반복되었던 것도 이러한 탈권위적, 탈이념적 세계인식이 불러온 피할 수 없는 결과였다. 시대적 요청이나 역사적 필연이 아니라 시공간적 '우연의 연쇄'가 만들어낸 예기치 못한 사건들과 그로부터 야기되는 정체성의 변화에 주목하는 작업들 － 가령 『네가 누구든 얼마나 외롭든』(2007)이나 『밤은 노래한다』에서의 김연수의 작업들 － 은 '역사적 진실'이나 '시대적

에 따라 역사를 살고 있는 우리는 민주주의가 결코 저절로 영속화될 수 없으며 그렇기에 민주주의를 실현하고 유지하기 위해서 무엇보다 '민주주의 문화'를 성숙시켜야 한다는 사실을 다시금 확인하고 있다고도 할 수 있다. 권지희 외, 『촛불이 민주주의다』, 해피스토리, 2008; 당대비평 기획위원회, 『그대는 왜 촛불을 끄셨나요』, 산책자, 2009 등 참조.

11　이러한 측면에서 보자면, 한국의 민주화가 자유주의적 전환의 계기를 가지지 못했다는 사실이야말로 한국정치와 사회가 처한 난국의 근본원인 가운데 하나라고 해야 할 것이다.(최장집, 「왜 다시 국가―시민사회인가?」, 『민중에서 시민으로』, 돌베개, 2009; 최장집(박상훈 개정), 『민주화 이후의 민주주의』, 후마니타스, 2010(초판 2002); 김동춘, 「한국의 우익, 한국의 '자유주의자'」, 「한국의 자유주의자」, 『1997년 이후 한국사회의 성찰』, 길, 2006 참조) 따라서 어쩌면 자율적 '시민사회'에 대한 인식이 충분히 성숙하지 않은 한국 사회에서 운동과 일상, 제도와 일상 사이의 원활한 소통과 연계가 '자연스럽게' 이루어지기를 상상했다는 사실 자체가 민주주의에 대한 소박한 접근법의 일면을 드러내는 것인지 모른다.

정답'은 가능한가, "과연 이 세계에 객관주의라는 게 존재할 수 있겠는가"[12]를 질문하고 역사적 진실의 필연적 우연성과 세계의 불확정성을 환기한 바 있다.

2000년대 초반 한국소설에 등장한 새로운 경향성에 대한 이광호의 호명 즉 '혼종적 글쓰기와 무중력 공간의 탄생'이라는 규정은 탈권위적, 탈이념적 사회 분위기의 문학적 대응물에 대한 적실한 명명이었음에 분명하다. 그는 「혼종적 글쓰기, 혹은 무중력 공간의 탄생」에서 경험적 현실과 세대적 감수성에서 탈피해서 "다양한 문화적 텍스트들과의 접속을 통한 상호 텍스트적인 글쓰기" 방식을 가치화하는 한편, 2000년대 이후 한국에서 세대론이 내장한 욕망과 정치적 무의식에서 벗어난 '무중력의 공간'이 생성되었음을 지적한 바 있다. 이러한 명명 작업을 통해 이광호가 포착한 것은 전체의 일원으로 회수되지 않는 개별적 주체와 그들이 내장하고 있는 미학적 가치였다. 그에 따르면 1990년대 문학과 2000년대 문학은 근본적으로 다른 지층에 놓여 있었다. "공식적인 사회제도에 노골적인 냉소를 드러내"면서도 "역설적으로 모든 것을 조정하는 보이지 않는 타자의 존재를 믿"었던 1990년대 문학의 주체가 역설적으로 타자의 믿음을 재구성한 것과 달리, 2000년대 문학은 "'자기'를 바꾸어가며 주체화에 저항하고 동일성을 바꾸어 나갈 것"이며 "주체화의 근거를 무너뜨리는 불온한 미학적 모험을 지속"할 것으로 낙관되었다.[13]

---

12 김연수, 『밤은 노래한다』, 문학과지성사, 2008, 212면.
13 이광호, 「혼종적 글쓰기, 혹은 무중력 공간의 탄생」, 『이토록 사소한 정치성』, 문학과지성사, 2006, 96~97 · 105면.

이러한 이광호의 판단은 '일상과 정치', '문학과 사회'의 상관성에 대한 검토를 통해 "현대사회의 타당한 통합 원리는 민주주의뿐"이며, "자유와 평등의 가치를 사회의 모든 영역에서 실현하려는 노력" 말하자면 "더욱 철저한 민주화"가 필요하다고[14] 역설했던 황종연의 입장과 일견 맞닿아 있다고 할 수 있다. 구체적으로 「민주화 이후의 정치와 문학」에서 황종연은 1990년대를 거쳐 2000년대 초반에 이르도록 한국문학이 "정체성의 정치와 문화에 대한 철저한 탐구에는 이르지 못했"던 사정에 대한 성찰을 바탕으로 새로운 문학적 과제에 대한 입장 표명을 한 바 있다. 그는 "문학이 다수의 사람들에게 여전히 의미 있는 언어예술로 존속"하기 위해 "동시대 사람들의 자아를 둘러싼 경험을 구체적으로 이해하고, 자아정체성의 다중적이고 유동적인 연관들을 헤아리고, 정체성들이 교차하는 자리에서 새로운 윤리와 정치의 가능성을 발견하는 일에 좀 더 많은 관심을 기울여야" 한다는 사실을 강조했다.[15]

견고해진 기성의 독법을 쇄신하고 새롭게 등장한 문학적 상상력의 의미를 적극적으로 해명하려 한 이들의 시도·촉구의 의미를 현재적 관점에 입각해서 과소평가하거나 축소할 필요는 없을 것이다. 그럼에도 이광호가 '불온한 미학적 모험의 지속'이 갖는 의미와 그것이 초래할 결과 그리고 '미학적 모험'의 지속이 어떻게 가능한가에 관해, 황종연이 정체성 정치의 '가짜 적대'와 나쁜 다원주의적 경향에 대처하는 일에 조금 더 관심을 기울였어야 하는 것은 아닌지에 대해서는 돌이켜 짚어볼 필요가 있다.

---

14 황종연, 「민주화 이후의 정치와 문학」, 『탕아를 위한 비평』, 문학동네, 2012, 74면.
15 위의 글, 100면.

물론 '미학적 실험'의 동력과 정체성 정치의 나쁜 다원주의에 대한 다소간의 무관심이 개별 비평가의 조망권의 한계로 치부될 수는 없을 것이다. 그럼에도 '미학적 실험'에 대한 적극적 후원과 정체성들의 '가짜-적대'의 해결에 대한 독려는 탈권위적이고 탈이념적인 문학의 형성이 새로운 문학의 토양인 '현실(/ 정치 / 사회 / 공동체)' 자체의 폐기가 아니라 '문학과 사회'의 관계 재설정에서 시작되어야 한다는 사실을 간과하게 한 측면이 있었다. 사실상 현재 한국소설을 채우고 있는 다양한 '비인간'의 형상들 – 외계인, 로봇, 시체, 유령, 좀비, 동물, 사물 등 – 은 그 '미학적 실험'과 '정체성 정치'의 독려의 결과물이라고 해야 한다. 타자의 다채로운 얼굴에 대한 복원이라는 의미를 충분히 인정한다고 해도, '비인간'의 형상들이 '차이를 인정한 채로 공존할 수 있는' 가능성에 대한 탐색에서 한국소설이 별다른 진전을 보여주지 못하는 실정은 앞서 지적한 그 무관심의 폐해와도 무관하지 않다고 해야 한다.

민주화 이후 한국 사회에서 '자본과 노동'의 적대구도는 희미해지고, 주체와 타자의 구분 또한 불명료해지고 있다. 스스로를 계발하고 관리해야 한다는 요구,[16] 호모 에코노미쿠스가 되어야 한다는 정언명령으로부터 누구도 자유로울 수 없는 현실을 맞이하고 있는 것이다. 그럼에도 부재하는 '정치적 평등'이 갖는 이상적 목표로서의 가치를 역설하는[17] 로버트 달의 논리를 빌려 말해보자면, 우리에게 남겨진 선택지는,

---

16 서동진, 「불안의 시대와 주변의 공포」, 『문학과사회』 68, 문학과지성사, 2004 겨울; 서동진, 『자유의 의지 자기계발의 의지』, 돌베개, 2009; 한병철, 김태환 역, 『피로사회』, 문학과지성사, 2012 등 참조.
17 로버트 달, 김순영 역, 『정치적 평등에 관하여』, 후마니타스, 2010, 43 · 64면. 로버트 달은 '정치적 평등'이 인간들 사이에 널리 퍼져 있는 현실적 조건이 아님을 지적하면서, 그럼에도 그것의 실현 불가능성이라는 속성이야말로 '정치적 평등'이 실현을 위해 끊임없

소비취향으로 해소되지 않는 다양성과 차이의 존재 가능성, '소비자인 채로 또는 아닌 채로' 사회의 불평등과 부정의에 비판적으로 개입할 수 있는 정치적 · 능동적 주체의 발견이라는 매우 협소한 출구 모색뿐이라고 하지 않을 수 없다. 정치적 주체를 구성할 수 있는 공간과 새로운 입법 주체로서의 '데모스'의 복원 가능성을 검토하고자 하는[18] 이 작업이야말로 가라타니 고진의 『근대문학의 종언』에 대한 입장 표명의 자리에서 황종연이 밝힌바, "한국에서 문학이 아직 하찮은 짓거리가 아니라고 생각한다면 바람직한 것은" 근대문학에 대한 과잉 · 과소평가에 도착적으로 집착하기보다 "근대문학 이후에도 문학이 존재할 이유를 생각하는 일"[19]이라고 했을 때, 바로 그 일을 위한 적절한 재출발의 기점이 될 수 있을 것이다.

이 노력해야만 하는 이상이며 지속적으로 추구되어야 하는 목표임을 확증하는 근거임을 역설한 바 있다.

18 본고에서 새로운 입법 주체를 논의하기 위해 활용하고자 하는 관념은 '보편적 개별자'이다. 이를 통해 '무지한 군중'이라는 규정에서 '데모스'를 구해보고자 한다. 『사도 바울』에서 완전한 파편화를 파국 자체로 인식하는 알랭 바디우는 '보편적 개별성의 조건'을 질문하면서 사도 '바울'을 소환하고, 법에 의해 어떤 정체성도 갖지 못하는 사건 - 주체와 그것을 선언하고 있는 사태 외에 아무런 '증거'도 없는 주체를 구조화하는 방법을 탐구한다. 바디우에 의해 기독교가 종교이기 이전에 새로운 '(율)법'의 수립이었던 측면이 부각되고 있다 해도 『사도 바울』의 논의가 기독교 역사와 거리가 있는 우리에게 친숙하지 않은 것은 사실이다. 하지만 민주주의의 본질에 대한 고민이 보편적 개별성에 대한 탐구와 깊이 연동되어 있다는 점에서, 바디우에 의해 재해석된 '바울'의 방식 즉 "지배적인 추상들에 반대하는 동시에 공동체적 즉 특수주의적 요구들에 반하는 보편적 개별성을 강조하는"(알랭 바디우, 현성환 역, 『사도 바울』, 새물결, 2008, 32~32면) 바울의 방식은 민주주의에 대한 우리의 논의에도 시사하는 바가 크다.

19 황종연, 「문학의 묵시록 이후」, 앞의 책, 18면.

3. '인류 이후'의 상상력과 '세계가 깜박한 존재'의 질문

1) 인류의 종말은 재앙인가

사실 시민사회와 새로운 입법 주체의 복원은 한국소설이 그간 보여 준 상상력의 지평에서 보자면 미래가 그리 낙관적이지 않다. 정직하게 말하자면 절망적이라고 해야 하는 편에 더 가깝다. 1990년대를 거쳐 2000년대 이후로 한국소설에 나타난 미래에 대한 상상에서는 디스토피아적 비전이 우세하며, 그 가운데에서도 구원 없는 세계의 끝에 대한 상상이 빈번하다.[20] 가령, 윤고은의 「로드킬」이 포착한 '현실이 내장한 미래의 씨앗' 또한 파국을 예감하게 하는 디스토피아적 비전이다. 『무중력 증후군』에서 윤고은은 '사건사고'조차 지루한 일상의 반복처럼 처리되는 재난 소비시대의 일면과 바깥에 대한 상상이 불가능한 그곳에서의 개별 주체들의 무기력을 경쾌한 톤으로 스케치한 바 있다. 『무중력 증후군』을 통해 이미 세계의 종말뿐 아니라 종말론에 관한 담론과 그것이 운용되는 메커니즘까지 다룬 바 있는 윤고은은 「로드킬」에서 다시 한번 '기업사회'가 되어버린 현실 사회의 알레고리로서 근미래에 대한 예견된 파국적 상상력을 차가운 금속성의 분위기로 펼쳐 보인다.

고지대에 홀로 서 있는 무인 모텔에서 한 남자가 겪은 기이한 경험

---

20 한국문학에 나타난 '재난', '파국', '재앙', '종말'에 관한 논의로는 정여울, 「구원 없는 세계에서 살아남기─2000년대 한국문학에 나타난 '재난'과 '파국'의 상상력」, 『문학과사회』 92, 문학과지성사, 2010 겨울; 황정아, 「재앙의 서사, 종말의 상상─근래 한국소설의 한 계열에 관한 검토」, 『창작과비평』 155, 창비, 2012 봄 등 참조.

을 담고 있는 「로드킬」은 모텔로 이어지는 한적한 도로와 지하 주차장을 채우고 있는 먼지가 뽀얗게 쌓인 차들, 문만 열면 얼굴 없는 가판대가 떠다니는 컨베이어벨트 복도, 발신도 수신도 되지 않는 휴대전화만으로 이미 충분히 암울한 분위기로 충만해 있다. 인적 없는 공간에서 고립된 개인이 겪는 깊은 공포를 환기하는 한편, 「로드킬」은 특히 "신분증을 읽고 돈을 주는 자판기"(윤고은, 188면)라는 상상을 통해 디스토피아적 비전의 섬뜩함을 유감없이 발휘한다.

한국 사회는 점차 시장이 사회에서 분리될 뿐 아니라 사회가 시장의 일부가 되어버리는 역전 속에서 '기업사회'라는 명명을 부인하기 어려운 상황을 맞이하고 있다.[21] CEO, 경쟁력, 퇴출, 유연성, 구조조정, 도덕적 해이, 투명성, 고객만족 등의 용어가 경제(학) 영역을 넘어 일상을 파고든 한국 사회에서는 소비자를 만족시키지 못하는 조직이나 개인은 지체 없이 퇴출되어야 한다. 소비자가 아니고서는 능동적 행위 주체가 될 수 없으며 신용정보가 없고서는 인간 범주에 속하기도 어려워지고 있다. 이러한 상황에서 소비자 게임을 감당할 수 없는 '신용정보가 없는' 자들은 재고의 여지도 없이 게임에서 신속하게 제거되어야 할 대상으로 분류된다.[22]

한국 사회의 근미래에 대한 비관적 상상인 「로드킬」은 무인 모텔을 통해 인간 대 인간의 대면 없는 극단적 소비 사회를 상징화하는 한편, 주민등록증의 신용정보가 곧바로 현금으로 환산되는 기계를 통해 '기

---

21 칼 폴라니, 홍기빈 역, 『거대한 전환』, 길, 2009; 김동춘, 「'민주화 이후' 한국사회」, 『1997년 이후 한국사회의 성찰』, 길, 2006, 13~32면.

22 지그문트 바우만, 김동택 역, 『지구화, 야누스의 두 얼굴』, 한길사, 2003, 112~118면.

업사회'의 본질을 날카롭게 포착한다. 윤고은은 돈으로 교환되는 소비
행위가 아니라면 존재증명 자체가 불가능한 현실의 참혹함을 강력하
게 환기한다.[23] 「로드킬」에 의하면 소비자가 될 수 없을 때 인류에게
남은 미래는 "더는 인간이 아"닌 채로 '로드킬'을 당하는 것 외에는 없
다. 「로드킬」은 한국 사회가 '정보-가치'가 없이는 생존조차 불가능한
새로운 통제의 시대로 접어들고 있음을 불길한 전언처럼 알린다. 윤고
은의 디스토피아적 상상력은 이런 점에서 지금 이대로라면 인간이 아
닌 존재가 되는 길 외에 선택지가 없는 지점에 도달하게 될 것임을 알
리는 문학적 경고음이라고 해도 좋다.

2) '인류 이후'의 세계는 '누구'의 것인가

그러나 따지자면 한국소설에서 세계의 끝과 인류의 종말에 대한 상
상이 결단코 막아야 하는 비극으로 다루어지는 것은 아니다. 종말 이후
에도 살아남은 자에 대한 상상이 드물지 않다. 종말 이후의 세계를 비
극적으로만 다루지 않는 동시에 살아남은 자들을 환희의 감각에서 다

---

23 '판타스틱 러브'라는 이벤트용품 자판기를 모텔에 넣어두었던 남자는 품절된 상품들을
채우기 위해 모텔에 발을 들였다가 도심으로 돌아가지 못한 채 "모텔에서의 하룻밤"(윤
고은, 180면)을 경험하게 된다. 「로드킬」에서 모텔은 소비 행위가 아니고서는 어떤 소통
도 불가능한 공간이자 지불할 수 있는 돈과 인간의 존재증명인 직립의 가능성이 정비례
하는 공간이라는 점에서, "모텔에서의 하룻밤"은 남자에게 소비의 충만함을 경험한 계기
이자 소비 지옥의 소용돌이에 휘말리게 되는 결절의 순간이었다. 그 결절의 순간을 경험
한 남자의 전략을 보여줌으로써, 「로드킬」은 소비행위란 어떤 경우에도 능동적 선택
일 수 없으며 소비행위의 미친 소용돌이에 휘말리는 순간 인간은 더 이상 인간으로 존재
할 수 없다는 엄정한 사실을 말하며, 무엇보다 그것이 바로 무시무시한 자본의 힘임을 폭
로한다.

루지도 않는다. 혜성과의 충돌로 지구의 멸망이 예정되어 있다면, 인류에게 어떤 일이 벌어질까. 재난 영화가 계몽하듯 전지구인이 합심해서 지구를 구하는 일이 벌어질까. 열광하지도, 분노하지도 않은 채 그저 아파트에 칩거하면서 '인류의 마지막 날'을 기다리는 박민규의 「끝까지 이럴래?」의 남자들은 어떠한가. 「끝까지 이럴래?」에 의하면 그 날을 기다리는 그들을 전날까지도 고통스럽게 한 것은 종말이라기보다는 아파트 '층간소음'이었다. "사회 전체가 빠른 속도로 허물어졌다"(「끝까지 이럴래?」, 148면)고 전하고는 있지만, 작가의 관심은 폭동과는 무관하게 그저 남은 시간을 '말없이 견디는' 그런 존재들에게도 향해 있다. 여기에서 펼쳐져 있는 종말의 상상력은 사실상 분노나 절망의 감정과는 아무런 관계가 없다.[24]

종말을 무감각하게 받아들이는 이런 소설들에는 이 세계의 끝에서 새로운 세계가 열릴 것이라는 낙관적 기대가 거의 담겨 있지 않다. 폭주하는 세계의 속도를 제어하려는 경고음으로서의 역할도 거부한다. 사실상 세계의 끝을 말하고 있음에도 이 소설들에서는 열정 없는 무기력함이 주조를 이룬다. 세계를 뒤흔드는 재난이나 음모와는 무관한 '세계의 끝', 배지영의 「그들과 함께 걷다」는 장엄하지도 숭고하지도 않은, 차라리 좀 싱겁게 돌연 찾아온 '현실의 종말'을 상상한다. 그저 평소와 조금 달랐을 뿐 '병도, 사고도, 살인도 없이' 돌연한 인류의 증발로 찾아온 김성중의 「허공의 아이들」에서의 '재앙'도 다르지 않다.

인류의 종말 이후의 '최후의 인간'을 다루고 있다는 점에서 이 소설들

---

[24] 사실 최근 한국소설이 보여주는 세상의 종말에 대한 '무감정한' 반응은 바닥을 알 수 없는 절망의 깊이를 누설하는 것으로, 바로 그런 점에서 사회현실의 '희망 없음'에 대한 역설적 제스처로 읽혀야 한다.

은 노골적으로 기독교 창세기 서사를 차용하고 있다. 그럼에도 여기에
는 구원과 부활 혹은 새로운 창조에 대한 어떤 믿음도 없다. 가령, 「그들
과 함께 걷다」에서 생존자인 남녀, '세상의 끝이 오지 않았더라면 인스
턴트 음식으로 끼니를 때우고 시커먼 콧물을 흘리고 가래침을 뱉으며
지하 주차요금 정산소를 떠나지 못했을 백화점 여직원과 유독가스를 맡
으며 맨홀 아래에서 오물을 퍼내고 청소하는 일에서 벗어날 가능성이
많지 않았던 하수구 수리공'이 세계의 끝과 인류의 종말을 상상할 이유
는 충분하다.[25] 그럼에도 그들에게서 '선택된 자'로서의 자부심이나 책
임감을 찾아볼 수 없으며, 그렇기에 그들은 새로운 세계에 대한 일말
의 희망도 표명하지 않는다.

　생존자들 사이에 숙명적 비의가 숨겨져 있지도 않다. 그저 우연히
살아남는 존재들이 우연히 만나 같은 시공간을 살고 있을 뿐이다. 우
연히 살아남은 「허공의 아이들」의 소년과 소녀에게도 "오지 않을 미
래"(김성중, 25면) 말고는 그 어떤 공유의 끈도 존재하지 않는다. 혼자 사
라져야 하고 혼자 남겨져야 한다는 사실에 절실하게 외로워하면서 흔
적 없이 "사라져야 하는 세계에서 성장하는 것"의 의미를 알지 못한 채
끝내 사라져버릴 뿐이다. 박민규의 『핑퐁』의 주인공의 입을 빌려 말하
자면, 그들의 삶은 불안마저도 삼켜버릴 만큼 더 나빠질 게 없다고 느
끼는 시간들, "아무것도 할 수 없는데, 아무렇지도 않은 삶이 그래서 시
작되"[26]는 그런 시간들을 흘려보내는 것에 다름 아니다.

25　어떤가 하면, 적어도 처음에 그들은 인류의 종말을 오히려 반겼던 쪽에 가깝다. 예컨대,
　　아무도 살아남지 않은 곳에서 맘껏 쇼핑할 수 있는 자유를 만끽하면서 여자는 "에덴이
　　따로 없어!"(배지영, 155면)를 연발하고, 꼴 보기 싫은 인간이 모두 죽어나자빠진 세상을
　　마음에 들어 했다.

4. 구원 없는 '세계의 끝'과 '우연히 살아남은 자'의 존재론

다분히 대중문화와 하위문화적 상상력에 뿌리를 두고 있는 이들의 종말에 대한 상상은 변화에 대한 어떤 상상도 불가능한 폐색의 '현실-미래'와 거기에 갇혀 고립된 개인들에 관한 알레고리이다. 이 소설들에서 인류가 급작스럽게 퓨즈 나간 인형처럼 쓰러져버리고 무기력한 좀비가 되어 떠돌거나(「그들과 함께 걷다」), 어느 날 갑자기 희미해져가면서 증발되어버리는(「허공의 아이들」) 식으로 인류의 종말은 공상과학적이거나 만화적인 상상력에 의해 포착된다. 그런데 소설에 등장하는 생존자들은 종말 이후의 삶을 살아도 여전히 소비충동을 금기 없이 발산하거나 공격력 없는 '인류-좀비-시체'를 치우는 일(「그들과 함께 걷다」) 이외의 '다른 삶'이나 '다른 세계'를 떠올리지 못한다. 이런 점에서 이 소설들이 보여주는 상상력은 '돈'이 세계를 지배하는 유일한 이데올로기가 되어버린 현실과 그런 현실 속에서 성과 없는 노력을 투여하며 익명화되는 존재들, 교체 가능한 부품으로 도구화되고, 시스템을 유지하기 위한 동력으로 소모되고 마는 존재들을 통해 현실이 극단적으로 비인간화되는 현상을 포착해왔던 기존의 반문명적이고 반자본주의적 상상력과 그리 다르지 않은 것처럼 보이기도 한다.

그럼에도 이 소설들은, 그간의 비극적 상상력과는 차원을 달리하는, 현실에 대한 매우 암울한 알레고리로 읽힌다. 이들의 종말에 대한 상상이 우리에게 던지는 질문의 무게도 결코 가볍지 않은데, 그 무게는

---

26 박민규, 앞의 책, 2006, 17면.

소설 속에서 살아남은 자들이 담지한 우연성과 수동성 – 생존의 우연
성과 삶에의 수동성 – 에서 연원한다고 해야 한다. 세계의 끝과 인류의
종말을 막을 수 있는 '단 하나의 구원자' 즉 세계와 인류의 '대표자'가
아닌 것은 말할 것도 없거니와 소설에서 살아남은 자들은 종말 자체에
대한 어떤 행위적 개입 없이 그저 주어진 종말 이후의 삶을 살고 있는
'우연적 존재'일 뿐이다.

　이러한 사태를 두고 생존자들이 자신의 존재론적 의미에 대해 스스
로가 반복해서 던지는 질문이기도 하거니와, 이 소설들은 '왜 그들인
가'를 질문한다.

　　왜 하필 우리 둘만 살아남은 걸까. / 여자는 '왜 하필'이란 표현을 자주 썼
　　다. / 어쩌면. / 남자가 뜸을 들였다. / 깜박 잊은지도. / 뭘? / 우리를.[27]

　　넌 그런 생각 안 해봤어? 사라진 사람들이 다른 세상 어딘가에 옮겨 심어
　　지고 있는 중인 거야. 그러니까 지금은 종말이 아니라 새로운 세상이 시작
　　되는 창세기인 셈이지. 우린 선택된 걸까, 아님 누락된 걸까?[28]

　'왜 하필', '왜 우리인가'를 묻는 선택된 자들의 자조적 질문법이 생소
하기만 한 것은 물론 아니다. 밑도 끝도 없이 소설 속에 갑자기 펼쳐진
공간인 벌판에서 전후 맥락 없이 시작되는 인류의 종말을 건 탁구시합
이 벌어지는 박민규의 『핑퐁』에서 인류의 운명을 결정한 이들이 바로

27　배지영, 161~162면.
28　김성중, 20~21면.

'세계가 깜박한 존재들'이었음을 떠올려 보라. "세상을 끌고 나가는 건 2%의 인간이다. / 입버릇처럼 담임은 그런 얘길 했는데, 역시나라는 생각이다. 치수를 보면, 확실히 그런 인간이 존재한다는 걸 알게 된다. 출마를 하고, 연설을 하고, 사람을 뽑고, 룰을 정하는— 좋다, 납득한다. 이 많은 인간들을 누군가는 움직여야 하는 거니까. 수긍한다. 나머지 98%의 인간이 속거나, 고분고분하거나, 그저 시키는 대로 움직이거나 – 그것은 또 그 자체로 세상의 동력이니까. 문제는 바로 나 같은 인간이다. 나와, 모아이 같은 인간이다. 도대체가 / 데이터가 없다. 생명력도 없고, 동력도 아니다. 누락도 아니고, 소외도 아니다. 어떤 표현도 어떤 동의도 한 적이 없다. 그런데도 이렇게 살고 있다. 우리는 도대체 / 무엇이란 말인가"(『핑퐁』, 19면) '왜 중학생이지? 그리고 왜 탁구냐고?'(『핑퐁』, 227면)

이유 없이 어느 날 왕따를 당하게 되고 학교폭력의 희생자가 된 두 남자 중학생의 수난기를 주된 서사축으로 삼고 있기는 하지만, '세상을 끌고 나가는 건 2%의 인간'이라는 판단은 박민규 소설 다수를 관통하는 세계인식이기도 하거니와 사실 『핑퐁』은 '다수인 척' 하는 '다수'에 대한 분노를 분출하는 소설이다.[29] 주상복합 건물이 완공되고 있는

---

29 '다수'에 대한 분노 표출의 대표적 방식인 (사회적) '범죄'는 자본주의의 경쟁논리가 가하는 압력에 대한 구성원의 내성이 한계에 도달했음을 말해주는 사회적 비명이다. 가령, 사회범죄소설로 분류될 수 있는, 1990년대 이후로 한국 사회의 불평등이 야기한 조직범죄의 기원이라고 할 수 있는 범죄 사건을 다루는 유현상의 『1994년 어느 늦은 밤』(네오픽션, 2012)이 포착하고 있는 것이 바로 그 사회적 비명이다. "꿈에서조차 승리의 희망을 품지 못하는 패배자들이 어떻게 세상에 복수하는지를, 더 나은 세상은 불가능하다고 믿은 20대들이 어떻게 자신과 세상을 난장판 속에 던져버렸는지를"(291면) 이해해보고자 하는 『1994년 어느 늦은 밤』은 자본의 논리가 야기한 사회 불평등과 부정의가 사회구성원을 괴물로 만드는 과정을 추적하면서 사회를 구성하는 룰에 대한 근본적 성찰을 요청한다.

벌판 끝에서 인류의 미래를 건 탁구시합이 이루어지는 상황 자체가 의미심장하기도 한데, "따를 당하는 것도 다수결"(『핑퐁』, 28면)이라는 판단을 통해 『핑퐁』은 왕따와 학교폭력이 개별자의 도덕적 해이가 아니라 사회구조적 차원의 문제임을 명시한다. 가시적, 비가시적 폭력의 행사보다 문제적인 지점이 "스스로는 단 한번도 나를 괴롭힌 적이 없다 믿고 있는, 그러니까 인류의, 대표의, 과반수. 조용하고 착한, 인류의 과반수. 실은, 더 잘해주고 싶었을, 인류의 대다수"(『핑퐁』, 30면)의 무책임과 무관심에 있음을 말하는 것이다.

'인류를 인스톨 / 언인스톨 할 것인가'를 두고 인류의 대표와 벌이는 한판승은, ─ 도우미로 선택된 역사적 인물들에 의해 지적되듯이 세계가 탁구로 심판을 받아야 한다는 것 자체가 우스꽝스럽기도 하지만 ─ '못과 모아이'의 탁구시합으로 인류의 종말을 결정한다는 그 상황을 '헬리혜성을 기다리는 사람들'의 염원이 만들어내는 상상 혹은 현실의 부조리에 대한 종말의 알레고리로서 받아들이고 나면, 그들의 대결 종목인 '탁구'로부터 흥미로운 상징적 의미를 읽어낼 수 있다. 소설 속에서 명시적으로 강조되고 있듯이, 인류의 종말을 건 시합인 '탁구'는 '주고받는 행위' 즉 '랠리'가 중요한 경기이다. 이에 따라 자신의 라켓을 가진다는 것을 '자신의 의견을 가진다는 것'(『핑퐁』, 46면)으로, 탁구대를 '세계로부터 배제된 개인들'이 그들을 배제시킨 세계를 향해 '대화─공'을 던질 수 있는 지평 즉, '의사소통의 제로지점과 같은 지평'으로 이해해볼 수도 있다. 이렇게 보면 여기서 '배제된 자'들이 '탁구' 경기를 시작한다는 것은 자신들을 배제하는 그 시스템의 문제에 정면으로 승부하겠다는 선언으로 이해될 수 있다.

탁구 경기의 의미를 전혀 이해하지 못하는, '세계가 결코 깜박하지 않을 존재'인 '전교학생회장'의 세계 혹은 시민 사회에 대한 입장이 다음과 같이 표명될 때, 가령, '2%에 속할 인류 가운데 하나'가 "난 말이야 …… 기본적으로 토론이 되어야 한다고 생각해. 의견을 제대로 낼 수 없다면 서로 곤란한 게 아닐까? 시민사회야말로 토론을 토대로 발전해 온 건데. 정말 점점 힘들다는 생각이 드네. 일학년들을 생각해도 그렇고 …… 너희들도 그렇고. 다들 조금씩 도와주면 좋으련만"(『핑퐁』, 76면)이라고 하거나 혹은 "다음에 만날 땐 너희들의 의견도 좀 일러주기 바래. 어떤 사정인진 모르겠지만, 아무튼 세계는 — 전체적으로 대화를 하는 쪽으로 나아가고 있어. 비록 점진적漸進的이긴 해도 언젠가 그 사실을 니들도 알게 될걸"(『핑퐁』, 77면)이라고 할 때, '못과 모아이'뿐 아니라 우리조차 '의사소통의 제로지평'이라는 것이 과연 가능한가에 대해 비관적으로 될 수밖에 없는 것은 사실이다. '듀스스코어의 역사'(『핑퐁』, 221면)였음을 존중한다고 해도, 지금 현재 어떤 대화와 소통도 불가능하며 지평에 대한 논의도 불가능한 것이 사실이기 때문이다. 그러나 그럼에도 불구하고 기억해둘 것은, '인류의 언인스톨'을 선택하고는 있다 해도, 그러한 결정에 이르는 동안 사회의 구조적 폭력의 피해자이자 '세계가 깜박한' 이들이 선택한 것은 사회의 룰에 대한 폭력적 파괴가 아니라 '탁구'라는 이름의 소통과 대화의 방식이었으며, 그것을 통한 새로운 사회 혹은 새로운 룰의 창조였다는 사실이다.[30]

---

30 토크빌을 빌려 최장집이 강조했던바, 민주주의가 절차적 최소 요건을 갖춤으로써 스스로 자기발전의 경로를 따라 움직이는 것이 아니라, 그 사회가 어떤 지적, 도덕적, 문화적 토양을 발전시키는가에 따라 더 좋은 내용으로 발전할 수 있는 '사회의 상태'라는 규정에 동의한다면, (최장집, 박상훈 개정, 『민주화 이후 민주주의』, 후마니타스, 2010(초판 2002),

「그들과 함께 걷다」나 「허공의 아이들」은 세계가 기억하지 않아도 좋을 존재들을 중심으로 세계의 끝이 오고 새로운 세계가 열린다는 박민규 식의 종말적 상상력을 이어받고 있다. 그럼에도 불구하고 배지영이나 김성중이 상상하는 '세계 이후'에는 종말이건 재창조건 세계구성에 관한 주체의 어떤 능동성도 소거되어 있다. 전복을 꿈꾸는 분노를 찾아볼 수 없는 것은 말할 것도 없다. 우리의 오해와는 달리 부러움의 감정이 자본주의의 경쟁논리를 부추기고 사회 자체를 통합시키는 기능을 한다면, 패배가 아니라 경쟁논리에 참여할 수 있는 가능성이 거의 없어졌다는 판단이 야기하는 감정이 배제된 소수자의 감정인 분노이다.[31] 어떤 상황을 중단시키고 새로운 상황이 시작되도록 만들 수 있는 능력이자 말하자면 현재에 대한 총체적 의문을 제기하는 감정이 바로 분노다.[32] 그렇다면 「그들과 함께 걷다」나 「허공의 아이들」이 보여주는 '분노 없는 무기력'은 '종말 이후'의 생존자가 '배제 / 포함'의 논리 바깥에 있으며 존재증명의 기회를 완전히 박탈당한 자, '인간이 아닌 자non-person'임을 말해주는 것은 아닌가.

최후의 생존자들의 삶은 오이코스oikos의 영역에 한정된 것이자 아감벤을 빌려 말하자면 여타의 살아 있는 피조물들이 공유하는 영양 섭취와 재생산의 자연적 삶으로서의 벌거벗은 생명 이상의 의미를 가지고 있지 않다. 여기서 역설적으로 확인하게 되는 것은 '배제된 자', 생

10면) 현존 인류의 종말을 상상하고 있음에도 『핑퐁』에서 '배제된 자'들이 실행하는 것이 야말로 민주주의 혹은 민주주의 실현을 위한 실천 자체라고 해야 한다.

31 Sighard Neckel, "Blanker Neid, Blinde Wut? Sozialstrucktur und Kollektive Gefühle" in *Leviathan-Zeitschrift für Sozialwissenschaft* Vol 27, 1999, pp.145~165 참조.

32 한병철, 김태환 역, 『피로사회』, 문학과지성사, 2012, 50면.

존자라기보다는 '우연히 남겨진 자'라는 표현이 더 적절한 존재, 인류의 종말에서조차 망각된 존재를 주목하는 이러한 방식의 상상에는 다양한 공동체로 구현되는 사회에 대한 인식 부재가 암운처럼 드리워져 있다는 사실이다. 따라서 당연하게도 여기서는 그들의 생존을 위해 요청되는 어떤 정치적 실천의 가능성도 발견할 수 없다.

그들은 어떻게 정치적 주체가 될 수 있는가. 수동적 무기력함에 빠져있는 '종말 이후'의 생존자들을 계몽함으로써 정치적 감각을 회복시킬 수 있는가.[33] 「그들과 함께 걷다」나 「허공의 아이들」을 두고 분명하게 말해두어야 하는 것은 이 소설들에서 종말 이후를 살고 있는 생존자들, '우연히 살아남은 자들'이 사실 공동체 내부의 분배의 불합리에 대한 비판을 넘어서서 '대표부재 / 재현차단misrepresentation'의 보다 심층적 층위라고 할 수 있는 공동체의 경계선 자체('잘못된 틀구성misforming')를 비판적으로 검토할 수 있게 하는[34] 존재들이라는 점이다. 따라서 정치적 주체의 복원에 대한 요청은 잘못된 질문이 이끈 오답이라고 해야 한다. 수동적이고 우연적인 존재의 각성으로 '일상'과 '정치'의 교차적 지대가 만들어지지는 않는다. 오히려 우리가 질문해야 하는 것은 '일상'과 '정치'를 가로지르는 새로운 공공적 공간이 어디로부터 어떻게 생겨날 수 있는가에 관해서이다.

---

33 현실 정치의 문맥을 염두에 두고 질문을 바꿔보자. "일상과 정치'의 간극이 극심해진 상황을 염두에 두고, 정치에 대한 환멸과 무관심으로 절망적 항의를 반복하는 '시민 / 대중'을 향해 미디어 정치에 현혹된 그들의 무지에 대한 계몽을 해결책으로 제시하는 방식이 과연 타당하다고 할 수 있는가.'
34 낸시 프레이저, 이행남 역, 「세계화되는 현실에서의 정의, 새로운 틀구성」, 페리 앤더슨 외, 김정한 외역, 『뉴레프트리뷰』 1, 길, 2009, 446~449면.

5. 안전 사회의 도래와 정치적인 것의 부재라는 악몽

정치적인 것에 대한 인식 부재는 어디로부터 연원하는가. 공공 영역의 복원은 어떻게 가능한가. 문명이 야기한 불안의 전지구화 경향을 지적하면서 울리히 벡은 "빈곤은 위계적이지만 스모그는 민주적이다"라는 선언과 함께 세계가 공히 위험공동체로 진입하고 있음을 지적한 바 있다.[35] 기술문명의 진보가 자기파괴적 결과를 야기하고 있으며 재난이 국경, 계급, 인종, 젠더의 위계를 가로지를 정도로 편재화되고 있음을 강조하는 이 대목을 두고, 우리는 전 지구적 위험의 상시화가 국가적, 지역적 특권을 넘어서는 보편적이고 공공적인 논의의 시발점이 될 수 있음을 역설할 수도 있을 것이다.

물론 여기서 잊지 말아야 할 것은 실제적 재난이든 도래한 위험에 대한 불안이든 위험의 생산과 소비를 둘러싼 불평등이 국가적, 지역적, 계급적 위계를 재편하는 동시에 그 위계 자체를 강화하고 증폭시킨다는 점이다. 위험과 재난은 결코 평등하지도 민주적이지도 않다. 자본은 불평등의 위계를 확장하고 자연화하기까지 한다. '개인용 벙커'를 파는 회사를 통해 위기와 불안의 상품화를 블랙코미디로 희화화하고 있는 편혜영의 「블랙아웃」(2012)은 이제 누구도 이 '위험-자본'의 논리로부터 자유로울 수 없음을 단언한다. 편혜영은 「블랙아웃」을 통해 위험과 재난의 본래적 불확정성과 위험을 피할 수 있는 기회의 불평등성이 개인의 자유와 생존을 '안전'으로 이해하는 차원 다른 세계를 열

---

35 울리히 벡, 홍성태 역, 『위험사회』, 새물결, 1997, 77면.

어주고 있음을 환기한다.

위험과 재난에 대한 방책 마련이 주된 관심사가 된 이러한 사회가 내장한 심각한 위험은 푸코가 도로, 곡물, 감염의 문제를 사례로 언급한 바 있듯이, 그것을 충동하는 권력체계가 사회를 유지하는 자체 동력이 되어버리며 그로 인해 '이동, 교환, 접촉, 확산 형식, 배분 형식 등 매우 넓은 의미에서의 순환'이 반복되지 않으면 안 된다는 사실로부터 야기된다. 정상과 비정상의 공간을 분할하는 일률적 규범화가 아니라 '순환을 관리하고 좋은 순환과 나쁜 순환을 가려내며 항상 그 순환 속에서 이러저러한 것이 움직이고 계속 이동하면서 꾸준히 어떤 점에서 다른 점으로 옮겨가도록 만드는 것'이 사회 유지의 우선적 문제가 되는 것이다. 이 순환에 방향성이 존재한다면 그것은 철저하게 순환 자체에 내재하는 위험성을 제거하는 쪽으로 맞춰져 있다고 해야 한다. 이에 따라 이러한 순환을 가능하게 하는 안전 메커니즘은 부적절한 형식의 소거가 결코 금지의 형식을 통해 이루어지지 않으며 오히려 자발적으로 축소하고 조련하며 결국 최소화하는 과정의 연속으로 작동하게 된다.[36] 말하자면 개인의 평등과 자유에 기반한 시민 사회의 기능은 사회적 안전망 구축으로 축소되거나 전환되며, 여기서 다양한 사회적 안전장치들은 시장화되고 사유화됨으로써 공공적 기능을 상실하게 되는 것이다.[37]

이러한 전환적 국면에서 타자와 소수자, 사회적 약자들은 사회의 불안요소로 분류되어 안전 사회의 경계 바깥으로 '자동적으로' 내몰리게

---

[36] 미셸 푸코, 오트르망 역, 『안전, 영토, 인구』, 난장, 2011, 100~105면.
[37] 사카이 다카시, 오하나 역, 『통치성과 '자유'』, 그린비, 2011, 238-281면.

되는 것이다. 더구나 그 배제는 종종 자발적인 양상을 띤다는 점에서 문제적이다. 본사가 있는 모국에 파견근무를 간 한 남자가 겪는 배제와 불안을 다루는 편혜영의 소설『재와 빨강』은 그 배제가 얼마나 빠르고 쉽게 이루어질 수 있는가를 방역업체 직원에서 부랑자가 되어 쓰레기를 뒤지고 하수구를 전전하게 되는 한 남자를 통해 입증한다. 돌이켜보자면 그를 부랑자를 내몬 것은 다름 아닌 그 자신이었다. 그를 한 순간 창문을 넘어 베란다 바깥으로 뛰어내리도록 종용한 것은 '감염자'이자 '용의자'일지도 모른다는 불확정적인 그 자신의 불안이었다. '안전'의 방어선은 이토록 허약한 것임에도 방어선을 넘는 순간 아니 방어선 바깥으로 떠밀리는 순간, 삶은 순식간에 사회에 의해 '박멸의 대상'으로 치부되고 '폐기해야 할 쓰레기'로 전락하게 된다. 우여곡절 끝에 타국의 '임시방역원'으로 차출되어 하수구 생활을 떠난 후 그가 질 낮은 방역복에 집착하게 되는 것은 방역복의 실질적 효용성이 아니라 안전의 방어선 안으로 들어갈 수 있는 입장권과도 같은 방역복의 상징적 의미를 너무나 잘 알고 있기 때문이다.

그는 여전히 쥐가 무섭고 두려웠다. 처음에는 자신이 쥐와 같은 처지라는 게 무서웠고 나중에는 쥐를 잡을 때에만 쥐와 같은 처지가 아니라는 안도를 느끼게 되어, 그 안도감 때문에 틈나는 대로 쥐를 잡으려고 하는 게 무서웠다. 쥐 한마리가 이끈 우연의 행보가 두려웠고, 그 행보를 원망하듯 어떤 독한 약이나 험한 매질에도 죽지 않는 쥐를 끝끝내 죽이고 싶어하는 자신이 무서웠다.[38]

말하자면 감염의 공포로 유지되는 사회에서는 쥐와 같은 생활로 전락하거나, 쥐를 끝끝내 죽이고 싶어 하는 박멸자로 남는 것 외의 다른 가능성이 없다. 여기서는 '왜 박멸인가'에 대한 질문이 들어설 여지가 없다. 그러니까 '부랑자-쥐'의 생활을 하든, '쥐-박멸자'의 생활을 하든 이런 사회에서는 감염에 대한 공포로 생존 외에 공동체를 유지할 수 있는 인간의 능력이 전면적으로 상실되는 상황이 야기된다.

감염의 공포는 '타인을 향한' 인간의 감정인 동정심을 억누른다. 『재와 빨강』의 주인공의 사례를 통해 확인할 수 있듯이, 두 번의 살인을 저지른다 해도 이런 사회의 어느 누구도 윤리적 죄의식에 포박되지 않는다. 감염의 불안은 타자-이웃에 대한 자발적 감시를 불러오고 사회 전체를 자가발전하는 통제시스템 안으로 몰아넣는다. 감염의 판정이 곧 죽음('의사-죽음'을 포함해서)을 의미하는 이런 통제 사회에서 개체는 자신의 죽음을 스스로 선택할 수 없게 된다. 감시에 의한 감염의 판정은 개체의 의지와 무관하게 사회 자체의 격리·폐기·배제 시스템을 사동화하게 되는 것이다.[39]

"전염병이 사람들에게 미친 가장 큰 영향은 질병을 옮겨 사망에 이르게" 하는 것이 아니라 "그것에 대한 두려움으로 다른 사람을 의심하게" 하는 것이다. 각자에게 "자신을 제외한 다른 사람들은 잠정적인 병

---

38 편혜영, 『재와 빨강』, 228~229면.
39 "물론 전염병은 일상의 세세한 부분에 변화를 가져왔다. 사람들은 가급적 약속을 잡지 않았고 피치 못해 만나더라도 악수와 명함을 주고받지 않았으며 마스크를 쓴 채 비즈니스 회의를 진행했고 최초의 인사를 나눴으며 조문을 드렸다. 누구나 양해할 만한 일이었다. 다른 사람의 물건을 만지지 않았고 부득이하게 공중시설을 이용할 때면 일회용 위생 장갑을 착용했다. 감염자가 손을 댔을지도 모르는 버스와 지하철 손잡이를 만질 수 없어서 대중교통을 이용하지 않았다."(『재와 빨강』, 180면)

균"으로 "집밖은 바이러스가 부유하는 더럽기 짝이 없는 공간"으로 만들어버리는 것이다.(『재와 빨강』, 180면) 요컨대, 불확정적인 불안과 공포가 유포하고자 하는 것은 감염 자체에 대한 공포가 아니라 개체의 고립과 분리에 의한 공동체의 완전한 파편화이다. 말하자면 편혜영의 『재와 빨강』은 정치적인 것과 그것의 기반인 사회의 공백이 깨어날 수 없는 악몽임을 보여주는 동시에, '왜 박멸인가'를 질문할 수 있는 완충지대의 절대적 필요성을 역설한다. 현실 너머의 세계에 대한 상상을 내포하고 있는 정치적인 것에 대한 논의는 결국 '왜 박멸인가'를 질문할 수 있는 곳, 바로 그 사유의 공간에서 생겨나는 것임을 강조하고 있는 것이다.[40]

6. 나오며 – 몫 없는 자들의 전언

민주화 이후 한국 사회의 변화, 탈권위적, 탈이념적, 탈적대적 시대 상황과 그에 대한 문학적 반응 / 대응을 검토하는 자리에서 확인했듯이, 대대적인 민주화의 역설의 국면을 맞이하여 한국 사회는 '인민의 지

---

[40] 그 사유의 공간이란 다음과 같은 함의를 지닌다. "모든 사유는 엄격히 말해서 고독 속에서 행해지며, 나와 나 자신 사이의 대화이다. 그러나 이와 같은 하나 속의 둘의 대화는 나의 동료 인간들의 세계와의 접점을 상실하지 않는다. 그들은 내가 그들과 함께 사고의 대화를 이끄는 나 자신 속에 재현되기 때문이다. 고독의 문제는 이러한 하나 속의 둘의 대화가 다시 하나가 되기 위해서 타자들을 필요로 한다는 것이다. 하나란 그 정체성을 어떤 다른 존재의 정체성과 혼동할 수 없는 교환불가능한 개별자이다. 나는 그들을 다시 "전체로" 만들고, 그들을 불명료하게 남아 있는 사고의 대화에서 구해주며, 그들이 교환불가능한 한 사람의 단일한 목소리와 대화하도록 만드는 정체성을 회복시키는 것은 사귐이 고독한 인간에게 가지는 놀라운 구원의 은총이다." 한나 아렌트, 이진우·박미애 역, 『전체주의의 기원』, 한길사, 2006, 280면.

배'를 의미하는 '데모크라시democracy'에 대한 재사유를 시작해야 할 필요에 직면해 있다. '인민demos'이 누구이며 '지배'란 무엇인가를 질문해야 하며, 무엇보다 그것을 '권리 없는 자들의 권리 주장'이나 '몫 없는 자들의 몫에 대한 주장'으로 초점화해야 하는 것이다. 이와 관련하여 2000년대 중반 이후 한국소설에 등장한 종말론적 상상력을 검토하면서 본고에서는 '종말 이후 우연히 살아남은 자들'을 대상으로 새로운 사회와 그 구조화 원리로서의 민주주의의 가능성을 재구해보고자 했다.

　문학을 통해 표출되는 종말론적 상상력은 인류 이후의 세계를 폐허로 구현하든 낙원으로 재규정하든 대면하고 있는 '현실-지옥'에 대한 적극적 개입이자 문학적 실천임에 분명하다. 2000년대 이후로 점차 한국소설의 주인공이 되고 있는 좀비, 외계인, 동물, 로봇, 시체 등의 '비인간'의 형상들은 나쁜 다원주의의 결과물 혹은 자연적 / 인간적 재앙에 따른 종말과 파국이 임박한 시대임을 암시하는 전조였으며, 무엇보다 자유와 평등의 가치로 구축된 시민사회의 붕괴에 대한 우회적 포착이었다. 본고에서 검토한 '인류 이후'를 상상하는 종말론적 서사는 말하자면 민주화의 역설이 야기한 사회현상에 대한 문학적 징후 포착이자 민주주의 퇴행에 대한 사회 불안의 문학적 표출인 것이다.

　2000년대 중반 이후 한국소설에 등장한 종말론적 상상력은 인류의 절멸을 비극으로 받아들이지 않는 낯선 세계를 펼쳐 보이고 있다. 여기에는 일말의 희망의 메시지도 담겨 있지 않다. 이 종말론적 상상력의 세계는 분노조차 없는 무기력의 세계를 사는 '우연히 살아남은 자들'의 사회적 비명에 대한 귀 기울임의 결과이다. 하지만 이 세계를 단지 현실 자체에 대한 문학적 알레고리로 한정시킬 수만은 없다. 이 세계는 한편으로 인류의 종말 이후에도 '우연히 살아남은 자'를 통해 종말에서조차 배제되는 이중·삼중의 배제가 '현실-지옥'에서 상시적으로 이루어지고 있음을 뼈아프게 환기하며(배지영, 김성중), 다른 한편으로 생존에 대한 열망이 조금이라도 남아있는 자가 배제의 논리에서 살아남기 위해 스스로 시스템의 배제 논리를 강화해야 하는 비극적 운명을 살게 된다는 구조적 역설을 고발한다(편혜영).

결과적으로 김성중, 배지영, 편혜영이 보여주는 '인류 이후'에 대한 상상력은 공동체의 경계성 자체를 비판적으로 검토할 수 있게 하며, 무기력과 무감정한 세계를 통해 인류와 세계 자체에 대한 통렬한 자성을 요청한다. 바로 이런 점에서 사회의 불평등과 부정의에 비판적으로 개입할 수 있는 정치적·능동적 주체의 발견에 대한 실천적 노력과 함께, 우리는 구원 없는 '세계의 끝'에 대한 상상인 저 '낯선 세계'가 역설하는 절박한 전언을 곱씹어보아야 한다. 2000년대 중반 이후 한국소설이 보여준 종말론적 상상력은 인류와 인간의 범주뿐 아니라 우리가 만들어낸 사회의 유용성에 대해 재점검의 시간이 도래했음을 낯선 방식으로 환기하고 있는 것이다.

참고문헌

김성중, 「허공의 아이들」, 『개그맨』, 문학과지성사, 2011.

박민규, 『핑퐁』, 창비, 2006.

_____, 「끝까지 이럴래?」, 『더블』 side A, 창비, 2010.

배지영, 「그들과 함께 걷다」, 『창작과비평』 155, 창비, 2012 봄.

윤고은, 『무중력 증후군』, 한겨레출판, 2008.

_____, 「로드킬」, 『1인용 식탁』, 문학과지성사, 2010.

유현상, 『1994년 어느 늦은 밤』, 네오픽션, 2012.

편혜영, 『재와 빨강』, 창비, 2010.

_____, 「블랙아웃」, 『자음과모음』, 자음과모음, 2012 여름.

김대호, 「2013체제는 새로운 코리아 만들기」, 『창작과비평』 153, 창비, 2011 가을.

정여울, 「구원 없는 세계에서 살아남기 – 2000년대 한국문학에 나타난 '재난'과 '파국'
    의 상상력」, 『문학과사회』 92, 문학과지성사, 2010 겨울.

주일우, 「재난의 실재와 파국적 상상력」, 『문학과사회』 92, 문학과지성사, 2010 겨울.

황정아, 「재앙의 서사, 종말의 상상-근래 한국소설의 한 계열에 관한 검토」, 『창작과
    비평』 155, 창비, 2012 봄.

강원택, 『통일 이후의 한국 민주주의』, 나남, 2011.

권지희 외, 『촛불이 민주주의다』, 해피스토리, 2008.

김동춘, 『1997년 이후 한국사회의 성찰』, 길, 2006.

당대비평 기획위원회, 『그대는 왜 촛불을 끄셨나요』, 산책자, 2009.

이광호, 『이토록 사소한 정치성』, 문학과지성사, 2006,

임혁백, 『신유목적 민주주의』, 나남, 2009.

최장집, 『민주주의의 민주화』, 후마니타스, 2006.

_____, 『민중에서 시민으로』, 돌베개, 2009.

_____, 박상훈 개정, 『민주화 이후 민주주의』, 후마니타스, 2010(초판 2002).

최장집 외, 『우리는 무엇을 할 것인가』, 프레시안북, 2008.

황종연, 『탕아를 위한 비평』, 문학동네, 2012.

사카이 다카시, 오하나 역, 『통치성과 '자유'』, 그린비, 2011.

낸시 프레이저, 이행남 역, 「세계화되는 현실에서의 정의, 새로운 틀구성」, 페리 앤더
    슨 외, 김정한 외역, 『뉴레프트리뷰』 1, 길, 2009.
로버트 달, 김순영 역, 『정치적 평등에 관하여』, 후마니타스, 2010.
미셸 푸코, 오트르망 역, 『안전, 영토, 인구』, 난장, 2011
알랭 바디우, 현성환 역, 『사도 바울』, 새물결, 2008.
울리히 벡, 홍성태 역, 『위험사회』, 새물결, 1997.
자크 랑시에르, 양창렬 역, 『정치적인 것의 가장자리에서』, 길, 2008.
_____, 허경 역, 『민주주의는 왜 증오의 대상인가』, 인간사랑, 2011.
지그문트 바우만, 김동택 역, 『지구화, 야누스의 두 얼굴』, 한길사, 2003.
칼 폴라니, 홍기빈 역, 『거대한 전환』, 길, 2009.
한나 아렌트, 이진우 · 박미애 역, 『전체주의의 기원』, 한길사, 2006.

11장 │ 구조화된 폭력, 2000년대 소설이 그것을 묻는 세 가지 방식 │

김이설, 김사과, 황정은의 소설

백지은

1. 들어가며

인간의 사회는 도덕적이고 합법적인 계약에 의해 조직되고, 그것은 인간들 사이에 자연적으로 생겨날 수 있는 체력이나 재능의 불평등을 조정하므로 모든 인간은 평등할 권리를 가질 수 있다는 것, 이것은 오늘날 모든 사회의 존립 기반을 정초하는 이른바 '사회계약론'의 요체라 할 것이다. 그러나 오늘의 한국 사회에서 사회계약론의 이런 내용을 우리 사회의 작동 원리로 믿는 이는 얼마나 될까. 개인적 차이에 의한 불평등은 개인 자신의 몫으로, 사회 구조적 결함에 의한 불균등은 더욱 심화 확대되는 방향으로, 이런 방침이라도 있는 듯 우리 사회의 조류는 저 기본 계약을 거스르는 쪽에 가까워 보이는 것이 사실이다. 무엇보다도 계층 간 격차의 확대와 이동의 둔화는 이 불평등을 다수의 공통된 실감으로 만드는 주요 계기일 것이다. 이 계기는 오늘날 제 분야의 담론들에 재현되는 사회현실에 공통된 핵심인 것인데, 최근 한국소설에서 재현된 사회현실의 실감 또한 이것에서 멀다고 하기 어렵다.

그런데 지금 우리가 말하고 있는 '사회'란 대체 무엇인가? 사회라는 말 속에는, 개인들의 집합, 즉 공통의 제도, 조직, 관습, 법률, 풍속, 신념 등을 공유하는 인간들의 집단을 이르는 사전적인 의미만 중립적으로 들어 있지 않다. 개인들의 삶을 통어하는 어떤 바운더리 혹은 관계의 그물망으로서의 사회를 규정하고 탐구하는 작업들의 목적과 과정에 근본적으로 내포된바, 서로 동등한 개인들이 자유와 평등을 기본 원리로 상호 존중하고 상호 봉사하는 합리적인 질서에 대한 인식, 말하자면 '민주주의'에 대한 소망은 이미 '사회'라는 개념 정립에 근본적인 요소이기도 하다. 또한, 현대의 사회는 정치적 공론장의 차원만이 아닌 삶의 정치경제적 제 조건을 망라하는 거대 시스템의 구조 혹은 힘을 의미하기도 한다.

2000년대 이후의 한국소설이 이 '사회'를 직접적으로 둘러싼 문제제기와 탐구에 최대 관심사를 두었다고 말하기는 어려울지 모른다. 정치적 중심이 해체되기 시작했던 1990년대 이래 우리 소설은 좁은 의미의 현실에 얽매이지 않는 상상적 세계를 다루는 쪽으로 얼마간 기울어 왔다. 그로 인해 사회 문화적 맥락에서 정치학적으로 분석할 만한 다양한 미시 권력의 문제가 소환될 수 있었던 것도 사실이지만, 좀 더 직설적으로라면 '사회'라는 개념에 내재한 민주적 소망을 배반당한 대가로 소설이 사회에 신뢰와 애정을 보이지 않는 상태가 지속 중이라 하는 것이 더 맞을 것이다. 그렇다고 2000년대 소설에서 동시대 사회의 다양한 표상을 찾아보기 힘든 정도는 물론 아니다. 거개가 반감, 불신, 부정, 실망, 회피 등에 가까운 그것들이 여러 소설 속에서 다채로운 방식으로 다뤄지는 양상을 전시하는 것도 충분히 가능하다. 그러나 빈부격차 확대, 중산층 붕괴, 청년실업 확산, 현실정치에의 냉소, 문화백수의 증가 등의 사회적 현상들을 소설 속에서 확인하여 가령 '신자유주의'적 자본주의 질서에 대한 비판, '성공지상주의'에의 저항, '묵시록적 비전'의 제시 등등으로 규정을 짓고 마는 일이 2000년대 소설을 가장 의미 있게 논제화하는 방식은 아닐 것이다.

먼저 2000년대 소설의 가장 주요한 특징을 생각해 보자면, 그간 '환상'이라 불리며 소설적인 질서 안에서 얼마간 폄하되어 왔던 영역의 전면적인 확산과 그로 인한 리얼리티의 재편이라 할 수 있다. 전통적인 리얼리즘의 관점에서 묘사 대상으로서의 확고한 지위를 지녔던 '사회 현실'이라는 것이 개인들에게 고정적인 지시 대상도 안정적인 정체성의 좌표도 아니라는 인식이 자연스러워졌다. 사회구성주의자들의 표준적인 주장에 의하면, 개인들에게 '사회 현실'이란 의미와 담론 수준에서 구성되는 상징화 놀이와 그것의 환상적인 정합성에 의해 (재)창조된 외양과도 같다. 어떤 질서와 무질서, 가능성과 불가능성 사이에서 끝없이 벌어지는 놀이(적 관계)를 통해서 항상적으로 다시 구성되고 작용하는 관계의 그물망을 우리는 사회현실이라 부르며, 현재 우리가 객관적인 것으로 받아들이는 그것 또한 제한된 지속성을 지닌 사회적 구성물이다.[1] 이런 관점에서라면 소설이라는 담론적 구성물의 세계를 또

---

1 이를테면 다음과 같은 견해가 참고 될 수 있다. "과거에는 객관적인 재현 또는 현실의 상징화를 심지어는 사물들의 심층적 본질의 상징화를 획득하는 것이 가능하다고 생각되었

하나의 현실 혹은 리얼리티의 자격으로 두는 것은 온당한 일일 것이나, 바로 그렇기에 우리가 소설에서 '사회'를 읽거나 탐구한다는 것은 거기에 어떤 사회가 있는지 보는 데 그치기보다 그런 사회를 있게 한 이유, 논리, 신념 등을 이해하는 일이어야 한다. 다시 말해 소설 속에서 사회를 지각한다는 것은 묘사된 대상인 '사회'의 단면을 바라보는 일이 아니라 그렇게 묘사되기 위해 '사회적인 것the social'이 지각되고 상상된 방식, 코드화되고 재조직되는 양상을 고려하는 일이다.

　이 시대 소설이 직시하는 이 구조는, 앞에서도 암시했듯 '사회계약'의 기본을 거스르는 듯한 오늘날 한국 사회의 모습을 일차적으로 반영할 것이다. 그것은 무엇보다도 조화롭고 호혜적인 생활이 가능하다고 믿을 수 있는 사회의 이상을 위협하는 힘, 즉 구조화된 사회적 폭력과 그에 관한 직접적인 반응일 것이다. 이 글에서는 김이설, 김사과, 황정은, 세 작가의 작품들을 통해 동시대 한국 사회의 일단과 거기에서 이러한 폭력성이 지각되는 방식을 살펴보려고 한다. 이들은 저마다 사회를 경험하고 인지하는 부위도 다르고, 그것을 코드화하는 매개도 달라서, 사회적인 것과 소설적 담론이 만나는 방식을 세 개의 다른 각도에서 고찰하는 기회도 될 것이다.

다면, 구성주의는 이러한 모든 시도들의 실패와 인간들의 현실 재현의 역사적 사회적 상대성은 현실이란 언제나 사회적 구성의 결과라는 점을 보여준다고 주장한다. 우리가 (객관적인) 현실로 받아들이는 것은 단지 제한된 지속성을 지닌 사회적 구성물이다. 현실은 언제나 의미와 담론의 수준에서 구성된다." 야니 스타브라카키스, 이병주 역, 『라캉과 정치』, 은행나무, 2006, 147면.

2. 승패만 있는 세계의 궁지 – 김이설의 고통

김이설의 소설 세 권(『나쁜 피』, 『아무도 말하지 않는 것들』, 『환영』)은 2000년대의 어느 소설보다 '현실적인' 이야기다. '현실적'이라는 말의 다층다기한 용법 중 문학과 관련된 담론들에서 전통적으로 가장 일반적인 용법에 따라, 즉 인간에게 육체적 물질적 필요가 다른 어떤 것보다 우선하는 절박한 생존의 상태 혹은 그런 인생의 비천하거나 적나라한 생활 현장을 가리키는 경우로서, 이 단어는 김이설에게 합당하다. 엄마와 함께 역 주변에서 노숙하는 여자 아이가 등장하는 등단작 「열세 살」에서부터 도시 근교의 식당에서 노동과 성을 팔아 가족까지 부양해야하는 여성의 이야기인 『환영』에 이르기까지, 경제적 빈궁, 심리적 고립, 타락한 삶의 유혹, 희망 없는 미래 등의 현장은 일관되게 그의 소설이 다루는 대상이었다. 그것들은 또한 우리 생활공간의 주변부인 어느 역전이나 상가, 식당 등에서 쉽사리 목격할 수 있을 듯 '사실적으로' 생생하였다. 김이설의 거의 모든 이야기는 이 시대 한국 사회의 주변부 현실을 실감나게 환기하는 '사실적 재현'이라 할 수 있다.

그 세계에서 가장 심각한 문제이면서 다른 모든 문제를 좌우하는 심급은 생활을 넘어 생존을 위협하는 가난이다. 거의 모든 주인물들이 돈 때문에 파멸 직전이거나 파멸 중에 있다. "언제나 현재보다 더 나쁜 경우는 없었다"[2]고 생각하게 하는 이 세계는 인간들에게 불안과 낙오와 실패만을 안겨준다. 물론 부자와 권력자의 스토리는 여기에 없다.

---

2   김이설, 『환영』, 자음과모음, 2011, 47면.

주로 한국의 최하위 계층 여성을 화자로 삼는 이 삶의 현장은 워낙 험악한 곳이라[3] 최근 몇 년간 한국 사회의 폭력성에 관한 문학적 담론에서 김이설의 세계가 빠진 적은 거의 없다.[4] 강간과 폭행을 일삼는 남자들의 패악과 악에 바친 여자들이 칼부림을 내고 피 칠갑을 하는 현장도 심심찮게 등장하기에 인물의 폭력적 형상이 거론된 경우도 없지 않지만, 김이설 소설에서 재현되는 폭력의 초점은 특정 인물, 칼을 든 여자의 공격성이 아니다. 그것은 이 시대 하층민들의 생존과 욕망의 격전장인 사회, 그곳에서 누군가 악을 쓰고 칼부림을 하기까지 그를 몰고 몰아간 어떤 압력에 관한 것이다.

『나쁜 피』의 주인공이 처한 현실에 비추어 보자면, 그 질서는 크게 두 갈래로 작동한다. 하나는 세상을 이쪽과 저쪽으로 양분하는 원리고, 또 하나는 그중 한쪽에서 아등바등 살아가는 원리다.

고등학생이 되던 해, 텔레비전에서는 대대적으로 천변을 보여주었다. 붉은 자전거 전용도로가 천변을 따라 길게 이어졌다. 사람들은 살을 빼기 위해 밤낮으로 운동했다. 그들은 모두 현란한 색깔의 옷을 입고 있었다. 하늘

---

3 한두 편을 제외한 거의 모든 소설이 여성 화자의 빈궁한 삶에 관한 이야기라는 점에서, 대부분의 작품에서 몸을 성차화된 것으로 지각케 하는 여성 신체의 부분을 이야기의 모티브로 삼았다는 점에서, 김이설 소설을 여성의 삶에 관한 소설로 읽지 않을 도리는 없다. "김이설 소설은 IMF 이후 진행된 '여성의 빈곤화'가 지금 얼마나 심각한 지점에 이르렀는지를 심문하는 텍스트이며, 그러한 사회경제적 맥락과 결코 무관하게 읽을 수 없는 텍스트이기도 하다."(차미령, 「몸뚱이는 말하지 않는다」, 『문학동네』, 문학동네, 2010 가을, 356면) 그러나 지금 김이설 소설을 살피는 우리는 계급적 억압과 성적 억압이 겹쳐진 서발턴으로서의 주체성 자체보다 그 주체의 발화로 재현되는 세계의 폭력상에 우선적으로 주목한다.
4 김형중, 「돌아온 신경향파」, 『자음과모음』, 2010년 봄; 심진경, 「여성과 폭력, 쓰레기 아마조네스」, 『자음과모음』, 2010 봄 등을 참조할 수 있다.

은 푸르고 물은 맑았다. 그러나 천변 이쪽, 고물상 동네를 보여 주진 않았다. (…중략…) 여기와 저기는 붙어 있지만 완전히 다른 세상이었다. 밤이 되면 천변 저쪽의 미끈하게 빠진 고가도로가 알록달록한 불빛으로 반짝였다. 이쪽이 어두워서 저쪽이 더 현란해 보였다.

돈을 벌어야겠다고 생각했다. 그것이 여기를 떠날 수 있는 길이었다.[5]

천변의 이쪽과 저쪽으로 "완전히 다른 세상"이 되는 것, 우선 그것이 이 질서의 가장 근본적인 폭력성이다. 시급 1,000원을 넘지 못하는 아르바이트부터 시작해서 새벽시장을 들락거리며 보따리 옷 장사를 해서 아등바등 살았지만 10년이 지났어도 "부자가 되지 못했다." "천변 둑에 서서 휘황찬란한 건너편을 바라보다 보면 내가 저기로 갈 수 있는 방법은 처음부터 없었다는 생각에 서글퍼졌다." 이 불평등, 이 벗어날 수 없음. "나쁜 피"라는 제목의 상징이 못 박듯 그것은 유전되는 것이기도 하다, 특히나 '엄마들'에서 '소녀들'에게로.

또 하나의 폭력적인 질서는, 근원적으로 천변의 저쪽과 이쪽을 나눈 원리이자 천변의 이쪽에서 유독 그악스럽게 작동하는 듯 보이는, 약육강식의 법칙이다. "따지면 나쁜 사람은 없다. 세상에 사연 없는 사람도 없고, 상처 없는 사람도 없다. 다만 이기는 사람과 지는 사람이 있을 뿐이었다"[6]는 생각은 김이설 소설 전편에서 가장 무리 없이 통하는 인식일 것이다. 힘과 돈이 지배하는 세상, 선악은 없고 승패만 있는 세계. 이 세계에서 살기 위해서는 무조건 이겨야 하고 이기기 위해서는 힘과

5 김이설, 『나쁜 피』, 민음사, 2009, 52면.
6 위의 책, 108면.

돈이 필요하다. 그것은 불가항력적인 질서이므로 살기 위해 노동을 팔고 성을 파는 행위 또한 불가피하다. 어쩌면 동물적이라 해야 할 이곳에서 약자의 위치에 처한 이는 언제까지나 패배하고 패배한다. 인물들은 늘 궁지에 몰릴 대로 몰리고, 개선의 여지도 변화의 조짐도 없다.

결국 이 폭력성의 근원은 세상을 이쪽과 저쪽, 즉 상층과 하층, 강자와 약자로 나뉘게 하는 하나의 법칙에서 기인한 것이다. 그것은 다시 말하면 '승패'만 있는 구도다. 이 구도 안에서 김이설의 소설은 물론 패자, 패자들의 패자를 재현하는 기록이 되고자 한다. 천변 저쪽의 화려한 불빛, "하늘은 푸르고 물은 맑"은 그 세상은, 이 작가가 구체적으로 다룬 적도 관심을 가진 적도 없다. 그곳도 역시 선악이나 진위가 무력한 승패의 세계일 테지만, 그곳으로 건너간다고 해서, 약육강식의 구도에서 강자의 위치만 점할 수 있다 해서 이 사회가 살 만한 곳이 되는 게 아니라는 것쯤을 그가 모르는 것도 아니지만, 그가 관심과 열의, 의무와 용기를 다하여 집중하는 것은 충격적이리만치 처참한 쪽의 현실, 보다 절박한 고통에 신음하는 쪽의 상황인 것이다. 첫 소설집의 제목을 "아무도 말하지 않는 것들"이라 했을 때, 그리하여 작가 자신이 그 '아무도'의 자리에 들어가 부정문을 긍정문으로 바꾸고자 했을 때, 그 말하는 "누군가"는 바로 그런 재현 주체일 것이다.

주목할 것은, 김이설이 이렇게 드러낸 우리 사회의 현주소는 어떤 해결책도 내놓기 어려운 막다른 궁지를 가리키고 있다는 사실이다. 김이설 소설에 자주 등장하는, 생존을 위한 성매매 스토리는 이런 궁지를 표상하는 중요한 표지이기도 하다. 최근작 『환영』은 아이가 생겼으니 엄마로서 돈이 필요하고, 돈이 필요하니 몸을 팔아야 하며, 몸을 판

다는 것은 어미로서의 몸을 포기하는 것이라는 악무한의 회로가 전면
화되어 있는 이야기다. 가혹한 현실의 무게에 압살당하지 않기 위한
인간의 행위는 무조건 정당화될 수 있는가 하는 평범한 의문이 올라오
려 할 즈음, '정당화'라는 말이 함의하는 바가 무엇인지를 먼저 되묻지
않을 수 없다. 그것은 아마도, 한 여성 평론가의 표현으로 하자면 "지
배규범의 합법화된 폭력을 통해 구성된 정상적인 여성 혹은 정상적인
가족의 관념"[7]에 의거한 '도덕적' 규율을 염두에 둔 의문이었을 것인데,
그런 도덕적 의미의 정당한 해결책을 김이설의 이야기에서 강구하기
는 정말 어렵지 않을 수 없다. 처음부터 가난했던 가족은 아직도 돈을
요구하거나 언제까지나 신용불량이다. 희망이 있을 거라는 희망을 걸
었지만 당장의 생활비 한 푼도 못 버는 남편은 무능하기만 하다. 그런
상황에서 '내 배를 아파 낳은 아이를 생각하면 무슨 일이라도' 할 수 있
을 것 같은 젊은 여자 화자에게, 열네 살 이후로 돈벌이를 한 번도 쉰
적이 없으며 아이를 낳은 보름 후부터 전단지를 돌려야 했던 이 화자
에게, 그 자신이 처한 처절한 상황을 '도덕적 딜레마'로 설명한다는 건
왠지 난센스 같은 것이다. 꼭 지배규범의 '도덕'이 아니어도, 이 상황의
답답함을 해소하기 어렵기는 마찬가지다. 살기 위해, 남들처럼 보통으
로 살기 위해, 라는 최후의 이유 앞에선 어떤 논리적 해결도 원천적으
로 봉쇄되어 있다.

---

7 심진경, 앞의 글, 683면. 이 평론가는 김이설의 여성 인물들이 세상에 대처하는 방식은,
   이런 지배규범적 관념을 벗어난 자리에서 "거꾸로 그러한 규율화된 세계의 논리를 폭력
   적으로 균열시키면서 만들어 졌"다는 사실을 지적하기도 하였다. 이 자리에서 자세히 논
   의하기는 어려우나, 김이설 소설에서 폭력적인 것에 관한 우리의 논지는 "규율화된 세계
   의 논리"를 균열하는 힘이 아니라 그 논리 자체에서 연원하기에 이 평론가의 의견과는
   궤를 달리 한다.

그런데 이토록 막다른 궁지에까지 이른 패자들이 옴짝달싹 못하게 얽매여 있는 이 구도의 원동력은 대체 어디서 연원하는 것일까? 자존심도 도덕도 삼켜버리는 승패만 있는 이 폭력적인 구조를 움직이는 근본적인 힘은 무엇인가? 오직 강자 혹은 지배자들의 폭력성만의 힘일까? 여기서 다시 생각해보지 않을 수 없는 것은, 그 구도가 힘을 발휘하게 되는 건 승자들의 위력 혹은 욕망만이 아니라 패자들의 욕망 혹은 복종에 의한 것이기도 하다는, 억울하고도 '현실적인' 사실이다. 승자가 되고 싶다는 욕망, 그것은 남을 이기고 싶다는 호승심이 아니라 지면 살아남지 못한다는 절박감이고, 보다 솔직한 말로는 그저 "다들 사는 것처럼 나도 그렇게 살아보고 싶"[8]다는 바람일 뿐이지만, 그럼에도 불구하고 바로 그 "남들처럼"에 얽힌 욕망이야말로 승패만 있는 세계를 언제까지나 굴러가게 만드는 원동력인 것이다. 지배체계의 질서 아래 고통 받는 욕망이란 역설적으로 바로 그 지배체계의 질서에 가장 깊이 침윤된 욕망이다. 안타깝게도 여기서 지배체계의 막다른 곳을 내파할 힘이 마련되기는 요원할 것이다.

그렇다면 김이설 소설에 재현된 폭력적 구도는, 야만적인 현실의 반영인 동시에 그 현실을 살아가는 인간들의 욕망의 구도라고 할 수도 있다. 이런 재현은 말 그대로 우리 사회의 단면을 '리얼하게' 파헤친다. 저 승패만 있는 세계의 각박한 사태들, 그리고 그것이 마침내 이르고 마는 최악의 궁지들은, 작가가 첫 단편집의 제목에 대해 밝히길 "아무도 말하지 않는 것들"의 앞에 생략됐다고 했던 "누구나 알지만"이란 구

---

8 위의 책, 125면.

절의 지적대로, 동시대인들의 공통적인 경험을 매개로 우리 눈앞에 펼쳐진다. 그런데 이런 재현은 또한, 동시대인들의 공통적인 (경험뿐만이 아니라) 재현체계에 과도하리만치 의존한 것이기도 해서, 이때 환기되는 '현실'은 그 스스로 가장 부정하고 싶은 바로 그 현실을 유일한 하나의 현실처럼 고정하게 될 위험성을 지닐 수도 있다. 그런 점에서 김이설의 소설에 나타난 이 불평등한 현실을 쇄신하려면 그곳을 작동시키는 인물들의 욕망이 먼저 (지배적인 재현체계의 질서를 거스르는) 다른 언어, 다른 재현체계를 상상할 수 있어야 한다는 생각이 들기도 한다. 다만 여전히 우리는, 그럼에도 불구하고 이 작가의 소설이 최소한 우리가 다 안다고 여기고 외면해왔던 어떤 현실을 가시권 안으로 불러들이고, 감추어졌거나 무시되었던 어떤 궁지를 현실 속에 노출시킨다는 점에 대해 중히 여기지 않을 수 없다. 동시대 사회현실의 부당함에 관한 불만과 의구심을 강력히 환기하는 효과는, 문학과 문학 아닌 것을 가를 수 없는 차원에서 이미 충분한 의미와 가치를 확보한다.

3. 앎에 갇힌 절망 – 김사과의 자각

김사과 소설에는 분노, 공포, 광기, 폭력 등의 말들이 따라 붙지 않은 적이 없다. 화내고 소리 지르고 욕하고, 무언가 – 술, 담배, 본드, 고추장 등 – 에 취해 있거나 중독돼 있고, 수시로 불안해지고, 무감하게 때리거나 부수고, 무차별적 살인을 저지르는 이들이 곳곳에서 무시로 출몰하니, 그럴 만하다. 첫 장편 소설 『미나』에 나타난 충격적인 살인 장면을 기억할 것이다. 강력 범죄와 폭력 영상에 익숙한 독자라 해도 몸서리쳐질 정도의 수위였던 것 같다. 한국문학 안에서는 유례가 드문 것이다.

수정이 고개를 끄덕인다. 미나가 억지로 웃어보인다. 둘은 한참동안 서로를 바라본다. 침묵의 끝에서 아무런 신호도 없이, 수정이 미나의 허벅지를 찌른다. 미나가 비명을 지르며 허벅지를 끌어안는다. 수정이 피가 번들거리는 칼을 바지에 문질러 닦은 뒤 자신의 자리로 돌아가려는데 미나가 수정의 팔목을 잡아 칼을 빼앗으려 한다. 수정이 칼을 빼앗기지 않기 위해 팔을 휘젓는다. 칼이 미나와 수정을 가리지 않고 긋는다. 수정이 미나의 피가 흐르는 허벅지를 힘껏 걷어찬다. 미나가 비명을 지르며 소파 아래로 굴러 떨어진다.[9]

수정이 미나를 찌르기 시작한다. 힘껏 밀어넣은 칼 끝에서 전해지는 미나의 살과 뼈, 혈관과 근육을, 수정은 눈을 감고, 그것의 소리와 진동을 느낀다. 입이 벌어지고 가느다란 미소가 흘러나온다. 잘린 혈관에서 피가 솟구친다. 수정의 셔츠를 향해, 쐐기 모양으로 창에 달라붙는다. 느낌표 모양으로 공작새의 날개를 찌른다. 굵은 선을 그리며 바닥을 향해 기어 내린다. 미나가 지르는 비명과 날카로운 금속 조각에 찢기는 살의 소음이 너무나도 멀리서 들려와서 수정은 그것을 믿을 수가 없다. 수정은 미나의 벌어진 입을 바라보며 반복하여 찌른다.[10]

---

9 김사과, 『미나』, 창비, 2007, 292면.
10 위의 책, 306면.

여기에 묘사된 것은 명백히 어떤 행위의 잔혹함, 인물의 폭력성이다. 앞서 본 김이설의 소설에서는 포악한 행동을 하는 인물들이 등장할 때라도 근본적으로는 그들이 처한 환경의 폭력성에 초점이 맞춰져 있었다면, 김사과 소설에는 자초지종이 뚜렷하지 않은 어떤 상황에서 우발적 혹은 계산적으로 폭력을 발산하는 인물들의 흉포한 행위가 집중적으로 드러나 있다. 이들은 왜 이런 끔찍한 짓을 하는가. 가장 먼저 제기되었고 여러 차례 반복되었으며 김사과를 말하는 자리에서는 언제나 한 번 더 물어지는 질문이다. 답 또한 반복적으로 제시되어 왔으나, 『미나』에서 수정이 미나를 죽이는 이유로부터 크게 벗어난 답은 별로 찾아지지 않았다.

내가 너를 죽여야 하는 이유는 니가 어른을 공경하기 때문이야. 너는 어른들을 공경하지? 그렇잖아? 너희 엄마도 좋아하고 너희 아빠도 좋아하잖아. 민호도 좋아하지? 선생들도 좋아하지? (…중략…) 너 같은 쓰레기들 때문에 세상이 이렇게 점점 더 거지 같아져가는 거야. 어떻게 늙은이들을 공경할 수가 있어? 너는 니가 고개를 숙이고 굽실거리는 사이에 그들이 너한테서 가장 중요한 것은 빼앗아가는 걸 모르고 있어.[11]

그래 …… 이제 보여. 확실히 보여. 너에게서 악의 빛이 보인다. 보인다. 아. 나는 정말 대단해. 어떻게 이렇게 대단할 수가 있는가? 우아. 아름다워. 아름다워. 나는 거의 넘어갈 뻔했지 뭐야. 하지만 니 얼굴에서 빛나던 악의

---

11 위의 책, 298면.

빛을 나는 놓치지 않았어. 어떻게 지금까지 숨기며 살아올 수 있었니? 힘들지 않았니? 세상은 선한 정신으로 이루어져 있다 …… 너의 눈으로 보기엔 그러겠지. 악마에게 악은 선이고 또 선은 악이잖아. 그래. 너는 개선의 여지가 없어. 왜냐하면 참말로 악이니까. 완전한 악. 그래서 너는 죽어야 해. 내 손으로 너를 없애고야 말겠다.[12]

수정이 미나에게 퍼붓는 이 말들을 김사과의 화자들이 세상을 규정하는 말로 치환해서 들어도 된다. 왜 폭력적인가 하는 질문에 대한 답이 종국엔 다른 폭력 혹은 더 큰 폭력에 대항하기 위해서라는 데로 귀착되는 다수의 사례에 비추어 보자면, 김사과의 인물이 대항하는 다른 폭력을 소설의 본문을 인용하여 이르건대 '악'이다. "참말로 악", "완전한 악", "진짜 악마." 인용문에서는 '예의'로 대변되어 있으나, 거짓의 삶을 조장하여 인간을 길들이고 마침내 집어 삼키는 세상의 모든 시스템 혹은 지배 이데올로기. 그것에 절망하고 절규하는 자가 김사과의 인물들이다. 그들의 고함과 싸움과 불손과 공격은 지배체제라는 거대 폭력에 맞서는 불가피한 방책으로서의 대항 폭력으로 이해될 수도 있을 것이다. 그 거대 폭력의 실체는 이를테면 규격화된 칸막이의 삶, 허영심으로 쌓아올린 소비 유토피아의 환상, 깨져버린 환상을 견뎌야 하는 고통, 고통을 잊으려는 착란에 불과한 희망 등등에 대한 의식으로서 김사과 소설 속에 수시로 진술된다. 가령 『미나』에서도 「P시 학생의 삶」(75~88면)이라는 한 소챕터는 "수정을 질식시"키는 "가장 더러운

---

12 위의 책, 288면.

것들"의 양태가 논술문 형식의 서술로 빼곡히 채워져 있는데, 챕터의 마지막 문단에 "이것이 현재 수정이 처한 사회-공간적 상황이고 거기에 예외란 없다"(88면)고 못을 박음으로써 이 폭력 행위의 주체를 둘러싼 현실의 현재상은 분명히 밝혀진다.

특징적인 것은, 이 "사회-공간적 상황"이란 것이 상수常數라는 점이다. 언제 어디서부터 잘못됐는지 모르고 변화는 불가능해 보인다. 아이엠에프가 나라를 완전히 바꿔놨다고 사람들은 말하지만 김사과의 화자는 "나는 그렇게 생각 안 해. 그전에도 세상은 똑같이 개 같았어. 부자는 부자고 거지는 거지였어"[13]라고 말한다. 부는 대물림되고 가난은 선험적이다. "오늘을 견디면 내일이 올 뿐인데. 또 같은 날이 올 뿐인데."[14] 비참한 삶은 운명이고, 그렇다는 것은 영원한데, 왜냐하면 '내'가 그렇게 믿으니까. 이 점이 또 김사과 소설에 대해 기억해두어야 할 한 특징이기도 한데, 김사과 소설에서 삶과 세상과 현실은 '나'의 믿음이고, 앎이며, 하나의 인식이다. 예컨대 그의 인물들에게 진짜 삶은 이런 식으로 표현된다. "만약 내가 누구고 어디가 어딘지 알 수 있다면 그것은 이미 빼앗긴 삶이다. 거기 진짜 삶이 있었다. 단 한 조각도 빼앗기지 않은 순수한 삶이 말이다. 그건 잔혹하도록 아름다웠다."(『풀이 눕는다』) "단 한 조각도 빼앗기지 않은 순수한 삶"이란 구체성을 입지 못한 관념이다. 이 추상의 세계에서 '현실적인 결핍'이라는 것, 가령 김이설에게 가장 절박한 것들—배고픔과 불편함, 불투명한 미래 따위—은 가장 하찮은 것이 된다.[15] 요컨대 김사과는 결핍, 공포, 이상함, 절망적

---

13 김사과, 『풀이 눕는다』, 문학동네, 2009, 277면.
14 김사과, 『영이』, 창비, 2010, 29면.

등으로 수식되는 현실의 어떤 특수한 양태보다는 어떤 결정된 구조에
처한 자의 정조, 흔히 '분노'로 대변되는 불길한 감정이나 파괴적인 상
태를 민감하게 표출한다.

그것이 사회현실의 어떠한 상태나 구조가 아니라 이곳에 처한 자들
의 기분 혹은 느낌, 아니면 신념이나 관념이라고 해도, 그것—가령 『미
나』에서 서술된 "현재 수정이 처한 사회-공간적 상황"—은 동시대 한
국인 다수에게 공감을 얻을 만한 것이라고 생각한다. 김사과의 인물들
이 그렇게 느끼듯, 우리가 사회현실이라고 부르는, 개인들을 둘러싼
세간世間의 형상이 구리고, 더럽고, 추악하고, 우리에게서 가장 중요한
것을 빼앗아가고 우리에게 고통을 주는 "폭력적으로 구조화된 시스템"
이라는 느낌은 특정 지역, 계층, 세대만이 아닌 불특정 다수의 것일 수
있다.[16] 모든 것이 지겹거나 어디서부터 무엇을 시작해야 할지 모르겠
고, 불쑥 좀 무섭고 화가 날 때는 세상 사람들을 죽이고 싶기도 하고 내
가 죽어버리고 싶기도 한 기분에 드는 것을 김사과의 '막 나가는 아이

---

15 "만약 우리가 하찮은 문제들 — 배고픔, 불편함, 불투명한 미래 — 따위가 두려워서 항복
해버리면 그다음에 남는 것은 통째로 집어삼켜지는 것뿐이었다."(위의 책, 161면) "난 말
이야. 돈을 벌 능력이 없어. 농담하는 거 아니야. 나한텐 그런 능력이 없어. 불가능해. 다
들 돈 벌잖아. 그런데 나는 도저히 할 수가 없어. 생각만으로도 막 죽을 거 같애. 알아, 이
런 기분? 너는 모르겠지만 나도 나름대로 많이 노력해봤어. 그런데 안 돼."(『풀이 눕는다』,
156면) 이렇게 말하는 김사과의 예술 지망생 화자와 "걱정 마. 엄마가 평생 몸을 팔아서라
도 네 다리 고쳐줄게"(『환영』, 164면)라고 말하는 김이설의 몸 파는 여자들은 또 얼마나 다
른가.

16 다음과 같은 신문 기사는 흔하디흔하다. "경향신문이 창간 65주년을 맞아 여론조사전문
기관인 현대리서치연구소에 의뢰해 지난달 27일부터 30일까지 전국의 성인 남녀 1000명
을 대상으로 실시한 '한국 사회 만족도 평가' 여론조사에서 '현재 사회 현실에 대해 불만
족한다'는 평가가 67.2%로 '만족한다'는 평가(32%)보다 높게 나타났다. '사회 현실에 대
해 만족한다'는 답변이 절반을 넘은 연령지역직업소득 집단은 한 군데도 없었다."
(http://news.khan.co.kr/kh_news/khan_art_view.html?artid=201110041916075&code=94
0100)

들'의 '괴물성'으로 치부할 수만도 없다. 김사과 소설의 자기 파괴적 폭력성은, 궁극적으로는 훨씬 더 절망적인 시스템의 폭력으로부터 벗어나기 위해 "권력과 규정이 분할하고 구속하는 자리에 자기동일성을 공급하기를 중단할 수 있게 되고 그렇게 해서 권력과 규정의 구속을 무력하게 만들 수 있"[17]는 "잠재적인 정치적 가능성 같은 것"[18]이라고 말해질 수도 있을 것이다.

이렇게 본다면 김사과 소설의 폭력성은 그 파괴력과 급진성에도 불구하고 "클래식한 반항"으로서의 그것처럼 여겨진다. 이에 관한 의견을 작가의 친구가 인상적인 비유를 통해 들려준 적이 있다. 이런 얘기다. 전쟁 같은 일이 "밖에서" 벌어지고 있고 "방 안"에는 시체 한 구가 있는데 사람들은 아무 일도 없는 듯 무감하게 화병의 무늬가 어쩌고 하는 얘기나 하고 있는 상황을 상상해 보자. 뭔가 이상하고, 무섭고, 화가 난 아이는 "여기에 시체가 있다"고 자꾸 말했지만, 사람들은 "우린 벌써 이 시체를 수백 년 동안이나 보아 왔단다"라며 아이를 성가셔하고는 또 화병이나 날씨 얘기다. 급기야 아이는 화병을 집어 던져 깨뜨린다. "김사과는 저런 아이다."[19] 맞다, 김사과 인물들이 화내는 이유, 파괴적인 이유는 이런 식으로 이해되면 가장 명료하다. 전쟁이 계속되는데 화병이나 커튼에 대해서만 얘기하는 사람들 틈에서라면 화병은 계속해서 집어 던져져야 하고 커튼은 몇 번이고 찢겨야 한다. 깨지고 찢기는 소리는 곧 잠잠해지고 얼어붙었던 분위기는 다시 화기애애해

---

17 권희철, 「인간쓰레기들을 위한 메시아주의」, 『문학동네』, 2009 겨울, 157면.
18 위의 글, 같은 곳.
19 남궁선, 「끝없이 쏟아내는 아이」, 『문학동네』, 2009 겨울, 135~136면.

질 것이므로 저 '아이'의, 김사과의 폭주는 중단되어선 안 된다. 그도 그것을 알고 있다.

　　우리는 그 불안정한 방식을 유지해야 했다. 그게 우리가 세상에 맞서는 유일한 방법이었기 때문이다. 우리는 본능적으로 알고 있었다. 만약 우리가 하찮은 문제들 – 배고픔, 불편함, 불투명한 미래 – 따위가 두려워서 항복해 버리면 그 다음에 남는 것은 통째로 집어 삼켜지는 것뿐이었다. 세상은 굶주린 어린아이 같아서 만족을 몰랐다. 아니 굶주림 그 자체였다. 그리고 그 굶주림이 우릴 노리고 있었다. 그렇다면 방법은 하나뿐이었다. 삶을 완전한 불확실성 속으로 완전히 밀어 넣을 것. 우리 자신조차 우리가 어디 있는지 알지 못할 것.[20]

　굶주린 세상에 집어 삼켜지지 않기 위한 이들의 안간힘을 안쓰럽다고 해서는 안 된다. 지배 질서의 시스템에 순응하지 않겠다는 그 의지는 독할수록 귀한 것이다. 이들의 무모하고 맹렬하고 성마른 분출은 '광기'라 표현되기도 하지만 그것은 무심코 터져버린 비이성적 폭주도 아니고 공교로운 사태들의 연발도 아니다. 앞에서 미나를 죽이는 이유를 명명백백하게 설명하던 수정의 경우에서 보았듯, 이들은 자기가 무슨 일을 하는지, 왜 하는지, 스스로 잘 알고 있다. 이들의 폭력적 행위는 냉담한 자각과 논리로 계산된 전략으로 볼 수 있다. "완전한 불확실성"의 삶이란, 답으로 치자면 이것 이상의 정답은 찾을 수 없을 정도로

20　김사과, 『풀이 눕는다』, 문학동네, 2009, 161면.

논리상 설득력이 있다. 타협하지 않기 위한, 항복하지 않기 위한, 어쩌면 진짜 "하나뿐"인지 모를 방법을, 김사과의 인물들은 너무나 잘 알고 있는 것이다. 이런 의미에서 그의 폭력적인 인물들은 정녕 '전복적이고자' 한다.

그런데 이때 '전복'이라는 말에 대해 한 번 더 생각해 보아야 할 것 같다. "삶을 완전한 불확실성 속으로 밀어 넣을 것"이라고 작가가 직접 말했을 때 그것은 확실한 정답처럼 여겨졌지만, 과연 이때 '불확실성'이란 것이 무엇을 말하는 것인가 하는 의문이 들 수 있다. 그것은 말 그대로 불확실한 것이니 어떤 상태를 가리키는지 알 수 없는 것이 아닌가? 그렇다면 삶을 불확실성 속으로 밀어 넣는 것이 어떤 것인지도 알 수 없으며, 또 불확실한 삶의 태도에 대해 이렇게 확실하게 답을 알고 있는 것은 결국 삶을 불확실성 속으로 밀어 넣는 일과는 배리되는 게 아닌가? 즉 여기에서 어떤 모순이 감지될 수 있다. 앞에서 소개한 인상적인 비유를 다시 상기해 보자. 김사과 소설의 핵심을 짚은 '전쟁'과 '화병 얘기'에 공감하면서도 다음과 같은 의문 또한 자연스럽게 가능해진다. 만약에 전쟁은 "밖에서" 벌어지고 사람들은 "방 안"에 있는 상황이 아니라면 어떨 것인가. 시스템의 폭력으로 물든 세상을 전쟁터인 바깥과 그로부터 안전한 방으로 양분할 수가 있을까. 누구도 빠져나갈 수 없는 시스템 안에서 악몽 같은 전쟁 중인 것이 현실이라면 시체 한 구가 "방 안"에 있는 게 아니라 벽도 없이 사방이 트인 곳곳에 시체들이 즐비하지 않겠는가. 김사과 인물의 말대로 "오늘을 견디면 내일이 올 뿐인" 이곳에 저 어른들의 말마따나 "수백 년 동안이나" 시체들이 줄곧 있었다면 이 항구적인 전쟁은 더 이상 전시체제로 기능할 수가 없을 것이다. 이런 곳에서는 '시체가 있다'는 그 '메시지' 자체가 진부하지 않을 수 없는 것이다. 모든 시스템이 절대악이라는 주장은 모든 시스템에 절대 복종해야 한다는 말과 별 차이가 없을지도 모른다.

4. 다시 짜는 "맥락의 이미지" ─ 황정은의 재편

황정은의 소설에서 사회현실을 주목하지 않을 수는 없지만 황정은의 소설을 '현실적'이라고 말해버리기는 곤란한 편이다. 그가 그리는 사태 중에는 경험의 논리로 설명되지 않는 것이 적지 않고 실제로 일어난 일을 지시하는 것 같지 않은 경우가 많기 때문이다. 첫 소설집 『일곱시 삼십이분 코끼리 열차』에는 변신이나 우화 모티브가 쓰인 작품이 다수 있어 '초현실적인 환상'이라거나 '과감한 상상력'이라는 말들로 작가의 특징이 포착되기도 했더랬다. 두 번째 소설집 『파씨의 입문』에는 유령, 동물, 사물들에 목소리를 내어주는 이야기들이 몇 편 있어 또한 '리얼리스틱한' 소설로 분류되기는 어려운 편이었다. 그리고 실은 이 점이 가장 큰 이유일 텐데, 그의 인물들이 삶의 조건을 의식하고 나아가 사회를 지각하는 방식은 물리적이거나 심리적인 사태 자체라기보다 (물리적이면서 동시에 심리적일) 언어적 사태에 닿아 있기 때문일 것이다. 그 양상을 먼저 보자.

하나, 그의 인물들이 세상을 묘사할 때, 세상은 말들의 그림으로 화한다. 이런 장면이 있다. 바자회에 양산 파는 아르바이트를 하러 갔는데 길 건너편에서 집회가 열렸다. 양산 파는 소리와 집회의 확성기에서 들려오는 소리가 섞인다. "로베르따 디 까메르노 웬 말이냐 자외선 차단 노점상 됩니다 안 되는 생존 양산 쓰시면 물러나라 기미 생겨요 구청장 한번 들어보세요 나와라 가볍고 콤팩트합니다 방수 완벽하고요."(「양산펴기」, 『파씨의 입문』, 145면) '이태리 메이커 중국제 양산'이라는 우스꽝스러운 물건을 파는 '시장'과 노점상의 생존권 보장을 요구하는 '공론장'이 얽히면서 엉뚱한 말들이 들려오자, 이로부터 불쑥 예기치 못했던 의미들이 생겨난다. 말이 안 되면서 또 의미심장하게 맞춰지는 이 말들 – 노점상 됩니다. 안 되는 생존. 생존 양산. 기미 생겨요 구청장. 구청장 한번 들어보세요. "구청장 오천원 전통 있고 몸에도 좋은 우리 생존권" – 은 어떤 "맥락의 이미지"[21]를 새롭게 생성한다. 이것은 '시장'과 '공론장'을 합친 정치경제적 의미라 할 것이다.

둘, 그의 인물들의 대화중에는 일상적이고 자동적으로 사용하는 말들에 대한 냉담한 의혹과 정당한 논평이 자주 등장하는데, 그러한 대화의 핵심은 일상적이고 자동적인 세상의 무심과 몰각에 대한 비판이된다. 「백의 그림자」에서 '슬럼'과 '가마'의 경우가[22] 그러했듯, 가령 다음과 같이 '효율성'이라거나 '보통'과 같은 말들이 아무렇지 않게 쓰이는 사태는 어떤가.

---

21 황정은, 「곡도와 살고 있다」, 『일곱시 삼십이분 코끼리 열차』, 문학동네, 2009, 164면.
22 황정은이라는 작가의 개성을 말할 때 자주 인용된 부분이 「백의 그림자」에서 "언제고 밀어버려야 할 구역인데, 누군가의 생계나 생활계, 라고 말하면 생각할 것이 너무 많아지니까, 슬럼, 이라고 간단하게 정리해버리는 것이 아닐까"라고 했던 장면이다. 또, 전부 다르게 생긴 사람들의 가마를 "전부 가마, 라고 부르니까, 편리하기는 해도, 가마의 처지로 보면 상당한 폭력인 거죠"라고 했던 장면도 마찬가지다. 이를 두고 자주 회자된 해석은 「백의 그림자」(민음사, 2010)의 작품 해설(신형철)을 참고할 수 있다.

5의 일을 5가 하고 있는 상황을 생각해봅시다. 그런데 그중 일부인 어느 1이, 어느 날 문득 0.7로 줄어버렸다는 것입니다. 5의 일을 4.7로 해야 한다면 0.3 분량의 갭을 해결하기 위해 누군가는 분주해지지 않겠습니까. 0.3이라면 5로서는 6퍼센트의 비율이고 1로서는 30퍼센트의 비율입니다. 우리 은행의 무담보가계신용대출의 연이자율이 10.98퍼센트라는 것을 고려했을 때, 어느 쪽이나 상당한 비율이라고 할 수 있겠습니다. 이것은 효율의 문제입니다.[23]

보통, 보통, 보통. 저기, 무도씨. 보통이라면 무엇을 기준으로 보통이라는 거야. 나무늘보나 달팽이가 있잖아, 느리잖아, 하지만 걔네들의 입장에선 이 세계가 얼마나 빠른가, 생각하면 아득해지지 않아? (…중략…) 예를 들어 한 달에 공식적인 평균으로 98.1명이 테러로 죽는다는 어느 도시에서 지난 5월엔 98.0명이 죽었다면 그것은 보통, 이라는 걸까, 뭐가 보통이라는 걸까, (…중략…) 나이를 먹으면 발바닥 속의 쿠션이 닳아서 뒤꿈치가 아픈 경우가 보통이라는데, 결국은 사는 것이 그런 것, 그렇게 사는 것이라며 납득하는 것이 보통일까, 그러다 알고 보니 암이었다는 식으로 문득 세상에서 사라지고, 그런 경우가 보통이라는 걸까,[24]

오뚝이가 되어 몸이 점점 줄어가는 인물에게 같은 직장 사람이 저렇게 "효율의 문제라느니, 얄미운 소리"를 한다. 몸이 줄어 만사의 기준이 달라진 그에겐 모든 상대적인 것들이 새삼스럽다. 그런데 잘난 척

---

23 황정은, 「오뚝이와 지빠귀, 일곱시 삼십이분 코끼리 열차」, 『문학동네』, 2009, 200면.
24 위의 글, 205~206면.

하면서 사람을 약 올리는 저 말들, 그러니까 5의 일, 0.3 분량, 6퍼센트의 비율 등의 말로 '효율의 문제'가 묘사(혹은 재정의)되자 그것은 어딘지 가당찮은 문제처럼 여겨지게 된다. 죽음도, 늙음도, 병도 다 '보통'이라 말하는 건, 그럼으로써 삶의 고통을 숙명적인 것으로 납득해버리라는 폭력적인 주문은 아닌가? 저 무지각한 일상어들이 은폐했던 비인간적인 의미가 되살아나고, 무지각한 일상에 주입된 폭력에 대한 성찰도 시작된다.

셋, 황정은의 인물들이 경험하는 어떤 결핍이나 고립감은 대체로 언어를 갖지 못하거나 대화를 나누지 못하는 것으로 대체되기도 한다. "말을 건네지도 건네받지도 못하면서 내가 누구에게 대답하는 일도 없이 누군가 내게 대답하는 일도 없이"[25] 살다가 지하철 레일 위로 떨어져 죽은 이는, 죽어서도 "말. 말을 하고 싶다. 말을 하고 싶다. 뭘 말하고 싶은지도 모르면서 그런 식으로 생각이 반복되어서 괴로웠"다고 말한다. 그의 가난과 외로움은 "들어줄 사람이 없"는 상황으로 치환되어 있다. 죽어 말 못하는 존재가 된 그에게 목소리를 주는 것, 그의 언어를 만들어주는 것, 그것이 황정은의 소설이다. 이야기를 갖고 있는데 말할 수 있는 통로가 없는 이들에게 지배적 언어의 질서란 폭력적일 뿐이다. 그들, 지배언어체계로는 말해질 수 없어서 존재를 부정당하기조차 해야 했던 이들에게 이 작가는 목소리를 준다. 가령 「뼈도둑」을 보자.

눈 속에서 들려온 목소리가 있다. 산 자의 육성이 아니라 스스로 유폐되어 죽음으로 걸어간 자의 흔적, "얼굴을 잃어버린" 채 기록으로 남

---

25 황정은, 「문」, 위의 책, 21면.

은 목소리였다. 일 년 석 달 전에 연인이 죽은 이후 모든 의지가 고갈된 무기력 속에서 마침내 죽음에 이른 자의, 유서와도 같은 문장들이었다. 연인의 죽음과 관련이 있으니 아마도 사랑에 관한 이야기일 것이다. 그러나 우리가 '보통' 사랑에 대해 기록하는 그런 '사랑' 얘기는 여기에 없다. 동성의 연인인 조와 장이 어떻게 사랑했는지, 가령 둘이 어떻게 만났는지, 서로 얼마나 좋아했는지, 장이 죽었을 때 조는 어떤 기분이었는지, 즉 '인간적인' 혹은 철학적인 '의미'의 사랑, 기존의 언어로써 그렇다고 말해질 수 있는 사랑의 테마 같은 것에 대해 이 소설은 구구절절 말한 적이 없다. 어쩌면 이 인물은 그저 외딴집에 스스로를 유폐하고 죽음을 기다리다시피 하다 소멸에 이르렀으니 사랑을 기록하는 우리의 빈약한 언어로는 이것을 사랑이라고 말하는 데 주저해야 할지도 모른다.

그러나 그럴 수 있을까? 그래도 되는 것일까? 눈 속에 갇힌 이의 목소리를 이미 들은 이상, 그의 고립과 절멸은 오직 연인의 죽음을 슬퍼할 수조차 없었던 소외와 상실 때문이었음을 우리가 모를 수는 없다. 이 기록을 있게 한 가장 처음으로 돌아가 보자. 장의 장례식장이다. 모든 '사람'이 죽은 자를 애도하고 슬픔을 나눌 때, 그는 그러지 못했다. 그는 동성애인이었기 때문에 장의 '애인'이 될 수 없었고, 장을 사랑했기 때문에 장과의 관계를 인정받지 못했다. 다시 말해 그는 '사람' 취급을 받지 못했다. 그러나 그는 장의 죽음 앞에서 누구보다도 절박했다. 장의 뼈 한 조각을 갖고 싶었다. 사랑? 애인? 혹은 인간? 아니어도 좋다, "부르고 싶은 대로 나를 부르라. 그 남자, 그 기록, 그 새끼, 그 물건, 그것, 나는 즉 그다." 사랑, 애인, 혹은 인간까지를 포기하고서야 이 절박한 사랑은 기록된다. '조는 장의 애인이다'가 아니라 '조는 장의 뼈도 둑이다'로서.

하얗게 남은 연인의 뼈를 지닌다는 것, 한 '사람'이 궁극적으로 '뼈도 둑'에 이르렀다는 것, 이것은 일반적인 사랑의 재현이 아니다. 그리고 이 재현은 일반적인 사랑의 재현들과 유사하지 않은 감각을 낳는다. 요컨대 그것, 그 기록, 그 사람의 목소리는 (인간의) 사랑을 표상하는 감각 자체를 재배치한다. 그리고 이 다른 배치 안에서 그의 죽음은 애도 혹은 사랑의 완성이 된다. 이 다른 배치 안에서야 그의 삶은 사랑이 되며 이 기록은 사랑의 기록이 될 것이다. 담론상 이미 진부해져버린 동성애 코드가, 이렇게 해서 유일무이한 사랑의 서사로 재현된다. 사랑이라 이름붙일 수 없었던 것을 부르는 사랑의 이름으로. 눈 속에서 흘러나오는, 얼굴이 지워진 목소리, 사람이 아니어도 상관없는 그 기록, 그것, 그 소리, 이것은 지배적 언어체계로는 말해질 수 없었던 것들이다.

이렇게 황정은의 소설들은 지배 언어의 폭력에 휩쓸리지 않으면서, 다른 재현을 창출한다. 언어의 폭력적인 질서에 대응하는 그 자세에는 특징이 있다. 그는 어떤 (언어의) 폭력에 맞부딪쳐 상처를 입거나 억압을 느낄 때, 거기에 억눌려 고통에 시달리는 타입도 아니고, 그것에 대항하기 위해 다른 폭력을 불러오는 타입도 아니다. 지배적 언어 관습이나 지배적 재현체계가 그를 불편하고 답답하게 할 때면, 즉 분명히 존재하는 것을 인정할 수 있는 언어가 거기에 없거나, 여기에 없는 것을 기존의 언어 때문에 있는 듯이 여겨야만 하는 그런 상황이면, 그는 우선 진지하게 묻거나 정색을 하고 따진다. 지배 언어의 폭력성을 더 가중시키는 것은 지배 언어가 아니면 소통이 안될 것 같은 불안 때문이다. 황정은은 가장 용기 있게 그런 불안을 떨쳐내고 스스로 재현체계를 다시 짠다. 다른 배치의 언어로 말하기 시작한다. 작가는 사회 시스템을 다시 짜지 못하지만 언어체계는 다시 짤 수 있다. 그리고 새로운 언어체계 없이 새로운 사회가 출현할 수는 없다.

5. 나오며

이상 2000년대 이후의 우리 사회의 구조를 지각하는 세 작가의 반응과 실감을 살펴 그것이 작동하는 메커니즘에 대해 생각해 보았다. 다음과 같이 요약할 수 있다.

김이설은 불평등한 시스템이라는 지배 폭력에 신음하는 인물들의 고통을 재현한다. 그의 인물들은 승패만 있는 약육강식의 세계에서 살아남기 위한 고통에 시달리는데, 지배 이데올로기(를 욕망하는) 메커니즘 안에서라면 그들의 고통과 마찬가지로 그들 자신의 폭력적 행위 또한 불가항력적이다. 그들의 욕망은 지배 이데올로기가 조장하는 욕망이고 지배 이데올로기를 따를 수밖에 없는 욕망이기 때문이다. 경제적으로도 도덕적으로도 비난하기 어려운 그들의 가해와 피해의 순환구조는 승패만 있는 세계의 폭력성이 다다른 막다름의 표지와도 같다. 이런 욕망의 리얼리즘이 유효한 것은, 고통의 자각이 정당한 앎을 전제하기 때문이 아니라 생생한 고통이 다시금 우리의 인식을 각성시키기 때문일 것이다.

김사과는 지배 시스템을 부정하는 파괴력을 상상한다. 시스템 안에서 욕망의 회로를 찾지 못하고 시스템에 길들여지기를 거부하는 인물들의 공격성에 그는 주목한다. 모든 시스템을 절대악으로 상정하는 인물들이, 이 사회에 집어 삼켜지지 않기 위해 자기를 끝없이 불안정한 삶 속으로 밀어 넣는다. 그들은 그래야만 한다는 것을 잘 '알고' 있다. 이들의 폭력성은 저항이고 전략이란 뜻이다. 다만 이 전략적 저항이, 폭력이 어떤 것인지에 대한 앎조차 부수고 저항하는 이 각성자들을 해방할 수 있는지에 대해서는 확신을 가질 수 없었다.

황정은은 지배적 언어(체계)의 동일화를 의심한다. 이야기를 가지고 있으나 말을 하지 못하는 것들이 있는 한 이 언어체계는 폭력적이다. 이 폭력에 맞서는 황정은의 인물들이 어떤 전략과 앎을 의식적으로 구사하지는 않는다. 그들은 그저 자기를 어리둥절하게 만드는 그 의문을 잡고서, 지배적인 언어체계로는 드러낼 수 없는 것들의 목소리를 흘려 내보낸다. 그러자 지배 언어를 욕망하지도 부정하지도 않으면서 그것을 배반하는 언어체계가 다시 짜인다.

2000년대의 이 세 작가는 한국 사회의 구조화된 폭력성을 상기시키는 서로 다른 국면들을 서사화하면서 거기에 대응하는 양상을 구별되게 보여준다. 이 글에서 그 양상은 논증적으로 규정될 만한 실체가 아니라 불확실한 의문들로나 겨우 접근 가능한 국면으로서 드러났지만, 이로부터 우리가 기대할 수 있는 것은 이들의 서로 다른 방식 속에서 오늘날 한국 사회의 민주주의를 다시 모색할 수 있는 새로운 질문의 가능성을 찾으리라는 사실이다.

참고문헌

김사과, 『미나』, 창비, 2007.
_____, 『풀이 눕는다』, 문학동네, 2009.
_____, 『영이』, 창비, 2010.
김이설, 『나쁜 피』, 민음사, 2009a.
_____, 『아무도 말하지 않는 것들』, 문학과지성사, 2009b.
_____, 『환영』, 자음과모음. 2011.
황정은, 『일곱시 삼십이분 코끼리 열차』, 문학동네, 2009.
_____, 『백의 그림자』, 민음사, 2010.
_____, 『파씨의 입문』, 창비, 2012.

권희철, 「인간쓰레기들을 위한 메시아주의」, 『문학동네』, 2009 겨울.
김영찬 외, ‘좌담'「우리 문학의 현장에서 진로를 묻다」, 『창작과비평』, 2006 겨울.
김형중, 「돌아온 신경향파」, 『자음과모음』, 2010 봄.
김형중 외, ‘좌담'「한국 소설의 현재와 미래」, 『문학과사회』, 2009 봄.
남궁선, 「끝없이 쏟아내는 아이」, 『문학동네』, 2009 겨울.
심진경, 「여성과 폭력, 쓰레기 아마조네스」, 『자음과모음』, 2010 봄.
이광호 외, ‘좌담'「이제, 2000년대 문학을 말할 수 있다」, 『문학과사회』, 2005 겨울.
이도흠, 「폭력을 넘어서−차이와 눈부처−주체성」, 『작가와비평』 8호, 2008 하반기.
차미령, 「몸뚱이는 말하지 않는다」, 『문학동네』, 2010 가을.

야니 스타브라카키스, 이병주 역, 『라캉과 정치』, 은행나무, 2006.
장 자크 루소, 이환 역, 『사회계약론』, 서울대 출판부, 1999.

12장 │ 현대시는 어떻게 민주주의를 증언하는가?

정치의 종언이라는 소문에 반反하여

고봉준

> 민주주의에서는 언제나 반드시 시간이 결여되어 있기 마련이며, 올바르
> 게 결여되어 있어야 한다. 왜냐면 민주주의는 기다리지 않기 때문이며, 그
> 럼에도 불구하고 기다리게 하기 때문이다. 그것은 무엇도 기다리지 않는
> 다. 그러나 기다리기 위해 모든 것을 잃는 것이다.
>
> — 우카이 사토시[1]

1

민주주의의 '종언'과 '위기'에 관한 풍문이 들끓고 있다. 신자유주의
의 등장, 자본의 지구적 확장, 그리고 MB 정부의 반反대중적 통치 방식

---

[1] 우카이 사토시, 신지영 역, 『주권의 너머에서』, 그린비, 2010, 390면.

이 '위기'의 증거들로 제출되고 있다. 특히 전직 대통령의 자살에서 용산참사, 쌍용자동차 사태, 4대강 사업을 둘러싼 갈등, 미국산쇠고기수입반대촛불집회, 한진중공업 사태와 희망버스, MBC를 비롯한 방송사 파업과 해고, 강정 해군기지 건설 같은 일련의 사건들은 대중들이 87년 이후 안정성을 구가해온 제도적 민주주의가 위기에 빠졌다는 불안감을 느끼기에 충분했다. 실제로 한국 사회가 87년 이전으로 회귀하고 있다는 불안의 목소리가 흘러나왔고, 드물지만 시위 현장에서는 '독재'라는 구호가 재등장했다. 그러나 '위기'에 관한 풍설은 많았지만, 정작 위기에 직면한 '민주주의'의 정체가 무엇인가에 관한 이야기는 거의 없었다. 현재의 상황을 민주주의의 '위기'로 진단하는 담론들은 '민주주의'를 하나의 정체政體, 즉 국민주권, 민주공화제, 정치의 공공성, 정당정치 등의 시스템으로 사고하는 공통점을 지니고 있지만, 정작 '민주주의'가 그것들과 등치되어도 좋은가에 관해서는 적절한 대답을 제시하지 못한다. 이 글은 '정치의 소멸과 인권의 붕괴, 우리 시대 민주주의의 증언으로서의 한국시'라는 요청과 마주하고 있지만, 이 요청에 응답하기 위해서라도 우리는 먼저 '민주주의'가 무엇인가에 관해 생각하지 않을 수 없다.

민주주의의 '위기'를 말하는 담론들은 정당정치를 통한 대의제 민주주의와 토론과 합의에 기초한 숙의민주주의를 '민주주의'의 본질로 간주하고, 그것을 특정한 정치체제로 상상하며, 때문에 그것을 위협하는 일체의 사건들을 위기의 징후로 인식한다. 이처럼 '민주주의'를 정당정치에 근거한 대의제 민주주의와 정치체제로 이해하면 그 틀과 시스템을 '초과'하는 대중들의 직접 행동은 '위기'에 대한 대중의 반응으로 간주될 수밖에 없고, 때문에 그것들은 '정당'이라는 대의기구에 의해 매개됨으로써 정상화되어야 '일탈'이거나 대의의 범위를 확대함으로써 해결해야 할 일시적 '스캔들'로 사고될 수밖에 없다. 그런데 민주주의를 대의민주주의와 동일시해도 좋은 것일까? 혹시 민주주의를 대의정치, 다수결, 법에 의한 지배와 동일시하는 것이 어떤 착시효과나 단어들을 전유하기 위한 정치적 투쟁의 결과는 아닐까? 자크 랑시에르는 정치적 투쟁이 "단어들을 전유하기 위한 투쟁"이라고 지적했고, 서구의 정부들과 그 이데올로그들이 "민주주의를 의회주의 체제=자유시장=개인의 자유로 만들어버렸다"[2]고 비판했다. 그렇다면 민주주의와 대의정치를 동일시하는 사고방식은 이러한 투쟁의 결과라고 보아도 좋지 않을까.[3]

지금 우리에게 필요한 것은 '민주주의'를 재전유하는 투쟁이다. 민주주의의 '재전유' 과정에서 중요한 것은 민주주의를 특정한 통치 형태, 즉 정체政體와 동일시하지 않으면서 그 무한정성을 실험하는 것이며, 민주주의에 관한 새로운 사유를 '해방의 정치'와 연결시키는 정치

---

2 자크 랑시에르, 양창렬 역, 『정치적인 것의 가장자리에서』, 길, 2008, 23면.
3 비단 '민주주의'만이 아니다. 츠베탕 토도로프는 『민주주의 내부의 적』에서 유럽 사회에서 우익 정치세력들이 어떻게 '자유'라는 관념을 전유해 나갔는가를 체험을 바탕으로 설명하고 있다. " 내게 '자유'는 늘 편안하게 받아들일 수 있는 말은 아니다. 2011년에 이 용어는 헤이르트 빌더르스의 네덜란드 자유당, 외르크 하이더가 사망 전까지 이끈 오스트리아 자유당 같은, 극우 민족주의 인종 혐오 정당의 트레이드마크가 되었다. 실비오 베를루스코니의 자유의 민중당과 연합한 자유의 민중 동맹의 이름 아래, 움베르오 보시의 북부동맹은 선거에 후보를 냈다. 틸로 자라친 책의 성공에 이어서 독일에서는 반이슬람과 반아프리카 정서가 팽배한 가운데 급기야 자유사상에 착한 '자유당'이 창설되었다. 당의 모토는 '유럽에 확산되는 이슬람화에 맞서 싸우는 것'이다. 1995년에 우크라이나에는 러시아와 서구의 영향에 맞서고 외국인의 영향과 출몰에 반대하여, '우크라이나는 우크라이나인들에게'라는 강령을 내세운 민족주의 정당 스보보다(자유)가 만들어졌다." 츠베탕 토도로프, 김지현 역, 『민주주의 내부의 적』, 반비, 2012, 9면.

화 과정이다. 이것은 '민주주의'라는 텅 빈 기표를 '결핍'이 아니라 '도 래하는 민주주의', '셈해지지 않은 자들의 민주주의'가 들어설 수 있는 '결여(공백)'로 사유하는 일이다. 민주주의의 근거 / 원리 없음에서 비롯 되는 '결여'는 모자람을 뜻하는 '결핍'이 아니다. 장-뤽 낭시의 지적처 럼 오늘날 '민주주의'는 "무의미의 전형적인 사례"가 되었다. "'민주주 의'는 정치, 윤리, 법 / 권리, 문명 모든 것을 뜻하지만, 또 아무것도 뜻 하지 않는다."[4] 크리스틴 로스가 인용했듯이 '민주주의'의 무의미화는 매우 일찍부터 시작되었다. 가령 '민주주의'는 1830~1840년대에는 극 좌 단체들에게 붙는 꼬리표였지만 제2제정기 동안 제정권력은 부르주 아 세력에 맞서 스스로를 '민주주의'라고 칭했고, 때문에 1952년 오귀 스트 블랑키는 '민주주의'를 "모호한데다가 진부하며 특정한 의미도 없는 말", "고무처럼 쭉쭉 맘대로 늘어나는 말"[5]이라고 폄하했다. 실제 로 1871년 파리꼬뮌의 참가자들 또한 스스로를 '공화주의자', '인민' 등 으로 칭하는 것을 선호했다. 그들은 자신들을 '민주주의자'라고 부르 지 않았다. 그래서 현대에 이르러 '민주주의'는 종종 자유 시장에 근거 한 부르주아의 지배와 동의어로 전락하기에 이르렀고, "인민 없는 민 주주의"라는 랑시에르의 말처럼 민주주의는 점차 '과두제'를 정당화하 는 고급 포장지로 활용되기에 이르렀다. 최근 한국 사회에서 일부 뉴 라이트 계열의 논객들이 교과서에 등장하는 '민주주의'라는 용어를 '자 유민주주의'로 고칠 것을 주장한 일이 대표적인 사례이다. 현대의 정

---

4 장-뤽 낭시, 「유한하고 무한한 민주주의」, 알랭 바디우 · 슬라보예 지젝 외, 김상운 · 양 창렬 · 홍철기 역, 『민주주의는 죽었는가』, 난장, 2010, 107면.
5 크리스틴 로스, 「민주주의를 팝니다」, 위의 책, 139면.

치철학이 제도적인 정치의 외부에서 '해방의 정치'를 사유하면서 '민주주의'를 정체政體로서의 민주주의와 분리하려고 시도하는 것은 이러한 (재)전유와 무관하지 않다.

2

일찍이 플라톤은 『법률』에서 '통치자'의 자격을 일곱 가지로 분류했다. 그 가운데 네 가지는 본성, 곧 출생의 차이에 근거한 전통적인 권위의 자격들(아이에 대한 부모의 권력, 청년에 대한 연장자의 권력, 노예에 대한 주인의 권력, 하층민에 대한 귀족의 권력)이고, 다섯 번째는 우월한 본성의 권력, 즉 약한 존재에 대한 강한 존재의 권력이며, 여섯 번째는 알지 못하는 자들에 대한 아는 자들의 권력이다. 그리고 플라톤은 이 목록의 마지막에 '신의 선택'이라는 '자격 아닌 자격'을 추가해 두었는데, 이것이 바로 '민주주의'이다. 이 경우 '신의 선택'이란 '제비뽑기', 즉 '통치할 자격의 부재'를 가리킨다. 통치할 자격이 없으니 곧 통치 받을 자격 또한 없다. 자크 랑시에르는 이러한 '자격과 상호성의 부재'를 일종의 '예외상태'로 간주했다. "민주주의는 자격의 부재가 아니라 아르케를 행사할 자격을 부여하는 특정한 상황이다. 민주주의는 시작 없는 시작이며, 지배하지 않는 (지배할 자격이 없는) 자의 지배이다."[6] 랑시에르에 따르면 고대 그리스에는 정치권력을 지칭하는 세 개의 용어(군주제monarchia, 과두제oligarchia, 민

---

[6] 자크 랑시에르, 양창렬 역, 『정치적인 것의 가장자리에서』, 길, 2008, 240면.

주주의demokratia)가 있었는데, 그 가운데 오직 민주주의만이 숫자에 무
관심했다고 한다. "군주제의 (어근인) 모노스monos란 일인 지배를 지칭
하며, 과두제의 호이 올리고이hoi oligoi는 소수의 권력을 지칭한다. 오
직 민주주의만이 "(지배자의 수가) 얼마나 많으냐?"라는 질문에 답하지
않는다. 데모스의 권력은 주민 전체의 권력도, 다수의 권력도 아니다.
오히려 아무나n'importe의 권력이다. 아무나는 지배받는 자의 명칭이자
지배하는 자의 명칭이다."[7] 여기에서 우리는 그리스적 의미에서 '민주
주의'는 통치할 자격이 없는·지배하지 않는 자들의 '통치 아닌 통치'이
며, 그것은 많고 적음의 양적인 척도와는 무관한 것이었음을 알 수 있
다. 즉 민주주의는 의사결정에 참여할 능력·자격을 지녔다고 간주되
는 사람들과 그렇지 못한 사람들을 구분하는 것이 정치적 삶의 근거라
는 서구적 전통을 거부하는 사유인 것이다. '민주주의'는 '폴리스와 오
이코스'(아리스토텔레스), '조에와 비오스', '말하는 입과 먹는 입'(홉스), '노
동과 행위'(아렌트), 주권자와 이방인(난민) 같은 포함-배제의 위계적 구
분을 뒤섞음으로써 결정불가능한 것으로 만들어온 '해방의 정치'에 붙
여진 이름이다.[8] 이런 맥락에서 랑시에르가 주장한 '치안'과 '정치'의 구
분은 현대의 민주주의를 사유하는 데 중요한 시사점을 제공한다. '민주
주의'에는 오직 데모크라시, 즉 '데모스demos의 힘(지배)'라는 의미 밖에

---

[7] 크리스틴 로스, 「민주주의를 팝니다」, 알랭 바디우·슬라보예 지젝 외, 김상운·양창
  렬·홍철기 역, 『민주주의는 죽었는가』, 난장, 2010, 150면.
[8] "데모스의 권력이란 통치할 어떤 자격도 갖지 않았다는 사실을 유일한 공통의 특정성으
  로 갖는 자들이 특정하게 지배한다는 사실을 가리킨다. 데모스는 공동체의 이름이기 이
  전에 공동체의 한 부분, 즉 빈민들의 이름이다. 그렇지만 정확히 말해서 '빈민들'은 경제
  적으로 낙후된 주민의 일부를 가리키지 않는다. 그것은 단순히 중요하지 않은 자들, 아
  르케의 힘을 행사할 자격이 없는 자들, 셈해질 자격이 없는 자들을 가리킨다." 자크 랑시
  에르, 양창렬 역, 『정치적인 것의 가장자리에서』, 길, 2008, 241면.

는 없다. 뒤집어 말하면 고대 그리스에서 '민주주의'는 정체政體의 명칭이 아니었던 셈이다. 그것이 정체政體이기 위해서는 그것을 규정하는 근거, 즉 아르케가 존재해야 하는데, 플라톤은 민주주의를 규정하는 '아르케'를 '아나르코스', 즉 '아르케 없음'이라고 말했다. 결국 민주주의는 '아르케 없음'을 아르케로 하는, '비非정체'였던 것이다. 앞에서 민주의의를 결핍이 아닌 결여·공백으로 사유해야 한다고 말한 것도 이런 맥락에서이다.

> 민주주의라는 말에는 정말로 '아르케'가 없다. 민주주의, 즉 '데모크라시 democracy, demokratia'는 '군주정'을 의미하는 '모나키monarchy, monnarchia'나, '과두정'을 의미하는 '올리가키oligarchy, oligarchia' 등과 달리 '-아르케-archy'가 붙어 있지 않다. 고대 그리스인들은 정체를 지칭할 때 새로운 말들을 만들어 내는 걸 좋아했지만, '데모스'와 '아르케'를 결합해서 정체를 지칭한 경우는 없었다. 즉 '데마키demarchy, demarchia'라는 정체는 없다. 민주주의에는 '아르케'가 없는 대신 '힘'을 뜻하는 '크라토스kratos'가 붙어 있다.[9]

민주주의에는 아르케가 없다. 그런 점에서 그것은 "최초의 토대 같은 것"을 갖지 않는 '정치'를 닮았다. 민주주의의 아르케 '없음'을 결핍의 부정성이 아니라 '도래in-com'를 향해 열린 '기다림'으로 이해할 때, 우리는 비로소 민주주의의 역사성에 대해서 말할 수 있다. 이 경우 특정한 역사적 형태의 민주주의 모델들은 '아르케 없음'의 무한정성에 의

---

9 고병권, 『민주주의란 무엇인가』, 그린비, 2011, 17면.

해 해체될 수 있으며, '민주화 이후의 민주주의'나 '민주주의의 민주화', '새로운 민주주의' 같은 논쟁적 문제제기에 의해 대체될 여지는 갖는다. "민주주의에는 도래할 것이 남아 있다. 도래할 것이 남아 있다는 것이 민주주의의 본질이다. 그것은 무한히 완벽을 기할 수 있다는 것, 즉 언제나 불충분하므로 미래가 남아 있다는 뜻일 뿐 아니라 약속의 시간에 속한다는 것, 즉 미래의 매 순간 순간마다 도래할 것이 언제나 남아 있게 될 것임을 말한다. 민주주의가 존재할 때조차도 그것은 결코 실존하는 것도 현재하는 것도 아니기에 언제나 비현재적인 개념을 화젯거리로 남긴다."[10] 이러한 맥락에서 우리는 "투표, 다수의 법으로 문제를 해결하는 권위, '최대 다수'의 법에 의한 지배로 이해"되어온 근대적 민주주의에 관한 상상을 넘어서는 '민주주의'를 실험할 수 있다.

민주주의 대한 근대적 모델, 즉 '선거'를 통한 대의제 민주주의는 데모스의 통치, 인민의 지배를 '인민주권=민주주의' 등식을 이용하여 주권에 관한 베스트팔렌적 체제와 일치시켰다. 선거는 결국 인민이라는 집합적 주체성을 통계의 형태로 환원해버리는 것이 아닌가. 이 과정에서 형성된 '인간=시민=국민'이라는 도식은 특정한 영토 내에 거주하는 사람들을 '국민'이라는 균질적이고 동질적인 존재로 만들었는데, 또한 이 과정은 특정한 인민을 '국민'이라는 주체의 영역에서 제거·삭제하여 비가시적 존재로 만듦으로써 그 균질성을 유지하려는 배제의 메커니즘이 작동하는 과정이기도 했다. 현대의 민주주의에서 문제가 되는 것은 정확하게 여기에서 비롯된다. 즉 지리적·영토적으로는 한 국가

---

10 Jacques Derrida, translated by George Collins, *The Politics of Friendship*, London : Verso, 1997, p.306.

의 내부에 존재하지만, '인간=시민=국민'의 도식에서 배제됨으로써 사실상 불가시의 영역에 머물고 있는, 하여 대의제 민주주의가 지극히 정상적으로 작동하고 있지만 정작 '대의'의 영역에서는 존재하지 않는 것으로 간주되는 유령들 말이다. 이를테면 이 도식의 '바깥'에 있는 미등록 이주노동자가 그렇다. 또한 '국민' 안에서 비국민으로 살아가는 가난한 자들이 그러하고, '대의' 불가능한 상황에 처해 있는 비정규직 노동자들이 그러하며, 사실상 '국민'으로 셈해지지 않는 노숙자들이 그러하다. 뒤집어서 말하면 민주주의를 '대의'와 동일시하던 과거와 달리, 지금의 우리는 대의를 거부하거나 대의가 불가능한 존재들로부터 민주주의를 새롭게 사유해야 하는 것이다. 동일한 논리에서 민주주의와 인권에 관해 말할 때에도 우리는 시민권에 의해 뒷받침되지 못하는, 말 그대로 오직 인간이기만 한 비주권자의 인권에 관심을 기울여야 한다. "나는 한국 사회에서 대의제가 덜 발달했다기보다, 대의제의 발달과 대의제로부터 대중 추방이 동시에 일어났다고 생각한다. 대의제가 발달했지만 '대의제 프레임에 속하지 않는 사람들'도 많아졌다. 마치 민주노총이 합법화되고 제도화되었지만, 동시에 노조 가입이 사실상 힘든 비정규직 노동자들이 폭증한 것처럼 말이다."[11] 이런 까닭에 지금 우리에게 필요한 것은 '민주주의'를 호헌철폐, 독재타도, 직선제쟁취라는 '87년 체제'의 대의제 민주주의를 넘어선 곳에서 다시 규정하는 것이다.

대의민주주의가 자본과 시장에 잠식되어 사실상 과두제를 은폐하

---

11 위의 책, 100면.

는 가면으로 기능하는 지금, 우리는 '민주주의'가 데모스의 통치를 가리키는 것이었다는 본래의 의미를 재차 숙고해야 한다. 제도적 정치로서의 민주주의가 "진정한 의미의 민주주의를 억압하거나 배제하는 지배의 체제"[12]임을 부인할 수 없다. 알랭 바디우가 현대의 민주주의가 자본주의 및 상품등가성과 동일함을 지적하면서 한 다음의 지적은 그 숙고의 필요성을 분명하게 제시하고 있다. "선거민주주의는 그것이 먼저 자본주의, 오늘날 '시장경제'라고도 불리는 자본주의의 합의적 대의인 한에서 대의적일 뿐이다. 그것이 바로 민주주의 원리의 부패이다." (바디우) 동일한 맥락에서 에티엔 발리바르는 보편적 인권과 시민권에 기초한 근대 민주주의가 고유한 배제의 메커니즘을 포함하고 있음을 비판했다. 발리바르에 따르면 대의제로 상징되는 근대 민주주의는 초기에 무산계급과 여성에 대한 배제를 통해서 성립되었고, '시민권=국적'이라는 등식이 성립된 이후에는 국적을 소유한 사람들에게만 정치적 자격으로서의 시민권을 부여함으로써 '인간과 시민의 권리선언'이라는 프랑스혁명의 이념과 모순을 빚어왔다. 이러한 비판에 의거하여 발라바르는 갈등적 민주주의와 민주주의의 민주화라는 정식을 통해서 현대 민주주의의 과제는 기존의 제도적 틀을 유지·보완하는 데 머물러선 안 되고, 지배적 세력관계가 배제하는 갈등, 즉 사회적 약자나 배제된 집단의 이해관계를 정치화할 방법을 모색해야 한다고 주장한다. 랑시에르가 '불화'라는 개념으로 정식화했듯이, 발리바르는 갈등적 과정으로서의 민주주의라는 문제의식으로 제도화된 근대적 민주

---

12 진태원, 「푸코와 민주주의」, 『철학논집』 29권, 서강대 철학연구소, 2012, 156면.

주의에서 배제된 사회적 갈등을 정치의 영역으로 끌어들이는 것이야
말로 민주주의의 문제라고 지적한다. 그것은 랑시에르가 영구히 확장
되는 운동으로서의 민주주의와 제도나 체제로서의 민주주의를 맞세
운 것과 동일하다.

3

민주주의는 공동체를 구성하는 개인들의 총체로서의 민중의 통치이다.
그것은, 어떤 자격, 어떤 권위, 어떤 사회적 자위에 의해서도 통치의 자격
을 부여받지 않는 사람들의 고유한 통치이다. 그것은, 개인들이나 집단들
이 자신들의 통치를 주장하기 위해 제시하는 모든 개별적 자격들을 반박하
는 통치이다. 나는 이것을 '몫을 갖지 않는 자들' 혹은 '셈되지 않는 자들'의
통치라고 부를 것을 제안한다 …… 이러한 의미에서 민주주의는 하나의 특
정한 정치체제가 아니다. 그것은 정치의 원리 그 자체이다.[13]

현대 '민주주의'의 과제는 '민주주의'를 "투표, 다수의 법으로 문제를
해결하는 권위, '최대 다수'의 법에 의한 지배"에서 빼내 대의제 프레임
바깥에서 진정한 '정치'의 영역을 구축하는 것이다. 최근 몇 년간 한국
사회에서 발생한 대중들의 행동은 더 이상 '민주주의'를 대의제 프레임

---

13 자크 랑시에르, 박기순 역, 「민주주의와 인권」, 『서울대학교 인문학연구원 HK문명연구
사업단 해외 저명학자 초청강연 자료집』, 서울대 인문학연구원 HK문명연구사업단,
2008.12.2, 5면.

으로 포착하거나 이해할 수 없음을 보여준다. 그런 점에서 그것들은 대의제 민주주의를 초과하는 과잉이면서, 동시에 대의제 민주주의 이후의 민주주의, 민주화 이후의 민주주의에 관한 전위적 성격을 띤다. 그것은 '정치'의 종언이 아니라 '치안'과 구분되는 '정치'의 종언불가능성을 고지하는 징후이다. 이러한 변화는 현대시에 있어서도 동일하게 목격된다. '시와 민주주의'의 관계를 87년 체제적 감각에 기초한 시와 '이후의 민주주의', '새로운 민주주의'의 감각에 근거한 시로 구분하는 것은 도식적인 환원론이겠지만, 한 가지 분명한 사실은 정치적 상상력에 근거한 최근의 시편들이 87년 체제가 지시하던 민주화와는 다른 시각에서 '민주주의'를 노래하고 있다는 것이다. 만일 이들 시편이 '민주주의'를 증언하고 있다고 말한다면, 그것은 정치체제로서의 민주주의가 아니라 정치의 원리로서의 민주주의에 관한 증언일 것이다. 하여 시인의 민주주의는 자격을 갖춘, 국민으로 셈해지는 '당신들'의 민주주의가 아니라 '몫을 갖지 못한 자들', '셈해지지 않는 자들'의 민주주의일 수밖에 없다.

  현대시는 오랫동안 문학의 사회적 기능이라는 측면에서 민주주의를 증언해왔다. 이승만 정권하에서 '명령의 과잉'과 '부엉이의 노래'를 읊조렸던 김수영, 박정희의 유신과 전두환의 군부독재하에서 시가 '화살이 되어 날아가야 한다고 노래했던 고은과 '민주주의'라는 상징을 점유했던 김지하와 김남주, 그리고 87년을 전후하여 노동자의 감수성을 대표했던 박노해와 백무산 등은 '민족문학 / 민중문학'이라는 명칭과는 별개로 민주주의에 대한 증언자로서 기능해왔다. 이들 시인의 리스트는 얼마든지 추가될 수 있다. 그렇지만 우리는 몇몇 예외적인 경우를 제외하면 1990년대 이후 민주주의에 대한 증언자로서의 이들의 역할이 크게 위축되었거나 심지어 정반대 방향으로 굴절되었음을 알고 있다. 그것의 1차적인 원인은 물론 1990년대 이후 '미학'과 '새로움'이라는 가치가 시단詩壇의 주류가 되었기 때문이지만, 간과할 수 없는 또 하나의 이유는 그들이 온몸으로 증언하려 했던 '민주주의'가 87년 체제의 민주화 과정에서 상당히 성취되었기 때문이기도 하다. 즉 주권자인 국민의 지지나 동의를 받지 못했던 군부독재는 '정치의 사법화'와 '법에 의한 지배'의 형태로 바뀌었고, 과거 민주화 운동의 주도세력은 두 차례에 걸쳐 집권세력으로 군림했다. 이명박 정권하에서 이러한 제도적·절차적 민주성이 일부 불안정해진 것은 사실이지만, 그렇다고 제도로서의 민주주의 자체가 위기에 직면한 것은 아니다. 요컨대 지금도 '민주주의'가 중요한 까닭은 이러한 제도적 민주주의가 위협을 당하기 때문이 아니라 그 제도적 민주주의가 배제와 추방의 메커니즘을 통해 양산한 수많은 비가시적 존재―랠프 앨리슨의 소설 제목을 빌리자면 '보이지 않는 인간'―들의 문제를 가시화하는 데 유효하기 때문이다. 최근 시의 정치적 상상력이 비정규직, 이주노동자, 도시빈민, 실업과 노동의 경계에 서 있는 청년백수처럼 '유령화'된 존재들, 대의제의 프레임으로는 포착되지 않는 존재들에게 집중적인 관심을 쏟고 있는 까닭도 여기에 있다.

경찰은 그들을 적으로 생각하였다. 2009년 1월 20일 오전 5시 30분, 한강로 일대 5차선 도로의 교통이 전면 통제되었다. 경찰 병력 20개 중대 1600명과 서울지방경찰청 소속 대테러 담당 경찰특공대 49명, 그리고 살수차 4

대가 배치되었다. 경찰은 처음부터 철거민을 사람으로 생각하지 않았다. 한강로2가 재개발지역의 철거 예정 5층 상가 건물 옥상에 컨테이너 박스 등으로 망루를 설치하고 농성중인 세입자 철거민 50여 명도 경찰을 사람으로 생각하지 않았다 (…중략…) 그들은 결국 매트리스도 없는 차가운 길바닥 위로 떨어졌다. 이날의 투입작전은 경찰 한 명을 포함, 여섯 구의 숯처럼 까맣게 탄 시신을 망루 안에 남긴 채 끝났으나 애초에 경찰은 철거민을 사람으로 생각하지 않았으며 철거민 또한 그들을 전혀 자신의 경찰로 여기지 않았다.

— 이시영, 「경찰은 그들을 사람으로 보지 않았다」 부분[14]

이 시는 용산 4구역 강제철거와 남일당 화재 사건('용산참사')의 과정을 시간의 추이에 따라 기사문 형식으로 기록함으로써 용산참사에 관한 증언의 성격을 띠고 있다. 실제로 이시영만이 아니라 2009년 이후 '용산참사'의 흔적을 각인하고 있는 시편들이 상당수 창작되었다. 이 시에서 사건의 과정을 매우 객관적이고 사실적으로 기록하려는 태도를 취하고 있음에도 불구하고 시인은 철거민과 경찰 모두에게 상대가 '사람'으로 인식되지 않았음을 강조한다. 그러니 이렇게 말해도 좋을 듯하다. 이 사건에는 '사람'이 없었다. 경찰에게 철거민은 '적'이었고, 철거민에게 경찰은 용역깡패와 별반 다르지 않았을 듯하다. "애초에 경찰은 철거민을 사람으로 생각하지 않았으며 철거민 또한 그들을 전혀 자신의 경찰로 여기지 않았다." 강제진압의 명령을 받은 경찰에게

---

14 이시영, 『경찰은 그들을 사람으로 보지 않았다』, 창비, 2012, 90~91면.

철거민들은 공권력의 법집행을 방해하는 폭도였고, 국민의 신체와 재산을 보호해야 할 경찰이 자신들의 생존권을 위협하는 상황에서 경찰을 '사람'으로 생각하여 존중할 철거민 또한 없었을 것이다. 사람이 없었다, 라는 시인의 시선은 이후 용산참사를 기록하고 추모하는 목소리들, 그리고 김진숙의 한진중공업 골리앗 농성 때의 "여기 사람이 '있다'"라는 진술과 묘한 대비를 이룬다. 물론 이시영의 시에서 '없다'라는 부정어는 실상 '있음'이라는 당위를 숨기고 있다. '없음'과 '있음', 이것은 상투적인 구분처럼 보이지만 랑시에르의 말처럼 '정치'가 기존의 분할을 문제시할 때 시작되는 것이라면 이것처럼 중요한 '감각'도 없을 것이다.

창백한 달빛에 네가 너의 여윈 팔과 다리를 만져보고 있다
밤이 목초 향기의 커튼을 살짝 들치고 엿보고 있다
달빛 아래 추수하는 사람들이 있다

빨간 손전등 두개의 빛이
가위처럼 회청색 하늘을 자르고 있다

창 전면에 롤스크린이 쳐진 정오의 방처럼
책의 몇 줄이 환해질 때가 있다
창밖을 지나가는 알 수 없는 사람들이 있다

있다고, 말할 수 있을 뿐인 때가 있다

여기에 네가 있다 어린 시절의 작은 알코올램프가 있다

늪 위로 쏟아지는 버드나무 노란 꽃가루가 있다

죽은 가지 위에 밤새 우는 것들이 있다

그 울음이 비에 젖은 속옷처럼 온몸에 달라붙을 때가 있다

확인할 수 없는 존재가 있다

깨진 나팔의 비명처럼 물결 위를 떠도는 낙하산처럼

투신한 여자의 얼굴 위로 펼쳐진 넓은 치마처럼

집 둘레에 노래가 있다

— 진은영, 「있다」[15]

　　일찍이 진은영은 랑시에르의 시각을 빌려 '감각적인 것의 분배'와 문학과 삶의 실험을 주장했다. 그녀는 (문학과 정치가 아닌) '문학의 정치'라는 랑시에르의 시각을 원용했지만, 문단에서 그녀의 문제제기는 ('시의 정치'가 아닌) '시와 정치'라는 엉뚱한 방향으로 흘러버림으로써 기존의 문제틀을 벗어나지 못한 에피고넨만을 양산했다. 문학의 사회적 기능을 중시하는 사람들은 '정치'를, 문학의 핵심적 가치가 미학성에 있다고 생각하는 사람들은 기껏해야 '미학'의 정치성을, 그리고 몇몇 논자들은 '미학'과 '정치'의 결합이라는 절충적 입장을 제시했다. 이들 가운데 누구도 랑시에르와 진은영의 문제의식이 '미학적인 것'과 '정치적인 것'을 구분하는 기존의 분할 자체를 문제 삼고 있다는 사실에 주목하지

15　진은영, 『훔쳐가는 노래』, 창비, 2012, 8~9면.

않았다. '시와 정치'라는 논제가 '시의 정치'로 이해됨으로써 그 분할을 가로지를 때에만 생산적인 결과를 가져올 수 있음을 그들은 생각하지 않았다. '시와 정치'라는 제목은 '문학'과 '정치'를 별개의 것으로 간주한 다음 그것들의 관계를 모색한다('and'라는 접속사!)는 점에서 기존의 리얼리즘 / 모더니즘 논쟁의 복사판이었다. 1990년대 이전까지의 민족·민중문학을 논할 때 우리가 놓치는 것이 바로 이것이다. 또한 이시영의 「경찰은 그들을 사람으로 보지 않았다」의 의미도 여기에 있다. 미학적인 측면에서만 본다면 이시영의 이 작품은 별다른 가치가 없지만, 그것은 우리가 시를 '미학'이라는 상징적 잣대로 측정하기 때문에 생기는 판단일 뿐이다(이 지점에서 우리는 '미학'과 '감성론'을 구분할 필요가 있다). 그런데 이시영의 시력詩歷을 아는 사람이라면 용산참사에 관한 기록적 객관성을 강조한 이 시가 문학적인 미숙함의 산물이 아님을 쉽게 알 수 있을 것이다. 이시영은 「직진」에서도 잡지의 기사를 거의 그대로 인용하여 '촛불집회'에 관해 동일한 방식의 기록을 시도하고 있다. 그렇다면 이러한 시적 전략은 용산참사와 촛불집회에 대해 어떤 감정도 개입시킬 수 없는·개입시켜서는 안 된다고 생각한 시인의 절망감과 무능력에서 의도된 것이라고 보아야 하지 않을까.

과거 이스라엘이 사막에 자신들의 나라를 세울 때, 사막을 조사한 이스라엘인들은 그곳을 아무도 살지 않는 불모의 땅으로 판단했다. 실제로는 그 땅에는 10만 명 이상의 베두인족이 대를 이어 살고 있었지만, 이스라엘인들에게 어떠한 국민국가에도 속하지 않은, 즉 '국민'이 아닌 그들은 인간으로 셈해지지 않았던 것이다. 이처럼 어떤 '없음'은 '존재' 자체를 부정하는 배제의 폭력이다(우리는 훗날 천성산 터널공사에서 동일한 것을 경험한다). 이 배제로서의 부정인 '없음'에 반하여 시인은 '있음'을 주장한다. 때문에 어떤 '있음'은 기존의 위계와 분할을 문제시함으로써 비가시적이었던 것들을 보이게 만드는 '정치'가 된다. 이것이 "여기 사람이 있다"라는 구호가 배제된 자들, 기존의 셈법에서 제외된 자들이 존재함으로 드러내는 정치적 언표로 기능할 수 있는 이유이다. 예컨대 아감벤의 '호모 사케르' 또한 인간을 단순한 생명('벌거벗은 삶')으로 간주하는, 홉스 식으로 말하면 '말하는 입'을 '먹는 입'으로 전락시켜버리는 주권권력에 대한 비판이 아닌가. 물론 이 비판이 '사람'을 '사람이 아닌 것', 즉 '동물'로 다루는 것에 대한 항의일 뿐이라면 이것은 한낱 인간중심주의적 분노에 그친다는 또 다른 문제를 낳는다. 진은영의 「있다」가 소위 정치적 사건에 관한 어떠한 진술도 포함하고 있지 않음에도 불구하고 '정치'의 기능을 담당하고 있는 것은 이런 맥락 때문이다. 이 작품은 '시와 정치'에서 많이 인용되었던 진은영의 「망각은 없다」, 「오래된 이야기」보다 한층 '정치'적이다. 이 시에서 '있다'는 단순한 계사copula가 아니며, 비가시적인 것을 가시화하는 그 언술의 범위 또한 '인간'에 국한되지 않는다. 이 시에서 '있다'가 그 존재함을 증언하는 것은 "확인할 수 없는 존재"까지 모두를 포함한다. 한 편의 시 안에서 무수한 '있음'의 주체들이 평행적으로 공존하고 있는 상태, 그것이 시인의 '민주주의'가 아니었을까. 진은영의 또 다른 시에 등장하는 "세상의 절반은 노래 / 나머지는 안 들리는 노래"(「세상의 절반」, 『훔쳐가는 노래』, 창비, 2012) 또한 '없음'으로 간주되어온 배제와 은폐를 뒤흔드는 '정치'의 진술로 읽어야 한다. 만일 '민주주의'가 '몫이 없는 자들'과 '셈해지지 않는 자들'을 가시화하는 '정치'의 원리 그 자체라면, 비록 제도화된 어떠한 정치적 사건도 포함하고 있지 않지만, 그럼에도 불구하고 이 시는 우리 시대가 얻은 훌륭한 민주주의에 관한 증언이라고 평가할 수 있을 것이다. 물론 이것은 87년 체제로 상징되는 '민주화'와는 다른 시각에서 '민주주의'를 증언·사유한다.

> 지금 그곳엔 아무것도 없네
> 원래 아무것도 없었다는 듯이
> 아무것도 없네
> 그곳은 텅 비었고
> 인적 없는 평지가 되었고
> 저녁 일곱 시 예배를 올릴 때에
> 건물 옥상에 야곱의 사다리를 희미하게 내려주던 달빛은
> 이제 구차하게 땅바닥에 엎드려
> 값비싼 자동차들의 광택을 돋보이게 할 뿐
> 오늘 그곳에 아무것도 없음이 우리를 경악하게 하네
>
>
> (…중략…)
>
>
> 하지만 거기 나지막한 돌 하나라도 있다면
> 우리는 그 위에 앉아 있기만 하지는 않겠네
> 우리는 그 위에 일어서서 말하겠네
> 이제 인간이란 너 나 할 것 없이
> 하나하나 불붙은 망루가 되었다

생존의 가파른 꼭대기에 매달려

쓰레기와 잿더미 사이에 흔들리며

여기 사람이 있다!

여기 사람이 있단 말이다!

절규하지 않으면 안 되는 존재가 되었다고

          — 심보선, 「저기 나지막한 돌 하나라도 있다면」 부분[16]

    심보선의 시 또한 '없음'과 '있음'의 존재론에 근거하고 있다. 이 경우 '없음'이란 "지금 그곳엔 아무것도 없네 / 원래 아무것도 없었다는 듯이 / 아무것도 없네"처럼 한편으로는 '지금'이라는 현재적 상태를 지시하는 것이면서, 또 한편으로는 '있음'의 상태를 '없음'의 상태로 바꿔버리는 개발주의와 국가권력의 부당성을 알리는 비판의 언어이다. 시인은 바로 이 "아무것도 없음"의 상태에 경악한다. 그런데 이 '없음'에는 "원래 아무것도 없었다는 듯이"라는 한정이 전제되어 있다. 즉 한때 그곳에는 무엇인가가 존재했다. "여기 사람이 있다!"라는 '절규'는 그 존재의 시간을 증언한다. 이 증언을 위해서 시인이 발견한 것은 "나지막한 돌 하나"이다. "나지막한 돌 하나"란 한때 그곳이 삶의 터전이었음을 알려주는 지시물, 그러니까 그것이 '돌'이 아니라 다른 무엇이어도 상관이 없다. 시인은 그 '돌' 위에서, 그 '돌'을 근거로, "이제 인간이란 너나 할 것 없이 / 하나하나 불붙은 망루가 되었다"라고 외친다. 중요한 것은 '불붙은 망루'가 예외적인 존재인 '당신'이 아니라 '우리'와 '인간'

---

16 심보선, 『눈앞에 없는 사람』, 문학과지성사, 2011, 44~46면.

이라는 보편적 존재를 주어로 삼는다는 데 있다. 이러한 주체의 확장이 가능한 것은 "그날 불현듯 하나의 영혼을 넘쳐/다른 영혼으로 흘러간 무한한 책임감"과 "시민이라는 이름의 방관자들" 때문이다. 시인은 이러한 존재론적 보편성에 기대어 시민과 비非시민, 우리와 그들, 그리고 '나'와 '너'의 경계를 무너뜨린다. 그것은 마치 우리가 "친구들과 죽은 자의 차이가 사라지는"(「도시적 고독에 관한 가설」) 세계에서 유령적 존재로 살고 있는 것과 유사하다. 심보선의 시에서 삶과 죽음의 통상적 경계는 생각보다 불명확하다. 2011년 8월 발표된 심보선의 「헤이 주드」는 이 시민적 존재들에게 더 나은 세상을 만들기 위해 손을 잡자고 요청한다.

4

2000년대에 출간된 몇몇 시집들은 '민주주의'와 '정치'의 맥락에서 중요한 역할을 담당했다. 이들 시집의 시적 감성과 상상력, 그리고 문학적 성취는 제 각각이지만 한국 사회의 자본주의적 질서가 암묵적으로 강제하는 '합의'의 틀을 벗어난 곳에서, 결코 대의될 수 없는 가난한 자들의 삶을 형상화하고 있다는 점에서 이들 시집 사이에는 일정한 공통점이 있다. 이들 시집에 사회적 상상력이라는 명칭을 부여하는 것은 중요한 일이 아니다. 이들은 어떤 삶, 그러니까 극심한 양극화의 세상에서 그 누구도 눈길을 주지 않는, 또한 21세기의 주류적 문학조차 시선을 주기를 거부하는 가난한 자들의 위태로운 삶을 증언한다. 시는 증언한다. 무엇을? 점차 사회의 가장자리로 추방되는, '폭력'과 '법'이 구분되지 않는 그 극단의 지점에서 위태롭게 살고 있는 헐벗은 삶을.

> 용산4가 철거민 참사 현장
> 점거해 들어온 빈집 구석에서 시를 쓴다
> 생각해보니 작년엔 가리봉동 기륭전자 앞
> 노상 컨테이너에서 무단으로 살았다
> 광장에서 불법 텐트 생활을 하기도 했다
> 국회의사당을 두 번이나 점거해
> 퇴거 불응으로 끌려나오기도 했다
> 전앤 대추리 빈집을 털어 살기도 했지
>
> 허가받을 수 없는 인생
>
> 그런 내 삶처럼
> 내 시도 영영 무허가였으면 좋겠다
> 누구나 들어와 살 수 있는
> 이 세상 전체가
> 무허가였으면 좋겠다
>
> — 송경동, 「무허가」[17]

오늘날 대중의 삶에 닥친 위기는 일부에게 국한된 예외상태가 아니

---

17 송경동, 「무허가」, 『사소한 물음들에 답함』, 창비, 2009, 19면.

다. 추방과 배제가 대규모로 행해지는 지금, 대중의 삶은 이미 '예외'와 '정상'의 구분이 불가능한 지점으로 들어섰다. 시인은 '대추리-기륭전자-용산4가'로 이어지는 자신의 과거를 회상하면서 "허가받을 수 없는 인생"이 있음을 증언한다. 허가란 무엇인가? 그것은 권력에 의해 그어진 기성의 분할을 인정함으로써 받을 수 있는 권리 아닌 권리이다. 이 '무허가'의 삶이 영위되는 장소가 사회의 가장자리라면, 그곳은 아감벤의 말처럼 '배제'와 '포함'이 혼재된 세계라고 말할 수 있을 것이다. 우리는 바로 이 가장자리가 또한 권력의 행사가 가장 첨예하고 폭력적인 방식으로 행사되는 곳임을 알고 있다. 그곳 사람들에게 세상은 "500여 노점상들을 거리에서조차 몰아내기 위해 / 31억원의 예산을 배정했다는 고양시청 / 30명도 채 되지 않는 양민들의 생존권을 빼앗기 위해 / 150명의 폭력배를 고용한 일산구청 / 저항하면 공무수행 위반으로 구속하겠다는 경찰 / 폭력배를 고용한 관공서를 경찰이 보호하며 / 서민을 향한 사제 폭력이 공무로 수행되는 나라"(「비시적인 삶들을 위한 편파적인 노래」)로 경험된다. "이런 민주주의가 판치는 세상"이라는 시인의 말처럼 사회의 가장자리에서 행사되는 극도의 폭력은 대개 행정, 치안, 공무라는 민주적 언어로 포장된다.

　　오래된 골목의 장난인가
　　바람이 바람을 데리고 와서 붉은 스프레이로 쓴 담벼락의 글씨를 읽고 간다
　　"공가"
　　주인을 잃어버리고도 죽죽 줄기를 뻗은 토란잎 위로 가족처럼 모인 물방

울 하나가 온종일 말라간다

이제는 바람과 함께 어딘가로 떠나가고 싶다

빈집 앞 아침부터 계속 한자리에 앉아 있던 노인은 의자를 들고 담벼락 속으로 들어가고 싶다

이 집에는 정말로 아무도 없나? 공가는 무거운 그림자를 데리고 온 택배 직원에게 돌아가라고 한다

택배 직원은 스러져가는 담벼락에서 나온 그림자를 부축하며 떠나간다

새들이 한차례 소나기처럼 날아와 빈집 지붕을 공가 공가 쪼다 날아간다

어른 키만한 글씨가 공가 공가 공가 아집 뒷집 서로 부딪치며 아픈 세간 의 눈을 멀게 한다

오줌줄기처럼 휘갈겨쓴 글씨에는 한 졸부의 장난기가 묻어 있다

온종일 공가를 지키던 노인이 저녁이 되어 공가의 흐린 창문을 닫고 검 은 별빛을 닫는다

어슬렁어슬렁 뉘 집의 누렁이는 오래된 골목의 초입에 똥을 누고 앉아서 자기 집이라고 컹컹 밤새도록 울어지친다

저 멀리 한낮의 집을 때려부순 굴삭기는 달빛 아래서 두꺼운 등짝을 식 히고 있다

조용한 노인의 집을 파먹기 위해 아악 입을 벌리고 있다

— 이기인, 「공가空家」[18]

'시와 정치'라는 논의에서 확인되었듯이, '민주주의'에 대한 2000년

---

18 이기인, 『어깨 위로 떨어지는 편지』, 창비, 2010, 48~49면.

대의 시적 상상은 송경동, 이영광, 진은영, 심보선 등에게 집중되었다. 그러나 이 논의에서 평론가들의 관심 대상이 되진 못했지만 이기인의 『어깨 위로 떨어지는 편지』는 최근 몇 년 동안 한국 사회에서 발생한 정치적 사건들을 시적으로 품고 있는 뛰어난 시집이다. 그의 시는 송경동의 시처럼 분노의 에너지를 내장하고 있지도 않고, 진은영의 시처럼 알레고리적이지도 않으며, 심보선의 시처럼 서정성이 흘러넘치지는 않지만, 그 모든 것을 포괄하는 시선의 힘을 지녔다. 이 시의 대상은 '공가空家', 즉 버려진 집이다. 붉은 스프레이로 공가空家라고 쓰여 있는 것으로 미루어 이 시의 배경은 철거가 임박한 어떤 집이다. 택배직원이 왔다가 돌아가고, 새들이 날아왔다 빈집의 지붕만 쪼다가 돌아가는 공가空家, 그러나 시인은 "이 집에는 정말로 아무도 없나?"라는 물음을 통해 통념적인 시선에는 포착되지 않는 무엇이 '있음'을 말한다. 그렇다면 무엇이 있는가? 먼저 "주인을 잃어버리고도 죽죽 줄기를 뻗은 토란잎"이 있고, 그 위로 "가족처럼 모인 물방울"이 있으며, 한자리에 앉아 종일토록 빈집을 지키는 노인이 있고, 노인과 더불어 공가空家를 지키는 개가 있다. 그럼에도 불구하고 "한낮의 집을 때려부순 굴삭기"와 철거반원들의 눈에 그 집은 '공가空家'이다. 이 시 역시 '있음'과 '없음'이라는 권력적 분할을 문제 삼는다.

이것은 소름끼치는 그림자,
그림자처럼 홀쭉한 몸
유령은 도처에 있다
당신의 퇴근길 또는 귀갓길

택시가 안 잡히는 종로 2가에서 무교동에서

당신이 휴대폰을 쥐고

어딘가로 혼자 고함칠 때,

너무도 많은 이유 때문에 마침내 이유 없이 울고 싶어질 때

그것은 당신 곁을 지나간다

희망을 아예 태워버리기 위해 폭탄주를 마시며 당신이

인사불성으로 삼차를 지나온 순간,

밤 열한시의 11월 하늘로 가볍게

흩어져버릴 수 있을 것 같은 순간

당신에겐 유령의 유전자가

찍힌다, 누구나 죽기 전에 유령이 되어

어느 주름진 희망의 손에도 붙잡히지 않고

질척이는 골목과 달려드는 바퀴들을 피해

힘없이 날아갈 수 있다

그것이 있는 한 그것이 될 수 있다

저렇게도 깡마르고 작고 까만 얼굴을 한 유령이

이 첨단의 거리를 배회하고 있다니

쉼없이 증식하고 있다니

그러므로 지금은 유령과

유령이 되지 않기 위해 몸부림치는 몸들의 거리

지하도로 끌려들어가는 발목들의 어둠,

젖은 포장을 덮는 좌판들의 폭소 둘레를

택시를 포기한 당신이 이상하게 전후좌우로

일생을 흔들면서 떠오르기 시작할 때,

시든 폐지 더미를 늙은 유령은 사방에서

천천히,

문득,

당신을 통과해간다

— 이영광, 「유령 1」[19]

송경동의 시가 투쟁의 장소들을 연결시킴으로써 가장자리marginal에
위치한 삶의 무허가성을 각인시켰다면, 이기인의 시가 철거가 임박한
공가空家를 통해서 노인과 개가 거주하는 곳을 '빈집'으로 간주하는 감
성적 분할의 폭력성을 문제 삼았다면, 이영광의 시는 유령의 존재론을
강조함으로써 점차 유령화되고 있는 대중의 삶을 증언한다. 이 대목에
서 누군가는 묻고 싶을 것이다. 서구 정치철학의 역사가 증언하듯이
민주주의는 먹고 사는 생존(오이코스, 조에, 먹는 입, 노동)의 영역과는 구
분되는 정치(폴리스, 비오스, 말하는 입, 행위)의 영역이며, 따라서 무허가
의 삶, 철거, 유령 따위는 민주주의와 무관한 것이 아니냐고. 어쩌면 이
들은 먹고 사는 문제를 민주주의라는 고상한 정치적 문제와 연결시키
는 것 자체를 용납할 수 없을지도 모른다. 마치 한나 아렌트가 "과거 혁
명에 관한 전체 기록이 정치적 수단으로 사회문제를 해결하려는 모든
시도는 테러를 초래한다는 것, 혁명을 파괴로 이끄는 것은 테러라는
것을 분명히 증명했더라도, 혁명이 대량 빈곤의 조건 아래서 발생했을

---

19 이영광, 『아픈 천국』, 창비, 2010, 16~17면.

때 이 숙명적 오류를 피하기란 거의 불가능하다는 것을 부정할 수는 없다."라는 말로 '혁명'과 '빈곤문제'를 연루시키는 것을 거부했듯이. 그녀는 바로 이러한 분할이 그토록 오랫동안 대중을 '정치'의 영역에서 배제해온 논리였음을 왜 몰랐을까.

이영광의 시에서 '유령'은 총체적인 위기에 직면한 대중의 삶, 그러니까 삶과 죽음이 뒤섞여 구분되지 않는 상태를 가리킨다. 이들이 살고 있는 곳은 "실직과 가출, 취중 난동에 풍비박산의 세월이 와서는 물러갈 줄 모르는 땅 / 고통과 위무가 오랜 친인척관계라는 곤한 사실이야말로 이생의 전재산"(「아픈 천국」)인 세계이고, 이들의 삶을 지배하는 사상은 "통증의 세계관"이다. 이 세계 아닌 세계 속에서 사람들은 "아픈 천국의 퀭한 원주민"으로 살아가고 있다는 것이 시인의 생각이다. 때문에 '유령'은 "누구나 죽기 전에" 한 번은 경험하는 것이면서, 또한 살았다고 말하기도 죽었다고 말하기도 어려운 산주검undead / living dead 상태를 지시한다. 그리고 이러한 산주검 상태는 지금 이 순간에도 "쉼 없이 증식"하고 있다. 도처에 '유령'이 있고, 유령은 '도처'에 있다. 송경동이 이 사회의 가장자리에서 발견한 그것을, 이영광은 사회의 '도처'에서 발견한 것이다. 시인은 '삶'과 '죽음'의 분리불가능성을 도입함으로써 "아픈 천국의 퀭한 원주민"들을 재분할한다. 이 재분할에 따르면 세계에는 두 종류의 존재가 있다. 지금 "유령"인 존재와 "유령이 되지 않기 위해 몸부림치는 몸들"이 그것이다. 물론 후자가 가까운 장래에 '유령'의 대열에 합류할 것임을 시인과 더불어 우리 모두는 알고 있다. 현대시는 이 '유령'의 리스트에 탈북자, 이주노동자, 비정규직 노동자, 내부 난민 같은 '날 것의 삶' 속에 던져진 사람들의 이름을 하나씩 새겨 넣고 있다. 이상의 시들이 증언하는 '민주주의'란 결국 존재하지만 셈해지지 않는 삶이 '있음'이고, 또한 '민주주의'란 '없는 몫'을 요구하는 이들의 요청에 다름 아니다. 이들의 삶이 셈해지지 않는 한 "민주주의에는 도래할 것이 남아 있다"라는 데리다의 말은 여전히 유효하다. 또한 그렇기 때문에 "민주주의는 시끄러운 것 / 나라의 모든 권력이 국민에게 나오기에 / 주인들이 너도나도 한마디씩 하면 / 주인들이 너도나도 한 요구씩 하면"(「민주주의는 시끄러운 것」)이라는 박노해의 말은 수정되어야 할 것이다.

참고문헌

자크 랑시에르, 박기순 역, 「민주주의와 인권」, 『서울대학교 인문학연구원 HK문명연
　　　구사업단 해외 저명학자 초청강연 자료집』, 서울대 인문학연구원 HK문명연구
　　　사업단, 2008.
진태원, 「푸코와 민주주의」, 서강대 철학연구소 편, 『철학논집』 29권, 2012.

고병권, 『민주주의란 무엇인가』, 그린비, 2011.
송경동, 『사소한 물음들에 답함』, 창비, 2009.
심보선, 『눈앞에 없는 사람』, 문학과지성사, 2011.
이기인, 『어깨 위로 떨어지는 편지』, 창비, 2010.
이시영, 『경찰은 그들을 사람으로 보지 않았다』, 창비, 2012.
이영광, 『아픈 천국』, 창비, 2010.
진은영, 『훔쳐가는 노래』, 창비, 2012.

알랭 바디우 · 슬라보예 지젝 외, 김상운 · 양창렬 · 홍철기 역, 『민주주의는 죽었는
　　　가』, 난장, 2010.
우카이 사토시, 신지영 역, 『주권의 너머에서』, 그린비, 2010.
자크 랑시에르, 양창렬 역, 『정치적인 것의 가장자리에서』, 길, 2008.
츠베탕 토도로프, 김지현 역, 『민주주의 내부의 적』, 반비, 2012.

Jacques Derrida, translated by George Collins, *The Politics of Friendship*, London : Verso,
　　　1997.

13장 | 2000년대 한국시의 유산과
그 상속자들 |

정치적 '대의'와 예술적 '재현'의 관계에 대한 노트[1]

신형철

1. 2000년대 한국시의 어떤 유산 – 감응과 딕션

2000년대의 한국시가 무엇이었는지를 알게 해주는 것은 결국 2010년대의 한국시다. 앞 세대가 남긴 유산 중에서 어떤 것은 상속되고 또 어떤 것은 거부되기 마련인데, 이 과정을 거치고 나면 앞 세대는 문학사에 입장할 때 그들 스스로 예상했던 것과는 다른 자리로 안내될 수 있다. 2000년대의 시들이 발표될 당시에 평론가들이 쏟아낸 말들도 시간이 지나면서 '자연선택'되고 '적자생존'하여 문학사 서술의 틀을 만드는 데 기여하게 되겠지만, 어쩌면 그들의 말보다 더 중요한 것은 다

---

1   고려대 민족문화연구원 주최 심포지엄 '한국문학 속의 민주주의, 민주주의 눈으로 본 한국문학'(2012년 10월 18~19일)에서 내용 중 일부를 발표하고 이후 현재와 같은 형태로 완성해『창작과비평』, 2013 봄에 발표했다.

음 세대의 냉정한 선택일 수 있다는 말이다. "하나의 새로운 예술작품이 창조될 때 일어나는 일은 그것에 앞서는 모든 예술 작품에도 동시에 일어난다. 현존하는 기념비들은 그들 사이에 어떤 이상적인 질서를 형성하고 있는데, 그 질서는, 어떤 새로운(진정으로 새로운) 예술작품이 그것들 사이에 도입되면서 수정된다."(「전통과 개인의 재능」, 1919) 인용하기도 새삼스러운 엘리엇T.S. Eliot의 이 말은 백 년 전에 옳았듯이 지금도 옳다. 2010년대의 새로운 시인들의 첫 시집을 읽는 일이, 적어도 나에게는, 2000년대 시의 가장 결정적인 유산이 무엇인지를 되새기는 일이 되고 말았다.

> 우리에겐 특별한 날이잖아. 실용적인 주소록을 만들기로 해. 우린 모두 지쳤기 때문에 동의했어요. 무섭게 조용해졌는데, 전화벨이 울렸어요. 내가 모임에 빠진 거 애들이 아니? 이해해. 우린 너무 많아졌으니까. 나는 앰뷸런스에 실려 가는 중이야. 지옥행을 시도했거든.
>
> — 김행숙, 「친구들―사춘기 6」 부분[2]

> 우히히, 정말 장난이 아니었어. 사람들은 귀신 들린다고들 하지만 사람에게 먹힌 귀신에 대해 들어봤니? 히히히, 그래서 늙은 귀신들은 사람을 피해서 다녔지만 내가 세상에 귀신으로 남은 이유는 순전히 사람을 피해서 우회할 필요가 없었기 때문이지. 재밌어, 어떤 나무나 어떤 오토바이 어떤 전봇대 …… 에 비길 수 없이 사람을 그냥 통과할 때, 단숨에 어떤 一生이

---

2 김행숙, 『사춘기』, 문학과지성사, 2003.

한 줄로 정리될 때, 정말 神이 된 기분이야. 얼레리꼴레리

— 김행숙, 「귀신 이야기 2」 부분3

낮고 낮은 지붕 아래, 밤낮 가릴 것 없이

참 많은 죄 없는 사내들이 다녀갔네

풍만한 가슴의 여자들처럼 뼛속까지 미움을 받진 못했지만, 대야미의 소녀

침대가 주저앉을 정도로 톡톡히 미움을 받았죠, 즐거워라

즐거워서 노래를 다 불렀죠

(…중략…)

키스해줘요 그곳에 불이 나도록

그곳이 못 쓰게 되도록 멍해지도록

내 뺨을 내 뺨을 갈겨봐요

당신이 쏘고 싶은 구멍에 대고

당신을 당신을 털어놔봐요

장전(裝塡)했나요? 장전했어요?

— 황병승, 「대야미의 소녀 – 황야의 트랜스젠더」 부분4

언제나 당신들이 옳았다는 것을⋯⋯

---

3 위의 책.
4 황병승, 『여장남자 시코쿠』, 랜덤하우스코리아, 2005.

변기에 얼굴을 처박고 나는 생각했다

당신들의 비슷비슷한 외모 태도와 말솜씨

그런 것들은 오랜 시간이 흘러도

당신들의 주문이 옳았다는 것을 확신케 하고

될 수 있으면 나는 이런 식의 이야기들을

유니폼과 에이프런,

검은색과 흰색으로만 적고 싶었다

먹고 토하고 먹고 토하는 일에 대해

스탠드의 불빛이 흰 벽을 스치듯

식기와 찻잔을 나르는 일에 대해

수저를 주워 당신들의 테이블에 되돌려놓는

혼자만의 시간에 대해

— 황병승, 「웨이트리스」 부분[5]

이 두 사람의 시라면 어떤 것을 인용해도 좋을 것이다. 김행숙金杏淑
이 아니었다면, 방금 자살을 기도해서 앰뷸런스에 실려 가는 한 소녀
가 친구들에게 전화를 걸어 하는 말을, 살아 있는 인간들의 몸을 통과
하는 일이 재미있어서 이승에 남기를 선택한 어느 귀신의 말을 우리가
들을 수 있었을까. 또 황병승黃炳承이 아니었다면, 남자로 살아가기보
다는 학대를 받더라도 여자로 살기를 택한 어느 상처투성이 트랜스젠

---

5   황병승, 『트랙과 들판의 별』, 문학과지성사, 2007.

더의 고통스러운 반어의 말을, 조금 전에 변기에 얼굴을 처박고 토한 어느 지친 웨이트리스의 말을 들을 수 있었을까. 이런 시들이 더 이상 새롭게 느껴지지 않는다면 그것은 김행숙과 황병승이 결국 승리했다는 뜻이다. 2000년대 중반부터 한국시를 읽기 시작한 독자는 이 시인들이 한국시의 영토를 어떻게 얼마나 넓혔는지 가늠하기 어려울지도 모르겠다. 이제와 다시 보아도 결정적인 것은 역시 이것이다. 2000년대의 어떤 시인들 덕분에 한국시는 '시인(1인칭)의 내면 고백으로서의 시'라는 일면적이면서도 지배적인 통념으로부터 완전히 자유로워졌다. 이제 시는 누구도 될 수 있고 무엇이건 말할 수 있다. 이런 시들로는 시인의 퍼스낼리티를 짐작하기 어렵다. 이것은 일종의 위조 신분증이다. 위조 신분증이 있으면 많은 일을 할 수 있다. 누군가에게는 혼란이었겠지만 다른 누군가에게는 축제였을 것이다.

물론 이 모든 것이 '무에서 창조된 유'였던 것은 아니다. 당장 '극적 독백dramatic monologue'이라 불리는 저 오래된 기법을 떠올리는 이들도 있을 것이다. 시인 자신과는 명백히 다른 어떤 화자가 모노드라마의 주인공처럼 어떤 특정한 상황 속에서 말을 한다. 그런데 이 말은 순전한 혼잣말이 아니라 어떤 청자를 염두에 두고 이루어지는 발화인데, 청자가 직접 시 속에 끼어들지는 않지만 화자의 말을 통해 청자의 반응을 미루어 짐작할 수 있다. 화자는 한 명인데도 연극적인 대화의 공간이 생겨난다는 점이 이 기법의 묘미다. 그래서 독백이되 극적인 독백이다.[6] 낭만주의 시기에 이미 이 기법의 맹아가 나타났다는 견해도

---

6 M. H. Abrams, *A Glossary of Literary Terms*(8th ed.), Boston : Thomson Wadsworth, 2005, pp.70~71.

있지만, 대체로 빅토리아 시대(1837~1901)를 대표하는 두 시인인 테니슨A. Tennyson과 브라우닝R. Browning에 의해 (특히 후자에 의해) 창안되었다고 보는 것이 영문학계의 정설이다. 앞 세대인 낭만주의 시인들의 내면 고백에 싫증이 났다는 듯 빅토리아 시대의 시인들이 가공의 화자 뒤로 숨어버리자 시에서 아주 많은 것들이 가능해졌다.

그녀는 – 뭐랄까? – 너무 쉽게 기뻐하고
너무 쉽게 감명받는 그런 마음을 갖고 있었다오. 그녀는
자신이 바라보는 무엇이든 간에 좋아했고, 그녀는 도처에
눈길을 돌렸다오. 선생, 모든 것이 같았단 말이오!
내가 선물로 준 그녀의 가슴에 다는 장식물이나,
서편으로 지는 저녁노을이나, 어떤 주제넘은 바보가
과수원에서 꺾어다가 그녀에게 바친 벚나무 가지나,
그녀가 타고 테라스 대지를 돌아다니던 하얀 망아지나 –
이 모든 것이 각기 그녀로부터 똑같이 감탄을 자아내거나,
아니면 적어도 얼굴을 붉히게 했다오.

(…중략…)

오, 선생, 물론 그녀는 내가 그녀 곁을 지나갈 때마다 미소를 지었다오.
하지만 그와 똑같은 미소를 받지 않고 그녀 곁을 지나간 사람이 누가 있었겠소?
이런 일이 점점 잦아졌다오. 그래서 나는 명령을 내렸다오. 그러자 모든

미소가 딱 멈춰 버렸다오. 그리고 저기에 그녀가 마치 살아 있는 듯이

서 있게 되었다오. 자, 일어나시겠소? 이제 아래층으로 가서

손님들을 만나야지요.

         — 로버트 브라우닝, 「나의 전처 공작부인my last duchess」 부분[7]

  테니슨의 「율리시스」와 더불어 가장 많이 언급되는 이 작품은 앞에서 설명한 극적 독백 기법의 전형을 보여준다. 상세히 분석할 자리도 아니거니와, 그럴 필요도 없을 것이다.[8] 이 시들이 없었다면 2000년대 한국시도 없었을 것이라고 보는 것이 문학사적으로 온당한 시각이겠으나, 당연하게도 극적 독백이라는 개념으로 2000년대 중반에 일어난 일을 충분히 설명할 수는 없기 때문이다. 물론 김행숙과 황병승의 시에는 극적 공간을 창조하는 독백들이 나온다. 이 글의 도입부에 인용한 시들부터가 그렇다(「웨이트리스」의 경우는 논의의 여지가 있을 수 있겠다). 그러나 이들의 시에서 중요한 것은 시인과는 다른 누군가가 말한다는 사실 자체가 아니라 지금 말하고 있는 이의 존재론적 가치다. 김행숙은 아직 성년이 아닌 존재('사춘기' 연작)와 이젠 더 이상 사람이 아닌 존재('귀신 이야기' 연작)를 시 안에 데려왔고, 평균적인 성년 주체가 떠올릴 수도 말할 수도 없는 것들을 그들이 직접 말할 수 있게 했다. 황병승은

---

7 *Dramatic Lyrics*(1842)에 수록된 작품이다. 대체로 유려하게 읽히는 다음 번역을 따르되 인용한 대목 첫 부분의 주어를 원문대로 '그녀는'으로 고쳤다. 로버트 브라우닝, 윤명옥 역, 『로버트 브라우닝 시선』, 지식을만드는지식, 2012, 23~27면.

8 인용한 부분은 화자인 공작이 자신의 집을 방문한 손님이 한 초상화에 관심을 갖자 그 그림의 모델이 자신의 전처이며 왜 그녀가 지금 여기에 없고 한 점 그림으로 남게 됐는지를 설명하는 대목이다. "그래서 나는 명령을 내렸다오. 그러자 모든 / 미소가 딱 멈춰버렸다오."(I gave commands; / Then all smiles stopped together) 물론 이 구절에는 공작이 전처를 죽였을 가능성이 암시되고 있다.

이 사회가 정상적이고 바람직하다 여기기 어려운 불운한·불온한 인물들을 초대했고, 그들을 통해 이 세계가 예외적으로 진실해지는 어떤 순간을 그들 자신이 직접 보여줄 수 있게 했다. 이전 시기에는 발언권을 거의 가져본 적이 없는 존재들이 입을 열었다는 사실, 그것이 중요하다. 그래서 어떤 일이 벌어졌는가?

첫째, 그런 존재들만이 도달하고 산출할 수 있는 인식과 정서가 한국어로 표현되기 시작했다. 예컨대 황병승의 어떤 사내가 "넌 항상 날 인정해줬지 / 넌 항상 인정했어 / 그것은 네가 날 속이고 있다는 감정을 갖게 해"(「조금만 더」, 『트랙과 들판의 별』)라고 말하면, 살아남기 위해서는 타인의 인정조차 의심하고 경계해야만 하는 어떤 약자들의 인식과 정서가 전달된다. 또 김행숙의 어떤 소년이 "난 오토바이족을 동경하지도 않고 여자애를 엉덩이에 붙이고 싶지도 않아. 나는 무섭게 세상을 쏘아보지 않지. 그런 눈빛은 이제 아주 지겨워"(「오늘밤에도」, 『사춘기』)라고 말할 때, 이 말은 사춘기라는 시기조차도 이미 그 시기를 지난 이들에 의해 상투적인 이미지로 식민지화되었다는 사실을 예민하게 꿰뚫고 있는 한 소년의 인식과 정서를 전달한다. 이런 시들이 나오고 나서야 우리는 이전 시기의 시들이 전달하고 재현했던 인식과 정서가 협소한 범위 안의 것이었음을 깨닫게 되었고, 그 이후로 많은 시인들이 그 인식과 정서의 대륙에 잇달아 상륙했다. 그러니 이 새로운 화자들을 그저 화자speaker라고 불러서는 안될 것이다. 들뢰즈G. Deleuze는 철학자들이 자신의 책에서 '개념적 인물'을 창조하고 그를 통해 사유한다고 말한 적이 있는데,[9] 김행숙과 황병승의 (혹은 2000년대의 몇몇 시인들의) 시에는, 이렇게 불러도 좋다면, 어떤 '감응적 인물'이 존재한다. 발화의 주체라는 점에서 일단은 화자지만, 시를 지배하고 있는 인식과 정서의 주체이기 때문에 단순한 화자 이상이다. 그들은 (스스로) 감응하면서 (독자를) 감응시킨다. 어쩌면 김행숙과 황병승이라는 이름은 그들이 창조한 감응적 인물들의 필명에 불과한 것인지도 모른다.[10]

둘째, 감응적 인물들의 인식과 정서는 결국 그들 자신의 말을 통해 전달된다. 그 인물이 김행숙의 경우처럼 '아직 성년이 아닌 존재'이거나 '이젠 더이상 사람이 아닌 존재'이고, 황병승의 경우처럼 '이 사회가 정상적이고 바람직하다 여기기 어려운 불운한·불온한 인물들'인데도, 그들의 인식과 정서가 그들이 아닌 우리에게도 전달되는 데 성공한 것은 저 뛰어난 시인들이 새로운 화법을 창안했기 때문이다. "너의 마음을 내가 이해해도 되겠니?"(황병승, 「눈보라 속을 날아서 (하)」) 같은 문장, 혹은 "나는 지나갔어요. 가장 슬픈 마음도 나를 붙잡지 못해요"(김행숙, 「세월」) 같은 문장들을 번역투라고 한다면 그것은 틀린 말이 아니지만, 이 번역이 저 감응적 인물들의 인식과 정서를 훼손됨 없이 전달하기 위한 배려라는 것까지 빼놓지 않고 말해야 옳은 말이 된다. 황현산黃鉉産이 정확히 지적한 대로, 이 시인들의 시 쓰기는 본질적으로 번역의 과정이었던 것인지도 모른다.[11] 그들 이후로, 그리고 그들의 동

---

9 질 들뢰즈·펠릭스 가타리, 이정임·윤정임 역, 『철학이란 무엇인가』, 현대미학사, 1995, 3장. 예컨대 플라톤에게는 소크라테스가, 니체에게는 디오니소스가, 키르케고르에게는 돈 후안이 바로 개념적 인물이다.

10 위의 책의 저자들은 "개념적 인물은 철학자의 대리자representative가 아니라 차라리 그 반대"이며 "철학자의 이름은 단지 그의 (개념적) 인물들의 필명일 따름"이라고 적었다. 위의 책, 95면.

11 황현산은 하위문화와 주류문화 사이의 거리를 염두에 두고 이렇게 적었다. "문화적이거나 언어적인 접경지대의 위기에서 성립하는 황병승의 시는 많은 경우 번역 또는 의사번역의 형식을 드러낸다." 「완전소중 시코쿠」, 『잘 표현된 불행』, 문예중앙, 2012, 535면.

료와 후배들 덕분에, 한국시에서 이른바 '시적인' 문장에 대한 통념적인 합의는 거의 무의미해졌다. 2000년대 시는 감응적 인물만이 아니라 그에 걸맞은 딕션diction[12]도 함께 발명해야 했다. 다른 감응이 다른 딕션을 요구하고 다른 딕션이 다른 감응을 실현한다. 이 둘은 본질적으로 결합돼 있기 때문에 어느 하나만을 훔쳐낼 수가 없다.

2. 2000년대 시의 정치적 조건

─ 대의불충분성과 대의불가능성

이렇게 새로운 감응적 인물을 창조해 낯선 인식과 정서를 생산하고 또 그에 걸맞은 시적 딕션을 발명해내면서 2000년대 한국시는 아주 쓸모 있는 위조 신분증을 만드는 데 성공했다. 일단 이렇게 정리해놓고 이제는 물음의 층위를 바꿔보려고 한다. 왜 하필 2000년대인가? 2000년대 시가 무엇을 했는가 하는 물음에 대해서는 우리가 지금까지 논의한 것과 유사하거나 상이한 관점에서 많은 얘기들이 오갔지만, 왜 하필 2000년대 중반에 이 같은 일이 일어날 수밖에 없었는지를 따져본 작업은 드물다. 혹시 예술체제에서의 이 같은 변화는 정치체제에서의 어떤 변화와 연동돼 있는 것은 아닐까? 여기서 단서로 삼아봄직한 것은 현대 민주주의의 어쩔 수 없는 근간이 되고 있는 '대의'와 문학의 주

---

12 이 단어는 발음, 발성, 말씨, 어법 등을 두루 의미하기 때문에 우리말로 번역하기 곤란한데, 이 다의성이 오히려 이 단어를 쓸모 있게 만든다고 해야 할 것이다. 노래에서의 딕션, 배우의 딕션, 소설에서의 딕션 등에 대해서도 함께 논의하면 시에서의 딕션에 대해 더 잘말할 수 있겠지만 이는 다음 기회로 미룬다.

도적 방법론 중 하나인 '재현'이 '리프리젠테이션representation'의 서로 다른 번역어라는 새삼스러운 사실이다. 이 두개의 리프리젠테이션은 별개의 개념사槪念史를 갖고 있지만, 특정한 역사적 국면 속에서는 관련을 맺을 것이라고 가정해볼 수 있다. 그렇다면 앞에서 던진 질문을 더 구체화해서, 2000년대 한국시에 나타난 재현 층위에서의 변화는 2000년대 한국 민주주의의 대의 층위에서의 변화와 관련을 맺고 있는 것이 아닐까 하는 물음을 던져볼 수 있을 것이다.

먼저 빅토리아 시대를 향해 비슷한 질문을 던지고 조언을 구해보면 어떨까. 극적 독백은 왜 하필 빅토리아 시대에 성행했는가. 여러 접근이 가능하겠지만,[13] 마침 우리가 앞에서 예고한 것과 유사한 방식으로 접근한 사례가 있다. "극적 독백은 (낭만주의 시기의 – 인용자) 자기함몰적 내면화에 대한 비판에서 출발한다고 해야 하겠지만, 궁극적으로는 민주주의를 제도적으로 정착하는 과정에서 19세기 최대 관심사로 떠오른 재현·대의representation문제와 불가분 연관되어 있는 것으로 봐야 한다."[14] 1832년의 1차 선거법 개정 이후 영국에서는 민주주의에 대한 욕구가 증폭되었고, 그 과정에서 민주주의가 과연 인민의 뜻을 제대로 대의·재현할 수 있는가 하는 문제에 대한 고민이 심화되었다. 한편 동시대에 쓰이기 시작한 극적 독백의 시는 전적으로 화자의 말을

---

13 일례로 한 연구자는 극적 독백 기법이 화자가 자신의 말을 어느 정도로까지 진지하게 대하고 있는지를 불확실하게 만들기 때문에 심리학적 관심을 유발하는 측면이 있으며, 이는 당대에 본격화되기 시작한 인간의 마음에 대한 연구(예컨대 제임스 밀의 *Analysis of the Phenomena of the Human Mind*(1829) 등의 사례)와 관련이 있다고 지적한다. Linda K. Hughes, *The Cambridge introduction to Victorian poetry*, Cambridge University Press, 2010, 1장.
14 유명숙, 「테니슨과 브라우닝」, 영미문학연구회 편, 『영미문학의 길잡이 1-영국문학』, 창작과비평사, 2001, 413면.

통해서만 청자의 반응을 짐작할 수 있는 구조를 갖는데, 이것은 화자가 청자의 뜻을 대의·재현하는 구조라고 말할 수 있지 않은가. 여기서 서로 다른 두 영역은 대의와 재현이라는 층위에서 만난다. 저자는 과감하게도 극적 독백이 "민주화에 대한 고민이 배태한 장르"이고 "재현·대의를 주제로 삼은 장르"라는 결론으로까지 나아간다.[15] 이 결론의 설득력을 평가할 처지는 못 되지만, 적어도 한 시대의 정치적 대의구조와 예술적 재현구조를 함께 따져보는 작업의 선례로서는 참고할 만하다.

왜 2000년대인가라는 물음으로 다시 돌아오자. '2000년대 시'로 통칭되는 작품들이 쓰이고 발표된 시기는 김대중·노무현 전 대통령의 재임기간(1998.3~2008.2)과 거의 겹친다(2008년 3월에 이명박정부가 들어서면서 지난 10년의 역사가 구축해놓은 저 불완전한 민주주의마저 후퇴하기 시작하자 한국시를 둘러싼 담론의 중심 주제는 '시와 정치'가 되었다. 이 시점부터는 다른 논의가 필요하다. 한국시에서 '2000년대'는 2008년 3월을 기점으로 끝났다고 해야 할지도 모른다). 1998~2007년은 어떤 시기였던가. 대선을 앞둔 2002년 11월에 출간되어 널리 읽힌 책에서 정치학자 최장집崔章集은 이렇게 적었다. "이제 민주주의는 더 이상 사람들의 기대와 열정을 만들어내는 단어가 아니다. 일반 국민은 물론 민주주의를 위해 투쟁한 사람조차 한국 민주주의의 현 상황에 대해 무관심하고 냉담하며 비판적이 되었다. 무엇보다도 그것은 민주주의를 통해 기대했던 것과 한국 민주주의가 실제로 가져온 결과 사이의 격차가 만들어낸 실망의 표현이라 할 수

---

15 위의 글, 414~415면.

있다. 더욱이 이 같은 실망이 현실정치에 대한 환멸을 동반하면서 한국 민주주의를 위기로 몰아가고 있는 것이 오늘의 현실인 것이다."[16] 이 '실망'과 '위기'의 실체를 두 가지 각도에서 살필 수 있을 것이다.

첫째, 대의불충분성에 대하여. 최장집 자신에 의해 제기된 '민주화 이후의 민주주의'론이 이를 주도했다. 1987년 6월을 통해 인민의 뜻을 온전히 대의할 대표를 뽑을 수 있는 직선제를 쟁취했고 뒤이어 1998년에는 민주개혁세력이 마침내 집권에 성공했는데 어째서 한국의 민주주의는 인민의 냉소와 환멸의 대상이 되고 말았는가. 알려진 대로 최장집은 "정당체제의 대표성을 확대하고 그 사회적 기초를 튼튼히 해야 하는 것이 오늘날 한국 민주주의의 핵심 과제"[17]라는 시각에서 이 문제에 접근한다. 그에 따르면 민주화 이후 이처럼 환멸과 냉소가 만연하게 된 것은 인민의 뜻을 제대로 대의하지 못하고 있는 왜곡된 정당구조에 그 원인이 있다. 특정 지역에 기반을 둔 보스 중심의 정당체제로는 인민의 다양한 뜻을 대의할 수 없다. 그러나 민주화 이후 소위 '민주정부'가 들어선 이후에도 이 같은 구조는 개선되지 않았다는 것이 그의 진단이었다. 이 와중에 정치에 대한 환멸이 극에 달하면서 많은 이들이 민주주의는 "모두가 주권자라는 점에서 아무도 개별적으로는 주권자가 아닌 체제"[18]라는 사실을, 대의제하에서 인민 개개인은 1표로 환원되는 동질적인 개인이고 또 그만큼 그렇게 동질적으로 무기력하다는 사실을 실감하기에 이른다.

16 최장집, 『민주화 이후의 민주주의』, 후마니타스, 2002, 6면.
17 최장집·박찬표·박상훈, 『어떤 민주주의인가』, 후마니타스, 2007, 29면.
18 고병권, 『민주주의란 무엇인가』, 그린비, 2011, 68면.

둘째, 대의불가능성에 대하여. 사회학자 고병권高秉權은 한국 사회에서 대의제가 충분히 발달하지 못한 것보다는 민주화 이후 대의제의 발달과 대의제로부터의 대중 추방이 동시에 일어난 것이 위기의 본질이라고 지적한다. 1990년대라는 시기가 그래서 중요하다. 한편으로 대의제 민주주의가 공고화된 때이면서 다른 한편으로는 신자유주의적 구조조정이 본격화된 때이기 때문이다. 이 과정에서, 현행 대의민주주의 하에서는 사실상 자신들을 대의할 수 없게 애초부터 배제돼 있는 미성년자나 이주노동자에 더해서, 경제적으로 낙오된 탓에 정치적으로도 무기력한 상황에 내던져진 이들이 급속히 늘어났다. 그래서 지금은 대의제에 대한 근본적인 질문을 던져야 할 시점이라는 것이 그의 판단이다. "단지 대표가 자기 성원을 얼마나 충분히 대표하는가(대의불충분성의 문제) 이전에, 대표체제 바깥에 있는 자들을 대표들이 어떻게 다룰 수 있는가(대의불가능성의 문제)의 문제"[19]가 추가되어야 한다는 것이다. 결국 그는 '민주주의=대의제'라는 도식으로부터 벗어나야 하고, 대의되지 못한 존재들의 직접 행동('난입과 점거')의 정치적 의미를 숙고해야 하며, 궁극적으로는 민주주의 자체를 근본적으로 다시 사유해야 한다는 주장으로 나아간다.

요컨대 대의불충분성과 대의불가능성, 이것이 2000년대 한국의 정치적 조건이고 바로 그 무렵에 2000년대의 시들이 쓰이고 읽히기 시작했다. 물론 2000년대의 시인들이 이 같은 정치적 조건을 의식하면서 의도적으로 시를 썼다고 말할 수는 없다. 그들이 무언가를 의식했다면

---

19 위의 책, 100면.

그것은 정치적인 것이 아니라 미학적인 것이었을 가능성이 높다. 낭만주의의 내면 지향에 대한 반발로 빅토리아 시대의 극적 독백이 등장했다는 관행적인 논리와 유사하게, 1990년대 시의 내면 지향에 대한 미학적 피로감 때문에 이제는 다른 시를 써보고 싶다는 생각을 하게 됐을 것이다. 그러나 이런 질문을 던져봐야 한다. 왜 그들은 (그리고 우리는) 2000년대로 접어들면서 1인칭 내면 고백의 시들이 갑자기 지겨워졌던 것일까. 어느 시기에 개개인의 취향이 집합적으로 변했다면 거기에는 정치적 조건이 영향을 미쳤을 것이라고, 그러니까 정치적 조건이 어떤 (무)의식적인 매개를 거쳐 미학적 혁신을 낳았을 것이라고 보는 것이 문학사의 시각일 것이다. 이를테면 '나'라는 존재가 단지 1표 이상도 이하도 아닌 존재라는 환멸과 권태가 시에서 1인칭 '나'에 대한 탐구를 진부하게 만든 것은 아닌가. 또 그 1인칭의 빈자리에, 1표만큼의 권리조차도 행사하지 못하는 존재들의 좌절과 분노가 다양한 3인칭들의 형상으로 밀고 들어온 것은 아닌가.

이런 시각에서 보면 2000년대는 '김행숙적인 것'과 '황병승적인 것'을 요청했고 바로 그것이 김행숙과 황병승을 통해 현실화되었다고 말할 수 있을 것이다. 김행숙과 황병승이 없었더라도 다른 누군가가 그와 같은 시를 썼을 것이라는 뜻이다. 그렇다면 '2010년대적인 것'이라 할 만한 것은 또 필연적으로 그것을 현실화해줄 누군가를 요청할 것이다. 2010년대적인 것이란 무엇일까. 앞에서 2000년대의 시가 무엇이었는지를 이해할 수 있게 하는 것은 결국 2010년대의 시라고 적었다. 이제는 반대로 말해보려 한다. 2000년대 한국시를 바라보는 어떤 문학사적 관점을 확보하지 않고서는 2010년대의 시를 적절히 평가하기 어려울 것이라고 말이다. 지금까지 우리는 그 관점이 무엇인지를 말해보려 했다. 그 관점은 이런 물음을 묻게 한다. 2010년대의 시인들은 지금까지는 본 적이 없는 종류의 감응적 인물을 창조하고 있는가, 그리고 그 인물을 통해 낯선 인식과 정서를 창출해냈는가, 또 그 인식과 정서를 전달하는 데 적합한 딕션을 발명하고 있는가, 더 나아가 그를 통해 대의와 재현이라는 층위에서 어떤 가능성을 열어놓고 있는가. 이런 물음을 던질 때 특별히 흥미롭게 읽히는 것은 조인호趙仁鎬와 김승일金昇一의 시다.[20]

3. 2010년대 시의 어떤 가능성과 두 사례
─ 조인호와 김승일의 경우

1981년생 시인 조인호의 첫 시집 『방독면』(문학동네, 2011)은 그 규모와 밀도와 야심으로 보건대 황지우黃芝雨와 장정일蔣正一과 함성호咸成浩와 황병승의 첫 시집을 뛰어넘고 싶어 한다. 이 시집은 전쟁터다. 1945년 8월 히로시마 원폭 투하, 한국전쟁 이후 분단체제의 형성, 2003년 미국의 이라크 침공, 조지 W. 부시의 '악의 축' 발언, 남한의 이라크 파병과 한미자유무역협정 체결, 그리고 상시적인 철거와 해고의 형태로 벌어지는 삶의 현장에서의 폭력 등에 이르기까지(지금 언급한 것들은 모두 이 시집에서 직간접적으로 다루어진다), 유사 이래 이 세계는 한 번도 전쟁을 멈

---

20 2000년대 시의 유산 중 다른 것에 주목할 경우 여기에 언급될 시인도 달라질 것이다. 다른 판단도 얼마든지 가능할 텐데 그것은 다른 글에서 시도하면 될 것이다.

춘 적이 없다. 그렇기 때문에 시인은 곧 인간 병기兵器여야 하고 시 쓰기
는 '전쟁에 맞서는 전쟁'이어야 한다고 생각하는 이 시인은, '방독면을
쓰고 쇠파이프를 든 소년' 혹은 '철가면을 쓰고 철을 씹어 먹는 불가사
리 같은 사내' 등의 인물들을 내세워, 절망적으로 저돌적인 시를 쓴다.
그렇게 쓰인 시에는 문명담론, 분단담론, 계급담론 등이 복잡하게 뒤엉
켜 있고, 미래주의futurism의 이미저리와 재패니메이션Japanimation의 상
상력까지 가세돼 있어서, 동시대의 여느 시(심지어 소설까지 포함해서)에
서 보기 힘든 역동적인 시적 공간이 탄생했다.

　　　재개발 지역 옥탑방에서
　　　전기가 끊긴 방구석에서
　　　납처럼 무거운 어둠 속에서

　　　소년은 녹슨 면도날로 머리카락을 밀었고
　　　소년의 입은 빨간 마스크로 침묵했고
　　　소년의 한 손에 쇠파이프가 들려지던 순간
　　　소년은 변형됐다

　　　(…중략…)

　　　타워크레인 꼭대기 위 한 소년少年이 서 있다
　　　　　　　　　　　　　　　　　　　　　　　－「뉴 키즈 온 더 블록」 부분

보아라, 불발탄을 어깨에 짊어진 채 북北으로 행군하는 한 사나이가 있다

그는 스스로 재래식무기가 된 사나이다
그는 철과 화약을 먹고 회귀하는 사나이다
그는 외부의 충격에 분노하는 사나이다

그가 군사분계선軍事分界線을 넘어서자,

그곳엔 콘크리트의 대지가 무한궤도처럼 영원히 펼쳐져 있었고

밤하늘의 별빛은 가시철조망처럼 숭고했다
　　　　　　　　　　─「스스로 재래식무기在來式武器가 된 사나이」부분

　개개 시편들이 하나같이 흥미진진한 서사를 품고 있고 또 그것들이 정교하게 맞물려서 큰 그림을 만들고 있는 시집이다. 이렇게 부분적인 인용으로는 각 시편들의 힘을 온전히 전달할 수가 없지만 아쉬운 대로 두 대목을 옮겼다. 이 시집이 벌이고 있는 전쟁의 가장 원형적인 이미지를 보여주는 것 같아서다. 철거를 앞두고 전기마저 끊긴 재개발지역 옥탑방에서 스스로 전사가 될 수밖에 없는 소년은 쇠파이프를 들고 타워크레인으로 올라간다. 시스템이 저 높은 곳에서 인간을 철거하려 하자, 한 소년이 시스템을 철거하기 위해 그만큼 높은 곳으로 올라갔다. 이 전쟁은 수직적이다. 한편 한 사내는 불발탄을 어깨에 짊어지고 군사분계선을 넘어 북으로 진군한다. 제국의 시스템이 그어 놓은 선을

넘는 방식으로 제국과 싸우기 위해 '스스로 재래식무기가 된 사나이'가 벌이는 이 전쟁은 수평적이다. 이 소년과 사내의 형상은 다른 곳에서도(특히 1부와 2부에서) 수시로 나타나 이 시집을 이끄는 감응적 인물로 기능한다. 요컨대 그것은 전사(소년병에서 퇴역군인까지)의 감응이다. 그 감응은 이 세계의 모든 일이 다 거시적·미시적 시스템과의 전쟁이라는 인식을 산출하고, 인간은 태어날 때부터 죽을 때까지 그 전쟁을 지속할 따름이라는, 절망도 희망도 아닌 정서를 또한 낳는다.

그 과정에서 이 시집은, 전략이라고 부르면 이상하지만, 두 가지 흥미로운 모습을 보여준다. 그 하나는 이 시집이 제국이 송출한 온갖 이데올로기적 표상들을 전유·해체하는 (탈식민주의적인 의미에서의) '되받아쓰기writing back'를 능란하게 구사한다는 점이다. 3부에 수록돼 있는 시들이 특히 그렇다. 그 되받아쓰기는 1945년 히로시마에 투하된 원자폭탄의 이름이자 루스벨트의 별명이기도 한 '리틀보이little boy', 1차 대전 당시 참전 독려 포스터에 등장한 바 있는 '엉클 샘uncle Sam', 그리고 제국의 문화적·경제적·종교적 침략의 전령사들로 전락한 디즈니, 담배, 패스트푸드, 야훼와 십자군 등등에 이르는 다양한 대상을 아우른다. 다른 하나는 이 시집의 인물들을 바라보는 시인의 태도다. 그는 철의 문명과 싸우는 와중에 오히려 그것에 매혹된 듯한 모습을 보일 때가 있는데, 조금 과장하면, 이것은 마치 지난 세기 초 이탈리아의 미래주의자들이 그러했던 것처럼 파시즘의 불길한 기운마저 풍긴다. 그러나 투명한 비판보다는 거부와 매혹 사이에 애매하게 걸쳐져 있는 이 태도가 오히려 이 시집을 1차원적인 정치적 발언으로 추락하지 않게 하는 역할을 한다는 점이 지적돼야 할 것이다. 시스템을 시스템 자신이 그렇게 하는 것보다 더 진지하게 대함으로써 그것의 효력을 중지시키는 '과잉동일시overidentification'[21]의 양상이라고 해야 할까.

김승일의 『에듀케이션』(문학과지성사, 2012)은 어떤가. 지젝이 여러 곳에서 말한 대로, 전체주의 사회에서는 아무도 당의 말을 믿지 않으면서 마치 믿는 것처럼 연극을 하고 있을 뿐인데, 역설적이게도 그것이 그 체제가 유지되게 한다. 전체주의 사회만이 아니다. 오늘날 부모와 자식 혹은 스승과 제자 같은 일상적 관계망들도 비슷한 방식으로 유지되고 있는 것이 아닌가. 사랑과 존경이 빠져나간 자리를 우리가 흔히 '예의'라고 부르는 '연극'이 버텨주고 있지 않은가. 김승일의 시가 현존 체제와 기성세대를 비판하기는커녕 냉소하는 데도 별 관심이 없는 것은 그것이 재미가 없을 뿐 아니라 무력한 일이기도 하다는 것을 잘 알고 있기 때문일 것이다. "민주주의건 전체주의건 간에 현대사회에서는 그 냉소적인 거리두기, 웃음, 아이러니가 말하자면 게임의 일부"[22]이기 때문에, 김승일의 시는 특유의 무심함으로 최소한 자신이 게임의 일부가 되어버리는 사태를 피했다. 누구도 비난하지 않는다는 것은 누구의 잘못도 아니라고 생각한다는 것이다. 비난은 비난의 대상이 되는

---

21 슬라보예 지젝이 슬로베니아의 밴드 '라이바흐Laibach'의 전략을 지칭하기 위해 이 용어를 사용했다. 그들은 나치 복장을 하고 무대에 오르고 정치적으로 위험한 발언을 일삼으며 물의를 일으키고는 하는데, 이것을 파시즘에 대한 조롱이나 풍자로 손쉽게 해석될 수 없도록 진지한 제스처를 취함으로써 그들 자신을 어떤 급진적인 질문이 되도록 만든다. 이처럼 반反동일시가 아니라 과잉동일시가 오히려 대상의 효력을 중단시킬 수 있다는 것이 지젝의 요점이다. "이 경우에 라이바흐의 전략은 새로운 것으로 드러난다. 그것은 시스템(지배 이데올로기)을 '성가시게' 한다. 그것이 시스템에 대한 아이러니한 모방일 때가 아니라 그것에 대한 과잉동일시일 때만 그렇다. 과잉동일시는 시스템의 저변에 있는 외설적인 초자아를 백일하에 드러냄으로써 그 시스템의 효력을 중단시킨다." Slavoj Žižek, *Metastases of Enjoyment*, Verso, 1994, p.72.
22 슬라보예 지젝, 이수련 역, 『이데올로기라는 숭고한 대상』, 인간사랑, 2002, 59면.

그것만 해결되면 모든 것이 순조로워질 것이라고 우리를 오도한다. 누구의 잘못도 아니라는 인식은, 이 세계가 개선될 여지가 없다는 인식일 것이다. 대신 그는 '벌거벗은 임금님'을 그냥 보여주기만 한다. 어떤 방식으로?

그는 그냥 묻는다. 엄마 아빠가 한꺼번에 죽어버렸는데 이제 화장실 청소는 누가 하지? "부모가 죽고 세 달이 흐르자 형제는 화장실 청소를 할 사람이 없다는 것을 깨달았다."(「방관」) 부모의 죽음에 대해 쓰는 것이 아니라(임금님이 벌거벗었다는 것을 누가 모르랴), 부모가 죽은 지 석 달이나 지나고 나서, 화장실 때문에 쓴다. 또 묻는다. "삼총사라고 알려진 우리 네명은 (…중략…) 어째서 이렇게 할 얘기가 없는 것일까?"(「같은 과 친구들」) '삼총사'인데도 '네 명'이라고 적은 이 트릭은 화자 자신을 포함한 세 명 말고 이를 지켜보는 시선(물론 이 시선도 화자의 것이다)도 거기에 있다는 것을 알려준다. 그 시선은 우정이라 불리는 관계 안의 공허를 들여다본다. 그리고 또 묻는다. "거리의 어느 가게에도 주인은 없다 나라고 알 수 있나 그런데도 쇠가 조용히 넘치고 있는 이유를."(「우리 시대의 배후」) 주인도 없이 쌓여 있는 이 '아시바'는 오늘날 이 세대가 처해 있는 상황을 은유적으로 보여준다. 요컨대 부모는 죽었고, 친구들은 할 말이 없으며, 주인들은 자리를 비웠다. 누구의 잘못인가? "나라고 알 수 있나." 이런 인식과 정서는 어떤 상황의 산물인가.

이 시집의 표제작인 「에듀케이션」에서 화자는 딸을 낳아 기르고 싶다고, 또 선생님과 멀어져버렸다고 말한다. 그러니까 그는 멀어져버린 선생님과 아직 태어나지 않은 딸 사이에 있다. 자신을 가르칠 사람도 없고 자신이 가르칠 사람도 없는 상태, 말하자면 '에듀케이션'의 공백

상태다. 기존체제와 기성세대가 의미 있다고 주장해온 어떤 가치도 믿지 않지만, 그렇다고 어떤 다른 가치가 그 자리를 대신할 것이라고 믿지도 않는다. 그래서 새삼스럽게 비판할 것도 없고 그렇다고 목숨을 걸고 옹호할 것도 없다고 생각하는 무심한 인물들, 그런 인물들이 생산해내는 인식과 정서가 이 시집을 이끈다.

> 미안하구나. 아버지는 그 말을 어디서 배웠어요. 짐은 본래 사과를 받는 사람. 짐의 무릎은 깨끗하단다. 그런데 왜 손바닥에서 삶은 달걀 냄새가 나죠? 화가 나면 방문을 잠가버리렴. 얼굴이 시뻘게진 네 앞에 그들이 무릎을 꿇고 기어온다면. 어쩐지 미안할거야.
>
> (…중략…)
>
> 짐은 팬티만 입은 것처럼 허전하구나. 아버지는 겁쟁이에요. 짐이 미안해. 사과하고 싶어서 아빠가 너를 낳았지. 필요하니까
> 너도 애를 낳으렴. 깨끗한 무릎을.
>
> ― 「미안의 제국」 부분

이 시집을 지배하는 인식과 정서가 가장 매력적인 결과를 낳은 시들 중 하나다. 이 시에는 '사과謝過의 정치학'이라고 할 만한 독특한 통찰이 담겨 있다.[23] '사과하는 자'와 '사과받는 자' 중에서 심리적으로 더

---

23 다음 책에서 이미 언급한 적이 있다. 이남호·문혜원·신형철 편, 『2010 현장 비평가가 뽑은 올해의 좋은 시』, 현대문학, 2010.

우위에 있는 사람은 후자일 것이라는 게 우리의 통념이다. 이 시는 바로 그 통념을 엎어버린다. 때로는 사과를 받는 사람이 더 미안해질 때도 있으며 그때 더 우월한 위치에 있는 것은 사과를 하는 사람 쪽일 것이다. 신하들의 사과를 받느라 넌더리가 난 왕이 그의 아들에게 사과를 하고, 자신은 사과를 하기 위해서 아들을 낳았으니, 너도 그러고 싶으면 아이를 낳으라고 말하는 장면은 그래서 통렬하다. 오늘날 기성세대는 젊은 세대에게 자주 '미안하다'라고 말하지만, 사과를 받는 쪽에서 보기에 그것은 기성세대가 그들 자신을 용서하기 위한 사과처럼 보일 수 있다. 다름 아닌 아버지가 이런 종류의 차가운 진실을 가르친다는 설정은 기성세대의 '에듀케이션'의 효력이 중지된 상황을 생각하지 않을 수 없게 한다. 물론 김승일의 시는 누구도 굳이 비판하거나 냉소하지 않으며 아무렇게나 마침표를 찍어버린 문장들로 상황을 그냥 보여줄 뿐이다. "내 방에, 방공호에 드러누워서. 나는 배웠습니다. 고요한 눈물. 기다렸습니다. 중요한 것을."(「에듀케이션」) 어쩌면 이 시집은 '가르침 따위는 필요 없어'라고 말하는 것이 아니라 '무엇이건 제대로 배우고 싶으니 우리가 진정으로 믿을 만한 것을 가르쳐 보라'고 말하고 있는 것은 아닌가. 가르칠 것이 없는 시대 혹은 세대에게 더 뼈아픈 말은 전자가 아니라 후자다.

　조인호의 인물들은 전쟁 중이고 김승일의 인물들은 수업중이다. 어떤 이는 상시적 전시체제 속에서 살아남기 위해 전사가 되었고, 또 어떤 이는 기성의 가치를 수호하는 에듀케이션의 효력이 붕괴된 교실에서 무엇을 배워야할지 알 수 없는 학생처럼 앉아 있다. 그래서 전자는 "내가 존재하지 않는 시를 쓰는 것은 오직 강해지기 위해서였다."(「시인의 말」, 『방독면』)라고 적었고, 후자는 "내 심장 속엔 선생님이 있다."(「시인의 말」, 『에듀케이션』)라고 적었다. 이 둘의 차이는 충분히 강조되어야 하겠지만, 이들이 2000년대 시의 유산을 창조적으로 상속한 이들이라는 공통점도 더불어 지적되어야 한다. 조인호는 황병승이 이 세계의 다수적인major 것들과 펼친 '무한전쟁'[24]을 다른 층위와 규모로 이어가고 있고, 김승일은 김행숙이 우리에게 선사한 놀랍도록 신선한 감응을 떠올리게 하는 시들을 잇달아 써내고 있다. 그러면서 2010년대의 한국 시는 이 사회에서 충분히 대의되지 못하고 있거나 아예 대의구조 바깥에 버려져 있는 감응의 구조들을 재현할 수 있는 문을 하나씩 열어나가게 될 것이다. 다음 문장도 근본적으로는 이와 다르지 않은 요청으로 읽힌다. "문학은 우리가 살고 있는 세계를 규정하는 감성의 분할 속에 개입하는 어떤 방식, 세계가 우리에게 가시적인 것으로 되는 방식, 이 가시적인 것이 말해지는 방식, 이를 통해 표명되는 역량들과 무능들이다."[25] 근래 자주 인용된 랑시에르J. Rancière의 문장이다. 이것이 2000년대의 시에 그러했듯이 2010년대의 시에도 적중하는 말이 되기를 기대한다.

---

24 이장욱, '해설' 「체셔 캣의 붉은 웃음과 함께하는 무한전쟁無限戰爭 연대기」, 황병승, 『여장남자 시코쿠』, 랜덤하우스코리아, 2005.
25 자크 랑시에르, 유재홍 역, 『문학의 정치』, 인간사랑, 2009, 17면.

참고문헌

김승일, 『에듀케이션』, 문학과지성사, 2012.

김행숙, 『사춘기』, 문학과지성사, 2003.

로버트 브라우닝, 윤명옥 역, 『로버트 브라우닝 시선』, 지식을만드는지식, 2012.

조인호, 『방독면』, 문학동네, 2011.

황병승, 『여장남자 시코쿠』, 랜덤하우스코리아, 2005.

_____, 『트랙과 들판의 별』, 문학과지성사, 2007.

유명숙, 「테니슨과 브라우닝」, 영미문학연구회 편, 『영미문학의 길잡이 1 – 영국문학』, 창작과비평사, 2001.

고병권, 『민주주의란 무엇인가』, 그린비, 2011.

이남호 · 문혜원 · 신형철 편, 『2010 현장 비평가가 뽑은 올해의 좋은 시』, 현대문학, 2010.

최장집, 『민주화 이후의 민주주의』, 후마니타스, 2002.

최장집 · 박찬표 · 박상훈, 『어떤 민주주의인가』, 후마니타스, 2007.

황현산, 『잘 표현된 불행』, 문예중앙, 2012.

슬라보예 지젝, 이수련 역, 『이데올로기라는 숭고한 대상』, 인간사랑, 2002.

질 들뢰즈 · 펠릭스 가타리, 이정임 · 윤정임 역, 『철학이란 무엇인가』, 현대미학사, 1995.

Linda K. Hughes, *The Cambridge introduction to Victorian poetry*, Cambridge University Press, 2010.

M. H. Abrams, *A Glossary of Literary Terms*(8th ed.), Boston : Thomson Wadsworth, 2005.

Slavoj Žižek, *Metastases of Enjoyment*, Verso, 1994.

김인환 金仁煥, Kim Inhwan

1946년 서울에서 태어나 고려대학교 국문과와 동대학원을 졸업했다. 현재 고려대학교 명예교수. 작품의 구조분석을 통해 문학의 기본개념을 해명하고 한국문학의 구체적인 분석틀을 제시하는 작업을 해왔다. 저서에 문학이론 연구로는 『비평의 원리』(나남), 『언어학과 문학』(작가), 『문학교육론』(한국학술정보), 『상상력과 원근법』(문학과지성사), 『현대시란 무엇인가』(현대문학), The Grammar of Fiction(Nanam) 등이 있고 문학사 연구로는 『한국고대시가론』(고려대 출판부), 『동학의 이해』(고려대 출판부), 『기억의 계단』(민음사), 『고려한시사』(근간) 등이 있으며 현재 The Korean Approaches to Neo-Confucianism이란 영문저서를 준비하고 있다. 역서로 『주역』(고려대 출판부), 『에로스와 문명』(나남)이 있고 평론집으로 『문학과 문학사상』(한국학술정보), 『다른 미래를 위하여』(문학과지성사), 『의미의 위기』(문학동네) 등이 있다.

이선미 李善美, Lee Sunmi

1965년 출생. 연세대학교 국어국문학과 박사학위를 받고 현재 경남대학교에 재직하고 있다. 소설의 사회적 소통방식에 관심을 갖고 연구를 진행하고 있다. 저서로는 『박완서 소설 연구』(2004)가 있고, 최근 논문으로는 「청년 연애학 개론의 정치성과 최인호 소설」(2010), 「공론장과 '마이너리티 리포트'―1950년대 신문소설과 정비석」(2010), 「명랑소설의 장르인식, '오락'과 '(미국)문명'의 접점―1950년대 중·후반 『아리랑』의 명랑소설을 중심으로」(2012)가 있다.

조강석 趙强石, Cho Kangsok

연세대학교 영문과 및 동대학원 국문과 졸업했다. 문학평론가이며 2005년 『동아일보』 신춘문예로 등단했다. 저서로 『아포리아의 별자리들』, 『경험주의자의 시계』, 『비화해적 가상의 두 양태』 등이 있음. 현재 인하대학교 한국학연구소 HK교수로 재직 중이며 한국 현대시에 대한 존재론적 탐구와 동아시아적 사유의 보편주의 및 특수주의에 대한 연구를 진행 중이다.

오연경 吳姸鏡, Oh Younkyung

고려대학교 국어교육과를 졸업, 서울대학교 대학원 미학과에서 석사 학위를 받고 고려대학교 대학원 국어국문학과 박사 과정을 수료했다. 2009년『동아일보』신춘문예에 「'날이미지'와 사건의 시학」이 당선되어 문학 평론가로 등단했다. 주요 논문으로 「'꽃잎'의 자기 운동과 갱생更生의 시학―김수영의 「꽃잎」 연작을 중심으로」, 「김종삼 시의 이중성과 순수주의」, 「백석 시의 장소애와 미적 토속성의 계보」 등이 있다.

함돈균 咸燉均, Hahm Donkyoon

문학평론가. 고려대학교 민족문화연구원 HK연구교수. 2006년『문예중앙』으로 등단했다. 문학이론・한국문학사・현장비평의 영역에서 문학적 전위와 정치적 전위의 접합 가능성을 모색하는 연구에 집중하고 있다. 연구서로『시는 아무 것도 모른다』(수류산방, 2012),『13인의 아해가 도로로 질주하오』(공편, 수류산방, 2013),『근대 계몽기 단형 서사문학 연구』(공저, 소명출판, 2005)가 있으며, 평론집으로『얼굴 없는 노래』(문학과지성사, 2009),『예외들』(창비, 2012),『정거장에서의 충고』(공저, 문학과지성사, 2009),『씨네리테르』(공저, 문예중앙, 2011) 등이 있다.

최현식 崔賢植, Choi Hyunsik

충남 당진 출생. 연세대학교 국어국문학과와 동대학원을 졸업하고 도쿄외국어대 총합문화연구과 연구 과정을 수료했다. 1997년『조선일보』신춘문예 비평 부분에 당선되어 등단했다. 저서『서정주 시의 근대와 반근대』,『한국 근대시의 풍경과 내면』,『신화의 저편―한국현대시와 내셔널리즘』, 평론집『말 속의 침묵』,『시를 넘어가는 시의 즐거움』,『시는 매일매일』이 있다. 대산창작기금 수혜, 소천비평문학상과 김달진문학상 비평부분 수상. 현재 인하대학교 국어교육과 교수로 재직 중이다.

문혜원 文惠園, Mun Hyewon

1965년 제주 출생으로 서울대학교 국문과 및 동대학원을 졸업하고 문학박사 학위를 받았다. 1989년『문학사상』으로 등단한 문학평론가이며 현재 아주대학교 국어국문학과 교수로 재직 중이다. 현재 계간『시인수첩』,『시와 시』,『시와 사상』편집위원으로 있다. 저서로『한국 현대시와 모더니즘』(신구문화사, 1996),『한국 현대시와 전통』(태학사, 2003),『한국근현대시론사』(역락, 2007),『한국 현대시와 시론의 구조』(역락, 2012)와 평론집『흔들리는 말, 떠오르는 몸』(나남출판, 1999),『돌멩이와 장미, 그 사이에서 피어나는 말들』(하늘연못, 2001),『비평, 문화의 스펙트럼』(작가, 2007) 등이 있다.

박수연 朴秀淵, Park Sooyeon

1998년『서울신문』신춘문예 평론 부분에 당선되었다. 저서로는『문학들』외 여러 권이 있으며, 『실천문학』 편집위원을 역임하였다. 현재 충남대학교 교수로 재직 중이다.

김수이 金壽伊, Kim Suyee

경희대학교 후마니타스칼리지 교수이고, 문학평론가이다. 경희대학교 국문과 및 동대학원 국문과 졸업하고 문학박사학위를 받았다. 평론집 『쓸 수 있거나 쓸 수 없는』, 『서정은 진화한다』, 『풍경 속의 빈곳』, 『환각의 칼날』 등, 연구서 『13인의 아해가 도로로 질주하오 ─「오감도」 처음부터 끝까지 읽기』(공저), 『임화문학연구』 2(공저) 등이 있다.

백지연 白智延, Baik Jiyeon

문학평론가. 경희대학교 대학원 국문학과를 졸업하였으며 현재 경희대와 단국대에서 강의하고 있다. 『경향신문』 신춘문예 평론에 당선되어 비평 활동을 시작하였으며 평론집으로 『미로 속을 질주하는 문학』(창비, 2001) 이 있다.

소영현 蘇榮炫, So Younghyun

연세대학교 대학원에서 「미적 청년의 탄생」(2005)으로 박사학위를 취득했다. 같은 해에 『작가세계』에 최윤론을 발표하면서 본격적인 평론 활동을 시작했다. 지은 책으로 『문학청년의 탄생』(2008), 『부랑청년 전성시대』(2008)가 있고 비평집으로 『분열하는 감각들』(2010) 등이 있다. 현재 연세대학교 국학연구원 HK연구교수로 재직 중이다.

백지은 白志恩, Baik Jieun

고려대학교 국문과에서 공부하였고 동대학원에서 박사논문 「한국 현대소설의 문체연구─김승옥, 이청준, 서정인, 황석영의 글쓰기를 중심으로」를 썼다. 2007년 계간 『세계의 문학』 신인상에 평론 부문으로 등단하여 줄곧 문학 평론을 쓰고 있다.

고봉준 高奉準, Ko Bongjun

1970년 부산에서 출생했다. 부산외국어대학교 국어국문학과와 동대학원 석사 과정을 거쳐, 경희대학교에서 박사학위를 받았다. 2000년 『서울신문』 신춘문예 평론 부문에 당선되어 등단했고, 저서로는 『반대자의 윤리』, 『다른 목소리들』, 『모더니티의 이면』, 『유령들』 등이 있다. 현재 '노마디스트 수유너머 N'의 회원으로 활동하고 있으며, 경희대 후마니타스 칼리지 객원교수로 재직하고 있다.

신형철 申亨澈, Shin Hyoungcheol

1976년에 태어났다. 서울대학교 국어국문학과를 다녔고 동대학원 박사과정을 졸업

했다. 『공화국의 정치』 2005년 등으로 잇달아 발표되었고 단행본으로 엮은 책 『공화의 이데
기』(2008), 신문집 『그곳이 얼마나 좋은지』(2011)를 출간했다.